Elena Ferrante est l'auteur de plusieurs romans parmi lesquels *L'amour harcelant*, *Les jours de mon abandon*, *Poupée volée*, *L'amie prodigieuse*, *Le nouveau nom* et *Celle qui fuit et celle qui reste*, tous parus aux Éditions Gallimard.

COLLECTION FOLIO

Elena Ferrante

Le nouveau nom

L'amie prodigieuse II

Jeunesse

Traduit de l'italien
par Elsa Damien

Gallimard

Titre original :

STORIA DEL NUOVO COGNOME
(L'AMICA GENIALE. VOLUME SECONDO)

INDEX DES PERSONNAGES
ET RAPPEL DES ÉVÉNEMENTS DU PREMIER TOME

LA FAMILLE CERULLO
(LA FAMILLE DU CORDONNIER) :

Fernando Cerullo, cordonnier, père de Lila. Il a refusé que sa fille poursuive ses études après l'école primaire.

Nunzia Cerullo, mère de Lila. Proche de sa fille, elle n'a pas assez d'autorité pour la soutenir face à son père.

Raffaella Cerullo, dite Lina ou Lila. Elle est née en août 1944. Elle a soixante-six ans quand elle disparaît de Naples sans laisser de trace. Écolière brillante, elle écrit à dix ans un récit intitulé « La Fée bleue ». Elle abandonne l'école après son examen de fin de primaire et apprend le métier de cordonnière.

Rino Cerullo, frère aîné de Lila, cordonnier lui aussi. Grâce à Lila et à l'argent de Stefano Carracci, il monte la fabrique de chaussures Cerullo avec son père Fernando. Il se fiance avec la sœur de Stefano, Pinuccia Carracci. Le premier enfant de Lila porte son nom, Rino, justement.

Autres enfants.

LA FAMILLE GRECO
(LA FAMILLE DU PORTIER DE MAIRIE) :

Elena Greco, dite Lenuccia ou Lenù. Née en août 1944, elle est l'auteure de la longue histoire que nous lisons. Elena commence à la rédiger lorsqu'elle apprend que son amie d'enfance, Lina Cerullo, qu'elle est seule à appeler Lila,

9

a disparu. Après l'école primaire, Elena poursuit ses études avec un succès croissant. Depuis la prime enfance elle est amoureuse de Nino Sarratore, mais elle cultive cet amour en secret.

Peppe, *Gianni* et *Elisa*, frères et sœur cadets d'Elena.

Le père, portier à la mairie.

La mère, femme au foyer. Sa démarche claudicante obsède Elena.

LA FAMILLE CARRACCI

(LA FAMILLE DE DON ACHILLE) :

Don Achille Carracci, l'ogre des contes, s'est enrichi grâce au marché noir et à l'usure. Il a été assassiné.

Maria Carracci, femme de Don Achille, mère de Stefano, Pinuccia et Alfonso. Elle travaille dans l'épicerie familiale.

Stefano Carracci, fils de feu Don Achille, mari de Lila. Il gère les biens accumulés par son père et il est propriétaire, avec sa sœur Pinuccia, son frère Alfonso et leur mère Maria, d'une épicerie très rentable.

Pinuccia, fille de Don Achille. Elle travaille dans l'épicerie familiale. Elle se fiance avec Rino, le frère de Lila.

Alfonso, fils de Don Achille. En cours, il s'assoit à côté d'Elena. C'est le petit ami de Marisa Sarratore.

LA FAMILLE PELUSO

(LA FAMILLE DU MENUISIER) :

Alfredo Peluso, menuisier. Communiste. Accusé d'avoir tué Don Achille, il a été condamné et il est en prison.

Giuseppina Peluso, femme d'Alfredo. Ouvrière à la manufacture de tabac, elle se consacre entièrement à ses enfants et à son mari détenu.

Pasquale Peluso, fils aîné d'Alfredo et Giuseppina, maçon et militant communiste. Il a été le premier à prendre conscience de la beauté de Lila et à lui déclarer son amour. Il hait les Solara. C'est le petit ami d'Ada Cappuccio.

Carmela Peluso, se fait appeler *Carmen*. Sœur de Pasquale, elle est d'abord vendeuse dans une mercerie avant d'être

embauchée par Lila dans la nouvelle épicerie de Stefano. C'est la petite amie d'Enzo Scanno.
Autres enfants.

LA FAMILLE CAPPUCCIO
(LA FAMILLE DE LA VEUVE FOLLE) :

Melina, une parente de Nunzia Cerullo, veuve. Elle lave les escaliers d'immeubles dans le vieux quartier. Elle a été la maîtresse de Donato Sarratore, le père de Nino. Les Sarratore ont quitté le quartier précisément à cause de cette relation et Melina a presque perdu la raison.

Le mari de Melina déchargeait des cageots au marché aux fruits et légumes et il est mort dans des circonstances obscures.

Ada Cappuccio, fille de Melina. Petite, elle aidait sa mère à nettoyer les cages d'escaliers. Grâce à Lila, elle est embauchée comme vendeuse dans l'épicerie du vieux quartier. C'est la petite amie de Pasquale Peluso.

Antonio Cappuccio, son frère, mécanicien. C'est le petit ami d'Elena et il est très jaloux de Nino Sarratore.

Autres enfants.

LA FAMILLE SARRATORE
(LA FAMILLE DU CHEMINOT-POÈTE) :

Donato Sarratore, cheminot, poète et journaliste. Grand séducteur, il a été l'amant de Melina Cappuccio. Quand Elena passe des vacances à Ischia, elle est logée dans la maison où séjournent les Sarratore mais est obligée de quitter l'île précipitamment pour échapper aux avances de Donato Sarratore.

Lidia Sarratore, femme de Donato.

Nino Sarratore, le premier des cinq enfants de Donato et Lidia. Il hait son père. C'est un excellent élève.

Marisa Sarratore, sœur de Nino. Elle fait des études pour devenir secrétaire en entreprise, sans grand succès. C'est la petite amie d'Alfonso Carracci.

Pino, Clelia et *Ciro Sarratore*, les plus jeunes enfants de Donato et Lidia.

LA FAMILLE SCANNO
(LA FAMILLE DU VENDEUR DE FRUITS ET LÉGUMES) :
Nicola Scanno, vendeur de fruits et légumes.
Assunta Scanno, femme de Nicola.
Enzo Scanno, fils de Nicola et Assunta, vendeur de fruits et
légumes lui aussi. Depuis l'enfance, Lila a de la sympa-
thie pour lui. Leur relation est née quand, à l'occasion
d'une compétition scolaire, Enzo a révélé un don insoup-
çonné pour les mathématiques. Enzo est le petit ami de
Carmen Peluso.
Autres enfants.

LA FAMILLE SOLARA
(LA FAMILLE DU PROPRIÉTAIRE
DU BAR-PÂTISSERIE HOMONYME) :
Silvio Solara, patron du bar-pâtisserie, monarchiste et
fasciste, camorriste lié aux trafics illégaux du quartier.
Il a entravé la naissance de la fabrique de chaussures
Cerullo.
Manuela Solara, femme de Silvio, usurière : dans le quartier, on craint beaucoup son petit carnet rouge.
Marcello et *Michele Solara*, fils de Silvio et Manuela. Van-
tards et arrogants, ils plaisent pourtant aux filles du
quartier, sauf bien sûr à Lila. Marcello tombe amoureux
de Lila mais elle le repousse. Michele, un peu plus jeune
que Marcello, est plus froid, intelligent et violent. C'est
le petit ami de Gigliola, la fille du pâtissier.

LA FAMILLE SPAGNUOLO
(LA FAMILLE DU PÂTISSIER) :
M. Spagnuolo, pâtissier au bar-pâtisserie Solara.
Rosa Spagnuolo, femme du pâtissier.
Gigliola Spagnuolo, fille du pâtissier, petite amie de Michele
Solara.
Autres enfants.

LA FAMILLE AIROTA :
Airota père, professeur de littérature grecque.
Adele, sa femme.

Mariarosa Airota, leur fille aînée, qui enseigne l'histoire de l'art à Milan.

Pietro Airota, étudiant.

LES ENSEIGNANTS :

M. Ferraro, instituteur et bibliothécaire. Lorsqu'elles étaient petites, il a récompensé Lila et Elena pour leur assiduité de lectrices.

Mme Oliviero, institutrice. Elle a été la première à remarquer les capacités de Lila et Elena. À dix ans, Lila a écrit un récit intitulé « La Fée bleue ». Cette histoire a beaucoup plu à Elena qui l'a donnée à lire à Mme Oliviero. Mais l'institutrice, en colère parce que les parents de Lila avaient décidé de ne pas envoyer leur fille au collège, n'a jamais dit ce qu'elle pensait de ce récit. Elle a même cessé de s'occuper de Lila et s'est uniquement consacrée à la réussite d'Elena.

M. Gerace, enseignant au collège.

Mme Galiani, enseignante au lycée. C'est une professeure très cultivée et communiste. Elle est tout de suite frappée par l'intelligence d'Elena. Elle lui prête des livres et la protège lors de sa dispute avec le professeur de religion.

AUTRES PERSONNAGES :

Gino, le fils du pharmacien. C'est le premier petit ami d'Elena.

Nella Incardo, la cousine de Mme Oliviero. Elle habite Barano, à Ischia, où elle a accueilli Elena, lui permettant de passer des vacances à la mer.

Armando, étudiant en médecine, fils de Mme Galiani.

Nadia, étudiante, fille de Mme Galiani.

Bruno Soccavo, ami de Nino Sarratore et fils d'un riche industriel de San Giovanni a Teduccio.

Franco Mari, étudiant.

JEUNESSE

1

Au printemps 1966, Lila, dans un état de grande fébrilité, me confia une boîte en métal contenant huit cahiers. Elle me dit qu'elle ne pouvait plus les garder chez elle car elle craignait que son mari ne les lise. J'emportai la boîte sans faire de commentaires, tout juste quelques remarques ironiques sur la quantité de ficelle qu'elle avait utilisée pour la fermer. À cette époque nous étions en très mauvais termes, mais on aurait dit que j'étais la seule à le penser. Les rares fois où nous nous voyions elle n'exprimait nulle gêne, elle était affectueuse et pas une parole hostile ne lui échappait.

Quand elle me demanda de jurer que je n'ouvrirais la boîte sous aucun prétexte, je jurai. Mais dès que je fus dans le train je défis la ficelle, sortis les cahiers et commençai à lire. Ce n'était pas un journal intime, même si on y trouvait le récit détaillé de certains événements de sa vie à partir de la fin de l'école primaire. On aurait plutôt dit des exercices d'écriture, disciplinés, acharnés. Les descriptions abondaient : une branche d'arbre, les étangs, une pierre, une feuille aux nervures blanches, les casseroles qu'elle avait chez elle, les pièces de la machine à café, le brasero, les différents types de charbon de bois, une carte très détaillée de notre cour d'immeuble, le boulevard, le squelette de fer rouillé de l'autre côté des étangs, le jardin public et l'église, la coupe des arbres sur le talus de la voie ferrée, les nouveaux immeubles, la maison de ses parents, les outils que son père et son frère utilisaient pour réparer les chaussures, leurs gestes quand ils travaillaient, et les couleurs, surtout, les couleurs que prenait toute chose aux divers moments de la journée. Mais il n'y avait pas que des pages de description. Des mots isolés apparaissaient aussi, en dialecte ou en italien, parfois entourés d'un cercle, sans commentaire. Et des exercices de traduction en latin et grec. Et des passages entiers en anglais sur les boutiques du quartier, les marchandises, la charrette pleine de fruits et légumes qu'Enzo Scanno déplaçait de rue en rue tous les jours en tenant son âne par le licou. Et beaucoup de réflexions sur les livres qu'elle lisait et les films qu'elle voyait dans la salle paroissiale. Et de nombreuses idées qu'elle avait défendues dans ses discussions avec Pasquale et dans les conversations que nous avions ensemble, elle et moi. Bien sûr le style était inégal, mais quoi que Lila invente dans ses écrits, elle était capable de donner à tout un tel relief que même dans les pages écrites à onze ou douze ans, il n'y avait pas une ligne que je trouve infantile.

En général ses phrases étaient d'une précision extrême, sa ponctuation très soignée et sa graphie élégante, telle que Mme Oliviero nous l'avait enseignée. Mais parfois, comme si une espèce de drogue avait envahi ses veines, Lila ne semblait plus pouvoir maintenir l'ordre qu'elle s'était imposé. Alors tout s'emballait, ses phrases prenaient un rythme frénétique et la ponctuation disparaissait. D'ordinaire elle retrouvait sans tarder un rythme paisible et clair. Mais elle pouvait aussi s'interrompre brusquement et remplir le reste de la page de petits dessins d'arbres tordus, de montagnes arrondies et fumantes ou de visages patibulaires. Je fus saisie par son sens de l'ordre comme par son désordre, et plus je la lus plus je sentis que j'avais été trompée. Que de travail derrière la lettre qu'elle m'avait envoyée à Ischia, il y avait des années de cela ! Voilà pourquoi elle était aussi bien écrite. Je remis le tout dans la boîte en me promettant de ne plus céder à la curiosité.

Mais je ne tins pas longtemps : ses cahiers dégageaient la même force de séduction que Lila diffusait autour d'elle depuis qu'elle était petite. Elle traitait le quartier, les membres de sa famille, les Solara, Stefano, tous les gens et toutes les choses avec la même impitoyable précision. Et que dire de la liberté qu'elle prenait avec moi, avec ce que je disais et pensais, avec les personnes que j'aimais et même avec mon physique ! Elle avait fixé des moments qui pour elle avaient été décisifs, sans se préoccuper de rien ni de personne. On y trouvait, intact, le plaisir qu'elle avait éprouvé quand, à dix ans, elle avait écrit ce petit récit, « La Fée bleue ». On y trouvait, tout aussi vive, sa douleur parce que notre institutrice, Mme Oliviero, n'avait pas daigné dire un mot de ce récit et l'avait complètement ignoré. On y trouvait sa souffrance et sa colère parce que j'étais allée dans le secondaire sans me soucier d'elle, en l'abandonnant. On y trouvait l'enthousiasme avec lequel elle avait appris la cordonnerie, son sentiment de revanche qui l'avait poussée à dessiner de nouvelles chaussures et son plaisir à réaliser sa première paire en compagnie de son frère Rino. Voilà la peine, quand son père Fernando avait jugé que les chaussures étaient mal fabriquées. Il y avait de tout, dans ces pages, mais on y lisait surtout sa haine envers les frères Solara, la détermination féroce avec laquelle elle avait repoussé l'amour de l'aîné, Marcello, et le moment où elle avait décidé, à l'inverse, de se fiancer avec le doux Stefano Carracci, l'épicier, qui par amour avait voulu acheter la première paire de chaussures qu'elle avait réalisée, en jurant qu'il la garderait toujours. Ah, cette belle période où, à quinze ans, elle s'était sentie une petite dame riche et élégante au bras de son fiancé qui, seulement parce qu'il l'aimait, avait investi des sommes importantes dans la fabrique de chaussures de son père et de son frère, les chaussures de marque Cerullo. Et toute la satisfaction qu'elle avait éprouvée : les chaussures qu'elle avait imaginées et qui étaient dans une large mesure devenues réalité, une maison dans le quartier neuf, un mariage à seize ans ! Et les noces fastueuses qui avaient suivi : comme elle s'était sentie heureuse ! Et puis Marcello Solara, en compagnie de son frère Michele, était apparu au beau milieu de la fête, portant aux pieds précisément les chaussures auxquelles son mari avait prétendu être tellement attaché. Son mari. Quel genre d'homme avait-elle épousé ? Maintenant que c'était fait, allait-il tomber le masque et révéler un autre visage, horriblement réel ? Des interrogations et des faits qui décrivaient notre misère sans l'embellir. Je consacrai beaucoup de temps à ces pages, des jours, des semaines. Je les étudiai et finis par apprendre par cœur les extraits qui me plaisaient le plus, ceux qui m'exaltaient, m'hypnotisaient ou m'humiliaient. Derrière leur style naturel il y avait certainement un artifice, mais je ne sus découvrir lequel.

Enfin un soir de novembre, exaspérée, je sortis en emportant la boîte avec moi. Je n'en pouvais plus de sentir Lila derrière mon dos et en moi, même alors que j'étais très estimée et avais maintenant une vie en dehors de Naples. Je m'arrêtai sur le pont Solferino et regardai les lumières filtrées par un léger brouillard glacé. Je posai la boîte sur le parapet et la poussai doucement, petit à petit, jusqu'à ce qu'elle tombe dans le fleuve, presque comme si c'était elle, Lila en personne, qui basculait dans le vide avec ses idées, ses mots, la méchanceté avec laquelle elle rendait coup pour coup à tout le monde, et sa manière de s'emparer de moi comme elle le faisait avec tout ce qu'elle effleurait : personnes, objets ou événements, livres et chaussures, douceur et violence, mariage et nuit de noces, ou retour au quartier dans son nouveau rôle de Mme Raffaella Carracci.

2

Je n'arrivais pas à croire que Stefano, si gentil et si amoureux, ait pu offrir à Marcello Solara le travail de Lila enfant, le résultat de tous les efforts qu'elle avait mis dans les chaussures qu'elle avait créées.

J'oubliai Alfonso et Marisa qui discutaient entre eux, les yeux brillants, assis à la même table que moi. Je ne fis plus attention aux éclats de rire ivres de ma mère. Tout s'était éloigné : la musique, la voix du chanteur, les couples qui dansaient, et Antonio qui était sorti sur la terrasse étouffé par la jalousie et qui restait là, de l'autre côté de la porte vitrée, à fixer la ville violette et la mer. Même l'image de Nino, qui venait de quitter la salle tel un archange sans Annonciation, s'affaiblit. Maintenant je ne voyais plus que Lila qui parlait avec animation à l'oreille de Stefano : elle était très pâle dans sa robe de mariée, lui, mal à l'aise, n'esquissait pas un sourire et son visage en feu était envahi d'une tache blanchâtre qui couvrait le front jusqu'aux yeux comme un masque de carnaval. Que se passait-il, et qu'allait-il se passer ? De ses deux mains, mon amie tirait le bras de son mari vers elle. Elle y mettait toute sa force, et moi qui la connaissais par cœur je sentais que, si elle avait pu, elle lui aurait arraché ce bras du corps et aurait traversé la salle en le brandissant au-dessus de sa tête, un filet de sang tombant sur sa traîne, et elle s'en serait servie comme d'une massue ou d'une mâchoire d'âne qu'elle aurait écrasée sur la figure de Marcello d'un coup bien senti. Bien sûr qu'elle l'aurait fait ! À cette idée mon cœur battait avec fureur et ma gorge se desséchait. Puis elle aurait crevé les yeux de ces deux hommes, leur aurait arraché la peau du visage et les aurait dévorés. Eh oui, oui, je sentais que je voulais, je désirais que cela se produise. Fin de l'amour et de cette fête insupportable, plus question d'étreinte dans un lit à Amalfi. Anéantir immédiatement tous les objets et tous les gens de notre quartier et faire un carnage, nous enfuir Lila et moi, aller vivre loin de là, et dans un joyeux gâchis descendre ensemble les marches de l'abjection, seules, dans des villes inconnues. Cela me semblait la juste conclusion de cette journée. Si rien ne pouvait nous sauver, ni l'argent, ni le corps d'un homme, ni même les études, autant tout détruire immédiatement. Sa fureur envahit ma poitrine, c'était une force qui était à la fois mienne et autre et qui me remplissait du désir de me perdre. Je voulais que cette force se répande partout. Mais je me rendis compte que j'en avais aussi peur. J'ai compris seulement par la suite que si je sais être tranquillement malheureuse, c'est uniquement parce que je suis incapable de réactions violentes, je les crains et préfère rester immobile à couver ma rancœur. Mais pas Lila. Quand elle quitta sa place, elle se leva avec une telle détermination qu'elle en fit trembler la table et les couverts sur les assiettes sales et renversa un verre. Tandis que Stefano, mécaniquement, se précipitait pour contenir la coulée de vin qui se dirigeait vers les vêtements de Mme Solara, elle sortit rapidement par une petite porte, tirant sur sa robe chaque fois qu'elle se prenait quelque part.

J'eus envie de lui courir après, de lui serrer la main et de murmurer : viens, on s'en va d'ici! Mais je ne bronchai pas. C'est Stefano qui réagit et, après un moment d'hésitation, il alla la rejoindre en se frayant un chemin parmi les couples qui dansaient.

Je regardai autour de moi. Tout le monde s'était aperçu que quelque chose avait contrarié la mariée. Mais Marcello continuait à bavarder d'un ton complice avec Rino, comme s'il était normal qu'il ait ces chaussures aux pieds. Les toasts du commerçant en ferraille se poursuivaient, de plus en plus vulgaires. Les personnes qui se sentaient au bas de la hiérarchie des tablées et des invités s'efforçaient toujours de faire contre mauvaise fortune bon cœur. Bref, à part moi personne ne semblait se rendre compte que le mariage qui venait tout juste d'être célébré (et qui durerait sans doute jusqu'à la mort des conjoints, qui auraient de nombreux enfants et petits-enfants, connaîtraient joies et douleurs, noces d'argent et noces d'or), que ce mariage pour Lila était bel et bien fini, quoi que son mari puisse faire en ce moment-là pour obtenir son pardon.

3

Sur le coup, je fus déçue par les événements qui suivirent. Je m'assis près d'Alfonso et Marisa sans prêter attention à leur bavardage. J'attendis les signaux d'une révolte, mais il ne se passa rien. Comme toujours, suivre les pensées de Lila était difficile : je ne l'entendis ni crier ni menacer. Stefano réapparut une demi-heure plus tard, très affable. Il s'était changé et sa tache blanche sur le front et autour des yeux avait disparu. Il circula parmi parents et amis en attendant l'arrivée de sa femme et, quand celle-ci revint dans la salle, non plus en robe de mariée mais avec une tenue de voyage, un tailleur bleu pastel avec des boutons très clairs et un petit chapeau bleu, il la rejoignit aussitôt. Lila distribua les dragées aux enfants, elle les puisait avec une cuillère en argent dans un récipient en cristal, puis elle passa parmi les tablées en donnant les bonbonnières, d'abord à sa famille puis à celle de Stefano. Elle ignora la famille Solara tout entière et même son frère Rino, qui lui demanda avec un petit sourire anxieux : tu ne m'aimes plus ? Sans lui répondre elle offrit une bonbonnière à Pinuccia. Son regard était absent et ses pommettes ressortaient plus qu'à l'ordinaire. Quand ce fut mon tour elle me tendit distraitement, sans même un sourire complice, la petite corbeille en céramique remplie de dragées et enveloppée de tulle blanc.

Son impolitesse avait irrité les Solara, mais Stefano arrangea les choses en donnant à chacun une accolade, une douce expression sur le visage, et en murmurant :

« Elle est fatiguée, il faut être compréhensif. »

Il embrassa aussi Rino sur les joues. Son beau-frère eut une moue mécontente et je l'entendis dire :

« C'est pas de la fatigue, Stef', cette fille c'est une tordue et je suis désolé pour toi ! »

Stefano répondit, sérieux :

« Ce qui est tordu, ça se redresse. »

Je le vis ensuite se précipiter derrière sa femme qui avait déjà atteint la porte, l'orchestre nous enivrait de musique et les invités se pressaient en nombre pour saluer une dernière fois les mariés.

Aucune rupture, donc : nous n'irions pas courir le monde ensemble. J'imaginai les époux, beaux et élégants, qui montaient dans la décapotable. Bientôt ils arriveraient sur la côte amalfitaine, dans un hôtel de luxe, et les offenses mortelles ne seraient plus ressenties que comme des contrariétés faciles

à oublier. Aucun revirement. Lila s'était définitivement détachée de moi et – cette idée me saisit tout
à coup – la distance entre nous était de fait beaucoup plus grande que je ne l'avais imaginé. Elle
ne s'était pas *seulement* mariée et ne se contente-
rait pas de dormir tous les soirs avec un homme,
histoire de se soumettre aux rites conjugaux. Il
y avait quelque chose que je n'avais pas compris
auparavant et qui, à ce moment-là, m'apparut
comme une évidence. Lila, en se pliant au fait que
je ne sais quel accord commercial avait été scellé
entre son mari et Marcello pour tirer profit de ses
efforts de petite fille, avait reconnu qu'elle tenait
à Stefano plus qu'à toute autre personne ou toute
autre chose. Si elle s'était *déjà* rendue, si elle avait
déjà digéré cet affront, son lien avec lui devait être
vraiment fort. Elle l'aimait, elle l'aimait comme
aiment les filles des romans-photos. Toute sa vie,
elle lui sacrifierait ses qualités et lui ne se rendrait
même pas compte de ce sacrifice, il vivrait parmi
les trésors de sentiment, d'intelligence et d'imagination qui la caractérisaient sans savoir qu'en faire,
il allait la gâcher ! Moi, me dis-je, je suis incapable
d'aimer quiconque ainsi, pas même Nino ; je ne
sais que passer mon temps sur les livres. Et, pendant une fraction de seconde, je me vis comme le
bol cabossé dans lequel ma sœur Elisa avait donné
à manger à un chaton jusqu'à ce que celui-ci disparaisse, après quoi le bol était resté sur le palier, vide
et poussiéreux. C'est à ce moment que, saisie d'une
forte angoisse, je me persuadai que j'étais allée trop
loin. Je dois revenir en arrière, me dis-je, je dois
faire comme Carmela, Ada, Gigliola et même Lila.
Accepter notre quartier, chasser l'arrogance, répri-
mer les prétentions, arrêter d'humilier ceux qui

m'aiment. Quand Alfonso et Marisa s'éclipsèrent pour arriver à l'heure à leur rendez-vous avec Nino, je fis un grand détour pour éviter ma mère et rejoignis mon petit ami sur la terrasse.

Ma robe était trop estivale, le soleil était parti et il commençait à faire froid. Dès qu'il me vit, Antonio alluma une cigarette et fit mine de regarder à nouveau la mer.

« Allons-nous-en, dis-je.

— Va-t'en donc avec le fils de Sarratore !

— C'est avec toi que je veux partir.

— T'es une menteuse.

— Pourquoi ?

— Parce que s'il voulait de toi, tu me planterais là sans même me dire au revoir. »

C'était vrai, mais j'étais fâchée qu'il puisse le dire aussi ouvertement, sans peser ses mots. Je sifflai :

« Si tu ne comprends pas que je reste ici au risque que ma mère fasse irruption à tout moment et me gifle à cause de toi, alors ça signifie que tu ne penses qu'à toi et que tu te fiches de moi ! »

Il entendit mon accent plus italien que napolitain, remarqua ma phrase longue et mon subjonctif, et alors il perdit son calme. Il jeta sa cigarette, m'attrapa par le poignet avec une force qu'il maîtrisa de moins en moins et cria – un cri comme coincé dans la gorge – qu'il était ici pour moi, rien que pour moi, que c'était moi qui lui avais demandé de rester toujours à mes côtés, à l'église et pendant la fête, et que je le lui avais même fait jurer ! Il criait dans un râle : tu m'as fait jurer de jamais te laisser seule, alors je m'suis fait faire un costume et maintenant j'ai plein de dettes avec Mme Solara, et tout ça c'était pour te faire plaisir,

27

pour faire comme tu m'avais dit de faire, et j'ai même pas passé une minute avec ma mère et mes frères et sœurs! Et qu'est-ce que j'y ai gagné? J'y ai gagné que tu m'as traité comme un pauv' con, t'as passé ton temps à parler au fils du poète et tu m'as humilié devant tous mes copains, tu m'as fait passer pour un merdeux parce que pour toi j'suis un moins que rien, parce que t'es très instruite et pas moi, parce que moi j'comprends pas les trucs que tu dis! Et c'est vrai, c'est bien vrai que je les comprends pas, mais nom de Dieu, Lenù, regarde-moi, regarde-moi dans les yeux : tu t'imagines que tu peux me mener à la baguette et tu crois que j'suis pas capable de dire «ça suffit» mais alors là tu te trompes, tu crois tout savoir mais tu sais pas que si maintenant tu sors avec moi par cette porte et je te dis «allez, d'accord, on y va» mais après j'découvre que tu fréquentes, au lycée ou ailleurs, n'importe où, cette enflure de Nino Sarratore, moi j'te tue, Lenù, j'te tue : alors réfléchis bien – conclut-il désespéré – et quitte-moi tout de suite, quitte-moi car c'est mieux pour toi! Et il me regardait, les yeux rouges et exorbités, il pronon-çait ces mots en ouvrant grand la bouche et me les criait sans me les crier; ses narines très noires étaient dilatées et sur son visage je lisais une telle souffrance que je me disais «peut-être qu'il se fait mal» – parce que des phrases ainsi criées dans la gorge et la poitrine sans pouvoir exploser dans l'air risquaient de le blesser aux poumons et au pha-rynx comme des morceaux de fer coupants.

Inconsciemment, j'avais besoin d'être ainsi agressée. Cet étau autour de mon poignet, la peur qu'Antonio ne me frappe et ce torrent de phrases douloureuses finirent par me consoler et j'eus l'impression que lui, au moins, tenait beaucoup à moi.

« Tu me fais mal », murmurai-je.

Il relâcha lentement sa prise mais resta là, bouche bée, à me fixer. Lui donner du poids et de l'autorité, m'ancrer à lui – la peau de mon poignet devenait violette.

« Qu'est-c'que tu décides ? me demanda-t-il.

— Je veux rester avec toi », répondis-je, mais d'un ton grognon.

Il ferma la bouche, ses yeux se remplirent de larmes et il se tourna vers la mer pour avoir le temps de les refouler.

Peu après, nous étions dans la rue. Nous n'attendîmes pas Pasquale, Enzo et les filles ni ne dîmes au revoir à personne. Ce qui importait surtout, c'était que ma mère ne nous voie pas, c'est pourquoi nous nous éloignâmes rapidement à pied ; à présent il faisait noir. Nous marchâmes un moment l'un près de l'autre sans nous toucher puis Antonio, d'un geste hésitant, me passa le bras autour des épaules. Il voulait me faire comprendre qu'il attendait mon pardon, presque comme si c'était lui le coupable. Parce qu'il m'aimait, il avait décidé de considérer les heures que j'avais passées sous ses yeux avec Nino, séduisante et séduite, comme une hallucination.

« Je t'ai fait un bleu ? » demanda-t-il en essayant de me prendre le poignet.

Je ne répondis rien. Il me serra l'épaule de sa main large et j'eus un geste d'agacement qui lui fit aussitôt lâcher prise. Il attendit, j'attendis. Quand il tenta à nouveau de me lancer ce signal de reddition, je passai un bras autour de sa taille.

4

Nous nous embrassâmes sans jamais nous arrêter, derrière un arbre, sous la porte cochère d'un immeuble et dans des ruelles obscures. Puis nous prîmes un bus, encore un autre, et arrivâmes à la gare. Nous allâmes à pied jusqu'aux étangs, tout en échangeant des baisers sur la route peu fréquentée qui longeait la voie ferrée.

J'avais chaud malgré ma robe légère et le froid de la soirée, et ma peau brûlante était parcourue de brusques frissons. De temps à autre Antonio se collait à moi dans l'ombre et m'enlaçait avec une telle fougue qu'il me faisait mal. Ses lèvres étaient ardentes et la chaleur de sa bouche embrasait mes pensées et mon imagination. Peut-être que Lila et Stefano, me disais-je, sont déjà à l'hôtel. Peut-être sont-ils en train de dîner. Peut-être se sont-ils préparés pour la nuit. Ah, dormir enlacée à un homme et ne plus avoir froid ! Je sentais la langue d'Antonio qui s'agitait dans ma bouche et, tandis qu'il pressait mes seins à travers l'étoffe de ma robe, j'effleurais son sexe en passant par une poche de son pantalon.

Le ciel noir était émaillé de petites taches claires et nébuleuses remplies d'étoiles. L'odeur de mousse et de terre putride des étangs commençait à laisser place aux senteurs douceâtres du printemps. L'herbe était mouillée et l'eau semblait agitée de brusques sanglots comme si une grenouille, un gland ou une pierre y tombait. Nous parcourûmes un sentier que nous connaissions bien, il menait à un groupe d'arbres secs au tronc fin et aux branches tristes et cassées. À quelques mètres de là se dressait une ancienne usine de conserves, un édifice au toit défoncé, fait de poutres métalliques et de tôle. Je sentis en moi un besoin de plaisir, quelque chose qui me tirait de l'intérieur comme une bande de velours bien tendue. Je voulais que ce désir trouve une satisfaction le plus violente possible, capable de faire voler en éclats toute cette journée. C'était comme un frottement qui me caressait et appuyait au fond de mon ventre de manière agréable, plus fort que les fois précédentes. Antonio, pressant, me disait des mots d'amour en dialecte, il me les disait dans la bouche et le cou. Je me taisais – je me taisais toujours pendant nos rendez-vous, me contentant de soupirer.

« Dis-moi que tu m'aimes, supplia-t-il à un moment donné.

— Oui.

— Dis-le-moi.

— Oui. »

Je n'ajoutai rien. Je l'embrassai et le serrai contre moi de toutes mes forces. J'aurais voulu qu'il me caresse et m'embrasse sur chaque millimètre de mon corps, j'avais besoin d'être écrasée et mordue, je voulais en avoir le souffle coupé. Il m'écarta un peu de lui et glissa sa main dans mon soutien-gorge tout en continuant à m'embrasser. Mais cela ne me suffisait pas, ce soir-là c'était trop peu. Tous les contacts que nous avions eus jusqu'à ce jour – contacts qu'il m'avait imposés avec prudence et que j'avais acceptés avec tout autant de prudence – me semblaient en ce moment insignifiants, agaçants et trop rapides. Cependant je ne savais pas comment lui dire que j'en voulais plus, je n'avais pas les mots. À chacun de nos rendez-vous secrets, nous célébrions un rite muet, étape après étape. Il me caressait les seins, soulevait ma jupe et me touchait entre les jambes, et en même temps, comme à un signal, il pressait contre moi cet amalgame de peau délicate, cartilages, veines et sang, tout secoué de convulsions qui vibrait sous son pantalon. Mais cette fois-ci je tardai à sortir son sexe car je savais que dès que je le ferais, il m'oublierait et cesserait de me toucher. Seins, hanches, fesses, pubis, rien ne soutiendrait plus son attention et il ne se concentrerait plus que sur ma main, il la serrerait même aussitôt dans la sienne pour m'encourager à bouger avec le bon rythme. Puis il prendrait un mouchoir et le tiendrait prêt pour le moment où sortiraient de sa bouche un léger râle, et, de son pénis, son dangereux liquide. Alors il s'écarterait, un peu hébété et peut-être honteux, et nous rentrerions à la maison. C'était toujours le même épilogue, que j'avais maintenant hâte de changer, même si cela demeurait confus : je me moquais de tomber enceinte sans être mariée, je me moquais du péché et des surveillants divins nichés dans le cosmos au-dessus de nous, l'Esprit-Saint ou ses avatars. Antonio le sentit et en fut déboussolé. Pendant qu'il m'embrassait, de plus en plus fébrile, il tenta à plusieurs reprises de diriger ma main, mais je résistai et poussai mon pubis contre ses doigts qui me touchaient, je poussai fort et à plusieurs reprises, avec de longs soupirs. Alors il ôta sa main et tenta de déboutonner son pantalon.

« Attends ! » lui dis-je.

Je l'entraînai vers le squelette de la vieille usine de boîtes de conserve. Là il faisait plus sombre et c'était plus abrité mais il y avait aussi plein de rats, j'entendis leur frôlement prudent, leur course. Mon cœur se mit à battre la chamade, j'avais peur de cet endroit, j'avais peur de moi-même et du besoin fou qui m'avait envahie de purger ma voix et mes manières de tout ce qu'elles contenaient d'étranger, et que j'avais découvert en moi quelques heures auparavant. Je voulais m'enfoncer à nouveau dans le quartier et redevenir celle que j'avais été. Je voulais abandonner mes études et mes cahiers pleins d'exercices. Et m'exercer pour quoi, d'ailleurs? Ce que je pouvais devenir loin de l'ombre de Lila, ça ne comptait pour rien. Qu'étais-je comparée à elle avec sa robe de mariée, la décapotable, le petit chapeau bleu et le tailleur pastel? Qu'étais-je, ici avec Antonio, cachée au milieu de la ferraille rouillée et du frôlement des rats, jupe soulevée sur les hanches et culotte baissée, fébrile, anxieuse et coupable, tandis qu'elle se donnait, nue, avec un détachement languide, dans les draps de lin d'un hôtel avec vue sur la mer, et laissait Stefano la prendre, entrer en elle jusqu'au fond, lui donner sa graine et la mettre enceinte légitimement et sans crainte? Qu'étais-je tandis qu'Antonio se débattait avec son pantalon, installait entre ses jambes, en contact avec mon sexe nu, sa grosse chair d'homme, et me serrait les fesses en se frottant contre moi, bougeant d'avant en arrière en soupirant? Je ne savais pas. Je savais juste que ce n'était pas ce que je voulais en ce moment. Ce n'était pas assez, ces frottements! Je voulais qu'il me pénètre et je voulais dire à Lila à son retour: moi non plus je ne suis plus vierge, ce que tu fais je le fais aussi, tu n'arriveras pas à me prendre de vitesse! Alors j'enserrai le cou d'Antonio et l'embrassai, je me mis sur la pointe des pieds et me démenai pour chercher son sexe avec le mien, sans mot dire. Il s'en rendit compte et m'aida de la main, je sentis qu'il entrait un peu et sursautai de curiosité et de peur. Mais je sentis aussi tous les efforts qu'il faisait pour arrêter, pour s'empêcher de pousser avec toute la violence qu'il avait accumulée pendant l'après-midi et qu'il couvait sans doute encore. Il va renoncer, compris-je, et je me serrai contre lui pour le persuader de continuer. Mais avec un long soupir, Antonio m'éloigna de lui et dit en dialecte :

« Non, Lenù, moi je veux le faire comme on le fait avec une épouse, pas comme ça. »

Il prit ma main droite, la posa sur son sexe avec une sorte de sanglot réprimé et je me résignai à le masturber.

Plus tard, en quittant la zone des étangs, il m'expliqua, mal à l'aise, qu'il me respectait et ne voulait pas faire quelque chose que je regretterais ensuite, et il ne voulait pas non plus le faire dans cet endroit, d'une manière sale et sans y mettre les formes. Il parla comme si c'était lui qui était allé trop loin, et peut-être croyait-il vraiment que cela s'était passé ainsi. Je me tus pendant tout le trajet et c'est avec soulagement que je lui dis au revoir. Quand je frappai à la porte de chez moi, ma mère ouvrit : mes frères essayèrent en vain de la retenir et c'est sans hurler ni articuler le moindre reproche qu'elle se mit à me gifler. Mes lunettes volèrent par terre et je lui criai aussitôt, avec une joie mauvaise et sans la moindre inflexion dialectale :

« Tu vois ce que tu as fait ? Tu as cassé mes lunettes ! À cause de toi je ne pourrai plus étudier, je n'irai plus au lycée ! »

Ma mère s'immobilisa et même la main avec laquelle elle m'avait frappée resta suspendue dans les airs comme la lame d'une hachette. Elisa, ma petite sœur, ramassa les lunettes et dit doucement : « Tiens, Lenù, elles sont pas cassées. »

5

Je me sentis tellement épuisée que, même si j'essayais de me reposer le plus possible, cela ne passait pas. Pour la première fois je séchai les cours. Je m'absentai, je crois, une quinzaine de jours, sans expliquer à personne, même pas à Antonio, que je n'en pouvais plus des études et voulais arrêter. Je sortais à l'heure habituelle et me promenais à pied toute la matinée à travers la ville. J'ai beaucoup appris sur Naples, pendant cette période. Je fouillais dans les étalages des bouquinistes de Port'Alba, j'assimilais sans le vouloir des titres et des noms d'auteurs, puis je continuais vers Toledo et la mer. Ou bien je montais au Vomero par la Via Salvator Rosa, arrivais à San Martino et redescendais par le Petraio. Ou bien j'explorais la Doganella, rejoignais le cimetière et errais dans les allées silencieuses en lisant le nom des morts. Parfois des jeunes gens désœuvrés, de vieux marginaux et même des hommes mûrs d'allure tout à fait respectable me poursuivaient de leurs propositions obscènes. Je pressais le pas en baissant les yeux et fuyais, sentant le danger, mais je ne renonçais pas à mes escapades. En fait, au cours de ces longues matinées de vagabondage, plus je faisais l'école buissonnière, plus la déchirure s'élargissait dans le filet des obligations scolaires qui m'emprisonnait depuis mes six ans. À l'heure habituelle, je rentrais à la maison et nul ne soupçonnait que je n'étais pas allée au lycée – eh oui, moi, l'élève modèle ! Je passais l'après-midi à lire des romans, puis je courais aux étangs retrouver Antonio qui était tout heureux de ma nouvelle disponibilité. Il aurait voulu me demander si j'avais revu le fils Sarratore. Je lisais cette question dans son regard, mais il n'osait pas me la poser : il craignait une dispute, il redoutait que je ne m'énerve et ne le prive de ses quelques minutes de plaisir. Il me serrait fort contre son corps pour s'assurer que j'étais consentante et pour chasser tous ses doutes. Dans ces moments, il excluait que je puisse lui faire l'affront de fréquenter aussi cet autre-là.

Il se trompait : en réalité, même si je me sentais coupable, je ne faisais que penser à Nino. Je désirais le voir et lui parler, mais en même temps j'en avais peur. Je craignais qu'il ne m'humilie de toute sa supériorité. Je craignais que d'une manière ou d'une autre il ne revienne sur les raisons pour lesquelles l'article sur ma dispute avec le professeur de religion n'avait pas été publié. Je craignais qu'il ne me rapporte les jugements cruels de la rédaction. Je ne l'aurais pas supporté. Que j'erre à travers la ville ou que je sois dans mon lit le soir, quand le sommeil ne venait pas et que je sentais très clairement mon infériorité, je préférais croire que mon texte avait été jeté à la poubelle simplement parce qu'il n'y avait pas de place dans la revue. Atténuer les choses et les laisser s'effacer. Mais c'était difficile. Je n'avais pas été à la hauteur du talent de Nino, donc je ne pouvais rester à ses côtés, il ne pouvait m'écouter et je ne pouvais lui exprimer mes idées. Mais quelles idées, d'abord ? Je n'en avais aucune. Mieux valait m'exclure de moi-même. Ça suffisait, les livres, les notes et les félicitations ! J'espérais tout oublier peu à peu : les notions qui me remplissaient la tête, les langues vivantes et mortes, l'italien lui-même qui désormais me venait aux lèvres même quand je parlais à mes frères et sœur. Si j'ai emprunté ce chemin, c'est la faute de Lila, me disais-je, je dois l'oublier elle aussi ! Lila a toujours su ce qu'elle voulait et l'a toujours obtenu ; moi je ne veux rien et ne suis faite de rien. J'espérais me réveiller le lendemain matin privée de désirs. Une fois vide, prévoyais-je, l'affection d'Antonio et mon affection pour lui me suffiront.

Puis un jour, en rentrant chez moi, je croisai Pinuccia, la sœur de Stefano. Elle m'apprit que Lila était rentrée de son voyage de noces et avait organisé un grand repas pour fêter les fiançailles de sa belle-sœur et de son frère.

« Ah, Rino et toi vous vous êtes fiancés ? demandai-je, feignant la surprise.

— Oui », répondit-elle rayonnante, et elle me montra la bague qu'il lui avait offerte.

Pendant que Pinuccia parlait, je me rappelle que j'avais une seule idée en tête, complètement déplacée : Lila a organisé une fête dans sa nouvelle maison et elle ne m'a pas invitée, mais c'est mieux comme ça, je suis contente, j'en ai assez de me comparer à elle et je ne veux plus la voir. J'attendis que Pinuccia ait fini de m'exposer tous les détails de ses fiançailles pour prendre prudemment des nouvelles de mon amie. Pinuccia esquissa un sourire perfide et répondit avec une formule dialectale : *elle commence à apprendre*. Je ne lui demandai pas quoi. Une fois rentrée chez moi, je dormis tout l'après-midi.

Le lendemain, comme d'habitude, je sortis à sept heures du matin pour aller au lycée, ou plutôt pour faire semblant d'aller au lycée. Je venais de traverser le boulevard quand je vis Lila sortir de la décapotable et entrer dans notre cour d'immeuble, sans même se retourner pour dire au revoir à Stefano qui était au volant. Elle était habillée avec soin et portait de grandes lunettes noires malgré l'absence de soleil. Je fus frappée par son foulard en voile bleu : elle l'avait noué de telle façon qu'il lui couvrait même la bouche. Je pensai avec aigreur que c'était là son nouveau style, elle ne jouait plus à Jacqueline Kennedy mais plutôt à la femme ténébreuse – lorsque nous étions petites, nous avions imaginé devenir comme ça. Je continuai tout droit sans l'appeler.

Pourtant, après quelques pas je revins en arrière, mais sans intention précise, seulement parce que je ne pus m'en empêcher. Mon cœur battait fort et j'étais traversée de sentiments contradictoires. Peut-être voulais-je lui demander de me dire en face que notre amitié était finie. Peut-être voulais-je lui crier que j'avais décidé d'arrêter mes études et de me marier moi aussi, d'aller vivre chez Antonio avec sa mère et ses frères et sœurs, et de laver les escaliers avec Melina, la folle. Je traversai rapidement la cour et la vis entrer dans le hall d'immeuble où habitait sa belle-mère. Je montai les escaliers, les mêmes que nous avions montés ensemble, enfants, lorsque nous étions allées demander à Don Achille de nous rendre nos poupées. Je l'appelai, elle se retourna.

« Tu es rentrée ! dis-je.

— Oui.

— Et pourquoi tu n'es pas venue me trouver ?

— Je ne voulais pas que tu me voies.

— Les autres peuvent te voir et pas moi ?

— Les autres je m'en fiche, pas toi. »

Je l'observai, perplexe. Qu'est-ce que je ne devais pas voir ? Je montai les marches qui nous séparaient, écartai délicatement son foulard et soulevai ses lunettes.

6

Et je le fais de nouveau en ce moment, dans mon imagination, alors que je m'apprête à raconter son voyage de noces non seulement tel qu'elle me le décrivit là sur le palier, mais aussi comme je le lus dans ses cahiers. J'avais été injuste avec elle : j'avais voulu croire qu'elle avait facilement capitulé afin de pouvoir la rabaisser comme moi-même je m'étais sentie rabaissée lorsque Nino avait quitté la fête, j'avais voulu la diminuer pour moins souffrir de l'avoir perdue. Or la revoilà : une fois la réception terminée, enfermée dans la décapotable avec son petit chapeau bleu et son tailleur pastel. Ses yeux brûlaient de rage, et dès que la voiture démarra elle accabla Stefano des mots et phrases les plus intolérables que l'on puisse adresser à un homme dans notre quartier.

Comme à son habitude, il encaissa les insultes avec un léger sourire et sans mot dire, et à la fin elle se tut. Mais le silence fut de courte durée. Lila se remit à parler calmement, elle avait juste le souffle un peu court. Elle lui dit qu'elle ne resterait pas une minute de plus dans cette voiture, que respirer l'air qu'il respirait lui répugnait et qu'elle voulait descendre tout de suite. Stefano lut en effet le dégoût sur son visage, toutefois il continua à conduire sans rien dire, au point qu'elle recommença à hausser la voix pour l'obliger à s'arrêter. Alors il se gara, mais quand Lila tenta pour de bon d'ouvrir la portière il la saisit fermement par le bras.

« Maintenant tu m'écoutes, dit-il doucement, il y a de bonnes raisons à ce qui s'est passé. »

Alors il lui expliqua posément ce qui s'était produit. Pour éviter que la fabrique de chaussures ne ferme avant même d'avoir vraiment ouvert ses portes, il avait été contraint de s'associer avec Silvio Solara et ses fils parce que eux seuls étaient capables d'assurer non seulement le placement des chaussures dans les meilleurs magasins de la ville, mais aussi l'ouverture avant l'automne d'une boutique sur la Piazza dei Martiri qui vendrait exclusivement des chaussures Cerullo.

« Mais qu'est-ce que j'en ai à foutre, de tes contraintes ? l'interrompit Lila tout en essayant de se dégager.

— Mes contraintes sont aussi les tiennes : tu es ma femme.

— Moi ? Moi je suis plus rien pour toi, et t'es plus rien pour moi non plus. Lâche-moi le bras ! »

Stefano le lâcha.

« Et ton père et ton frère non plus, ils ne sont rien ?

— Quand tu parles d'eux, rince-toi la bouche ! T'es même pas digne de les nommer. »

Or Stefano les nomma. Il expliqua que l'accord avec Silvio Solara avait été voulu par Fernando lui-même. Il précisa que l'obstacle majeur avait été Marcello, furieux contre Lila, contre la famille Cerullo et surtout contre Pasquale, Antonio et Enzo qui avaient réduit sa voiture en pièces et qui l'avaient passé à tabac. Il dit qu'ils avaient dû faire preuve de beaucoup de diplomatie et que c'était Rino qui avait réussi à le calmer. Et quand Marcello avait fini par dire : alors je veux les chaussures que Lila a fabriquées, Rino lui avait répondu d'accord, prends les chaussures.

Ce fut un moment très dur, Lila sentit un élancement dans sa poitrine. Mais elle cria quand même :

« Et toi, qu'est-ce que t'as fait ? »

Stefano se sentit un peu gêné.

« Et qu'est-ce que tu voulais que j'fasse ? Me disputer avec ton frère, ruiner ta famille, laisser éclater une guerre contre tes copains et perdre tout l'argent que j'ai investi ? »

Pour Lila, chacune de ces paroles, par son ton et son contenu, sonna comme l'aveu hypocrite d'une faute. Elle ne le laissa même pas finir et se mit à lui frapper l'épaule de ses deux poings en hurlant :

« Alors toi aussi tu lui as dit d'accord, t'es allé chercher les chaussures et tu les lui as données ! »

Stefano la laissa faire et c'est seulement quand elle tenta à nouveau d'ouvrir la portière pour s'enfuir qu'il lui dit froidement : calme-toi. Lila se retourna d'un bond : se calmer alors qu'il avait rejeté la faute sur son père et son frère, se calmer alors que tous trois l'avaient traitée comme un torchon pour laver par terre, comme une serpillière ?

J'ai pas envie de me calmer, connard, hurla-t-elle, ramène-moi tout de suite chez moi, ce que tu viens de dire il faut que tu le répètes devant ces deux autres merdeux! C'est seulement quand elle prononça cette expression en dialecte, *ces deux autres merdeux*, qu'elle se rendit compte d'avoir fait tomber la barrière des tons compassés de Stefano. Un instant après, il la frappa d'une main ferme en plein visage, une gifle très violente qui sembla à Lila l'explosion d'une vérité. Elle sursauta sous le coup de la surprise et de la douleur, sa joue brûlait. Elle le regarda, incrédule, tandis qu'il remettait la voiture en marche et disait avec une voix qui, pour la première fois depuis qu'il avait commencé à lui faire la cour, n'était plus paisible, et même tremblait :

« Tu vois ce que tu m'forces à faire ? Tu t'rends compte que t'exagères ?

— On s'est trompés sur toute la ligne », murmura-t-elle.

Mais Stefano nia avec force, comme s'il ne voulait pas même prendre en considération cette possibilité, et il lui fit un long discours à la fois un peu menaçant, didactique et pathétique. En gros, il lui dit ceci :

« Non, on s'est pas du tout trompés, Lina, on doit seulement s'expliquer sur quelques trucs. Tu ne t'appelles plus Cerullo. Maintenant tu es Mme Carracci et tu dois faire ce que je te dis. Je sais, t'as pas les pieds sur terre, tu sais pas ce que c'est que le commerce et tu crois que mon argent pousse sur les arbres. Mais c'est pas comme ça. Mon argent il faut que je le gagne tous les jours et que je le mette là où il rapporte. Tu as dessiné les chaussures, ton père et ton frère sont de bons travailleurs, mais tous trois ensemble vous n'êtes pas capables de faire de l'argent. Les Solara si, et alors – et là, écoute-moi bien – j'en ai rien à foutre si t'aimes pas ces mecs-là. Moi aussi il me dégoûte, Marcello, et quand son regard t'effleure, ou quand je pense aux trucs qu'il a racontés sur toi, j'ai envie de lui coller un couteau dans le ventre. Mais si j'ai besoin de lui pour gagner de l'argent, alors il devient mon meilleur copain. Et tu sais pourquoi ? Parce que si je gagne pas d'argent, cette voiture on l'a plus, cette robe je peux plus te l'acheter, après on perd la maison avec tout ce qu'il y a dedans et pour finir, tu peux plus faire ta bourgeoise et nos enfants grandiront comme des enfants de misé-reux. Donc t'as pas intérêt à répéter ce que tu m'as dit ce soir, autrement ta jolie figure, j'en fais un tel massacre que tu pourras plus sortir de chez toi. On s'est compris ? Réponds ! »

Lila fit ses yeux en forme de fentes. Sa joue était devenue violette, mais autrement elle était très pâle. Elle ne répondit rien.

7

Ils arrivèrent à Amalfi dans la soirée. Aucun des deux n'était jamais descendu dans un hôtel et ils se comportèrent avec beaucoup de maladresse. Stefano surtout fut intimidé par le ton vaguement ironique du réceptionniste et, sans le vouloir, il finit par se comporter comme un subordonné. Quand il s'en rendit compte, il chercha à dissi-muler sa gêne sous des manières brusques, et son visage s'empourpra à la simple demande de ses papiers d'identité. Sur ce le porteur apparut, un homme d'une cinquantaine d'années aux moustaches très fines, et Stefano le repoussa comme si c'était un voleur ; puis il changea d'avis et, d'un geste méprisant, lui tendit un large pourboire mais sans accepter ses services. Il porta donc lui-même leurs valises dans les escaliers et Lila le suivit ; elle me raconta que, marche après marche, elle eut pour la première fois l'impression d'avoir perdu en route le jeune homme épousé le matin et de se trouver en compagnie d'un inconnu. Stefano était-il vraiment aussi large, avec des jambes courtes et épaisses, des bras longs et les articulations des doigts toutes blanches ? La fureur qui l'avait habitée pendant le voyage laissa place à l'anxiété.

Une fois dans la chambre, Stefano s'efforça de redevenir affectueux, mais il était fatigué et encore nerveux à cause de la gifle qu'il avait dû lui asséner. Il prit un ton artificiel. Il fit l'éloge de leur chambre, très spacieuse, ouvrit la fenêtre, sortit sur le balcon et lui dit viens, respire un peu cet air parfumé, regarde comme la mer scintille ! Mais elle cherchait un moyen de sortir de ce piège et fit vaguement signe que non, elle avait froid. Stefano referma aussitôt la porte-fenêtre et ajouta soudain que s'ils voulaient se promener un peu et manger dehors, il valait mieux qu'ils prennent des vêtements plus chauds, et il lança « tiens, au cas où, prends-moi donc un gilet », comme s'ils vivaient ensemble depuis des années et qu'elle savait fouiller avec compétence dans ses valises et y dénicher un gilet pour lui, exactement comme elle trouverait un lainage pour elle-même. Lila eut l'air de dire oui mais en fait elle n'ouvrit pas les valises et ne prit ni pull ni gilet. Elle sortit aussitôt dans le couloir, elle ne voulait pas rester une minute de plus dans cette chambre. Il la suivit en ronchonnant : moi je peux rester habillé comme ça mais c'est pour toi, j'ai peur que tu prennes froid !

Ils se promenèrent dans Amalfi, jusqu'à la cathédrale, tout en haut des marches, puis redescendirent jusqu'à la fontaine. À présent Stefano s'efforçait de l'amuser, mais être amusant n'avait jamais été son fort, il était meilleur dans le registre pathétique ou bien dans les phrases sentencieuses de l'homme fait qui sait ce qu'il veut. Lila ne répondit presque jamais et, à la fin, son mari se contenta de lui montrer ceci ou cela en s'exclamant : regarde ! Mais si autrefois elle aurait pu accorder de l'importance à la moindre pierre, à ce moment-là elle ne s'intéressait ni à la beauté des ruelles, ni aux parfums des jardins, ni à l'art et à l'histoire d'Amalfi, ni – surtout – à la voix énervante de cet homme qui ne cessait de répéter : c'est beau, hein ?

Bientôt Lila se mit à trembler, non qu'il fasse particulièrement froid, mais elle était nerveuse. Il s'en aperçut et lui proposa de rentrer à l'hôtel, il osa même une phrase du genre : comme ça on s'embrassera et on se tiendra chaud ! Mais elle voulut se promener encore et encore jusqu'à ce que, vaincue par la fatigue, elle entre sans le consulter dans un restaurant, bien qu'elle n'ait pas faim du tout. Stefano la suivit patiemment.

Ils commandèrent un peu de tout et ne mangèrent presque rien, ils burent beaucoup de vin. À un moment donné, il ne put plus se retenir et lui demanda si elle était encore en colère. Lila secoua la tête, et elle disait vrai. À cette question, elle s'était étonnée elle-même de ne pas trouver en elle la moindre rancœur envers les Solara, envers son père, son frère et Stefano. Tout avait brusquement changé dans sa tête. Soudain l'histoire des chaussures ne lui importait plus du tout, à vrai dire elle ne comprenait même plus pourquoi elle avait autant pris la mouche en les voyant aux pieds de Marcello. En revanche, ce qui l'effrayait et la faisait souffrir à présent, c'était la grosse alliance qui brillait à son annulaire. Incrédule, elle repassa les événements de la journée : l'église, la cérémonie religieuse, la fête. Mais qu'est-ce que j'ai fait, se demanda-t-elle étourdie par le vin, qu'y a-t-il dans ce petit cercle d'or, ce zéro scintillant dans lequel j'ai glissé mon doigt ? Stefano aussi en avait un, il brillait parmi ses poils très noirs – il avait des doigts velus, comme on disait dans les livres. Elle se souvint de lui en maillot de bain, tel qu'elle l'avait vu à la plage. Poitrine large et rotules grosses comme des bols à l'envers. À ce souvenir, elle réalisa que pas le moindre détail de sa personne n'avait un quelconque charme à ses yeux. Elle sentait que c'était un être avec qui elle ne pouvait désormais rien partager, or il était là en veste et cravate, il remuait ses lèvres gonflées, grattait une de ses oreilles au lobe charnu et, régulièrement, se servait avec sa fourchette dans l'assiette de Lila, juste pour goûter. Il n'avait plus grand-chose à voir avec le vendeur de salaisons qui l'avait séduite, avec ce jeune homme ambitieux, très sûr de lui mais qui avait de bonnes manières, ou avec le mari de cette matinée à l'église. Il révélait des dents très blanches et une langue rouge dans le trou noir de sa bouche ; quelque chose en lui et autour de lui s'était brisé. À cette table, dans le va-et-vient des serveurs, tout ce qui avait conduit Lila jusque-là, à Amalfi, lui sembla dénué de toute cohérence, de toute logique, et pourtant insupportablement réel. C'est pourquoi, alors même que le regard de l'être méconnaissable qu'elle avait devant elle s'éclairait à l'idée que la tempête était passée, que sa femme avait compris ses raisons, les avait acceptées, et qu'il pouvait finalement lui parler de ses grands projets, Lila eut l'idée de dérober un couteau qui se trouvait sur la table pour le lui ficher dans la gorge lorsque, dans leur chambre, il essaierait de l'effleurer.

Pour finir, elle n'en fit rien. Dans ce restaurant, à cette table, l'esprit troublé par le vin, elle se dit que son mariage tout entier, de la robe de mariée à l'alliance, n'avait aucun sens, ce qui lui fit croire que toute demande sexuelle de la part de Stefano serait une démarche tout aussi insensée, surtout à ses yeux à lui. Du coup, si dans un premier temps elle étudia le moyen d'emporter le couteau (elle le recouvrit de la serviette de table qu'elle avait ôtée de ses genoux, puis elle les porta tous deux à sa poitrine et se prépara à prendre son sac à main pour y faire tomber le couteau avant de remettre la serviette sur la table), ensuite elle y renonça. Les vis qui tenaient ensemble sa nouvelle condition d'épouse, le restaurant et Amalfi, lui semblaient tellement mal serrées qu'à la fin du repas la voix de Stefano ne lui parvenait plus, et ses oreilles ne percevaient plus qu'un brouhaha totalement indistinct de choses, d'êtres vivants et de pensées.

Sur le chemin du retour, il recommença à évoquer les bons côtés des Solara. Il lui expliqua qu'ils connaissaient des gens importants à la mairie et qu'ils avaient leurs entrées à *Stella e Corona*, le parti monarchiste, et au MSI. Il aimait parler comme s'il comprenait vraiment quelque chose aux manèges des Solara, il prit le ton du spécialiste et précisa : la politique c'est moche, mais c'est important pour gagner de l'argent. Les discussions qu'elle avait eues avec Pasquale longtemps auparavant revinrent à l'esprit de Lila, ainsi que ses échanges avec Stefano pendant leurs fiançailles, comme leur projet de se détacher entièrement de leurs parents et des abus, des hypocrisies et des cruautés du passé. Elle pensa qu'alors il lui disait oui, je suis d'accord, mais qu'il ne l'écoutait pas. À qui est-ce que je parlais ? Celui-là, devant moi, je ne le connais pas, je ne sais pas qui c'est.

Et pourtant, quand il lui prit la main et lui dit à l'oreille qu'il l'aimait, elle ne se déroba pas. Peut-être voulut-elle lui faire croire que tout était rentré dans l'ordre et qu'ils étaient vraiment deux époux en voyage de noces afin de le blesser plus profondément après, lorsqu'elle lui dirait avec tout le dégoût qu'elle avait dans les tripes : aller au lit avec le porteur de l'hôtel ou avec toi – vous avez tous les deux les doigts jaunis par le tabac –, pour moi c'est pareil, c'est tout aussi répugnant ! Ou bien – et je pense que c'est le plus probable – elle était trop effrayée et tendait à repousser le moment de réagir.

Dès qu'ils furent dans leur chambre il essaya de l'embrasser et elle l'esquiva. Sérieuse, elle ouvrit les valises, en sortit sa chemise de nuit et tendit son pyjama à son mari qui sourit, heureux de cette attention, avant de tenter à nouveau de l'attraper. Mais elle s'enferma dans la salle de bains.

Une fois seule, elle baigna longuement son visage pour reprendre ses esprits, assommée qu'elle était par le vin et par son impression d'un monde privé de contours. Elle n'y parvint pas, au contraire elle eut l'impression que ses gestes manquaient de plus en plus de coordination. Que vais-je faire ? se demanda-t-elle. Rester enfermée ici toute la nuit ? À quoi bon ?

Elle regretta de ne pas avoir emporté le couteau : pendant un instant elle crut même l'avoir pris, puis elle dut s'avouer qu'elle ne l'avait pas fait. Elle s'assit sur le rebord de la baignoire et, la comparant à celle de sa nouvelle maison, conclut avec surprise que la sienne était plus belle. Même ses serviettes de toilette étaient d'une qualité supérieure. La sienne, les siennes ? Mais à qui appartenaient, en réalité, ces serviettes, cette baignoire, tout ça ? Elle était irritée à l'idée que la propriété de tous ces beaux objets neufs soit garantie par le patronyme de cet individu qui l'attendait derrière la porte. Les possessions des Carracci : même elle était une possession des Carracci. Stefano frappa à la porte.

« Qu'est-ce que tu fais ? Ça va ? »

Elle ne répondit pas.

Son mari attendit un peu et frappa à nouveau. Comme cela n'eut aucun effet, il secoua nerveusement la poignée et dit avec un ton faussement enjoué :

« Il faut que je défonce la porte ? »

Lila ne douta pas qu'il en aurait été capable : cet étranger qui l'attendait de l'autre côté était capable de tout. Moi aussi, pensa-t-elle, je suis capable de tout. Elle se déshabilla, se lava et endossa sa chemise de nuit en méprisant le soin qu'elle avait mis à la choisir, des mois plus tôt. Stefano – un simple nom qui ne coïncidait plus avec les habitudes et

les affections d'il y avait quelques heures encore –
était assis au bord du lit en pyjama et il bondit sur
ses pieds dès qu'elle apparut :

« Tu en as mis du temps !

— Le temps qu'il fallait.

— Comme tu es belle !

— Je suis très fatiguée, je veux dormir.

— On dormira après.

— Non, maintenant. Toi de ton côté et moi du
mien.

— Bien sûr, allez, viens !

— Je parle sérieusement.

— Moi aussi. »

Stefano eut un ricanement et essaya de lui
prendre la main. Elle se déroba et il s'assombrit :

« Qu'est-ce que tu as ? »

Lila hésita. Elle chercha l'expression juste et dit
doucement :

« Je ne veux pas de toi. »

Stefano secoua la tête, perplexe, comme si ces
quelques mots avaient été prononcés dans une
langue étrangère. Il murmura qu'il attendait ce
moment depuis tellement longtemps, jour et nuit !
S'il te plaît, lui dit-il, conciliant. Alors il eut un
geste presque de découragement, il indiqua son
pantalon de pyjama bordeaux et murmura avec
un sourire grimaçant : regarde ce qui m'arrive rien
qu'à te voir ! Sans le vouloir elle regarda, eut un
geste de dégoût et détourna aussitôt les yeux.

À ce moment-là Stefano comprit qu'elle s'apprêtait à s'enfermer à nouveau dans la salle de bains
et, bondissant comme un animal, il l'attrapa par
la taille, la souleva très haut et la jeta sur le lit.
Que se passait-il ? À l'évidence, il refusait de comprendre. Au restaurant il avait cru qu'ils avaient

50

fait la paix, alors il se demandait : pourquoi Lina se comporte-t-elle comme ça, maintenant ? Ce n'est qu'une petite fille ! Et en effet, c'est en riant qu'il l'approcha et tenta de l'apaiser :

« Tu vas voir, dit-il, c'est bien, il faut pas avoir peur ! Je t'aime encore plus que ma mère et ma sœur... »

Mais rien à faire, elle se relevait déjà pour lui échapper. Comme c'est compliqué, de suivre cette fille ! Elle dit oui et c'est non, elle dit non et c'est oui... Stefano murmura : allez, maintenant ça suffit, les caprices ! Il la bloqua à nouveau, s'assit à califourchon sur elle et lui maintint les poignets sur le dessus-de-lit.

« T'as dit qu'on devait attendre et on a attendu, dit-il, même si rester près de toi sans te toucher ça a été dur, j'ai souffert. Mais maintenant on est mariés, alors t'es gentille et tu t'inquiètes de rien ! »

Il se baissa pour l'embrasser sur la bouche mais elle l'esquiva en tournant vivement la tête à droite et à gauche, elle se débattit, se tortilla et répéta :

« Laisse-moi, je veux pas de toi, je veux pas de toi ! »

À ce moment-là, presque malgré lui, la voix de Stefano haussa d'un ton :

« Là tu m'casses les couilles, Lina ! »

Il répéta cette phrase deux ou trois fois, de plus en plus fort, comme pour bien assimiler un ordre qui lui venait de loin, de très loin, peut-être d'avant même sa naissance. Cet ordre, c'était : il faut faire l'homme, Stef' ! Soit tu la plies maintenant, soit tu ne la plieras jamais plus ; ton épouse doit apprendre tout de suite que c'est elle la femme et toi l'homme et que donc elle doit t'obéir. Et en l'entendant ainsi – tu m'casses les couilles, tu m'casses les couilles, tu m'casses les couilles – et en le voyant, large et lourd au-dessus de son bassin étroit, le sexe en érection tendant l'étoffe de son pyjama comme le piquet d'une tente, Lila se souvint du jour où, des années auparavant, il avait voulu lui attraper la langue avec les doigts et la piquer avec une épingle parce qu'elle s'était permis d'humilier Alfonso dans des compétitions scolaires. Il n'a jamais été Stefano, eut-elle soudain l'impression de découvrir, il a toujours été le fils aîné de Don Achille. Et cette pensée, tel un reflux, amena brusquement sur le jeune visage de son mari des traits que, jusqu'à ce moment-là, il avait prudemment gardés cachés dans son sang : mais ils avaient toujours été là, et ils attendaient leur heure. Oh, certes, pour plaire au quartier et pour lui plaire à elle, Stefano s'était efforcé d'être un autre : la courtoisie avait adouci ses traits, la mansuétude avait modifié son regard, sa voix s'était modulée pour prendre des tons conciliants, et ses doigts, ses mains et tout son corps avaient appris à retenir leur force. Mais à présent, les contours qu'il s'était imposés depuis très longtemps s'apprêtaient à céder et Lila fut saisie d'une terreur infantile, plus grande encore que lorsque nous étions descendues à la cave pour aller récupérer nos poupées. Don Achille ressuscitait de la fange de notre quartier en se nourrissant de la matière vivante qu'était son fils. Le père était en train de faire craquer la peau du fils, il modifiait son regard et allait faire exploser son corps. Et voilà, le père surgit : il déchira la chemise de Lila, dénuda ses seins et les lui serra avec férocité, se baissa pour mordiller ses mamelons. Comme elle savait le faire depuis toujours, elle refoula son sentiment d'horreur et essaya de le repousser en lui tirant les cheveux et en cherchant le moyen de le mordre jusqu'au sang, mais alors il se recula, lui saisit les bras qu'il coinça sous ses grosses jambes repliées et lui dit avec mépris : tu fais quoi ? reste tranquille, t'es qu'une brindille, et moi si j'veux j'te casse en deux ! Cependant Lila ne se calma pas, elle recommença à mordre l'air et s'arqua pour se libérer du poids de Stefano. Ce fut inutile. Maintenant il avait les mains libres et, penché sur elle, il lui donnait de petites gifles du bout des doigts et lui répétait, de plus en plus pressant : tu veux voir comme elle est grosse, eh eh, dis-moi oui, dis-moi oui... jusqu'à ce qu'il sorte de son pyjama son sexe trapu qui, exhibé devant elle, lui sembla une poupée sans bras ni jambes secouée de vagissements muets et impatiente de se détacher de cette autre poupée plus grande qui disait d'une voix rauque : tu vas la sentir, Lina, regarde comme elle est belle, y en a pas deux comme ça ! Et comme elle continuait à se débattre, il la gifla à deux reprises, d'abord de la paume puis du revers de la main, et il y mit une telle force qu'elle comprit que, si elle avait résisté davantage, il l'aurait certainement tuée – ou, en tout cas, Don Achille l'aurait tuée : il faisait peur à tout le quartier justement parce qu'on savait qu'il avait la force de lancer n'importe qui contre un mur ou sur un arbre –, alors elle évacua toute rébellion et s'abandonna à une terreur sans bruit tandis qu'il reculait, lui ôtait sa chemise de nuit et lui murmurait à l'oreille : tu te rends pas compte combien je t'aime mais tu vas le comprendre, et dès demain c'est toi qui me demanderas de t'aimer comme maintenant et plus encore, et même tu me supplieras à genoux et moi je te dirai d'accord, mais seulement si tu m'obéis, et tu m'obéiras !

Quand, après quelques tentatives maladroites, il déchira sa chair avec une brutalité pleine d'enthousiasme, Lila était absente. La nuit, la chambre à coucher, le lit, les baisers de Stefano et ses mains sur son corps, toutes ces sensations étaient absorbées par un seul sentiment : elle haïssait Stefano Carracci, elle haïssait sa force, elle haïssait son poids sur elle, elle haïssait son nom et son prénom.

8

Ils furent de retour dans notre quartier quatre jours plus tard. Le soir même, Stefano invita dans leur nouvel appartement ses beaux-parents et son beau-frère. Avec un air plus humble que d'ordinaire, il demanda à Fernando de raconter à Lila comment cela s'était passé avec Silvio Solara. Avec réticence et par des paroles hachées, Fernando confirma à sa fille la version de Stefano. Aussitôt après, Carracci demanda à Rino de dire pourquoi, d'un commun accord mais avec une profonde douleur, ils avaient finalement accepté de donner à Marcello les chaussures qu'il exigeait. Rino, avec le ton de l'homme qui en sait long, pontifia : il y a des situations où on n'a pas le choix. Et il rappela que Pasquale, Antonio et Enzo s'étaient fourrés dans de sales draps quand ils avaient passé à tabac les frères Solara et avaient détruit leur voiture.

«Et tu sais qui a risqué le plus gros?» demanda-t-il en se penchant vers sa sœur et en élevant progressivement la voix. «Eh bien ce sont eux, tes copains, tes chevaliers servants! Marcello les a reconnus et il est convaincu que c'est toi qui les as envoyés. Comment est-ce qu'on devait réagir, Stefano et moi? Tu voulais que ces trois crétins prennent le triple des coups qu'ils avaient donnés? Tu voulais leur perte? Et puis pourquoi? Pour une paire de chaussures pointure 43 que ton mari ne peut pas mettre parce qu'elles sont trop serrées, et qui prennent l'eau dès qu'il pleut? Nous avons apporté la paix et ces chaussures, vu que Marcello y tenait tant, on a fini par les lui donner!»

Des mots : avec des mots on fait et on défait comme on veut. Lila avait toujours été très forte avec les mots mais, contre toute attente, en cette occasion elle n'ouvrit pas la bouche. Soulagé, Rino lui rappela d'un ton mauvais que c'était elle, depuis qu'elle était petite, qui le harcelait en disant qu'ils devaient devenir riches. Alors, conclut-il en riant, fais-nous devenir riches sans nous compliquer la vie, qui est déjà assez compliquée comme ça!

À ce moment-là – ce fut une surprise pour la maîtresse de maison, mais certainement pas pour les autres – on sonna à la porte : c'était Pinuccia, Alfonso et leur mère Maria, avec une boîte pleine de pâtisseries tout juste confectionnées par Spagnuolo lui-même, le pâtissier des Solara.

Sur le coup, cela n'eut l'air que d'une initiative pour fêter les époux revenant de leur voyage de noces, d'autant plus que Stefano fit circuler les photos du mariage qu'il venait d'aller chercher chez le photographe (pour le film, précisa-t-il, il faut un peu plus de temps). Mais on comprit bientôt que le mariage de Stefano et Lila était déjà de l'histoire ancienne et que les gâteaux servaient à fêter un nouveau bonheur : les fiançailles de Rino et Pinuccia. Toutes les tensions furent mises de côté. Rino remplaça le ton violent qu'il avait utilisé quelques minutes auparavant par de tendres modulations dialectales pleines de sous-entendus amoureux et il lança l'idée de faire dans la belle maison de sa sœur, là, tout de suite, une fête de fiançailles. Puis, avec des gestes théâtraux, il sortit de sa poche un petit paquet : une fois le papier enlevé, le paquet dévoila une petite boîte sombre et bombée, et la boîte sombre, une fois ouverte, révéla une bague ornée de brillants.

Lila remarqua qu'elle n'était guère différente de celle qu'elle portait elle-même au doigt avec son alliance et se demanda où son frère avait trouvé l'argent. Embrassades, accolades. On parla beaucoup du futur. On émit des idées sur qui s'occuperait du magasin de chaussures Cerullo sur la Piazza dei Martiri, quand les Solara l'ouvriraient cet automne-là. Rino suggéra que Pinuccia pourrait le diriger, seule ou avec Gigliola Spagnuolo qui s'était officiellement fiancée avec Michele et avait de nouvelles prétentions. La réunion familiale se fit plus joyeuse et remplie d'espoirs.

Lila resta presque toujours debout, s'asseoir lui faisait trop mal. Personne, pas même sa mère qui n'ouvrit pas la bouche de toute la réunion, n'eut l'air de remarquer qu'elle avait l'œil droit noir et gonflé, la lèvre inférieure ouverte et des bleus sur les bras.

Elle était encore dans cet état lorsque, là dans l'escalier qui menait chez sa belle-mère, je lui enlevai ses lunettes et écartai son foulard. La peau autour de son œil était d'une couleur jaunâtre et sa lèvre inférieure n'était qu'une tache violette parcourue de stries rouge vif.

Elle avait expliqué à sa famille et à ses amis qu'elle était tombée sur des rochers à Amalfi par une belle matinée de soleil, lorsque son mari et elle étaient allés en barque jusqu'à une plage au pied d'une falaise jaune. Pendant le repas de fiançailles de son frère et de Pinuccia, elle avait eu recours, en racontant ce mensonge, à un ton ironique, et tous l'avaient cru de manière tout aussi ironique, surtout les femmes qui savaient depuis toujours ce qu'il fallait dire quand des hommes qui les aimaient et qu'elles aimaient les frappaient durement. Qui plus est, pas une personne dans le quartier, surtout de sexe féminin, n'était sans penser qu'elle méritait une bonne correction depuis longtemps. Ces coups ne provoquèrent donc aucun scandale, au contraire la sympathie et le respect envers Stefano ne firent que croître : en voilà un qui savait se conduire en homme !

En revanche, quand moi je la vis ainsi réduite, ma gorge se serra et je l'embrassai. Quand elle expliqua qu'elle n'était pas venue me trouver parce qu'elle ne voulait pas que je la voie dans cet état, j'en eus les larmes aux yeux. Puis le récit qu'elle me fit de sa lune de miel – comme on disait dans les romans-photos –, sobre, détaché et presque glacial, me remplit de colère et de peine. Et pourtant, je dois avouer que j'en éprouvai aussi un subtil plaisir. Je fus contente de découvrir que Lila, à présent, avait besoin d'aide, peut-être de protection, et je fus émue qu'elle admette sa fragilité non par rapport au quartier mais par rapport à moi. Je sentis que, de manière inespérée, la distance entre nous s'était à nouveau raccourcie, et je fus tentée de lui annoncer aussitôt que j'avais décidé d'arrêter mes études, qu'étudier était inutile et que je n'en avais pas les capacités. J'avais l'impression que cette nouvelle la réconforterait.

Mais sa belle-mère apparut au-dessus de la rambarde du dernier étage et l'appela. En quelques phrases hâtives, Lila acheva son récit et conclut que Stefano l'avait embobinée et qu'il était comme son père.

« Tu te rappelles qu'au lieu des poupées, Don Achille nous avait donné de l'argent ? me demanda-t-elle.

— Oui.

— Nous n'aurions pas dû accepter.

— Mais nous nous sommes acheté *Les Quatre Filles du docteur March* !

— Nous avons mal fait : à partir de ce moment-là, j'ai tout fait de travers. »

Elle n'était pas nerveuse mais triste. Elle remit ses lunettes et renoua son foulard. Je fus heureuse de ce *nous* (*nous* n'aurions pas dû accepter, *nous* avons mal fait), mais son brusque passage au *je* me déplut : *j'*ai tout fait de travers. *Nous*, aurais-je voulu dire pour la corriger, *toujours nous*, mais je ne le fis pas. J'eus l'impression qu'elle essayait d'accepter sa nouvelle condition et qu'elle avait besoin de comprendre au plus vite à quoi elle pouvait s'accrocher pour affronter cette situation. Avant de monter l'escalier, elle me demanda :

« Tu veux venir travailler chez moi ?

— Quand ?

— Cet après-midi, demain, tous les jours !

— Ça va énerver Stefano.

— C'est peut-être le patron, mais moi je suis la femme du patron.

— Je ne sais pas, Lila.

— Tu auras une pièce pour toi, tu pourras t'y enfermer.

— Et ça servira à quoi ? »

Elle haussa les épaules :

« À savoir que tu es là. »

Je ne lui répondis ni oui ni non. Je m'en allai vagabonder à travers la ville, comme d'habitude. Lila était convaincue que je n'abandonnerais jamais mes études. Elle m'avait attribué cette image de l'amie boutonneuse à lunettes toujours plongée dans ses livres, excellente à l'école, et elle ne pouvait pas même imaginer que je puisse changer. Mais moi, je voulais sortir de ce rôle. J'avais l'impression d'avoir pris la mesure, grâce à l'humiliation de l'article non publié, de mon insuffisance. Bien qu'il soit né et ait grandi dans le périmètre misérable de notre quartier, comme Lila et moi, Nino savait utiliser ses connaissances avec intelligence, pas moi. Alors ça suffisait, les illusions, et ça suffisait, tout ce travail ! Il fallait accepter le sort comme l'avaient fait depuis longtemps Carmela, Ada, Gigliola et, à sa manière, Lila elle-même. Je ne me rendis pas chez elle, ni cet après-midi-là ni les jours suivants, et je continuai à sécher les cours tout en me torturant les méninges.

Un matin, je ne m'éloignai guère du lycée et me

promenai dans la Via Veterinaria, derrière le Jardin botanique. Je pensais aux discussions que j'avais eues récemment avec Antonio : il espérait éviter le service militaire parce qu'il était fils de veuve et unique soutien de famille ; il voulait demander une augmentation au patron de son garage et mettre de l'argent de côté pour devenir gérant d'une pompe à essence le long du boulevard : on se marierait et je l'aiderais à la station-service. Le choix d'une vie simple que ma mère approuverait. « Je ne peux pas toujours faire plaisir à Lila », me dis-je. Mais comme j'avais du mal à chasser de ma tête les ambitions que les études y avaient fait naître ! À l'heure de la fin des cours, je m'approchai presque sans le vouloir du lycée et me mis à tourner alentour. J'avais peur d'être surprise par mes professeurs et, en même temps, je m'aperçus que je souhaitais justement qu'ils me surprennent. Je voulais être marquée de manière irrémédiable comme une élève qui n'était plus un modèle, ou me soumettre à l'obligation de recommencer et être à nouveau aspirée par le rythme des études.

Les premiers groupes d'élèves apparurent. J'entendis qu'on m'appelait : c'était Alfonso. Il attendait Marisa mais elle tardait.

« Vous vous êtes mis ensemble ? demandai-je d'un ton moqueur.

— Mais non, c'est elle qui me court après !

— Menteur !

— C'est toi, la menteuse ! Il paraît que t'es malade mais te voilà et tu as l'air en pleine forme ! Galiani demande toujours de tes nouvelles, je lui ai dit que tu avais une forte fièvre.

— C'est la vérité.

— Bien sûr, ça se voit ! »

Il portait sous le bras ses livres serrés par un élastique et son visage était défait par la tension des heures de cours. Malgré son air si délicat, Alfonso cachait-il aussi en son cœur Don Achille, son père ? Était-il possible que les parents ne meurent jamais et que chaque enfant les couve en soi, de manière inéluctable ? Ma mère avec sa démarche boiteuse surgirait-elle donc vraiment un jour en moi, avec la fatalité d'un destin ?

Je lui demandai :

« Tu as vu ce que ton frère a fait à Lina ? »

Alfonso fut tout gêné :

« Oui.

— Et toi tu lui dis rien ?

— Il faut voir aussi ce que Lina lui a fait.

— Tu serais capable de te comporter comme ça avec Marisa ? »

Il eut un petit rire timide :

« Non.

— Tu en es sûr ?

— Oui.

— Et pourquoi ?

— Parce que je te connais, toi, parce qu'on parle et qu'on va au lycée ensemble. »

Sur le coup je ne compris pas : qu'est-ce que ça voulait dire, je te connais ? qu'est-ce que ça voulait dire, on parle et on va au lycée ensemble ? J'aperçus Marisa au bout de la rue, elle courait car elle était en retard.

« Ta petite amie arrive », dis-je.

Sans se retourner il haussa les épaules et murmura :

« Reviens en cours, s'il te plaît.

— Je ne vais pas bien », répétai-je avant de m'éloigner.

Je ne voulais pas même échanger un bonjour avec la sœur de Nino, tout ce qui me faisait penser à lui me remplissait d'angoisse. En revanche, les paroles brumeuses d'Alfonso me firent du bien et, en chemin, je les tournai et retournai dans ma tête. Il avait dit qu'il n'imposerait jamais son autorité à une éventuelle épouse avec des torgnoles parce qu'il me connaissait, parce que nous discutions et nous asseyions à la même table. Il s'était exprimé avec une sincérité désarmante et sans avoir peur de m'attribuer, bien que de manière confuse, la capacité de l'influencer – lui, un garçon – et de modifier ses comportements. Je lui fus reconnaissante de ce message embrouillé qui me consola et, en mon for intérieur, j'amorçai un processus de réflexion. Il faut peu de temps à une conviction fragile pour faiblir et finir par céder. Le lendemain, je falsifiai la signature de ma mère et retournai au lycée. Le soir aux étangs, serrée contre Antonio pour échapper au froid, je lui promis : je termine l'année scolaire et on se marie.

10

Mais j'eus du mal à rattraper le temps perdu, surtout dans les matières scientifiques, et je m'efforçai d'espacer mes rencontres avec Antonio pour pouvoir me concentrer sur mes livres. Quand je sautais un rendez-vous parce qu'il fallait que je travaille, il s'assombrissait et me demandait, alarmé :

« Y a quelque chose qui va pas ?

— J'ai beaucoup de devoirs.

— Comment ça s'fait que, tout à coup, t'as plus de devoirs ?

— J'en ai toujours eu beaucoup.

— Mais récemment, t'en avais jamais !

— C'était un hasard.

— Qu'est-c'que tu me caches, Lenù ?

— Rien.

— Tu m'aimes toujours ? »

Je le rassurais, toutefois le temps passait à vive allure et je rentrais chez moi énervée contre moi-même parce que j'avais encore énormément de travail.

Antonio avait toujours la même idée fixe : le fils de Sarratore. Il avait peur que je ne lui parle, et même simplement que je ne le voie. Naturellement, pour ne pas le faire souffrir, je lui cachais que je tombais souvent sur Nino au début des cours, à la sortie ou dans les couloirs. Il ne se passait rien de spécial, tout au plus nous faisions-nous bonjour de la main avant de poursuivre notre chemin : j'aurais pu en parler sans problème à mon petit ami s'il avait été une personne raisonnable. Mais Antonio n'était pas raisonnable, et en réalité je ne l'étais pas non plus. Même si Nino m'ignorait, il me suffisait de l'apercevoir pour avoir la tête dans les nuages pendant les cours. Sa présence quelques salles plus loin, bien réel et bien vivant, plus cultivé que les professeurs, courageux et désobéissant, vidait de leur sens les discours de mes enseignants, les lignes des livres, mes projets de mariage et la pompe à essence sur le boulevard.

Je n'arrivais pas non plus à étudier à la maison. À mes idées confuses sur Antonio, Nino et le futur, s'ajoutaient ma mère neurasthénique qui me hurlait de faire ceci ou cela et mes frères et sœur qui faisaient la queue pour me montrer leurs devoirs. Ces interruptions permanentes n'avaient rien de neuf, j'avais toujours travaillé au milieu d'un grand désordre. Mais mon ancienne détermination qui me permettait de donner le meilleur de moi-même dans ces conditions était épuisée et je ne parvenais plus, ou ne voulais plus, concilier mes études avec les exigences de tout un chacun. Du coup je laissais filer l'après-midi en aidant ma mère, en m'occupant des exercices de mes frères et sœur et en travaillant peu ou prou pour moi-même. Et si autrefois je sacrifiais mon sommeil aux livres, à présent, comme je continuais à me sentir exténuée et que dormir semblait m'apporter une trêve, j'abandonnais mes devoirs le soir venu et allais me coucher.

C'est ainsi que je commençai à me présenter en classe non seulement peu concentrée mais aussi mal préparée, et je vivais dans l'angoisse d'être interrogée par mes professeurs. Ce qui ne tarda pas à se produire. Une fois, dans la même journée, j'eus un deux sur dix en chimie, un quatre en histoire de l'art et un trois en philosophie : j'étais dans un tel état de fragilité nerveuse que, juste après cette dernière mauvaise note, j'éclatai en sanglots devant toute la classe. Ce fut un moment terrible, j'éprouvai l'horreur et la jouissance de me perdre, l'effroi et la fierté de dérailler.

À la sortie des cours, Alfonso me dit que sa belle-sœur insistait pour que j'aille la voir. Vas-y, m'encouragea-t-il, inquiet, là-bas tu travailleras sûrement mieux que chez toi. L'après-midi même, je me décidai et pris le chemin du nouveau quartier. Mais je n'allai pas chez Lila pour trouver une solution à mes problèmes scolaires, car pour moi il était évident que nous allions passer la journée à discuter et que ma condition d'ex-lycéenne modèle ne ferait que se détériorer davantage. Je me dis plutôt : mieux vaut dérailler en bavardant avec Lila qu'au milieu des hurlements de ma mère, des sollicitations incessantes de mes frères et sœur, de mes divagations sur le fils Sarratore et des récriminations d'Antonio; au moins j'apprendrais quelque chose sur la vie d'épouse qui – j'en étais convaincue – serait bientôt mon lot.

Lila m'accueillit avec un plaisir évident. Son œil avait dégonflé et sa lèvre guérissait. Elle vivait dans son appartement toujours bien habillée, bien coiffée et avec du rouge sur les lèvres, comme si cette maison lui était étrangère et qu'elle n'y faisait qu'une visite. Les cadeaux de mariage étaient encore entassés dans l'entrée, les pièces avaient une odeur de chaux et de peinture fraîche mêlée à celle, vaguement alcoolisée, qui émanait des meubles flambant neufs de la salle à manger : la table, le buffet au miroir entouré d'un feuillage en bois sombre, l'argentier plein d'assiettes, de verres, d'argenterie et de bouteilles remplies de liqueurs colorées.

Lila nous prépara un café : c'était drôle de s'asseoir avec elle dans cette grande cuisine et de jouer aux bourgeoises comme nous l'avions fait, enfants, devant la bouche d'aération de la cave. C'est bien ici pour se détendre, me dis-je, j'aurais dû venir plus tôt. J'avais une amie de mon âge qui avait une maison à elle, pleine d'objets coûteux et impeccables. Cette amie, qui n'avait rien à faire de toute la journée, semblait apprécier ma compagnie. Bien que nous ayons changé et que ces changements se poursuivent encore, il y avait toujours autant de chaleur entre nous. Alors pourquoi ne pas me laisser aller ? Pour la première fois depuis le jour de son mariage, je parvins à me sentir à l'aise :

« Comment ça se passe avec Stefano ? demandai-je.

— Bien.

— Vous vous êtes expliqués ? »

Elle sourit, amusée :

« Oh oui, tout est expliqué.

— Et alors ?

— Il me dégoûte.

— Il est comme à Amalfi ?

— Oui.

— Il t'a encore battue ? »

Elle se toucha le visage :

« Non, ça c'est du passé.

— Alors c'est quoi ?

— L'humiliation.

— Et toi ?

— Je fais ce qu'il veut. »

J'y réfléchis un moment puis demandai d'un ton allusif :

« Mais au moins, quand vous dormez ensemble, c'est bien ? »

Elle eut une moue de malaise et devint sérieuse. Elle se mit à parler de son mari avec une espèce d'acceptation pleine de répulsion. Ce n'était pas de l'hostilité, elle ne voulait pas de revanche, ce n'était même pas du dégoût, il s'agissait plutôt d'un mépris paisible, d'une perte totale d'estime qui touchait toute la personne de Stefano, comme l'eau polluée souille toute la terre.

J'eus du mal à comprendre, je compris sans

comprendre. Par le passé, elle avait menacé Marcello avec son tranchet simplement parce qu'il avait osé m'attraper le poignet et avait cassé mon bracelet. Depuis ce jour-là, j'avais toujours été convaincue que si Marcello n'avait fait que la frôler, elle l'aurait tué. Mais à présent, elle ne manifestait aucune agressivité explicite envers Stefano. Certes, il y avait une explication simple à cela : depuis l'enfance, nous avions vu nos pères frapper nos mères. Nous avions grandi en pensant qu'un étranger ne devait pas même nous effleurer alors qu'un parent, un fiancé ou un mari pouvaient nous donner des claques quand ils le voulaient, par amour, pour nous éduquer ou nous rééduquer. Par conséquent, Stefano n'étant pas l'odieux Marcello mais le jeune homme qu'elle avait dit tellement aimer, celui qu'elle avait épousé et avec qui elle avait décidé de vivre toute sa vie, elle endossait jusqu'au bout la responsabilité de son choix. Pourtant, tout ne collait pas. À mes yeux, Lila c'était Lila, pas une quelconque fille du quartier. Nos mères, après une gifle de leur mari, ne prenaient pas cet air de calme mépris. Elles étaient au désespoir, pleuraient et affrontaient leur homme en faisant la tête, elles le critiquaient derrière son dos et pourtant, à un degré ou un autre, elles continuaient à l'estimer (ma mère, par exemple, admirait sans réserve aucune les mystérieux trafics de mon père). Lila, au contraire, affichait un acquiescement tout à fait dépourvu de respect. Je lui dis :

« Moi je suis bien avec Antonio, même si je ne suis pas amoureuse. »

Et j'espérai que, conformément à nos vieilles habitudes, elle saurait saisir dans cette affirmation une série de questions camouflées. Bien que j'aime

Nino – lui disais-je sans lui dire – je me sens agréablement excitée rien qu'en pensant à Antonio, à nos baisers, à nos étreintes et frottements aux étangs. L'amour, dans mon cas, n'est pas indispensable au plaisir, et pas même l'estime. Était-il donc possible que *le dégoût* et *l'humiliation* commencent *après*, quand un homme te plie et te prend quand bon lui semble pour la simple raison que désormais tu lui appartiens, amour ou pas, estime ou pas ? Que se passe-t-il quand on se retrouve dans un lit, dominée par un homme ? Elle en avait fait l'expérience et j'aurais voulu qu'elle m'en parle. Or elle se contenta de répondre, ironique : tant mieux pour toi si tu es bien avec lui ! Et elle me conduisit vers une petite chambre qui donnait sur la voie ferrée. C'était une pièce très dépouillée, elle ne contenait qu'un bureau, une chaise et un lit d'appoint, sans rien aux murs.

« Ça te plaît ?

— Oui.

— Alors travaille ! »

Elle sortit en fermant la porte derrière elle.

L'odeur de mur humide était plus prégnante dans cette pièce que dans le reste de l'appartement. Je regardai par la fenêtre, j'aurais préféré continuer à bavarder. Mais je compris aussitôt qu'Alfonso lui avait parlé de mes absences au lycée, et peut-être aussi de mes mauvaises notes, et qu'elle voulait me faire retrouver, même si cela voulait dire me l'imposer, la sagesse qu'elle m'avait toujours attribuée. C'était mieux ainsi. Je l'entendis marcher dans la maison, passer un coup de téléphone. Je remarquai qu'elle ne disait pas *allô, c'est Lina* ou, que sais-je, *ici Lina Cerullo*, mais *allô, Mme Carracci à l'appareil*. Je m'assis derrière

le bureau, ouvris mon livre d'histoire et m'obligeai
à travailler.

11

Cette dernière phase de l'année scolaire fut plutôt compliquée. Le bâtiment qui accueillait notre
lycée était délabré, il pleuvait dans les salles et,
après un gros orage, une rue à quelques mètres
de là s'effondra. S'ensuivit une période pendant
laquelle nous allâmes en cours un jour sur deux,
les devoirs à la maison commencèrent à compter
plus que les leçons et les professeurs nous acca-
blèrent de travail jusqu'à l'insupportable. Malgré
les protestations de ma mère, je pris l'habitude,
après les cours, d'aller directement chez Lila.

J'arrivais à deux heures de l'après-midi et jetais
mes livres dans un coin. Elle me préparait un
sandwich avec jambon, fromage ou saucisson,
tout ce que je voulais. Chez mes parents on n'avait
jamais connu une telle abondance. Comme elle
était agréable, l'odeur du pain tout frais, et comme
c'était bon, tout ce que je dévorais avec, surtout
le jambon rouge vif tout ourlé de blanc ! Je mangeais avec avidité pendant que Lila me préparait
un café. Après quelques instants d'intense conversation, elle m'enfermait dans la petite chambre ;
ensuite de quoi elle ne se montrait que rarement,
et seulement pour m'apporter quelque chose de
bon que nous grignotions ou buvions ensemble.
Comme je n'avais pas envie de croiser Stefano qui,
en général, rentrait de l'épicerie vers huit heures

du soir, je disparaissais toujours à sept heures précises.

Je me familiarisai avec l'appartement, sa lumière et les bruits qui provenaient de la voie ferrée. L'espace lui-même et tous les objets étaient neufs et impeccables, en particulier dans la salle de bains qui avait lavabo, bidet et baignoire. Lors d'un après-midi de paresse aiguë, je demandai à Lila si je pouvais prendre un bain, moi qui me lavais encore au robinet ou dans la bassine en cuivre. Elle dit que je pouvais faire ce que je voulais et courut me chercher des serviettes. Je laissai couler l'eau, qui sortait déjà chaude du robinet. Je me déshabillai et m'enfonçai dans l'eau jusqu'au cou.

Quelle douce chaleur ! Ce fut un plaisir inattendu. Bientôt j'essayai les nombreux petits flacons qui envahissaient les coins de la baignoire, et une mousse vaporeuse sembla naître de mon corps, faisant presque déborder la baignoire. Ah, Lila possédait tellement de choses merveilleuses ! Il ne s'agissait plus seulement d'avoir un corps propre, c'était un jeu, de l'abandon. Je découvris les rouges à lèvres, le maquillage, le grand miroir qui restituait une image non déformée et le souffle du sèche-cheveux. À la fin je me retrouvai avec une peau lisse comme je n'en avais jamais eu et une chevelure volumineuse, rayonnante et encore plus blonde. C'était peut-être ça, me dis-je, la richesse que nous voulions quand nous étions enfants : non pas des coffres pleins de pièces d'argent et de diamants, mais une baignoire où on peut rester allongée ainsi tous les jours, et puis manger du pain, du saucisson et du jambon, avoir un espace immense même dans les toilettes, avoir le téléphone, un garde-manger et un réfrigérateur rempli de nourriture, une photo dans un cadre en argent sur le buffet qui te montre en robe de mariée, avoir *tout* cet appartement avec cuisine, chambre à coucher, salle à manger, deux balcons et la petite pièce où je suis enfermée pour travailler et où, bien que Lila n'en ait jamais parlé, un enfant dormira bientôt, dès qu'il arrivera.

Le soir je courus aux étangs, j'étais impatiente qu'Antonio me caresse, me respire, s'émerveille et jouisse de cette propreté opulente qui accentue la beauté. C'était un cadeau que je voulais lui faire. Mais il avait ses propres anxiétés et s'exclama : moi ces trucs-là, je pourrai jamais te les donner ! et je répondis : qui te dit que je les veux ? ce à quoi il répliqua : tu veux toujours faire comme Lila ! Je fus vexée et nous nous disputâmes. J'étais indépendante. Je ne faisais que ce que je voulais, et je faisais ce que Lila et lui ne faisaient pas et ne savaient pas faire : moi j'étudiais, et je devenais bossue et aveugle à force de bûcher. Je criai qu'il ne me comprenait pas, qu'il essayait seulement de m'abaisser et me vexer, et je m'enfuis.

Mais Antonio ne me comprenait que trop bien. Jour après jour, la maison de mon amie m'enchanta de plus en plus, elle devint un lieu magique où je pouvais tout avoir, très éloigné de la grisaille misérable des vieux appartements où nous avions grandi, avec leurs murs décrépis, les marques de coups sur les portes et toujours les mêmes objets, éternellement cabossés et ébréchés. Lila faisait attention à ne pas me déranger, c'était moi qui l'appelais : j'ai soif, j'ai un peu faim, et si on allumait la télévision, je peux voir ceci ou cela ? Mon travail m'ennuyait, je peinais. Parfois je lui demandais de m'écouter pendant que je révisais mes leçons à haute voix. Elle s'asseyait sur le lit et moi au bureau. Je lui indiquais les pages que je devais apprendre, je récitais et Lila vérifiait ligne après ligne.

Ce fut en ces occasions que je m'aperçus combien son rapport aux livres avait changé. Maintenant ils l'intimidaient. Il ne lui arrivait plus de vouloir m'imposer un ordre ou un rythme, comme si quelques phrases lui suffisaient pour se faire une idée d'ensemble et maîtriser le sujet, au point de me dire : voilà le concept important, commence par là. Quand, suivant ce que je disais sur le manuel, elle avait l'impression que je me trompais, elle me corrigeait avec mille justifications du genre : peut-être que je n'ai pas bien compris, il vaut mieux que tu vérifies. Elle n'avait pas l'air de réaliser que sa capacité à apprendre sans le moindre effort était restée intacte. Mais moi je le voyais. Par exemple, je m'aperçus que la chimie, qui m'ennuyait terriblement, aiguisait son regard, et quelques remarques de sa part suffirent à me faire sortir de ma torpeur et à enflammer mon imagination. Je vis qu'une demi-page du manuel de philosophie lui suffisait pour établir de surprenants liens entre Anaxagore, l'ordre que l'intellect impose à la confusion des choses et les tables de Mendeleïev. Mais, le plus souvent, j'eus l'impression qu'elle partait du principe que ses outils intellectuels étaient insuffisants et ses observations naïves, et qu'elle se censurait volontairement. Dès qu'elle se rendait compte qu'elle se laissait entraîner, elle s'esquivait comme face à un piège et bougonnait : tu as bien de la chance de comprendre tout ça, moi je ne sais pas de quoi tu parles.

Un jour, elle referma sèchement le manuel et dit agacée :

« Ça suffit.

— Et pourquoi ?

— Parce que j'en ai marre, c'est toujours la même histoire : dans ce qui est petit il y a quelque chose d'encore plus petit qui veut en sortir, et autour de ce qui est grand il y a quelque chose d'encore plus grand qui veut garder le premier prisonnier. Je vais faire la cuisine. »

Et pourtant, je ne travaillais sur rien qui ait un rapport évident avec ce qui était petit et grand. Elle avait simplement été énervée, ou peut-être effrayée, par sa propre capacité à apprendre, et elle s'était enfuie.

Où ?

Préparer le dîner, faire briller la maison, regarder la télévision en mettant le volume tout bas pour ne pas me déranger, contempler la voie ferrée, le passage des trains, le profil fugace du Vésuve, les rues du quartier neuf qui n'avaient pas encore d'arbres ni de magasins, les rares voitures, les femmes avec leurs sacs à commissions et leurs enfants en bas âge pendus à leurs jupes. Elle allait rarement, et seulement sur ordre de Stefano ou parce qu'il lui demandait de l'accompagner, jusqu'au local où la nouvelle épicerie allait ouvrir – c'était pourtant à moins de cinq cents mètres de la maison, et une fois j'y allai avec elle. Là elle prenait des mesures avec le mètre de menuisier pour prévoir les étagères et le mobilier.

C'était tout, elle n'avait rien d'autre à faire. Je me rendis bientôt compte que, mariée, elle était plus seule que lorsqu'elle était célibataire. Moi je sortais de temps en temps avec Carmela, Ada et même Gigliola, et au lycée je m'étais liée d'amitié avec des camarades de ma classe ou d'autres sections, que je retrouvais parfois pour prendre une glace dans la Via Foria. Mais elle, elle ne voyait personne à part Pinuccia, sa belle-sœur. Quant aux garçons, si à l'époque de ses fiançailles ils s'arrêtaient encore pour échanger quelques mots avec elle, maintenant qu'elle était mariée ils lui faisaient tout au plus un signe de la main lorsqu'ils la croisaient dans la rue. Et pourtant elle était très belle et s'habillait comme dans les magazines féminins, qu'elle achetait en nombre. Mais sa condition d'épouse l'avait enfermée dans une sorte de récipient de verre, comme un voilier naviguant toutes voiles dehors dans un espace inaccessible où il n'y avait même pas la mer. Jamais Pasquale, Enzo ni même Antonio ne se seraient aventurés dans ces rues blanches et sans ombre, avec des bâtiments tout juste sortis de terre, jusqu'à son immeuble et son appartement, afin d'échanger quelques mots ou l'inviter à faire une promenade. C'était impensable. Et même le téléphone, cet objet noir accroché au mur de sa cuisine, semblait une décoration inutile. Durant tous ces jours où je travaillai chez elle, il sonna rarement, et en général c'était Stefano, qui avait aussi fait installer le téléphone à l'épicerie pour prendre les commandes des clientes. Leurs conversations de jeunes mariés étaient brèves, elle répondait par des oui ou des non réticents.

Le téléphone lui servait surtout à faire des achats. À cette époque-là elle sortait très peu de chez elle car elle attendait que les marques des coups disparaissent entièrement, mais cela ne l'empêcha pas d'acheter quantité d'objets. Par exemple, après mon bain euphorique et mon enthousiasme quand j'avais vu la transformation de mes cheveux, je l'entendis commander un nouveau sèche-cheveux, et quand on le lui livra elle voulut me l'offrir. Elle prononçait cette espèce de formule magique (*allô, Mme Carracci à l'appareil*) et voilà qu'elle traitait, discutait, renonçait ou achetait. Elle ne payait pas, les commerçants étaient tous du quartier et connaissaient bien Stefano. Elle se contentait de signer, *Lina Carracci*, prénom et nom, comme Mme Oliviero nous l'avait enseigné, et elle signait comme si c'était un exercice qu'elle s'était imposé, avec un petit sourire entendu, sans même vérifier les produits, presque comme si ces signes sur le papier l'intéressaient plus que les objets qu'on lui livrait.

Elle acheta aussi de grands albums dotés de couvertures vertes décorées de motifs floraux, dans lesquels elle rangea ses photos de mariage. Elle fit développer exprès pour moi des copies de je ne sais combien de photos où nous figurions moi, mes parents, mes frères et sœur et même Antonio. Elle téléphonait au photographe et passait commande. Un jour, j'en découvris une où on apercevait Nino : il y avait Alfonso et Marisa, et Nino apparaissait à droite, coupé par le bord du cadre, on ne voyait que sa houppe de cheveux, son nez et sa bouche.

« Je peux avoir celle-là aussi ? hasardai-je sans guère de conviction.

— Mais t'es pas dessus !

— Je suis là, de dos.

— D'accord, si tu veux je te la fais développer. »

Je changeai brusquement d'avis :

« Non, laisse tomber !

« — C'est pas un problème !

— Non, non. »

Mais l'achat qui m'impressionna le plus fut son projecteur. Le film de son mariage avait enfin été développé, et un soir le photographe vint le projeter aux époux et à leur famille. Lila s'informa sur le coût de l'appareil, s'en fit livrer un à la maison et m'invita à voir le film. Elle posa le projecteur sur la table de la salle à manger, décrocha d'un mur un tableau d'une tempête en mer, inséra la bobine avec compétence, abaissa les persiennes, et les images commencèrent à défiler sur le mur blanc. Quelle merveille ! Le film était en couleurs, il durait juste quelques minutes, et j'en fus bouche bée. Je revis l'entrée de Lila à l'église au bras de Fernando, sa sortie sur le parvis avec Stefano, leur joyeux passage dans le Parco delle Rimembranze qui finissait par un long baiser sur la bouche, l'entrée dans la salle du restaurant, le bal qui avait suivi, la famille qui mangeait ou dansait, le moment où on avait coupé le gâteau, la distribution des bonbonnières et les au revoir adressés à l'objectif, Stefano joyeux et elle sombre, tous deux en habit de voyage.

Au premier visionnage, je fus surtout impressionnée par moi-même. J'étais cadrée à deux reprises. La première fois sur le parvis, au côté d'Antonio : je me vis gauche et nerveuse, le visage dévoré par mes lunettes. La deuxième fois j'eus presque du mal à me reconnaître : assise à table avec Nino, je riais, bougeais mains et bras avec une élégance nonchalante, remettais mes cheveux en place et jouais avec le bracelet de ma mère – je me trouvai délicate et belle. Et en effet Lila s'exclama :

76

« Regarde comme tu es bien ressortie !

— Tu parles, mentis-je.

— Tu es exactement comme ça, quand tu es contente. »

En revanche, au cours du visionnage suivant (je lui dis : remets-le ! et elle ne se fit pas prier), ce qui me frappa ce fut l'entrée dans la salle des deux Solara. L'opérateur avait saisi le moment qui m'avait le plus profondément marquée : c'était l'instant où Nino quittait la fête alors que Marcello et Michele y faisaient irruption. Les deux frères avançaient côte à côte en habit de fête, grands et les muscles gonflés par les poids qu'ils soulevaient au gymnase ; en même temps Nino sortait, tête baissée, et heurtait légèrement le bras de Marcello : celui-ci se retournait d'un bond avec une vilaine grimace de loubard et Nino, indifférent, disparaissait sans s'occuper de lui.

Le contraste me parut incroyablement fort. Ce n'était pas tant la pauvreté des habits de Nino qui jurait avec la richesse des vêtements des Solara et l'or qu'ils portaient au cou, aux poignets et aux doigts. Ce n'était même pas son extrême maigreur que sa taille élevée accentuait – il faisait au moins cinq centimètres de plus que les deux frères, qui pourtant étaient grands – et qui suggérait une fragilité très éloignée de la robustesse virile que Marcello et Michele exhibaient avec force complaisance. C'était plutôt son détachement. Alors que l'arrogance des Solara pouvait paraître normale, la distraction hautaine de Nino qui heurtait Marcello et l'ignorait ne l'était pas du tout. Même ceux qui détestaient les Solara, comme Pasquale, Enzo et Antonio, devaient d'une manière ou d'une autre compter avec eux. En revanche, non seulement Nino ne s'était pas excusé mais il n'avait pas même daigné jeter un regard sur Marcello.

Le film me sembla une preuve matérielle de ce que j'avais ressenti quand j'avais vécu cette scène en réalité. Dans cette séquence, le fils Sarratore – qui avait grandi dans un petit immeuble du vieux quartier exactement comme nous et qui m'avait semblé tout à fait effrayé quand il s'était agi de battre Alfonso dans les compétitions scolaires – apparaissait désormais totalement étranger à l'échelle des valeurs locales, au sommet de laquelle se trouvaient les Solara. C'était une hiérarchie qui visiblement ne l'intéressait pas, et qu'il ne comprenait peut-être même plus.

Je le contemplai, séduite. Il me fit l'effet d'un prince, d'un ascète, capable d'intimider Michele et Marcello simplement par son regard qui ne les voyait pas. Et j'espérai un instant que maintenant, sur l'écran, il ferait ce qu'il n'avait pas fait dans la réalité : m'emmener avec lui.

Lila ne remarqua Nino qu'à ce moment-là et demanda intriguée :

« C'est le même qui est assis à côté de toi à table avec Alfonso ?

— Oui. Tu l'as pas reconnu ? C'est Nino, le fils aîné de Sarratore.

— Et c'est lui qui t'a embrassée quand tu étais à Ischia ?

— C'était une bêtise !

— Tant mieux.

— Tant mieux pourquoi ?

— On se demande pour qui il se prend, celui-là ! »

J'ajoutai, justifiant presque son impression :

«Cette année il passe le bac, et c'est le meilleur élève de tout le lycée!

— C'est pour ça qu'il te plaît?

— Mais non!

— Oublie-le, Lenù, Antonio est beaucoup mieux.

— Tu crois?

— Bien sûr! Celui-là est tout sec, moche et surtout très prétentieux.»

Je ressentis ces trois adjectifs comme un affront et fus sur le point de m'écrier : ce n'est pas vrai, il est très beau, ses yeux scintillent et je suis désolée que tu ne t'en rendes pas compte, parce qu'un garçon comme ça il n'y en a ni au cinéma, ni à la télévision ni même dans les romans! Moi j'ai le bonheur de l'aimer depuis que je suis petite, et même si je ne l'aurai jamais et que je vais épouser Antonio et passer ma vie à mettre de l'essence dans des voitures, je l'aimerai plus que moi-même et je l'aimerai toujours!

Mais je répliquai, de nouveau malheureuse :

«Je l'aimais il y a longtemps, quand on était à l'école; maintenant je ne l'aime plus.»

12

Les mois suivants furent particulièrement denses en petits événements qui me causèrent de grands tourments, et aujourd'hui encore j'ai du mal à mettre de l'ordre dans ce qui m'arrivait alors. J'avais beau prendre des airs assurés et m'imposer une discipline de fer, je cédais encore et encore, avec une douloureuse complaisance, à de grandes vagues de tristesse. Tout semblait conspirer contre moi. En cours je n'arrivais plus à obtenir les mêmes notes qu'autrefois, bien que j'aie recommencé à travailler. Les jours passaient sans que je me sente vivante ne serait-ce qu'un instant. Le chemin du lycée, celui pour aller chez Lila ou aux étangs n'étaient que de tristes toiles de fond de mes journées. Nerveuse et découragée, presque sans m'en apercevoir je finissais par attribuer largement la responsabilité de mes difficultés à Antonio.

Lui aussi était très fébrile. Il voulait me voir sans arrêt, parfois il quittait son travail et je le retrouvais qui m'attendait, gêné, sur le trottoir devant la porte du lycée. Il s'inquiétait des crises de folie de sa mère Melina et était terrorisé à l'idée de ne pas être dispensé du service militaire. Au fil des mois il avait présenté demande sur demande au district militaire en avançant la mort de son père, les conditions de santé de sa mère et son rôle de soutien de famille, et on aurait dit que l'armée, croulant sous les papiers, avait décidé de l'oublier. Mais il venait d'apprendre qu'Enzo Scanno devait partir à l'automne et il craignait que son tour n'arrive. «Je ne peux pas laisser maman, Ada et mes frères et sœurs sans un sou et sans protection!» se désespérait-il.

Un jour il apparut devant le lycée à bout de souffle : il avait appris que les carabiniers étaient venus se renseigner sur son compte.

«Pose la question à Lina, me pria-t-il, anxieux, demande-lui si Stefano a eu sa dispense parce qu'il est fils de veuve ou pour une autre raison.»

Je l'apaisai et tentai de le distraire. J'organisai

exprès pour lui une soirée à la pizzeria avec Pasquale, Enzo et leurs petites amies respectives, Ada et Carmela. J'espérais qu'en se comparant à ses amis il trouverait un moyen de se calmer, mais cela ne se passa pas ainsi. Enzo, comme d'habitude, ne manifesta pas la moindre émotion devant son départ et regretta simplement que, pendant toute la période où il serait sous les drapeaux, son père doive se remettre à parcourir les rues avec la charrette malgré sa santé plutôt défaillante. Quant à Pasquale il nous révéla, plutôt morose, qu'il n'avait pas fait son service à cause d'une vieille tuberculose qui avait amené le district militaire à le réformer. Mais il affirma qu'il le regrettait : c'était bien de faire son service, et évidemment pas pour servir la patrie ! Ceux comme nous, gronda-t-il, ont le devoir d'apprendre à bien utiliser les armes, parce que le jour va bientôt arriver où ceux qui doivent payer vont le faire ! À partir de là on passa à la discussion politique, ou plus exactement Pasquale se mit à parler tout seul, sur un ton exaspéré. Il affirma que les fascistes voulaient reprendre le pouvoir avec l'aide des démocrates-chrétiens. Il ajouta que la police antiémeute et l'armée étaient de leur côté. Il dit qu'il fallait se préparer, et là il s'adressa en particulier à Enzo, qui lui fit des signes d'assentiment et lança même avec un petit rire, lui qui généralement ne disait rien : t'en fais pas, quand je reviendrai je t'expliquerai comment on fait pour tirer !

Ada et Carmela se montrèrent fort impressionnées par cette discussion, elles avaient l'air content de sortir avec des hommes aussi dangereux. J'aurais voulu intervenir mais je ne savais pratiquement rien de ces histoires d'alliances entre fascistes, démocrates-chrétiens et agents antiémeutes et pas la moindre idée ne me venait à l'esprit. De temps à autre je regardais Antonio en espérant qu'il se passionnerait pour la question, ce ne fut pas le cas cependant, il tenta juste de revenir au sujet qui l'angoissait. Il demanda à plusieurs reprises : « Mais c'est comment, l'armée ? » et Pasquale, qui pourtant n'y était pas allé, lui répondit : « Vraiment dégueulasse : ceux qui se plient pas, on les casse. » Enzo à son habitude se tut, comme si le sujet ne le concernait pas. Antonio, en revanche, en arrêta de manger et, tripotant la moitié de pizza qui restait dans son assiette, lâcha plusieurs fois des phrases comme : « Ceux-là ils savent pas à qui ils ont affaire ! Ils ont qu'à essayer, c'est moi qui vais les casser ! »

Quand nous restâmes seuls il me dit de but en blanc, d'un ton déprimé :

« Je sais bien que si je pars tu m'attendras pas, tu te mettras avec un autre... »

Alors je compris. Le problème ce n'était pas Melina, ce n'étaient pas Ada ni ses autres frères et sœurs qui allaient rester sans soutien, et ce n'était même pas les brimades de la caserne. Le problème, c'était moi. Il ne voulait pas me quitter, pas même une minute, et j'eus l'impression que j'aurais pu dire ou faire n'importe quoi pour le rassurer, il ne m'aurait pas crue. Alors je préférai jouer à celle qui était vexée. Je lui dis de prendre exemple sur Enzo : « Lui il a confiance, sifflai-je, s'il doit partir il part et il ne pleurniche pas, même s'il vient tout juste de se mettre avec Ada ! Alors que toi tu te plains pour rien, eh oui, pour rien, Antò, surtout que toi tu partiras pas, car si Stefano Carracci a été exempté parce qu'il est fils de veuve, tu penses bien que toi aussi, tu seras exempté!»

Mon ton à la fois un peu agressif et affectueux le calma. Mais avant de me dire au revoir il me redemanda, gêné :

«Demande à ta copine!

— C'est aussi la tienne.

— Je sais, mais demande-lui!»

Le lendemain j'en parlai à Lila, mais elle ne savait rien sur le service militaire de son mari et me promit à contrecœur de se renseigner.

Elle ne le fit pas immédiatement comme je l'avais espéré. Il y avait sans arrêt des tensions avec Stefano et la famille de celui-ci. Maria avait dit à son fils que son épouse dépensait trop. Pinuccia faisait un tas d'histoires à propos de la nouvelle épicerie, elle affirmait qu'elle refusait de s'en occuper et que sa belle-sœur n'avait qu'à le faire. Stefano faisait taire sa mère et sa sœur mais, pour finir, il reprochait à sa femme ses dépenses excessives et il essayait de savoir si elle serait éventuellement disposée à se mettre à la caisse du nouveau magasin.

À cette époque, Lila devint particulièrement difficile à suivre, y compris pour moi. Elle disait qu'elle dépenserait moins, acceptait de bon gré de travailler à l'épicerie, mais en même temps elle dépensait encore plus qu'avant et si, précédemment, elle avait parfois jeté un œil au nouveau magasin par curiosité ou par obligation, à présent elle n'y mettait plus les pieds. En outre, les bleus avaient maintenant disparu de son visage et elle semblait prise d'une frénésie de promenades, surtout le matin quand j'étais au lycée.

Elle se baladait avec Pinuccia, elles rivalisaient

pour savoir qui serait la mieux habillée et qui achèterait le plus d'articles inutiles. En général Pina gagnait, surtout parce que, grâce à toutes ses petites moues un peu infantiles, elle parvenait toujours à se faire donner de l'argent par Rino, qui se sentait obligé de se montrer plus généreux que son beau-frère.

« Je bosse toute la journée, disait le fiancé à sa promise, amuse-toi donc à ma place ! »

Et, fier de sa nonchalance, sous les yeux des apprentis et de son père il sortait des poches de son pantalon des billets froissés en boule qu'il tendait à Pina et, aussitôt après, il faisait mine de vouloir en donner aussi à sa sœur, pour se moquer d'elle.

Pour Lila, ces comportements étaient aussi énervants qu'un coup de vent qui fait claquer la porte et tomber tous les objets d'une étagère. Mais elle y voyait aussi le signe que la fabrique de chaussures commençait enfin à marcher et, en fin de compte, elle était contente que les chaussures Cerullo soient maintenant exposées dans de nombreux magasins de la ville, que les modèles printaniers se vendent bien et que les commandes se renouvellent de plus en plus fréquemment. À tel point que Stefano avait été obligé d'aménager également la cave sous la cordonnerie en la transformant moitié en entrepôt et moitié en atelier ; quant à Fernando et Rino, ils avaient dû embaucher en toute hâte un autre apprenti et il leur fallait même parfois travailler la nuit.

Naturellement, bien des problèmes demeuraient encore. Le magasin que les Solara s'étaient engagés à ouvrir sur la Piazza dei Martiri devait être aménagé aux frais de Stefano : alarmé par le fait qu'aucun accord écrit n'ait jamais été rédigé, celui-ci avait de fréquentes prises de bec avec Marcello et Michele. Toutefois, on semblait maintenant s'acheminer vers la signature d'un contrat privé qui mettrait noir sur blanc la somme (un peu gonflée) que Carracci avait l'intention d'investir dans la boutique. Rino surtout se sentait extrêmement satisfait de ce résultat : quand son beau-frère investissait quelque part, il prenait des airs de patron comme si c'était lui qui avait placé cet argent.

« Si ça continue comme ça, l'année prochaine on se marie ! » promettait-il à sa fiancée. Alors un matin, Pina avait voulu aller chez la couturière qui avait confectionné la robe de mariée de Lila, histoire de voir ce qui se faisait.

La couturière avait accueilli les deux jeunes femmes avec une grande affabilité, mais ensuite, fascinée par Lila comme elle l'était, elle s'était fait raconter son mariage dans tous les détails et avait beaucoup insisté pour avoir une grande photo d'elle en robe de mariée. Lila en avait fait développer une exprès et, un matin, elle était sortie avec Pina pour la lui apporter.

Ce fut à cette occasion que, tandis qu'elles se promenaient sur le Rettifilo, Lila demanda à sa belle-sœur pourquoi donc Stefano n'avait pas fait son service militaire : les carabiniers étaient-ils venus vérifier sa condition de fils de veuve ? Le district militaire lui avait-il envoyé son exemption par la poste, ou bien Stefano avait-il dû aller se renseigner en personne ?

Pinuccia la regarda, ironique.

« Fils de veuve ?

— Oui, Antonio dit que si on est dans ce cas on n'a pas à faire son service.

« — Moi je sais que la seule manière sûre de ne pas le faire, c'est de payer.

— Payer qui ?

— Les gars du district militaire.

— Stefano a payé ?

— Oui, mais il ne faut le dire à personne.

— Et il a payé combien ?

— Ça, je sais pas. C'est les Solara qui ont tout fait. »

Lila sentit son sang se figer.

« C'est-à-dire ?

— Tu sais bien que Marcello et Michele n'ont pas fait leur service ! Ils se sont fait réformer pour insuffisance pulmonaire.

— Eux ? Et comment c'est possible ?

— Ils ont des connaissances.

— Et Stefano ?

— Il s'est adressé aux connaissances de Marcello et Michele. Tu payes, et leurs connaissances te rendent ce service. »

Mon amie me rapporta toute cette conversation l'après-midi même, mais comme si elle ne saisissait pas combien ces informations constituaient de très mauvaises nouvelles pour Antonio. En revanche elle était électrisée – oui, électrisée – par la découverte que l'alliance entre son mari et les Solara n'était pas née des nécessités imposées par le commerce mais était de vieille date, précédant même leurs fiançailles.

« Il m'a tout de suite embobinée », répétait-elle presque avec satisfaction, comme si cette histoire de service militaire était la preuve définitive de la véritable nature de Stefano, et comme si elle se sentait maintenant libérée. Il fallut un peu de temps pour que je parvienne à lui demander :

« D'après toi, si le district ne donne pas l'exemption à Antonio, les Solara pourraient lui rendre ce service, à lui aussi ? »

Elle me fixa avec son regard mauvais, comme si je lui avais dit quelque chose de vraiment désagréable, puis elle coupa court :

« Antonio ne s'adresserait jamais aux Solara. »

13

Je ne rapportai pas un mot de cette conversation à mon petit ami. J'évitai de le voir, lui dis que j'avais trop de devoirs et de nombreuses interrogations à préparer.

Il ne s'agissait pas d'une excuse, le lycée était vraiment un enfer. Le rectorat humiliait le proviseur, le proviseur humiliait les professeurs, les professeurs humiliaient les élèves et les élèves se tourmentaient entre eux. La plupart d'entre nous ne supportions pas le poids des devoirs, mais nous étions contents qu'il n'y ait cours qu'un jour sur deux. En revanche, une minorité s'élevait contre l'état déplorable du bâtiment qui hébergeait notre lycée, contre la perte des heures de cours, et réclamait le retour immédiat à l'horaire normal. À la tête de cette faction il y avait Nino Sarratore, et c'est ce qui me compliqua la vie encore davantage.

Je le voyais comploter dans les couloirs avec Mme Galiani et passais près d'eux en espérant que la professeure m'appellerait. Mais cela ne se produisit jamais. J'attendais alors que lui m'adresse la parole, mais cela ne se produisit pas non plus.

Je me sentis discréditée. Je ne suis plus capable d'obtenir les mêmes notes qu'avant, me dis-je, et du coup j'ai déjà perdu le peu de prestige que j'avais acquis. En même temps – pensai-je avec amertume – à quoi pouvais-je bien prétendre ? Si Mme Galiani ou Nino me demandaient mon avis sur cette histoire de salles de classe inutilisables et de devoirs trop nombreux, que leur répondrais-je ? En réalité je n'avais aucune opinion, ce dont je m'aperçus un matin lorsque Nino surgit devant moi une feuille dactylographiée à la main et me demanda brusquement :

« Tu peux lire ça ? »

Mon cœur se mit à battre tellement fort que je ne pus que répondre :

« Maintenant ?

— Non, rends-le-moi à la sortie ! »

J'en fus totalement bouleversée. Je courus aux toilettes et, dans une grande fébrilité, lus son document. Il était rempli de chiffres et parlait de choses dont je ne savais rien : le plan régulateur, la construction des bâtiments scolaires, la Constitution italienne, certains articles fondamentaux. Je compris seulement ce que je savais déjà, à savoir que Nino demandait le retour immédiat à l'horaire normal des cours.

Une fois en classe, je passai la feuille à Alfonso.

« Laisse tomber, me conseilla-t-il sans même lire, c'est la fin de l'année et on a nos dernières interros, ce gars-là il veut juste te mettre dans le pétrin ! »

Mais j'étais devenue comme folle, mes tempes battaient et j'avais la gorge nouée. Au lycée, personne ne s'exposait comme Nino, sans crainte des professeurs ni du proviseur. Non seulement il était le meilleur dans toutes les matières, mais il savait des choses qu'on n'enseignait pas et qu'aucun autre élève, même excellent, ne connaissait. Et il avait du caractère. Et il était beau. Je comptai les heures, les minutes, les secondes. Je voulais courir lui rendre son papier, le couvrir d'éloges, lui dire que j'étais d'accord sur tout et que je voulais l'aider.

Je ne le vis pas dans les escaliers, parmi la foule des lycéens, et ne le trouvai pas dans la rue. Il fut l'un des derniers à sortir et il avait l'air plus renfrogné qu'à l'ordinaire. J'allai joyeusement à sa rencontre en brandissant sa feuille et l'inondai de compliments plus emphatiques les uns que les autres. Il m'écouta crispé, puis il reprit son document et en fit rageusement une boule qu'il jeta au loin.

«Galiani a dit que ça ne va pas», maugréa-t-il.

Je fus complètement décontenancée :

«Qu'est-ce qui ne va pas?»

Il eut une moue mécontente et un geste qui voulait dire : laissons-tomber, ça ne vaut pas la peine d'en parler.

«Merci quand même», ajouta-t-il d'une manière un peu forcée, et tout à coup il se baissa pour m'embrasser sur la joue.

Après le baiser à Ischia, il n'y avait plus eu le moindre contact entre nous, pas même une poignée de main, et cette manière de se saluer, à cette époque tout à fait inhabituelle, me figea sur place. Il ne proposa pas qu'on fasse un bout de chemin ensemble ni ne me dit au revoir : voilà, tout était fini. Sans force, sans voix, je le regardai s'éloigner.

À ce moment-là, deux événements particulièrement déplaisants se produisirent l'un après l'autre.

Tout d'abord, une jeune fille certainement plus jeune que moi, quinze ans tout au plus, surgit d'une ruelle, et je fus frappée par sa beauté nette et soignée : bien faite, de longs cheveux lisses, le moindre de ses gestes et mouvements était gracieux et son habillement printanier était étudié dans tous les détails pour donner une impression de bon goût. Elle rejoignit Nino qui lui passa un bras autour des épaules, elle leva son visage vers lui, lui offrit sa bouche et ils s'embrassèrent : un baiser bien différent de celui qu'il m'avait donné. Aussitôt après, je me rendis compte qu'Antonio se tenait immobile au coin de la rue. Il aurait dû être au travail mais il était venu me chercher. Qui sait depuis combien de temps il se trouvait là ?

14

J'eus du mal à convaincre Antonio que ce qu'il avait vu de ses yeux n'était pas ce qu'il imaginait depuis longtemps, mais juste un comportement amical sans aucune autre intention. « Il a déjà une petite amie, lui dis-je, tu l'as vue toi-même ! » Mais il dut percevoir une trace de souffrance dans ces mots et il me menaça, sa lèvre inférieure et ses mains se mirent à trembler. Alors je murmurai que j'en avais marre et voulais le quitter. Il céda et nous nous réconciliâmes. Mais à partir de ce moment-là, il eut encore moins confiance en moi, et chez lui l'angoisse de devoir faire son service se fondit irrémédiablement avec la peur de me laisser à Nino. Il quitta de plus en plus souvent son travail pour venir me dire bonjour, comme il disait. En réalité il espérait me prendre sur le fait et prouver, surtout à lui-même, que je lui étais en effet infidèle. Ce qu'il aurait fait après, même lui n'en savait rien.

Un après-midi, sa sœur Ada me vit passer devant l'épicerie où elle travaillait désormais, à sa grande satisfaction comme à celle de Stefano. Elle me rejoignit en courant. Elle portait une blouse blanche toute tachée de graisse qui la couvrait jusqu'aux genoux, mais elle n'en était pas moins très gracieuse, et on devinait au rouge à lèvres, aux yeux fardés et aux barrettes dans les cheveux que, sous sa blouse, elle devait être habillée comme pour aller à une fête. Elle dit qu'elle voulait me parler et nous décidâmes de nous retrouver dans la cour avant le dîner. Elle arriva haletante du magasin en compagnie de Pasquale, qui était venu la chercher.

Ils m'adressèrent à tour de rôle une suite de paroles pleines de gêne. Je compris qu'ils étaient très inquiets. Antonio s'énervait pour un rien, il perdait patience avec Melina et s'absentait du travail sans prévenir. Même Gorresio, le patron du garage, était perplexe : il le connaissait depuis qu'il était tout jeune et ne l'avait jamais vu comme ça.

« Il a peur du service militaire, répondis-je.

— De toute façon, s'ils l'appellent il sera bien obligé d'y aller, dit Pasquale, sinon il deviendra déserteur.

— Quand tu es avec lui, expliqua Ada, il va beaucoup mieux.

— Je n'ai pas beaucoup de temps, me défendis-je.

— Les gens sont plus importants que les études, rétorqua Pasquale.

— Passe moins de temps avec Lina et tu verras que tu en trouves, du temps ! lança Ada.

— Je fais ce que je peux, dis-je piquée au vif.

— Il a les nerfs un peu fragiles », avança Pasquale.

Ada conclut brusquement :

« Je m'occupe d'une folle depuis que je suis petite, deux ce serait vraiment trop, Lenù ! »

Je me sentis irritée et effrayée. Pleine de culpabilité, je recommençai à voir Antonio fréquemment, pourtant je n'en avais guère envie et il fallait que je travaille. Cela ne fut pas suffisant. Un soir aux étangs, il se mit à pleurer et me montra une lettre officielle. Il n'avait pas été exempté, à l'automne il allait partir avec Enzo. Et à un moment donné il fit quelque chose qui m'impressionna beaucoup. Il se jeta par terre et commença à se bourrer frénétiquement la bouche de poignées de terre. Je dus l'enlacer très fort, lui murmurer que je l'aimais et ôter la terre de sa bouche avec mes doigts.

Dans quel pétrin me suis-je fourrée ? me demandai-je ensuite du fond de mon lit, où je ne parvenais pas à m'endormir. Et je découvris soudain que mon désir d'arrêter les études s'était atténué, ainsi que mon envie de m'accepter telle que j'étais, d'épouser Antonio, d'aller vivre chez sa mère avec ses frères et sœurs et de mettre de l'essence dans des voitures. Je décidai que je devais faire quelque chose pour l'aider et, dès qu'il irait mieux, je sortirais de cette relation.

Le lendemain j'allai voir Lila, j'avais peur. Je la trouvai joyeuse à l'excès – à cette période nous étions toutes deux instables. Je lui racontai ce qui se passait avec Antonio et sa lettre officielle

et j'affirmai avoir pris ma décision : à son insu
– car il ne me donnerait jamais sa permission –,
j'avais l'intention de m'adresser à Marcello, voire
à Michele, pour leur demander s'ils pouvaient le
sortir d'affaire.

J'exagérai ma détermination. En réalité j'avais
l'esprit confus : d'un côté je me sentais obligée
d'essayer parce que j'étais la cause des souffrances
d'Antonio, mais de l'autre je consultais Lila précisément parce que j'étais sûre qu'elle me dirait de
ne pas le faire. Mais emportée comme je l'étais,
pendant cette période, par le désordre de mes
émotions, je ne pris pas en compte son propre
trouble.

Elle eut une réaction ambiguë. D'abord elle se
moqua de moi, me dit que j'étais une menteuse et
que je devais vraiment aimer mon petit copain si
j'étais prête à aller m'humilier en personne devant
les Solara, tout en sachant bien qu'avec tout ce
qui s'était passé, ces deux-là ne bougeraient pas
le petit doigt pour Antonio. Cependant, aussitôt
après elle se mit à tourner nerveusement le sujet
dans tous les sens – parfois elle ricanait, puis devenait sérieuse avant de rire à nouveau. Pour finir
elle lança : D'accord, vas-y, on verra bien ce qui se
passe ! Avant d'ajouter :

« Après tout, Lenù, quelle différence il y a entre
mon frère et Michele Solara ou, disons, entre Stefano et Marcello ?

— Qu'est-ce que tu veux dire ?

— Je veux dire que j'aurais peut-être dû épouser
Marcello.

— Je ne comprends pas.

— Au moins Marcello ne dépend de personne,
il fait ce qu'il veut.

93

— Tu dis ça sérieusement ? »

Elle se hâta de nier en riant, mais je ne sus que penser. Il n'est pas possible, me dis-je, qu'elle ait changé d'avis sur Marcello ; tous ces rires ne sont pas sincères, ils ne sont qu'une expression de sa tristesse et de sa souffrance parce que ça se passe mal avec son mari.

J'en eus aussitôt la confirmation. Elle devint sérieuse, réduisit ses yeux à deux fentes et lança :

« Je t'accompagne !

— Où ?

— Chez les Solara.

— Et pour quoi faire ?

— Pour savoir s'ils peuvent aider Antonio.

— Non.

— Pourquoi ?

— Ça va mettre Stefano en colère.

— On s'en fout ! Puisqu'il s'adresse à eux, je peux bien le faire moi aussi, je suis sa femme ! »

15

Je ne parvins pas à l'en dissuader. Un dimanche, jour où Stefano dormait jusqu'à midi, nous sortîmes faire une promenade ensemble et elle m'incita à aller jusqu'au bar Solara. Quand elle apparut sur la route neuve encore blanche de chaux, j'en restai bouche bée. Elle s'était habillée et maquillée de manière extrêmement voyante, elle ne ressemblait plus ni à la Lila négligée d'autrefois ni à la Jacqueline Kennedy des revues illustrées mais, pour me référer aux films que nous aimions, on aurait dit Jennifer Jones dans *Duel au soleil* ou peut-être Ava Gardner dans *Le soleil se lève aussi*.

Marcher à côté d'elle me parut embarrassant mais aussi périlleux. J'eus l'impression qu'outre la médisance elle risquait également le ridicule, et que ces deux calamités allaient retomber sur moi, espèce de petit chien terne mais fidèle qui lui servait d'escorte. Tout en elle, de la coiffure aux boucles d'oreilles en passant par le chemisier moulant, la jupe étroite et la démarche, était inadapté aux rues grises du quartier. Quand les regards des hommes tombaient sur elle, ils semblaient tressaillir, presque offensés. Les femmes, surtout les plus âgées, ne se contentaient pas d'afficher un air sidéré : certaines restèrent clouées au bord du trottoir à la regarder avec un petit rire entre amusement et malaise, comme lorsque Melina faisait ses bizarreries dans la rue.

Et pourtant, lorsque nous entrâmes dans le bar Solara rempli d'hommes occupés à leurs achats de pâtisseries dominicales, il ne se produisit rien d'autre que de brefs coups d'œil respectueux, quelques gestes de salutation affables, le regard réellement admiratif de Gigliola Spagnuolo derrière le comptoir ainsi que le salut de Michele qui tenait la caisse, un bonjour exagéré qui ressemblait à une exclamation de plaisir. Les échanges verbaux qui s'ensuivirent furent entièrement en dialecte, comme si la tension obligeait à se débarrasser des filtres compliqués de la prononciation, de la syntaxe et du lexique italiens.

« Qu'est-ce que vous désirez ?

— Une douzaine de pâtisseries. »

Michele cria à Gigliola, cette fois-ci avec une légère nuance ironique :

« Douze pâtisseries pour Mme Carracci ! »

À ce nom, le rideau donnant sur la cuisine s'écarta et Marcello surgit. En découvrant Lila ici même, dans son bar-pâtisserie, il pâlit et fit demi-tour. Mais quelques secondes plus tard il réapparut et vint nous dire bonjour. S'adressant à mon amie, il murmura :

« Ça me fait drôle de t'entendre appeler Mme Carracci !

— Moi aussi », répliqua Lila avec un petit sourire amusé et pas le moindre soupçon d'hostilité, ce qui m'étonna et étonna aussi les deux frères.

Michele l'observa, attentif et admiratif, penchant la tête sur le côté comme s'il regardait un tableau.

« Tu sais qu'on t'a vue ? » dit-il avant de crier à l'intention de Gigliola : « Pas vrai, Gigliò, qu'on l'a vue pas plus tard qu'hier après-midi ? »

Gigliola acquiesça sans trop d'enthousiasme. Marcello aussi opina du chef – *oui oui, on t'a vue* –, mais sans l'ironie de Michele, plutôt comme s'il était sous hypnose, dans un spectacle de magie.

« Hier après-midi ? s'étonna Lila.

— Oui, hier après-midi, confirma Michele, sur le Rettifilo. »

Marcello coupa court, agacé par le ton de son frère :

« Tu étais exposée dans la vitrine de la couturière, il y avait ta photo en robe de mariée. »

On parla un peu de la photo, Marcello avec dévotion et Michele avec ironie, et les deux frères, chacun à sa manière, affirmèrent qu'elle cristallisait vraiment toute la beauté de Lila le jour de son mariage. Elle exprima de la contrariété, mais non sans coquetterie : la couturière ne lui avait pas dit qu'elle mettrait la photo en vitrine, autrement elle ne la lui aurait jamais donnée.

« Moi aussi je veux une photo en vitrine ! s'exclama Gigliola depuis le comptoir, imitant la voix d'une enfant capricieuse.

— Il faut que quelqu'un t'épouse ! lança Michele.

— T'as qu'à m'épouser, toi ! » répliqua-t-elle morose. Et on continua ainsi jusqu'à ce que Lila annonce, sérieuse :

« Lenuccia aussi veut se marier. »

L'attention des frères Solara se tourna paresseusement vers moi qui, jusqu'à ce moment, m'étais sentie invisible et n'avais pipé mot.

« Mais non ! m'exclamai-je en piquant un fard.

— Et pourquoi pas ? Moi je t'épouserais bien même si tu as quat'-z-yeux ! » lança Michele, et Gigliola le foudroya à nouveau du regard.

« Trop tard, elle est déjà fiancée », interrompit Lila. Et petit à petit elle parvint à amener Antonio à l'attention des deux frères, elle évoqua sa situation familiale et représenta avec vivacité comment celle-ci s'aggraverait si jamais il devait partir sous les drapeaux. Je ne fus pas simplement frappée par son habileté avec les mots, que je connaissais déjà. Mais je remarquai le nouveau ton qu'elle utilisait, un dosage subtil d'effronterie et de sobriété. Elle était là, la bouche flamboyante de rouge à lèvres. Elle faisait croire à Marcello qu'elle avait oublié le passé et à Michele que son arrogance rusée l'amusait. Et, à ma plus grande surprise, elle s'adressait à eux comme une femme qui sait bien ce que sont les hommes, qui n'a plus rien à apprendre à leur sujet et aurait même beaucoup à enseigner aux autres : pour ce faire, elle ne jouait pas un rôle comme nous le faisions, enfants, lorsque nous imitions les romans où figuraient des femmes perdues, au contraire on voyait que ses connaissances étaient bien réelles, mais elle n'en rougissait pas. Puis, brusquement, elle prenait ses distances et lançait des signaux de refus aux deux frères : je sais que vous me voudriez mais moi je ne vous veux pas. Ces revirements les désorientaient, au point que Marcello en perdait ses moyens et que Michele, méfiant et hésitant, affichait un regard brillant qui semblait dire : fais gaffe, Mme Carracci ou pas, je peux toujours te coller une paire de baffes, traînée ! Alors elle changeait à nouveau de ton, recommençait à les attirer à elle, leur montrait qu'ils l'amusaient et les faisait rire. Le résultat ? Michele ne se prononça pas, en revanche Marcello lâcha :

« Antonio ne le mérite pas, mais pour faire plaisir à Lenuccia, qui est une fille bien, je peux demander à un ami et voir si on peut faire quelque chose. »

Je me sentis heureuse et le remerciai.

Lila choisit ses pâtisseries, elle fut cordiale avec Gigliola et son père, le pâtissier, qui sortit la tête de la cuisine pour lui dire : toutes mes salutations à Stefano ! Quand elle tenta de payer, Marcello eut un geste net de refus et son frère, bien que de manière moins ferme, abonda en son sens. Nous étions sur le point de partir lorsque Michele, sérieux, lui dit avec le ton lent qu'il prenait quand il voulait quelque chose qui excluait toute discussion :

« Tu es très bien, sur cette photo.

— Merci.

— On voit bien tes chaussures.

— Je n'avais pas remarqué.

« — Moi j'ai remarqué, et je voulais te demander quelque chose.

— Toi aussi tu veux une photo, pour la mettre ici au bar ? »

Michele secoua la tête avec un petit rire froid :

« Non. Mais tu sais qu'on est en train d'aménager le magasin de la Piazza dei Martiri ?

— J'ignore tout de vos affaires.

— Eh bien tu devrais te renseigner, parce que ce sont des affaires qui comptent, et on sait bien que tu n'es pas stupide. À mon avis, si la couturière se sert de cette photo pour faire la réclame de sa robe de mariée, nous on pourrait en faire bien meilleur usage pour la réclame des chaussures Cerullo. »

Lila éclata de rire et s'exclama :

« Tu veux mettre la photo dans la vitrine de la Piazza dei Martiri ?

— Non, je veux la mettre en grand, très grand, à l'intérieur du magasin. »

Elle y réfléchit un instant, puis fit une moue d'indifférence :

« Ce n'est pas à moi qu'il faut demander mais à Stefano, c'est lui qui décide. »

Je vis les deux frères échanger un regard perplexe : je compris qu'ils avaient déjà parlé de cette idée entre eux et avaient tenu pour acquis que Lila n'accepterait jamais, et ils n'arrivaient pas à croire qu'elle ne se soit pas immédiatement cabrée et n'ait pas refusé, au lieu de quoi elle s'en remettait sans discuter à l'autorité de son mari. Ils ne la reconnaissaient pas et moi-même, à ce moment, je ne savais pas qui elle était.

Marcello nous raccompagna à la porte et, une fois dehors, il prit un ton solennel et déclara, très pâle :

«Lina, c'est la première fois depuis très longtemps qu'on se parle, et j'en suis très ému. Toi et moi on s'est pas mis ensemble : d'accord, c'est comme ça. Mais je veux pas qu'il reste des choses pas claires entre nous. Et surtout, je veux pas endosser des fautes qui me reviennent pas. Je sais que ton mari raconte que, pour le déshonorer, j'ai exigé ces chaussures. Mais moi je te le jure devant Lenuccia : les chaussures, c'est ton frère et lui qui ont voulu me les donner, pour me prouver qu'il n'y avait plus aucune rancune entre nous. Moi j'ai rien à voir avec ça!»

Lila l'écouta sans jamais l'interrompre, une expression bienveillante sur le visage. Puis, dès qu'il eut fini, elle redevint celle de toujours. Elle dit avec mépris :

«Vous êtes comme des gamins qui s'accusent les uns les autres.

— Tu me crois pas?

— Si, Marcè, je te crois. Mais ce que tu dis et ce que disent ces autres-là, moi j'en ai plus rien à foutre.»

16

J'entraînai Lila dans notre vieille cour d'immeuble car j'avais hâte de raconter à Antonio ce que j'avais fait pour lui. Surexcitée, je confiai à Lila : dès qu'il se calme un peu, je le quitte! Mais elle ne fit aucun commentaire, elle avait l'air distrait.

J'appelai Antonio, il se montra à la fenêtre puis

descendit, sérieux. Il salua Lila, apparemment sans faire attention à sa tenue vestimentaire ni à son maquillage, voire en s'efforçant de la regarder le moins possible – peut-être craignait-il que je ne lise sur son visage le trouble masculin. Je lui dis que je ne pouvais pas m'attarder mais que j'avais juste le temps de lui annoncer une bonne nouvelle. Il m'écouta, pourtant, pendant que je parlais, je m'aperçus qu'il reculait comme devant la lame d'un couteau. Il a promis qu'il t'aidera, conclus-je cependant avec enthousiasme, et je demandai confirmation à Lila :

« C'est ce que Marcello a dit, pas vrai ? »

Lila se contenta de hocher la tête. Mais Antonio était devenu très pâle et gardait les yeux baissés. Il murmura, la voix brisée :

« Je t'ai jamais demandé de parler aux Solara. »

Lila ajouta aussitôt, mentant :

« C'était mon idée ! »

Antonio répondit sans la regarder :

« Merci, mais c'était pas la peine. »

Il lui dit au revoir – à elle, pas à moi –, tourna le dos et disparut dans son immeuble.

J'en eus mal au ventre. Qu'est-ce que j'avais fait de mal, pourquoi avait-il réagi comme ça ? Dans la rue j'explosai, je dis à Lila qu'Antonio était pire que sa mère Melina, ils avaient le même sang et la même instabilité, je n'en pouvais plus. Elle me laissa parler et je la raccompagnai jusque chez elle. Une fois arrivées, elle me demanda de monter.

« Stefano est là », objectai-je, bien que ce ne soit pas la véritable raison : j'étais anxieuse à cause de la réaction d'Antonio et voulais rester seule, comprendre où je m'étais trompée.

« Cinq minutes et puis tu t'en vas. »

Je montai. Stefano était en pyjama, tout ébou-riffé, avec de la barbe. Il me salua avec gentillesse, jeta un coup d'œil à sa femme et au carton des pâtisseries.

« Tu es allée au bar Solara ?

— Oui.

— Habillée comme ça ?

— Je ne suis pas bien ? »

Stefano, de mauvaise humeur, secoua la tête et ouvrit le carton.

« Tu veux une pâtisserie, Lenù ?

— Non merci, je vais bientôt déjeuner. »

Il mordit dans un *cannolo* et s'adressa à sa femme :

« Vous avez vu qui, au bar ?

— Tes amis, dit Lila, et ils m'ont fait beaucoup de compliments. Pas vrai, Lenù ? »

Elle lui répéta tout ce que les Solara lui avaient raconté, à l'exception de ce qui concernait Anto-nio, autrement dit en lui taisant la véritable raison pour laquelle nous étions allées au bar – ou, en tout cas, la raison pour laquelle j'avais cru qu'elle avait voulu m'accompagner. Puis elle conclut d'un ton délibérément complaisant :

« Michele veut mettre la photo en grand dans le magasin de la Piazza dei Martiri.

— Et tu as accepté ?

— Je lui ai dit qu'ils devaient t'en parler. »

Stefano finit le *cannolo* d'une seule bouchée puis se lécha les doigts. Il dit, comme si c'était ce qui l'avait le plus troublé :

« Tu vois ce que tu m'obliges à faire ? Demain à cause de toi je vais devoir aller perdre mon temps avec la couturière du Rettifilo. » Il soupira et se tourna vers moi : « Lenù, toi qui es une fille sensée, essaie d'expliquer à ta copine que moi j'y travaille, dans ce quartier, et qu'elle doit pas me faire passer pour un crétin. Bon dimanche et bonjour à tes parents. »

Il partit dans la salle de bains.

Derrière son dos Lila lui adressa une grimace de dérision puis elle m'accompagna à la porte.

« Si tu veux, je peux rester, proposai-je.

— C'est un connard, t'en fais pas. »

Elle répéta avec la grosse voix mâle de Stefano des expression comme : *essaie d'expliquer à ta copine, elle doit pas me faire passer pour un crétin*, et cette parodie lui fit pétiller les yeux.

« Et s'il te file des torgnoles ?

— Qu'est-c'que ça peut m'faire ? J'attends un peu et puis je me sens encore mieux qu'avant ! »

Sur le palier elle me dit encore, à nouveau avec une voix d'homme : *Lenù, moi j'y travaille, dans ce quartier*, alors je me sentis obligée d'imiter Antonio et murmurai : *merci, mais c'était pas la peine* – et tout à coup ce fut comme si nous nous voyions de l'extérieur, immobiles là sur le seuil, toutes deux en train de jouer des rôles de femmes aux prises avec des problèmes de couple, et nous nous mîmes à rire. Je lui dis : dès que nous faisons quelque chose nous nous trompons, ces hommes sont impossibles à comprendre, bah, quels casse-pieds !, je l'embrassai fort et m'éclipsai. Mais je n'étais pas encore arrivée au bas de l'escalier que j'entendis Stefano lui crier d'ignobles grossièretés. À présent il avait une voix d'ogre, comme son père.

103

17

Sur le chemin de la maison, je commençai déjà à m'inquiéter pour Lila comme pour moi. Et si Stefano la tuait ? Et si Antonio me tuait ? L'anxiété me gagna, dans la chaleur et la poussière je parcourus d'un pas rapide les rues dominicales qui commençaient à se vider, l'heure du déjeuner approchant. Il était tellement difficile de s'y retrouver, et il était tellement difficile de ne violer aucune des règles masculines, si compliquées ! Lila, suivant peut-être quelque calcul secret, à moins que ce ne soit simplement par méchanceté, avait humilié son mari en allant faire la coquette – elle, Mme Carracci – auprès de son ancien prétendant Marcello Solara, devant tout le monde. Moi, sans le vouloir et même avec la conviction de bien faire, j'étais allée plaider la cause d'Antonio auprès de ceux qui, des années auparavant, avaient offensé sa sœur et l'avaient tabassé, lui, jusqu'au sang, avant que lui-même ne les passe à tabac. Quand j'entrai dans la cour j'entendis qu'on m'appelait, je sursautai. C'était lui, il était à la fenêtre et attendait mon retour.

Il descendit et je pris peur. Je pensai : peut-être a-t-il un couteau. Au contraire, il me parla tout le temps les mains enfoncées dans les poches comme pour les y tenir prisonnières et il était calme, le regard distant. Il me dit que je l'avais humilié devant les personnes qu'il méprisait le plus au monde. Il me dit que je l'avais fait passer pour un type qui envoie sa fiancée demander des faveurs. Il me dit qu'il ne s'agenouillait devant personne, et qu'il serait prêt à faire son service non pas une mais cent fois plutôt que d'aller baiser la main de Marcello. Il me dit que si Pasquale et Enzo l'apprenaient, ils lui cracheraient au visage. Il me dit qu'il me quittait parce qu'il avait eu la preuve, finalement, que je me fichais totalement de lui et de ses sentiments. Il me dit que je pouvais dire et faire ce que je voulais avec le fils Sarratore, il ne voulait plus jamais me revoir.

Je ne parvins pas à répondre quoi que ce soit. Soudain il ôta les mains de ses poches, m'entraîna sous le porche et m'embrassa en pressant fort ses lèvres contre les miennes et en fouillant désespérément ma bouche avec sa langue. Puis il se recula, tourna les talons et s'en alla.

Je montai l'escalier de chez moi totalement décontenancée. Je me dis que j'avais plus de chance que Lila : Antonio n'était pas comme Stefano. Il ne m'aurait jamais fait de mal, il n'était capable que de s'en faire à lui-même.

18

Le lendemain je ne vis pas Lila mais, à ma plus grande surprise, je fus obligée de voir son mari.

Le matin j'étais allée au lycée déprimée, il faisait chaud, je n'avais pas travaillé et n'avais pratiquement pas dormi. Les heures de cours avaient été désastreuses. J'avais cherché Nino devant le lycée dans l'espoir de monter l'escalier avec lui en échangeant ne serait-ce que quelques mots, mais il était demeuré introuvable : peut-être se promenait-il en ville avec sa petite amie, peut-être se trouvait-il dans un de ces cinémas ouverts le matin et l'embrassait-il dans l'obscurité, ou bien peut-être était-il dans le bois de Capodimonte et se faisait-il faire ce que j'avais fait à Antonio pendant des mois. Dès la première heure de cours, j'avais été interrogée en chimie et n'avais pu fournir que des réponses confuses ou incomplètes – qui sait quelle note j'allais avoir, or je n'avais plus le temps de me rattraper et risquais de devoir passer la session de septembre. Mme Galiani, qui m'avait croisée dans le couloir, m'avait adressé un discours calme dont le sens était : qu'est-ce qui t'arrive, Greco, pourquoi tu ne travailles plus ? Et je n'avais rien su lui dire d'autre que : mais si, madame, je travaille, je travaille beaucoup, je vous jure ! de sorte qu'elle m'avait écoutée un moment avant de m'abandonner pour rejoindre la salle des professeurs. J'étais allée pleurer longuement aux toilettes, des pleurs d'autocommisération devant ma vie de malchance : j'avais tout perdu, les succès scolaires, Antonio que j'avais toujours voulu quitter, qui avait fini par le faire en premier et qui me manquait déjà, et Lila qui, depuis qu'elle était Mme Carracci, devenait chaque jour davantage une autre personne. Affaiblie par le mal de tête, j'étais rentrée chez moi à pied en pensant à Lila et à la façon dont elle m'avait utilisée – oui, utilisée – afin d'aller provoquer les Solara, se venger de son mari et me le montrer dans toute sa misère d'homme blessé, et je m'étais demandé pendant tout le trajet : est-ce possible qu'on puisse vraiment changer autant, et que rien ne la distingue désormais d'une fille comme Gigliola ?

Mais une fois à la maison, ô surprise, ma mère

ne m'agressa pas comme d'habitude sous prétexte que j'étais rentrée tard et qu'elle soupçonnait que j'avais retrouvé Antonio, ou bien parce que j'avais négligé l'un de mes innombrables devoirs domestiques. Non, elle m'annonça au contraire avec une sorte de bouderie bienveillante :

« Stefano m'a demandé si, cet après-midi, tu peux l'accompagner au Rettifilo chez la couturière. »

Je crus ne pas avoir bien compris, j'étais assommée par la fatigue et l'abattement. Stefano ? Stefano Carracci ? Il voulait que je l'accompagne au Rettifilo ?

« Et pourquoi il n'y va pas avec sa femme ? », plaisanta mon père depuis la pièce voisine. En théorie il était en arrêt maladie, mais en réalité il devait s'occuper de certains de ses obscurs trafics. « Mais qu'est-ce qu'ils font toute la journée, ces deux-là ? Ils tapent le carton ? »

Ma mère eut un geste d'agacement. Elle répondit que Lila était peut-être occupée, qu'il fallait être gentil avec les Carracci et qu'il y avait des gens dans cette maison qui n'étaient jamais contents. Mais en fait, mon père était plus que content : avoir de bonnes relations avec l'épicier signifiait qu'on pouvait manger à crédit et retarder le paiement le plus possible. Cependant, il aimait faire de l'esprit. Depuis quelque temps, dès qu'il en avait l'occasion il s'amusait à faire des allusions insistantes à une présumée paresse sexuelle de Stefano. De temps en temps, à table, il demandait : mais qu'est-ce qu'il fait, Carracci, il passe son temps devant la télé ? Il riait et il n'était pas difficile de deviner que le véritable sens de sa question était : comment se fait-il que ces deux-là n'aient toujours pas d'enfants ? Stefano, il y arrive ou pas ? Ma mère, qui dans ce domaine comprenait immédiatement ce qu'il voulait dire, lui répondait, sérieuse : il est encore tôt, laisse-les tranquilles, qu'est-ce que tu leur veux ? Mais de fait elle s'amusait autant, si ce n'est plus que lui, à l'idée que l'épicier Carracci, malgré tout l'argent qu'il avait, n'y arrivait pas.

La table était déjà mise, ils m'attendaient pour manger. Mon père s'assit en faisant une petite grimace malicieuse et il continua à plaisanter en s'adressant à ma mère :

« Est-ce que moi je t'ai déjà dit : désolé, ce soir je suis fatigué, et si on tapait plutôt le carton ?

— Non, parce que toi t'es pas une personne comme il faut.

— Et tu veux que je devienne une personne comme il faut ?

— Un peu, sans exagérer...

— Alors à partir de ce soir je fais la personne comme il faut, comme Stefano !

— J'ai dit : sans exagérer. »

Comme je détestais leurs petits duos ! Ils parlaient comme s'ils étaient certains que mes frères, ma sœur et moi ne pouvions les comprendre ; ou bien au contraire, ils imaginaient que nous comprenions tout et que c'était là la bonne manière de nous enseigner comment se comporter en tant qu'hommes et femmes. Épuisée par mes problèmes, j'aurais voulu me mettre à hurler, jeter mon assiette, m'enfuir et oublier pour toujours ma famille, les taches humides du plafond, les murs décrépis et l'odeur de la nourriture – tout, tout ! Quelle bêtise d'avoir perdu Antonio, je le regrettais déjà et voulais qu'il me pardonne. Si on m'oblige à passer le rattrapage en septembre, me dis-je, je n'irai pas : je me ferai recaler et je l'épouserai sur-le-champ. Mais alors Lila me revint à l'esprit, je repensai à la manière dont elle s'était affublée et au ton qu'elle avait employé avec les Solara : qu'avait-elle vraiment en tête ? Comme l'humiliation et la souffrance la rendaient méchante ! Je divaguai ainsi tout l'après-midi, passant sans transition d'un sujet à un autre. Prendre un bain dans la baignoire de l'appartement tout neuf, l'angoisse devant cette requête de Stefano, comment prévenir mon amie, qu'est-ce que mijotait son mari… Et la chimie. Et Empédocle. Et les études. Et arrêter les études. Et enfin une douleur froide. Il n'y avait pas d'échappatoire. Ni Lila ni moi ne deviendrions jamais comme la jeune fille qui était venue attendre Nino devant le lycée. Il nous manquait à toutes les deux quelque chose d'impalpable mais de fondamental qu'elle possédait, elle, et que l'on remarquait au premier coup d'œil : c'était quelque chose qu'on avait ou qu'on n'avait pas – pour posséder cette qualité, il ne suffisait pas d'apprendre le latin, le grec ou la philosophie, et même tout l'argent des charcuteries et des chaussures n'y pouvait rien.

Stefano appela depuis la cour. Je descendis en courant et vis aussitôt à son visage qu'il était mortifié. Il expliqua qu'il me priait de l'accompagner pour récupérer la photo que la couturière exposait dans sa vitrine sans autorisation. Viens avec moi, s'il te plaît, murmura-t-il d'un ton un peu mielleux. Puis, sans un mot, il me fit monter dans la décapotable, et nous partîmes à vive allure dans une bourrasque de vent chaud.

Dès que nous quittâmes le quartier il se mit à

parler, et il ne s'arrêta plus jusqu'à notre arrivée chez la couturière. Il s'exprima dans un dialecte doux, sans grossièreté ni dérision. Il commença par me dire que je devais lui rendre un service, mais sans m'expliquer immédiatement lequel, il me dit juste d'une manière embrouillée que si je le faisais pour lui c'était comme si je le faisais pour mon amie. Puis il commença à me parler de Lila : comme elle était belle, comme elle était intelligente ! Mais par nature c'est une rebelle, ajouta-t-il, et soit on fait comme elle veut, soit elle te torture. Lenù, tu n'as pas idée de ce que je vis, ou en tout cas tu ne sais que ce qu'elle te raconte. Écoute aussi ma version des faits ! Lina est convaincue que je ne m'intéresse qu'à l'argent, et c'est peut-être vrai, mais si je le fais c'est pour la famille, c'est pour son frère, son père et tous ses parents. Est-ce que j'ai tort ? Toi qui es très instruite, dis-moi si j'ai tort ! Qu'est-ce qu'elle veut, la misère d'où elle vient ? Il n'y a que les Solara qui auraient le droit de faire de l'argent ? Il faut donc laisser le quartier entre leurs mains ? Si tu me dis que je me trompe, moi je ne discute pas avec toi et je reconnais tout de suite que je me trompe. Mais avec elle, par contre, je suis tout le temps obligé de discuter ! Elle ne veut pas de moi, elle me le dit et me le répète. Lui faire comprendre que je suis son mari est une véritable guerre, et depuis que je suis marié, ma vie est insupportable ! La voir matin et soir, dormir à son côté et ne pas pouvoir lui faire sentir combien je l'aime, avec toute la force dont je me sens capable, c'est un truc terrible.

Je regardai ses mains larges qui serraient le volant puis son visage. Ses yeux devinrent humides et il avoua que lors de leur nuit de noces il avait dû la battre, oui, il y avait été obligé, et il ajouta que matin et soir elle le forçait à la gifler encore et encore, exprès pour le rabaisser et le contraindre à être comme il n'aurait jamais, mais jamais voulu être. Et c'est presque d'un ton effrayé qu'il poursuivit : j'ai été obligé de la frapper à nouveau, elle ne devait pas aller chez les Solara habillée comme ça ! Mais elle a en elle une force que je n'arrive pas à plier. C'est une force maléfique qui rend inutiles les bonnes manières, qui rend tout inutile. C'est un poison. Tu vois qu'elle ne tombe pas enceinte ? Les mois passent : rien. Famille, amis et clients me demandent avec un visage rieur : alors, il y a des nouvelles ? et moi je dois leur répondre : quelles nouvelles ? en faisant semblant de ne pas comprendre. Parce que si je comprenais, il faudrait que je réponde. Et qu'est-ce que je pourrais répondre ? Il y a des choses qu'on sait mais qu'on ne peut pas dire. Elle, avec cette force qu'elle a, elle réussit à tuer les bébés dans son ventre, Lenù, et elle le fait exprès pour qu'on croie que je ne suis pas un vrai homme et pour me ridiculiser aux yeux de tout le monde. Qu'est-ce que tu en penses ? Tu crois que j'exagère ? Tu ne peux pas t'imaginer comme ça me fait du bien que tu m'écoutes !

Je ne sus que répondre. J'étais stupéfaite, je n'avais jamais entendu un homme se raconter ainsi. Il employa toujours, même pour évoquer sa propre violence, un dialecte plein de sentiment, désarmant, comme celui de certaines chansons. Aujourd'hui encore, j'ignore pourquoi il se comporta ainsi. Bien sûr, il me révéla ensuite ce qu'il voulait. À savoir que je m'allie avec lui pour le bien de Lila. Il expliqua qu'il fallait aider Lila à comprendre qu'elle devait se comporter comme une épouse et non comme une ennemie. Il me demanda de la convaincre de donner un coup de main avec les comptes et la deuxième épicerie. Mais pour obtenir ce résultat, il n'avait nullement besoin de se confesser à moi de cette façon. Il pensait sans doute que Lila m'avait déjà tout raconté de leur situation et qu'il devait me donner sa propre version des faits. À moins qu'il n'ait pas prémédité de s'ouvrir aussi franchement à la meilleure amie de sa femme et qu'il se soit laissé emporter par ses émotions. Ou bien fit-il l'hypothèse que, s'il réussissait à m'émouvoir, j'irais à mon tour émouvoir Lila en lui rapportant toute notre conversation. Quoi qu'il en soit, je l'écoutai avec une empathie croissante. Peu à peu, je pris plaisir à ce libre débordement de confidences très intimes. Mais surtout, je dois avouer que j'appréciai l'importance qu'il m'attribuait. Quand il énonça à sa manière un soupçon que je nourrissais moi-même depuis toujours, à savoir que Lila couvait une force qui la rendait capable de tout, y compris d'empêcher son organisme de concevoir des enfants, j'eus l'impression qu'il m'attribuait un pouvoir bénéfique susceptible de contrecarrer le pouvoir maléfique de Lila, ce qui me flatta. Nous sortîmes de la voiture et nous rendîmes chez la couturière, et je sentis que cette reconnaissance me consolait. J'en arrivai même à lui dire pompeusement, en italien, que je ferais tout mon possible pour les aider à être heureux.

Mais en arrivant devant la vitrine de la couturière, je redevins nerveuse. Nous nous arrêtâmes tous deux pour regarder la photo encadrée de Lila parmi les étoffes multicolores. Elle était assise jambes croisées, sa robe de mariée un peu

relevée découvrait ses chaussures et une che-
ville. Le menton posé sur la paume d'une main,
elle avait un regard sérieux et intense qui fixait
effrontément l'objectif, et une couronne de fleurs
d'oranger illuminait ses cheveux. Le photographe
avait eu de la chance, j'eus l'impression qu'il avait
justement saisi cette force dont parlait Stefano, et
c'était une force – me sembla-t-il comprendre –
contre laquelle Lila elle-même ne pouvait rien. Je
me retournai dans l'intention de dire à Stefano,
avec admiration mais aussi désolation : voilà
exactement ce dont nous parlions, mais il poussa
la porte et s'effaça pour me laisser passer.

Le ton qu'il avait utilisé avec moi disparut et il
se montra dur avec la couturière. Il se présenta
comme le mari de Lina – c'est la formule qu'il
employa. Il expliqua que lui aussi était dans le
commerce, mais qu'il ne lui serait jamais venu à
l'idée de se faire de la publicité ainsi. Il en arriva
à lui dire : vous qui êtes une belle femme, que
dirait votre mari si je prenais une photo de vous
et la mettais au milieu de mes fromages et de mes
saucissons ? Il lui demanda de rendre la photo.

La couturière fut décontenancée et tenta de
se défendre avant de finir par céder. Mais elle fit
comprendre qu'elle était vraiment déçue et, pour
prouver le bien-fondé de son initiative et la sincérité de son remords, elle raconta trois ou quatre
anecdotes destinées à devenir, au fil des ans, une
véritable petite légende dans notre quartier. Pendant la période où la photo avait été en vitrine,
plusieurs personnes étaient venues prendre des
renseignements sur la jeune femme en robe de
mariée : le célèbre Renato Carosone, un prince
égyptien, Vittorio De Sica et un journaliste du

Roma qui voulait parler à Lila pour lui envoyer un photographe qui fasse des clichés en maillot de bain, comme Miss Italie. La couturière jura qu'elle avait refusé de donner l'adresse à tout le monde bien que, en particulier dans le cas de Carosone et De Sica, un tel refus lui ait semblé fort discourtois, vu la qualité des personnes concernées.

Je me rendis compte que plus la couturière parlait, plus Stefano s'adoucissait. Il finit par devenir tout à fait sociable et insista pour qu'elle raconte ces épisodes avec de plus amples détails. Quand nous partîmes en emportant la photo, son humeur avait changé et son monologue du retour n'eut plus les mêmes tonalités douloureuses qu'à l'aller. Il fut joyeux et se mit à parler de Lila avec l'arrogance de celui qui possède un objet rare et tire grand prestige de cette possession. Néanmoins, il recommença bien à me demander mon aide. Avant de me déposer chez moi il me fit jurer encore et encore que je ferais tout mon possible pour faire comprendre à Lila quelles étaient la bonne et la mauvaise voie. Toutefois, dans ses paroles, Lila n'était plus désormais une personne ingouvernable mais une sorte de liquide précieux contenu dans une fiole qui lui appartenait. Les jours suivants, Stefano parla à tout un chacun, y compris dans son épicerie, de Carosone et de De Sica, de sorte que cette histoire fit le tour du quartier ; et Nunzia, la mère de Lila, répéta à tout le monde jusqu'à son dernier jour que sa fille aurait pu devenir chanteuse et actrice, figurer dans le film *Mariage à l'italienne*, faire de la télévision et même devenir une princesse égyptienne, si la couturière du Rettifilo n'avait pas été aussi réticente et si le destin ne l'avait pas fait épouser, à seize ans, Stefano Carracci.

19

L'enseignante de chimie fut généreuse avec moi (il est possible aussi que Mme Galiani l'ait convaincue de se montrer généreuse) et me fit cadeau de la moyenne. Je passai avec des sept sur dix dans toutes les matières littéraires, des six dans toutes les matières scientifiques, j'eus la moyenne en religion et, pour la première fois, j'eus seulement un huit en conduite, signe que le curé et qu'une bonne partie du conseil de classe ne m'avaient jamais vraiment pardonnée. Cela me déçut, je percevais maintenant cette vieille dispute avec le professeur de religion sur le rôle du Saint-Esprit comme de la présomption de ma part et je regrettais de ne pas avoir écouté Alfonso qui, à l'époque, avait tenté de me retenir. Naturellement je n'obtins pas la bourse d'études et ma mère piqua une colère, criant que c'était à cause de tout ce temps que j'avais perdu à courir après Antonio. Exaspérée, je rétorquai que je voulais arrêter le lycée. Elle leva la main pour me gifler mais soudain eut peur pour mes lunettes et courut chercher le battoir à linge. Bref ce furent de sales journées, tout allait de mal en pis. Une seule chose me sembla positive : le matin où j'allai voir les tableaux d'honneur, l'appariteur me courut après pour me remettre un paquet que Mme Galiani avait laissé à mon intention. C'étaient des livres, mais pas des romans : c'étaient des ouvrages pleins de réflexion. Toutefois, ce subtil signe de confiance ne suffit pas à me remonter le moral.

J'avais trop de motifs d'anxiété et j'avais toujours l'impression de me tromper, quoi que je fasse. Je cherchai mon ancien petit ami chez lui et à son travail, mais il parvint toujours à m'éviter. Je me présentai alors à l'épicerie pour demander son aide à Ada. Elle me reçut froidement, me dit que son frère ne voulait plus me voir et, à partir de ce jour-là, se mit à détourner la tête chaque fois que nous nous croisions. Maintenant que je n'avais plus classe, me réveiller le matin devint un traumatisme, comme si quelque chose cognait horriblement à l'intérieur de ma tête. Au début je me forçai à lire quelques pages des livres de Mme Galiani, mais ils m'ennuyaient, je n'y comprenais pas grand-chose. Je recommençai à emprunter des romans à la bibliothèque et les dévorai les uns après les autres. Mais à la longue, ils ne me furent d'aucun secours. Ils donnaient à lire des vies intenses et des dialogues profonds, le fantasme d'une réalité bien plus fascinante que ma vie réelle. Alors, pour me sentir quelqu'un d'autre, je m'aventurai parfois jusqu'au lycée dans l'espoir d'y apercevoir Nino qui passait ses épreuves du baccalauréat. Le jour de son écrit de grec, je l'attendis pendant des heures, patiemment. Mais juste au moment où les premiers candidats commencèrent à sortir, dictionnaire Rocci sous le bras, voilà que surgit la jeune fille à la beauté si naturelle que j'avais vue en train de tendre ses lèvres à Nino. Elle se posta à quelques mètres de moi pour l'attendre, et en un éclair je vis l'image que nous allions offrir – telles deux petites silhouettes dans un catalogue – au fils Sarratore au moment où il franchirait la porte. Je me sentis moche et négligée et décidai de m'en aller.

Je courus chez Lila en quête de réconfort. Mais je savais qu'avec elle aussi je m'étais trompée, j'avais fait quelque chose de stupide : je ne lui avais pas dit que j'étais allée chercher la photo avec Stefano. Pourquoi m'étais-je tue ? M'étais-je complu dans le rôle de pacificatrice que son mari m'avait offert et avais-je pensé pouvoir mieux l'exercer en taisant à Lila ma course en voiture au Rettifilo ? Avais-je craint de trahir les confidences de Stefano et, par conséquent, avais-je trahi Lila sans m'en rendre compte ? Je ne savais pas. En réalité, je n'avais pas vraiment décidé quoi que ce soit, il s'agissait plutôt d'une hésitation qui avait d'abord pris la forme d'une étourderie feinte avant de devenir une certitude gênante : ne pas avoir expliqué tout de suite ce qui s'était passé rendait maintenant compliquée, et peut-être inutile, toute tentative de réparer mon erreur. Il était tellement facile de mal faire ! Je cherchais des justifications qui pourraient lui paraître convaincantes, mais je n'étais même pas capable de m'en fournir à moi-même. J'avais l'intuition de quelque chose de malsain dans mon comportement et me taisais.

En même temps, elle n'avait jamais indiqué qu'elle était au courant de cette entrevue. Elle m'accueillait toujours avec gentillesse, me laissait prendre des bains dans sa baignoire et utiliser son maquillage. Mais elle ne faisait presque aucun commentaire sur les intrigues des romans que je lui racontais et préférait me donner des informations frivoles sur la vie des acteurs et chanteurs qu'elle lisait dans les revues illustrées. Et elle ne me livrait plus aucune pensée personnelle ni aucun projet secret. Si je voyais qu'elle avait des bleus et partais de là pour l'inciter à s'interroger sur les raisons de cette malheureuse réaction de Stefano, si je lui disais qu'il devenait peut-être agressif parce qu'il aurait voulu qu'elle l'aide et le soutienne toujours dans l'adversité, elle me regardait avec ironie, haussait les épaules et changeait de sujet. J'avais rapidement compris que, sans vouloir rompre ses relations avec moi, elle avait décidé de ne plus me faire de confidences. Était-elle donc au courant de mon entretien avec Stefano et ne me considérait-elle plus comme une amie de confiance ? J'en étais même arrivée à espacer mes visites en espérant qu'elle serait affectée par mon absence et m'en demanderait la raison, ce qui aurait abouti à une explication. Mais j'avais eu l'impression qu'elle n'avait rien remarqué. Alors je n'avais pu résister et étais retournée la voir avec assiduité, ce qui ne provoqua en elle ni plaisir ni déplaisir apparent.

Ce jour brûlant de juillet, j'arrivai chez elle particulièrement abattue et pourtant ne lui dis rien sur Nino et la petite amie de Nino, parce que sans le vouloir – on sait comment ça se passe – j'avais fini par réduire moi aussi le jeu des confidences au minimum. Comme d'habitude, elle fut accueillante. Elle prépara un sirop d'orgeat et je me lovai sur le canapé de la salle de séjour pour déguster la boisson glacée ; j'étais agacée par le ferraillement des trains, la sueur et tout le reste.

Je l'observai en silence pendant qu'elle se déplaçait dans l'appartement : sa capacité à s'orienter dans de déprimants labyrinthes tout en restant fidèle à ses décisions belliqueuses, et sans en laisser rien deviner, me mettait en colère. Je pensai à ce que son mari m'avait dit, à ses mots sur ce mystérieux pouvoir que Lila retenait comme le ressort d'un dangereux mécanisme. Je regardai son ventre et imaginai qu'elle était occupée pour de bon, nuit et jour, à batailler pour détruire la vie que Stefano voulait y introduire de force. Pendant combien de temps résistera-t-elle ? me demandai-je, mais je n'osai lui poser des questions explicites, je savais qu'elle les aurait trouvées désagréables.

Peu après Pinuccia arriva, il s'agissait apparemment d'une simple visite entre belles-sœurs. En fait, au bout de dix minutes Rino apparut à son tour : Pina et lui flirtèrent sous nos yeux d'une manière tellement excessive que Lila et moi échangeâmes des regards moqueurs. Quand Pina dit qu'elle voulait admirer la vue, Rino la suivit et ils s'enfermèrent dans une pièce pendant une bonne demi-heure.

Cela se produisait souvent et Lila m'en parla avec un mélange d'agacement et de dérision. Je fus envieuse de la désinvolture des deux fiancés : aucune peur, aucune gêne, et quand ils réapparurent ils étaient encore plus heureux qu'avant. Rino alla prendre quelque chose à grignoter dans la cuisine, revint et parla chaussures avec sa sœur ; il annonça que les choses allaient de mieux en mieux et tenta de lui soutirer quelques suggestions, question d'aller se faire mousser ensuite auprès des Solara.

« Tu sais que Marcello et Michele veulent mettre ta photo dans le magasin de la Piazza dei Martiri ? lui demanda-t-il soudain d'un ton enjôleur.

— N'importe quoi ! intervint aussitôt Pinuccia.

— Et pourquoi ? demanda Rino.

— Tu demandes pourquoi ? Si elle a envie, Lina peut mettre sa photo dans la nouvelle épicerie : c'est elle qui doit la gérer, non ? Mais si c'est moi qui m'occupe du magasin de la Piazza dei Martiri, tu permets que je décide moi-même de ce que j'y mets ! »

Elle parla comme si elle défendait avant tout les droits de Lila contre un frère envahissant. En réalité, nous savions tous qu'elle se défendait elle-même et qu'elle défendait son avenir. Elle en avait assez de dépendre de Stefano, elle voulait laisser tomber l'épicerie et aimait l'idée de pouvoir jouer à la patronne dans un magasin du centre de Naples. C'est pourquoi, depuis un moment déjà, une petite guerre avait lieu entre Rino et Michele : la gestion du magasin de chaussures se trouvait au cœur de cette bataille, qui était attisée par les pressions de leurs fiancées respectives. Rino insistait pour que Pinuccia s'en occupe, Michele pour que ce soit Gigliola. Mais Pinuccia était la plus agressive, elle ne doutait pas qu'elle allait l'emporter et savait qu'elle pouvait compter à la fois sur l'autorité de son fiancé et sur celle de son frère. Par conséquent, à la moindre occasion, elle prenait des airs de supériorité et se comportait comme une femme qui a changé de monde, qui a tourné le dos au quartier et qui peut décider de ce qui convient ou non au raffinement de la clientèle du centre.

Je m'aperçus que Rino craignait que sa sœur ne passe à l'attaque, mais Lila manifesta la plus grande indifférence pour le sujet. Alors il regarda sa montre pour faire comprendre qu'il était très occupé et dit avec le ton de celui qui en sait long : « D'après moi, cette photo a un grand potentiel commercial ! », puis il embrassa Pina qui l'esquiva pour lui envoyer un signal de désaccord, et il s'éclipsa.

Nous restâmes entre filles. Espérant utiliser mon autorité pour mettre un point final à cette discussion, Pinuccia me demanda, maussade :

« Lenù, qu'est-ce que tu en penses ? Tu trouves que c'est une bonne idée, de mettre la photo de Lina sur la Piazza dei Martiri ? »

Je répondis en italien :

« C'est Stefano qui doit décider, et puisqu'il est allé exprès chez la couturière pour qu'elle l'enlève de sa vitrine, j'exclus qu'il puisse donner sa permission. »

Pinuccia, rouge de satisfaction, poussa presque un cri :

« *Mamma mia*, qu'est-ce que t'es intelligente, Lenù ! »

J'attendis que Lila donne son opinion. Il y eut un long silence, puis elle s'adressa uniquement à moi :

« Tu veux parier combien que tu as tort ? Stefano donnera sa permission.

— Bien sûr que non !

— Mais si.

— Qu'est-ce que tu veux parier ?

— Si tu perds, tu ne devras plus jamais avoir une moyenne inférieure à huit ! »

Je la regardai gênée. Nous n'avions jamais discuté des difficultés que j'avais eues à passer dans la classe supérieure et je croyais qu'elle n'était même pas au courant, or non seulement elle en était informée, mais maintenant elle me le reprochait. Tu n'as pas été à la hauteur, me disait-elle, tu as eu des notes lamentables ! Elle exigeait que je fasse ce qu'elle aurait fait à ma place. Elle voulait

121

vraiment m'enfermer dans le rôle de celle qui passe sa vie dans les livres tandis qu'elle, elle avait tout – argent, jolis vêtements, appartement, télévision, voiture –, prenait tout et s'autorisait tout.

« Et si c'est toi qui perds ? » demandai-je avec un peu d'aigreur.

Elle retrouva soudain ce regard qui semblait lancé depuis de sombres meurtrières :

« Alors je m'inscris dans une école privée, je recommence à étudier et je jure que je réussirai mon bac en même temps que toi, et mieux que toi ! »

En même temps que toi et mieux que toi. C'était donc ça qu'elle avait en tête ? J'eus l'impression que tout ce qui m'avait rongée pendant cette sale période – Antonio, Nino, le mécontentement pour la nullité de ma vie – se trouvait soudain comme annulé d'un trait.

« Tu parles sérieusement ?

— Tu crois qu'on fait des paris pour rigoler ? »

Pinuccia intervint, très agressive :

« Lina, commence pas à faire la folle comme d'habitude : toi tu as la nouvelle épicerie, Stefano ne peut pas s'en sortir seul. » Toutefois, elle se retint aussitôt et ajouta avec une feinte douceur : « Et puis j'aimerais bien savoir quand Stefano et toi me ferez devenir tata… »

Sa formule était mielleuse mais son ton plein d'amertume, et je fus irritée de sentir les motifs de sa rancœur se mêler aux miens. Ce que Pinuccia voulait dire, c'était : toi tu es mariée, mon frère te donne tout, alors maintenant fais ce que tu as à faire ! Et en effet, à quoi cela pouvait-il rimer d'être Mme Carracci et de fermer toutes les portes, de se barricader, se cloîtrer et nourrir une fureur empoisonnée contre son propre ventre ? Tu dois donc toujours faire mal, Lila ? Quand t'arrête-ras-tu ? Ton énergie diminuera-t-elle un jour, trou-vera-t-elle enfin autre chose à faire, et finira-t-elle par s'écrouler comme une sentinelle qui s'endort ? Quand est-ce que tu te laisseras aller et t'assiéras derrière ta caisse, dans le nouveau quartier, le ventre de plus en plus gonflé ? Quand est-ce que Pinuccia deviendra tante et quand est-ce que moi, moi, tu me laisseras poursuivre mon chemin ?

« Qui sait ? répondit Lila tandis qu'elle retrou-vait ses yeux grands et profonds.

— Si ça se trouve, je deviendrai maman avant toi ! dit sa belle-sœur en riant.

— Si tu passes ton temps collée comme ça à Rino, ça pourrait bien t'arriver ! »

Une petite escarmouche s'ensuivit, mais je ne les écoutai plus.

20

Afin d'apaiser ma mère, je dus me chercher un travail d'été. Naturellement j'allai voir la proprié-taire de la papeterie. Elle m'accueillit comme on accueille une maîtresse d'école ou le docteur, et elle appela ses filles qui jouaient dans l'arrière-boutique : les gamines se jetèrent dans mes bras, me firent plein de bisous et voulurent que je joue un peu avec elles. Quand j'annonçai que je cher-chais du travail, la papetière s'exclama que, pour permettre à ses filles d'aller passer leurs journées avec une jeune personne douée et intelligente comme moi, elle était prête à les envoyer au Sea Garden tout de suite, sans même attendre le mois d'août.

« Qu'est-ce que vous entendez par tout de suite ? demandai-je.

— La semaine prochaine ?

— Parfait !

— Je te donnerai un peu plus que l'an dernier. »

J'eus l'impression de recevoir enfin une bonne nouvelle. Je rentrai chez moi satisfaite et ne changeai pas même d'humeur lorsque ma mère me lança que j'avais toujours de la chance, car aller à la plage et prendre le soleil, ce n'était vraiment pas du travail !

Ayant repris courage, le lendemain j'allai rendre visite à Mme Oliviero. Cela m'ennuyait de devoir lui dire que, cette année-là, je ne m'étais pas particulièrement distinguée en cours, mais il fallait absolument que je la voie pour lui rappeler avec tact qu'elle devait me procurer les livres pour ma deuxième année de lycée. Et puis j'imaginais que cela lui ferait plaisir d'apprendre que Lila, maintenant qu'elle avait fait un bon mariage et avait beaucoup de temps libre, se remettrait peut-être à étudier. Lire dans ses yeux sa réaction à cette nouvelle m'aiderait à calmer le malaise que j'avais ressenti moi-même en l'entendant.

Je frappai plusieurs fois à la porte mais l'institutrice n'ouvrit pas. Je posai des questions aux voisins et un peu partout dans le quartier et lorsque je revins une heure plus tard, elle n'ouvrit toujours pas. Pourtant personne ne l'avait vue sortir, et dans les rues du quartier et les magasins nul ne l'avait rencontrée. Comme c'était une femme seule, âgée et qui n'allait pas bien, je recommençai à interroger le voisinage. Une femme qui habitait juste à côté de chez l'institutrice se décida à demander l'aide de son fils. Le jeune homme s'introduisit dans l'appartement en passant du petit balcon de chez sa mère à l'une des fenêtres de chez la maîtresse. Il la trouva par terre dans la cuisine, en chemise de nuit, évanouie. On appela le médecin et celui-ci décida qu'il fallait immédiatement la conduire à l'hôpital. On dut la porter jusqu'au bas de l'escalier. Je la vis quand elle franchit la porte de l'immeuble, toute débraillée et le visage enflé, elle qui venait toujours à l'école dans une tenue impeccable. Elle avait l'air épouvanté. Je lui fis signe de la main et elle baissa les yeux. On l'installa dans une voiture qui partit dans un vacarme de coups de klaxon.

La chaleur de cette année-là dut gravement affecter les organismes les plus fragiles. Dans l'après-midi, on entendit les enfants de Melina qui appelaient leur mère depuis la cour, de plus en plus inquiets. Leurs cris ne cessant pas, je décidai d'aller voir ce qui se passait et tombai sur Ada. Nerveuse, les yeux humides, elle me répondit qu'on ne savait pas où Melina était passée. Aussitôt après Antonio arriva, essoufflé et très pâle, il ne me regarda même pas et partit en courant. Bientôt la moitié du quartier était à la recherche de Melina, même Stefano qui, encore en blouse d'épicier, se mit au volant de la décapotable, fit asseoir Ada près de lui et se mit à explorer les rues au ralenti. Moi j'accompagnai Antonio, nous courûmes çà et là sans nous adresser la parole. À la fin nous nous retrouvâmes dans la zone des étangs et traversâmes tous deux les hautes herbes en appelant sa mère. Il avait le visage creusé et des cernes bleus. Je lui pris la main, je voulais le réconforter, mais il me repoussa. Il me dit alors quelque chose d'odieux : laisse-moi tranquille, t'es pas une vraie femme ! J'en ressentis une vive douleur à la poitrine, mais c'est alors que nous aperçûmes Melina. Elle était assise dans l'eau, elle prenait le frais. Son cou et son visage émergeaient de la surface verdâtre, elle avait les cheveux trempés, les yeux rouges et les lèvres tachées de petites feuilles et de vase. Elle se taisait, elle qui depuis dix ans vivait ses crises de folie en criant et en chantant.

Nous la ramenâmes à la maison, Antonio la soutenait d'un côté et moi de l'autre. Les gens avaient l'air soulagé, ils l'appelaient et elle les saluait faiblement de la main. Près du portail je découvris Lila, elle n'avait pas participé aux recherches. Isolée dans son appartement du nouveau quartier, la nouvelle avait dû lui arriver tard. Je savais qu'elle avait un lien fort avec Melina : or, tandis que tout le monde donnait à la veuve des gages de sympathie et qu'Ada accourait en criant « maman, maman ! » suivie de Stefano – il avait abandonné sa voiture au beau milieu du boulevard, portières grandes ouvertes, et affichait l'air heureux de celui qui avait eu de sinistres pensées avant de découvrir qu'au contraire tout allait bien –, je fus frappée par le fait que Lila se tenait à l'écart, une expression difficile à définir sur le visage. Elle semblait émue par le triste spectacle qu'offrait Melina, sale, le sourire éteint, ses vêtements légers imbibés d'eau et de boue, la forme de son corps abîmé visible sous l'étoffe, peinant à saluer amis et connaissances. Mais Lila avait aussi l'air blessé, voire terrorisé, presque comme si elle vivait la même destruction intérieure que sa parente. Je lui fis signe, mais elle ne me répondit pas. Je laissai alors Melina à sa fille et tentai de la rejoindre, je voulais lui parler également de Mme Oliviero et lui rapporter la vilaine phrase que m'avait adressée Antonio. Je ne la trouvai plus cependant, elle était partie.

21

Quand je revis Lila, je compris tout de suite qu'elle n'allait pas bien et que son mal-être me contaminait. Nous passâmes une matinée chez elle dans une atmosphère en apparence ludique. En réalité, elle m'obligea à essayer toutes ses robes avec une méchanceté croissante bien que je lui répète qu'elles ne m'allaient pas. Ce jeu devint un supplice. Elle était plus grande et mince que moi, et chaque vêtement que j'essayais me donnait l'air ridicule. Mais elle ne voulait pas le reconnaître et disait qu'il suffisait de quelques retouches ici ou là. Toutefois, plus elle me regardait plus sa mauvaise humeur augmentait, comme si mon aspect physique avait le don de la contrarier.

Soudain elle s'exclama « Ça suffit ! » et elle eut le regard et le visage d'une personne qui vient de voir un fantôme. Puis elle reprit ses esprits, s'imposa un ton frivole et m'apprit qu'un ou deux soirs plus tôt, elle était allée prendre une glace avec Pasquale et Ada.

J'étais en combinaison et l'aidais à remettre les robes sur leurs cintres.

« Avec Pasquale et Ada ?

« — Oui.

— Stefano est venu aussi ?

— Non, j'y suis allée seule.

— Ils t'ont invitée ?

— Non, c'est moi qui ai proposé. »

Avec l'air de celle qui avait envie de me surprendre, elle ajouta qu'elle ne s'était pas limitée à
cette seule escapade dans ce qui avait été son univers de célibataire : le lendemain, elle était aussi
allée manger une pizza avec Enzo et Carmela.

« Toujours seule ?

— Oui.

— Et Stefano, qu'est-ce qu'il en dit ? »

Elle fit une moue indifférente :

« Se marier, ça veut pas dire mener une vie de
vieille. S'il veut venir avec moi très bien, mais si le
soir il est trop fatigué, alors je sors seule.

— Et comment ça s'est passé ?

— Je me suis bien amusée. »

J'espérai qu'elle ne lirait pas la déception sur
mon visage. Nous nous étions vues souvent et elle
aurait très bien pu me dire : ce soir je sors avec
Ada, Pasquale, Enzo ou Carmela, tu veux venir
avec nous ? Or elle ne m'avait rien dit, elle avait
organisé et géré ces rencontres toute seule, en
secret, comme s'il ne s'agissait pas de *nos* amis
de toujours, mais seulement des siens. Et voilà
qu'elle me racontait à présent par le détail, avec
satisfaction, tout ce qu'ils s'étaient raconté : Ada
était inquiète, Melina ne mangeait pratiquement
rien et vomissait le peu qu'elle avalait ; Pasquale
était anxieux pour sa mère Giuseppina qui n'arrivait pas à dormir, avait les jambes lourdes et des
palpitations, et en plus, à chaque fois qu'elle allait
voir son mari en prison, elle rentrait en pleurs et

rien ne pouvait la consoler. Je l'écoutai. Je remarquai qu'elle s'exprimait avec beaucoup plus d'empathie que d'ordinaire. Elle choisissait des mots chargés d'émotion et décrivait Melina Cappuccio et Giuseppina Peluso comme si leurs corps avaient envahi le sien et lui avaient imposé leurs formes ramassées ou dilatées ainsi que leurs maux. Pendant qu'elle parlait elle se toucha le visage, la poitrine, le ventre et les hanches comme s'ils n'étaient plus les siens, et elle me démontra qu'elle savait absolument tout de ces femmes : c'était sa façon de me prouver que personne ne me disait rien mais à elle, si, à moins – pire encore – qu'elle ne cherche ainsi à ce que je me sente enfermée dans une bulle, comme quelqu'un qui ne se rend pas compte de la souffrance des gens qui l'entourent. Elle parla de Giuseppina comme si elle ne l'avait jamais perdue de vue, malgré le tourbillon de ses fiançailles et du mariage ; elle évoqua Melina comme si la mère d'Ada et d'Antonio était entrée dans sa tête depuis toujours et comme si elle comprenait sa folie à la perfection. Puis elle se mit à énumérer toutes sortes d'autres personnes du quartier que je connaissais à peine et dont elle semblait au contraire être au courant de toutes les histoires, grâce à une sorte de participation à distance. Pour finir, elle m'annonça :

« J'ai aussi pris une glace avec Antonio. »

Ce nom me fit l'effet d'un coup à l'estomac :

« Comment il va ?

— Bien.

— Il t'a parlé de moi ?

— Non, pas du tout.

— Quand est-ce qu'il part ?

— En septembre.

« — Marcello n'a rien fait pour l'aider.

— Évidemment. »

Évidemment ? S'il était évident, me dis-je, que les Solara ne feraient rien, alors pourquoi m'as-tu emmenée chez eux ? Et pourquoi, toi qui es mariée, veux-tu à présent revoir nos amis, comme ça, toute seule ? Et pourquoi as-tu pris une glace avec Antonio sans me le dire, alors que tu sais très bien que c'est mon ancien petit ami et qu'il ne veut plus me voir, tandis que moi j'en aurais envie ? Tu veux te venger parce que je suis sortie en voiture avec ton mari sans te rapporter un mot de notre conversation ? Nerveuse, je me rhabillai et marmonnai que j'avais à faire, il fallait que j'y aille.

« J'ai autre chose à te dire. »

Elle m'annonça, sérieuse, que Rino, Marcello et Michele avaient voulu que Stefano se rende sur la Piazza dei Martiri pour voir comment les travaux progressaient dans le magasin : là, entre sacs de ciment, pots de peinture et brosses, tous trois lui avaient indiqué le mur en face de l'entrée et lui avaient dit qu'ils pensaient y mettre un agrandissement de la photo de Lila en robe de mariée. Stefano les avait écoutés, avait répondu que cela ferait certainement une belle réclame pour les chaussures, mais avait conclu que ça ne lui semblait pas une bonne idée. Les trois hommes avaient insisté et Stefano avait dit non à Marcello, non à Michele et enfin non à Rino. Bref, j'avais gagné notre pari : son mari n'avait pas cédé aux Solara.

Je répliquai en m'efforçant d'avoir l'air enthousiaste :

« Tu vois ? T'arrêtes pas de critiquer ce pauvre Stefano, mais c'est moi qui avais raison ! Maintenant t'as plus qu'à te mettre à étudier !

« — Attendons.

— Attendons quoi ? Un pari c'est un pari, tu as perdu.

— Attendons », répéta Lila.

Ma mauvaise humeur s'amplifia. Elle ne sait pas ce qu'elle veut, me dis-je. Elle est mécontente de s'être trompée sur le compte de son mari. Ou bien non, peut-être que j'exagère, il est possible qu'elle ait apprécié le refus de Stefano, toutefois elle avait imaginé un affrontement bien plus dur entre ces hommes autour de son image et, du coup, elle est déçue que les Solara n'aient pas insisté davantage. Je la vis se passer une main légère sur la hanche et le long de sa jambe, comme une caresse d'au revoir, et dans ses yeux apparut un bref instant ce mélange de souffrance, de peur et de dégoût que j'avais remarqué le soir où Melina avait disparu. Je me dis : et si, au contraire, elle tenait secrètement à ce que sa photo finisse vraiment exposée là en grand, en plein centre de Naples ? et si elle regrettait que Michele n'ait pas réussi à s'imposer sur Stefano ? Pourquoi pas ? Elle est comme ça, elle veut toujours être la première partout : la plus belle, la plus élégante, la plus riche ! Et j'ajoutai : et la plus intelligente, surtout. À l'idée que Lila reprenne réellement ses études, j'éprouvai un déplaisir qui me sembla ignoble. Je savais qu'elle rattraperait sans problème les années d'études perdues. Je savais que je la retrouverais à mon côté aux épreuves du bac que nous passerions au coude à coude. Et je réalisai que cette perspective m'était insupportable. Mais il m'était plus insupportable encore de découvrir en moi ce sentiment. J'eus tellement honte que je me mis alors à m'exclamer que ce serait formidable de travailler à nouveau ensemble, puis insistai pour qu'elle s'informe sur les démarches à faire. Comme elle haussa les épaules, je répétai :

« Maintenant il faut vraiment que j'y aille ! »

Cette fois-ci, elle ne me retint pas.

22

Comme d'habitude, à peine arrivée dans l'escalier je commençai à comprendre ses raisons, ou du moins en eus-je l'impression : elle était isolée dans le nouveau quartier, enfermée dans son appartement moderne, malmenée par Stefano, obnubilée par je ne sais quelle lutte mystérieuse avec son propre corps pour qu'il ne conçoive pas d'enfants et, enfin, envieuse de mes succès scolaires au point de m'indiquer, avec ce pari fou, qu'elle aurait voulu reprendre ses études. En outre, il était probable qu'elle m'imaginait beaucoup plus libre qu'elle. Ma rupture avec Antonio et mes difficultés au lycée devaient lui paraître des bêtises comparées à ses problèmes. Peu à peu, sans le vouloir, je sentis que j'évoluais d'abord vers une compréhension boudeuse, puis vers une admiration renouvelée à son égard. Oui, ce serait tellement bien qu'elle se remette à étudier ! Retourner à l'époque de l'école primaire, quand elle était toujours la première et moi la deuxième. Redonner du sens aux études parce qu'elle savait leur donner du sens. Me placer dans son ombre et, par conséquent, me sentir en sécurité et forte. Oui, oui, oui ! Recommencer.

À un moment donné, tandis que je rentrais chez moi, l'expression à la fois de souffrance, d'effroi et de dégoût que j'avais vue sur son visage me revint à l'esprit. Comment l'expliquer ? Je revis le corps à l'abandon de l'institutrice et celui, incontrôlable, de Melina. Sans raison évidente, je me mis à observer les femmes sur le boulevard. Tout à coup, j'eus l'impression d'avoir vécu en limitant en quelque sorte mon regard, comme si j'étais capable de m'intéresser uniquement à nous autres, les jeunes filles – Ada, Gigliola, Carmela, Marisa, Pinuccia, Lila, moi-même ou mes camarades de classe – et que je n'avais jamais vraiment prêté attention au corps de Melina, à celui de Giuseppina Peluso, Nunzia Cerullo ou Maria Carracci. L'unique organisme féminin que j'avais scruté, et avec une inquiétude croissante, c'était celui de ma mère claudicante : or cette image m'assaillait, me menaçait, et je craignais qu'elle ne supplante soudain ma propre image. Ce jour-là, en revanche, je vis très clairement les mères de famille du vieux quartier. Elles étaient nerveuses et résignées. Elles se taisaient, lèvres serrées et dos courbé, ou bien hurlaient de terribles insultes à leurs enfants qui les tourmentaient. Très maigres, joues creuses et yeux cernés, ou au contraire dotées de larges fessiers, de chevilles enflées et de lourdes poitrines, elles traînaient sacs à commissions et enfants en bas âge, qui s'accrochaient à leurs jupes et voulaient être portés. Et, mon Dieu, elles avaient dix, au maximum vingt ans de plus que moi. Toutefois, elles semblaient avoir perdu les traits féminins auxquels, nous les jeunes filles, nous tenions tant, et que nous mettions en valeur avec vêtements et maquillage. Elles avaient été dévorées par les corps de leurs maris, de leurs pères et de leurs frères, auxquels elles finissaient toujours par ressembler – c'était l'effet de la fatigue, de l'arrivée de la vieillesse ou de la maladie. Quand cette transformation commençait-elle ? Avec les tâches domestiques ? Les grossesses ? Les coups ? Lila se déformerait-elle comme Nunzia ? Quelque chose de Fernando surgirait-il dans son visage délicat ? Sa démarche élégante deviendrait-elle semblable à celle de Rino, jambes écartées et bras éloignés du buste ? Et mon corps aussi s'abîmerait-il un jour en laissant émerger non seulement celui de ma mère, mais celui de mon père ? Enfin, ce que j'apprenais au lycée allait-il se dissoudre, et le quartier se remettrait-il à me dominer avec ses accents et ses coutumes, tout cela finissant par se fondre en une même fange noirâtre – Anaximandre et mon père, les poésies de Folgore et Don Achille, les valences et les étangs, les aoristes, Hésiode et l'insolente vulgarité des Solara –, comme cela se produisait d'ailleurs depuis des millénaires dans cette ville, toujours plus déglinguée et toujours plus décadente ?

Je fus soudain convaincue que, sans le vouloir, j'avais compris les sentiments de Lila et les avais mêlés aux miens. C'était donc pour cela qu'elle affichait cette expression et cette mauvaise humeur ? S'était-elle caressé la jambe et la hanche comme dans une espèce d'adieu ? Avait-elle touché son corps, tout en parlant, parce qu'elle sentait que ses propres contours étaient assaillis par Melina ou Giuseppina, ce qui l'avait effrayée et dégoûtée ? Avait-elle recherché nos amis parce qu'elle avait besoin de réagir ?

Je me souvins de son regard, petite fille, lorsque Mme Oliviero était tombée de l'estrade comme une poupée cassée. Je me souvins de son regard posé sur Melina lorsque celle-ci, sur le boulevard, mangeait le savon mou qu'elle venait d'acheter. Je me souvins comment elle nous racontait, quand nous étions enfants, le meurtre de Don Achille, avec le sang qui coulait le long de la casserole en cuivre : et elle soutenait que l'assassin n'était pas un homme mais une femme, comme si elle voyait et entendait, dans le récit qu'elle nous faisait, la forme d'un corps féminin qui se brisait sous l'effet de la haine, d'un besoin de vengeance ou de justice, et dont tous les contours s'effaçaient.

23

À partir de la dernière semaine de juillet, je me rendis tous les jours au Sea Garden, y compris le dimanche, avec les filles de la papetière. En plus des mille choses qui pouvaient leur servir, je mis dans mon sac de toile les livres que m'avait procurés Mme Galiani. C'étaient de petits volumes qui se penchaient sur le passé, le présent, sur le monde tel qu'il était et comme il devait devenir. Le style ressemblait à celui de mes manuels scolaires, mais en plus difficile et intéressant. Je n'étais pas habituée à ce genre de lecture et me fatiguais vite. De surcroît, les gamines demandaient beaucoup d'attention. Et puis il y avait la mer et ses torpeurs, le soleil écrasant qui engourdissait le golfe et la ville, il y avait mes fantaisies, divagations et envies, ainsi que mon désir toujours présent de défaire l'ordre des lignes que je lisais et, avec lui, tout ordre requérant un quelconque effort en vue d'un accomplissement à venir, alors que j'aurais voulu m'abandonner à tout ce qui était à portée de main et immédiatement accessible, à la vie brute des créatures du ciel, de la terre et de la mer. J'approchai de mon dix-septième anniversaire un œil sur les filles de la papetière et l'autre sur le *Discours sur l'origine de l'inégalité*.

Un dimanche, je sentis quelqu'un poser les mains sur mes yeux, et une voix féminine me lança :

«Devine qui c'est!»

Je reconnus la voix de Marisa et espérai qu'elle était accompagnée de Nino. Comme j'aurais aimé qu'il me surprenne, embellie par le soleil et l'eau de mer, en train de lire un livre difficile! Je m'exclamai, ravie : «C'est Marisa!» et me retournai d'un bond. Mais Nino n'était pas là. Elle était avec Alfonso que je découvris une serviette bleue sur l'épaule, cigarettes, briquet et portefeuille à la main, dans un petit maillot de bain noir décoré d'une bande blanche, lui-même tout blanc comme s'il n'avait jamais vu un rayon de soleil de sa vie.

Je fus très surprise de les voir là ensemble. Alfonso devait présenter deux matières au rattrapage d'octobre et, occupé comme il l'était à l'épicerie, j'avais imaginé qu'il passait son dimanche à étudier. Quant à Marisa, j'étais persuadée qu'elle se trouvait à Barano avec sa famille. Mais elle m'expliqua que l'année précédente, ses parents s'étaient disputés avec la maîtresse de maison, Nella, et ils louaient une villa à Castel Volturno avec des amis du *Roma*. Elle n'était rentrée à Naples que pour quelques jours : elle avait besoin de ses manuels scolaires – il fallait qu'elle révise trois matières – et elle avait quelqu'un à voir. Coquette, elle sourit à Alfonso : ce quelqu'un, c'était lui.

Je ne pus me retenir et lui demandai aussitôt comment s'était passé le baccalauréat de Nino. Elle fit une moue dégoûtée :

« Des huit partout et deux neuf. Dès qu'il a su ses résultats, il est parti tout seul pour l'Angleterre, sans une lire. Il dit qu'il trouvera un boulot sur place et qu'il restera jusqu'à ce qu'il parle bien l'anglais.

— Et après ?

— Après je ne sais pas, peut-être qu'il va s'inscrire à la fac, en économie et commerce. »

J'avais mille autres questions à lui poser, je voulais même trouver un moyen de lui demander qui était cette jeune fille qui attendait Nino devant le lycée, et s'il était vraiment parti seul ou s'il était parti avec elle, lorsque Alfonso intervint, gêné :

« Lina va bientôt arriver aussi. » Puis il ajouta : « C'est Antonio qui nous a emmenés en voiture. »

Antonio ?

Alfonso dut se rendre compte combien mon expression avait changé, j'étais en train de piquer un fard terrible et mes yeux se figeaient sous l'effet d'une stupeur jalouse. Il sourit et se hâta d'expliquer :

« Stefano avait à faire avec les étalages de la nouvelle épicerie et il n'a pas pu venir. Mais Lina tenait beaucoup à te voir, elle a quelque chose à te dire, du coup elle a demandé à Antonio de nous accompagner.

— Oui, elle a quelque chose d'urgent à te dire ! » souligna Marisa en battant des mains tout heureuse, pour me faire comprendre qu'elle savait déjà, elle.

Quelle nouvelle? À voir et à entendre Marisa, elle devait être bonne. Peut-être que Lila avait radouci Antonio et qu'il voulait qu'on se remette ensemble. Peut-être que les Solara avaient enfin contacté leurs connaissances au district militaire et qu'Antonio ne partait plus. Ce sont les deux hypothèses qui me vinrent immédiatement à l'esprit. Mais quand Lila et Antonio apparurent, j'éliminai d'emblée ces deux pistes. À l'évidence, Antonio était là uniquement parce que obéir à Lila donnait un sens au vide de son dimanche, et que être son ami lui semblait une chance et une nécessité. Mais il avait encore le visage malheureux et le regard tourmenté, et il me salua froidement. Je pris des nouvelles de sa mère et il se contenta de réponses brèves. Il regarda autour de lui, mal à l'aise, et se jeta aussitôt à l'eau avec les gamines qui lui firent fête. Quant à Lila, elle était pâle, sans rouge à lèvres, le regard hostile. Elle n'avait pas l'air d'avoir quoi que ce soit d'urgent à me dire. Elle s'assit sur le bord en béton, prit le livre que j'étais en train de lire et le feuilleta sans un mot.

Devant tant de silence, Marisa se sentit gênée, elle tenta de déployer son enthousiasme habituel pour parler de tout et de rien mais finit par s'enliser avant de partir se baigner elle aussi. Alfonso s'installa le plus loin possible de nous et, immobile sous le soleil, se concentra sur les baigneurs comme si voir des gens presque nus entrer et sortir de l'eau était un spectacle vraiment fascinant.

«Qui t'a donné ce livre? me demanda Lila.

— Ma prof de latin-grec.

— Pourquoi tu m'en as pas parlé?

— Je pensais pas que ça t'intéresserait.

— C'est toi qui sais ce qui m'intéresse ou pas ? »

J'eus aussitôt recours à un ton conciliant, mais j'éprouvai aussi le besoin de me vanter :

« Dès que j'ai fini, je te le prête. Ce sont des livres que la prof ne fait lire qu'aux meilleurs élèves. Nino les lit aussi.

— C'est qui, Nino ? »

Elle le faisait exprès ? Elle faisait semblant de ne même pas se rappeler son nom afin de le diminuer à mes yeux ?

« Celui de ton film du mariage, le frère de Marisa, l'aîné des Sarratore.

— Le garçon moche qui te plaît ?

— Je t'ai déjà dit qu'il ne me plaît plus. Cela dit, il fait des trucs intéressants !

— Quoi ?

— En ce moment, par exemple, il est en Angleterre. Il travaille, il voyage et il apprend à parler anglais. »

Je me sentis émue rien qu'en résumant les propos de Marisa. Je dis à Lila :

« Imagine, si toi et moi aussi on pouvait faire ces trucs-là ! Voyager. Travailler comme serveuses pour gagner notre vie. Apprendre à parler anglais mieux que les Anglais. Pourquoi lui peut se le permettre et pas nous ?

— Il a fini le lycée ?

— Oui, il a réussi son bac. Mais après il va faire des études très difficiles à l'université.

— Il est fort ?

— Aussi fort que toi.

— Moi je ne fais pas d'études.

— Mais si ! Tu as perdu ton pari, et maintenant il faut que tu te remettes dans les bouquins.

— Arrête, Lenù !

— Stefano ne veut pas ?

— Il y a la nouvelle épicerie, il faut que je m'en occupe.

— Tu pourras étudier dans l'épicerie.

— Non.

— Tu as promis ! Tu as dit qu'on passerait le bac ensemble.

— Non.

— Et pourquoi ? »

Lila passa plusieurs fois sa main sur la couverture du livre, l'aplatissant bien.

« Je suis enceinte », dit-elle. Et sans attendre ma réaction, elle murmura : « Qu'est-ce qu'il fait chaud ! », posa le livre, avança jusqu'au bord en béton et se lança sans hésitation à l'eau en criant à Antonio, qui jouait à éclabousser Marisa et les filles :

« Tonì, viens me sauver ! »

Elle plana pendant quelques instants, les bras ouverts, puis heurta maladroitement la surface de l'eau. Elle ne savait pas nager.

24

Les jours suivants marquèrent pour Lila le début d'une période d'activité véritablement frénétique. Elle commença par la nouvelle épicerie, dont elle s'occupa comme si c'était la chose la plus importante du monde. Elle se réveillait tôt, avant Stefano. Elle vomissait, préparait le café et vomissait à nouveau. Il était devenu très attentionné, il voulait l'accompagner en voiture mais Lila refusait, elle disait qu'elle avait envie de marcher et partait dans l'air frais du matin, avant que la chaleur explose, parcourant les rues désertes au milieu des immeubles à peine sortis de terre et souvent encore vides, jusqu'au magasin en travaux. Là elle soulevait le rideau de fer, lavait le sol souillé de peinture, attendait les ouvriers et les fournisseurs qui livraient balances, trancheuses et autres ustensiles, et elle donnait des instructions sur l'emplacement de tous ces articles, s'employant elle-même à en déplacer certains pour essayer des espaces nouveaux, plus pratiques. De gros bonshommes inquiétants et des jeunes gens mal élevés se retrouvaient ainsi menés à la baguette et se soumettaient sans protester à tous ses caprices. Elle n'avait pas fini de donner un ordre qu'elle se jetait déjà elle-même dans quelque entreprise fatigante, de sorte qu'ils s'écriaient tous avec appréhension : Mme Carracci, non ! et se mettaient en quatre pour l'aider.

Lila, malgré la chaleur qui anéantissait toute force, ne se contenta pas du magasin du quartier neuf. Elle accompagnait parfois sa belle-sœur jusqu'au petit chantier de la Piazza dei Martiri, dirigé en général par Michele mais aussi souvent par Rino, qui se sentait autorisé à suivre les travaux à la fois en tant que fabricant des chaussures Cerullo et en tant que beau-frère de Stefano, l'associé des Solara. Dans ce lieu non plus, Lila ne restait pas en place. Elle inspectait tout, grimpait sur les échelles des maçons, observait la salle d'en haut, redescendait et se mettait à déplacer des objets. Au début elle heurtait la susceptibilité de tout le monde mais ils finirent bientôt, l'un après l'autre, par s'incliner. Michele, le plus sarcastique et hostile de tous, parut pourtant le plus prompt à saisir l'intérêt de ses suggestions.

« M'dame, lançait-il goguenard, viens donc aussi réaménager mon bar, je t'embauche ! »

S'occuper du bar Solara, elle n'y songeait évidemment pas, mais quand elle eut assez semé la pagaïe sur la Piazza dei Martiri elle passa au fief de la famille Carracci, la vieille épicerie, où elle prit ses quartiers. Elle obligea Stefano à laisser Alfonso à la maison parce qu'il devait réviser pour ses épreuves de rattrapage, et elle poussa Pinuccia à aller mettre son grain de sel de plus en plus souvent dans le magasin de la Piazza dei Martiri, en emmenant sa mère avec elle. Par conséquent, un changement après l'autre, elle finit par réorganiser les deux salles contiguës de la boutique du vieux quartier, rendant le travail plus facile et efficace. En peu de temps, elle prouva que Maria comme Pinuccia étaient quantités négligeables, elle mit en relief le rôle d'Ada et obtint de Stefano qu'il donne une augmentation à la jeune fille.

En fin d'après-midi, quand je rentrais du Sea Garden et rendais ses gamines à la papetière, je passais presque toujours à l'épicerie pour voir comment allait Lila et si son ventre grossissait déjà. Elle était nerveuse et n'avait pas de bonnes couleurs. À mes questions prudentes sur sa grossesse, soit elle ne répondait pas, soit elle me tirait hors du magasin et me donnait des réponses plutôt insensées du genre : « J'ai pas envie d'en parler, c'est une maladie, j'ai à l'intérieur de moi un vide qui me pèse ! » Alors elle se mettait à me raconter la nouvelle épicerie, l'ancienne, et puis la Piazza dei Martiri, avec son habituelle faculté de tout exalter, exprès pour me faire croire que c'étaient des lieux où des merveilles se produisaient et pour me faire sentir que moi, pauvre fille, j'étais en train de rater ça.

Mais désormais je connaissais ses trucs, je l'écoutais mais ne la croyais pas, bien que je me retrouve toujours hypnotisée par l'énergie qu'elle mettait à faire à la fois la servante et la patronne. Lila était capable, simultanément, de bavarder avec moi, de répondre aux clientes et de s'adresser à Ada, sans jamais cesser d'ouvrir des paquets, de trancher, peser, prendre de l'argent ou en rendre. Elle s'anéantissait dans les mots et les gestes, elle s'épuisait, elle semblait entièrement absorbée par sa lutte sans quartier pour oublier le poids de ce qu'elle définissait, de manière incongrue, comme un « vide intérieur ».

Toutefois, ce qui m'impressionna le plus fut son attitude désinvolte vis-à-vis de l'argent. Elle allait à la caisse et prenait ce qu'elle voulait. Pour elle, l'argent c'était ce tiroir : voilà le coffre-fort de notre enfance qui s'ouvrait et offrait ses richesses. Au cas (rare) où l'argent de la caisse ne suffisait pas, un regard vers Stefano résolvait tout. Celui-ci, qui semblait revenu à la généreuse sollicitude du temps où ils étaient fiancés, relevait sa blouse, fouillait dans la poche revolver de son pantalon, en sortait un portefeuille gonflé et demandait : « Tu as besoin de combien ? » Lila indiquait avec ses doigts, son mari allongeait le bras droit, poing fermé, et elle tendait vers lui sa main longue et délicate.

Ada, derrière le comptoir, la regardait comme on regarde les stars dans les revues illustrées. J'imagine qu'à cette époque, la sœur d'Antonio devait avoir l'impression de vivre un conte de fées. Ses yeux brillaient quand Lila ouvrait la caisse et lui donnait de l'argent. Lila en distribuait sans problème dès que son mari avait le dos tourné. Elle donna de l'argent à Ada pour Antonio qui allait partir à l'armée, et elle en donna à Pasquale qui devait de toute urgence se faire arracher pas moins de trois dents. Début septembre, elle me prit moi aussi à l'écart et me demanda si j'avais besoin d'argent pour mes livres.

« Quels livres ?

— Tes livres pour le lycée, mais aussi les autres. »

Je lui expliquai que Mme Oliviero n'était pas encore rentrée de l'hôpital, et que j'ignorais si elle m'aiderait à me procurer mes manuels scolaires comme d'habitude : alors voilà qu'elle voulait déjà me fourrer des billets dans les poches ! Je me dérobai et refusai, je ne voulais pas avoir l'air d'une sorte de parente pauvre obligée de quémander. Je lui dis qu'il fallait attendre que les cours reprennent et que, de toute façon, la papetière ayant prolongé mon travail au Sea Garden jusqu'à la mi-septembre, je gagnerais ainsi un peu plus que prévu, ce qui me permettrait de m'en sortir seule. Elle fut déçue et insista pour que je m'adresse à elle si jamais l'institutrice ne pouvait m'aider.

Je ne fus pas la seule à éprouver quelque malaise devant une telle magnificence, en fait ce fut le cas pour chacun d'entre nous, les jeunes. Pasquale, par exemple, ne voulait pas accepter l'argent pour le dentiste, il se sentait humilié, et il finit par le prendre seulement quand son visage fut déformé – il avait une inflammation de l'œil et les compresses de laitue n'y pouvaient rien. Antonio aussi se rembrunit, et pour qu'il accepte l'argent que notre amie offrait à Ada en plus de sa paye, il dut se persuader qu'il s'agissait d'une compensation pour le salaire indigne que Stefano lui versait auparavant. Nous n'étions pas habitués à voir de l'argent et accordions une grande importance à la moindre lire, au point que trouver une pièce de monnaie à terre était pour nous une joie. Du coup, voir Lila distribuer son argent comme s'il s'agissait d'un métal sans valeur ou de papier d'emballage nous semblait un péché mortel. Elle le faisait en silence, avec un geste impérieux qui ressemblait à ceux qu'elle utilisait, petite, lorsqu'elle organisait des jeux et attribuait des rôles. Ensuite elle parlait d'autre chose, comme si cet échange n'avait jamais eu lieu. En même temps – me dit un soir Pasquale avec l'une de ses expressions obscures – la mortadelle ça se vend, les chaussures aussi, et Lina a toujours été notre amie : elle est de notre côté, c'est notre alliée, notre camarade. Certes elle est riche, maintenant, mais par son seul mérite ! Oui, par son seul mérite, car cet argent n'est pas dû au fait d'être Mme Carracci, la future mère du fils de l'épicier, mais il lui vient de sa création des chaussures Cerullo, et si aujourd'hui personne ne semble s'en souvenir, nous, ses amis, nous nous en souvenons !

Tout cela était vrai. En quelques années, Lila avait provoqué tellement de choses ! Et pourtant, maintenant que nous avions dix-sept ans, on aurait dit que la substance du temps n'était plus fluide mais avait pris un aspect poisseux, il semblait tourner autour de nous comme la pâte jaune dans le robot d'un pâtissier. Lila elle-même le constata avec aigreur un dimanche où la mer était d'huile et le ciel blanc, lorsqu'elle surgit par surprise au Sea Garden vers trois heures de l'après-midi, toute seule, ce qui était vraiment anormal. Elle avait pris le métro et deux bus, et maintenant elle se tenait devant moi en maillot de bain, elle avait le teint verdâtre et une éruption de boutons sur le front. «Dix-sept ans de merde», dit-elle en dialecte mais d'un ton apparemment joyeux, les yeux pleins de dérision.

Elle s'était disputée avec Stefano. Dans ses échanges quotidiens avec les Solara, Stefano avait fini par achopper sur la question de la gestion du magasin de la Piazza dei Martiri. Michele avait essayé d'imposer Gigliola, il avait sérieusement menacé Rino qui soutenait Pinuccia puis, déterminé, s'était jeté dans d'épuisantes négociations avec Stefano : ils avaient failli en venir aux mains. Et pour finir, que s'était-il passé ? Ni vainqueurs ni vaincus, apparemment. Gigliola et Pinuccia dirigeraient *ensemble* le magasin. Mais à condition que Stefano revienne sur une ancienne décision.

«Laquelle ? demandai-je.

— Devine un peu ! »

Je ne devinai pas. Avec son ton goguenard habituel, Michele avait demandé à Stefano de céder sur la photo de Lila en robe de mariée. Et cette fois, son mari avait battu en retraite.

«Vraiment ?

— Vraiment. Je t'avais dit qu'il suffisait d'attendre ! Ils vont m'exposer dans le magasin. Pour finir, c'est moi qui ai gagné le pari, pas toi ! Tu peux te mettre à travailler, cette année il faudra que tu aies des huit partout. »

Alors elle changea de ton, elle se fit sérieuse. Elle expliqua qu'elle n'était pas venue pour la photo, comme de toute façon elle savait depuis longtemps que, pour ce con, elle n'était qu'une monnaie d'échange. Elle était venue à cause de sa grossesse. Nerveuse, elle me parla longuement de cette chose qu'il faudrait écraser dans un mortier, et elle le fit avec une fermeté glaciale. Ça n'a aucun sens, dit-elle sans dissimuler son angoisse. Les hommes te mettent leur truc à l'intérieur et tu deviens une boîte de chair avec une poupée vivante dans le ventre. Maintenant j'en ai une, elle est là et elle me fait horreur. Je vomis sans arrêt, mon ventre lui-même ne la supporte pas. Je sais bien que je devrais penser aux bons côtés et me faire une raison, mais je n'y arrive pas, je ne vois aucune raison ni aucun bon côté. Et puis, ajouta-t-elle, je sens que je ne sais pas y faire avec les enfants. Toi si, il suffit de voir comment tu t'occupes des filles de la papetière. Mais pas moi, je ne suis pas née avec cette disposition.

Ces propos me firent mal – que répondre ?

« Tu n'en sais rien, si tu as cette disposition ou pas, il faut essayer », dis-je pour tenter de la rassurer. Puis j'indiquai les filles de la papetière qui jouaient près de là : « Passe donc un peu de temps avec elles, va leur parler ! »

Elle rit et remarqua, perfide, que j'avais appris à utiliser les tons mielleux de nos mères. Pourtant elle se hasarda ensuite, mal à l'aise, à échanger quelques mots avec les gamines, avant de renoncer et revenir discuter avec moi. Mais je l'esquivai et l'encourageai, la poussai à s'occuper de Linda, la plus jeune des filles de la papetière. Je suggérai :

« Va lui faire faire son jeu préféré : elle aime

boire à la fontaine près du bar et mettre son pouce sur le jet pour éclabousser partout, allez, vas-y ! »

Elle s'éloigna de mauvaise grâce avec Linda en la tenant par la main. Le temps passa et elles ne revenaient pas. Je m'inquiétai, appelai les deux autres gamines et allai voir ce qui se passait. Tout allait bien, Lila était devenue l'heureuse prisonnière de Linda. Mon amie tenait la petite fille suspendue au-dessus du jet et la laissait boire ou éclabousser autour d'elle. Toutes deux riaient et leurs rires semblaient des cris de joie.

Je me sentis soulagée. Je lui laissai aussi les sœurs de Linda et allai m'asseoir au bar, à un endroit d'où je pouvais les tenir à l'œil toutes les quatre tout en lisant un peu. Voilà comment elle deviendra ! me dis-je en la regardant. Ce qui de prime abord lui semblait insupportable commence déjà à la réjouir. Peut-être devrais-je lui dire que les choses qui n'ont pas de sens sont les plus belles. C'est une belle phrase, ça lui plaira. Comme elle a de la chance, elle a déjà tout ce qui compte !

J'essayai un moment de suivre, ligne par ligne, les raisonnements de Rousseau. Puis je levai les yeux et vis que quelque chose n'allait pas. Des cris. Peut-être Linda s'était-elle trop penchée, peut-être l'une de ses sœurs l'avait-elle poussée, quoi qu'il en soit elle avait glissé des mains de Lila et son menton était allé cogner contre le bord de la vasque. J'accourus, épouvantée. Quand elle me vit, Lila s'écria aussitôt, avec un ton enfantin que je ne lui avais jamais entendu même lorsqu'elle était petite :

« C'est sa sœur qui l'a fait tomber, c'est pas moi ! »

Elle tenait Linda dans ses bras, le sang dégoulinait, la petite hurlait et pleurait, et pendant ce temps ses sœurs regardaient ailleurs avec de petits mouvements nerveux et des sourires crispés, comme si cela ne les regardait pas, comme si elles n'entendaient ni ne voyaient rien.

Je lui arrachai l'enfant des bras et penchai la petite vers le jet d'eau, lui rinçant fébrilement le visage à grande eau. Une coupure horizontale apparut sous son menton. Je vais perdre l'argent de la papetière, me dis-je, ma mère va piquer une colère! Aussitôt après je courus vers le garçon de plage : il réussit à apaiser Linda avec quelques cajoleries avant de l'inonder traîtreusement d'alcool, ce qui la fit recommencer à hurler, puis il lui fixa un tampon de gaze sous le menton avant de la calmer à nouveau. Bref, rien de grave. J'achetai une glace aux trois filles et retournai à la plate-forme en ciment. Lila était partie.

25

La papetière ne se montra pas particulièrement émue de la blessure de Linda, mais quand je lui demandai si je devais venir chercher ses filles le lendemain à l'horaire habituel, elle me répondit que les gamines étaient déjà allées trop souvent à la mer cet été-là et qu'elle n'avait plus besoin de mes services.

Je ne révélai pas à Lila que j'avais perdu mon travail. Par ailleurs elle ne me demanda jamais ce qui s'était passé et ne posa pas la moindre question sur Linda et sa blessure. Quand je la revis, elle était très prise par l'inauguration de la nouvelle épicerie : elle me fit penser à ces athlètes qui, pour s'échauffer, sautent à la corde à une cadence de plus en plus frénétique.

Elle me traîna chez l'imprimeur à qui elle avait commandé un nombre considérable de tracts annonçant l'ouverture du nouveau magasin. Elle voulut que j'aille voir le curé pour fixer l'heure où il passerait donner sa bénédiction au local et aux marchandises. Elle m'apprit qu'elle avait embauché Carmela Peluso, qui aurait une paye bien supérieure à celle qu'elle touchait chez la mercière. Mais en plus, elle m'annonça qu'elle menait sur tout, mais vraiment sur tout, une guerre très dure contre son mari, Pinuccia, sa belle-mère et son frère Rino. Elle ne me sembla pourtant pas particulièrement agressive. Elle s'exprimait à voix basse, toujours en dialecte, tout en faisant mille autres choses qui paraissaient plus importantes pour elle que ce qu'elle disait. Elle me dressa la liste des torts que ses familles, et d'origine et par alliance, lui avaient causés ou lui causaient encore. « Ils ont calmé Michele, dit-elle, comme ils ont calmé Marcello. Ils se sont servis de moi : pour eux je ne suis pas une personne mais un objet. Allez, on va leur donner Lina et on va l'accrocher au mur, de toute façon elle compte pour du beurre ! » Quand elle parlait ses yeux brillaient et ne cessaient de bouger, entourés de cernes violets, sa peau semblait tirée sur ses pommettes et l'éclat de ses dents apparaissait parfois dans des sourires brefs et nerveux. Mais je ne fus pas convaincue. J'eus l'impression que derrière toute cette activité rageuse, il y avait quelqu'un d'exténué en quête d'une échappatoire.

« Qu'est-ce que tu vas faire ? lui demandai-je.

— Je sais pas. Mais en tout cas, ils devront me passer sur le corps avant de faire ce qu'ils veulent de ma photo.

— Laisse tomber, Lila ! Après tout, si tu y réfléchis, c'est une belle idée : il n'y a que les actrices qu'on met sur les affiches !

— Et je suis actrice, moi ?

— Non.

— Et alors ? Si mon mari a décidé de se vendre aux Solara, d'après toi il a le droit de me vendre moi aussi ? »

Je tentai de l'apaiser, j'avais peur que Stefano ne perde patience et ne la frappe. Je le lui dis et elle se mit à rire : depuis qu'elle était enceinte, son mari n'osait pas lui flanquer la moindre gifle. Or, au moment même où elle prononçait cette phrase, le soupçon me vint que la photo était une simple excuse et qu'en réalité ce qu'elle voulait c'était les exaspérer tous : elle voulait être massacrée par Stefano, par les Solara et par Rino, les provoquer jusqu'à ce qu'ils l'aident, à force de torgnoles, à écraser cette chose vivante, douloureuse et insupportable qu'elle avait dans le ventre.

Mon hypothèse fut confirmée le soir où l'on inaugura l'épicerie. Elle s'habilla de la manière la plus négligée possible. Elle traita son mari comme un domestique devant tout le monde. Elle renvoya le curé qu'elle m'avait fait appeler sans le laisser bénir le magasin, mais en lui fourrant un peu d'argent dans la main avec mépris. Elle se mit à trancher du jambon et à faire des sandwiches qu'elle donnait gratuitement à tout un chacun avec un verre de vin. Cette dernière initiative eut un tel succès que l'épicerie, à peine ouverte, se retrouva pleine à craquer, et Carmela et elle furent assaillies : pour faire face à la situation, Stefano, qui s'était habillé avec grande élégance, fut obligé de les aider, comme ça, sans blouse, et il se retrouva couvert de taches.

Quand ils rentrèrent à la maison exténués, son mari lui fit une scène et Lila chercha par tous les moyens à déclencher sa fureur. Elle lui cria que s'il voulait une femme qui lui obéisse et c'est tout, il était mal tombé, elle n'était ni sa mère ni sa sœur, et elle lui donnerait du fil à retordre. Elle se mit à parler des Solara et de l'histoire de la photo, elle le couvrit d'insultes. Il commença par la laisser dire, puis répliqua avec des insultes encore plus accablantes. Mais il ne la battit pas. Quand le lendemain elle me raconta ce qui s'était passé, je fis remarquer qu'à l'évidence Stefano, malgré ses défauts, l'aimait. Elle nia. « Tout ce qu'il comprend, c'est ça », rétorqua-t-elle en frottant ensemble son pouce et son index. En effet, l'épicerie était déjà connue dans tout le nouveau quartier, et dès le matin elle s'était remplie de clientes. « Le tiroir-caisse est déjà plein. Grâce à moi ! Je lui apporte la richesse et je lui donne un enfant, qu'est-ce qu'il veut de plus ?

— Et toi, qu'est-ce que tu veux de plus ? » lui demandai-je avec une pointe de colère qui m'étonna moi-même : j'espérai qu'elle ne s'en était pas aperçue et lui fis aussitôt un sourire.

Je me rappelle qu'elle eut l'air perdu et posa la main sur son front. Peut-être ne savait-elle pas elle-même ce qu'elle voulait, elle sentait seulement qu'elle ne parvenait pas à trouver la paix.

L'autre inauguration approchant, c'est-à-dire celle du magasin de la Piazza dei Martiri, elle devint insupportable. Mais peut-être cet adjectif est-il exagéré. Disons qu'elle reversait sur tout le monde, y compris sur moi, le chaos qu'elle éprouvait à l'intérieur d'elle-même. D'une part elle menait une vie infernale à Stefano, se crêpait le chignon avec sa belle-mère et sa belle-sœur, allait voir Rino et se disputait avec lui devant les apprentis et devant Fernando qui trimait sur son banc, encore plus voûté que d'ordinaire, en faisant semblant de ne pas entendre. D'autre part elle sentait bien elle-même qu'elle s'enfonçait dans cette insatisfaction sans jamais s'y résigner et, lors des rares moments où l'épicerie du nouveau quartier était vide et où Lila n'était pas occupée avec les fournisseurs, je la surprenais parfois l'air abasourdi, main sur le front ou dans les cheveux comme pour tamponner une blessure, et on aurait dit qu'elle cherchait à reprendre son souffle.

Un après-midi j'étais chez moi, il faisait encore très chaud bien que nous soyons déjà fin septembre. La rentrée des classes approchait et je me sentais à la merci des jours qui s'écoulaient. Ma mère me reprochait le temps que je passais à ne rien faire. Qui sait où pouvait bien se trouver Nino, en Angleterre ou dans cet espace mystérieux qui s'appelait l'université! Je n'avais plus Antonio et n'avais même plus l'espoir de me remettre avec lui, il était parti faire son service militaire avec Enzo Scanno et avait dit au revoir à tout le monde, sauf à moi. J'entendis qu'on m'appelait dans la rue, c'était Lila. Ses yeux brillaient comme si elle avait la fièvre, elle déclara qu'elle avait trouvé une solution.

« Une solution à quoi ?

— La photo. S'ils veulent l'exposer, ils devront le faire à ma manière.

« — C'est-à-dire ? »

Elle ne répondit pas – peut-être qu'à ce moment-là elle-même n'en était pas sûre. Mais je la connaissais et reconnus sur son visage l'expression qu'elle prenait chaque fois que, des profondeurs obscures de son être, un signal surgissait et enflammait son imagination. Elle me demanda de l'accompagner dans la soirée sur la Piazza dei Martiri. Là nous retrouverions les Solara, son frère, Gigliola et Pinuccia. Elle voulait que je l'aide, la soutienne, et je compris qu'elle avait en tête quelque chose qui lui permettrait de laisser derrière elle sa guerre permanente : un défoulement violent et radical, vu toutes les tensions qu'elle avait accumulées, ou simplement une manière de libérer sa tête et son corps d'énergies qui y étaient enfermées depuis trop longtemps.

« D'accord, dis-je, mais promets-moi de ne pas faire la folle.

— Oui. »

Après la fermeture des magasins, Stefano et elle passèrent me prendre en voiture. Je compris aux quelques mots qu'ils échangèrent que son mari ne savait pas non plus ce qu'elle avait en tête et que ma présence, au lieu de le rassurer, cette fois l'inquiétait. Pourtant Lila s'était enfin montrée conciliante. Elle lui avait expliqué que s'il n'y avait vraiment aucun moyen d'éviter la photo, elle voulait au moins décider elle-même de la façon dont elle serait exposée.

« C'est une question de cadre, de mur, de lumière ? avait-il demandé.

— Il faut voir.

— Mais après tu arrêtes, Lina !

— Oui oui, après j'arrête. »

C'était une belle soirée, il faisait bon, l'éclairage luxueux qui brillait à l'intérieur de la boutique se répandait aussi sur la place. Même de loin on voyait la gigantesque photo de Lila en robe de mariée, appuyée contre le mur du fond. Stefano se gara et nous entrâmes, nous frayant un chemin entre boîtes de chaussures encore entassées en désordre, pots de peinture et échelles. Marcello, Rino, Gigliola et Pinuccia faisaient visiblement la tête : pour diverses raisons, ils n'avaient aucune envie de subir pour la énième fois les caprices de Lila. Le seul qui nous accueillit avec une cordialité ironique fut Michele, qui s'adressa à mon amie en riant :

« Alors, belle madame, tu vas enfin nous dire ce que tu as dans le crâne, ou tu veux simplement nous gâcher la soirée ? »

Lila regarda le panneau appuyé contre le mur et demanda qu'on le lui pose par terre. Marcello dit prudemment, avec la timidité ombrageuse qu'il affichait toujours face à Lila :

« Pour quoi faire ?

— Vous verrez. »

Rino intervint :

« Fais pas l'imbécile, Lina ! Tu sais combien ça coûte, ce truc ? Si tu l'abîmes, fais gaffe ! »

Les deux Solara mirent la photo par terre. Lila regarda autour d'elle, front plissé et yeux en fentes. Elle cherchait quelque chose qui était là, elle en était sûre, peut-être l'avait-elle acheté elle-même. Elle repéra dans un coin un rouleau de papier cartonné noir et prit une paire de grands ciseaux et une boîte de punaises de dessin qui se trouvaient sur une étagère. Alors, avec cette expression d'extrême concentration qui lui permettait de faire abstraction de tout ce qui l'entourait, elle revint au panneau. Sous nos yeux perplexes et pour certains franchement hostiles, déployant cette habileté manuelle qui avait toujours été la sienne, elle découpa des bandes de papier noir et les fixa ici et là sur la photo, me demandant mon aide par des gestes à peine esquissés ou de simples regards.

Je collaborai avec un enthousiasme croissant, comme pendant notre enfance. Que ces moments étaient exaltants et que j'aimais être à son côté, suivre ses idées et parvenir à les anticiper ! Je compris qu'elle voyait des choses qui n'étaient pas là et qu'elle travaillait pour que nous puissions les voir nous aussi. Bientôt je me sentis heureuse, et je perçus aussi la plénitude qui l'envahissait et courait dans ses doigts pendant que nous empoignions les ciseaux et attachions le papier noir avec des punaises.

À la fin elle essaya de soulever le panneau elle-même, comme si elle était seule dans cet espace, mais elle n'y parvint pas. Marcello intervint promptement, je les aidai et nous le posâmes contre le mur. Puis nous reculâmes tous vers le seuil : certains ricanaient, d'autres affichaient un air hargneux ou ébahi. Le corps de Lila en robe de mariée s'offrait à nous cruellement découpé en morceaux. Une grande partie de la tête avait disparu, le ventre aussi. Restaient un œil, la main sur laquelle elle appuyait son menton, la tache flamboyante de sa bouche, son buste découpé en bandes diagonales, la ligne de ses jambes qui se croisaient, et les chaussures.

Gigliola parla en premier, retenant à grand-peine sa colère :

« Je peux pas mettre un truc comme ça dans *mon* magasin !

— Je suis d'accord, explosa Pinuccia, on est là pour vendre, cette horreur va faire partir tout le monde en courant ! Rino, dis quelque chose à ta sœur, je t'en prie ! »

Rino fit mine de l'ignorer, mais il s'adressa à Stefano comme si la faute de ce qui se produisait revenait à son beau-frère :

« J't'ai déjà dit qu'avec celle-là, on peut pas discuter. Faut lui dire oui ou non, c'est tout : autrement tu vois c'qui s'passe ? On fait que perdre son temps. »

Stefano ne répondit rien, il fixait le panneau appuyé contre le mur et, à l'évidence, cherchait un moyen de se tirer d'affaire. Il me demanda :

« Et toi, qu'est-ce que tu en penses, Lenù ? »

Je dis en italien :

« C'est magnifique ! Bien sûr je ne le mettrais pas dans notre quartier, ce n'est pas le bon contexte. Mais ici c'est différent, ça va attirer l'attention et ça va plaire ! J'ai justement vu la semaine dernière dans *Confidenze* qu'il y a un tableau de ce genre dans la maison de Rossano Brazzi. »

En m'entendant, Gigliola s'énerva encore davantage :

« Qu'est-ce que tu veux dire par là ? Que Rossano Brazzi et vous deux vous comprenez tout, et que Pinuccia et moi on comprend rien ? »

À ce moment-là, je sentis venir le danger. Il me suffit de jeter un coup d'œil à Lila pour comprendre que si, lorsque nous étions arrivées dans le magasin, elle était sincèrement prête à renoncer au cas où sa tentative s'avérerait infructueuse, maintenant qu'elle s'était lancée et avait produit cette image de destruction, elle ne céderait pas d'un millimètre. Je compris que les minutes pendant lesquelles elle avait travaillé sur la photo avaient brisé ses liens avec les autres : à présent elle était emportée par un sentiment de toute-puissance, il lui faudrait du temps pour retrouver son rôle de femme d'épicier et elle ne tolérerait pas l'ombre d'un désaccord. En effet, tandis que Gigliola parlait, elle grondait déjà : c'est ça ou rien, et elle avait envie d'en découdre, elle voulait briser, casser, et elle se serait volontiers lancée sur Gigliola ciseaux à la main.

J'espérai une intervention solidaire de Marcello. Mais celui-ci continua à se taire, tête basse, et je compris que tout reste de sentiment envers Lila venait alors de s'éteindre : il n'en pouvait plus de la suivre en traînant son amour fatigué et triste. C'est son frère qui intervint, reprenant Gigliola, sa fiancée, du ton le plus agressif : « Tais-toi un peu ! » lui lança-t-il. Et quand elle fit mine de protester il lui imposa le silence, menaçant, sans même la regarder – occupé qu'il était à fixer le panneau : « Tais-toi, Gigliò ! » Puis il s'adressa à Lila :

« Moi ça m'plaît, m'dame ! Tu as fais exprès de t'effacer et je comprends pourquoi : comme ça on remarque tout de suite tes jambes, et on voit que ces chaussures rendent les jambes des femmes encore plus belles. Bravo ! T'es une casse-couilles, mais quand tu fais quelque chose, tu le fais bien. »

Silence.

Gigliola essuya du bout des doigts des larmes silencieuses qu'elle ne parvenait pas à retenir. Pinuccia fixa Rino et son frère comme si elle voulait leur dire : allez, parlez, défendez-moi, ne me laissez pas ridiculiser par cette connasse ! Or Stefano murmura doucement :

« Oui, moi aussi je suis convaincu. »

Et Lila d'ajouter aussitôt :

« Mais ce n'est pas fini.

— Qu'est-ce que tu vas encore inventer ? s'écria Pinuccia.

— Il faut que j'ajoute un peu de couleur.

— De la couleur ? murmura Marcello encore plus perplexe. Mais on doit ouvrir dans trois jours ! »

Michele rit :

« Si on doit attendre encore un peu, on attendra ! Mets-toi au travail, m'dame, fais ce qui te plaît. »

Ce ton de patron, de celui qui fait et défait tout à volonté, ne plut pas à Stefano.

« Il y a la nouvelle épicerie », dit-il pour faire comprendre qu'il avait besoin de sa femme là-bas.

« Débrouille-toi, lui répondit Michele, ici on a des trucs plus intéressants à faire. »

26

Nous passâmes les derniers jours de septembre enfermées dans le magasin, toutes les deux en compagnie de trois ouvriers. Ce furent des heures magiques de jeu, d'invention et de liberté, comme nous n'en avions peut-être plus connu, ainsi ensemble, depuis l'enfance. Lila m'entraîna dans sa frénésie. Nous achetâmes colle, peinture et pinceaux. Nous collâmes avec grande application (elle était exigeante) les morceaux de papier noir. Nous traçâmes des lignes rouges ou bleues entre les fragments de photo qui restaient et ces formes noires qui semblaient la dévorer. Lila avait toujours été douée avec les traits et les couleurs, mais là elle fit quelque chose de plus, même si je n'aurais su expliquer quoi, et j'en fus totalement bouleversée.

Pendant un moment, j'eus l'impression qu'elle avait profité de cette occasion pour achever un parcours idéal qui avait commencé avec ses dessins de chaussures, quand elle était encore la jeune Lina Cerullo. Et aujourd'hui encore, je pense qu'une grande partie du plaisir de ces journées venait justement de ce que nous pouvions oublier totalement nos conditions de vie à toutes les deux : nous avions la capacité de nous élever au-dessus de nous-mêmes et de nous isoler dans la pure et simple création de cette espèce d'apothéose visuelle. Nous oubliâmes Antonio, Nino, Stefano, les Solara, mes problèmes scolaires, sa grossesse et les tensions qui existaient entre nous. Nous suspendîmes le temps et l'espace, il ne resta plus que le jeu de la colle, des ciseaux, des morceaux de carton et des couleurs : le jeu de l'invention complice.

Mais il y eut autre chose. Le verbe utilisé par Michele me revint bientôt à l'esprit : *effacer*. Certes, il était fort probable que les bandes noires finissent, de fait, par isoler les chaussures et les rendre plus visibles : le cadet des Solara n'était pas stupide, il savait regarder. Mais je commençai à saisir, avec une intensité croissante, que tel n'était pas le véritable objectif de notre utilisation de la colle et de la peinture. Si Lila était heureuse et m'entraînait dans le tourbillon de son féroce

160

bonheur, c'était surtout parce qu'elle avait soudain trouvé, peut-être même à son insu, une occasion qui lui permette de *se représenter* sa fureur contre elle-même ainsi que le surgissement, peut-être pour la première fois de sa vie, du besoin – et là le verbe utilisé par Michele était approprié – de s'effacer.

Aujourd'hui, à la lumière de tout ce qui s'est passé ensuite, je crois vraiment que les choses se sont déroulées ainsi. Grâce aux papiers noirs, aux cercles verts et violets que Lila traçait autour de certaines parties de son corps, aux lignes rouge sang avec lesquelles elle se découpait et me disait de la découper, elle réalisa sa propre autodestruction *en image* et l'offrit aux yeux de tous dans l'espace acheté par les Solara pour exposer et vendre *ses* chaussures.

C'est sans doute elle-même qui me suggéra cette interprétation et la justifia. Pendant que nous travaillions, elle se mit à me parler du moment où elle avait commencé à se rendre compte qu'elle était désormais Mme Carracci. Au début je ne compris pas grand-chose à ce qu'elle voulait vraiment dire, et ses observations me semblèrent banales. Nous les filles, c'est bien connu, quand nous tombons amoureuses, la première chose que nous faisons c'est voir si notre prénom sonne bien associé au nom de l'être aimé. Moi, par exemple, je garde encore un cahier de collège sur lequel je m'entraînais à signer Elena Sarratore, et je me souviens très bien comment, dans un souffle, je m'appelais moi-même ainsi. Mais ce n'est pas ce que Lila voulait dire. Je me rendis bientôt compte qu'elle m'avouait exactement le contraire : un exercice de ce genre ne lui était jamais venu à l'esprit. Et même la formulation de son nouveau nom, m'expliqua-t-elle, ne l'avait pas vraiment frappée au début : *Raffaella Cerullo épouse Carracci*. Rien d'exaltant, rien de grave. Au départ, cet *épouse Carracci* ne l'avait guère plus occupée qu'un exercice d'analyse logique comme ceux que Mme Oliviero nous avait infligés à l'école primaire. Qu'est-ce que c'était ? un complément de lieu ? Cela signifiait qu'elle n'habitait plus avec ses parents mais avec Stefano ? Cela signifiait qu'il y aurait, sur la porte de la nouvelle maison où elle habiterait, une plaque de laiton où il y aurait écrit Carracci ? Cela signifiait que si je lui écrivais, je ne devrais plus adresser mon courrier à Raffaella Cerullo mais à Raffaella Carracci ? Cela signifiait que, de l'expression *Raffaella Cerullo épouse Carracci*, dans l'usage de tous les jours *Cerullo épouse* disparaîtrait bientôt et elle-même se définirait et signerait uniquement Raffella Carracci, puis ses enfants devraient faire un effort pour se rappeler le nom de jeune fille de leur mère, et ses petits-enfants ignoreraient totalement le nom de jeune fille de leur grand-mère ?

Oui. Une habitude. Tout rentrait dans la norme, donc. Mais Lila, comme toujours, ne s'était pas arrêtée là, et elle n'avait pas tardé à dépasser ce stade. Pendant que nous travaillions avec pinceaux et peinture, elle me raconta qu'elle avait commencé à voir dans cette formule un complément de lieu, oui, mais qui indiquait un mouvement, comme si *Cerullo épouse Carracci* était une sorte de *Cerullo épouse va en Carracci, s'y jette, y est engloutie, se dissout en Carracci*. À partir du jour où Silvio Solara avait brusquement été désigné comme son témoin de mariage, à partir du moment où Marcello Solara était entré dans le restaurant avec, aux pieds, ces chaussures auxquelles Stefano avait prétendu tenir plus qu'à une relique sacrée, à partir de son voyage de noces et des coups, et jusqu'à l'introduction, voulue par Stefano, d'une chose vivante dans ce vide qu'elle percevait à l'intérieur d'elle-même, elle s'était sentie emportée par une sensation toujours plus insupportable, par une force toujours plus pressante qui la détruisait. Cette impression s'était accentuée et maintenant la dominait. Raffaella Cerullo, dépassée, avait perdu toute forme et s'était fondue dans le profil de Stefano, dont elle devenait une émanation subalterne : *Mme Carracci*. C'est alors que je commençai à voir dans le panneau les traces de ce qu'elle me disait. « Et cela continue encore... », glissa-t-elle en un murmure. Et pendant ce temps, nous collions du papier et mettions de la couleur. Mais que faisions-nous vraiment, et en quoi est-ce que je l'aidais ?

À la fin les ouvriers, on ne peut plus perplexes, accrochèrent le panneau au mur. Cela nous attrista mais nous n'en dîmes rien, le jeu était fini. Nous nettoyâmes la boutique de fond en comble. Lila changea encore une fois le canapé et certains poufs de place. Enfin, nous reculâmes ensemble vers l'entrée pour contempler notre travail. Elle éclata de rire comme je ne l'entendais plus le faire depuis très longtemps, un rire franc, d'autodérision. Moi, en revanche, je fus tellement captivée par la partie supérieure du panneau, là où la tête de Lila n'apparaissait plus, que je ne parvins pas à voir l'ensemble. Là tout en haut ne surgissait plus que son œil, très vif, cerclé de bleu nuit et de rouge.

27

Le jour de l'inauguration, Lila arriva sur la Piazza dei Martiri installée dans la décapotable à côté de son mari. Quand elle descendit, je vis dans ses yeux le regard hésitant de celle qui ne s'attend à rien de bon. La surexcitation des jours de création du panneau s'était dissoute, et elle avait repris son air maladif de femme enceinte contre son gré. Néanmoins elle s'était habillée avec le plus grand soin et semblait sortir d'un magazine de mode. Elle laissa aussitôt Stefano et m'entraîna pour regarder les vitrines de la Via dei Mille.

Nous nous promenâmes un moment. Elle était tendue et me demandait sans arrêt si elle avait quelque chose qui clochait.

«Tu te rappelles, dit-elle soudainement, la jeune fille habillée tout en vert avec un chapeau melon ? »

Je me la rappelais. Je me rappelais le malaise que nous avions ressenti en la voyant, dans cette même rue, des années auparavant, je me rappelais la bagarre entre nos amis et les jeunes de ce quartier, puis l'intervention des Solara, Michele barre de fer en main, et je me rappelais notre panique. Je compris qu'elle avait besoin d'entendre quelque chose qui soit susceptible de la calmer alors je hasardai :

«Ce n'était qu'une question d'argent, Lila. Maintenant tout a changé, tu es beaucoup plus belle que la jeune fille en vert. »

Mais je pensai : ce n'est pas vrai, je te raconte

des mensonges. Dans l'inégalité il y avait quelque chose de beaucoup plus pervers, et maintenant je le savais. Quelque chose qui agissait en profondeur et allait chercher bien au-delà de l'argent. Ni la caisse des deux épiceries ni même celle de la fabrique ou du magasin de chaussures ne suffisaient à dissimuler notre origine. Et quand bien même Lila prendrait dans le tiroir-caisse encore plus d'argent qu'elle n'en prenait déjà, quand bien même elle en prendrait des millions, trente ou même cinquante, elle n'y arriverait toujours pas. Ça, moi je l'avais compris, et il y avait donc enfin quelque chose que je savais mieux qu'elle : je ne l'avais pas appris dans ces rues mais devant le lycée, en regardant la jeune fille qui venait chercher Nino. Elle nous était supérieure, comme ça, sans le vouloir. Et c'est ce qui était insupportable.

Nous retournâmes à la boutique. L'après-midi passa comme si c'était un genre de mariage : mets variés, pâtisseries, beaucoup de vin, et tout le monde portait les mêmes vêtements qu'au mariage de Lila – Fernando, Nunzia, Rino, toute la famille Solara, Alfonso et nous les filles, Ada, Carmela et moi. Des voitures se garèrent dans tous les sens, le magasin fut bientôt bondé et le brouhaha augmenta. Gigliola et Pinuccia, en compétition l'une contre l'autre, se conduisirent tout l'après-midi en maîtresses de maison, chacune essayant de jouer à la patronne mieux que l'autre, s'épuisant nerveusement. Au-dessus de tout le monde et de toute chose trônait le panneau avec la photo de Lila. Certains le regardaient avec intérêt, d'autres lui jetaient un coup d'œil sceptique ou même riaient. Je n'arrivais pas à le quitter des yeux. On ne reconnaissait plus Lila. Restait une forme séductrice et effrayante, l'image d'une déesse cyclopéenne qui avançait ses pieds bien chaussés au milieu du magasin.

Parmi la foule, c'est surtout Alfonso qui me frappa : il était tellement à l'aise, allègre et élégant ! Je ne l'avais jamais vu ainsi, ni au lycée, ni dans notre quartier, ni à l'épicerie, et Lila elle-même l'observa longtemps, perplexe. Je lui dis en riant :

« Il n'est plus lui-même !

— Qu'est-ce qui lui est arrivé ?

— Je me le demande ! »

Alfonso fut la véritable et agréable révélation de cet après-midi. Quelque chose de tapi en lui se réveilla à cette occasion, dans la boutique inondée de lumière. Ce fut comme s'il avait soudain découvert que cette partie de la ville lui faisait du bien. Il devint particulièrement actif. Nous le vîmes installer ceci ou cela et se mettre à bavarder avec des gens élégants qui entraient par curiosité, examinaient la marchandise ou saisissaient des pâtisseries et un verre de vermouth. À un moment donné il nous rejoignit et, d'un ton désinvolte, loua sans aucune réserve le travail que nous avions fait sur la photo. Il se sentait mentalement tellement libre qu'il vainquit ses vieilles timidités et lança à sa belle-sœur : « Je l'ai toujours su que tu étais dangereuse ! » et il l'embrassa sur les deux joues. Je le regardai intriguée. Dangereuse ? Qu'avait-il saisi, en voyant le panneau, qui m'avait échappé ? Alfonso était-il donc capable de ne pas s'arrêter aux apparences ? Savait-il regarder avec son imagination ? Est-il possible, me demandai-je, que son véritable futur ne réside pas dans les études mais dans cette zone riche de la ville, où il saura utiliser le peu de choses qu'il apprend au lycée ? Oui, une autre personne se cachait bien en lui. Il était différent de tous les jeunes de notre quartier et, surtout, il ne ressemblait pas à son frère, Stefano, qui restait là dans un coin, assis sur un pouf, silencieux mais prêt à répondre avec des sourires tranquilles à quiconque lui adressait la parole.

La nuit tomba. Tout à coup, une violente lumière jaillit à l'extérieur du magasin. Les Solara, grand-père, père, mère et fils se précipitèrent dans la rue pour regarder, débordés par leur bruyant enthousiasme familial. Nous sortîmes tous. En haut de la vitrine et au-dessus de l'entrée brillaient les lettres : SOLARA.

Lila fit la moue et me dit :

« Ils ont cédé sur ça aussi. »

Elle me poussa mollement vers Rino, qui semblait le plus content de tous, et lui lança :

« Si ce sont des chaussures Cerullo, pourquoi le magasin s'appelle Solara ? »

Rino la prit par le bras et lui dit à voix basse :

« Lina, t'as pas fini d'nous casser les couilles ? Tu t'souviens du bordel où tu nous as mis y a quelques années, justement sur cette place ? Qu'est-c'que tu veux, nous foutre dans un autre merdier ? Pour une fois, contente-toi de c'que t'as. On est là, au centre de Naples, et on est les patrons. Tu les vois aujourd'hui, tous ces connards qui voulaient nous tabasser y a moins de trois ans ? Ils s'arrêtent, regardent la vitrine, rentrent et prennent un p'tit gâteau. Ça te suffit pas ? Chaussures Cerullo et magasin Solara. Qu'est-c'que tu voudrais écrire là-haut, Carracci, peut-être ? »

Lila se dégagea et lui dit sans agressivité :

« Je suis tout à fait calme. Assez pour te dire que tu ne dois plus jamais rien me demander. Mais qu'est-ce que tu fabriques ? Tu te fais prêter du fric par Mme Solara ? Et à Stefano aussi, elle prête du fric ? Vous avez tous les deux des dettes et c'est pour ça que vous dites oui à tout ? À partir d'aujourd'hui, c'est chacun pour soi, Rino. »

Elle nous planta là tous les deux et se dirigea tout droit vers Michele Solara avec des manières joyeuses et coquettes. Je la vis s'éloigner avec lui vers la place, ils firent le tour des lions en pierre. Je remarquai que son mari la suivait du regard : il ne la quitta pas des yeux tant que Michele et elle se promenèrent en bavardant. Je remarquai que la colère envahissait Gigliola et qu'elle parlait vivement à l'oreille de Pinuccia, et toutes deux aussi la regardaient.

Entre-temps la boutique se vida et quelqu'un éteignit la grande et très lumineuse enseigne. Pendant quelques instants, la place plongea dans l'obscurité, avant que les réverbères ne reprennent leurs droits. Lila quitta Michele en riant, mais quand elle rentra dans le magasin son visage perdit brusquement toute vie et elle s'enferma dans le réduit où se trouvaient les toilettes.

Alfonso, Marcello, Pinuccia et Gigliola commencèrent à ranger la boutique. Je les rejoignis pour les aider.

Lila sortit des toilettes et Stefano, comme s'il se tenait aux aguets, la saisit aussitôt par le bras. Agacée, elle se débattit et vint me rejoindre. Très pâle, elle murmura :

« J'ai un peu de sang. Ça veut dire que le bébé est mort ? »

28

En tout, la grossesse de Lila ne dura guère plus de dix semaines, puis la sage-femme vint la voir et enleva le tout. Le lendemain elle était déjà de retour dans la nouvelle épicerie auprès de Carmen Peluso. Parfois gentille, parfois féroce, elle entama une longue période pendant laquelle elle cessa de courir dans tous les sens et sembla décidée à passer sa vie dans cet espace bien ordonné qui sentait à la fois la chaux et le fromage, plein de saucissons, pains, mozzarelles, anchois au sel, paquets de lardons, sacs de légumes secs et vessies gonflées de saindoux.

Cette attitude fut appréciée surtout par la mère de Stefano, Maria. Comme si elle avait reconnu dans sa belle-fille quelque chose d'elle-même, elle devint tout à coup plus affectueuse et lui offrit une paire de boucles d'oreilles anciennes en or rouge. Lila les accepta volontiers et les porta souvent. Pendant un temps elle conserva son visage pâle, ses boutons sur le front, ses yeux cernés et enfoncés et les pommettes qui tendaient sa peau jusqu'à la rendre transparente. Puis elle reprit vigueur et mit encore plus d'énergie dans la conduite du magasin. Déjà à l'approche de Noël, les recettes s'envolèrent et, en quelques mois, elles dépassèrent celles de l'épicerie du vieux quartier.

Maria l'apprécia davantage. Elle alla de plus en plus souvent donner un coup de main à sa belle-fille au lieu d'aller aider son fils, que la paternité manquée et la tension des affaires rendaient morose, ou sa fille, qui avait commencé à travailler dans la boutique de la Piazza dei Martiri et avait catégoriquement interdit à sa mère de se montrer pour éviter de faire piètre figure devant la clientèle. Mme Carracci mère en arriva même à prendre le parti de la jeune épouse Carracci quand Stefano et Pinuccia la rendirent responsable de ne pas avoir su garder le bébé dans son ventre.

« Elle ne veut pas d'enfant ! se lamenta Stefano.

— C'est vrai, le soutint Pinuccia, elle veut faire la jeune fille toute sa vie, elle ne sait pas se comporter en épouse. »

Maria les réprimanda durement tous les deux :

« Ces choses-là, il faut même pas les penser ! C'est le Seigneur qui nous donne les enfants et c'est lui qui les reprend. Je veux pas entendre des sottises pareilles !

— C'est plutôt toi qui devrais te taire ! lui cria sa fille excédée. Tu as donné à cette connasse les boucles d'oreilles qui me plaisaient ! »

Leurs discussions et les réactions de Lila devinrent vite matière à commérage dans le quartier, et elles se répandirent jusqu'à moi. Mais je m'en souciai peu : l'année scolaire avait recommencé.

Ma situation au lycée prit un pli dont je fus la première surprise. Dès les premiers jours je pris la tête de la classe, comme si avec le départ d'Antonio, la disparition de Nino et peut-être même avec Lila maintenant enchaînée à l'épicerie, un déclic s'était produit dans ma tête. Je découvris que je me souvenais de manière précise de tout ce que j'avais mal étudié en première année, et je répondis aux questions de révision de mes professeurs avec une aisance remarquable. Et ce n'était pas tout. Mme Galiani, sans doute parce qu'elle avait perdu Nino, son meilleur élève, accentua ses démonstrations de sympathie à mon égard, et elle finit par me dire qu'il serait intéressant et instructif pour moi de participer à une marche pour la paix dans le monde qui partait de Resina et arrivait à Naples. Je décidai d'y faire un saut, à la fois par curiosité, par peur de vexer Mme Galiani, et parce que le cortège passait par le boulevard et frôlait le quartier, la sortie ne me coûtant donc aucun effort. Mais ma mère voulut que j'emmène mes frères. Je me disputai avec elle, hurlai et finis par être en retard. J'arrivai avec mes frères au pont de la voie ferrée et vis au-dessous des personnes qui défilaient et coupaient toute la route, empêchant les voitures de passer. C'étaient des gens normaux, ils ne manifestaient pas vraiment mais faisaient plutôt une promenade en portant drapeaux et pancartes. Je voulais partir à la recherche de Mme Galiani et m'arranger pour qu'elle me voie, alors j'ordonnai à mes frères de m'attendre là sur le pont. Très mauvaise idée : je ne trouvai pas ma prof et dès que j'eus le dos tourné, mes frères se mirent avec d'autres gamins à lancer des pierres sur les manifestants et à leur crier des insultes. Je revins les récupérer au pas de course, en nage, et les entraînai loin de là, effrayée à l'idée que Mme Galiani, avec son regard perçant, les ait repérés puis ait compris qu'il s'agissait de mes frères.

Mais les semaines passaient, il y avait de nouvelles leçons et il fallait acheter les manuels. Montrer la liste des livres à ma mère pour qu'elle aille parler à mon père et se fasse donner des sous me parut tout à fait inutile, je savais déjà qu'on n'avait pas d'argent. En outre on n'avait aucune nouvelle de Mme Oliviero. Entre août et septembre j'étais allée lui rendre visite deux fois à l'hôpital, mais la première fois je l'avais trouvée endormie, et la seconde j'avais découvert qu'elle était sortie mais n'était pas rentrée chez elle. Au pied du mur, début novembre j'allai prendre de ses nouvelles auprès de sa voisine et j'appris que, vu son état de santé, une sœur qui habitait Potenza l'avait accueillie chez elle, et qui sait si elle retrouverait jamais Naples, notre quartier et son travail... J'eus alors l'idée de demander à Alfonso si, quand son frère lui aurait acheté les livres, nous pourrions nous organiser pour que je les utilise un peu moi aussi. Cette idée l'enthousiasma et il me proposa de travailler ensemble, nous pourrions peut-être nous servir de l'appartement de Lila puisque, depuis qu'elle s'occupait de l'épicerie, il était vide de sept heures du matin à neuf heures du soir. C'est ce que nous décidâmes de faire.

Mais un matin Alfonso, plutôt agacé, me dit : « Passe voir Lila à l'épicerie tout à l'heure, elle veut te voir. » Il savait pourquoi mais elle lui avait fait jurer de se taire, et il fut impossible de lui faire sortir le secret de la bouche.

Dans l'après-midi, je passai à la nouvelle épicerie. Carmen, à la fois triste et enjouée, insista pour me montrer une carte postale de je ne sais quelle bourgade du Piémont qu'Enzo Scanno, son fiancé, lui avait envoyée. Lila aussi avait reçu une carte mais d'Antonio, et pendant un instant je crus qu'elle m'avait fait courir là juste pour me la faire voir. Or elle n'en fit rien et ne parla même pas de ce qu'il avait écrit. Elle m'entraîna dans l'arrière-boutique et me demanda, amusée :

« Tu te rappelles notre pari ? »

Je fis signe que oui.

« Tu te rappelles que tu as perdu ? »

Je fis signe que oui.

« Tu te rappelles donc que tu dois passer avec une moyenne générale de huit ? »

Je fis signe que oui.

Elle m'indiqua deux gros paquets enveloppés dans du papier d'emballage. C'étaient mes manuels scolaires.

29

Ils étaient très lourds. Une fois chez moi, je découvris fort émue qu'on était loin des livres d'occasion souvent malodorants que l'institutrice m'avait procurés par le passé : ceux-ci étaient flambant neufs et sentaient bon l'imprimerie, et parmi eux ressortaient les dictionnaires, le Zingarelli, le Rocci et le Georges-Calonghi, que la maîtresse n'avait jamais réussi à me trouver.

Quand elle me vit ouvrir les paquets, ma mère, qui d'habitude avait un mot méprisant pour tout ce qui m'arrivait, éclata en sanglots. Surprise et intimidée par cette réaction insolite, je me mis près d'elle et lui caressai le bras. Difficile de savoir ce qui l'avait émue : peut-être son sentiment d'impuissance devant notre misère ou la générosité de la femme de l'épicier, je ne sais. Mais elle se ressaisit vite, grommela quelques propos obscurs et partit se replonger dans ses tâches ménagères.

Dans la petite chambre où je dormais avec mes frères et sœur, j'avais un bureau bancal troué par les vers sur lequel je faisais généralement mes devoirs. J'installai là tous ces volumes et, les voyant ainsi sur la table, alignés contre le mur, je me sentis gonflée d'énergie.

Les jours se mirent à passer à toute allure. Je rendis à Mme Galiani les livres qu'elle m'avait prêtés pendant l'été et elle m'en donna d'autres, encore plus ardus. Je les lisais avec application le dimanche, mais sans y comprendre grand-chose. Mes yeux parcouraient les lignes et je tournais page après page, cependant le style m'ennuyait et le sens m'échappait. Cette année-là, ma deuxième au lycée, entre études et lectures obscures je me fatiguai beaucoup, mais ce fut une fatigue choisie et gratifiante.

Un jour, Mme Galiani me demanda :

« Quel journal lis-tu, Greco ? »

Cette question provoqua en moi le même malaise que j'avais éprouvé quand j'avais parlé avec Nino au mariage de Lila. Mon enseignante tenait pour acquise une habitude qui, chez moi et dans mon milieu, n'avait rien du tout d'habituel. Comment lui dire que mon père n'achetait jamais de journaux et que je n'en avais jamais lu ? Je n'eus pas le courage et m'efforçai désespérément de me rappeler si Pasquale, qui était communiste, en lisait un. Peine perdue. Donato Sarratore me revint alors à l'esprit, je revis Ischia et les Maronti, et je me souvins qu'il écrivait dans le *Roma*. Je répondis :

« Je lis le *Roma*. »

Ma prof eut un demi-sourire ironique et, à partir de ce jour-là, commença à me passer ses journaux. Elle en achetait deux, parfois trois, et elle m'en offrait un après les cours. Je remerciais et rentrais à la maison amère d'avoir reçu ce qui me semblait un devoir supplémentaire.

Au début je laissais traîner le journal dans l'appartement, repoussant la lecture à quand j'aurais fini mes devoirs, mais le soir venu le quotidien avait disparu, mon père se l'était approprié et le lisait au lit ou dans les toilettes. Je pris alors l'habitude de le cacher entre mes livres et ne le sortais que la nuit, lorsque tout le monde dormait. C'était parfois *L'Unità*, parfois *Il Mattino* ou encore le *Corriere della Sera*, mais je les trouvais tous trois difficiles, c'était comme si j'avais dû me passionner pour des bandes dessinées dont j'avais raté les numéros précédents. Je parcourais les colonnes plus par contrainte que par réel intérêt et en même temps, comme pour toutes mes obligations scolaires, j'espérais qu'à force de persévérance je comprendrais demain ce que je ne comprenais pas aujourd'hui.

Pendant cette période, je vis peu Lila. Parfois, juste après le lycée et avant de courir faire mes devoirs, je me rendais à la nouvelle épicerie. J'étais affamée, elle le savait et se hâtait de me préparer un sandwich abondamment garni. Tout en le dévorant, je lançais en bon italien des phrases apprises par cœur dans les livres ou les journaux de Mme Galiani. Je faisais allusion, par exemple, à « l'atroce réalité des camps d'extermination nazis », à « ce que les hommes ont été capables de faire et peuvent faire aujourd'hui encore », à « la menace atomique et à la nécessité de la paix », au fait qu' « à force de plier les forces de la nature aux instruments que nous inventons, nous nous retrouvons aujourd'hui au point où la force de nos instruments est devenue plus inquiétante que les forces de la nature », à la « nécessité d'une culture qui combatte et élimine les souffrances », à l'idée que « la religion disparaîtra de la conscience humaine quand on arrivera enfin à construire un monde d'égaux, sans distinctions de classes, fondé sur une solide conception scientifique de la société et de la vie ». Je lui parlais de tout ça et d'autres choses encore, à la fois parce que je voulais lui montrer que je n'aurais aucun mal à passer dans la classe supérieure avec des huit partout, parce que je ne savais pas à qui d'autre en parler, et parce que j'espérais qu'elle me répondrait quelque chose qui nous permettrait de reprendre notre vieille habitude de discuter ensemble. Mais elle ne disait pas grand-chose, à vrai dire elle avait l'air gêné, comme si elle ne comprenait pas bien de quoi je parlais. Ou bien, si elle se décidait à répondre, elle finissait par exhumer l'une de ses obsessions qui, ces jours-là et sans que je comprenne pourquoi, avait recommencé à la tourmenter. Elle se mettait à parler de l'origine de l'argent de Don Achille et de celui des Solara, y compris en présence de Carmen, qui approuvait aussitôt. Mais dès qu'une cliente entrait elle se taisait, devenait gentille et efficace, tranchait, pesait et encaissait l'argent.

Un jour, elle resta là à fixer l'argent dans le tiroir-caisse ouvert. D'humeur exécrable, elle lança :

« Je gagne ce fric grâce à mes efforts et à ceux de Carmen. Pourtant tout ce qu'il y a là-dedans, Lenù, ce n'est pas à moi, ça vient de l'argent de Stefano. Et Stefano a accumulé son argent à partir de celui de son père. Sans ce que Don Achille avait mis sous son matelas grâce au marché noir et à l'usure, aujourd'hui il n'y aurait rien de tout ça, il n'y aurait même pas la fabrique de chaussures. Et ce n'est pas tout! Stefano, Rino et mon père n'auraient pas vendu la moindre chaussure sans le fric et les connaissances de la famille Solara, usuriers eux aussi. Tu vois dans quoi je me suis fourrée?»

Je voyais mais ne comprenais pas à quoi ces discours pouvaient bien servir.

«De l'eau est passée sous les ponts», lui dis-je, et je lui rappelai ses propres conclusions lorsqu'elle s'était fiancée avec Stefano : «Tout ça c'est du passé, ça n'a rien à voir avec nous.»

Mais alors qu'elle avait inventé cette théorie elle-même, elle se montra peu convaincue. Elle me dit, et je me rappelle très bien cette phrase, qui était en dialecte :

«Je n'aime plus ni ce que j'ai fait, ni ce que je suis en train de faire.»

Je me dis qu'elle devait à nouveau fréquenter Pasquale : il avait toujours avancé cette opinion. Ils avaient peut-être approfondi leur relation parce que Pasquale était le fiancé d'Ada, vendeuse dans la vieille épicerie, et le frère de Carmen, qui travaillait avec elle dans le nouveau magasin. Je m'en allai mécontente, j'avais du mal à refouler un sentiment qui venait de mon enfance, lorsque j'avais souffert parce que Lila et Carmela étaient devenues amies et avaient eu tendance à m'exclure. Je retrouvai le calme en travaillant jusque tard.

Une nuit je lisais *Il Mattino* et mes yeux tombaient de fatigue quand un entrefilet non signé me donna une véritable décharge électrique qui me réveilla. Je ne pouvais y croire : on y parlait du magasin de la Piazza dei Martiri et on louait le panneau auquel Lila et moi avions travaillé.

Je lus et relus l'article, et je me souviens encore

de quelques lignes : « Les demoiselles qui dirigent l'accueillante boutique de la Piazza dei Martiri n'ont pas voulu nous révéler le nom de l'artiste. Dommage ! Celui qui a créé ce mélange original de photographie et de peinture fait preuve d'une imagination d'avant-garde capable de plier la matière à l'expression d'une douleur intime et puissante, manifestant à la fois une sublime inspiration et une incroyable énergie. » Par ailleurs, le journaliste encensait sans demi-mesure le magasin de chaussures, « un signe important du dynamisme qui caractérise le monde de l'entreprise napolitaine depuis quelques années ».

Je ne pus fermer l'œil de la nuit.

Après les cours, je courus chercher Lila. Le magasin était vide : Carmen était chez sa mère Giuseppina qui n'allait pas bien, et Lila était au téléphone avec un fournisseur de la province qui ne lui avait pas livré ses mozzarelles, ses *provoloni* ou je ne sais plus quoi. Je l'entendis crier et dire des gros mots, cela me fit un peu peur. Je me dis que l'homme à l'autre bout du fil était peut-être âgé, il pourrait se vexer et lui envoyer l'un de ses fils pour se venger. Je pensai : pourquoi exagère-t-elle toujours ? Quand la conversation téléphonique fut finie, elle poussa un soupir agacé et s'adressa à moi en se justifiant :

« Si je leur parle pas comme ça, ils m'écoutent même pas ! »

Je lui montrai le journal. Elle y jeta un regard distrait et répondit : « Je l'ai déjà vu. » Elle m'expliqua que c'était une initiative de Michele Solara, et comme d'habitude il l'avait fait sans consulter personne. Viens voir, dit-elle, et elle alla à la caisse d'où elle sortit deux coupures de presse chiffonnées, qu'elle me tendit. On y parlait aussi du magasin de la Piazza dei Martiri. Il y avait un petit texte paru dans le *Roma* : l'auteur se perdait en éloges pour les Solara mais ne faisait pas la moindre allusion au panneau. L'autre était un article sur trois colonnes entières publié dans le *Napoli notte* où la boutique était décrite comme un véritable château. L'intérieur était évoqué dans un italien plein d'emphase qui exaltait l'ameublement, l'éclairage luxueux, les chaussures merveilleuses et surtout « la gentillesse, la douceur et la grâce des deux séduisantes Néréides, Mlle Gigliola Spagnuolo et Mlle Giuseppina Carracci, délicieuses jeunes filles en fleur qui président aux destinées d'une entreprise qui s'élève déjà parmi les activités commerciales les plus florissantes de notre cité ». Il fallait arriver tout à la fin pour trouver une allusion au panneau, qui cependant était liquidé en quelques lignes. L'auteur de l'article le définissait comme « un barbouillage grossier, la seule fausse note dans une atmosphère élégante et majestueuse ».

« Tu as vu la signature ? » me demanda Lila railleuse.

L'entrefilet du *Roma* était paraphé d.s. et l'article du *Napoli notte* portait la signature de Donato Sarratore, le père de Nino.

« Oui.

— Et qu'est-ce que t'en dis ?

— Qu'est-ce que tu veux que j'en dise ?

— Eh bien tu devrais dire : tel père tel fils ! »

Elle rit mais sans allégresse. Elle m'expliqua que, vu le succès croissant des chaussures Cerullo et du magasin Solara, Michele avait décidé de donner plus de notoriété à l'entreprise et avait distribué quelques cadeaux ici et là, grâce à quoi les journaux de la ville avaient promptement publié de grands éloges. Bref, c'était de la réclame. Payante. Cela ne valait même pas la peine d'être lu. Dans ces articles, me dit-elle, il n'y avait pas un mot de vrai.

Je fus vexée. Je n'aimai pas sa manière de dévaloriser les journaux que je m'efforçais de lire avec tellement d'application, y sacrifiant mon sommeil. Et je n'appréciai pas non plus qu'elle ait souligné la parenté entre Nino et l'auteur des deux articles. Quel besoin avait-elle d'associer Nino à son père, un fabricant de phrases pompeuses et qui sonnaient faux ?

30

Ce fut pourtant grâce à ces phrases qu'en peu de temps la boutique des Solara et les chaussures Cerullo gagnèrent encore en renommée. La façon dont les journaux citaient Gigliola et Pinuccia leur donna l'occasion de se pavaner encore davantage, mais sans que le succès n'atténue leur rivalité, puisque chacune s'attribua le mérite de la bonne fortune du magasin et se mit à considérer l'autre comme un obstacle à de plus amples succès. Il n'y eut qu'un point sur lequel elles ne cessèrent jamais d'être d'accord : le panneau de Lila était une honte. Elles traitaient de manière désagréable tous ceux qui, avec leurs petits tons polis, n'entraient que pour lui jeter un coup d'œil. Et elles encadrèrent les articles du *Roma* et du *Napoli notte* mais pas celui du *Mattino*.

Entre Noël et Pâques, les Solara et les Carracci encaissèrent beaucoup d'argent. Stefano surtout poussa un soupir de soulagement. L'épicerie nouvelle comme l'ancienne marchaient bien et la fabrique Cerullo tournait à plein régime. En outre, le magasin de la Piazza dei Martiri prouva ce dont on se doutait déjà, à savoir que les chaussures dessinées par Lila des années auparavant non seulement se vendaient sur le Rettifilo, la Via Foria ou le Corso Garibaldi, mais étaient appréciées par tout le gratin, ces gens qui mettaient la main au portefeuille avec désinvolture. Un marché important, donc, qu'il fallait rapidement consolider et élargir.

Preuve de ce succès, dès le printemps quelques bonnes imitations des chaussures Cerullo commencèrent à apparaître dans des vitrines de banlieue. Il s'agissait de chaussures grosso modo identiques à celles de Lila, juste modifiées par une frange ou une boucle. Protestations et menaces bloquèrent immédiatement leur diffusion : Michele Solara s'occupa de tout. Mais il ne s'arrêta pas là et il en vint bientôt à la conclusion qu'il fallait inventer de nouveaux modèles. C'est pour cela qu'un soir il convoqua dans le magasin de la Piazza dei Martiri son frère Marcello, les époux Carracci, Rino et naturellement Gigliola et Pinuccia. Toutefois, à la surprise générale, Stefano se présenta sans Lila, disant que sa femme s'excusait mais qu'elle était fatiguée.

Cette absence ne plut pas aux Solara. Putain, si Lila est pas là, de quoi on va parler ? s'écria Michele, ce qui énerva Gigliola. Mais Rino intervint aussitôt. Mentant, il annonça que son père et lui avaient déjà commencé depuis un bon moment à réfléchir aux nouveaux modèles, et ils comptaient les présenter à une foire qui se tiendrait à Arezzo en septembre. Michele ne le crut pas et devint encore plus nerveux. Il dit qu'il fallait relancer l'affaire avec des produits vraiment nouveaux, pas des trucs banals. Pour finir, il s'adressa à Stefano :

« On a besoin de ta dame, tu dois l'obliger à venir ! »

Stefano lui répondit avec un surprenant fonds d'agressivité :

« Ma dame travaille toute la journée à l'épicerie et le soir sa place est à la maison, elle doit penser à moi.

— D'accord, dit Michele avec une grimace qui enlaidit son visage de beau gosse pendant quelques secondes, mais arrange-toi pour qu'elle pense aussi un peu à nous ! »

Cette soirée laissa tout le monde mécontent mais déplut particulièrement à Pinuccia et à Gigliola. Pour des raisons différentes, toutes deux trouvèrent insupportable l'importance que Michele avait attribuée à Lila et, les jours suivants, leur aigreur finit par se transformer en une mauvaise humeur qui, à la moindre occasion, les conduisait à se disputer entre elles.

C'est alors – je crois que nous étions en mars – que se produisit un accident dont je sais peu de chose. Un après-midi, lors d'une de leurs querelles quotidiennes, Gigliola donna une claque à Pinuccia. Celle-ci alla se plaindre auprès de Rino qui, persuadé à cette époque d'être sur la crête d'une vague aussi haute qu'un immeuble, se rendit à la boutique avec des airs de patron et fit une scène à Gigliola. Elle réagit de manière très agressive et Rino s'emporta au point de menacer de la renvoyer :

« Dès demain, lui lança-t-il, toi tu vas repartir fourrer de la ricotta dans les *cannoli* ! »

Michele ne tarda pas à arriver. Rieur, il entraîna Rino dehors, sur la place, pour qu'il regarde l'enseigne de la boutique :

« Mon ami, lui dit-il, le magasin s'appelle Solara et t'as aucun droit de venir ici dire à ma copine : je te vire ! »

Rino passa à la contre-attaque, il lui rappela que tout ce qu'il y avait dans le magasin appartenait à son beau-frère, les chaussures c'était lui en personne qui les fabriquait, et donc il l'avait certainement ce droit, et comment ! Mais pendant ce temps, à l'intérieur de la boutique Gigliola et Pinuccia, se sentant chacune protégée par son fiancé, avaient déjà recommencé à s'insulter. Les deux jeunes gens se hâtèrent de rentrer et essayèrent de les calmer, en vain. Alors Michele perdit patience et cria qu'il les licenciait toutes les deux. Et ce n'était pas tout : il laissa échapper qu'il allait donner la gestion de la boutique à Lila.

À Lila ?

La boutique ?

Les deux jeunes femmes en restèrent bouche bée et cette idée laissa Rino sidéré lui aussi. Puis la discussion reprit, uniquement consacrée désormais à cette scandaleuse déclaration. Gigliola, Pinuccia et Rino s'allièrent contre Michele – mais qu'est-c'qui va pas, elle te sert à quoi Lina ? nous ici on fait du chiffre, tu peux pas t'plaindre ! Les modèles de chaussures, c'est moi qui les ai créés quand elle n'était qu'une gamine, qu'est-c'qu'elle pouvait bien créer ! – et la tension ne fit que croître. Qui sait combien de temps la dispute aurait duré si l'accident auquel j'ai fait allusion ne s'était produit. Soudain, on ne sait comment, le panneau – le panneau avec les bandes de papier noir, la photo et les vives taches de couleur – émit un son rauque, une espèce de gémissement, et il s'enflamma d'un coup. Quand cela se passa, Pinuccia tournait le dos à la photo. Les hautes flammes s'élevèrent derrière elle comme provenant d'un foyer secret, elles lui léchèrent les cheveux qui crépitèrent, et elles lui auraient brûlé la tête si Rino ne les avait étouffées à mains nues.

31

Rino comme Michele attribuèrent la responsabilité de l'incendie à Gigliola qui fumait en cachette et possédait un minuscule briquet. D'après Rino, Gigliola l'avait fait exprès : pendant que les autres étaient tous occupés à se quereller, elle avait mis le feu au panneau qui, composé de papier, colle et peinture comme il l'était, avait brûlé en un éclair. Michele était plus prudent : on savait bien que Gigliola jouait sans arrêt avec son briquet et ainsi sans le vouloir, prise par la discussion, elle ne s'était pas aperçue que la flamme se trouvait trop près de la photo. Mais la jeune femme réfuta la première comme la seconde hypothèse et, adoptant une attitude très offensive, elle rejeta toute responsabilité sur Lila elle-même, ou plus exactement sur son horrible portrait, qui avait pris feu tout seul : c'est ce qui arrivait au diable lorsque, pour dévoyer les saints, il prenait l'apparence d'une femme, mais quand les saints invoquaient Jésus, alors le démon se transformait en flammes. Pour donner du poids à sa version, elle ajouta que Pinuccia elle-même lui avait raconté que sa belle-sœur avait le pouvoir de ne pas tomber enceinte et, quand vraiment elle n'y parvenait pas, elle savait faire passer l'enfant, refusant ainsi les cadeaux du Seigneur.

Ces racontars s'accentuèrent lorsque Michele Solara commença à se rendre dans la nouvelle épicerie un jour sur deux. Il passait beaucoup de temps à plaisanter avec Lila et Carmen, au point que cette dernière imagina qu'il venait pour elle – et si d'un côté elle craignit que quelqu'un ne le rapporte à Enzo, qui faisait son service dans le Piémont, de l'autre elle en fut flattée et se mit à faire la coquette. Lila en revanche se moquait du jeune Solara. Les rumeurs que sa fiancée propageait lui étaient parvenues, alors elle disait à Michele :

« Il vaut mieux que tu t'en ailles, ici c'est plein de sorcières, on est très dangereuses ! »

Pourtant, quand il m'arriva d'aller la voir pendant cette période, je ne la trouvai jamais vraiment gaie. Elle prenait un ton superficiel et parlait de tout avec dérision. Elle avait un bleu sur le bras ? Stefano lui avait fait une caresse trop passionnée. Elle avait les yeux rougis par les pleurs ? Ce n'étaient pas des larmes de souffrance mais de bonheur. Elle devait faire attention à Michele car il aimait faire mal aux gens ? Mais non, répondaitelle : il n'a qu'à me toucher et il partira aussitôt en flammes, c'est moi qui fais mal aux gens !

Sur ce dernier point, il y avait toujours eu un

certain consensus. Mais Gigliola, désormais, n'avait plus le moindre doute : Lila était une traînée et une jeteuse de sorts, elle avait envoûté son fiancé. Voilà pourquoi il voulait lui confier la gestion du magasin de la Piazza dei Martiri. Et pendant plusieurs jours, jalouse et désespérée, elle refusa d'aller travailler. Puis elle décida de parler à Pinuccia, elles s'allièrent et passèrent à la contre-attaque. Pinuccia harcela son frère, lui criant à plusieurs reprises qu'il était cocu et content de l'être, et puis elle agressa Rino, son fiancé, lui disant qu'il n'était pas le patron mais le domestique de Michele. Pour finir, un soir Stefano et Rino allèrent attendre le cadet des Solara devant son bar, et quand il apparut ils lui tinrent un discours très général mais dont la teneur était : laisse Lila tranquille, tu lui fais perdre son temps, elle a assez de travail comme ça. Michele traduisit aussitôt le message et rétorqua, glacial :

« Putain, qu'est-c'que vous essayez d'dire ?

— Si tu comprends pas, c'est que tu veux pas comprendre.

— Non les copains, c'est vous qui comprenez pas nos nécessités commerciales ! Et si vous voulez pas les comprendre, je suis bien obligé d'y penser pour vous.

— C'est-à-dire ?

— Sur la Piazza dei Martiri, Lila gagnerait en un mois ce que ta sœur et Gigliola n'arriveraient pas à gagner en cent ans.

— Explique-toi mieux.

— Lina doit être aux commandes, Stef' ! Elle a besoin de responsabilités. Il faut qu'elle invente des trucs. Et il faut qu'elle réfléchisse tout de suite à de nouveaux modèles de chaussures. »

Ils discutèrent, et après avoir passé en revue toutes sortes de possibilités, ils finirent par trouver un accord. Stefano exclut absolument que sa femme aille travailler sur la Piazza dei Martiri : la nouvelle épicerie avait bien démarré et enlever Lila de là aurait été une bêtise ; mais il s'engagea à lui faire dessiner rapidement les nouveaux modèles, au moins ceux pour l'hiver. Michele affirma que ne pas confier la gestion du magasin de chaussures à Lila était stupide, il renvoya la discussion à l'été sur un ton détaché mais vaguement menaçant, et il considéra comme acquis qu'elle allait créer de nouveaux modèles.

« Il faut que ce soient des produits chics, recommanda-t-il, insiste bien là-dessus.

— Elle fera ce qui lui plaît, comme d'habitude.

— Je peux lui donner des conseils, moi elle m'écoute ! dit Michele.

— C'est pas la peine. »

Peu après cet accord, je passai voir Lila et c'est elle-même qui m'en parla. C'était juste après les cours, il faisait déjà un peu chaud et je me sentais fatiguée. Elle était seule dans l'épicerie. Sur le coup, elle me sembla comme soulagée, pourtant elle m'annonça qu'elle ne dessinerait rien du tout, pas la moindre sandale ni le moindre escarpin.

« Ils vont se mettre en colère.

— Et qu'est-ce que je peux y faire ?

— C'est de l'argent, Lila.

— Ils en ont déjà assez. »

Je crus qu'elle se butait, comme d'habitude : dès qu'on lui disait de se concentrer sur quelque chose, l'envie lui en passait aussitôt, elle était comme ça. Mais je compris bientôt qu'il ne s'agissait pas d'une question de caractère, ni même d'un dégoût pour les affaires de son mari, de Rino et des Solara, renforcé peut-être par les idées communistes dont elle discutait avec Pasquale et Carmen. Il y avait quelque chose de plus, et elle m'en parla avec calme et sérieux :

« Rien ne me vient en tête, dit-elle.

— Tu as essayé ?

— Oui. Mais ce n'est plus comme quand j'avais douze ans. »

Je compris que les chaussures avaient jailli de son cerveau une seule fois et que cela ne se reproduirait jamais plus : il n'en contenait pas d'autres. Ce jeu était fini et elle ne savait pas le recommencer. Même l'odeur du cuir et des peaux lui répugnait, et elle ne savait plus faire ce qu'elle avait fait. Et puis tout avait changé. La petite échoppe de Fernando avait été dévorée par les nouveaux locaux, les bancs des apprentis et les trois machines. Son père avait pour ainsi dire rapetissé, il ne se disputait même plus avec son fils aîné, il travaillait et c'était tout. Même les sentiments de Lila semblaient affaiblis : si sa mère l'attendrissait encore lorsqu'elle passait à l'épicerie pour remplir ses sacs gratuitement comme s'ils vivaient toujours dans la misère, et si elle faisait encore de petits cadeaux à ses frères et sœurs plus jeunes, elle ne ressentait plus rien pour Rino. Le lien s'était détérioré, brisé. Le besoin qu'elle avait eu autrefois de l'aider et le protéger s'était éteint. Ainsi, toutes les raisons qui l'avaient incitée à inventer les chaussures avaient disparu, le terrain sur lequel sa fantaisie s'était développée était devenu aride. Et puis, ajouta-t-elle soudain, c'était surtout un moyen de te prouver que je savais faire des choses bien, même si je n'allais plus à l'école.

Elle rit nerveusement et me lança un coup d'œil en coin pour sonder ma réaction.

Je ne répondis rien : la forte émotion que j'éprouvai m'en empêcha. Lila était donc comme ça ? Elle n'avait pas mon application obstinée ? Elle tirait d'elle pensées, chaussures, paroles écrites et orales, plans compliqués, folies et inventions, uniquement pour me prouver *à moi* quelque chose sur elle-même ? Une fois cette motivation perdue, elle se dispersait ? Même le traitement auquel elle avait soumis sa photo de mariée, elle ne serait plus capable de le refaire ? Tout en elle était le fruit désordonné du hasard ?

J'eus soudain l'impression qu'une tension ancienne et douloureuse se dénouait quelque part en moi, et je fus touchée par ses yeux humides, son sourire fragile. Mais ce fut de courte durée. Elle continua à parler, se toucha le front avec un geste qui lui était familier et dit sur un ton de regret : « Je dois toujours prouver que je peux être la meilleure. » Et elle ajouta, sombre : « Quand on a ouvert ce magasin, Stefano m'a montré comment tricher sur les poids, alors au début je lui ai crié : t'es un voleur, c'est donc comme ça que tu gagnes ton fric ! Mais ensuite je n'ai pas pu résister, je lui ai fait voir que j'avais appris, et j'ai rapidement inventé mes propres moyens de tricher que je lui ai expliqués, après quoi je n'ai pas arrêté d'inventer de nouvelles astuces. Je vous roule tous, je triche sur les poids et sur un tas d'autres trucs, je roule tout le quartier. Méfie-toi de moi, Lenù, méfie-toi de ce que je dis et de ce que je fais ! »

Je me sentis mal à l'aise. En quelques secondes, elle avait changé du tout au tout et je ne savais déjà plus ce qu'elle voulait. Pourquoi me parlait-elle ainsi, maintenant ? Je ne comprenais pas si c'était un discours qu'elle maîtrisait ou si les paroles sortaient de sa bouche malgré elle, dans un flux impétueux ; je me demandais si son intention initiale de renforcer notre relation – une intention réelle – ne s'était pas retrouvée tout à coup balayée par un besoin tout aussi réel de lui dénier tout caractère unique : tu vois, avec Stefano je me comporte comme avec toi, je fais comme ça avec tout le monde, je fais des choses belles et moches, bonnes et mauvaises. Elle croisa ses mains longues et fines, les serra fort et demanda :

« Tu sais que Gigliola raconte que la photo a pris feu toute seule ?

— C'est une ânerie, elle a une dent contre toi. »

Elle eut un ricanement qui ressembla à un craquement, comme si quelque chose en elle s'était plié trop brusquement.

« J'ai quelque chose qui va pas, là au niveau des yeux, on dirait que quelque chose appuie par-derrière... Tu vois ces couteaux ? Ils sont trop aiguisés, je viens de les donner au rémouleur. Quand je coupe du saucisson, je pense à tout ce sang qu'il y a dans le corps des hommes ! Si on bourre trop une chose, elle éclate. Ou bien elle fait des étincelles et brûle. Je suis contente que la photo de mariée ait brûlé. Mais c'est le mariage, le magasin, les chaussures et les Solara qui auraient dû brûler aussi : tout ! »

Je compris qu'elle avait beau se débattre, s'activer et faire de grandes déclarations, elle ne s'en sortait pas : depuis le jour de son mariage, elle était opprimée par un malheur toujours plus immense et incontrôlable, et j'eus de la peine pour elle. Je lui dis de se calmer, elle acquiesça.

« Tu dois essayer de t'apaiser.

— Aide-moi !

— Comment ?

— En restant avec moi.

— C'est ce que je fais.

— Ce n'est pas vrai. Moi je te dis tous mes secrets, même les plus moches, toi tu ne me dis presque rien de toi.

— Tu te trompes. La seule personne à qui je ne cache rien, c'est toi ! »

Elle secoua la tête avec énergie et dit :

« Même si tu es mieux que moi, même si tu sais plus de choses que moi, ne m'abandonne pas ! »

32

Ils la harcelèrent tellement que cela l'épuisa et elle fit mine de céder. Elle annonça à Stefano qu'elle dessinerait les nouvelles chaussures, et à la première occasion elle l'annonça à Michele aussi. Après quoi elle fit venir Rino et lui dit exactement ce qu'il avait envie d'entendre depuis longtemps :

« C'est à toi de les créer, moi je n'en suis pas capable. Invente-les avec papa, vous avez l'expérience et vous savez comment faire. Mais tant qu'elles ne sont pas sur le marché et tant qu'elles ne sont pas vendues, ne dites à personne que ce n'est pas moi qui les ai créées, même pas à Stefano.

— Et si elles ne se vendent pas ?

— Ce sera ma faute.

— Et si elles se vendent bien ?

— Alors j'expliquerai ce qui s'est passé et tu auras la reconnaissance que tu mérites. »

Ce mensonge plut beaucoup à Rino. Il se mit au travail avec Fernando, mais de temps en temps il passait voir Lila en secret pour lui montrer ce qui lui était venu à l'esprit. Elle examinait les modèles, et au début elle se prétendait admirative à la fois parce qu'elle ne supportait pas son air anxieux et parce qu'elle voulait se débarrasser de lui au plus vite. Mais bientôt elle fut elle-même émerveillée par la qualité de ces nouvelles chaussures, en harmonie avec celles déjà commercialisées et pourtant vraiment originales. « Finalement, me dit-elle un jour d'un ton étonnamment joyeux, peut-être que les premières chaussures n'étaient pas vraiment ma création mais étaient l'œuvre de mon frère ! » Visiblement, cela lui enleva un poids. Elle retrouva alors son affection pour lui, ou plutôt elle réalisa qu'elle avait exagéré quand elle m'en avait parlé : leur lien ne pouvait se rompre et ne se romprait jamais, quoi que son frère puisse faire, même si de son corps devait jaillir un rat, un cheval emballé ou n'importe quel animal. Mon mensonge, supposa-t-elle, a dû ôter à Rino l'angoisse de ne pas être à la hauteur, il est redevenu comme il était plus jeune, et maintenant il découvre qu'il a un vrai métier et qu'il est doué. Lui, de son côté, était de plus en plus heureux des compliments que sa sœur lui adressait chaque fois qu'il lui montrait son travail. À la fin de chacune de leurs entrevues, il lui demandait à l'oreille la clef de chez elle et, toujours dans le plus grand secret, il allait y passer une heure avec Pinuccia.

De mon côté, j'essayai de montrer à Lila que je serais toujours son amie, et je l'invitai souvent à sortir avec moi le dimanche. Une fois, nous allâmes jusqu'à la Mostra d'Oltremare avec deux de mes camarades de classe, toutefois celles-ci furent intimidées lorsqu'elles apprirent qu'elle était mariée depuis plus d'un an, et elles se comportèrent avec respect et retenue comme si je les avais obligées à se promener avec ma mère. L'une d'elles lui demanda, hésitante :

« Tu as un enfant ? »

Lila fit signe que non.

« Ça ne vient pas ? »

Elle fit signe que non.

À partir de là, la soirée fut un petit fiasco.

À la mi-mai, je l'entraînai dans un cercle culturel où, uniquement parce que Mme Galiani me l'avait conseillé, je m'étais sentie obligée d'aller écouter un scientifique qui s'appelait Giuseppe Montalenti. C'était notre première expérience de ce genre : Montalenti faisait une espèce de leçon, mais au lieu de s'adresser à des jeunes il parlait à des adultes qui étaient venus exprès pour l'écouter. Nous nous installâmes au fond de la salle nue et je ne tardai pas à m'ennuyer. Ma prof m'avait envoyée là, pourtant elle-même n'était pas venue. Je murmurai à Lila : « Allons-nous-en ! » Mais elle refusa, chuchotant qu'elle n'avait pas le courage de se lever et craignait de déranger la conférence : un souci qui ne lui ressemblait nullement, signe d'une soudaine timidité ou d'un intérêt naissant qu'elle ne voulait pas avouer. Nous restâmes jusqu'au bout. Montalenti parla de Darwin, qu'aucune de nous deux ne connaissait. À la sortie, je lui dis pour plaisanter :

« Il a dit quelque chose que je savais déjà : tu es un singe ! »

Mais elle n'avait pas envie de plaisanter :

« Je ne l'oublierai jamais plus, dit-elle.

— Quoi, que tu es un singe ?

— Que nous sommes des animaux.

— Toi et moi ?

— Tout le monde.

— Mais il a dit qu'il y avait beaucoup de différences entre les singes et nous.

— Ah bon ? Comme quoi ? Ma mère m'a fait trouer les oreilles et du coup je porte des boucles d'oreilles depuis que je suis née, alors que les mères des singes ne leur font pas de trous et alors ils ne portent pas de boucles ? »

Le fou rire nous gagna et nous commençâmes à dresser toute une liste de différences de ce genre, de plus en plus absurdes, ce qui nous amusa beaucoup. Mais une fois rentrées au quartier, notre bonne humeur se dissipa. Nous rencontrâmes Pasquale et Ada qui se promenaient sur le boulevard et ils nous apprirent que Stefano, très inquiet, cherchait Lila partout. J'offris de la raccompagner jusque chez elle mais elle refusa. En revanche elle accepta que Pasquale et Ada la ramènent en voiture.

Je ne sus que le lendemain pourquoi Stefano la cherchait. Ce n'était pas parce que nous étions rentrées tard. Ce n'était même pas parce que ça l'agaçait que sa femme passe parfois son temps libre avec moi et non avec lui. La raison était tout autre. Il venait de découvrir que Pinuccia avait souvent retrouvé Rino dans son appartement. Il avait découvert que tous deux s'enlaçaient dans son propre lit, et que c'était Lila qui leur donnait les clefs. Il avait découvert que Pinuccia était enceinte. Mais là où il s'était vraiment énervé, c'était quand il avait donné une claque à sa sœur pour les cochonneries qu'elle avait faites avec Rino et quand elle lui avait crié : « T'es jaloux parce que je suis une vraie femme et pas Lila ! parce que Rino sait y faire avec les femmes et pas toi ! » En le voyant tout enfiévré et en l'écoutant – et aussi avec le souvenir de l'impassibilité qu'il avait toujours affichée lorsqu'ils étaient fiancés –, Lila avait éclaté de rire : pour ne pas la tuer, Stefano était sorti faire un tour en voiture. D'après elle, il était parti chercher une pute.

33

Le mariage de Pinuccia et Rino fut organisé en toute hâte. Je ne suivis guère les préparatifs, j'avais mes derniers devoirs et mes dernières interrogations. En outre, il m'arriva quelque chose qui me plongea dans un état de grande agitation. Mme Galiani, qui par principe aimait transgresser avec désinvolture toutes les règles régissant les comportements des professeurs, m'invita chez elle – moi et personne d'autre du lycée – à l'occasion d'une fête organisée par ses enfants.

Il était déjà assez anormal qu'elle me prête livres et journaux, qu'elle me signale une marche pour la paix ou une conférence de haut niveau. Mais là elle avait dépassé les bornes, elle m'avait prise à l'écart et m'avait invitée : « Tu peux venir seule ou accompagnée, m'avait-elle dit, avec ton petit ami ou non, c'est comme tu veux : l'essentiel c'est que tu viennes » – comme ça, à quelques jours de la fin de l'année scolaire, sans se soucier de tout le travail que j'avais ni du séisme intérieur qu'elle provoquait en moi.

J'avais tout de suite dit oui mais je découvris rapidement que je n'aurais jamais le courage d'y aller. Une fête chez n'importe quelle professeure était déjà un événement inimaginable, mais chez Mme Galiani, alors là ! Pour moi, c'était comme me présenter à la cour, faire la révérence à la reine et danser avec les princes. C'était une joie mais aussi une violence, comme si on me traînait de force : j'avais l'impression qu'on m'agrippait le bras et m'obligeait à faire quelque chose. Si ce projet me séduisait, je savais aussi qu'il n'était pas fait pour moi et que, si les circonstances me le permettaient, je l'éviterais volontiers. Mme Galiani n'avait sans doute même pas pensé que je n'avais rien à me mettre. En cours je portais une disgracieuse blouse noire : qu'est-ce que la professeure s'attendait à voir sous cette blouse ? des vêtements, des sous-vêtements et une culotte comme les siens ? Non, il n'y avait que misère, mauvaise éducation et inadaptation. Je possédais une unique paire de chaussures tout usées. La seule robe qui me semblait décente était celle que j'avais mise au mariage de Lila, mais maintenant il faisait chaud, elle allait bien pour mars mais pas pour la fin mai. De toute façon, le problème n'était pas seulement comment s'habiller. C'était la solitude et la gêne de me retrouver au milieu d'étrangers, de jeunes gens qui avaient leurs manières de parler et de plaisanter et des goûts que je ne connaissais pas. Je me dis que je pourrais demander à Alfonso de m'accompagner, il était toujours très gentil avec moi. Mais ensuite je me rappelai qu'Alfonso était mon camarade de classe, or Mme Galiani n'avait invité que moi. Que faire ? Pendant des jours, je demeurai paralysée par l'anxiété, je pensai parler à ma prof et avancer n'importe quelle excuse. Puis j'eus l'idée de demander conseil à Lila.

Comme d'habitude, elle traversait une mauvaise période, elle avait un bleu jaunâtre sous une pommette. Elle n'accueillit pas bien cette nouvelle :

« Et qu'est-ce que tu vas y faire ?

— Elle m'a invitée.

— Elle habite où, ta prof ?

— Corso Vittorio Emanuele.

— On voit la mer, de chez elle ?

— Je sais pas.

— Son mari, qu'est-ce qu'il fait ?

— Médecin à l'hôpital Cotugno.

— Et ses enfants, ils étudient encore ?

— Je sais pas.

— Tu veux une de mes robes ?

— Tu sais bien qu'elles me vont pas !

— T'as plus de poitrine, c'est tout.

— J'ai plus de tout, Lila !

— Alors je sais pas quoi te dire.

— J'y vais pas ?

— Ça vaut mieux.

— D'accord, j'y vais pas. »

Elle fut visiblement satisfaite de cette décision. Je lui dis au revoir, sortis de l'épicerie et empruntai une rue bordée de maigres lauriers roses. Mais j'entendis qu'elle m'appelait et je revins sur mes pas.

« Je t'accompagne ! dit-elle.

— Où ça ?

— À la fête.

— Stefano ne voudra pas.

— C'est ce qu'on va voir. Dis-moi si tu veux m'emmener ou non.

— Bien sûr que je veux t'emmener ! »

Et alors elle eut l'air tellement heureux que je n'osai essayer de lui faire changer d'avis. Mais tandis que je rentrais chez moi, je sentis déjà que ma situation n'avait fait qu'empirer. Aucun des obstacles qui m'empêchaient d'aller à la fête n'avait été levé et, surtout, cette offre de Lila compliquait encore les choses. Les motifs de mon anxiété étaient très confus et je n'avais nulle intention d'en dresser la liste, mais si je l'avais fait je me serais retrouvée devant toutes sortes d'affirmations contradictoires. Je craignais que Stefano ne lui permette pas de venir. Je craignais que Stefano ne lui permette de venir. Je craignais qu'elle ne s'habille de manière voyante comme lorsqu'elle s'était rendue chez les Solara. Je craignais que, quoi qu'elle se mette, sa beauté n'explose comme un astre, et alors tout le monde voudrait en attraper un fragment. Je craignais qu'elle ne s'exprime en dialecte et ne tienne des propos vulgaires, et il deviendrait vite évident qu'elle n'avait pas dépassé l'école primaire. Je craignais que, dès qu'elle ouvrirait la bouche, tous ne restent hypnotisés par son intelligence : Mme Galiani elle-même tomberait sous le charme. Je craignais que ma prof ne la trouve à la fois arrogante et naïve et ne me dise : mais qui c'est, ta copine ? il ne faut plus la fréquenter ! Je craignais que ma prof ne comprenne que je n'étais que la pâle ombre de Lila, et alors elle ne s'occuperait plus de moi mais uniquement d'elle, elle voudrait la revoir et s'emploierait à lui faire reprendre ses études.

Pendant un moment, j'évitai d'aller à l'épicerie.

J'espérais que Lila oublierait la fête : la date arriverait, je m'y rendrais presque en cachette et puis je lui dirais « Tu ne m'en as plus parlé ! ». Or elle vint bientôt me trouver, ce qu'elle ne faisait plus depuis longtemps. Elle avait convaincu Stefano non seulement de nous accompagner en voiture mais aussi de nous ramener, et elle voulait savoir à quelle heure il fallait être chez ma prof.

« Qu'est-ce que tu vas te mettre ? lui demandai-je anxieuse.

— Comme toi !

— Moi je mets un chemisier et une jupe.

— Alors moi aussi.

— C'est sûr que Stefano nous emmène et vient nous chercher ?

— Oui.

— Comment tu as fait pour le convaincre ? »

Elle fit une grimace joyeuse et répondit que maintenant, elle savait comment le prendre.

« Si j'veux un truc, murmura-t-elle comme si elle ne voulait pas s'entendre elle-même, y suffit que j'fasse un peu la putain. »

Elle parla exactement comme ça, en dialecte, et ajouta quelques expressions pleines de grossièreté et d'autodérision pour me faire comprendre le dégoût que lui inspirait son mari et le dégoût qu'elle avait d'elle-même. Mon angoisse augmenta. Je dois lui raconter, me dis-je, que je ne vais plus à la fête, je dois lui dire que j'ai changé d'avis ! Bien sûr, je savais que derrière la Lila à l'apparence disciplinée qui travaillait du matin au soir, il y avait une autre Lila, nullement soumise : cependant, maintenant que je prenais la responsabilité de la faire entrer chez Mme Galiani, cette Lila rebelle m'effrayait davantage, et son refus même de se

résigner me semblait de plus en plus destructeur.
Que se passerait-il si, en présence de ma prof,
quelque chose provoquait un de ses mouvements
de révolte ? Que se passerait-il si elle décidait
d'utiliser le langage qu'elle venait d'employer avec
moi ? J'avançai avec prudence :

« Lila, s'il te plaît, ne parle pas comme ça... »

Elle me regarda perplexe :

« Comment, comme ça ?

— Comme tu viens de faire ! »

Elle se tut un instant puis demanda :

« Je te fais honte ? »

34

Elle ne me faisait pas honte, je le lui jurai, mais
je lui cachai que c'était justement ce que je craignais.

Stefano nous accompagna en décapotable
jusque devant l'immeuble de ma prof. J'étais assise
derrière, tous deux étaient devant, et je remarquai
pour la première fois les énormes alliances qu'ils
portaient l'un comme l'autre au doigt. Tandis que
Lila était en jupe et chemiser comme promis – rien
d'excessif, même pas de maquillage, juste un peu
de rouge à lèvres – Stefano avait mis son habit de
fête, il arborait pas mal d'or et sentait fort le savon
à barbe, comme s'il s'attendait à ce qu'au dernier
moment nous lui disions : viens avec nous ! Mais
nous ne dîmes rien. Je me contentai de le remercier chaleureusement à plusieurs reprises, et Lila
sortit de la voiture sans lui dire au revoir. Stefano

repartit en faisant douloureusement crisser les pneus.

L'ascenseur nous tenta mais nous y renonçâmes. Nous n'en avions jamais utilisé, même l'immeuble neuf de Lila n'en était pas doté, et nous craignîmes de nous trouver en difficulté. Mme Galiani m'avait dit que son appartement était au quatrième étage et qu'il y avait écrit « Docteur Frigerio » sur la porte, mais nous vérifiâmes quand même les plaques à tous les étages. Je marchais devant et Lila derrière, en silence, étage après étage. Comme il était propre, cet immeuble, et comme les pommeaux de porte et les plaques de laiton brillaient ! Mon cœur battait fort.

Nous reconnûmes la porte surtout grâce à la musique très forte et au brouhaha de voix qui en sortaient. Nous lissâmes nos jupes, je tirai sur ma combinaison qui avait tendance à remonter et Lila arrangea ses cheveux du bout des doigts. À l'évidence, nous redoutions toutes deux de perdre le contrôle de nous-mêmes et de laisser tomber, dans un instant de distraction, le masque de jeunes filles bien élevées que nous nous étions composé. J'appuyai sur la sonnette. Nous attendîmes mais personne ne vint ouvrir. Je regardai Lila et sonnai à nouveau, plus longuement. Des pas rapides, la porte s'ouvrit. Un garçon brun apparut, pas très grand, un beau visage, les yeux vifs. À vue de nez il devait avoir une vingtaine d'années. Émue, je lui dis que j'étais une élève de Mme Galiani. Il ne me laissa même pas finir, il rit et s'exclama :

« Elena ?

— Oui.

— Dans cette maison, tout le monde te connaît !

Notre mère ne rate jamais une occasion de nous torturer en nous lisant tes disserts ! »

Le jeune homme s'appelait Armando et sa phrase fut déterminante : elle me donna un sentiment de puissance tout à fait inattendu. Aujourd'hui encore, je me souviens avec sympathie de lui, là sur le seuil. Il fut le tout premier à me montrer par un exemple concret quel soulagement c'est d'arriver dans un endroit nouveau et potentiellement hostile et de découvrir que notre bonne réputation nous y a précédé : on n'a rien à faire pour être accepté, notre nom est déjà connu, les autres savent déjà quelque chose à notre sujet, et ce sont eux, les étrangers, qui doivent faire des efforts pour rentrer dans nos grâces et non l'inverse. Habituée comme je l'étais à n'avoir aucun avantage sur les autres, cet atout imprévu me donna de l'énergie et je me sentis aussitôt libérée. Mes angoisses disparurent et je ne m'inquiétai plus de ce que pouvait faire ou ne pas faire Lila. Grisée par la position centrale que j'occupais soudain, j'oubliai même de présenter mon amie à Armando, qui d'ailleurs ne sembla pas la remarquer non plus. Il me montra le chemin comme si j'étais seule, insistant joyeusement sur la façon dont sa mère parlait toujours de moi et sur les louanges qu'elle m'adressait. Je le suivis en me défendant de ses compliments et Lila referma la porte.

L'appartement était grand et toutes portes ouvertes, les pièces étaient lumineuses, les plafonds très hauts et décorés de motifs floraux. Je remarquai surtout qu'il y avait des livres partout, il y en avait plus dans cette maison que dans la bibliothèque de mon quartier, des murs entiers étaient recouverts d'étagères jusqu'au plafond. Et puis il y avait la musique. Et des jeunes gens déchaînés qui dansaient dans une salle très spacieuse, dotée d'un éclairage fastueux. Et d'autres qui bavardaient en fumant. Évidemment tous faisaient des études, et leurs parents en avaient fait avant eux. Comme Armando : mère professeure et père chirurgien, qui du reste n'était pas là ce soir. Le jeune homme nous emmena sur une petite terrasse : air doux, ciel vaste, parfum intense de glycines et de roses mélangé à celui du vermouth et des pâtes d'amandes. Nous découvrîmes la ville scintillante de lumières et l'étendue noire de la mer. Ma professeure m'appela joyeusement par mon prénom, et c'est elle qui me rappela la présence de Lila derrière moi.

« C'est ton amie ? »

Je balbutiai quelque chose et me rendis compte que je ne savais pas faire les présentations. « Ma professeure. Elle, elle s'appelle Lina. On était ensemble à l'école primaire », dis-je. Cordiale, Mme Galiani loua les amitiés de longue date : c'est important, c'est un ancrage – des généralités qu'elle prononçait en fixant Lila. Celle-ci, mal à l'aise, émit quelques monosyllabes et, quand elle se rendit compte que ma prof avait posé les yeux sur l'alliance qu'elle portait au doigt, elle couvrit aussitôt la bague de son autre main.

« Tu es mariée ?

— Oui.

— Tu as le même âge qu'Elena ?

— J'ai deux semaines de plus. »

Mme Galiani tourna la tête et s'adressa à son fils :

« Tu les as présentées à Nadia ? »

— Non.

— Et qu'est-ce que tu attends ?

— Doucement, maman, elles viennent tout juste d'arriver ! »

Ma prof me dit :

« Nadia tient beaucoup à te rencontrer. Lui c'est un filou, méfie-toi, mais elle c'est une fille bien, tu verras, elle te plaira et vous allez vous entendre ! »

Nous la laissâmes seule en train de fumer. Je compris que Nadia était la petite sœur d'Armando – seize ans qu'elle me casse les pieds, la décrivit-il avec une feinte agressivité, elle a gâché mon enfance ! J'évoquai avec ironie les problèmes que mes jeunes frères et sœur m'avaient toujours causés et je m'adressai à Lila en riant pour qu'elle renchérisse. Mais elle demeura sérieuse, elle ne dit rien. Nous retournâmes dans la salle où l'on dansait, qui était à présent plongée dans la pénombre. C'était une chanson de Paul Anka, ou peut-être *What a Sky* – qui pourrait le dire, aujourd'hui ! Les danseurs étaient serrés les uns contre les autres, autant d'ombres qui oscillaient en douceur. Le disque s'acheva. Avant même que quelqu'un ne se décide à remettre la lumière, j'eus un coup au cœur, je reconnus Nino Sarratore. Il allumait sa cigarette, la flamme du briquet jaillit près de son visage. Cela faisait presque un an que je ne l'avais vu, il me sembla plus âgé, plus grand, plus ébouriffé et plus beau. Puis la lumière des lampes électriques inonda la pièce et je reconnus également la jeune fille avec qui il venait tout juste de danser. C'était la même que j'avais vue il y a longtemps, devant le lycée, la demoiselle raffinée et solaire qui m'avait obligée à reconnaître ma propre insuffisance.

« La voilà ! » dit Armando.
Nadia, la fille de Mme Galiani, c'était elle.

35

Aussi étrange que cela puisse paraître, cette découverte ne gâcha pas mon plaisir de me trouver là, dans cette maison, parmi ces gens bien comme il faut. J'aimais Nino, je n'en doutais pas, je n'ai jamais eu de doutes à ce sujet. Evidemment, j'aurais dû souffrir devant cette nouvelle et énième preuve qu'il ne serait jamais à moi. Mais il n'en fut pas ainsi. Qu'il avait une petite amie et que celle-ci m'était en tout point supérieure, je le savais déjà. La nouveauté, c'est qu'il s'agissait de la fille de Mme Galiani, qui avait grandi dans cet appartement, au milieu de ces livres. Je sentis immédiatement que cette révélation, au lieu de me causer de la douleur, m'apaisait : elle justifiait encore davantage qu'ils se soient choisis, cela devenait un mouvement inévitable, en accord avec l'ordre naturel des choses. Bref, j'eus l'impression d'avoir soudain devant les yeux un exemple d'harmonie tellement parfaite qu'il ne me restait plus qu'à l'admirer sans mot dire.

Mais cela ne s'arrêta pas là. Dès qu'Armando annonça à sa sœur : « Nadia, voici Elena, l'élève de maman ! », la jeune fille devint toute rouge et se jeta à mon cou avec empressement : « Elena, je suis tellement contente de faire ta connaissance ! » Et alors, sans me laisser le temps de placer un mot, elle se mit à faire l'éloge de ce que j'écrivais et de mon style, sans l'ironie de son frère et avec un tel enthousiasme que j'eus l'impression d'être en classe, lorsque sa mère lisait un passage d'une de mes dissertations. Mais peut-être que ce fut encore plus beau, parce que les personnes qui l'écoutaient étaient celles auxquelles je tenais le plus, Nino et Lila, et ainsi tous deux pouvaient constater que dans cette maison, j'étais aimée et estimée.

Je me comportai dès lors comme une vieille camarade, ce dont je ne me serais jamais crue capable, me lançant aussitôt dans un bavardage désinvolte et exhibant un bel italien cultivé qui ne me parut pas artificiel comme celui que j'utilisais au lycée. Je posai des questions à Nino sur son voyage en Angleterre et demandai à Nadia quels livres elle lisait, quels disques elle écoutait. Je dansai avec Armando et d'autres sans jamais m'arrêter, et je me sentis même capable de me lancer dans un rock'n'roll, au cours duquel mes lunettes s'envolèrent de mon nez mais sans se casser. Une soirée miraculeuse. À un moment donné, je vis que Nino échangeait quelques mots avec Lila et l'invitait à danser. Mais elle refusa et sortit du salon où on dansait, et je la perdis de vue. Il fallut pas mal de temps pour que mon amie me revienne à l'esprit. Il fallut que peu à peu les danses s'espacent et puis qu'une longue discussion s'engage entre Armando, Nino et deux autres garçons de leur âge : en compagnie de Nadia, ils décidèrent de se rendre sur la terrasse à la fois parce qu'il faisait un peu chaud et parce qu'ils voulaient impliquer Mme Galiani, qui était restée seule à fumer et prendre le frais. « Viens », me dit Armando en me prenant la main. Je répondis : « Je vais chercher mon amie » et me dégageai.

J'avais chaud, je cherchai Lila dans toutes les pièces et la trouvai seule devant un mur de livres.

« Eh, viens sur la terrasse ! lui dis-je.

— Pour quoi faire ?

— Pour prendre le frais et bavarder.

— T'as qu'à y aller, toi.

— Tu t'ennuies ?

— Non, je regarde les livres.

— T'as vu tout ce qu'il y a ?

— Oui. »

Je sentis qu'elle était mécontente. Peut-être avait-elle été négligée. C'est à cause de son alliance à l'annulaire, pensai-je. Ou peut-être qu'ici sa beauté n'est pas reconnue, celle de Nadia compte davantage. Ou peut-être que, bien qu'elle soit mariée, soit tombée enceinte, ait fait une fausse couche, ait créé des chaussures et sache gagner de l'argent, c'est elle qui, dans cette maison, ne sait pas qui elle est et ne sait pas se mettre en valeur comme dans notre quartier. Mais moi si. Tout à coup, je me rendis compte que mon état de suspension qui avait commencé le jour du mariage de Lila était fini. Je savais me comporter avec ces gens-là, et je me sentais mieux avec eux qu'avec mes amis du quartier. Ma seule anxiété à présent était celle que me causait Lila en se mettant de côté, en restant en marge. Je l'éloignai des livres et l'entraînai sur la terrasse.

Tandis que la plupart des jeunes dansaient encore, un petit groupe composé de trois ou quatre garçons et de deux filles s'était formé autour de ma prof. Mais seuls les garçons parlaient, la seule femme qui intervenait, et de manière ironique, c'était Mme Galiani. Je perçus aussitôt que les garçons plus âgés, Nino, Armando et un autre qui s'appelait Carlo n'estimaient pas convenable de se mesurer à elle. Ils avaient surtout envie de débattre entre eux et ils la considéraient seulement comme une autorité chargée d'attribuer le trophée au vainqueur. Armando contredisait les idées de sa mère mais il le faisait en s'adressant à Nino. Carlo adhérait aux positions de ma prof mais, quand il se mesurait aux autres, il avait tendance à séparer ses raisons de celles de Mme Galiani. Nino exprimait un désaccord courtois envers ma prof, conflictuel envers Armando et Carlo. Je les écoutai avec ravissement. Leurs paroles étaient pour moi comme des boutons de fleurs : quand c'étaient des fleurs que je connaissais déjà plus ou moins elles s'épanouissaient dans ma tête et alors je m'animais et participais par gestes à la discussion, mais quand elles prenaient des formes qui m'étaient inconnues, je me mettais en retrait pour dissimuler mon ignorance. Dans ce cas de figure, toutefois, je devenais nerveuse : je ne sais pas de quoi ils parlent, mais qui c'est ce type, je n'y comprends rien ! C'étaient des sons sans signification, ils me démontraient que l'univers des gens, des faits et des idées était infini et que mes lectures nocturnes n'avaient pas été suffisantes, je devais encore travailler davantage pour être en mesure de dire à Nino, à Mme Galiani, à Carlo ou à Armando : oui, je comprends, je sais. La planète entière est menacée. La guerre nucléaire. Le colonialisme, le néo-colonialisme. Les pieds-noirs, l'OAS et le FLN. La fureur des massacres. Le gaullisme, le fascisme. France, Armée, Grandeur, Honneur. Sartre est pessimiste mais il compte sur les masses ouvrières communistes de Paris. Ce qui va mal en France, en Italie.

L'ouverture à gauche. Saragat, Nenni. Fanfani à Londres, Macmillan. Le congrès des démocrates-chrétiens dans notre ville. Les partisans de Fanfani, Moro, la gauche chrétienne démocrate. Les socialistes ont fini dans la gueule du pouvoir. C'est nous, les communistes, avec notre prolétariat et nos parlementaires, qui ferons passer les lois du centre-gauche. Si les choses se passent comme ça, un parti marxiste-léniniste donnera naissance à une social-démocratie. Vous avez vu comment s'est comporté Leone à l'ouverture de l'année universitaire ? Armando secouait la tête dégoûté : ce n'est pas avec la planification qu'on va changer le monde, le sang et la violence sont nécessaires. Nino lui répondait calmement : la planification est un instrument indispensable. C'était une discussion intense et Mme Galiani surveillait les jeunes gens. Ils savaient tellement de choses ! Ils connaissaient tout sur le monde entier ! À un moment donné, Nino parla de l'Amérique avec sympathie et il prononça quelques mots en anglais comme s'il était anglais. Je remarquai qu'en l'espace d'un an sa voix s'était renforcée, elle était devenue épaisse, presque rauque, et il l'utilisait de manière moins rigide que lorsque nous avions parlé au mariage de Lila, et plus tard au lycée. Il évoqua aussi Beyrouth comme s'il y était allé, Danilo Dolci, Martin Luther King et Bertrand Russell. Il se prononça en faveur d'une force d'intervention qu'il appelait Brigade mondiale pour la paix et moucha Armando qui en parlait de façon sarcastique. Puis il s'enfiévra et le ton monta. Ah, il était tellement beau ! Il affirma que le monde avait les capacités techniques d'éliminer le colonialisme, la faim et la guerre de la surface de la terre. Je l'écoutai transportée par l'émotion et j'avais beau me sentir perdue dans ces sujets dont j'ignorais tout – mais qu'est-ce que c'était que le gaullisme, l'OAS, la social-démocratie, l'ouverture à gauche? et qui c'était Danilo Dolci, Bertrand Russell, les pieds-noirs et les partisans de Fanfani? et que s'était-il donc passé à Beyrouth et en Algérie? – j'éprouvai néanmoins le besoin, comme cela m'était déjà arrivé longtemps auparavant, de prendre soin de lui, de m'occuper de lui, de le protéger et le soute-nir dans tout ce qu'il ferait au cours de sa vie. Ce fut le seul moment de la soirée où je fus envieuse de Nadia, qui se tenait à son côté comme une divi-nité mineure mais rayonnante. Puis je m'entendis prononcer des phrases comme si ce n'était pas moi qui avais décidé de le faire et comme si une autre personne plus sûre d'elle-même et plus informée avait décidé de parler par ma bouche. Je pris la parole sans savoir ce que j'allais dire mais en écou-tant les garçons, des bribes de phrases lues dans les livres et les journaux de Mme Galiani m'étaient venues à l'esprit, et ma timidité fut vaincue par mon envie de m'exprimer et de faire entendre que j'étais là. J'employai l'italien soutenu auquel je m'étais entraînée en faisant des versions de grec et de latin. Je pris le parti de Nino. Je dis que je ne voulais pas vivre dans un monde où il y aurait encore la guerre. Il ne faut pas que nous répétions les erreurs des générations qui nous ont précédés, affirmai-je. Aujourd'hui il faut faire la guerre aux arsenaux nucléaires et à la guerre elle-même. Si nous permettons l'utilisation de ces armes, nous deviendrons tous encore plus coupables que les nazis. Ah, comme je m'émus moi-même, en par-lant! Je sentis que j'avais les larmes aux yeux. Je conclus en disant qu'il était urgent de changer le monde et que de trop nombreux tyrans tenaient leurs peuples dans l'esclavage. Mais c'était avec la paix qu'il fallait changer tout ça.

Je ne sais pas si tout le monde m'apprécia. Armando eut l'air mécontent et une jeune fille blonde dont j'ignorais le nom me fixa avec un petit sourire narquois. Mais pendant que je parlais, Nino m'adressa des signes d'assentiment. Et Mme Galiani, qui aussitôt après ajouta un commentaire, me cita à deux reprises, et je fus émue de l'entendre dire : « Comme l'a justement dit Elena... » La réaction de Nadia fut cependant la plus remarquable. Elle s'éloigna de Nino et vint me murmurer à l'oreille : « Comme tu es intelligente ! Comme tu es courageuse ! » Lila, qui se tenait près de moi, ne souffla mot. Mais alors que ma prof parlait encore, elle me tira par le bras et marmonna en dialecte :

« Je tombe de sommeil, tu d'mandes où est le téléphone et t'appelles Stefano ? »

36

Combien cette soirée l'avait fait souffrir, je ne le sus que plus tard, en lisant ses cahiers. Elle reconnaissait que c'était elle qui avait demandé à m'accompagner. Elle reconnaissait qu'elle avait pensé pouvoir sortir de l'épicerie, au moins pour une soirée, et passer un bon moment avec moi, participer à mon univers qui s'élargissait soudain, faire connaissance avec Mme Galiani et lui parler. Elle reconnaissait qu'elle avait cru être capable de ne pas faire tache. Elle reconnaissait qu'elle avait été sûre de plaire aux hommes, elle leur plaisait toujours. Or elle s'était immédiatement sentie privée de voix, de grâce, de gestes et de beauté. Elle énumérait de nombreux détails : même lorsque nous étions l'une à côté de l'autre, tous choisissaient de ne s'adresser qu'à moi ; on m'avait apporté des pâtisseries, on m'avait apporté à boire, et personne ne s'était soucié d'elle ; Armando m'avait montré un tableau de famille, une œuvre du dix-septième siècle, et m'en avait parlé pendant un quart d'heure : elle avait été traitée comme si elle était incapable de comprendre quoi que ce soit. On ne voulait pas d'elle. On ne voulait rien savoir de ce qu'elle était. Ce soir-là, elle avait compris pour la première fois que sa vie, ce serait pour toujours Stefano, les épiceries, le mariage de son frère et de Pinuccia, les bavardages avec Pasquale et Carmen et la mesquine guerre contre les Solara. C'est ce qu'elle avait écrit, parmi d'autres choses encore, peut-être la nuit même ou bien le lendemain matin dans le magasin. Là, pendant toute la soirée, elle s'était sentie définitivement perdue.

Mais en voiture, pendant que nous rentrions au quartier, elle ne fit pas la moindre allusion à ce sentiment, elle devint simplement méchante et perfide. Elle commença dès qu'elle s'installa dans le véhicule, quand son mari, de mauvaise humeur, demanda si nous nous étions amusées. Je la laissai répondre, j'étais étourdie par mes efforts, l'excitation et le plaisir. Et alors elle se mit progressivement à me faire mal. Elle dit en dialecte qu'elle ne s'était jamais autant ennuyée de sa vie. On aurait mieux fait d'aller au cinéma, dit-elle d'un ton de regret à son mari, et elle caressa la main de Stefano qui tenait le pommeau du levier de vitesse – un geste tout à fait anormal, visant évidemment à me blesser et à me dire : tu vois, moi au moins j'ai un mari alors que toi t'as personne, t'es vierge, tu sais peut-être tout mais ça, tu sais pas comment c'est ! Même regarder la télévision, ajouta-t-elle, aurait été plus amusant que de passer la soirée avec tous ces merdeux ! Il n'y a pas un truc dans cette baraque, pas un objet ou un tableau qu'ils aient gagné eux-mêmes. Leurs meubles ont plus de cent ans. L'immeuble a au moins trois cents ans. Il y a des livres neufs, oui, mais il y en a d'autres très vieux et tellement couverts de poussière qu'on voit bien qu'ils n'ont pas été feuilletés depuis des siècles : des vieux machins qui parlent de droit, d'histoire, de science et de politique. Ah, ils ont tous lu et étudié, là-dedans : pères, grands-pères et arrière-grands-pères ! Depuis des centaines d'années ils sont au minimum avocats, médecins ou profs. Du coup ils causent comme ci et comme ça, ils s'habillent, mangent et bougent comme ci et comme ça ! Tout ça parce qu'ils sont nés au milieu de ces choses-là. Mais ils n'ont pas une idée dans le crâne qui soit vraiment à eux, pas une qu'ils se soient donné la peine de penser. Ils savent tout et ils ne savent rien ! Elle embrassa son mari sur le cou et lui lissa les cheveux du bout de doigts. Si tu étais venu, Stef', tu aurais juste vu des perroquets qui ont appris à dire : cocorico, cocorico ! On ne comprenait pas un mot de ce qu'ils disaient et ils ne se comprenaient même pas entre eux. Tu sais ce que c'est, toi, l'OAS ? tu sais ce que c'est, l'ouverture à gauche ? La prochaine fois ne m'emmène

213

pas, Lenù, emmène plutôt Pasquale, comme ça tu verras comment il les remettra à leur place en trois coups de cuillère à pot ! Des chimpanzés qui pissent et chient dans des toilettes au lieu de faire par terre, c'est tout ce qu'ils sont ! Et pourtant ils prennent de grands airs et prétendent savoir ce qu'on devrait faire en Chine, en Albanie, en France ou au Katanga. Et toi aussi Lena, il faut que je te dise : fais gaffe, t'es en train de devenir la reine des perroquets ! Elle se tourna en riant vers son mari. T'aurais dû l'entendre, lui dit-elle. Et elle fit d'une petite voix : cuicui cuicui ! Tu montres à Stefano comment tu parles avec ces gens-là ? Le fils Sarratore et toi : du pareil au même ! *La Brigade mondiale de la paix ; nous avons les capacités techniques ; la faim, la guerre.* Mais tu te donnes vraiment tout ce mal en classe juste pour pouvoir parler comme ce mec ? *Celui qui sait résoudre des problèmes travaille pour la paix.* Bravo ! Tu te rappelles comme il savait bien résoudre les problèmes, le fils Sarratore ? Oui, tu te rappelles, et pourtant tu l'écoutes ? Toi aussi tu voudrais être la marionnette qui joue la fille des quartiers pauvres afin d'être reçue chez ces gens-là ? Alors que ce que vous voulez c'est nous laisser dans notre merde, là tout seuls à nous taper la tête contre les murs, pendant que vous, vous êtes occupés à piailler et à pérorer : la faim, la guerre, la classe ouvrière, la paix !

Elle fut tellement agressive tout au long du trajet, du Corso Vittorio Emanuele à chez moi, que je me tus et sentis son poison qui faisait de ce moment important de ma vie un faux pas au cours duquel je m'étais ridiculisée. Je luttai pour ne pas la croire. Je la vis vraiment comme une ennemie capable de tout. Elle savait chauffer à blanc les nerfs des braves gens et jeter un feu destructeur dans les cœurs. Je donnai raison à Gigliola et Pinuccia : sur sa photo, c'était bien elle-même qui était partie en flamme comme le diable ! Je la détestai et même Stefano s'en rendit compte : quand il s'arrêta devant mon portail il me fit descendre de son côté et me dit, conciliant : « Salut, Lenù, bonne nuit ! Lina ne fait que plaisanter » ; je répondis en murmurant « Salut » et m'en allai. C'est seulement quand la voiture eut redémarré que j'entendis Lila me crier, imitant la voix que, d'après elle, j'avais utilisée chez Mme Galiani : « Salut, hein, salut ! »

37

Cette soirée marqua le début d'une longue et difficile période qui déboucha sur notre première rupture et sur une longue séparation.

J'eus du mal à me remettre de cet épisode. Il y avait déjà eu auparavant toutes sortes de tensions entre nous, son insatisfaction et son besoin de domination n'avaient jamais cessé de causer des problèmes. Mais jamais, au grand jamais, elle ne s'était appliquée à m'humilier aussi clairement. Je renonçai à mes visites à l'épicerie. Bien qu'elle ait payé mes manuels scolaires et que nous ayons fait ce pari, je n'allai pas lui annoncer que je passais avec des huit partout et deux neuf. Dès l'année scolaire achevée, je commençai à travailler dans une librairie de la Via Mezzocannone et je disparus du quartier sans la prévenir. Au lieu de s'atténuer, le souvenir du ton sarcastique qu'elle avait employé ce soir-là ne fit que croître, et ma rancœur se fit toujours plus vive. Il me sembla que rien ne pouvait justifier ce qu'elle m'avait fait. Il ne me vint jamais à l'esprit, comme cela s'était produit en d'autres occasions, qu'elle avait éprouvé la nécessité de m'humilier afin de mieux supporter sa propre humiliation.

Bientôt, la confirmation d'avoir vraiment fait une bonne impression à la fête favorisa le processus de détachement. Un jour, je flânais dans la Via Mezzocannone pendant la pause déjeuner quand j'entendis qu'on m'appelait. C'était Armando, il allait passer un examen. J'appris qu'il faisait médecine et que cet examen était difficile mais, avant de disparaître vers San Domenico Maggiore, il s'arrêta néanmoins pour bavarder avec moi, m'abreuvant de compliments et se remettant à parler politique. Dans la soirée il se présenta même à la librairie, il avait eu vingt-huit sur trente et il était heureux. Il me demanda mon numéro de téléphone et je répondis que je n'avais pas le téléphone; il me demanda si nous pouvions nous promener ensemble le dimanche suivant et je répondis que le dimanche je devais aider ma mère à la maison. Il se mit à parler de l'Amérique latine où il avait l'intention de se rendre à l'issue de ses études pour soigner les déshérités et les convaincre de prendre les armes contre leurs oppresseurs, et il fut un tel moulin à paroles que je dus lui dire de partir avant que le patron ne s'énerve. Bref, j'étais contente parce qu'à l'évidence je lui avais plu, et je fus gentille mais pas disponible. Les paroles de Lila m'avaient quand même affectée. Je me sentais mal habillée et mal coiffée, je parlais faux et j'étais ignorante. En outre, avec la fin des cours et sans Mme Galiani, mon habitude de lire les journaux s'était effilochée et de plus, mon argent étant compté, il ne m'avait pas paru indispensable d'en payer de ma poche. Ainsi Naples, l'Italie et le monde étaient vite redevenus une lande embrumée où je ne savais plus m'orienter. Armando parlait et je hochais la tête mais je ne comprenais pas grand-chose à ce qu'il racontait.

Le lendemain j'eus une autre surprise. Alors que je balayais le sol de la librairie, Nino et Nadia apparurent devant moi. Ils avaient su par Armando où je travaillais et étaient venus exprès pour me dire bonjour. Ils me proposèrent d'aller au cinéma avec eux le dimanche suivant. Je fus obligée de répondre ce que j'avais répondu à Armando : ce n'était pas possible, je travaillais toute la semaine et ma mère et mon père voulaient que je passe mon jour chômé à la maison.

« Mais faire un tour dans ton quartier, ça c'est possible ?

— Bien sûr.

— Alors c'est nous qui viendrons te voir ! »

Comme le patron m'appela d'un ton plus impatient qu'à l'ordinaire – c'était un homme d'une soixantaine d'années dont la peau du visage avait toujours l'air sale, très irascible, le regard vicieux – ils s'en allèrent aussitôt.

Le dimanche suivant, tard dans la matinée, j'entendis qu'on m'appelait dans la cour et je reconnus la voix de Nino. J'allai à la fenêtre, il était seul. Je pris quelques minutes pour essayer de me donner un aspect présentable et, sans même avertir ma mère, je descendis, à la fois heureuse et anxieuse.

Quand je me retrouvai face à lui, j'en eus le souffle coupé : « Je n'ai que dix minutes », dis-je haletante, mais au lieu de marcher le long du boulevard, nous nous promenâmes entre les immeubles. Pourquoi était-il venu sans Nadia ? Pourquoi était-il venu jusqu'ici si elle n'était pas libre ? Il répondit à mes questions sans que j'aie besoin de les formuler. Nadia avait de la visite, des parents de son père, et elle avait été obligée de rester chez elle. Nino était venu jusqu'ici pour revoir le quartier mais aussi pour m'apporter quelque chose à lire, le dernier numéro d'une revue qui s'appelait *Cronache meridionali*. Il me tendit l'opuscule avec un geste maussade, je le remerciai, et de manière incongrue il se mit à dire du mal de la revue, au point que je me demandai pourquoi il avait décidé de me l'offrir. « Elle est trop manichéenne » dit-il avant d'ajouter en riant : « Comme Mme Galiani et Armando ! » Puis il redevint sérieux et adopta un ton qui me sembla celui d'un homme âgé. Il expliqua qu'il devait énormément à notre prof et que, sans elle, ses années de lycée auraient été du temps perdu, mais il ajouta qu'il fallait rester sur ses gardes et se méfier d'elle. « Son plus grand défaut, souligna-t-il, c'est qu'elle ne supporte pas qu'on puisse avoir des idées différentes des siennes. Prends d'elle tout ce qu'elle peut te donner, mais ensuite suis ton propre chemin. » Puis il revint à la revue, précisa que Mme Galiani y participait aussi et puis tout à coup, sans qu'il y ait aucun lien, il fit allusion à Lila : « À l'occasion, tu peux lui faire lire la revue à elle aussi ! » Je ne lui répondis pas que Lila ne lisait plus rien, que maintenant son seul rôle était d'être Mme Carracci et que, de son enfance, elle n'avait gardé que la méchanceté. J'éludai le sujet et lui posai des questions sur Nadia, il me raconta qu'elle allait faire un long voyage en voiture jusqu'en Norvège avec sa famille et puis qu'elle passerait le reste de l'été à Anacapri, où son père avait une maison de famille.

« Tu iras la voir ?

— Une fois ou deux, il faut que j'étudie.

— Ta mère va bien ?

— Très bien. Cette année elle retourne à Barano, elle s'est réconciliée avec la propriétaire.

— Tu iras en vacances avec ta famille ?

— Moi ? Avec mon père ? Jamais de la vie ! Je serai à Ischia, mais de mon côté.

— Tu iras où ?

— J'ai un ami qui a une maison à Forio : ses parents la lui laissent pour l'été et nous nous y retrouverons pour étudier. Et toi ?

— Je vais travailler à Mezzocannone jusqu'en septembre.

— Même pour l'Assomption ?

— Non, pas pour l'Assomption ! »

Il sourit :

« Alors viens à Forio, la maison est grande ! Peut-être que Nadia aussi viendra y passer deux ou trois jours. »

Je souris émue. Forio ? Ischia ? Dans une maison sans adultes ? Se rappelait-il la plage des Maronti ? Se rappelait-il que nous nous y étions embrassés ? Je dis que je devais rentrer. « Je repasserai, promit-il, je veux savoir ce que tu penses de la revue. » Il ajouta à voix basse, mains enfoncées dans les poches : « J'aime bien parler avec toi. »

Et en effet, il avait beaucoup parlé. Je me sentis fière et émue qu'il se soit senti aussi à son aise. Je murmurai : « Moi aussi » bien que je n'aie pratiquement rien dit, et je m'apprêtais à franchir la porte de mon immeuble quand il se produisit quelque chose qui nous troubla tous les deux. Un cri interrompit le calme dominical de la cour et je vis Melina à la fenêtre, elle agitait les bras pour attirer notre attention. Quand Nino, perplexe, se tourna aussi pour regarder, Melina cria encore plus fort, avec un mélange de jubilation et d'angoisse. Elle cria : Donato !

« Qui c'est ? demanda Nino.

— Melina, dis-je, tu te rappelles ? »

Mal à l'aise, il fit la moue.

« Elle en a après moi ?

— Je ne sais pas.

— Elle dit Donato !

— Oui. »

Il se tourna à nouveau pour regarder vers la fenêtre où la veuve se penchait en continuant à crier ce nom.

« Tu trouves que je ressemble à mon père ?

— Non.

— Tu es sûre ?

— Oui. »

Il dit, nerveux :

« J'y vais !

— Oui, ça vaut mieux. »

Il s'éloigna d'un pas rapide, le dos voûté, tandis que Melina l'appelait de plus en plus fort et d'un ton de plus en plus fébrile : Donato, Donato, Donato !

Je m'échappai moi aussi et rentrai à la maison le cœur battant, mille pensées confuses en tête. Nino n'avait pas le moindre trait qui le rapproche de Sarratore : ni la taille, ni le visage, ni les manières, ni même la voix ou le regard. C'était une filiation inattendue et heureuse. Comme il était fascinant, avec ses cheveux longs et ébouriffés ! Comme il était éloigné des autres formes masculines ! Dans tout Naples, aucun homme ne lui ressemblait. Et il m'estimait, bien que je doive encore terminer mes années de lycée alors que lui, il allait à l'université. Il était venu jusqu'au quartier un dimanche. Il s'était fait du souci pour moi et avait souhaité me mettre en garde. Il avait voulu me prévenir que Mme Galiani était bien gentille mais qu'elle avait aussi ses défauts, il en avait profité pour m'apporter cet opuscule, convaincu que j'avais la capacité de le lire et d'en discuter, et il en était même arrivé à m'inviter à Forio pour l'Assomption. C'était quelque chose d'irréaliste, ce n'était pas une véritable invitation, il savait bien que mes parents n'étaient pas comme ceux de Nadia et qu'ils ne me laisseraient jamais y aller ; mais il m'avait invitée quand même, pour que derrière ses paroles j'en entende d'autres, non dites, comme : *je tiens à te revoir, comme j'aimerais reprendre nos bavardages sur le port et aux Maronti* ! Oui, oui, m'entendis-je crier en mon for intérieur, moi aussi j'aimerais tellement ça, je te rejoindrai à l'Assomption, je m'échapperai de chez moi, et advienne que pourra !

Je cachai la revue parmi mes livres. Mais le soir, dès que je fus couchée, je regardai le sommaire et sursautai. Il y avait un article de Nino. Un article de lui dans cet opuscule qui avait l'air extrêmement sérieux : c'était presque un livre, pas du tout la petite revue d'étudiants, grise et peu soignée, dans laquelle il m'avait promis, deux ans auparavant, de publier le compte rendu de mon altercation avec le curé, il s'agissait de pages importantes écrites par des adultes pour des adultes. Et pourtant il était là, Antonio Sarratore, prénom et nom. Et moi je le connaissais. Et il n'avait que deux ans de plus que moi.

Je lus, je ne compris pas grand-chose, je relus. L'article parlait de Programmation avec un grand P, de Plan avec un grand P, et c'était écrit dans un style compliqué. Mais c'était une partie de son intelligence, une partie de sa personne que, sans vantardise, avec discrétion, il m'avait offerte.

À moi.

J'en eus les larmes aux yeux et, quand je mis la revue de côté, il était déjà tard dans la nuit. En parler à Lila ? La lui prêter ? Non, c'était à moi ! Je ne voulais plus avoir de relations véritables avec elle, rien que des bonjours et des banalités. Elle ne savait pas m'apprécier. D'autres, en revanche, savaient le faire : Armando, Nadia, Nino. C'étaient eux mes amis, et c'était à eux que je devais me confier. Ils avaient tout de suite vu en moi ce qu'elle s'était hâtée de ne pas voir. Parce qu'elle n'avait que le regard du quartier. Elle était uniquement capable de voir à la façon de Melina qui, enfermée dans sa folie, voyait Donato en Nino et le prenait pour son ancien amant.

38

Au début je ne voulais pas aller au mariage de Pinuccia et Rino, mais elle vint en personne m'apporter un faire-part et me traita avec grande affection, me demandant même conseil sur plusieurs sujets, alors je ne sus refuser, bien qu'elle n'inclue pas mes parents, mes frères et ma sœur dans son invitation. Ce n'est pas moi qui suis impolie, se défendit-elle, mais Stefano ! Non seulement son frère avait refusé de lui donner un peu de l'argent de famille pour qu'elle puisse s'acheter un appartement (il lui avait expliqué que les investissements qu'il avait faits dans les chaussures et la nouvelle épicerie l'avaient mis à sec) mais, comme c'était lui qui payait la robe de mariée, les services du photographe et surtout la réception, il avait personnellement barré la moitié du quartier de la liste des invités. Quelle sale attitude – son fiancé était encore plus gêné qu'elle ! Rino aurait voulu un mariage aussi fastueux que celui de sa sœur, et avoir comme elle un appartement neuf avec vue sur la voie ferrée. Mais bien qu'il soit désormais patron d'une fabrique de chaussures, ses moyens seuls n'y suffisaient pas, et en plus c'était un panier percé : il venait d'acheter une Fiat Millecento et n'avait plus une lire de côté ! C'est pourquoi, après avoir longtemps résisté, ils avaient accepté d'un commun accord d'aller vivre dans la vieille demeure de Don Achille, délogeant Maria de sa chambre à coucher. Ils avaient l'intention d'économiser au maximum et de s'acheter rapidement un appartement plus beau que celui de Stefano et Lila. Mon frère est un connard, me dit Pinuccia avec rancœur en guise de conclusion : quand il s'agit de sa femme il jette l'argent par la fenêtre, alors que pour sa sœur il n'a pas un sou !

J'évitai tout commentaire. Je me rendis au mariage en compagnie de Marisa et Alfonso, qui semblait toujours plus attendre ce genre de mondanités pour se transformer en quelqu'un d'autre :

il n'était plus mon habituel voisin de classe, mais un jeune homme aux manières et au physique gracieux avec des cheveux très noirs, une barbe aux reflets bleu intense qui remontait sur les joues, des yeux langoureux et un costume qui ne le dissimulait pas comme les autres hommes mais qui au contraire modelait son corps, à la fois fin et tonique.

Dans l'espoir que Nino serait obligé d'accompagner sa sœur, j'avais étudié à fond son article et tout le *Cronache meridionali*. Mais maintenant c'était Alfonso qui servait de cavalier à Marisa, il allait la chercher et la raccompagnait, alors Nino ne se montra pas. Je restai collée au jeune couple, je voulais éviter de me retrouver en tête à tête avec Lila.

À l'église je ne fis que l'apercevoir, au premier rang entre Stefano et Maria : c'était la plus belle et il aurait été impossible ne pas la remarquer. Ensuite, au repas de noces qui se tint dans le même restaurant de la Via Orazio où avait eu lieu son mariage un peu plus d'un an auparavant, nous ne nous croisâmes qu'une fois et échangeâmes quelques mots prudents. J'échouai à une table à l'écart avec Alfonso, Marisa et un jeune garçon blond de treize ans environ, alors qu'elle prit place avec Stefano à la table des mariés, parmi les invités de marque. Que de changements en si peu de temps ! Il n'y avait ni Antonio ni Enzo, tous deux encore sous les drapeaux. Les vendeuses des épiceries, Carmen et Ada, avaient été invitées, mais pas Pasquale, à moins qu'il ait préféré ne pas venir pour éviter de se mêler aux gens que, dans ses discussions en pizzeria, il projetait de tuer de ses propres mains – et ce n'était pas qu'une plaisanterie. Sa mère Giuseppina Peluso n'était pas là non plus, Melina et ses enfants manquaient également. En revanche les Carracci, les Cerullo et les Solara, associés en affaires à divers titres, étaient assis tous ensemble à la table des mariés en compagnie des parents florentins, c'est-à-dire le commerçant en ferraille et sa femme. Je vis que Lila discutait avec Michele, elle riait exagérément. De temps à autre elle regardait de mon côté, mais je détournais aussitôt les yeux avec un mélange d'agacement et de douleur. Elle riait tellement ! C'était trop. Elle me fit penser à ma mère. Comme elle, elle jouait à la femme mariée, avec des manières débridées et un dialecte fleuri. Elle monopolisait l'attention de Michele alors que sa fiancée Gigliola se trouvait près de lui, pâle et furieuse d'être ainsi négligée. Seul Marcello adressait parfois la parole à sa future belle-sœur pour la calmer. Ah, Lila, Lila ! Elle voulait toujours être dans l'excès et, avec ses excès, nous faire tous souffrir. Je m'aperçus que Nunzia et Fernando adressaient aussi de longs regards pleins d'appréhension à leur fille.

La journée se déroula sans accroc, à l'exception de deux épisodes qui, en apparence, furent sans conséquences. Voyons le premier. Parmi les invités il y avait aussi Gino, le fils du pharmacien, parce qu'il s'était récemment fiancé avec une cousine au deuxième degré des Carracci, une jeune fille maigre avec des cheveux châtains plaqués sur le crâne et des cernes violets. En grandissant il n'avait fait que devenir plus odieux, et je ne me pardonnais pas de l'avoir eu comme petit ami lorsque j'étais plus jeune. Déjà perfide en ce temps-là, il l'était devenu plus encore, et de surcroît il était particulièrement redoutable en ce moment parce qu'il venait à nouveau d'être recalé. Cela faisait longtemps qu'il ne me disait même plus bonjour, en revanche il continuait à s'intéresser à Alfonso : tantôt il se montrait amical, tantôt il se moquait de lui avec des insultes à connotation sexuelle. Ce jour-là, peut-être par jalousie (Alfonso était passé dans la classe supérieure avec une moyenne de sept et il accompagnait Marisa, gracieuse, le regard très vif), il se comporta d'une manière particulièrement insupportable. À notre table était assis ce jeune garçon blond auquel j'ai déjà fait allusion, beau et très timide. C'était le fils d'un parent de Nunzia émigré en Allemagne et marié à une Allemande. Alors que je me sentais très nerveuse et accordais peu d'attention à ce garçon, Alfonso et Marisa avaient multiplié les efforts pour le mettre à l'aise. Alfonso surtout s'était mis à bavarder à bâtons rompus avec lui, était venu à son secours quand les serveurs l'avaient négligé et l'avait même accompagné sur la terrasse pour admirer la mer. Ce fut justement lorsque tous deux rentrèrent en plaisantant et regagnèrent leur table que Gino quitta sa fiancée qui, rieuse, tentait de le retenir, pour venir s'asseoir avec nous. Il s'adressa au garçon à voix basse en faisant allusion à Alfonso :

« Celui-là fais gaffe, c'est un pédé ! Aujourd'hui il t'accompagne sur la terrasse, la prochaine fois il t'accompagnera dans les chiottes ! »

Alfonso piqua un fard mais ne réagit pas, il esquissa un petit sourire inoffensif et resta coi. Mais c'est Marisa qui se mit en colère :

« Mais comment tu t'permets ?

— Je m'permets parce que je sais des choses !

— Raconte-moi donc ce que tu sais.

— Tu es sûre ?

— Mais oui !

— Fais gaffe ou je te raconte tout !

— Eh bien vas-y !

— Un jour, le frère de ma fiancée a été invité chez les Carracci et il a été obligé de dormir dans le même lit que ce mec-là.

— Et alors ?

— Il l'a touché.

— Qui ça ?

— Ben lui !

— Elle est où, ta fiancée ?

— Là-bas.

— Eh bien dis à cette connasse que je peux prouver qu'Alfonso aime les femmes, alors que ça m'étonnerait qu'elle puisse dire la même chose de toi ! »

Alors elle se tourna vers son fiancé et l'embrassa sur la bouche : un baiser fougueux en public – je n'aurais jamais eu le courage de le faire, comme ça devant tout le monde.

Lila, qui continuait à regarder de mon côté comme si elle me surveillait, fut la première à remarquer ce baiser, et elle battit des mains avec un enthousiasme spontané. Michele aussi applaudit en riant et Stefano lança un compliment grossier à son frère, sur lequel le commerçant en ferraille renchérit aussitôt. Bref, des plaisanteries en tout genre fusèrent mais Marisa parvint à faire comme si de rien n'était. Puis, serrant trop fort la main d'Alfonso – il en eut les doigts tout blancs – elle siffla à Gino, qui était resté figé à regarder ce baiser avec une expression idiote :

« Maintenant fous le camp, sinon je t'en colle une ! »

Le fils du pharmacien se leva sans mot dire et retourna à sa table, où sa fiancée lui parla aussitôt à l'oreille d'un air agressif. Marisa leur lança à tous deux un regard plein de mépris.

À partir de ce jour-là, je changeai d'avis à son propos. Je l'admirai pour son courage, pour sa capacité obstinée à aimer et pour le sérieux avec lequel elle s'était liée à Alfonso. Voilà quelqu'un d'autre que j'ai négligé, pensai-je avec regret, j'ai eu tort. Combien ma dépendance à Lila m'avait aveuglée! Comme ses applaudissements, quelques minutes auparavant, avaient été frivoles, et comme ils allaient bien avec l'amusement vulgaire de Michele, de Stefano et du ferrailleur!

Le second épisode eut pour protagoniste, justement, Lila. On était désormais vers la fin de la fête. Je m'étais levée pour aller aux toilettes et passais précisément devant la table de la mariée quand j'entendis la femme du commerçant en ferraille rire très fort. Je me retournai. Pinuccia était debout et se défendait parce que la femme soulevait de force sa robe de mariée, découvrant ses jambes épaisses et robustes, et disait à Stefano:

«Regarde donc les cuisses de ta sœur! Vise un peu ce cul et ce ventre! De nos jours, vous les hommes vous aimez les filles qui ressemblent à des manches à balai, mais ce sont les femmes comme Pinuccia que notre Seigneur a créées pour vous faire des enfants!»

Lila, qui était en train de porter un verre à ses lèvres, lui jeta son vin à la figure et sur sa robe de shantung, sans réfléchir un instant. Comme d'habitude elle croit pouvoir tout se permettre, me dis-je aussitôt anxieuse, et maintenant ça va être le bordel! Je filai vers les toilettes et m'y enfermai pour rester là le plus longtemps possible. Je ne voulais pas voir la fureur de Lila, je ne voulais pas l'entendre. Je souhaitais me tenir en dehors, je craignais d'être entraînée dans sa souffrance et j'avais peur de me sentir obligée, par une longue habitude, de prendre son parti. Or, quand je sortis, tout était tranquille. Stefano plaisantait avec le commerçant en ferraille et sa femme, qui se tenait la tête haute dans sa robe tachée. L'orchestre jouait, les couples dansaient. Seule Lila manquait. Je la vis de l'autre côté de la porte vitrée, sur la terrasse. Elle regardait la mer.

39

Je fus tentée de la rejoindre mais changeai aussitôt d'avis. Elle avait certainement les nerfs à vif et j'étais sûre d'être mal accueillie, ce qui ne ferait que détériorer encore plus nos relations. Je décidai de regagner ma table quand tout à coup Fernando, son père, surgit à mon côté, me demandant timidement si je voulais danser.

Je n'osai refuser et nous dansâmes une valse en silence. Il me conduisait d'un pas assuré à travers la salle, entre les couples éméchés, me serrant exagérément les doigts avec sa main moite. Sa femme avait dû le charger de me dire quelque chose d'important mais il n'en trouvait pas le courage. Ce n'est qu'à la fin de la valse qu'il murmura – en me vouvoyant, ce qui était fort étrange : « Si ça vous embête pas, parlez un peu à Lina, sa mère est inquiète… » Puis il ajouta, bourru : « Si vous avez besoin d'une paire de chaussures, passez me voir, c'est sans façons ! » et il se hâta de retourner à sa table.

Cette allusion à une espèce de compensation, si j'acceptais de passer du temps avec Lila, m'agaça. Je demandai à Alfonso et Marisa s'ils voulaient s'en aller et ils acquiescèrent aussitôt. Tant que nous fûmes dans le restaurant, je sentis le regard de Nunzia rivé sur moi.

Les jours suivants, je commençai à perdre confiance en moi. J'avais imaginé que travailler dans une librairie signifierait avoir de nombreux livres à disposition et du temps pour lire, mais j'étais mal tombée. Le patron me traitait comme une domestique et ne supportait pas que je reste sans rien faire une minute : il m'obligeait à décharger des cartons, à les entasser les uns sur les autres et à les vider, à mettre en place les livres neufs, à déplacer les vieux livres et à les dépoussiérer, et il me demandait de monter et descendre à l'échelle juste pour pouvoir regarder sous mes jupes. En outre Armando, après cette première rencontre où il m'avait semblé tellement amical, n'avait plus donné signe de vie. Et surtout, Nino n'était plus réapparu, ni en compagnie de Nadia ni seul. Son intérêt pour moi était-il déjà fini ? Je commençai à me sentir seule et à m'ennuyer. La chaleur, le travail et le dégoût que me causaient les regards et les paroles grossières du libraire me fatiguaient. Les heures passaient lentement. Que faisais-je donc dans cette grotte sans lumière alors que défilaient sur le trottoir des garçons et des filles qui se dirigeaient vers le mystérieux bâtiment de l'université, un lieu où je ne mettrais certainement jamais les pieds ? Où était Nino ? Était-il déjà parti étudier à

Ischia? Il m'avait laissé la revue avec son article et je les avais étudiés comme si je devais passer un examen, mais reviendrait-il jamais m'interroger? Quelle erreur avais-je commise? M'étais-je montrée trop réservée? Peut-être s'attendait-il à ce que je le cherche, et par suite il ne me cherchait pas? Devais-je parler à Alfonso, me mettre en contact avec Marisa et lui demander des nouvelles de son frère? Et pour quoi faire? Nino avait une petite amie, Nadia : quel sens cela aurait-il de demander à sa sœur où il était, ce qu'il faisait? J'allais me ridiculiser.

Jour après jour, l'opinion que j'avais de moi-même et qui, à ma propre surprise, s'était améliorée après la fête, se dégrada et je me sentis déprimée. Je me levais de bonne heure, courais Via Mezzocannone, trimais toute la journée et rentrais chez moi fatiguée, pendant que les milliers de mots appris au lycée se bousculaient dans ma tête sans que je puisse rien en faire. La mélancolie me gagnait, pas seulement quand j'évoquais mes conversations avec Nino, mais aussi quand je pensais aux étés au Sea Garden avec les filles de la papetière et Antonio. Comme notre histoire s'était achevée de manière stupide! C'était la seule personne qui m'ait vraiment aimée, et il n'y en aurait pas d'autre. Le soir dans mon lit, je songeais à l'odeur qui émanait de sa peau, à nos rendez-vous aux étangs, à nos baisers et à nos attouchements dans l'ancienne usine de tomates.

Ainsi je sombrais dans la tristesse lorsqu'un soir après dîner, Carmen, Ada et Pasquale, qui avait une main toute bandée à la suite d'un accident du travail, vinrent me chercher. Nous prîmes une glace que nous allâmes manger dans le jardin public. Sans préambule et avec une certaine agressivité, Carmen me demanda pourquoi donc je ne passais jamais plus à l'épicerie. Je lui répondis que je travaillais Via Mezzocannone et n'avais pas le temps. Ada lança alors avec froideur que lorsqu'on tient à quelqu'un, on trouve toujours le temps : mais puisque j'étais comme ça, alors tant pis. Je demandai : « C'est quoi, comme ça ? » Elle répliqua : « Sans cœur ! Il suffit de voir comment tu as traité mon frère ! » Je lui rappelai avec brusquerie que c'était son frère qui m'avait quittée, et elle rétorqua : « Bien sûr, on y croit ! Il y a les gens qui partent, et ceux qui savent faire partir les autres ! » Carmen abonda dans son sens : « C'est pareil pour les amitiés, ajouta-t-elle, des fois on a l'impression qu'elles s'interrompent à cause d'une personne, quand en réalité c'est la faute de l'autre. » À ce moment-là, je perdis patience et déclarai avec force : « Écoutez, si Lila et moi nous nous sommes éloignées, ce n'est pas ma faute. » Alors Pasquale intervint : « Lenù, peu importe à qui la faute, mais ce qui compte, c'est que nous devons soutenir Lina. » Il rappela alors l'histoire de ses propres problèmes de dents et comment Lila l'avait aidé, il parla aussi de l'argent qu'elle passait en douce à Carmen et de celui qu'elle envoyait à Antonio – même si je n'en savais rien et ne voulais pas le savoir, celui-ci vivait très mal son service militaire. Je tentai prudemment de demander ce qui se passait avec mon ancien petit ami, et ils me racontèrent avec plus ou moins d'agressivité qu'il avait eu une crise de nerfs et qu'il n'allait pas bien : mais c'était un dur, il s'accrochait et il s'en sortirait. *Lina, par contre…*

« Qu'est-ce qu'elle a, Lina ?

— Ils veulent qu'elle aille voir un médecin.

— Qui veut l'emmener chez le médecin ?

— Stefano, Pinuccia et la famille de Lina.

— Pourquoi ?

— Pour savoir pourquoi elle n'est tombée enceinte qu'une fois, et pourquoi ça ne marche plus.

— Et elle ?

— Elle fait la folle, elle ne veut pas y aller. »

Je haussai les épaules.

« Et qu'est-ce que je peux y faire ? »

Carmen répondit :

« Emmène-la. »

40

Je parlai à Lila. Elle se mit à rire et répondit qu'elle irait chez le médecin uniquement si je lui jurais que je n'étais pas fâchée avec elle.

« D'accord.

— Jure !

— Je le jure.

— Jure sur tes frères et sur Elisa. »

Je lui fis remarquer qu'aller chez le médecin, ce n'était rien du tout, mais que si elle ne voulait pas y aller moi je m'en fichais, elle faisait ce qu'elle voulait. Elle devint sérieuse.

« Tu ne veux pas jurer, alors.

— Non. »

Elle se tut un instant et puis avoua, yeux baissés :

« Tu as raison, j'ai fait une bêtise. »

Je fis une grimace agacée.

« Va chez le médecin et tiens-moi au courant.

— Tu ne viens pas avec moi ?

— Si je m'absente, le libraire va me virer.

— Je t'embaucherai », dit-elle ironique.

« Va voir le médecin, Lila ! »

Elle alla chez le médecin accompagnée de Maria, Nunzia et Pinuccia. Les trois voulurent assister à la consultation. Lila fut obéissante et docile : elle n'avait jamais subi d'examen de ce genre, et elle demeura tout le temps lèvres serrées et yeux écarquillés. Quand le docteur, un homme très âgé que la sage-femme du quartier leur avait conseillé, annonça avec des paroles savantes que tout était en ordre, la mère de Lila et sa belle-mère se réjouirent, tandis que Pinuccia se rembrunit et demanda :

« Alors pourquoi les bébés ne viennent pas et pourquoi, quand ils viennent, ils n'arrivent pas à naître ? »

Le médecin perçut sa malveillance et fronça les sourcils :

« Madame est encore très jeune, répondit-il, et il faut qu'elle prenne des forces. »

Prendre des forces. J'ignore si le médecin employa exactement cette expression, néanmoins c'est ce que l'on me rapporta, et j'en fus très marquée. Cela voulait dire que Lila, malgré la force dont elle faisait preuve en permanence, était faible. Cela voulait dire que les bébés ne venaient pas, ou ne restaient pas dans son ventre, non parce qu'elle possédait une force mystérieuse qui les anéantissait, mais au contraire parce qu'elle n'était pas totalement femme. Ma rancœur s'atténua. Quand, dans notre cour d'immeuble, elle me raconta la torture de la visite médicale avec des expressions vulgaires qu'elle adressait aussi bien au médecin qu'aux trois accompagnatrices, je ne m'impatientai pas, et m'intéressai au contraire à son récit : je n'avais jamais subi d'examen médical comme ça, même pas par la sage-femme. Pour finir elle conclut, sarcastique :

« Il m'a déchirée avec un machin en fer, je lui ai donné un tas de fric, et qu'est-ce qu'il a conclu ? Qu'il faut que je prenne des forces.

— Quel genre de forces ?

— Je dois faire des bains de mer.

— Je ne comprends pas !

— Je dois aller à la plage, Lenù, me baigner dans l'eau salée ! Il paraît que si on va à la mer, on prend des forces et puis on fait des bébés. »

Quand nous nous dîmes au revoir, nous étions de bonne humeur. Nous nous étions revues et, en fin de compte, tout s'était bien passé.

Le lendemain elle réapparut, affectueuse envers moi mais en colère contre son mari. Stefano voulait louer une maison à Torre Annunziata et envoyer Lila y passer les mois de juillet et août tout entiers avec Nunzia et Pinuccia, qui elle aussi voulait prendre des forces, bien qu'elle n'en ait pas besoin. Ils réfléchissaient déjà à la manière dont ils allaient s'organiser avec les magasins. Alfonso s'occuperait de la Piazza dei Martiri avec Gigliola jusqu'à ce que les cours reprennent, et Maria remplacerait Lila dans la nouvelle épicerie. Lila me dit, abattue :

« Si je passe deux mois avec ma mère et Pinuccia, je vais me tuer !

— Pourtant tu iras te baigner, tu prendras le soleil !

235

— J'aime pas me baigner et j'aime pas prendre le soleil.

— Si je pouvais prendre des forces à ta place, je partirais dès demain ! »

Elle me regarda intriguée et proposa doucement :

« Alors, viens avec moi !

— Il faut que je travaille Via Mezzocannone. »

Elle s'anima et me répéta alors qu'elle allait m'embaucher, mais cette fois elle le fit sans ironie. « Démissionne ! me pressa-t-elle. Je te donnerai autant que le libraire ! » Elle n'arrêtait plus et disait que si j'acceptais, tout deviendrait supportable, même Pinuccia avec son ventre qui pointait déjà. Je refusai avec tact. J'imaginai bien ce qui allait se passer pendant ces deux mois dans la maison écrasée de chaleur de Torre del Greco : disputes avec Nunzia et larmes, disputes avec Stefano quand il arriverait le samedi soir, disputes avec Rino quand il apparaîtrait avec son beau-frère pour rejoindre Pinuccia, et surtout disputes continuelles avec sa belle-sœur, que se soit en sourdine ou avec éclat, à coups d'ironie perfide ou d'insultes fracassantes.

« Je ne peux pas, conclus-je fermement, ma mère ne voudra jamais. »

Elle s'en alla fâchée : l'idylle entre nous était fragile. À ma grande surprise, le lendemain matin Nino fit irruption dans la librairie, pâle et amaigri. Il avait passé examen sur examen, quatre en tout. Moi qui rêvais à l'université en imaginant des espaces immenses derrière ces murs, où des étudiants parfaitement préparés et de vieux sages discutaient toute la journée de Platon ou de Kepler, je l'écoutai émerveillée, me contentant de dire : « Qu'est-ce que tu es fort ! » Et dès que cela me parut opportun, je louai à grand renfort de paroles un peu creuses son article des *Cronache meridionali*. Il m'écouta, sérieux et sans jamais m'interrompre, tant et si bien qu'à un moment donné je ne savais plus quoi dire pour lui prouver que je connaissais son texte à la perfection. Finalement il eut l'air satisfait et s'exclama que même Mme Galiani, Armando et Nadia ne l'avaient pas lu avec une telle attention. Et il se mit à me parler d'autres interventions qu'il avait en tête sur le même thème, il espérait que la revue les publierait. Je l'écoutai sur le seuil de la librairie, faisant mine de ne pas entendre le patron qui me réclamait. Après un rappel plus hargneux que les autres, Nino marmonna « qu'est-ce qu'y veut ce con » mais il resta encore un peu, avec son air insolent, me racontant qu'il partait le lendemain pour Ischia, et puis il me tendit la main. Quand je la serrai – elle était fine, délicate – il me tira très légèrement vers lui en se baissant : ses lèvres effleurèrent les miennes. Cela ne dura qu'un instant, ensuite il recula avec un mouvement léger, ses doigts glissèrent sur ma peau en une caresse et il partit vers le Rettifilo. Je restai là à le regarder tandis qu'il s'éloignait sans jamais se retourner, avec sa démarche de condottiere distrait qui n'avait rien à craindre du monde, celui-ci n'existant que pour se soumettre à sa volonté.

Je ne pus fermer l'œil de la nuit. Le lendemain matin je me levai tôt et courus à la nouvelle épicerie. Je trouvai Lila en train de soulever le rideau de fer, Carmen n'était pas encore arrivée. Je ne lui parlai pas de Nino et murmurai simplement, sur le ton de celle qui est consciente de demander l'impossible :

« Si tu vas à la mer à Ischia au lieu de Torre Annunziata, je donne ma démission et je viens avec toi. »

41

Nous débarquâmes sur l'île le deuxième dimanche de juillet, Stefano et Lila, Rino et Pinuccia, Nunzia et moi. Les deux hommes ployaient sous les bagages, sur leurs gardes tels des héros antiques échoués sur une rive inconnue ; ils se sentaient mal à l'aise sans la cuirasse de leurs automobiles et ils étaient mécontents d'avoir dû se lever si tôt, renonçant à l'oisiveté ordinaire des jours chômés. Leurs épouses, en habits de fête, leur en voulaient, mais pour des motifs différents : Pinuccia, parce que Rino portait trop de choses et refusait de lui confier le moindre sac, Lila, parce que Stefano faisait mine de savoir quoi faire et où aller, alors qu'à l'évidence il n'en savait rien. Quant à Nunzia, elle paraissait réaliser qu'on ne la supportait qu'au prix de gros efforts, et elle était attentive à ne rien dire de travers qui puisse agacer les jeunes gens. La seule à être vraiment heureuse, c'était moi, avec mon sac à dos rempli de quelques modestes effets : j'étais enivrée par les odeurs, les sons et les couleurs d'Ischia qui, dès le premier instant, à peine avais-je mis pied à terre, avaient parfaitement correspondu à tous mes souvenirs de vacances datant de plusieurs années.

Nous nous entassâmes avec nos bagages dans deux Ape, de petits véhicules à trois roues, serrés

238

les uns contre les autres et baignés de sueur. La maison, louée en toute hâte par l'intermédiaire d'un fournisseur de salaisons originaire d'Ischia, était située sur la route conduisant à un lieu appelé Cuotto. Il s'agissait d'une pauvre bâtisse appartenant à une cousine de ce vendeur, une femme très maigre, célibataire d'une bonne soixantaine d'années, qui nous accueillit avec rudesse mais efficacité. Pour atteindre la porte, Stefano et Rino durent traîner les valises le long d'une rue en escalier pentue et étroite – ils plaisantaient entre eux mais les efforts leur arrachaient des jurons. La maîtresse de maison nous fit entrer dans des pièces sombres, pleines d'images pieuses et de lumignons allumés. Mais quand nous ouvrîmes les fenêtres, nous découvrîmes la mer qui s'étendait à l'horizon, au-delà de la route, des vignes, des palmiers et des pins. Ou plus exactement : les chambres à coucher que Pinuccia et Lila s'attribuèrent – après quelques frictions du genre *la tienne est plus grande, non non, c'est la tienne la plus grande* – donnaient sur la mer, tandis que celle qui revint à Nunzia était dotée d'une espèce de hublot haut perché et que la mienne, toute petite et dans laquelle un lit tenait à peine, s'ouvrait sur un poulailler et une petite cannaie.

Dans la maison, il n'y avait rien à manger. Suivant les conseils de la patronne, nous gagnâmes une taverne sombre, sans autres clients. Hésitants, nous nous installâmes car il fallait bien se remplir l'estomac ; mais pour finir, même Nunzia, qui se méfiait de toute cuisine autre que la sienne, admit qu'on y mangeait bien, et elle voulut emporter quelque chose pour pouvoir préparer le repas du soir. Stefano n'esquissa jamais le moindre geste pour demander l'addition alors, après de longues tergiversations silencieuses, Rino se résigna à payer pour tout le monde. Après cela, nous les filles nous proposâmes de descendre voir la plage, mais les deux hommes résistèrent, bâillèrent et déclarèrent qu'ils étaient fatigués. Nous insistâmes, surtout Lila. « On a trop mangé, s'exclamat-elle, cela nous fera du bien de nous promener, la plage est juste là en bas ! Ça te dit, maman ? » Nunzia prit le parti des hommes et on rentra tous à la maison.

Après avoir fait le tour des pièces d'un air las, Stefano et Rino annoncèrent, presque à l'unisson, qu'ils voulaient dormir un peu. Ils ricanèrent, se parlèrent à l'oreille, rirent à nouveau et puis firent signe à leurs femmes, qui les suivirent sans entrain vers les chambres. Nunzia et moi restâmes seules pendant deux heures environ. Nous vérifiâmes l'état de la cuisine et découvrîmes qu'elle était sale, ce qui incita Nunzia à tout laver avec soin : assiettes, verres, couverts et casseroles. J'eus du mal à lui faire accepter mon aide. Elle me recommanda de mémoriser quelques questions à soumettre d'urgence à la maîtresse de maison, et quand elle-même oublia une partie de ces requêtes, elle s'émerveilla de voir que je me rappelais tout et s'exclama : « C'est pour ça que tu es aussi forte en classe ! »

Les deux couples réapparurent enfin, d'abord Stefano et Lila, puis Rino et Pinuccia. Je proposai à nouveau d'aller voir la plage, mais après avoir pris le café, plaisanté et bavardé, Nunzia se mit à cuisiner, Pinuccia resta accrochée à Rino, lui faisant toucher son ventre ou bien lui murmurant « reste, rentre demain matin », alors le temps fila et, une fois encore, on dut renoncer à sortir. Pour finir, saisis de panique à l'idée de rater le vaporetto et jurant parce qu'ils n'avaient pas pris leurs voitures, les hommes coururent à la recherche de quelqu'un qui puisse les accompagner au port. Ils s'enfuirent presque sans dire au revoir. Pinuccia avait les larmes aux yeux.

Nous les filles, nous nous mîmes à défaire les valises en silence et à ranger nos affaires, tandis que Nunzia s'acharnait à briquer le cabinet de toilette. C'est seulement lorsque nous eûmes la certitude que les hommes n'avaient pas raté le vaporetto et ne pourraient plus revenir que nous pûmes nous détendre et commencer à plaisanter. Nous avions devant nous une longue semaine sans aucune obligation, sinon envers nous-mêmes. Pinuccia annonça qu'elle avait peur de dormir seule dans sa chambre – il y avait une représentation de la Vierge de douleur, le cœur transpercé de petits couteaux qui scintillaient à la lueur d'un lumignon – et elle alla dormir avec Lila. Je m'enfermai dans ma petite chambre pour savourer mon secret : *Nino était à Forio, pas loin d'ici, et peut-être le rencontrerais-je sur la plage dès le lendemain.* Je me sentis folle, insensée mais heureuse de l'être. Une part de moi était lasse de jouer à la jeune fille raisonnable.

Il faisait chaud, j'ouvris la fenêtre. J'écoutai un moment le remue-ménage des poules et le frémissement des roseaux, avant de remarquer les moustiques. Je refermai la fenêtre en toute hâte et passai au moins une heure à leur faire la chasse, les écrasant avec l'un des livres que m'avait prêtés Mme Galiani, *Théâtre complet*, d'un écrivain qui s'appelait Samuel Beckett. Je ne voulais pas que

Nino me voie sur la plage avec des boursouflures sur le visage et le corps ; je ne voulais pas non plus qu'il me surprenne avec un texte de théâtre à la main – moi qui d'ailleurs n'avais jamais mis les pieds au théâtre. J'écartai Beckett, maculé de taches noires ou sanguinolentes, et commençai un livre très compliqué sur l'idée de nation. Je m'endormis en lisant.

42

Le lendemain matin, Nunzia, pour qui s'occuper de nous était un véritable sacerdoce, alla chercher où faire les courses, et pendant ce temps nous descendîmes vers la mer, sur la plage de Citara, que durant toutes ces longues vacances nous appelâmes par erreur Cetara.

Là, Lila et Pinuccia ôtèrent leurs robes estivales : comme ils étaient beaux, leurs maillots de bain ! Des maillots une pièce, certes – leurs maris, accommodants au temps des fiançailles, surtout Stefano, étaient désormais opposés au deux-pièces – néanmoins, les étoffes flambant neuf de couleurs vives et chatoyantes leur dessinaient d'élégantes échancrures sur la poitrine et dans le dos. Moi, sous une vieille robe bleu ciel à manches longues, je portais toujours le même maillot de bain, délavé et déformé, que m'avait confectionné Nella Incardo à Barano, des années auparavant. Je me déshabillai à contrecœur.

Nous nous promenâmes longuement au soleil, jusqu'à un endroit où s'élevaient des vapeurs d'eau chaude, et puis nous revînmes sur nos pas. Pinuccia et moi nous baignâmes souvent mais pas Lila, qui pourtant était venue là dans ce but. Évidemment, nulle apparition de Nino, ce qui m'attrista : j'étais convaincue que cela se produirait, comme par miracle. Quand mes deux compagnes voulurent rentrer, je restai sur la plage et suivis le bord de mer vers Forio. Le soir, j'avais un tel coup de soleil que j'eus l'impression d'avoir de la fièvre et je dus rester à la maison les jours suivants, des cloques sur les épaules. Je m'occupai de nettoyer notre logis, cuisiner et lire, et ce zèle émut tellement Nunzia qu'elle ne cessa de me combler d'éloges. Tous les soirs, sous prétexte que j'avais passé la journée enfermée à la maison pour échapper au soleil, j'obligeais Lila et Pina à marcher jusqu'à Forio, une longue promenade. Nous faisions un tour dans le centre et mangions une glace. Pinuccia se lamentait : c'est si bien ici, alors que dans notre coin c'est un vrai cimetière ! Mais pour moi, Forio aussi était un cimetière : on n'y vit jamais Nino.

Vers la fin de la semaine, je proposai à Lila de visiter Barano et les Maronti. Lila accepta avec enthousiasme, quant à Pinuccia elle ne voulut pas rester à s'ennuyer avec Nunzia. Nous partîmes de bonne heure. Nous avions déjà enfilé nos maillots sous nos robes, et je portais dans un sac les serviettes de tout le monde, les sandwiches et une bouteille d'eau. Officiellement, je souhaitais profiter de cette excursion pour dire bonjour à Nella, la cousine de Mme Oliviero qui m'avait logée lors de mon séjour à Ischia. Mon plan secret, en revanche, était de trouver la famille Sarratore et d'obtenir de Marisa l'adresse de l'ami qui accueillait Nino à Forio. Naturellement, je craignais de tomber sur le père, Donato, mais j'espérais qu'il serait au travail : toutefois pour voir son fils, j'étais prête à supporter quelque réflexion obscène de sa part.

Quand Nella ouvrit la porte et que j'apparus telle une revenante, elle en fut bouche bée et les larmes lui montèrent aux yeux.

« C'est l'émotion ! » s'excusa-t-elle.

Mais ce n'était pas que cela. Je lui avais rappelé sa cousine qui, me raconta-t-elle, ne se plaisait pas à Potenza : elle souffrait beaucoup et ne guérissait pas. Elle nous conduisit sur la terrasse, nous offrit toutes sortes de rafraîchissements et s'intéressa beaucoup à Pinuccia et à sa grossesse. Elle l'aida à s'asseoir et voulut toucher son ventre qui commençait à s'arrondir. Pendant ce temps, j'obligeai Lila à une espèce de pèlerinage : je lui indiquai le coin de la terrasse où j'avais passé tellement de temps au soleil, la place que j'occupais quand nous étions attablés, le coin où je dressais mon lit le soir. Pendant une fraction de seconde, je revis Donato tandis qu'il se penchait vers moi, glissait sa main sous le drap et me touchait. J'éprouvai du dégoût, mais cela ne m'empêcha pas de demander à Nella avec désinvolture :

« Et les Sarratore ?

— Ils sont à la plage.

— Et ça se passe bien ?

— Bof…

— Ils sont exigeants ?

— Depuis qu'il est journaliste plus que cheminot, oui.

— Il est ici ?

— Oui, il s'est mis en arrêt maladie.

— Et il y a aussi Marisa ?

— Non, pas Marisa. Ils sont tous là, sauf elle.

— Tous ?

— Tu m'as bien comprise.

— Non, je vous assure que je ne comprends rien du tout ! »

Elle éclata de rire.

« Aujourd'hui, même Nino est là, Elenù ! Quand il a besoin d'argent, il se pointe une demi-journée, après quoi il rentre chez un ami qui a une maison à Forio. »

43

Nous quittâmes Nella pour descendre à la plage avec nos affaires. Tout au long du trajet, Lila se moqua gentiment de moi. « Tu es maline ! s'exclama-t-elle. Tu m'as fait venir à Ischia juste parce qu'il y a Nino ! Allez, avoue ! » Je n'avouai rien et m'en défendis. Alors Pinuccia fit écho à sa belle-sœur mais avec plus de vulgarité, et elle m'accusa de lui avoir imposé un voyage long et épuisant jusqu'à Barano seulement par intérêt, sans aucune considération pour sa grossesse. Dès lors, je niai avec une fermeté accrue et les menaçai toutes deux : je leur jurai que si elles disaient quoi que ce soit d'inconvenant devant les Sarratore, je prendrais le vaporetto le soir même et rentrerais à Naples !

Je repérai tout de suite la petite famille. Ils se trouvaient exactement là où ils s'installaient déjà des années auparavant et ils avaient le même parasol, les mêmes maillots de bain, les mêmes sacs et la même manière de s'abandonner au soleil : Donato le dos dans le sable noir, appuyé sur les coudes, et sa femme Lidia assise sur une serviette, feuilletant une revue. À ma grande déception, Nino ne se trouvait pas sous le parasol. Je le cherchai aussitôt dans l'eau et aperçus un petit point noir qui apparaissait et disparaissait à la surface ondoyante de la mer : j'espérai que c'était lui. Puis je m'annonçai en appelant d'une voix forte Pino, Clelia et Ciro qui jouaient sur le rivage.

Ciro avait grandi, il ne me reconnut pas et sourit, hésitant. Pino et Clelia coururent joyeusement vers moi et leurs parents se retournèrent, intrigués, pour voir qui arrivait. Lidia bondit aussitôt sur ses pieds et cria mon nom en agitant la main, Sarratore courut vers moi, bras ouverts et grand sourire accueillant aux lèvres. J'évitai le contact, ne lui dis que bonjour et comment allez-vous. Tous deux furent très cordiaux, je leur présentai Lila et Pinuccia, mentionnai leurs parents et expliquai qui elles avaient épousé. Donato se consacra immédiatement aux deux jeunes femmes ; il les appela avec déférence Mme Carracci et Mme Cerullo, évoqua des épisodes survenus pendant leur enfance et se mit à discourir du temps qui passe à grand renfort de clichés grandiloquents. Moi je discutai avec Lidia, lui posant des questions polies sur ses enfants et surtout sur Marisa. Pino, Clelia et Ciro allaient très bien et ça se voyait, ils s'étaient tout de suite pressés autour de moi, attendant le moment propice pour m'entraîner dans leurs jeux. Quant à Marisa, sa mère m'expliqua qu'elle était restée à Naples chez des oncles et tantes car elle devait présenter quatre matières au rattrapage de septembre et prenait des cours particuliers. «Bien fait pour elle! bougonna Lidia. Elle n'a rien fichu pendant toute l'année, alors maintenant elle mérite de souffrir!»

Je n'ajoutai rien mais me dis en mon for intérieur que les souffrances de Marisa étaient bien improbables : elle allait passer tout l'été avec Alfonso dans la boutique de la Piazza dei Martiri, et j'en fus heureuse pour elle. En revanche, je remarquai que la douleur avait marqué le corps de Lidia : ses yeux, son visage épaissi, sa poitrine dégonflée et son ventre lourd. Pendant toute notre conversation, elle n'arrêta pas de jeter des coups d'œil anxieux pour surveiller ce que faisait son mari, occupé à faire le bon camarade auprès de Lila et Pinuccia. Puis elle cessa tout à fait de m'écouter et ne le quitta plus des yeux lorsqu'il leur proposa d'aller se baigner, promettant à Lila de lui enseigner la natation. «C'est moi qui ai appris à nager à tous mes enfants! l'entendit-on s'exclamer. Ce sera ton tour!»

Je ne posai aucune question sur Nino, et de son côté Lidia ne le mentionna jamais. Mais voilà que le petit point noir dans le bleu scintillant de la mer arrêta de s'éloigner. Il revint vers nous, se mit à grandir, et je commençai à distinguer l'écume blanche qui jaillissait à ses côtés.

Oui, c'est lui, me dis-je très tendue.

En effet, peu après Nino sortit de l'eau, observant intrigué son père qui soutenait Lila d'un bras pour qu'elle flotte et, de l'autre, lui montrait les mouvements qu'elle devait faire. Il m'aperçut et me reconnut, ce qui n'effaça pas l'expression courroucée de son visage.

«Qu'est-ce que tu fais ici? me demanda-t-il.

— Je suis en vacances, répondis-je, et je suis passée dire bonjour à Mme Nella. »

Il lança un regard agacé en direction de son père et des deux jeunes femmes.

« Celle-là, c'est Lina ?

— Oui, et l'autre c'est sa belle-sœur Pinuccia, je ne sais pas si tu t'en souviens. »

Il se frotta longuement les cheveux avec sa serviette, continuant à fixer les trois baigneurs. Le souffle un peu court, je lui expliquai que nous restions à Ischia jusque fin septembre, que nous logions pas loin de Foria, que la mère de Lila était avec nous et que, le dimanche, les maris de Lila et Pinuccia nous rejoindraient. J'avais l'impression qu'il ne prêtait aucunement attention à ce que je disais, mais je lui annonçai tout de même, et ce malgré la présence de Lidia, qu'en fin de semaine je n'avais rien à faire.

« Alors passe nous voir ! lança-t-il avant de se tourner vers sa mère. Il faut que j'y aille.

— Déjà ?

— J'ai du travail.

— Mais il y a Elena ! »

Nino me regarda comme s'il venait tout juste de découvrir ma présence. Il fouilla dans sa chemise accrochée au parasol, prit un crayon et un carnet dans lequel il écrivit quelque chose, et déchira une page qu'il me tendit :

« J'habite à cette adresse », expliqua-t-il.

Direct et déterminé, comme les acteurs de cinéma ! Je pris la feuille presque comme une relique.

« Mange un morceau avant de partir ! » le supplia sa mère.

Il ne répondit rien.

248

« Fais au moins un au revoir à papa ! »

Il noua la serviette autour de sa taille pour se changer, et puis il s'éloigna le long du rivage, sans saluer personne.

44

Nous passâmes la journée entière aux Maronti : je jouai avec les enfants et me baignai avec eux, tandis que Pinuccia et Lila furent totalement accaparées par Donato qui, entre autres divertissements, les entraîna jusqu'à des sources d'eau chaude. Pinuccia finit l'après-midi épuisée, alors Sarratore nous indiqua un moyen facile et agréable de rentrer chez nous : en allant jusqu'à un hôtel qui s'élevait presque sur l'eau, comme sur pilotis, nous pûmes prendre pour quelques lires un petit bateau conduit par un vieux marin.

Dès que la barque eut pris la mer, Lila remarqua, ironique :

« Nino ne t'a pas accordé la moindre attention !

— Il avait du travail.

— Et il ne pouvait même pas dire bonjour ?

— Il est comme ça.

— Eh bien, c'est pas un cadeau ! intervint Pinuccia. Autant le père est gentil, autant le fils est un mufle. »

Toutes deux étaient convaincues que Nino ne m'avait manifesté aucune attention ni sympathie, ce que je leur laissai croire, préférant prudemment ne pas partager mes secrets. Et puis, je me dis qu'elles penseraient que s'il n'avait pas même accordé un regard à une lycéenne aussi brillante que moi, elles accepteraient plus facilement le fait qu'il les ait ignorées et elles lui pardonneraient. Je voulais le protéger de leur rancœur, et cela fonctionna : elles eurent l'air de l'oublier aussitôt. Pinuccia s'enthousiasma en revanche pour les manières princières de Sarratore, et Lila dit avec satisfaction :

« Il m'a appris à flotter, et aussi à nager. Il sait y faire. »

Le soleil se couchait. Les violences de Donato me revinrent à l'esprit et je frissonnai. Un air froid descendait du ciel violet. Je lançai à Lila :

« C'est lui qui a écrit que le panneau du magasin de la Piazza dei Martiri était laid. »

Pinuccia acquiesça d'une moue satisfaite. Lila rétorqua :

« Il avait raison. »

Je m'énervai :

« C'est lui qui a détruit Melina ! »

Lila ricana :

« Ou bien c'est lui qui, au moins une fois dans sa vie, lui a donné du bonheur ! »

Cette réplique me blessa. Je savais bien ce qu'avait enduré Melina, et ce qu'avaient enduré ses enfants. Je connaissais aussi les souffrances de Lidia et voyais comment Sarratore, derrière ses belles manières, camouflait des désirs qui ne respectaient rien ni personne. Et je n'avais jamais oublié la peine de Lila qui avait été témoin, depuis l'enfance, des tourments de la veuve Cappuccio. Que signifiaient alors ce ton et ces paroles ? Était-ce un signal à mon intention ? Voulait-elle me dire : tu n'es qu'une petite fille, tu ne sais rien des besoins d'une femme ? Je changeai brusquement d'avis quant à l'importance de garder mes secrets pour moi. Je voulus soudain leur prouver que j'étais aussi femme qu'elles et qu'il n'y avait rien que j'ignorais.

« Nino m'a donné son adresse, révélai-je à Lila. Si cela ne t'ennuie pas, quand Stefano et Rino viendront, j'irai le voir. »

Adresse. Aller le voir. Quelles formules audacieuses ! Lila plissa les yeux, et une ligne bien visible lui barra le front. Pinuccia eut un regard malicieux, elle toucha le genou de Lila et rit :

« Tu as vu ? Demain Lenuccia a un rendez-vous ! Et elle a l'adresse ! »

Je perdis patience :

« Eh bien quoi ? Qu'est-ce que je suis censée faire pendant que vous êtes avec vos maris ? »

Un long moment se passa, dominé par le vacarme du moteur et la présence muette du marin au gouvernail.

Lila rétorqua froidement :

« Tu tiens compagnie à ma mère. Je ne t'ai pas emmenée pour que tu t'amuses. »

Je me retins pour ne pas répondre. Nous avions vécu une semaine de liberté. De plus ce jour-là, Lila et Pinuccia, sur la plage, au soleil, pendant leurs longues baignades et grâce aux paroles que Sarratore prodiguait pour faire rire et flatter, avaient oublié leur propre sort. Donato les avait fait se sentir des femmes-enfants confiées à un père atypique, de ceux, si rares, qui ne punissent pas mais t'encouragent à exprimer tes désirs, sans culpabilité. Or, maintenant que cette journée s'achevait, je leur annonçais que j'allais avoir un dimanche tout à moi et que je le passerais avec un étudiant : mais en réalité, qu'est-ce que je faisais ?

251

Je leur rappelais à toutes deux que cette semaine, pendant laquelle leur statut d'épouses avait été suspendu, était finie, et que leurs maris allaient réapparaître. Oui, j'étais allée trop loin. Mords-toi la langue! me dis-je, ne t'en sers pas pour exaspérer autrui.

45

Les maris arrivèrent même en avance. Mes compagnes les attendaient dimanche matin mais ils débarquèrent dès le samedi soir, très joyeux, chacun avec un scooter Lambretta qu'ils avaient sans doute loué à Ischia Porto. Nunzia prépara plein de bons petits plats pour le dîner. On parla du quartier, des magasins et de l'avancement des nouvelles chaussures. Rino était très fier des modèles qu'il était en train d'élaborer avec son père; néanmoins, au moment opportun, il glissa sous les yeux de Lila une série d'ébauches qu'elle examina sans enthousiasme en lui suggérant quelques modifications. Puis nous passâmes à table et les deux hommes dévorèrent tout ce qu'il y avait, c'était à qui s'empiffrerait le plus. Il n'était même pas dix heures lorsqu'ils entraînèrent leurs femmes vers les chambres.

J'aidai Nunzia à débarrasser et à faire la vaisselle. Puis je m'enfermai dans ma petite chambre et lus un peu. J'étouffais mais craignais trop une invasion de moustiques pour ouvrir la fenêtre. Je me retournai encore et encore dans mon lit, baignée de sueur : je pensais à Lila et à comment, peu à peu, elle s'était soumise. Bien sûr, elle ne manifestait aucune affection particulière envers son mari, et la tendresse que j'avais perçue parfois dans ses gestes à l'époque de leurs fiançailles avait disparu; pendant le dîner, elle avait eu bien des expressions de dégoût en observant Stefano qui se gavait de tout ce qu'il trouvait à boire et à manger; toutefois, à l'évidence ils avaient trouvé un équilibre, aussi précaire soit-il. Quand Stefano, après quelques allusions, s'était dirigé vers leur chambre, Lila l'avait suivi sans tarder ni répondre «vas-y, je te rejoins plus tard», résignée à une habitude qui ne se discutait pas. Il n'y avait pas entre son mari et elle l'exubérance carnavalesque de Rino et Pinuccia, mais il n'y avait pas de résistance non plus. Jusque tard dans la nuit, j'entendis les bruits des deux couples, rires et gémissements, portes qui s'ouvraient, eau qui jaillissait du robinet, tourbillon de la chasse d'eau et portes qui se refermaient. Je m'endormis enfin.

Le dimanche, je pris le petit déjeuner avec Nunzia. J'attendis jusqu'à dix heures que quelqu'un apparaisse mais rien ne se produisit, alors je descendis à la plage. J'y restai jusqu'à midi sans que personne ne me rejoigne. À mon retour à la maison, Nunzia m'annonça que les deux couples étaient partis faire un tour dans l'île en Lambretta, nous demandant de ne pas les attendre pour déjeuner. En effet ils rentrèrent vers trois heures, grisés, heureux et brûlés par le soleil, tous quatre enthousiasmés par Casamicciola, Lacco Ameno et Forio. Les deux filles surtout avaient les yeux brillants et me lancèrent aussitôt des regards malicieux :

«Lenù! cria presque Pinuccia. Devine ce qui nous est arrivé!

« — Quoi ?

— Sur la plage, nous avons rencontré Nino ! »
raconta Lila.

Mon cœur se figea.

« Ah bon…

— *Mamma mia*, comme il nage bien ! » s'exclama Pinuccia en faisant de grands mouvements
de brasse dans les airs.

Rino ajouta :

« Il n'est pas désagréable : il s'est intéressé à la
fabrication des chaussures. »

Et Stefano :

« Il a un ami qui s'appelle Soccavo, c'est le Soccavo des mortadelles ! Son père est patron d'une
usine de salaisons à San Giovanni a Teduccio. »

Encore Rino :

« Celui-là oui, il en a du pognon ! »

Stefano à nouveau :

« Laisse tomber l'étudiant, Lenù, il n'a pas le
sou ! Mise sur Soccavo, ça vaut beaucoup mieux
pour toi ! »

Après d'autres répliques plus ou moins
moqueuses (*t'as vu ? Lenuccia va devenir la plus
riche de nous toutes ! elle a l'air toute sage, mais
en fait…*), ils se retirèrent à nouveau dans leurs
chambres.

Je le pris très mal. Ils avaient rencontré Nino,
lui avaient parlé et ils s'étaient baignés ensemble,
tout ça sans moi. J'endossai ma plus belle
robe – toujours la même, celle du mariage, bien
qu'il fasse chaud –, arrangeai avec soin mes cheveux qui, avec le soleil, étaient devenus d'un blond
éclatant, et annonçai à Nunzia que j'allais me promener.

Je rejoignis Forio à pied, nerveuse à cause du

long trajet à faire seule, de la chaleur et du résultat incertain de mon initiative. Je trouvai où habitait l'ami de Nino et appelai ce dernier plusieurs fois depuis la rue, anxieuse qu'il ne réponde pas.

« Nino, Nino ! »

Il apparut à la fenêtre.

« Monte !

— Je t'attends ici. »

J'attendis, craignant d'être mal reçue. Mais non, il apparut au portail avec un air inhabituellement cordial. Comme son visage anguleux était fascinant ! Et comme j'aimais me sentir toute petite devant sa silhouette élancée ! Il avait des épaules larges, une poitrine étroite et sa peau brune, incroyablement tendue, ne cachait pas sa maigreur : il n'était qu'os, muscles et tendons. Il expliqua que son ami nous rejoindrait plus tard et nous allâmes nous promener dans le centre de Forio, entre les stands du dimanche. Il s'informa de mon travail à la librairie de la Via Mezzocannone. Je lui racontai que Lila m'avait demandé de l'accompagner en vacances et que j'avais démissionné. Je ne précisai pas qu'elle me donnait de l'argent pour l'accompagner comme si c'était un travail, comme si j'étais son employée. Je lui posai à mon tour des questions sur Nadia, auxquelles il répondit simplement : « Tout va bien. » « Vous vous écrivez ? » « Oui. » « Tous les jours ? » « Toutes les semaines. » Notre discussion s'arrêta là, nous n'avions déjà plus rien de personnel à nous dire. Nous ne savons rien l'un de l'autre, pensai-je. Peut-être pourrais-je lui demander comment ça allait avec son père, mais sur quel ton ? Et puis, n'avais-je pas vu de mes propres yeux que leur relation était mauvaise ? Un silence. Je me sentis mal à l'aise.

Mais il orienta bientôt la conversation sur le seul terrain qui semblait justifier notre rendez-vous. Il affirma qu'il était content de me voir parce qu'avec son ami, il ne pouvait parler que de football et de sujets universitaires. Il fit mon éloge. Mme Galiani a du flair, dit-il, tu es la seule fille du lycée qui ait un minimum de curiosité pour des questions qui ne servent pas aux examens ni à avoir de bonnes notes. Il se mit alors à aborder des thèmes importants et nous eûmes recours tous deux à un bel italien plein de passion, dans lequel nous savions exceller. Il partit du problème de la violence. Il fit allusion à une manifestation pour la paix à Cortona qu'il lia habilement à des affrontements qui avaient eu lieu sur une place de Turin. Il expliqua qu'il voulait étudier le rapport entre immigration et industrie. Je l'approuvai, mais que savais-je de tout cela ? Rien du tout. Nino s'en rendit compte et me raconta en détail une émeute de très jeunes gens venus du Sud et la sévère répression policière qui avait suivi. « Ils se font traiter de Napolitains, Marocains, fascistes, provocateurs ou anarcho-syndicalistes. Mais ce sont des jeunes dont aucune institution ne s'occupe et qui sont livrés à eux-mêmes : du coup, lorsqu'ils s'énervent, ils cassent tout. » Je cherchai quoi répondre pour lui faire plaisir, alors je hasardai : « Si on n'a pas une solide connaissance des problèmes et si on ne trouve pas de solutions à temps, il est normal que des conflits éclatent. Mais ce n'est pas la faute de ceux qui se rebellent, c'est la faute de ceux qui ne savent pas gouverner. » Il me lança un regard admiratif et répondit : « C'est exactement ce que je pense. »

J'en ressentis un immense plaisir. Cela me donna du courage et j'enchaînai prudemment avec

quelques réflexions sur la manière de concilier indi-
vidualité et universalité, pêchant quelques idées
dans Rousseau et autres lectures que Mme Galiani
m'avait imposées. Puis je lui demandai :

« Tu as lu Frédéric Chabod ? »

Je lançai ce nom parce que c'était l'auteur du
livre sur l'idée de nation dont j'avais lu quelques
pages. Je ne savais rien d'autre, mais en classe
j'avais appris à faire croire que je savais beaucoup
de choses. *Tu as lu Frédéric Chabod ?* Ce fut le seul
moment où Nino manifesta un certain dépit. Je
compris qu'il ne savait pas qui était Chabod, ce
qui me donna un sentiment de plénitude électri-
sante. Je me mis à lui résumer le peu que j'avais
appris, mais je compris vite que savoir et faire fié-
vreusement montre de son savoir était à la fois son
point fort et sa fragilité : il se sentait fort lorsqu'il
brillait, fragile lorsqu'il n'avait pas les mots. Et en
effet, il se rembrunit et m'interrompit très vite. Il
aiguilla la conversation vers d'autres directions,
discourant sur les régions et l'urgence de leur donner du pouvoir, évoquant autonomie, décentralisa-
tion et programmation économique sur des bases
régionales, autant de sujets dont je n'avais jamais
entendu parler. Rien sur Chabod, donc, et je lui
laissai le champ libre. J'aimais l'écouter discourir,
j'aimais lire la passion sur son visage. Quand il
s'animait, ses yeux brillaient d'une lumière si vive !

Nous discutâmes ainsi pendant au moins une
heure. Étrangers au brouhaha de dialecte grossier
autour de nous, nous nous sentions uniques, lui et
moi, avec notre italien recherché et nos discours
qui étaient importants pour nous et pour personne
d'autre. Mais que faisions-nous, en réalité ? Était-
ce vraiment une discussion ? Un entraînement afin

de pouvoir nous mesurer, dans l'avenir, à d'autres personnes ayant appris à manier le langage comme nous ? Était-ce un échange de signaux destinés à nous prouver que les fondements d'une amitié longue et fructueuse existaient ? Ou encore une manière cultivée de dissimuler nos désirs sexuels ? Je ne sais pas. Ce qui est sûr, c'est que je n'avais aucun intérêt particulier pour ces questions ni pour les faits ou personnes auxquels elles renvoyaient. Tout cela ne faisait partie ni de mon éducation ni de mes habitudes, mais comme toujours je m'efforçais de ne pas faire piètre figure. Toutefois ce fut un beau moment, c'est certain, qui me rappela la fin de l'année scolaire, quand je découvrais la liste de mes notes et lisais « admise dans la classe supérieure ». Mais je compris vite que ce n'était en rien comparable aux échanges que j'avais eus, des années auparavant, avec Lila, ces conversations qui enflammaient mon imagination et au cours desquelles les paroles de l'une entraînaient celles de l'autre, dans une atmosphère électrisée comme un ciel d'orage. Avec Nino, il n'en était pas ainsi. J'eus l'intuition que je devais être attentive à dire ce qu'il voulait que je dise, en lui cachant à la fois mon ignorance et le peu de choses que je savais et pas lui. C'est ce que je fis, et j'étais fière qu'il choisisse de me confier ses convictions. Mais tout à coup, quelque chose d'autre se produisit. Il s'exclama « ça suffit », me prit la main et, comme un intertitre coloré interrompant brusquement un film muet, il déclara : « Maintenant je t'emmène voir un paysage que tu n'oublieras jamais ! » Alors il m'entraîna jusqu'à la Piazza del Soccorso sans jamais me lâcher, entrelaçant même ses doigts avec les miens, à tel point que je n'ai aucun souvenir du golfe bleu azur, tant la pression de sa main me bouleversa.

Ah oui, ça, c'était étourdissant ! Par la suite, il abandonna ma main à une ou deux reprises afin d'arranger ses cheveux, mais pour la reprendre aussitôt. Un instant, je me demandai comment ce geste intime pouvait être compatible avec sa relation avec la fille de Mme Galiani. C'était peut-être sa manière, me répondis-je, de concevoir l'amitié entre filles et garçons ? Et le baiser qu'il m'avait donné dans la Via Mezzocannone ? Cela ne signifiait sans doute rien non plus, c'étaient simplement de nouvelles pratiques, de nouvelles habitudes entre jeunes – et en effet, cela n'avait été qu'un contact fugitif, quelque chose de très léger. Je dois me contenter de mon bonheur actuel, du hasard de ces vacances que j'ai su provoquer : ensuite je perdrai Nino et il s'en ira, son destin ne peut en aucun cas être le mien.

Je m'abandonnais à ces émouvantes réflexions lorsque j'entendis dans mon dos des vrombissements accompagnés de grands cris excités. Les Lambretta de Rino et Stefano nous dépassèrent à vive allure ; leurs jeunes épouses étaient assises sur les sièges arrière. Les deux garçons ralentirent et effectuèrent un habile demi-tour. Je lâchai la main de Nino.

« Ton copain n'est pas là ? lui demanda Stefano en faisant pétarader son scooter.

— Il va bientôt nous rejoindre.

— Tu lui diras bonjour de ma part !

— D'accord. »

Rino proposa :

« Tu veux faire faire un tour à Lenuccia ?

— Non merci.

— Tu verras, ça lui fera plaisir ! »

Nino rougit et avoua :

« Je ne sais pas conduire un Lambretta.

— C'est facile, c'est comme un vélo !

— Je sais, mais c'est pas fait pour moi. »

Stefano rit :

« Lui il fait des études, laisse tomber, Rinù ! »

Je ne l'avais jamais vu aussi joyeux. Lila était serrée contre lui, les bras autour de sa taille. Elle le rappela à l'ordre :

« Vite, si vous ne vous dépêchez pas, vous allez rater le vaporetto !

— Oui oui, on y va ! s'exclama Stefano. Nous on bosse, demain : pas comme vous, qui passez la journée à vous dorer au soleil et à vous baigner ! Salut Lenù, salut Nino, soyez sages !

— Content d'avoir fait ta connaissance », ajouta Rino, cordial.

Ils partirent en trombe, Lila salua Nino en agitant le bras et cria :

« Ce soir tu la raccompagnes à la maison, hein ! »

Elle se comporte comme ma mère, me dis-je un peu agacée, elle joue à l'adulte.

Nino me prit à nouveau la main et remarqua :

« Rino est sympa, mais pourquoi donc est-ce que Lila a épousé cet imbécile ? »

46

Peu après je fis la connaissance de son ami, Bruno Soccavo, un garçon d'une vingtaine d'années, plutôt petit, front étroit, cheveux bouclés et très noirs, et visage agréable malgré les traces laissées par une vieille acné qui avait dû être féroce.

Au crépuscule ils me raccompagnèrent jusque chez moi, nous longeâmes la mer couleur lie de vin. Pendant tout le trajet, Nino ne me prit plus la main, bien que Bruno nous ait laissés pratiquement seuls : il marchait soit devant soit derrière nous, comme s'il souhaitait ne pas nous déranger. Comme Soccavo ne m'adressa jamais la parole, je ne le fis pas non plus : sa timidité m'intimidait. Mais quand nous nous séparâmes devant mon logis, c'est lui qui me demanda soudain : « On se voit demain ? » Et Nino voulut savoir où nous allions nous baigner, insistant pour avoir des informations précises. Je les lui fournis.

« Vous y allez le matin ou l'après-midi ?

— Le matin et l'après-midi : il faut que Lina fasse beaucoup de bains de mer. »

Il promit qu'ils passeraient nous voir.

Comblée, je montai en courant l'escalier conduisant à la maison. Mais à peine fus-je entrée que Pinuccia se mit à se moquer de moi.

« Belle-maman, lança-t-elle à Nunzia pendant le dîner, Lenuccia s'est fiancée avec le fils du poète ! Un garçon aux cheveux longs, maigre comme un clou et qui se croit mieux que tout le monde !

— Ce n'est pas vrai !

— Bien sûr que c'est vrai ! On vous a vus main dans la main ! »

Nunzia ne voulut pas saisir la raillerie et prit cette annonce avec l'imperturbable sérieux qui la caractérisait.

« Qu'est-ce qu'il fait comme métier, le fils Sarratore ?

— Il va à l'université.

261

— Alors, si vous vous aimez, il faudra attendre.

— Mais il n'y a rien à attendre, madame Nunzia ! On est seulement amis.

— N'empêche, si un jour vous vous fiancez, il faudra attendre qu'il finisse ses études, et puis qu'il trouve un travail digne de lui, et c'est seulement après que vous pourrez vous marier. »

Alors Lila intervint, amusée :

« Ce qu'elle essaie de te dire, c'est que tu vas prendre racine ! »

Mais Nunzia la réprimanda : « Tu dois pas parler comme ça à Lenuccia ! » Et, pensant me rassurer, elle me raconta qu'elle s'était mariée avec Fernando à vingt et un ans et qu'elle avait eu Rino à vingt-trois. Puis elle s'adressa à sa fille et sans mauvaise intention, soulignant un simple fait, ajouta : « Par contre, toi tu t'es mariée trop jeune. » À ces mots, Lila piqua une colère et partit s'enfermer dans sa chambre. Quand Pinuccia frappa à sa porte pour aller dormir avec elle, Lila lui cria de ne pas lui casser les pieds : « T'as bien une chambre ! » Dans une telle ambiance, comment aurais-je pu leur annoncer : « Nino et Bruno ont promis de venir me retrouver demain sur la plage » ? J'y renonçai. Si cela se réalise, me dis-je, tant mieux ; et si cela ne se réalise pas, alors pourquoi leur en parler ? Sur ce, Nunzia, patiente, accepta de partager son lit avec sa belle-fille, la priant de ne pas en vouloir à sa fille pour ses coups de sang.

Mais la nuit ne suffit pas à apaiser Lila. Le lundi au réveil, son humeur était encore plus massacrante que lorsqu'elle était allée se coucher. C'est parce qu'elle est séparée de son mari, l'excusa Nunzia, mais ni Pinuccia ni moi ne la crûmes. Je découvris vite que c'était surtout à moi que sa rancune s'adressait. Pour descendre à la plage, elle m'obligea à porter son sac, et une fois sur le rivage elle me fit remonter deux fois, la première pour aller lui chercher un foulard, et la seconde parce qu'elle avait besoin de ses ciseaux à ongles. Quand j'émis quelque protestation, elle fut sur le point de m'envoyer à la figure l'argent qu'elle me donnait. Elle s'arrêta juste avant mais c'était trop tard, j'avais compris ce qu'elle allait dire : c'était comme lorsqu'on s'apprête à gifler quelqu'un et qu'on s'interrompt au dernier moment.

Comme ce jour-là il faisait très chaud, nous restâmes tout le temps dans l'eau. Lila s'exerça à flotter, m'obligeant à rester près d'elle pour l'aider en cas de besoin. Et cela ne l'empêcha pas de poursuivre ses méchancetés. Elle m'adressa toutes sortes de reproches et affirma qu'elle était stupide de me faire confiance : je ne savais même pas nager, alors comment pouvais-je prétendre lui apprendre ? Elle regrettait les talents pédagogiques de Sarratore et me fit jurer que, le lendemain, nous retournerions aux Maronti. Ce faisant, tentative après tentative, elle fit de gros progrès. Elle était capable de mémoriser instantanément n'importe quel geste. C'était grâce à ce don qu'elle avait appris la cordonnerie, ainsi qu'à trancher avec adresse les saucissons, couper les fromages et tricher sur les poids. Elle était née comme ça : elle aurait été capable d'acquérir l'art de la ciselure rien qu'en observant les gestes d'un orfèvre, après quoi elle aurait travaillé l'or mieux que lui. En effet, elle avait déjà cessé de se débattre anxieusement dans l'eau, et maintenant elle contrôlait précisément chacun de ses mouvements, comme pour dessiner son corps sur la surface transparente de la mer. Ses bras et jambes, longs et fins, frappaient l'eau avec un rythme serein, sans soulever l'écume comme Nino et sans l'application excessive du père Sarratore.

« C'est bien, comme ça ?

— Oui. »

Et c'était vrai. Au bout de quelques heures, elle nageait mieux que moi, sans parler de Pinuccia : tant et si bien que Lila ironisait déjà sur notre gaucherie.

Ce climat de vexations disparut brusquement quand, vers quatre heures de l'après-midi, Nino, très grand, et Bruno, qui lui arrivait à l'épaule, apparurent sur la plage. Au même moment, un vent frais se levait, qui dissuadait d'aller se baigner.

Pinuccia les remarqua en premier, ils marchaient le long du rivage, entre les enfants qui jouaient avec leurs seaux et leurs pelles. Elle fut tellement surprise qu'elle éclata de rire : « Laurel et Hardy arrivent ! » C'était vrai. Nino et son ami, serviette sur l'épaule, cigarettes et briquet à la main, avançaient d'un pas lent, nous cherchant du regard parmi les baigneurs.

Je ressentis une impression de puissance inattendue, je criai et agitai le bras pour signaler notre présence. Ainsi, Nino avait tenu sa promesse. Ainsi, il avait éprouvé, dès le lendemain, l'envie de me revoir. Ainsi, il était venu exprès de Forio, entraînant son camarade taciturne, et puisqu'il n'avait rien de commun avec Lila et Pinuccia, il était évident qu'il avait fait cette excursion uniquement pour moi, la seule de nous trois qui ne soit pas mariée, pas même fiancée. Je me sentis heureuse, et plus mon bonheur se renforça – Nino étendit sa serviette près de moi, s'assit et m'indiqua un coin de l'étoffe bleue vers laquelle, puisque j'étais la seule à être assise sur le sable, je me déplaçai aussitôt –, plus je me fis cordiale et diserte.

En revanche, Lila et Pinuccia devinrent plus ou moins muettes. Elles cessèrent toute ironie à mon égard, interrompirent leurs prises de bec et écoutèrent Nino, qui racontait des anecdotes amusantes sur le quotidien de sa vie d'étudiant avec Bruno.

Il fallut attendre un peu pour que Pinuccia hasarde quelques mots dans un mélange d'italien et de dialecte. Elle fit remarquer que l'eau était belle et chaude, puis que le monsieur qui vendait de la noix de coco fraîche n'était pas encore passé et qu'elle en avait grande envie. Mais Nino, entièrement absorbé par ses récits comiques, ne lui prêta guère attention, et ce fut Bruno, plus sensible, qui se sentit obligé de répondre aux désirs d'une femme enceinte : inquiet que le bébé puisse naître avec une envie de noix de coco, il proposa à Pinuccia d'aller lui en chercher un morceau. Sa voix, étranglée par la timidité mais aimable, plut à la jeune femme, c'était celle de quelqu'un qui ne veut faire de mal à personne : alors elle se mit de bon cœur à bavarder avec lui, à voix basse, comme pour ne pas déranger.

Lila, elle, continua à se taire. Si elle ne s'intéressa guère aux courtoisies que Pinuccia et Bruno s'échangeaient, en revanche elle ne perdit pas un mot de ce que nous nous disions Nino et moi. Cette attention me mit mal à l'aise et, à deux ou trois reprises, je lançai que j'aimerais bien me promener jusqu'aux fumerolles, espérant que Nino répondrait : eh bien, allons-y! Mais il avait tout juste commencé à évoquer les constructions immobilières défigurant Ischia de sorte que, s'il me dit oui machinalement, en réalité il poursuivit son discours. Il y mêla même Bruno, peut-être agacé par le fait que celui-ci n'arrête pas de discuter avec Pinuccia, et l'invita à témoigner des travaux qui massacraient le paysage juste à côté de la maison de ses parents. Il avait grand besoin de s'exprimer, de synthétiser ses lectures et de mettre en mots tout ce qu'il observait directement. C'était sa manière d'ordonner ses pensées – parler, parler, parler – mais c'était aussi sans doute, me dis-je, le signe d'une solitude. Je fus fière de me sentir comme lui, j'avais la même envie de me donner une identité cultivée, voire même de l'imposer en disant : voilà ce que je sais, et voilà ce que je deviens! Mais Nino ne me laissa nullement la possibilité de le faire, bien que de temps à autre, dois-je dire, je fasse quelques tentatives en ce sens. Je me contentai surtout de l'écouter, comme les autres, et lorsque Pinuccia et Bruno s'exclamèrent : «Bon, puisque c'est comme ça, nous on va se promener et acheter de la noix de coco!» je fixai avec insistance Lila, espérant qu'elle accompagnerait sa belle-sœur et nous laisserait enfin seuls Nino et moi, occupés à nous mesurer, assis l'un près de l'autre, sur la même serviette. Mais elle ne souffla mot, et lorsque Pina réalisa qu'elle allait être obligée de s'éloigner seule avec un jeune homme affable, certes, mais qui était quand même toujours un inconnu, elle me demanda, agacée : «Lenù, t'as qu'à venir! Tu voulais pas te balader ? » Je répondis : « Oui oui, mais on finit d'abord cette discussion, à la rigueur on vous rejoint après. » Mécontente, elle partit avec Bruno vers les fumerolles : ils avaient exactement la même taille.

Nous continuâmes à déplorer que Naples, Ischia et toute la Campanie aient fini entre les mains de leurs habitants les moins recommandables, qui se faisaient pourtant passer pour l'élite. « Tous des pillards ! » gronda Nino en haussant le ton. « Ils saccagent tout, ils nous saignent et ils se fourrent un tas de fric dans les poches, sans jamais payer d'impôts : promoteurs, avocats des promoteurs, camorristes, monarco-fascistes, démocrates-chrétiens, ils se comportent tous comme si on fabriquait le béton dans le ciel et si Dieu en personne, avec une énorme truelle, le lançait en gros tas sur les collines et le long des côtes ! » Mais il serait exagéré de dire que nous discutions tous les trois ensemble. C'était surtout lui qui parlait, et je glissais parfois quelque renseignement puisé dans les *Cronache meridionali*. Quant à Lila, elle n'intervint qu'une seule fois et avec prudence lorsque, dans sa liste de scélérats, Nino inclut les boutiquiers. Elle demanda :

« C'est qui, les boutiquiers ? »

Nino s'interrompit au milieu d'une phrase et la regarda, stupéfait :

« Ben, les commerçants !

— Pourquoi tu les appelles les boutiquiers ?

— On dit comme ça.

— Mon mari est boutiquier.

— Je ne voulais pas te vexer.

— Je ne suis pas vexée !

— Vous payez vos impôts ?

— C'est la première fois que j'en entends parler.

— C'est vrai ?

— Oui.

— Les impôts, c'est important pour programmer la vie économique de la communauté.

— Si tu le dis. Tu te rappelles Pasquale Peluso ?

— Non.

— Il est maçon. Sans tout ce béton, il perdrait son travail.

— Ah.

— Pourtant, il est communiste. Son père est communiste lui aussi, et d'après le juge, il a tué mon beau-père, qui avait fait fortune grâce au marché noir et à l'usure. Et Pasquale est comme son père, il n'a jamais été d'accord sur la question de la paix, pas même avec ses camarades communistes. Pourtant, même si l'argent de mon mari vient en réalité de celui de mon beau-père, Pasquale et moi, nous sommes très amis.

— Je ne vois pas où tu veux en venir. »

Lila fit une petite moue d'autodérision :

« Moi non plus ! J'espérais le comprendre en vous écoutant. »

C'est tout, elle ne dit rien d'autre. Mais en parlant, elle n'eut pas recours à son agressivité habituelle, et elle avait véritablement l'air de vouloir que nous l'aidions à comprendre des choses, la vie au quartier étant un écheveau inextricable. Elle avait presque toujours employé le dialecte, comme pour indiquer avec modestie : je ne triche pas, je parle comme je suis. Et c'était avec sincérité qu'elle avait rassemblé des idées éparses, sans chercher, comme d'ordinaire, un fil susceptible de les tenir ensemble. Et il était vrai que ni elle ni moi n'avions jamais entendu ce mot ou cette formule

chargée de mépris culturel et politique : les boutiquiers. Et il était vrai aussi que, toutes deux, nous
ignorions tout des impôts : nos parents, amis,
proches, fiancés et maris se comportaient comme
si cela n'existait pas, et les études ne nous apprenaient rien qui ait ne serait-ce qu'un vague rapport
avec la politique. Et ainsi Lila réussit quand même
à gâcher ce qui, jusqu'à ce moment-là, avait été
un après-midi d'une nouveauté exaltante : aussitôt
après son intervention, Nino tenta de reprendre
son discours mais il s'embrouilla, alors il se remit
à raconter des anecdotes cocasses sur sa vie en
commun avec Bruno. Il expliqua qu'ils ne man-
geaient que des œufs sur le plat et du saucisson
et qu'ils buvaient beaucoup de vin. Puis il eut l'air
gêné de ses propres histoires et sembla soulagé
lorsque Pinuccia et Bruno revinrent en mangeant
de la noix de coco – nous vîmes à leurs cheveux
mouillés qu'ils s'étaient aussi baignés.

« Je me suis bien amusée », lança Pinuccia avec
l'air de dire : vous êtes vraiment deux connasses,
vous m'avez laissée partir toute seule avec un mec
qu'on ne connaît même pas !

Quand les deux garçons prirent congé, je les
accompagnai un moment, histoire de souligner
que c'étaient mes amis et qu'ils étaient venus pour
moi.

Nino lâcha, maussade :

« Ce n'est vraiment plus la même, Lina, quel
dommage ! »

J'acquiesçai avant de les saluer, et puis restai
quelques instants les pieds dans l'eau, le temps de
me calmer.

Quand nous rentrâmes à la maison, Pinuccia
et moi étions joyeuses et Lila pensive. Pinuccia

raconta à Nunzia la visite des deux garçons et, surprise, révéla son enthousiasme pour Bruno, qui s'était mis en quatre pour éviter que son bébé ne naisse avec une envie de noix de coco. C'est un jeune homme comme il faut, expliqua-t-elle, étudiant mais pas trop ennuyeux ; on dirait qu'il se moque de la manière dont il s'habille, mais en réalité tout ce qu'il porte, du maillot de bain à la chemise en passant par les sandales, ça coûte très cher. Elle sembla intriguée par le fait que l'on puisse gagner de l'argent autrement que ne le faisaient son frère, Rino ou les Solara. Elle fit une remarque qui me frappa : au bar de la plage, il m'a acheté ceci ou cela, mais sans jamais se faire mousser.

Sa belle-mère, qui pendant toute la durée de ces vacances ne vint jamais à la mer et ne s'occupa que des courses, de la maison et de préparer les dîners et les casse-croûte que nous emportions à la plage le matin, écouta sa belle-fille comme si elle lui parlait d'un monde enchanté. Naturellement, elle se rendit compte tout de suite que sa fille avait la tête ailleurs, et elle ne cessa de l'interroger du regard. Mais Lila était simplement distraite. Elle ne chercha de noises à personne, accepta à nouveau que Pinuccia dorme dans son lit et souhaita une bonne nuit à tout le monde. Puis elle fit quelque chose de totalement inattendu. Je venais de me coucher quand elle surgit dans ma petite chambre :

« Tu me passes un de tes livres ? » demanda-t-elle.

Je la regardai perplexe. Elle avait envie de lire ? Depuis combien de temps n'avait-elle pas ouvert un livre ? Trois ans, quatre ? Et pourquoi avait-elle

justement décidé de s'y remettre aujourd'hui ? Je
pris le volume de Beckett, celui que j'utilisais pour
écraser les moustiques, et le lui tendis. Cela me
semblait le plus accessible de mes bouquins.

47

La semaine s'écoula entre de longues attentes
et des rendez-vous qui passaient toujours trop
vite. Les deux garçons avaient des horaires qu'ils
respectaient rigoureusement. Ils se réveillaient à
six heures du matin, travaillaient jusqu'au déjeuner et à trois heures se mettaient en route pour
venir nous retrouver ; à sept heures ils repartaient,
dînaient et recommençaient à étudier. Nino ne se
présenta jamais seul. Bruno et lui, pourtant si différents, s'entendaient très bien, et surtout ils ne
semblaient avoir la force de nous faire face qu'en
s'appuyant l'un sur l'autre.

Dès le début, Pinuccia rejeta l'idée qu'ils
s'entendent si bien que cela. Elle soutint qu'ils
n'étaient ni particulièrement amis ni particulièrement solidaires. D'après elle, leur relation repo-
sait entièrement sur la patience de Bruno, qui
avait bon caractère et acceptait sans se plaindre
que Nino le saoule du matin au soir avec toutes
les conneries qui lui sortaient de la bouche sans
discontinuer. « Oui, des conneries ! » répéta-t-elle.
Mais ensuite, avec un brin d'ironie, elle s'excusa
d'avoir défini ainsi les bavardages qui me plaisaient tant à moi aussi : « Vous aimez étudier, fit-
elle, alors vous ne vous comprenez qu'entre vous,

c'est logique. Mais vous permettez que nous, on trouve ça plutôt rasoir ? »

Ces paroles me ravirent. Elles confirmèrent en présence de Lila, témoin muet de cette conversation, qu'entre Nino et moi il y avait une relation pour ainsi dire exclusive, dans laquelle il était très difficile de s'insérer. Mais un autre jour, Pinuccia dit à Bruno et Lila sur un ton dédaigneux : « Laissons ces deux-là jouer aux intellectuels et allons nous baigner, la mer est belle ! » À l'évidence, *jouer aux intellectuels* était une manière de dire que le contenu de nos conversations ne nous intéressait pas réellement et que nous adoptions une posture, un rôle. Si cette formule ne me déplut pas outre mesure, en revanche elle agaça franchement Nino, qui s'arrêta au beau milieu d'une phrase. D'un bond il fut debout, courut à l'eau et plongea sans se soucier de la température ; puis il nous éclaboussa alors que nous avancions en frissonnant et en le suppliant d'arrêter, enfin il fit mine de se battre avec Bruno comme s'il voulait le noyer.

Voilà, me dis-je, il est plein de grandes idées, mais quand il veut il sait aussi être joyeux et amusant. Alors pourquoi ne me montre-t-il que son côté le plus sérieux ? Mme Galiani l'a-t-elle convaincu que je ne m'intéresse qu'aux études ? Ou bien est-ce moi, avec mes lunettes et ma manière de parler, qui donne cette impression ?

À partir de là, je regrettai de plus en plus que nos après-midi s'enfuient en ne laissant essentiellement derrière eux que les paroles de Nino, marquées par sa fièvre de s'exprimer et chargées de ma propre anxiété devant tous ces concepts à appréhender et mon désir d'obtenir son assentiment. Il ne lui arrivait plus de me prendre la main et il ne m'invitait même plus à m'asseoir sur le bord de sa serviette. Quand je voyais Bruno et Pinuccia rire pour des bêtises, je les enviais et me disais : comme j'aimerais rire ainsi avec Nino ! Je ne veux rien de lui, je ne m'attends à rien, je voudrais juste un peu de familiarité, fût-elle pleine de respect comme celle entre Pinuccia et Bruno.

Lila semblait avoir d'autres problèmes. Toute la semaine, elle eut pourtant l'air serein. Elle passait une grande partie de la matinée dans l'eau, faisant des allers et retours à la nage le long d'une ligne parallèle à la plage, à quelques mètres du rivage. Pinuccia et moi lui tenions compagnie, insistant pour lui donner des conseils même si elle nageait désormais beaucoup mieux que nous. Mais nous avions vite froid et courions nous allonger sur le sable brûlant tandis qu'elle continuait à s'entraîner à faire ses légers battements de pieds, ses brasses parfaitement maîtrisées ou ses mouvements de bras bien rythmés qui fendaient l'air, comme Sarratore père lui avait enseigné. Pinuccia allongée au soleil, se caressant le ventre, râlait : elle en fait toujours trop ! Souvent je me redressais et criais : « Allez, ça suffit ! Tu es dans l'eau depuis trop longtemps, tu vas attraper froid ! » Mais Lila ne m'écoutait pas et, lorsqu'elle sortait enfin, elle était livide, avait les yeux blancs, les lèvres bleues et la peau des doigts toute fripée. Je l'attendais sur le rivage avec sa serviette chauffée par le soleil que je lui posais sur les épaules, puis je la frottais vigoureusement.

Quand les deux garçons arrivaient (et ils ne ratèrent pas un seul jour), soit on se baignait à nouveau avec eux – mais Lila en général refusait de venir et restait sur sa serviette, nous regardant depuis le rivage –, soit on allait tous se promener, et alors elle marchait derrière nous, ramassant des coquillages ; si Nino et moi nous mettions à parler des affaires du monde, alors elle restait près de nous pour écouter, très attentive, mais intervenait très rarement. De petites habitudes s'étaient rapidement établies, et je fus frappée par le fait que Lila tienne beaucoup à ce qu'elles soient respectées. Par exemple, Bruno arrivait toujours avec des boissons fraîches qu'il achetait en chemin dans un bar sur la plage, mais un jour elle lui fit remarquer qu'il m'avait acheté une eau gazeuse, alors qu'en général je buvais une orangeade. J'intervins en disant : « Merci, Bruno, ça va très bien comme ça », mais elle l'obligea à aller l'échanger. Autre exemple, Pinuccia et Bruno, à un moment donné de l'après-midi, allaient chercher de la noix de coco fraîche et, bien qu'ils nous demandent de les accompagner, Lila n'eut jamais l'idée d'accepter, Nino et moi non plus. Il devint ainsi tout à fait normal qu'ils nous quittent, le maillot sec, et qu'ils reviennent après s'être baignés, rapportant de la noix de coco à la pulpe très blanche : à tel point que si jamais ils semblaient oublier, Lila lançait : « Et alors, la noix de coco ? »

Elle tenait aussi beaucoup à nos conversations, à Nino et moi. Quand on parlait de tout et de rien pendant trop longtemps, elle s'impatientait et demandait à Nino : « Tu n'as rien lu d'intéressant, aujourd'hui ? » Nino souriait, satisfait, prenait encore un peu son temps et puis se plongeait dans les questions qui lui tenaient à cœur. Il parlait encore et encore, et il n'y eut jamais de véritables frictions entre nous : moi j'étais presque toujours d'accord avec lui, et quand Lila intervenait pour émettre une objection, elle le faisait brièvement et avec tact, sans jamais accentuer leurs dissentiments.

Un après-midi, alors qu'il mentionnait un article très critique sur le fonctionnement du système scolaire, sans transition il se mit à dire du mal de l'école primaire que nous avions fréquentée dans notre quartier. J'abondai dans son sens et racontai les coups de baguette sur le dos de la main que Mme Oliviero nous assénait lorsque nous faisions des erreurs, ainsi que les cruelles compétitions de connaissances auxquelles elle nous astreignait. Or Lila, à ma grande surprise, affirma que l'école avait été très importante pour elle, et elle fit l'éloge de notre institutrice dans un italien que je ne l'avais plus entendue employer depuis très longtemps, tellement précis et intense que Nino ne l'interrompit pas une seule fois. Il l'écouta au contraire avec une vive attention, avant de conclure par quelques propos généraux portant sur les différents besoins que nous avons tous, et sur le fait que la même expérience puisse répondre aux exigences de certains mais se révéler insuffisante pour d'autres.

À une autre occasion encore, Lila manifesta son désaccord avec mesure et dans un italien soutenu. Je me sentais de plus en plus en phase avec les discours préconisant des interventions pertinentes qui, mises en place en temps voulu, résoudraient les problèmes, élimineraient les injustices et préviendraient les conflits. J'avais rapidement appris ce schéma de raisonnement – cela a toujours été ma spécialité – et je l'appliquais à chaque fois que Nino abordait un thème qu'il avait lu ici ou là : colonialisme, néocolonialisme, Afrique. Mais un après-midi, Lila lui fit remarquer posément que rien ne pouvait empêcher les affrontements entre riches et pauvres.

« Et pourquoi ?

— Ceux qui sont en bas veulent aller en haut, ceux qui sont en haut veulent y rester et, d'une manière ou d'une autre, on finit toujours par en arriver aux coups de pied dans le derrière et aux crachats.

— C'est justement pour ça qu'il faut résoudre les problèmes avant d'en arriver à la violence !

— Et comment ? En amenant tout le monde en haut ? Tout le monde en bas ?

— En trouvant un point d'équilibre entre les classes.

— Et il serait où, ce point ? Ceux qui sont en bas rencontrent à mi-chemin ceux qui viennent d'en haut ?

— Si on veut.

— Et ceux d'en haut descendront volontiers ? Et ceux d'en bas renonceront à monter davantage ?

— Si on travaille bien pour résoudre toutes les grandes questions, oui. Tu n'es pas convaincue ?

— Non. Les classes sociales, elles ne tapent pas le carton, elles sont en lutte ! Et c'est une lutte jusqu'à la dernière goutte de sang.

— C'est ce que pense Pasquale, ajoutai-je.

— Maintenant, c'est ce que je pense moi aussi », rectifia-t-elle paisiblement.

À part ces rares échanges, il y eut peu de discussions entre Lila et Nino, si ce n'est par mon intermédiaire. Lila ne lui adressait jamais directement la parole, et Nino non plus ne s'adressait jamais à elle, ils semblaient se mettre mutuellement mal à l'aise. J'observai qu'elle était beaucoup plus détendue avec Bruno : bien que taciturne, il parvint à établir une certaine proximité avec elle à force de gentillesse, et grâce au ton agréable qu'il employait parfois quand il l'appelait Mme Carracci. Ainsi, un jour où nous nous baignions tous ensemble et où Nino, étrangement, n'avait pas choisi de partir pour l'une de ses longues excursions à la nage qui m'angoissaient, Lila s'adressa à Bruno et non pas à Nino pour savoir combien de mouvements de bras elle devait faire avant de sortir la tête de l'eau et respirer. Bruno offrit aussitôt de lui faire une démonstration. Mais Nino, vexé que ses talents de nageur n'aient pas été pris en considération, intervint en se moquant de Bruno, avec ses bras trop courts et son manque de rythme. Puis il voulut montrer lui-même comment il fallait faire. Lila l'observa attentivement et l'imita aussitôt. Bref, bientôt Lila nageait tellement bien que Bruno l'appelait l'Esther Williams d'Ischia, ce qui voulait dire qu'elle était devenue aussi douée que la nageuse vedette des films.

Quand la fin de la semaine arriva – je me souviens que c'était un samedi matin resplendissant, l'air était encore frais et l'odeur intense des pins nous accompagna tout au long du chemin descendant à la plage – Pinuccia déclara d'un ton catégorique :

« Le fils de Sarratore est vraiment insupportable ! »

Je défendis prudemment Nino. Je pris un ton docte pour expliquer que lorsqu'on étudie et qu'on est passionné par son sujet, on a besoin de communiquer sa passion aux autres : Nino était comme ça. Lila n'eut pas l'air convaincu et répondit quelque chose qui me sembla agressif :

« Si tu enlèves de la tête de Nino tous les trucs qu'il a lus, il ne reste plus rien. »

J'explosai :

« Ce n'est pas vrai ! Moi je le connais, il est plein de qualités ! »

Pinuccia, en revanche, lui donna raison avec enthousiasme. Mais alors Lila, peut-être agacée par ce soutien, affirma qu'elle s'était mal expliquée et renversa d'un coup le sens de sa phrase, comme si elle ne l'avait formulée que par défi et que maintenant, en l'entendant, elle la regrettait et était prête à tout pour rectifier son erreur. Il s'habitue à considérer, expliqua-t-elle, que seules les grandes questions comptent, et s'il y parvient, il vivra toute sa vie uniquement pour celles-ci, sans que rien d'autre ne vienne le perturber : pas comme nous, qui ne pensons qu'à nos petites affaires – argent, maison, mari et faire des enfants.

Cette interprétation ne me plut nullement. Que voulait-elle dire ? Que pour Nino, les sentiments envers les personnes particulières ne compteraient jamais ? Que son destin était de vivre sans amour, sans enfants, sans se marier ? Je m'efforçai de rétorquer :

« Tu sais qu'il a une fiancée et qu'il l'aime beaucoup ? Ils s'écrivent une fois par semaine. »

Pinuccia intervint :

« Bruno n'est pas fiancé mais il cherche sa femme idéale, et dès qu'il la trouvera il l'épousera, et il espère avoir beaucoup d'enfants. »

Après quoi, sans lien évident, elle soupira :

« Cette semaine est passée bien vite !

— Tu n'es pas contente ? Ton mari va revenir ! » répliquai-je.

Elle eut presque l'air offensé à l'idée que je

puisse imaginer un quelconque mécontentement de sa part à la perspective du retour de Rino. Elle s'exclama :

« Bien sûr, que je suis contente ! »

Alors Lila me demanda :

« Et toi, tu es contente ?

— Que vos maris reviennent ?

— Non, tu as très bien compris ce que je veux dire ! »

J'avais compris mais refusai de l'admettre. Elle voulait dire que le lendemain, dimanche, alors qu'elles seraient occupées avec Stefano et Rino, moi je pourrais voir seule les deux garçons ; en outre, il était pratiquement certain que Bruno, comme la semaine précédente, ne se montrerait pas, et je pourrais donc passer l'après-midi avec Nino. Et elle avait raison, c'était exactement ce que j'espérais. Depuis des jours, avant de m'endormir, je songeais à la fin de la semaine. Lila et Pinuccia seraient tout à leurs joies conjugales, moi j'aurais mes petits bonheurs de célibataire à lunettes qui passe sa vie à étudier : une promenade, main dans la main. Ou, qui sait, quelque chose de plus. Je lançai en riant :

« Qu'est-ce qu'il y a à comprendre, Lila ? Vous avez bien de la veine d'être mariées ! »

48

La journée s'écoula lentement. Alors que Lila et moi prenions tranquillement le soleil en attendant l'heure où Nino et Bruno apparaîtraient avec les boissons fraîches, l'humeur de Pinuccia commença à se dégrader sans raison apparente. Énervée, elle râlait à intervalles de plus en plus rapprochés. Tantôt elle craignait que les deux garçons ne viennent pas, tantôt elle s'exclamait qu'on ne pouvait pas gâcher notre temps à attendre qu'ils se manifestent. Quand, ponctuels, ils surgirent avec les rafraîchissements habituels, elle fut d'abord grincheuse et se plaignit d'être fatiguée. Mais quelques minutes plus tard, malgré sa mauvaise humeur, elle poussa un gros soupir et, changeant soudain d'avis, accepta d'aller chercher de la noix de coco.

Quant à Lila, elle fit quelque chose qui me déplut. Pendant toute la semaine, elle ne m'avait jamais parlé du livre que je lui avais prêté, au point que je l'avais oublié. Mais dès que Pinuccia et Bruno s'éloignèrent, sans attendre que Nino commence à discourir, elle lui demanda à brûle-pourpoint :

« Tu es déjà allé au théâtre ?

— Quelquefois.

— Et ça t'a plu ?

— Pas tellement.

— Moi je n'y suis jamais allée, mais j'ai vu des pièces à la télévision.

— Ce n'est pas la même chose !

— Je sais, mais c'est mieux que rien. »

À ce moment-là, elle sortit de son sac le livre que je lui avais prêté, le volume qui rassemblait les pièces de Beckett, et le lui montra.

« Et ça, tu l'as lu ? »

Nino prit le livre, l'examina et avoua, mal à l'aise :

« Non.

« — Alors ça existe, les trucs que tu n'as pas lus !

— Oui.

— Eh bien, tu devrais le lire. »

Elle commença à nous parler des pièces. À ma grande surprise, elle y mit beaucoup de cœur, et elle s'exprima comme autrefois, en choisissant ses mots pour que nous puissions imaginer les personnes et les choses, et en nous transmettant l'émotion qu'elle éprouvait à les dépeindre et à les faire vivre devant nous. Elle dit que cela ne servait à rien d'attendre la guerre nucléaire, car dans ce livre c'était comme si elle avait déjà eu lieu. Elle nous parla longuement d'une dame qui s'appelait Winnie et qui, à un moment donné, s'exclamait : *encore une journée divine !* Elle-même répéta cette phrase avec un tel trouble qu'en la prononçant, sa voix trembla légèrement : *encore une journée divine !* Des paroles insupportables, nous expliqua-t-elle, parce que rien, mais vraiment rien, dans la vie de Winnie, rien dans ses gestes, rien dans sa tête, n'était *divin*, ni ce jour-là ni les jours précédents. Toutefois, précisa-t-elle, le personnage qui l'avait le plus frappée, c'était un certain Dan Rooney. Dan Rooney, développa-t-elle, est aveugle, mais il n'en éprouve aucun regret, parce qu'il considère que sans la vue, la vie est plus belle, et il en arrive même à se demander si, en devenant sourd et muet, la vie ne serait pas encore plus vie, vie pure, vie sans rien d'autre que la vie.

« Et pourquoi ça t'a plu ? demanda Nino.

— Je ne sais pas encore si ça m'a plu.

— Mais ça t'a intriguée.

— Ça m'a fait réfléchir. Qu'est-ce que ça veut dire, que la vie est plus vie sans la vue, sans l'ouïe, et même sans la parole ?

— Ce n'est peut-être qu'une astuce…

— Mais non, tu parles d'une astuce ! C'est une idée qui en fait naître mille autres, ce n'est pas qu'une astuce. »

Nino n'ajouta rien. Il demanda simplement, fixant la couverture du livre comme s'il fallait la déchiffrer elle aussi :

« Tu l'as fini ?

— Oui.

— Tu me le prêtes ? »

Cette requête me déconcerta et me fit mal. Nino avait déclaré, je m'en souvenais très bien, que la littérature l'intéressait peu ou prou et que ses lectures étaient tout autres. J'avais donné ce Beckett à Lila justement parce que je savais que je ne pourrais pas m'en servir pour discuter avec lui. Et voilà que c'était elle qui lui en parlait, et non seulement il l'écoutait, mais il voulait le lui emprunter ! J'intervins :

« C'est à Galiani, elle me l'a prêté.

— Tu l'as lu ? » me demanda-t-il.

Je dus avouer que non, je ne l'avais pas lu, mais précisai aussitôt :

« Je pensais le commencer ce soir.

— Quand tu as fini, tu me le passes ?

— Si ça t'intéresse tellement, me hâtai-je d'ajouter, tu peux le lire d'abord. »

Nino me remercia, gratta avec son ongle la trace d'un moustique sur la couverture et puis se tourna vers Lila :

« Je le lis en une nuit, et on en parle demain !

— Demain non, on ne se verra pas.

— Pourquoi ?

— Je serai avec mon mari.

— Ah bon. »

Il sembla déçu. Le cœur battant, j'attendis qu'il s'adresse à moi pour me demander si on pourrait se voir. Mais il eut un geste de mécontentement et annonça :

« Moi non plus, demain je ne suis pas libre. Ce soir les parents de Bruno arrivent, il faut que j'aille dormir à Barano. Je rentre lundi. »

Barano ? Lundi ? J'espérai qu'il me demanderait de le rejoindre aux Maronti. Mais il était distrait – peut-être avait-il encore en tête ce Rooney qui, non content d'être aveugle, voulait aussi devenir sourd et muet. Il ne me dit rien.

49

Sur le chemin du retour, je lançai aussitôt à Lila :

« Quand je te prête un livre, qui en plus n'est pas à moi, je te prierai de ne pas l'amener à la plage ! Je ne peux pas le rendre à Galiani plein de sable.

— Désolée ! » dit-elle avant de m'embrasser joyeusement sur la joue. Elle insista pour porter mon sac et celui de Pinuccia, sans doute pour se faire pardonner.

Je retrouvai progressivement ma sérénité. Je pensai que si Nino avait mentionné Barano, ce n'était certainement pas un hasard : il voulait que je le sache. Du coup, je décidai de le rejoindre là-bas : il est comme ça, me dis-je pour me rassurer, il aime qu'on le suive, alors demain je me réveillerai de bonne heure et j'irai le voir ! En revanche, la mauvaise humeur de Pinuccia persista. D'ordinaire, si elle s'emportait facilement, elle s'apaisait tout aussi vite, surtout ces jours-ci, la grossesse arrondissant non seulement son corps mais aussi les côtés anguleux de son caractère. Mais cette fois-ci, son irritation ne cessa de croître.

« Bruno t'a dit quelque chose de désagréable ? finis-je par lui demander.

— Mais non !

— Alors qu'est-ce qui s'est passé ?

— Rien.

— Tu ne te sens pas bien ?

— Si, je me sens très bien. Je sais pas moi-même ce qui cloche.

— Va te préparer, Rino va bientôt arriver !

— Oui oui. »

Mais elle resta en maillot de bain, feuilletant distraitement un roman-photo. Lila et moi nous fîmes belles, Lila surtout se para comme pour aller à une fête, mais Pina ne broncha pas. Alors, même Nunzia, qui trimait en silence pour préparer le dîner, lui dit doucement : « Pinù, qu'est-ce que t'as, ma belle ? Tu vas pas t'habiller ? » Aucune réponse. Ce n'est qu'en entendant les Lambretta vrombir et les voix des deux hommes appeler que Pina bondit et courut s'enfermer dans sa chambre en criant : « S'il vous plaît, ne le laissez pas entrer ! »

Nous passâmes une soirée assez étrange qui, pour des raisons différentes, laissa les maris déconcertés. Stefano, désormais habitué aux conflits permanents avec Lila, se retrouva de manière inespérée devant une jeune femme affectueuse qui s'abandonnait aux caresses et baisers sans manifester son agacement habituel ; en revanche Rino, accoutumé aux éternelles minauderies de sa femme, encore plus friande de câlins depuis qu'elle était enceinte, se vexa parce que Pina ne courut pas à sa rencontre dans l'escalier : il dut aller la chercher dans sa chambre et, quand il put enfin l'embrasser, il perçut aussitôt l'effort qu'elle faisait pour avoir l'air content. Et cela ne s'arrêta pas là. Lila s'amusa beaucoup lorsque, après quelques verres de vin, les deux hommes éméchés laissèrent transparaître leur désir à travers toute une série d'allusions sexuelles ; mais quand Rino murmura en riant quelque chose à l'oreille de Pinuccia, celle-ci s'écarta brusquement et siffla, à moitié en italien : « Mais arrête, t'es qu'un bourrin ! » Il s'emporta : « Moi, un bourrin ? un bourrin ? » Elle résista quelques minutes, puis sa lèvre inférieure se mit à trembler et elle courut se réfugier dans sa chambre.

« C'est la grossesse, justifia Nunzia, il faut la comprendre… »

Silence. Rino finit son repas, puis poussa un gros soupir et alla retrouver sa femme. Il ne revint pas.

Lila et Stefano décidèrent de faire un tour en Lambretta pour voir la plage de nuit. Ils nous quittèrent, riant et s'échangeant de petits baisers. Je luttai avec Nunzia pour pouvoir l'aider à débarrasser car, comme toujours, elle ne voulait pas que je lève le petit doigt. Nous parlâmes un peu de l'époque où elle avait connu Fernando et où ils étaient devenus amoureux, et elle dit quelque chose qui me frappa beaucoup. Elle remarqua : « Toute la vie, on aime des gens qu'on ne connaît jamais vraiment. » Fernando avait été parfois bon et parfois mauvais, elle l'avait beaucoup aimé mais aussi beaucoup détesté. « C'est pourquoi, fit-elle observer, il ne faut pas s'inquiéter : aujourd'hui Pinuccia est mal lunée, mais ça va s'arranger. Tu te rappelles comment Lina était rentrée de son voyage de noces ? Eh bien regarde-les, maintenant ! Toute la vie, c'est comme ça : un jour tu te ramasses les coups, un autre jour c'est les bisous. »

Je me retirai dans ma petite chambre et tentai de finir Chabod, mais je songeai à nouveau à Nino et à l'air fasciné qu'il avait pris lorsque Lila lui avait parlé de ce Rooney, alors toute envie de perdre mon temps avec l'idée de nation m'abandonna. Nino aussi est fuyant, me dis-je, j'ai du mal à comprendre qui il est vraiment. Il semblait n'avoir aucun intérêt pour la littérature, or Lila prend au hasard un recueil de pièces de théâtre, dit deux bêtises, et voilà qu'il se passionne ! Je fouillai dans mes volumes à la recherche d'autres œuvres littéraires, mais je n'en avais pas. En revanche, je m'aperçus qu'un livre manquait. Était-ce possible ? Mme Galiani m'en avait donné six. Maintenant Nino en avait un, j'en lisais un autre, et sur le marbre du rebord de la fenêtre, il y en avait trois. Où se trouvait le sixième ?

Je cherchai partout, même sous le lit, et me rappelai qu'il s'agissait d'un livre sur Hiroshima. Je commençai à m'énerver, c'était sûrement Lila qui l'avait pris pendant que je me lavais dans le cabinet de toilette. Mais qu'est-ce qu'elle avait, Lila ? Après des années de cordonnerie, fiançailles, amour, épicerie et trafics avec les Solara, avait-elle décidé de redevenir celle qu'elle était à l'école primaire ? C'est vrai, il y avait déjà eu un signal auparavant : elle avait voulu faire avec moi un pari qui, au-delà de son résultat, lui avait sans doute permis de m'indiquer qu'elle voulait de nouveau étudier. Mais y avait-il eu une quelconque suite ? s'y était-elle vraiment remise ? Non. Se pouvait-il donc que quelques discussions avec Nino, six après-midi passés sur le sable au soleil, aient suffi à lui redonner l'envie d'apprendre, et peut-être même de se lancer à nouveau dans des compétitions pour voir qui était la plus forte ? Était-ce pour cela qu'elle avait chanté les louanges de Mme Oliviero ? Était-ce pour cela qu'elle avait tellement admiré le fait que l'on puisse consacrer sa vie uniquement aux grandes questions, en délaissant tout ce qui est terre à terre ? Je sortis de ma chambre sur la pointe des pieds et évitai de faire grincer la porte.

La maison était silencieuse, Nunzia était allée se coucher, et Stefano et Lila n'étaient pas encore rentrés. Je pénétrai dans leur chambre : c'était un chaos de vêtements, chaussures et valises. Je découvris mon livre sur une chaise, il s'intitulait *Vivre à Hiroshima*. Elle l'avait pris sans me demander la permission, comme si mes affaires étaient les siennes, comme si je lui devais ce que j'étais, et comme si l'attention même de Mme Galiani pour ma formation dépendait du fait que Lila, avec un geste distrait ou une phrase à peine ébauchée, m'avait mise dans la position de conquérir ce privilège. Je fus tentée de reprendre le livre. Mais j'eus honte, changeai d'avis et le laissai là.

50

Ce fut un dimanche d'ennui. Pendant toute la nuit, la chaleur me tourmenta sans que j'ose ouvrir la fenêtre, par crainte des moustiques. Je m'endormis, me réveillai, me rendormis. Aller à Barano ? Et à quoi cela servirait-il ? Passer la journée à jouer avec Ciro, Pino et Clelia, tandis que Nino nagerait longuement ou bien resterait allongé au soleil sans mot dire, silencieusement hostile à son père ? Je me réveillai tard, vers dix heures, et à peine ouvris-je les yeux que le sentiment d'un manque, venu de très loin, vint me submerger d'angoisse.

J'appris par Nunzia que Pinuccia et Rino étaient déjà allés se baigner, tandis que Stefano et Lila dormaient encore. Je trempai sans entrain du pain dans mon café au lait et puis, renonçant définitivement à Barano, je descendis à la plage, triste et nerveuse.

Là je trouvai Rino endormi, cheveux mouillés, à plat ventre dans le sable, son corps lourd abandonné au soleil ; quant à Pinuccia, elle faisait des allers et retours le long du rivage. Je lui proposai de se promener vers les fumerolles, ce qu'elle refusa avec rudesse. Je marchai seule en direction de Forio, longuement, pour m'apaiser.

La matinée passa péniblement. À mon retour, je me baignai et m'allongeai au soleil. Je ne pus m'empêcher d'entendre la conversation entre Rino et Pinuccia qui, comme si je n'étais pas là, se murmuraient des propos du genre :

« T'en va pas !

— J'ai du travail, les chaussures doivent être prêtes pour l'automne. Mais tu les as vues : elles te plaisent ?

— Oui, mais les trucs que Lila t'a fait ajouter sont moches, enlève-les !

— Non, elles sont bien comme ça.

— Tu vois ? Tout ce que je dis, pour toi ça compte pour du beurre.

— C'est pas vrai.

— Mais si, c'est vrai ! Tu ne m'aimes plus.

« — Bien sûr que je t'aime ! Tu sais bien que je suis fou de toi !

— Tu parles, t'as vu mon gros ventre…

— Mais moi je lui fais des bisous partout, à ce ventre ! Toute la semaine, je ne fais que penser à toi.

— Alors ne va pas travailler.

— Ce n'est pas possible.

— Puisque c'est comme ça, je rentre moi aussi !

— On a déjà payé notre part : tu dois finir ton séjour.

— Ça me dit plus rien.

— Pourquoi ?

— Parce que dès que je m'endors, je fais d'horribles cauchemars, et après je reste éveillée toute la nuit !

— Même quand tu dors avec ma sœur ?

— Encore plus ! Si ta sœur pouvait, elle me tuerait !

— Va dormir avec maman, alors !

— Ta mère, elle ronfle ! »

Les façons de Pinuccia étaient insupportables. Pendant toute la journée, je cherchai la raison de tant de jérémiades. C'était vrai qu'elle dormait peu et mal. Mais qu'elle veuille que Rino reste, ou qu'elle veuille repartir avec lui, selon moi ce n'était que mensonge. À un moment donné, je songeai qu'elle devait essayer de dire à Rino quelque chose qu'elle-même ne savait pas, et qu'elle ne parvenait à exprimer que sous forme de lamentations intempestives. Mais ensuite j'abandonnai ma réflexion car je fus absorbée par d'autres sujets. Par l'exubérance de Lila, surtout.

Quand elle apparut sur la plage avec son mari, elle me sembla encore plus gaie que la veille. Elle voulut lui montrer qu'elle avait appris à nager et ils s'aventurèrent tous deux loin du rivage – en haute mer, nous raconta Stefano, même si en fait ils ne s'éloignèrent guère que de quelques mètres. Lila, élégante et précise dans ses mouvements de bras et dans sa manière rythmée de tourner la tête pour sortir le visage de l'eau et respirer, laissa aussitôt Stefano loin derrière. Puis, rieuse, elle s'arrêta pour l'attendre tandis qu'il la rattrapait avec sa nage maladroite, cou tendu et tête dressée, soufflant bruyamment contre l'eau qui lui fouettait le visage.

L'après-midi, l'allégresse de Lila augmenta encore quand ils sortirent se promener en Lambretta. Rino aussi voulut faire un tour en scooter et, comme Pinuccia refusa – elle craignait de tomber et de perdre le bébé –, Rino me lança : « T'as qu'à venir, Lenù ! » et je fis alors cette expérience pour la première fois. Stefano filait devant, Rino le suivait et quant à moi, fouettée par le vent, j'avais peur de faire une chute ou de m'écraser contre quelque chose mais étais aussi envahie d'une excitation croissante – une puissante odeur émanait du dos en sueur du mari de Pinuccia, son assurance fanfaronne l'incitait à violer tous les codes, et il répondait à qui protestait avec le style de notre quartier, freinant brutalement et menaçant, toujours prêt à en découdre pour revendiquer son droit à faire tout qu'il voulait. Ce fut amusant, un retour à mes émotions de petite fille mal élevée, très différentes de celles que me procurait Nino quand il apparaissait sur la plage, l'après-midi, accompagné de son ami.

Au cours de ce dimanche, j'évoquai souvent les deux garçons : j'aimais surtout prononcer le nom de Nino. Je ne mis pas longtemps à remarquer que Pinuccia et Lila se comportaient comme si nous n'avions pas fréquenté ensemble Bruno et Nino, et comme si j'étais la seule à les connaître. Par la suite, quand leurs maris prirent congé pour courir prendre le vaporetto, Stefano me recommanda de dire bonjour au fils de Soccavo, comme si moi seule étais susceptible de le rencontrer, et Rino se moqua de moi avec des plaisanteries du genre «Alors, tu préfères le fils du poète ou celui du fabricant de mortadelles? C'est qui le plus beau, d'après toi?», comme si sa femme et sa sœur n'étaient pas en mesure de donner leur opinion.

La manière dont mes deux compagnes réagirent au départ de leurs maris finit de m'énerver. Pinuccia devint joyeuse et annonça qu'elle devait se laver les cheveux qui – déclara-t-elle à haute voix – étaient pleins de sable. Lila traîna dans la maison avant d'aller s'allonger sur son lit défait, sans se soucier du désordre de la chambre. Quand je passai la tête pour lui souhaiter une bonne nuit, je remarquai qu'elle ne s'était même pas déshabillée : elle lisait le livre sur Hiroshima, yeux plissés et front ridé. Je ne lui reprochai rien mais demandai simplement, peut-être avec une certaine âpreté :

«Comment ça se fait que tu as envie de lire, tout à coup?

— Ça te regarde pas», répliqua-t-elle.

51

Lundi, Nino apparut, tel un fantôme appelé par mes désirs, non pas à quatre heures de l'après-midi, comme de coutume, mais à dix heures du matin. Grande fut notre surprise. Nous venions à peine de nous installer sur la plage, pleines de ressentiment toutes les trois, chacune convaincue que les autres avaient occupé le cabinet de toilette trop longtemps, et Pinuccia était particulièrement énervée parce que ses cheveux avaient été aplatis pendant le sommeil. Ce fut elle qui parla la première, revêche et presque agressive. Avant même qu'il ait pu nous expliquer pourquoi il avait ainsi bouleversé ses horaires, elle demanda à Nino :

« Pourquoi Bruno n'est pas venu ? Il avait mieux à faire ailleurs ?

— Ses parents sont encore là, ils repartent vers midi.

— Et après, il viendra ?

— Je pense.

— Parce que s'il ne vient pas, moi je retourne me coucher ! Avec vous trois, je m'ennuie trop ! »

Sur ce, Nino nous raconta qu'il avait passé un très mauvais dimanche à Barano, au point qu'il était parti de bonne heure ce matin et, ne pouvant rentrer chez Bruno, il était venu directement à la plage. Pina l'interrompit à deux ou trois reprises pour demander d'un ton plaintif : qui vient se baigner avec moi ? Comme nous l'ignorions Lila et moi, elle finit par y aller toute seule, irritée.

Tant pis. Nous préférâmes écouter, très attentives, l'énumération que Nino nous fit de tous les torts dont son père s'était rendu coupable. Il le traita d'escroc et de feignant. Il était encore à Barano car son employeur lui avait donné l'autorisation de prolonger son congé pour je ne sais quelle maladie imaginaire, qui pourtant avait été dûment certifiée par un médecin de la sécurité sociale, un ami à lui. « Mon père, nous confia-t-il d'un air dégoûté, est la négation même de l'intérêt général. » Et à ce moment-là, sans transition, il fit quelque chose de tout à fait inattendu. Avec un mouvement tellement soudain qu'il me fit sursauter, il se pencha vers moi et me donna un baiser sur la joue, un gros baiser bien sonore, tout en s'exclamant : «Je suis vraiment content de te voir ! » Puis, un peu gêné, comme s'il s'était rendu compte que cette exubérance à mon égard pouvait être discourtoise vis-à-vis de Lila, il ajouta :

«Je peux t'embrasser aussi ?

— Bien sûr », consentit Lila, alors il lui donna un baiser léger et silencieux – le contact fut à peine perceptible. Après quoi il se mit à parler avec fougue des pièces de Beckett : ah, comme il avait aimé ces personnages enfouis dans la terre jusqu'au cou ! et comme elle était belle, cette phrase sur le feu que le présent allume à l'intérieur de chacun ! et même si, parmi ces dialogues intenses entre Maddie et Dan Rooney, il n'avait pas retrouvé exactement la phrase citée par Lila, eh bien, le concept selon lequel on savoure davantage la vie quand on est aveugle, sourd, muet et peut-être même privé du goût et du toucher, était objectivement intéressant en soi, et d'après lui cela voulait dire : abolissons tous les filtres qui nous empêchent de jouir pleinement et véritablement de l'*hic et nunc*.

Lila se montra perplexe, elle expliqua qu'elle y avait réfléchi et que la vie à l'état pur l'effrayait. Elle s'exprima d'un ton un peu emphatique et s'exclama : «la vie sans voir ni parler, sans parler ni écouter, la vie toute nue, sans rien pour la contenir, perd toute forme ». Elle n'eut pas recours à ces mots exacts, mais je me rappelle bien l'expression «perd toute forme », qui lui arracha une moue de dégoût. Nino répéta à voix basse : «perd toute forme», comme si ces mots étaient dangereux. Puis il recommença à discourir, de plus en plus surexcité, jusqu'à ce que, de but en blanc, il ôte sa chemise, révélant sa maigreur et sa peau très brune, et nous saisisse toutes les deux par la main pour nous entraîner dans l'eau : je criais, ravie «Non non non! j'ai froid, non!», il répondait «*Ah, voilà enfin une autre journée divine!*», et Lila riait.

Donc, pensai-je satisfaite, Lila a tort. Il existe un autre Nino, c'est sûr : non pas le garçon ténébreux qui n'éprouve des émotions que lorsqu'il médite sur l'état général du monde mais *ce garçon-là* qui joue, nous entraîne et nous jette à l'eau, ce jeune homme qui nous saisit, nous retient, nous tire vers lui et puis s'enfuit à la nage, se laisse rattraper, immobiliser et renverser dans l'eau par Lila et moi, faisant semblant d'être vaincu et de se noyer.

Quand Bruno arriva, la situation s'améliora encore. Nous nous promenâmes tous ensemble et Pinuccia retrouva peu à peu sa bonne humeur. Elle voulut à nouveau se baigner et manger de la noix de coco. À partir de ce jour-là, et toute la semaine qui suivit, nous trouvâmes tout à fait naturel que les deux garçons nous rejoignent sur la plage dès dix heures du matin et nous tiennent compagnie jusqu'à ce que nous disions, au coucher du soleil : «Il faut rentrer voir Nunzia, sinon elle va se fâcher», et alors ils se résignaient à aller travailler un peu.

Et quelle familiarité s'était établie entre nous! Si Bruno s'amusait à appeler Lila Mme Carracci, elle lui donnait un coup de poing sur l'épaule en riant et le poursuivait en le menaçant. S'il était prévenant à l'excès envers Pinuccia sous prétexte qu'elle portait un enfant, elle passait un bras sous le sien et lançait : « Allez, on court ! Je veux une eau gazeuse. » Quant à Nino, maintenant il me prenait souvent la main ou bien passait un bras autour de mes épaules, et il mettait en même temps son autre bras autour des épaules de Lila, ou encore il lui tenait l'index ou le pouce. Les distances imposées par la prudence cédèrent. Nous devînmes un groupe de cinq jeunes gens qui s'amusaient de tout et de rien. Nous passions d'un jeu à l'autre, et celui qui perdait avait un gage. Les gages en question étaient presque toujours des baisers – des baisers pour rire, bien entendu. Bruno devait embrasser les pieds couverts de sable de Lila, Nino ma main, mes joues ou mon front, et puis faire claquer un gros bisou sur le pavillon de mon oreille. Nous organisions aussi de longs matches avec des tambourins, la balle volait dans les airs, frappée d'un coup sec par la peau de chèvre tendue : à ce jeu, Lila était douée et Nino aussi. Mais le plus rapide et le plus précis, c'était Bruno. Pinuccia et lui gagnaient toujours, que ce soit contre Lila et moi, contre Lila et Nino ou contre Nino et moi. Ils nous battaient aussi parce qu'un réflexe de bienveillance envers Pina nous animait tous. Elle courait, s'élançait et roulait dans le sable en oubliant sa condition, et alors nous finissions par la laisser gagner, ne serait-ce que pour l'obliger à s'arrêter. Bruno lui adressait de doux reproches, la faisait asseoir, disait ça suffit maintenant et s'écriait : « Point pour Pinuccia, bravo ! »

Un fil heureux semblait relier les heures et les jours, et il ne cessait de se renforcer. Cela ne m'ennuya plus que Lila prenne mes livres, au contraire je me dis que c'était une bonne chose. Cela ne me déplut pas qu'elle exprime de plus en plus souvent son opinion, lorsque les discussions s'enflammaient : Nino l'écoutait avec attention et semblait privé de mots pour répliquer. Je trouvai même exaltant qu'en de telles circonstances, il cesse soudainement de s'adresser à elle et se mette tout à coup à discuter avec moi, comme si je l'aidais à retrouver ses convictions.

C'est ce qui se produisit le jour où Lila fit un exposé sur *Vivre à Hiroshima*. Une discussion très tendue s'ensuivit parce que si Nino, comme je le compris, était certes très critique envers les États-Unis et n'appréciait pas que les Américains aient une base militaire à Naples, il était néanmoins attiré par leur mode de vie et se disait désireux de l'étudier ; du coup, il fut un peu vexé lorsque Lila affirma, en gros, que lancer les bombes atomiques sur le Japon avait été un crime de guerre, voire même pire qu'un crime de guerre – puisque ça n'avait pas grand-chose à voir avec la guerre –, plutôt un crime d'orgueil.

« Rappelle-toi quand même Pearl Harbor », glissa-t-il prudemment.

Moi je ne savais pas ce qu'était Pearl Harbor, mais je découvris que Lila le savait. Elle lui répondit qu'on ne pouvait pas comparer Pearl Harbor à Hiroshima, Pearl Harbor était un acte de guerre lâche mais Hiroshima était un acte de vengeance horrible, imbécile et féroce, pire, bien pire que les massacres nazis. Et de conclure : les Américains devraient être jugés comme les pires des criminels, ils ont fait des choses effrayantes simplement pour terroriser ceux qui étaient encore vivants et les mettre à genoux. Sa fougue fut telle que Nino, au lieu de passer à la contre-attaque, se tut, absorbé dans ses pensées. Et puis voilà qu'il s'adressa à moi, comme si de rien n'était. Il m'expliqua que ce n'était pas une question de férocité ni de vengeance, mais que l'urgence était de mettre fin à la plus atroce des guerres et du même coup, justement parce que cette arme nouvelle était terrible, à toutes les guerres. Il parla d'une voix sourde, me regardant droit dans les yeux, comme si la seule chose qui l'intéressait, c'était d'obtenir mon assentiment. Ce fut un moment magnifique. Lui même était absolument magnifique, dans cette attitude. J'étais tellement émue que j'en avais les larmes aux yeux, je luttais pour les refouler.

Puis ce fut à nouveau vendredi, il faisait très chaud et nous passâmes pratiquement toute la journée dans l'eau. Et là, tout à coup, quelque chose se gâta.

Nous remontions chez nous, nous venions de quitter les deux garçons, le soleil était bas et le ciel rose et bleu, lorsque Pinuccia, soudain silencieuse après des heures d'exubérante désinvolture, jeta son sac par terre, s'assit au bord du chemin et se mit à glapir de rage, poussant de petits cris aigus, presque des gémissements.

Lila plissa les yeux et la fixa, comme si ce n'était pas sa belle-sœur qu'elle voyait mais quelque chose de laid à quoi elle n'était pas préparée. Inquiète, je revins sur mes pas et demandai :

« Pina, qu'est-ce qui se passe ? Ça ne va pas ?

— Je ne supporte plus mon maillot mouillé !

— Mais on a toutes le maillot mouillé !

— Moi ça m'énerve !

— Allez, calme-toi... Tu n'as pas faim ?

— Ne me dis pas de me calmer ! Tu m'énerves,

quand tu me dis de me calmer ! Je te supporte
plus, Lenù, toi et ton calme ! »

Et elle reprit ses gémissements, tout en se frap-
pant les cuisses.

Je réalisai que Lila s'éloignait sans nous
attendre. Je sentis qu'elle s'était décidée non par
agacement ou indifférence mais parce que quelque
chose, dans le comportement de sa belle-sœur, la
brûlait, et rester trop près d'elle risquait de la
consumer. J'aidai Pinuccia à se relever et portai
son sac.

52

Tout doucement elle s'apaisa, mais elle n'en
passa pas moins la soirée à bouder, comme si
nous lui avions causé je ne sais quel tort. À un
moment donné, elle fut même désobligeante
envers Nunzia, critiquant méchamment la cuisson des pâtes : Lila poussa alors un gros soupir
et, utilisant soudain un dialecte féroce, abreuva
sa belle-sœur des insultes colorées dont elle avait
le secret. Pina décréta que, cette nuit-là, elle dor-
mirait avec moi.

Son sommeil fut agité. De surcroît, à deux dans
ma petite chambre, il faisait tellement chaud que
l'on ne respirait plus. Trempée de sueur, je me résignai à ouvrir la fenêtre et fus aussitôt tourmentée
par les moustiques. Cela m'ôta le sommeil pour de
bon, je n'eus plus qu'à attendre l'aube et me lever.

À présent, j'étais moi aussi de mauvaise
humeur, et j'avais trois ou quatre boutons sur le

visage qui me défiguraient. J'allai dans la cuisine, où Nunzia était occupée à laver notre linge sale. Lila aussi était déjà levée, elle avait bu son bol de lait et lisait un autre de mes livres – qui sait quand elle me l'avait dérobé. Dès qu'elle me vit, elle me lança un regard interrogateur, et exprimant une crainte réelle à laquelle je ne m'attendais pas, elle me demanda :

« Comment va Pinuccia ?

— Je ne sais pas.

— Tu es fâchée ?

— Oui. Je n'ai pas fermé l'œil de la nuit, et regarde ce que j'ai sur le visage !

— On ne voit rien.

— *Toi*, tu ne vois rien.

— Nino et Bruno ne verront rien non plus.

— Quel est le rapport ?

— Tu tiens à Nino ?

— Je t'ai dit cent fois que non !

— Du calme !

— Je suis calme.

— Faisons attention à Pinuccia.

— C'est à toi de faire attention, c'est ta belle-sœur, pas la mienne.

— Tu es fâchée.

— Oui, oui et oui ! »

Cette journée fut encore plus torride que la précédente. C'est avec appréhension que nous descendîmes à la plage, la mauvaise humeur passant de l'une à l'autre comme une maladie infectieuse.

À mi-chemin, Pinuccia s'aperçut qu'elle avait oublié sa serviette et fit une nouvelle crise de nerfs. Lila poursuivit sa route, tête baissée, sans même se retourner.

« Je vais te la chercher, proposai-je.

— Non, je rentre à la maison, je n'ai plus envie d'aller à la mer.

— Tu ne te sens pas bien ?

— Si, je vais très bien.

— Et alors ?

— T'as vu le ventre que j'ai ! »

Je regardai son ventre et lui dis sans réfléchir : « Et moi ? Tu vois pas les boutons que j'ai sur la figure ? »

Elle se mit à crier, me dit « t'es qu'une crétine ! » et se dépêcha de rejoindre Lila.

Une fois sur la plage, elle s'excusa et murmura : tu es tellement comme il faut que, des fois, tu m'énerves.

« Je ne suis pas comme il faut.

— Je voulais dire que tu es intelligente.

— Je ne suis pas intelligente. »

Lila, qui cherchait par tous les moyens à nous ignorer et fixait la mer en direction de Forio, lança d'une voix glaciale :

« Arrêtez, ils arrivent. »

Pinuccia sursauta. « Laurel et Hardy », chuchota-t-elle, une douceur soudaine dans la voix, et elle se remit du rouge à lèvres alors qu'elle en avait déjà suffisamment.

Quant à la mauvaise humeur, les deux garçons n'avaient rien à nous envier. Nino s'adressa d'un ton sarcastique à Lila :

« Alors, vos maris arrivent ce soir ?

— Bien sûr.

— Et qu'est-ce que vous allez faire de beau ?

— On va manger, boire et dormir.

— Et demain ?

— Eh bien demain on va manger, boire et dormir.

« — Ils restent aussi dimanche soir ?

— Non, dimanche on va manger, boire et dormir, mais seulement l'après-midi. »

Me cachant derrière l'autodérision, je me forçai à intervenir :

« Mais moi je suis libre : je ne vais ni manger, ni boire ni dormir. »

Nino me fixa comme s'il remarquait quelque chose qu'il n'avait jamais vu auparavant, au point que je passai une main sur ma pommette droite, où j'avais un bouton plus gonflé que les autres. Il me dit, sérieux :

« Bien, alors demain on se retrouve ici à sept heures du matin et on va se promener en montagne. Au retour, plage jusque tard le soir. Qu'est-ce que tu en dis ? »

L'exultation fit bouillonner le sang dans mes veines et je répondis, soulagée :

« D'accord, à sept heures, et j'apporte à manger. »

Pinuccia demanda, navrée :

« Et nous ?

— Vous, vous avez vos maris », murmura-t-il, et il prononça *maris* comme s'il disait crapauds, couleuvres ou araignées, de sorte que Pina se leva d'un bond et se dirigea vers la mer.

« Elle est très sensible en ce moment, la justifiai-je, mais c'est à cause de sa grossesse, d'habitude elle n'est pas comme ça. »

Bruno dit d'un ton patient :

« Je l'accompagne chercher de la noix de coco. »

Nous le suivîmes du regard tandis que, petit mais bien bâti, avec sa poitrine large et ses cuisses musclées, il avançait sur le sable d'un pas tranquille, comme si le soleil avait oublié de chauffer

301

les grains sur lesquels il marchait. Quand Bruno et Pina se dirigèrent vers le bar de la plage, Lila proposa :

« Allons nous baigner ! »

53

Nous avançâmes tous trois vers la mer, j'étais au milieu et ils se tenaient à mes côtés. J'ai du mal à décrire la soudaine sensation de plénitude qui m'avait envahie lorsque Nino m'avait annoncé : demain on se retrouve ici à sept heures. Certes, les sautes d'humeur de Pinuccia m'inquiétaient, mais c'était un souci ténu qui n'entamait en rien mon état de bien-être. J'étais enfin contente de moi et du dimanche long et intense qui m'attendait ; et en ce moment, je me sentais fière d'être là, avec les deux personnes qui, depuis toujours, avaient une importance primordiale dans ma vie, au-delà même de celle de mes parents et de mes frères et sœur. Je les saisis tous deux par la main, poussai un cri de joie et les entraînai dans l'eau froide, soulevant une écume glaciale. Nous plongeâmes comme si nous n'étions qu'un seul et même corps.

Aussitôt sous l'eau, le lien de nos doigts se défit. Je n'avais jamais aimé le contact de l'eau froide sur la tête et les cheveux, ni dans les oreilles. Je ressortis aussitôt, crachant l'eau. Cependant, m'apercevant qu'ils nageaient déjà, je me lançai moi aussi pour ne pas me laisser distancer. Mais cette entreprise se révéla tout de suite difficile :

j'étais incapable d'avancer droit en mettant la tête sous l'eau et en faisant des gestes réguliers car mon bras droit était plus puissant que le gauche et je déviais, et puis je faisais attention à ne pas avaler l'eau salée. Je tentai néanmoins de les suivre et de ne pas les perdre de vue malgré ma myopie. Ils s'arrêteront, me dis-je. Mon cœur battait la chamade, je ralentis et finis par me contenter de flotter, les admirant dans leur progression pleine d'assurance vers l'horizon, côte à côte.

Peut-être s'éloignaient-ils trop. Moi aussi, d'ailleurs, portée par l'enthousiasme, j'étais allée bien au-delà de la rassurante ligne imaginaire qui me permettait d'ordinaire de regagner le rivage en quelques mouvements de bras, une ligne que Lila elle-même n'avait jamais dépassée. Or voilà qu'elle était tout là-bas, rivalisant avec Nino. Malgré son manque d'expérience, elle ne cédait pas, elle voulait rester dans son sillage et s'aventurer de plus en plus loin.

Je commençai à m'inquiéter. Et si les forces viennent à lui manquer ? Si elle ne se sent pas bien ? Nino est doué, il l'aidera. Mais s'il a une crampe ? S'il a un moment de faiblesse lui aussi ? Je réalisai alors que le courant m'entraînait vers la gauche. Je ne peux pas les attendre ici, il faut que je fasse demi-tour. Je jetai un coup d'œil au-dessous de moi et ce fut une mauvaise idée : le bleu azur virait très vite au bleu marine puis devenait noir comme la nuit, malgré le soleil resplendissant, la surface scintillante de la mer et les délicats fils blancs qui parsemaient le ciel. Je perçus l'abîme qui s'ouvrait sous moi, tout ce liquide dans lequel rien ne pouvait retenir la chute, c'était comme un gouffre mortel d'où n'importe quoi pouvait surgir et venir me frôler, m'empoigner, me saisir entre des crocs et m'entraîner dans les profondeurs.

Je tentai de me calmer et criai : Lila! Sans lunettes, mes yeux ne m'aidaient guère, vaincus par la réverbération du soleil. Je fixai mes pensées sur l'excursion avec Nino, le lendemain. Je rentrai lentement sur le dos, battant des jambes et des bras jusqu'à atteindre le rivage.

Là je m'assis à moitié dans l'eau et à moitié sur le sable, et je finis par apercevoir leurs têtes noires qui semblaient flotter, abandonnées sur la mer, ce qui me rassura. Non seulement Lila était sauve, mais elle avait réussi à rivaliser avec Nino. Quelle obstination, quel courage et quel excès, comme toujours! Je me levai et rejoignis Bruno, installé près de nos affaires.

«Mais où est Pinuccia?» lui demandai-je.

Il fit un sourire timide qui, me sembla-t-il, essayait de dissimuler une contrariété.

«Elle est partie.

— Où?

— Chez vous. Elle a dit qu'elle devait faire ses valises.

— Ses valises?

— Elle veut s'en aller, elle n'a pas envie de laisser son mari seul aussi longtemps.»

Je rassemblai mes affaires et, après lui avoir recommandé de ne pas perdre de vue Nino et surtout Lila, je courus à la maison, encore ruisselante, pour tenter de comprendre ce qui se passait encore avec Pina.

54

Ce fut un après-midi désastreux, suivi d'une soirée encore plus désastreuse. Je découvris qu'en effet Pinuccia était en train de faire ses valises, sans que Nunzia ne parvienne à la calmer.

« T'en fais pas, lui disait-elle posément, Rino sait laver ses slips et se faire à manger, et puis il a son père et ses amis ! Il sait bien que t'es pas ici pour t'amuser, il comprend que t'es venue pour te reposer et pour que votre enfant soit beau et fort. Allez, je t'aide à tout remettre en place ! Moi je suis jamais partie en vacances, mais grâce à Dieu, aujourd'hui on a de l'argent : et si c'est vrai qu'il ne faut pas gaspiller, un peu d'aisance n'est pas péché, vous pouvez vous le permettre ! Allez Pinù, s'il te plaît, ma petite : Rino a travaillé toute la semaine, il va bientôt arriver et il sera fatigué. Il ne faut pas qu'il te trouve dans cet état : tu le connais, il va s'inquiéter et quand il s'inquiète il pique sa crise, et s'il pique sa crise, qu'est-ce que tu auras gagné ? Tu veux partir pour être avec lui, et lui il vient te rejoindre, et maintenant que vous allez vous revoir et devriez être heureux, vous allez finir par vous étriper ! Tu crois que c'est une bonne idée ? »

Mais Pinuccia était imperméable aux raisonnements serinés par Nunzia, alors je tentai moi aussi longuement de la convaincre. Puis Nunzia et moi en arrivâmes à sortir toutes ses affaires des valises, affaires qu'elle remettait aussitôt en criant avant de se calmer, et puis ça recommençait.

À son tour, Lila rentra. Sombre, une longue ride horizontale lui barrant le front, elle s'appuya contre le montant de la porte pour observer le spectacle de Pinuccia en crise.

« Ça va ? » lui demandai-je.

Elle fit oui de la tête.

« Tu nages drôlement bien, maintenant ! »

Elle ne répondit rien.

Elle avait l'expression de quelqu'un qui est contraint de dissimuler à la fois joie et effroi. À l'évidence, la scène que faisait Pinuccia lui était de plus en plus insupportable. Sa belle-sœur se lançait à nouveau dans des histoires de départ et d'adieux, elle se plaignait de ne pas retrouver tel ou tel objet, soupirait pour son Rinuccio, le tout assorti de propos contradictoires, puisqu'elle se lamentait que la mer, l'odeur des jardins et la plage allaient lui manquer. Pourtant Lila ne souffla mot, elle ne lâcha aucune de ses piques assassines, pas la moindre remarque sarcastique. Enfin, comme s'il s'agissait non pas d'un retour à l'ordre mais de l'annonce d'un événement imminent qui nous menaçait toutes, elle ne fit que dire :

« Ils vont arriver. »

Alors Pinuccia, brisée, s'écroula sur son lit, auprès de ses valises fermées. Lila fit la moue et se retira pour se préparer. Elle revint peu après dans une robe rouge très moulante, ses cheveux noir de jais relevés. Elle fut la première à reconnaître le moteur des Lambretta : elle se posta à la fenêtre et fit des gestes enthousiastes de bienvenue. Puis elle se retourna, sévère, vers Pinuccia, et siffla de sa voix la plus méprisante :

« Va te laver le visage, et enlève ce maillot mouillé. »

Pinuccia la fixa sans réagir. Alors, en un éclair, quelque chose passa entre les deux jeunes

306

femmes : leurs sentiments les plus secrets s'échangèrent, avec la rapidité d'un tir de flèches, comme des fragments arrachés du plus profond d'elles-mêmes – ce fut une secousse, un séisme qui dura une longue seconde. Perplexe, je captai cela sans comprendre, mais elles oui, elles se comprirent parfaitement : d'une certaine manière elles se reconnurent, Pinuccia sut que Lila savait, comprenait et voulait l'aider, malgré son attitude méprisante. C'est pourquoi elle obéit.

55

Stefano et Rino débarquèrent. Lila se montra encore plus affectueuse que la semaine précédente. Elle embrassa Stefano, se laissa embrasser et poussa un cri de joie lorsqu'il sortit de sa poche un étui dans lequel elle découvrit un petit collier en or doté d'un pendentif en forme de cœur.

Naturellement, Rino aussi avait apporté un petit cadeau pour Pinuccia, qui fit son possible pour réagir comme sa belle-sœur, bien que fragilité et douleur se lisent dans son regard. Et en effet, les baisers de Rino, ses embrassades et son présent ne tardèrent pas à briser le moule d'épouse heureuse dans lequel elle avait tenté de se glisser en toute hâte. Sa bouche se mit à trembler, la fontaine de larmes se rouvrit et elle dit d'une voix brisée :

« J'ai fait mes valises. Je veux pas rester ici une minute de plus, je veux être toujours avec toi, et personne d'autre ! »

Rino sourit, ému de tant d'amour, et rit. Puis il répondit : « Mais moi aussi je veux être toujours avec toi, et personne d'autre ! » Puis il finit par comprendre que sa femme ne voulait pas simplement lui dire qu'il lui avait manqué et allait continuer à lui manquer, mais qu'elle souhaitait réellement s'en aller, et que tout était prêt pour son départ. Elle s'accrochait à sa décision avec des pleurs aussi sincères qu'insupportables.

Ils s'enfermèrent dans leur chambre pour parler mais la discussion tourna court, et Rino revint nous voir en criant à sa mère : « M'man, j'veux savoir c'qui s'est passé ! » Mais sans attendre la réponse, il se tourna vers sa sœur, agressif : « Si c'est ta faute, j'te jure que j't'arrache la tête ! » Puis il cria à l'intention de sa femme, toujours dans l'autre pièce : « Ça suffit, là tu m'casses les couilles ! Ramène-toi, j'suis fatigué et j'ai faim ! »

Pinuccia réapparut, les yeux gonflés. En voyant sa sœur, Stefano plaisanta pour tenter de dédramatiser, il la prit dans ses bras et soupira : « Ah, l'amour ! Vous les femmes, vous nous rendez fous ! » Après quoi, comme s'il se rappelait soudain ce qui le rendait fou, lui, il embrassa Lila sur la bouche et, constatant le malheur de l'autre couple, il savoura le bonheur inespéré qui lui revenait.

Nous nous mîmes tous à table et Nunzia nous servit à tour de rôle en silence. Mais cette fois-ci, c'est Rino qui ne put se contenir, il hurla qu'il n'avait plus faim et jeta son assiette de spaghettis aux palourdes au beau milieu de la cuisine. Cela m'effraya et Pinuccia se remit à pleurer. Stefano aussi perdit son ton retenu et lança sèchement à sa femme : « Allez, on s'en va, je t'emmène au restaurant. » Malgré les protestations de Nunzia et de

Pinuccia, ils quittèrent la pièce. Dans le silence qui suivit, nous entendîmes démarrer le Lambretta.

J'aidai Nunzia à nettoyer par terre. Rino se leva pour aller dans sa chambre. Pinuccia courut s'enfermer dans le cabinet de toilette mais en sortit peu après pour rejoindre son mari, fermant la porte derrière elle. Et alors seulement Nunzia explosa, oubliant son rôle de belle-mère compréhensive :

« Mais t'as vu c'qu'elle fait subir à Rinuccio, cette conne ? Qu'est-c'qui lui arrive ? »

Je lui répondis que je ne savais pas, ce qui était vrai, mais n'en passai pas moins la soirée à la consoler en brodant autour des sentiments de Pinuccia. Je lui racontai que si j'avais porté un enfant dans mon ventre, j'aurais voulu comme elle rester auprès de mon mari pour me sentir protégée et pour être sûre que ma responsabilité de mère soit partagée avec celle du père. J'expliquai que Lila était ici pour faire un bébé, et on voyait que le remède fonctionnait et que la mer lui faisait du bien – il suffisait de voir le bonheur qui illuminait son visage dès que Stefano arrivait – alors que Pinuccia était déjà comblée d'amour et désirait donner tout cet amour à Rino chaque minute du jour et de la nuit, autrement cela devenait pour elle un poids et une souffrance.

Ce fut un doux moment, Nunzia et moi nous trouvions dans la cuisine maintenant rangée, au milieu des assiettes et casseroles lavées avec tellement de soin qu'elles brillaient, et elle me disait : « Qu'est-ce que tu parles bien, Lenù, ça se voit que tu auras un bel avenir ! » Elle en eut les larmes aux yeux et murmura que Lila aurait dû étudier, elle était faite pour ça : « Malheureusement mon mari n'a pas voulu, ajouta-t-elle, et je n'ai pas su m'opposer à lui. À l'époque, on était sans le sou. Et pourtant, elle aurait pu être comme toi. Mais elle s'est mariée et a pris un autre chemin, et on ne peut pas revenir en arrière, la vie nous porte où elle veut.» Elle me souhaita bien du bonheur. «Avec un jeune homme qui a étudié, comme toi», précisa-t-elle, avant de me demander si c'était vrai que le fils Sarratore me plaisait. Je niai, mais lui confiai que le lendemain j'allais faire une excursion en montagne avec lui. Cela la ravit et elle m'aida à préparer quelques sandwiches au saucisson et au *provolone*. Je les enveloppai et les mis dans mon sac avec ma serviette de bain et tout ce qui pourrait m'être utile. Elle me recommanda de me comporter avec intelligence, comme toujours, et nous nous souhaitâmes une bonne nuit.

Je me retirai dans ma chambrette et lus un peu, mais j'étais distraite. Ah, quel plaisir ce serait de sortir de bonne heure, dans l'air frais et les parfums matinaux! Et comme j'aimais la mer, et même Pinuccia avec ses pleurs et la dispute de ce soir, comme j'appréciais cet amour apaisé qui croissait de semaine en semaine entre Lila et Stefano! Et comme je désirais Nino! Et comme il était agréable d'être tous les jours auprès de lui et de mon amie, tous trois heureux malgré les incompréhensions et les mauvaises pensées qui ne demeuraient pas toujours silencieuses, tapies dans le noir.

J'entendis Stefano et Lila rentrer. Voix et rires étouffés. Des portes ouvertes, fermées et rouvertes. J'entendis le robinet et la chasse d'eau. Puis j'éteignis la lumière et écoutai le bruissement léger de la cannaie et les grattements dans le poulailler, avant de sombrer dans le sommeil.

Mais je me réveillai aussitôt : il y avait quelqu'un dans ma chambre.

« C'est moi ! » chuchota Lila.

Je sentis qu'elle s'asseyait sur le bord de mon lit et je fis un geste pour allumer la lumière.

« Non non, fit-elle, je ne reste qu'un instant. »

J'allumai quand même et me redressai.

Elle était là près de moi dans une légère chemise de nuit rose pâle. Sa peau était tellement brunie par le soleil que ses yeux paraissaient tout blancs.

« Tu as vu comme j'ai nagé loin ?

— Oui, tu es très forte ! Mais je me suis inquiétée. »

Elle secoua fièrement la tête et eut un petit sourire comme pour dire que la mer, désormais, c'était son domaine. Puis elle devint sérieuse :

« Il faut que je te raconte un truc.

— Quoi ?

— Nino m'a embrassée », répondit-elle dans un souffle, comme si en faisant cet aveu spontané, elle tentait de se cacher à elle-même quelque chose de plus inavouable. « Il m'a embrassée, mais je n'ai pas ouvert la bouche. »

56

J'eus droit à un récit détaillé. Exténuée par sa longue course à la nage, mais aussi fière de la prouesse qu'elle accomplissait, Lila s'était appuyée un moment contre Nino pour se reposer, se contentant de flotter. Mais Nino avait profité de cette proximité pour presser fortement ses lèvres contre les siennes. Elle avait tout de suite fermé la bouche, et il avait eu beau tenter de forcer le bout de la langue entre ses lèvres, elle était parvenue à résister. « Tu es fou ! s'était-elle exclamée en le repoussant. Je suis mariée ! » Mais Nino avait répliqué : « Je t'aime depuis beaucoup plus longtemps que ton mari, depuis cette compétition qu'on avait faite en classe ! » Lila lui avait ordonné de ne jamais plus recommencer, et ils avaient recommencé à nager vers le rivage. « Il a pressé si fort sur mes lèvres qu'il m'a fait mal ! conclut-elle. Je sens encore la douleur ! »

Elle s'attendait à ce que je réagisse, mais je ne parvins à formuler nulle question, nul commentaire. Quand elle me recommanda de ne pas aller en montagne avec lui si Bruno ne nous accompagnait pas, je lui répondis froidement que si Nino m'embrassait aussi, je n'y verrais aucun mal puisque je n'étais ni mariée ni même fiancée. « Dommage, ajoutai-je, qu'il ne me plaise pas : s'il m'embrassait, j'aurais l'impression de poser les lèvres sur un rat mort. » Sur ce, je fis mine de laisser échapper un bâillement et, après un regard qui me sembla plein d'affection et d'admiration, elle alla se coucher. De l'instant où elle quitta ma chambre jusqu'à l'aube, je ne fis que pleurer.

Aujourd'hui, j'éprouve une certaine gêne à raconter ma souffrance d'alors, je ne comprends plus du tout la jeune personne que j'étais. Mais au cours de cette nuit, il me sembla n'avoir plus aucune raison de vivre. Pourquoi Nino s'était-il comporté ainsi ? Il embrassait Nadia, il m'embrassait, il embrassait Lila ! Comment pouvait-il être le même garçon que celui que j'aimais, tellement sérieux et bouillonnant de grandes idées ? Les heures s'écoulèrent, mais il me fut impossible d'accepter l'idée que quelqu'un d'aussi profond dans ses analyses des problèmes du monde puisse être aussi superficiel quant à ses sentiments amoureux. Je commençai à me remettre en question : avais-je été aveuglée, m'étais-je bercée d'illusions ? Comment avais-je pu imaginer lui plaire, ne serait-ce que le temps des vacances, moi la petite ronde à lunettes, certes appliquée mais pas intelligente, moi qui me prétendais cultivée et informée mais ne l'étais pas ? D'ailleurs, y avais-je vraiment cru ? J'examinai mon propre comportement avec soin. J'étais incapable d'exprimer clairement mes désirs. Non seulement j'étais attentive à les dissimuler aux autres mais je ne me les avouais que sans trop y croire, sans conviction. Pourquoi n'avais-je jamais dit franchement à Lila ce que j'éprouvais pour Nino ? Et pourquoi ne lui avais-je pas crié la douleur qu'elle m'avait causée avec sa confidence au beau milieu de la nuit ? Oui, pourquoi ne lui avais-je pas révélé qu'avant même de l'embrasser, Nino m'avait embrassée, moi ? Qu'est-ce qui me poussait à me conduire ainsi ? Avais-je tendance à étouffer mes propres sentiments parce que j'étais effrayée par la violence avec laquelle, au plus profond de moi, je désirais les choses, les personnes, les louanges et les victoires ? Craignais-je que cette violence, si je n'obtenais pas ce que je voulais, n'explose en mon cœur et se transforme en d'horribles pensées, comme celle qui m'avait amenée à comparer la belle bouche de Nino au corps d'un rat mort ? Cela signifiait-il que, même lorsque je m'exposais, j'étais toujours prête à rebrousser chemin ? Était-ce pour cela que j'avais toujours un

sourire gracieux et un petit rire satisfait à disposition lorsque la situation tournait mal ? Était-ce
aussi pour cela que, tôt ou tard, je trouvais toujours quelque moyen de justifier ceux qui me faisaient souffrir ?

Des questions, des larmes. Il faisait déjà jour
lorsque je crus comprendre ce qui s'était produit.
Nino avait sincèrement cru aimer Nadia. Encou-
ragé par la bonne réputation que j'avais auprès
de Mme Galiani, il m'avait certainement considérée pendant des années avec une estime sincère
et de la sympathie. Mais maintenant à Ischia, il
avait rencontré Lila et il avait compris que, depuis
l'enfance, elle avait été son seul et unique amour,
et qu'elle le serait toujours. Eh oui, cela s'était
sans doute passé ainsi ! Et comment le lui reprocher ? Quelle faute avait-il commise ? Il y avait,
dans leur histoire, quelque chose d'intense et de
sublime, des affinités électives. Le souvenir de
poésies et de romans vint me calmer. Étudier ne
me sert peut-être qu'à cela, me dis-je : m'apaiser.
Lila avait allumé une flamme dans son cœur, et il
l'avait conservée pendant des années sans en être
conscient : maintenant que ce feu le dévorait, que
pouvait-il faire, sinon l'aimer ? Même si elle ne l'aimait pas. Même si elle était mariée et donc inaccessible, interdite : un mariage dure pour toujours,
au-delà de la mort. À moins qu'on ne viole cette
loi, se condamnant à la tempête infernale jusqu'au
jour du Jugement dernier. L'amour de Nino pour
Lila était un amour impossible. Comme le mien
pour lui. C'est seulement dans la perspective d'un
amour irréalisable que le baiser qu'il lui avait
donné dans la mer commença à sortir de l'indicible.

Le baiser.

Il ne s'agissait pas d'un choix, c'était arrivé, tout simplement – d'autant plus que Lila savait déclencher les événements. Pas moi. Qu'allais-je faire, à présent ? J'irai au rendez-vous. Nous gravirons l'Époméo. Ou bien non. Je partirai ce soir avec Stefano et Rino. Je raconterai que ma mère m'a écrit et qu'elle a besoin de moi. Comment pourrai-je faire une excursion avec Nino tout en sachant qu'il aime Lila et l'a embrassée ? Et comment pourrai-je les voir ensemble jour après jour, nageant de plus en plus loin ? Épuisée, je m'endormis. Quand je me réveillai en sursaut, les explications que mon esprit avait élaborées pendant toute la nuit avaient fini par atténuer un peu ma douleur. Je courus au rendez-vous.

57

J'étais certaine qu'il ne viendrait pas, et cependant quand j'arrivai sur la plage il était déjà là, sans Bruno. Mais je compris qu'il n'avait guère envie de chercher le sentier pour gravir la montagne, ni de s'aventurer sur des chemins inconnus. Il se déclara prêt à se mettre en route si j'y tenais vraiment, toutefois, avec la chaleur qu'il faisait, il nous prédit des efforts presque insupportables et affirma que nous ne trouverions aucun plaisir qui vaille un bon bain de mer. Je commençai à m'inquiéter, imaginant qu'il s'apprêtait à m'annoncer qu'il allait rentrer travailler. Or, à ma grande surprise, il me proposa de louer une barque. Il compta et recompta l'argent dont il disposait, et je sortis moi aussi mes quelques lires. Il sourit et dit avec gentillesse : « Tu as déjà fourni les sandwiches, je m'occupe du bateau. » Quelques minutes plus tard nous étions en mer, lui aux rames et moi à la poupe.

Je me sentis mieux. Je me dis que Lila m'avait peut-être menti et que Nino ne l'avait jamais embrassée. Mais au fond de moi, je savais bien que c'était faux : si je racontais parfois des mensonges, y compris (ou surtout) à moi-même, d'aussi loin que je me souvienne, Lila ne l'avait jamais fait. D'ailleurs, il me suffit d'attendre un peu et Nino clarifia lui-même la situation. Quand nous fûmes en pleine mer, il posa les rames et se jeta à l'eau, et je fis de même. Il ne nagea pas, comme d'habitude, jusqu'à se confondre avec le léger ondoiement des flots. En revanche il s'enfonça dans l'eau, disparut, ressortit un peu plus loin puis plongea à nouveau. Quant à moi, les profondeurs marines me mettant mal à l'aise, je me contentai de nager un peu autour de la barque sans trop oser m'éloigner, avant de remonter maladroitement quand je fus fatiguée. Peu après il me rejoignit, reprit les rames et se mit à les manier avec énergie, suivant une ligne parallèle à la côte, en direction de Punta Imperatore. Jusqu'alors nous n'avions échangé que des propos sur les sandwiches, la chaleur ou la mer, et nous nous étions félicités de ne pas nous êtes engagés sur les chemins muletiers menant à l'Époméo. Chose encore plus surprenante, il n'avait pas fait la moindre allusion à ce qu'il avait lu dans ses livres, revues et journaux, bien que de temps à autre, redoutant le silence, j'aie avancé quelque propos qui aurait pu attiser sa passion pour les affaires du monde. Rien du tout : il avait autre chose en tête. En effet, il lâcha soudain les rames, fixa un moment une paroi rocheuse, un vol de mouettes, puis lança :

« Lina ne t'a rien dit ?

— À quel propos ? »

Il serra les lèvres, mal à l'aise, et lâcha :

« Bon, c'est moi qui vais te raconter ce qui s'est passé : hier, je l'ai embrassée. »

Cela débuta ainsi. Le reste de la journée fut consacré à parler de Lila et lui. Nous nous baignâmes à plusieurs reprises, il alla explorer des rochers et des grottes, on mangea mes sandwiches et but toute l'eau que j'avais apportée, il voulut aussi m'apprendre à ramer, mais quant à notre conversation, elle ne porta sur aucun autre sujet. Et ce qui me frappa le plus, c'est qu'il ne tenta pas une seule fois de partir de sa situation particulière pour en faire une question générale, comme il en avait l'habitude. Il n'y en avait que pour Lila et lui, lui et Lila, sans que cela le conduise à une théorie sur l'amour, sans qu'il s'interroge sur les raisons pour lesquelles on devient amoureux d'une personne plutôt que d'une autre. En revanche, il m'interrogea longuement sur Lila et ses relations avec Stefano.

« Pourquoi est-ce qu'elle l'a épousé ?

— Parce qu'elle est tombée amoureuse.

— Ce n'est pas possible !

— Je t'assure que c'est vrai.

— Elle l'a certainement épousé pour l'argent, pour aider sa famille ou simplement pour se caser !

— Si c'était seulement pour ça, elle aurait pu épouser Marcello Solara.

— Qui c'est ?

317

— Un type qui a beaucoup plus d'argent que Stefano, et qui a fait des folies pour conquérir Lila.

— Et elle, qu'est-ce qu'elle a fait ?

— Elle l'a rejeté.

— Alors d'après toi, elle a épousé l'épicier par amour ?

— Oui.

— Et c'est quoi cette histoire de bains de mer qu'elle doit prendre pour avoir des enfants ?

— C'est le docteur qui l'a conseillé.

— Mais elle, elle veut des enfants ?

— Au début elle n'en voulait pas, maintenant je ne sais pas.

— Et lui ?

— Lui, il en veut.

— Il est amoureux ?

— Très.

— Et toi, de l'extérieur, tu trouves que tout va bien entre eux ?

— Avec Lina, rien ne va jamais tout à fait bien.

— C'est-à-dire ?

— Dès le premier jour de leur mariage, ils ont eu des problèmes : mais c'était à cause de Lina, elle ne sait pas s'adapter.

— Et maintenant ?

— Ça va mieux.

— Je n'y crois pas ! »

Il continua à débattre de cette question avec un scepticisme croissant. Mais j'insistai : Lila n'avait jamais autant aimé son mari qu'en ce moment. Et plus il semblait incrédule, plus j'en remettais une couche. Je lui dis explicitement qu'entre Lila et lui, il ne pouvait rien se passer : je ne voulais pas qu'il se fasse d'illusions. Mais cela ne suffit pas à épuiser le sujet. Il me devint de plus en plus clair que

318

cette journée entre ciel et terre lui serait d'autant plus agréable que je lui parlerais avec force détails de Lila. Peu lui importait que chacun de mes mots le fasse souffrir. Ce qui lui importait, c'était que je lui raconte tout ce que je savais, en bien et en mal, et que je remplisse nos minutes et nos heures du nom de mon amie. Ce que je fis. Et si au début j'en souffris, peu à peu cela s'atténua. Ce jour-là, j'eus l'impression que parler de Lila avec Nino aurait pu être, dans les semaines qui allaient suivre, un élément nouveau dans nos relations à tous les trois. Ni elle ni moi n'aurions jamais Nino. Mais pendant toute la durée de ces vacances, nous pouvions l'une comme l'autre obtenir son attention : elle en tant qu'objet d'une passion impossible, moi en tant que sage conseillère surveillant à la fois la folie de Nino et celle de Lila. La perspective de ce rôle central me consola. Lila avait couru m'annoncer le baiser de Nino ; celui-ci, partant de l'aveu de ce baiser, m'entretenait de ses sentiments pendant une journée entière. J'allais être nécessaire à l'une comme à l'autre.

Et en effet, Nino ne pouvait déjà plus se passer de moi :

« D'après toi, elle ne m'aimera donc jamais ? finit-il par me demander.

— Nino, elle a pris sa décision.

— Laquelle ?

— Aimer son mari et avoir un enfant de lui. C'est pour cela qu'elle est ici.

— Et mon amour pour elle ?

— Quand on est aimé, on a tendance à aimer en retour, du coup elle en sera sans doute flattée. Mais si tu ne veux pas souffrir davantage, ne t'attends pas à grand-chose. Plus Lina est entourée d'affection et d'estime, plus elle peut devenir cruelle. Elle a toujours été comme ça. »

Nous nous quittâmes après le coucher du soleil et, pendant un moment, j'eus l'impression d'avoir passé une bonne journée. Mais déjà, le long du chemin, mon mal-être reprit. Comment pouvais-je espérer supporter ce déchirement ? Parler de Lila avec Nino et de Nino avec Lila tout en assistant, dès le lendemain, à leurs escarmouches et leurs jeux, tout en les regardant se serrer l'un contre l'autre et se toucher ? J'arrivai à la maison décidée à annoncer que ma mère voulait que je retourne au quartier. Mais dès l'entrée, Lila m'attaqua :

« Mais où tu étais ? On t'a cherchée partout ! On avait besoin de toi, il fallait que tu nous aides ! »

J'appris qu'ils avaient passé une sale journée. À cause de Pinuccia, qui avait tourmenté tout le monde. Pour finir, elle s'était mise à hurler que si son mari ne voulait pas qu'elle rentre à Naples, ça voulait dire qu'il ne l'aimait pas, et alors elle préférait mourir avec le bébé ! À ce stade, Rino avait capitulé et l'avait ramenée à la maison.

58

Je ne compris que le lendemain toutes les conséquences du départ de Pinuccia. La soirée sans elle me sembla positive : plus de pleurnicheries, la maison s'apaisa et le temps s'écoula en silence. Quand je me retirai dans ma petite chambre, Lila me suivit et notre conversation fut sans tension, du moins en apparence. Je me tins sur mes gardes, attentive à ne rien révéler de mes véritables sentiments.

« Tu as compris pourquoi elle a voulu s'en aller ? me demanda Lila, parlant de Pinuccia.

— Peut-être qu'elle veut être avec son mari. »

Elle fit non de la tête et expliqua, sérieuse :

« Elle a eu peur de ses propres sentiments.

— C'est-à-dire ?

— Elle est tombée amoureuse de Bruno. »

Je fus stupéfiée : cette idée ne m'avait jamais effleurée.

« Pinuccia ?

— Oui.

— Et Bruno ?

— Il ne s'en est même pas rendu compte.

— Tu es sûre ?

— Oui.

— Comment tu le sais ?

— Bruno a des vues sur toi.

— N'importe quoi !

— C'est Nino qui me l'a dit hier.

— Eh bien moi, aujourd'hui, il ne m'a rien dit.

— Qu'est-ce que vous avez fait ?

— On a fait un tour en barque.

— Toi et lui, seuls ?

— Oui.

— Et vous avez parlé de quoi ?

— De tout.

— Aussi du truc que je t'ai raconté ?

— Quoi ?

— Tu sais bien !

— Du baiser ?

— Oui.

— Non, il ne m'a rien dit. »

Bien qu'étourdie par des heures et des heures

de soleil et par nos nombreuses baignades, je parvins à ne pas dire un mot de trop. Quand Lila alla se coucher, j'eus l'impression que je flottais sur le drap, et la chambre sombre me sembla remplie de lueurs bleues et rougeâtres. Pinuccia nous avait quittées en catastrophe parce qu'elle était tombée amoureuse de Bruno ? Bruno ne l'aimait pas mais m'aimait, moi ? Je songeai aux relations entre Pinuccia et Bruno, je me remémorai certains de leurs échanges et la manière dont ils se parlaient, je revis des gestes, et alors je fus persuadée que Lila avait vu juste. Je ressentis tout à coup beaucoup de sympathie pour la sœur de Stefano et admirai la force dont elle avait fait preuve en s'imposant de partir. Mais que Bruno ait des vues sur moi, je n'y croyais pas. Il ne m'avait même pas regardée. Et puis, s'il avait vraiment les intentions que Lila lui prêtait, c'est lui qui serait venu au rendez-vous, pas Nino. Ou du moins, ils seraient venus ensemble. De toute façon, que ce soit vrai ou non, Bruno ne me plaisait pas : trop petit, trop frisé, sans front et avec des dents de loup. Non, non et non. Garder mes distances, me dis-je. C'est ce que je ferai.

Le lendemain nous arrivâmes sur la plage à dix heures et découvrîmes que les deux garçons étaient déjà là, allant et venant sur le rivage. En quelques mots, Lila justifia l'absence de Pinuccia : elle avait du travail, elle était repartie avec son mari. Ni Nino ni Bruno ne manifestèrent le moindre regret, ce qui me troubla. Comment pouvait-on disparaître ainsi sans laisser de vide ? Pinuccia avait passé deux semaines avec nous. Nous nous étions promenés tous les cinq, avions bavardé, plaisanté et nous étions baignés. Pendant ces quinze jours, il lui était certainement arrivé quelque chose qui l'avait profondément marquée, et elle n'oublierait plus ses premières vacances. Mais nous ? Alors que nous avions beaucoup compté pour elle, chacun à sa façon, en fait elle ne nous manquait pas. Nino, par exemple, n'émit pas le moindre commentaire sur ce départ précipité. Et Bruno se contenta de dire posément : « Dommage, nous ne nous sommes même pas dit au revoir. » Une minute plus tard, nous parlions déjà d'autre chose, comme si elle n'était jamais venue à Ischia ni à Citara.

La prompte redistribution des rôles qui s'ensuivit ne fut pas non plus pour me plaire. Nino, qui s'était toujours adressé simultanément à Lila et à moi (et même souvent à moi seule), se mit aussitôt à parler uniquement à Lila comme si, maintenant que nous étions quatre, il ne se sentait plus en devoir de nous entretenir toutes les deux. Bruno, qui jusqu'au samedi précédent n'avait rien fait d'autre que s'occuper de Pinuccia, se mit à s'intéresser à moi avec les mêmes manières timides et attentionnées, comme si rien ne nous avait jamais distinguées l'une de l'autre, pas même le fait qu'elle soit enceinte et pas moi.

Lors de la première promenade que nous fîmes à quatre le long du rivage, nous partîmes ensemble, côte à côte. Mais bientôt Bruno, remarquant un coquillage déposé par la mer, s'exclama « Il est joli ! » et se baissa pour le ramasser. Par politesse je m'arrêtai afin de l'attendre, et il m'offrit le coquillage, qui n'avait rien de spécial. Entre-temps, Nino et Lila continuèrent à avancer, et nous fûmes vite deux couples marchant sur la plage, eux devant et nous derrière, eux qui discutaient avec animation et moi qui m'efforçais de faire la conversation avec Bruno, qui avait du mal à dire quoi que ce soit. Je tentai d'accélérer le pas et il me suivit sans enthousiasme. Établir un véritable contact avec lui était difficile : il disait des banalités sur, je ne sais pas, la mer, le ciel ou les mouettes, mais à l'évidence il jouait un rôle qu'il imaginait adapté à ma personne. Avec Pinuccia, il avait certainement parlé d'autre chose, autrement il était impossible de concevoir comment ils avaient pu passer ensemble d'aussi agréables moments. En outre, quand bien même il aurait abordé des sujets plus intéressants, se représenter ce qu'il disait était ardu. S'il s'agissait de demander l'heure, une cigarette ou un peu d'eau, il avait une voix claire et une prononciation bien distincte. Mais quand il se lançait dans ce rôle de chevalier servant (*tu aimes ce coquillage ? regarde comme il est joli ! je te l'offre*) il s'embrouillait, ne parlait ni en italien ni vraiment en dialecte mais dans une langue maladroite, et qui plus est à voix basse et avec un débit haché, comme s'il avait honte de ce qu'il disait. Je hochais la tête sans comprendre grand-chose, et en même temps je tendais l'oreille pour savoir de quoi parlaient Nino et Lila.

J'imaginais que Nino s'était lancé dans un discours sur les questions importantes qu'il étudiait, ou que Lila faisait étalage des idées puisées dans les livres qu'elle m'avait subtilisés, et je tentai à plusieurs reprises de regagner du terrain pour pouvoir intervenir dans leur conversation. Mais à chaque fois que je parvins à m'approcher suffisamment pour saisir quelques bribes, je fus déconcertée. Apparemment il lui parlait de son enfance au quartier, et son récit semblait intense, voire dramatique ; elle l'écoutait sans l'interrompre. Je me sentis indiscrète, perdis du terrain et restai définitivement loin d'eux, m'ennuyant auprès de Bruno.

Même lorsque nous décidâmes de nous baigner tous ensemble, je n'eus pas le temps de reconstituer l'ancien trio. Sans crier gare, Bruno me poussa dans l'eau et je bus la tasse, me retrouvant les cheveux trempés, ce que j'aurais voulu éviter. Quand j'émergeai, Nino et Lila flottaient à quelques mètres de là et discutaient toujours, très concentrés. Ils demeurèrent dans l'eau beaucoup plus longtemps que nous, mais sans guère s'éloigner du rivage. Ils devaient être tellement absorbés par ce qu'ils se racontaient qu'ils renoncèrent même à faire montre de leurs talents de nageurs.

Tard dans l'après-midi, Nino s'adressa à moi pour la première fois. Il me demanda d'un ton un peu rude, comme s'il s'attendait d'emblée à une réponse négative :

« Pourquoi on ne se voit pas après dîner ? On vient vous chercher et puis on vous raccompagne ! »

Il ne nous avait jamais demandé de sortir le soir. Je lançai un regard interrogatif à Lila, mais elle détourna les yeux. Je répondis :

« On habite avec la mère de Lila, on ne peut pas la laisser seule tout le temps. »

Nino n'insista pas et son ami n'intervint pas pour lui prêter main-forte. Mais après notre dernière baignade, juste avant qu'ils nous quittent, Lila lança :

« Demain soir nous allons à Forio pour téléphoner à mon mari. Si vous voulez, on peut manger une glace ensemble. »

Cette initiative m'agaça, mais ce qui se produisit ensuite m'agaça encore plus. À peine les deux garçons se dirigèrent-ils vers Forio que Lila, tout en rassemblant ses affaires, se mit à m'abreuver de reproches, comme si d'une manière aussi incompréhensible qu'évidente j'avais commis toutes sortes de fautes au cours de cette journée, heure après heure, micro-événement après micro-événement, et ce jusqu'à la dernière requête de Nino.

«Pourquoi tu étais tout le temps avec Bruno?

— Moi?

— Oui, toi! Et t'as pas intérêt à me laisser encore seule avec l'autre, là!

— Mais qu'est-ce que tu racontes? C'est vous qui êtes partis à toute vitesse, sans jamais vous arrêter pour nous attendre!

— Nous? C'est Nino qui marchait vite.

— Tu aurais pu lui dire que tu voulais m'attendre!

— Et toi tu aurais pu dire à Bruno: dépêche-toi, sinon on va les perdre! Rends-moi un service: puisqu'il te plaît tellement, sortez seuls, le soir! Comme ça tu seras libre de dire et faire ce que tu veux.

— Mais je suis ici pour toi, pas pour Bruno!

— J'ai pas l'impression que tu sois ici pour moi! Tu fais toujours ce qui t'arrange.

— S'il y a un problème, je m'en vais dès demain matin.

— Ah oui? Et moi je vais prendre une glace seule avec ces deux-là?

— Lila, c'est toi qui as dit que tu voulais manger une glace avec eux.

— J'étais bien obligée! Il faut que je téléphone

à Stefano : qu'est-ce qu'ils auraient pensé si on les avait rencontrés à Forio ? »

Nous poursuivîmes sur ce ton même à la maison, après dîner, en présence de Nunzia. Ce ne fut pas une véritable dispute, plutôt un échange ambigu de répliques teintées de perfidie, par lesquelles nous tentions de nous communiquer quelque chose, sans réussir à nous comprendre. Nunzia, qui écoutait avec perplexité, finit par proposer :

« Demain après dîner, je viens prendre une glace moi aussi.

— Il faut beaucoup marcher », signalai-je. Mais Lila intervint avec brusquerie :

« Mais on n'est pas obligées d'y aller à pied ! On prendra un taxi Ape, on est riches. »

59

Le lendemain, nous adaptant aux nouveaux horaires des deux garçons, nous arrivâmes sur la plage à neuf heures au lieu de dix, mais ils n'étaient pas là. Cela énerva Lila. Nous attendîmes, on ne les vit ni à dix heures ni après. Ils n'apparurent qu'en début d'après-midi, l'air moqueur et très complice. Ils expliquèrent qu'étant donné qu'ils allaient passer la soirée avec nous, ils avaient décidé de travailler le matin. Lila eut une réaction qui me surprit beaucoup : elle les chassa. Empruntant un dialecte violent, elle siffla qu'ils pouvaient bien étudier quand ils le voulaient, l'après-midi, le soir, la nuit ou tout de suite, personne ne les retenait. Et comme Nino et Bruno s'efforcèrent de ne pas la prendre au sérieux, continuant à sourire comme si cette colère n'était qu'une trouvaille amusante, elle enfila sa robe de plage, saisit brusquement son sac et se dirigea à grands pas vers le chemin. Nino la suivit en courant mais revint peu après avec une tête d'enterrement. Rien à faire, elle était furieuse et n'avait pas voulu l'écouter.

« Ça va passer », dis-je, feignant le calme, et je me baignai avec eux. Je me séchai au soleil tout en mangeant un sandwich, bavardai sans entrain et puis annonçai que je devais rentrer à la maison moi aussi.

« Et ce soir ? » demanda Bruno.

« Il faut que Lina téléphone à Stefano, nous viendrons. »

Mais son accès de fureur m'avait fortement troublée. Que signifiaient ce ton et ces manières ? Quel droit avait-elle de s'en prendre à eux pour un rendez-vous manqué ? Pourquoi ne parvenait-elle pas à se maîtriser et traitait-elle ces deux garçons comme s'il s'agissait de Pasquale, Antonio voire les Solara ? Pourquoi se comportait-elle comme une petite fille capricieuse et non comme Mme Carracci ?

J'arrivai chez nous haletante. Nunzia était occupée à laver serviettes et maillots de bain ; Lila était dans sa chambre assise sur son lit et, ce qui était encore plus anormal, elle était en train d'écrire. Elle avait un cahier posé sur les genoux, clignait des yeux et plissait le front, et un de mes livres était abandonné sur le drap. Cela faisait si longtemps que je ne l'avais pas vue écrire !

« Tu es allée trop loin », lui dis-je.

Elle haussa les épaules sans lever les yeux de son cahier, puis continua à écrire tout l'après-midi.

Le soir elle se mit sur son trente et un, comme

lorsque son mari devait arriver, et nous nous fîmes conduire à Forio. Étrangement, à cette occasion, Nunzia, qui ne prenait jamais le soleil et avait le teint pâle, avait emprunté le maquillage de sa fille, mettant un peu de rouge sur ses lèvres et ses joues. Elle voulait éviter, expliqua-t-elle, d'avoir déjà l'air d'une morte.

Nous tombâmes immédiatement sur les deux garçons, immobiles devant le bar comme des sentinelles auprès de leur guérite. Bruno avait gardé son short et avait juste changé de chemise. Nino avait mis un pantalon et une chemise d'un blanc éblouissant, et il avait dompté ses cheveux rebelles avec tant de rigueur que, lorsque je le vis, il me parut moins beau qu'à l'ordinaire. Quand ils découvrirent la présence de Nunzia, ils se crispèrent. Nous nous assîmes sous une marquise devant le bar et commandâmes un *spumone*. À notre grande surprise, Nunzia se mit à bavarder et il fut impossible de l'arrêter. Elle s'adressa exclusivement aux garçons. Elle loua la mère de Nino, dont elle se rappelait la grande beauté ; elle raconta de nombreux épisodes remontant à la guerre, des événements qui s'étaient produits dans le quartier, demandant à Nino s'il s'en souvenait ; quand il répondait que non, elle répliquait systématiquement : « Demande à ta mère, tu verras qu'elle s'en souvient. » Lila donna rapidement des signes d'impatience, puis annonça qu'il était temps d'appeler Stefano et entra dans le bar, où se trouvaient les cabines. Nino devint muet. Bruno prit aussitôt la relève pour discuter avec Nunzia et je remarquai, agacée, qu'il n'avait plus la gaucherie dont il faisait preuve dans nos tête-à-tête.

« Excusez-moi un instant », fit tout à coup Nino avant de se lever et d'entrer dans le bar.

Nunzia, un peu anxieuse, me murmura à l'oreille :

« Tu crois qu'il va payer ? C'est à moi de le faire, je suis la plus âgée. »

Bruno entendit et annonça que tout était déjà réglé : on n'allait quand même pas laisser payer une dame ! Nunzia se résigna, se mit à poser des questions sur l'usine de salaisons du père de Bruno, puis vanta la réussite de son mari et de son fils qui étaient patrons eux aussi, d'une fabrique de chaussures.

Mais Lila ne revenait toujours pas et je m'inquiétai. Je laissai Nunzia et Bruno à leur discussion et entrai moi aussi dans le bar. Les coups de téléphone à Stefano ne duraient jamais aussi longtemps. Je m'approchai des deux cabines téléphoniques, mais elles étaient vides. Plantée au milieu de la pièce, je cherchai Lila du regard, gênant les fils du propriétaire qui faisaient le service. J'aperçus une porte qu'on avait laissée ouverte pour faire de l'air et qui donnait sur une cour. Hésitante, je m'approchai. La cour sentait les vieux pneus et le poulailler, et elle était vide. Mais je remarquai soudain une ouverture dans le mur d'enceinte, menant à un jardin. Je traversai cet espace jonché de ferraille rouillée et, avant même d'atteindre le jardin, je vis Lila et Nino. Les lueurs de la nuit estivale caressaient les arbres. Ils étaient serrés l'un contre l'autre et s'embrassaient. Il avait mis une main sous sa jupe, qu'elle tentait de repousser tout en continuant à l'embrasser.

Je reculai aussitôt, m'efforçant de ne pas faire de bruit. Je revins au bar et informai Nunzia que Lila était encore au téléphone.

« Ils se disputent ?

— Non. »

J'avais l'impression de brûler, pourtant les flammes qui me dévoraient étaient froides et je n'éprouvais pas de douleur. Elle est mariée, pensai-je, elle est mariée depuis à peine plus d'un an !

Lila revint sans Nino. Bien qu'elle ait l'air impeccable, je perçus le désordre en elle, dans ses vêtements et sur son corps.

Nous attendîmes un peu mais Nino ne se montrait toujours pas, et je réalisai que je les haïssais tous les deux. Lila se leva et lança : « Allons-y, il se fait tard. » Nous étions déjà montées dans le véhicule qui nous reconduirait à la maison quand Nino nous rattrapa en courant pour nous dire joyeusement au revoir. « À demain ! » cria-t-il – je ne l'avais jamais vu aussi cordial. Je compris alors que le fait que Lila soit mariée n'était un obstacle ni pour lui ni pour elle. Cette constatation me sembla à la fois si évidente et si odieuse que j'eus l'impression que mon estomac se retournait et je portai la main à ma bouche.

Lila alla aussitôt se coucher et j'attendis en vain qu'elle vienne m'avouer ce qu'elle avait fait et ce qu'elle avait l'intention de faire. Aujourd'hui, je crois qu'elle ne le savait pas elle-même.

60

Les jours suivants clarifièrent encore davantage la situation. Auparavant, Nino venait avec un journal ou un livre, mais cela ne se produisit plus. Les discussions animées sur la condition humaine disparurent bientôt ou se réduisirent à quelques propos distraits qui cherchaient un chemin vers des conversations plus intimes. Lila et Nino prirent l'habitude de nager longuement ensemble, jusqu'à ce qu'on ne les voie plus du rivage. Ils nous imposèrent aussi de grandes promenades où se confirma la formation de nos deux couples. Jamais, absolument jamais, je ne fus au côté de Nino, ni Lila auprès de Bruno. Il devint naturel que Lila et Nino restent derrière nous. Quand je me retournais à l'improviste, j'avais l'impression de causer une douloureuse séparation : mains et bouches se quittaient brusquement, comme mues par un ressort.

Je souffris, mais je dois avouer qu'un fond permanent d'incrédulité ne laissait arriver la souffrance que par vagues. Ils m'avaient l'air de tenir un rôle sans qu'il y ait rien derrière : ils jouaient aux fiancés, sachant bien tous deux qu'ils ne l'étaient pas ni ne pouvaient l'être, puisque l'un était déjà fiancé et l'autre même mariée. Ils me semblaient parfois des divinités déchues : eux si forts et intelligents autrefois, comme ils étaient stupides aujourd'hui, occupés à ce jeu ridicule ! Je projetais de dire à Lila, à Nino ou à tous les deux : pour qui vous prenez-vous, revenez sur terre !

Je n'y parvins pas. Après deux ou trois jours, la situation changea encore. Ils commencèrent à se tenir la main sans plus se cacher, avec une impudeur agressive, comme s'ils avaient décidé qu'en notre compagnie il était inutile de feindre. Souvent ils se disputaient par jeu, juste pour pouvoir s'attraper, se taper, se serrer l'un contre l'autre et rouler ensemble dans le sable. Lors de nos promenades, à peine apercevaient-ils une cabane abandonnée, un ancien bar de plage réduit à quelques pilotis ou un sentier se perdant dans la nature sauvage, ils décidaient de partir en exploration, comme des enfants, et sans nous inviter à les suivre. Ils s'éloignaient en silence, lui devant et elle derrière. Quand ils s'allongeaient au soleil, ils réduisaient les distances autant que possible. Au début, un léger contact des épaules leur suffisait, un effleurement des bras, des jambes ou des pieds. Par la suite ils prirent l'habitude, au retour de leur interminable baignade quotidienne, de s'étendre l'un près de l'autre sur la serviette de Lila, qui était la plus grande ; bientôt Nino passa avec naturel un bras autour de ses épaules, et elle posa la tête contre sa poitrine. Ils en arrivèrent même une fois à s'embrasser sur les lèvres en riant – un baiser joyeux et rapide. Je me disais : elle est folle, ils sont fous ! Et si quelqu'un de Naples connaissant Stefano les voyait ? Et si le vendeur qui nous avait procuré la maison passait par là ? Ou si Nunzia décidait juste à ce moment-là de faire une escapade à la plage ?

Je n'arrivais pas à croire à une telle inconscience et pourtant, à chaque instant, ils faisaient reculer les limites. Se voir seulement pendant la journée ne leur suffit plus. Lila décida qu'elle devait téléphoner à Stefano tous les soirs mais repoussa méchamment l'offre de Nunzia de nous accompagner. Après dîner, elle m'obligeait à aller à Forio. Elle appelait rapidement son mari puis on allait se promener, elle avec Nino, moi avec Bruno. Nous ne rentrions jamais chez nous avant minuit, les deux garçons nous raccompagnaient à pied le long de la plage plongée dans l'obscurité.

Le vendredi soir, c'est-à-dire la veille du retour de Stefano, Nino et Lila se disputèrent soudain, non par jeu mais sérieusement. Lila était allée téléphoner et nous étions assis tous les trois en train de manger une glace. Nino, morose, sortit de sa poche un certain nombre de feuillets écrits des deux côtés et se mit à les lire sans fournir d'explication, s'isolant des platitudes que Bruno et moi nous échangions. Quand Lila revint, Nino ne la regarda même pas, ne rangea pas non plus ses pages et poursuivit sa lecture. Lila attendit une demi-minute avant de lancer joyeusement :

« C'est si intéressant que ça ?

— Oui, dit Nino sans lever les yeux.

— Alors fais-nous la lecture à haute voix, on veut en profiter !

— C'est à moi, ça ne vous regarde pas.

— Et qu'est-ce que c'est ? demanda Lila – mais on voyait qu'elle le savait très bien.

— Une lettre.

— De qui ?

— De Nadia. »

D'un geste imprévisible et foudroyant, elle se pencha vers lui et lui arracha les pages des doigts. Nino sursauta comme s'il avait été piqué par un gros insecte, mais il ne fit rien pour récupérer la lettre, même lorsque Lila commença à nous la lire, parlant très fort, sur un ton déclamatoire. C'était une lettre d'amour un peu puérile, pleine de longues variations sur le thème du manque, avec des expressions plus mièvres les unes que les autres. Bruno écouta en silence avec un sourire gêné, quant à moi, voyant que Nino n'était nullement disposé à prendre la chose à la légère mais fixait sombrement ses pieds bronzés sous les lanières de ses sandales, je murmurai à Lila :

« Arrête, rends-lui ! »

Dès que je parlai elle interrompit sa lecture, mais son visage conserva son expression amusée et elle ne rendit pas la lettre.

« T'as honte, hein ? lui lança-t-elle. Mais c'est ta faute ! Comment est-ce que tu peux être fiancé avec une fille qui écrit comme ça ? »

Nino ne répondit rien et continua à fixer ses pieds. Bruno intervint, lui aussi sur le ton de la plaisanterie :

« Quand on tombe amoureux d'une fille, peut-être qu'on ne lui fait pas passer un examen pour voir si elle sait écrire une lettre d'amour ! »

Mais Lila ne se tourna même pas pour le regarder, elle continua à s'adresser à Nino comme s'ils poursuivaient devant nous une discussion déjà commencée en privé :

« Tu l'aimes ? Et pourquoi ? Explique-nous donc ! Parce qu'elle habite sur le Corso Vittorio Emanuele, dans une maison pleine de livres et de tableaux anciens ? Parce qu'elle parle avec une voix toute mielleuse ? Parce que c'est la fille de ta prof ? »

Enfin Nino se secoua et dit sèchement :

« Rends-moi ces feuilles.

— Je te les rends seulement si tu les déchires tout de suite, maintenant, devant nous ! »

Au ton amusé de Lila, Nino ne répondit que par quelques mots durs, sa voix vibrant d'une agressivité évidente :

« Et après ?

— Après on écrit tous ensemble à Nadia une lettre où tu lui annonces que tu la quittes.

— Et puis ?

— On poste la lettre ce soir même. »

Pendant un instant, il ne répondit rien – autrement dit, il accepta. Puis il lâcha :

« C'est ce qu'on va faire. »

Lila, incrédule, lui désigna les pages :

« Tu vas vraiment les déchirer ?

— Oui.

— Et la quitter ?

— Oui. Mais à une condition.

— Laquelle ?

— Que tu quittes ton mari. Maintenant. On va tous ensemble à la cabine téléphonique et tu le lui annonces. »

Ces mots me causèrent une émotion très violente, bien que sur le coup je n'aie pas compris pourquoi. Il les prononça en haussant la voix, à tel point que soudain elle s'érailla. En l'entendant, les yeux de Lila se réduisirent aussitôt à une fente, selon une habitude que je connaissais bien. À présent, elle allait changer de ton. Elle allait devenir méchante. Et en effet, elle lui lança : « Comment oses-tu mettre sur le même plan ta lettre et tes bêtises avec cette putain de bonne famille et moi, mon mari, mon mariage et tout ce qui fait ma vie ? Tu te donnes des grands airs, mais décidément tu ne comprends pas la plaisanterie ! D'ailleurs, tu ne comprends rien. Rien, tu m'entends ! Et ne fais pas cette tête. Allez Lenù, on va se coucher. »

61

Nino ne fit rien pour nous retenir et Bruno dit simplement : « On se voit demain. » Nous prîmes un taxi Ape et rentrâmes à la maison. Mais dès le trajet, Lila se mit à trembler et me saisit la main, la serrant très fort. Et elle commença à m'avouer, en un récit chaotique, tout ce qui s'était passé entre Nino et elle. Elle avait désiré qu'il l'embrasse et s'était laissé embrasser. Elle avait désiré qu'il pose les mains sur elle et s'était laissé faire. « Je n'arrive plus à dormir ! Et si je m'endors, je me réveille en sursaut et regarde l'heure en espérant que c'est déjà le matin et l'heure d'aller à la plage. Mais non, c'est la nuit et je n'arrive pas à me rendormir, j'ai à l'esprit tous les mots qu'il m'a dits et tous ceux que j'ai hâte de lui dire ! Pourtant j'ai résisté. Je me suis dit : je ne suis pas comme Pinuccia, je fais ce qui me plaît, je peux commencer et arrêter quand je veux, ce n'est qu'un passe-temps. Au début j'ai gardé la bouche fermée, mais ensuite je me suis dit : à quoi bon, ce n'est qu'un baiser ! Et alors j'ai découvert ce qu'était vraiment un baiser, ce que je ne savais pas – je te jure que je ne savais pas ! – et je n'ai plus été capable de m'en passer. Je lui ai donné la main, j'ai entrelacé mes doigts avec les siens et les ai serrés bien fort, et les lâcher était une douleur. Je suis passée à côté de tant de choses, et maintenant tout m'arrive en même temps ! Je découvre la vie de fiancée alors que je suis déjà mariée. Je suis fébrile, je sens battre mon cœur dans ma gorge et contre mes tempes. Et j'aime tout en lui ! J'aime qu'il m'entraîne dans des coins isolés, j'aime la peur que quelqu'un nous surprenne, j'aime l'idée qu'on nous voie. Tu faisais ces trucs-là avec Antonio ? Tu souffrais aussi quand il fallait que tu le quittes, et tu mourais d'impatience de le revoir ? C'est normal, Lenù ? Pour toi, c'était comme ça ? Je ne sais pas comment tout cela a commencé, ni quand. Au début il ne me plaisait pas : j'aimais sa façon de parler et ce qu'il disait, mais physiquement je ne le trouvais pas attirant. Je me disais : il sait tellement de trucs, ce type-là, je dois l'écouter et apprendre ! Or maintenant, quand il parle, je n'arrive plus à me concentrer. Je regarde sa bouche et j'ai tellement honte de la regarder que je détourne les yeux. Depuis quelque temps, j'adore tout en lui : ses mains, ses ongles fins, sa maigreur, ses côtes qui apparaissent sous sa peau, son cou délicat, sa barbe qu'il ne sait pas bien raser et qui est toujours rugueuse, son nez, les poils de sa poitrine, ses jambes longues et minces, ses genoux... J'ai envie de le caresser. Et il me vient des idées dégoûtantes, Lenù, mais vraiment dégoûtantes, et pourtant je voudrais les mettre en pratique pour lui donner du plaisir et pour qu'il soit heureux ! »

Je passai une bonne partie de la nuit dans sa chambre à l'écouter, porte fermée et lumière éteinte. Elle était allongée sous la fenêtre, un rayon de lune éclairait sa hanche et les cheveux sur sa nuque ; moi j'étais installée près de la porte, à la place de Stefano, et je me disais : son mari dort ici chaque fin de semaine, de ce côté du lit, il l'attire à lui et l'enlace, l'après-midi, la nuit. Et pourtant c'est ici même, dans ce lit, qu'elle me parle de Nino. Les mots qu'elle emploie pour l'évoquer lui font perdre la mémoire, et ils effacent toute trace de l'amour conjugal de ces draps. Quand elle parle de Nino, elle le convoque ici et s'imagine en train de l'embrasser, et puisqu'elle s'est oubliée elle-même, elle ne perçoit pas la transgression et la faute. Elle se confie, me disant des choses qu'elle ferait mieux de garder pour elle. Elle me raconte tout le désir qu'elle éprouve pour le garçon que moi je désire depuis toujours, persuadée que je ne me suis jamais rendu compte de ses qualités et que je n'ai jamais pris toute sa mesure – par insensibilité, étroitesse d'esprit ou incapacité à saisir ce qu'elle, elle est capable de saisir. J'ignore si c'était de la mauvaise foi ou si – par ma faute, à cause de ma tendance à dissimuler mes sentiments – elle était vraiment convaincue que, depuis l'école primaire et jusqu'à ce jour, j'étais restée sourde et aveugle au charisme qui émanait du fils Sarratore, au point d'avoir eu besoin d'elle pour le découvrir, ici à Ischia. Ah, l'ignoble présomption de Lila m'empoisonne le sang ! Pourtant je n'arrive pas à lui dire « ça suffit », je n'arrive pas à retourner dans ma chambre afin d'y hurler en silence, et au lieu de cela je reste ici, l'interrompant de temps à autre pour essayer de la calmer.

Je feignis un détachement que je n'avais pas. « C'est la mer, lui dis-je, le grand air, les vacances... Et puis Nino sait t'embrouiller, il parle d'une telle façon que tout semble facile. Heureusement, demain Stefano va arriver et tu verras, comparé à lui, Nino te semblera un petit garçon. Ce qu'il est, d'ailleurs ! Moi, je le connais bien. À nos yeux il semble extraordinaire, mais si tu penses à la manière dont le fils de Mme Galiani le traite – tu te souviens de lui ? –, tu comprends tout de suite qu'on le surestime. Évidemment, par rapport à Bruno il est fabuleux, mais au fond il n'est rien d'autre que le fils d'un cheminot qui s'est mis en tête de faire des études. N'oublie pas que Nino est un garçon de notre quartier, il vient de là ! Rappelle-toi qu'à l'école tu étais beaucoup plus forte que lui, alors qu'il était plus âgé. Et puis regarde comme il exploite son copain, il lui fait tout payer, les boissons et les glaces ! »

Il m'en coûta beaucoup de tenir de tels propos, que je savais mensongers. Et surtout, cela ne servit pas à grand-chose : Lila bougonna et émit quelques objections prudentes auxquelles je répliquai. Puis elle finit par se mettre en colère et défendit Nino avec l'air de dire : je suis la seule à le connaître vraiment ! Elle me demanda pourquoi je parlais toujours de lui en le rabaissant. Elle me demanda ce que j'avais contre lui. « Il t'a aidée, me fit-elle remarquer, il voulait même faire publier ton texte idiot dans une revue ! Parfois je ne t'aime pas, Lenù, tu rabaisses tout et tout le monde, même les gens qu'il suffit de regarder pour aimer. »

Je perdis mon calme, je ne la supportais plus. J'avais dit du mal du garçon que j'aimais pour qu'elle se sente mieux, et voilà qu'elle devenait blessante ! Je réussis à dire en guise de conclusion : « Fais ce que tu veux, moi je vais me coucher. » Mais elle changea aussitôt de ton, m'embrassa, me serra fort contre elle pour me retenir et me murmura à l'oreille : « Dis-moi ce que je dois faire. » Irritée, je la repoussai et chuchotai que c'était à elle de décider, je ne pouvais pas le faire à sa place. « Et Pinuccia, lui dis-je, qu'est-ce qu'elle a fait ? En fin de compte, elle s'est comportée mieux que toi. »

Elle en convint et nous chantâmes les louanges de Pinuccia. Après quoi, de but en blanc, elle soupira :

« D'accord, demain je ne vais pas à la plage, et après-demain je rentre à Naples avec Stefano. »

62

Ce fut un samedi catastrophique. Comme elle l'avait annoncé, elle n'alla pas à la plage et je n'y allai pas non plus, mais je ne fis que penser à Nino et Bruno qui nous attendaient en vain. Et je n'osai pas dire : je descends à la mer, juste le temps d'une baignade, et puis je reviens. Je n'osai même pas demander : qu'est-ce qui se passe ? je dois faire les valises ? on s'en va ou on reste ? J'aidai Nunzia à nettoyer la maison et à préparer le déjeuner et le dîner, jetant parfois un œil à Lila qui ne se leva même pas et passa la journée au lit, à lire et à écrire dans son cahier. Quand sa mère l'appela pour manger Lila ne répondit pas, et quand elle l'appela une deuxième fois elle claqua la porte de sa chambre avec une telle violence que toute la maison trembla.

« La mer, à force, ça peut rendre nerveux, fit remarquer Nunzia tandis que nous déjeunions seules.

— C'est vrai.

— Et elle n'est même pas enceinte.

— Eh non ! »

En fin d'après-midi Lila se leva, mangea un morceau et passa des heures dans le cabinet de toilette. Elle se lava les cheveux, se maquilla et enfila une belle robe verte, mais son visage garda une expression renfrognée. Elle accueillit néanmoins son mari de manière affectueuse et lorsque celui-ci la vit, il lui donna un baiser long et intense comme au cinéma devant Nunzia et moi, spectatrices gênées. Stefano me transmit les salutations de ma famille, raconta que Pinuccia n'avait plus fait de caprices et expliqua avec force détails que les Solara avaient été satisfaits des nouveaux modèles de chaussures mis au point par Rino et Fernando. Mais ce sujet déplut à Lila et les choses entre eux commencèrent à se gâter. Jusqu'à cet instant, elle avait gardé sur les lèvres un sourire forcé, mais dès qu'elle entendit le nom des Solara elle agressa verbalement son mari, s'exclama qu'elle se fichait bien de ces deux mecs et qu'elle ne voulait pas vivre uniquement pour savoir ce qu'ils pensaient ou non. Stefano se vexa et s'assombrit : il comprit que l'enchantement de ces dernières semaines était terminé. Il lui répondit toutefois avec un sourire paisible, comme d'habitude, remarquant qu'il ne faisait que rapporter ce qui se passait au quartier et que ce n'était pas la peine de lui parler sur ce ton. Cela ne servit pas à grand-chose. Lila transforma vite cette soirée en affrontement permanent. Stefano ne pouvait prononcer un mot sans qu'elle ne trouve à le contredire violemment. Ils allèrent se coucher en se querellant et je les entendis se disputer jusqu'à ce que je m'endorme.

Je me réveillai à l'aube. Je ne savais que faire : préparer ma valise ? attendre que Lila prenne une décision ? descendre à la plage, courant le risque de tomber sur Nino, ce que Lila ne me pardonnerait pas ? me triturer les méninges toute la journée enfermée dans ma petite chambre, comme je le faisais déjà ? Je décidai de laisser un mot où je disais que je me rendais aux Maronti mais rentrerais en début d'après-midi. J'expliquai que je ne pouvais quitter Ischia sans saluer Nella. J'écrivis cela en toute bonne foi, mais aujourd'hui je comprends bien comment fonctionnait mon esprit : en réalité je voulais m'en remettre au sort, et je me disais que Lila ne pourrait m'adresser de reproches si je tombais par hasard sur Nino venu demander de l'argent à ses parents.

Il en résulta une journée brouillonne et pas mal d'argent jeté par la fenêtre. Je pris une barque et me fis conduire aux Maronti. J'allai à l'endroit où les Sarratore s'installaient d'ordinaire, mais n'y trouvai que leur parasol. Je regardai autour de moi et aperçus Donato qui se baignait, et il m'aperçut aussi. Il me fit de grands signes, me rejoignit en hâte et m'annonça que sa femme et ses enfants étaient allés passer la journée à Forio avec Nino. Ce fut un sacré choc : quelle ironie du sort, quel pied de nez ! Le hasard m'avait privée du fils et livrée aux bavardages mielleux du père.

Quand je tentai de m'esquiver pour aller voir Nella, Sarratore ne me laissa pas en paix, il ramassa rapidement ses affaires et insista pour faire le chemin avec moi. Il adopta un ton doucereux et, sans gêne aucune, se mit à parler de ce qui s'était passé entre nous par le passé ; il me demanda pardon, murmura qu'on ne peut commander à son cœur et évoqua avec moult soupirs ma beauté d'alors, et surtout celle d'aujourd'hui.

« Oh, vous exagérez ! » m'exclamai-je et, tout en sachant que j'aurais dû me comporter avec sérieux et froideur, je fus prise d'un rire nerveux. Malgré le poids du parasol et de tout son bazar qui le faisait haleter un peu, il ne renonça pas à se lancer dans un long monologue. En gros, il expliqua que le problème des jeunes, c'était qu'ils ne savaient ni se regarder ni examiner leurs sentiments avec objectivité.

« On peut se regarder dans un miroir, répliquai-je, ça c'est objectif.

— Un miroir ? Mais c'est la dernière chose à laquelle on peut se fier ! Je parie que tu te sens moins belle que tes deux copines.

— C'est vrai.

— Mais non, tu es beaucoup plus belle qu'elles ! Fais-moi confiance. Tu as de si beaux cheveux blonds ! Et tellement d'allure ! Tu n'as que deux problèmes à résoudre : le premier, c'est le maillot de bain, qui ne fait pas ressortir tes mérites ; le second, c'est ton modèle de lunettes. Là, ça ne va pas du tout, Elena : elles sont beaucoup trop épaisses. Tu as un visage très délicat, qui se forme au fil de tes études. Il te faudrait des lunettes beaucoup plus fines. »

En l'écoutant, mon agacement diminua : on aurait dit un expert en beauté féminine. Et surtout, il parla d'un ton tellement détaché et technique qu'à un moment donné, je me mis à penser : et si c'était vrai ? Peut-être que je ne sais pas me mettre en valeur. Cela dit, avec quel argent pourrais-je m'acheter des vêtements, un maillot ou des lunettes appropriés ? Je m'apprêtais à me laisser aller à une complainte sur la pauvreté et la richesse lorsqu'il ajouta avec un sourire :

« Si tu n'as pas confiance en mon jugement, par contre tu as certainement remarqué – du moins j'espère – comment mon fils te regardait, le jour où vous êtes venues nous voir ? »

C'est alors seulement que je compris qu'il me racontait des balivernes. Il voulait flatter ma vanité et faire en sorte que je me sente bien, afin que ces sentiments me poussent vers lui, à la recherche de quelque gratification. Je me sentis stupide, et ce n'était pas tant lui et ses mensonges qui me blessaient mais ma propre bêtise. Je lui coupai la parole avec rudesse, ce qui le refroidit.

Une fois arrivés, je discutai un peu avec Nella et lui annonçai que nous allions peut-être rentrer tous à Naples dans la soirée, c'était pourquoi j'étais venue la saluer.

«C'est dommage que tu partes!

— Je sais.

— Reste donc déjeuner avec moi!

— Je ne peux pas, il faut que je file.

— Mais si vous ne partez pas, promets de revenir, et cette fois tiens-moi compagnie plus longtemps. Passe toute une journée avec moi et reste dormir – tu sais où est le lit. J'ai tant de choses à te raconter...

— Merci!»

Sarratore intervint pour ajouter:

«On compte sur toi, tu sais qu'ici on t'aime tous!»

Je partis le plus vite possible, aussi parce que je voulais profiter de l'automobile d'un parent de Nella qui se trouvait chez elle et s'apprêtait à descendre au port.

Le long du trajet, les paroles de Sarratore, malgré tous mes efforts pour les repousser, revinrent me troubler. Et s'il n'avait pas menti? Peut-être savait-il vraiment voir derrière les apparences? Peut-être avait-il surpris le regard de son fils posé sur moi? Mais s'il était vrai que j'étais belle et que Nino m'avait trouvée attirante – et je savais que c'était le cas: en fin de compte il m'avait bien embrassée et il m'avait tenu la main –, alors il était temps que je regarde la situation en face: Lila me l'avait volé. Elle l'avait éloigné de moi pour l'attirer à elle. Peut-être ne l'avait-elle pas fait exprès, mais elle l'avait fait tout de même.

Je décidai soudain que je devais chercher Nino : il fallait à tout prix que je le voie. Maintenant que le départ était proche et que le pouvoir de séduction de Lila ne s'exercerait plus sur lui, maintenant qu'elle-même avait décidé de retourner à la vie qui lui incombait, la relation entre lui et moi pourrait reprendre. À Naples. Sous forme d'amitié. Peut-être pourrions-nous d'abord nous retrouver pour parler de Lila. Ensuite nous recommencerions à discuter de nos lectures. Je lui montrerais que je pouvais me passionner pour ses sujets de prédilection beaucoup plus que Lila, peut-être même encore plus que Nadia. Oui, je devais le voir tout de suite, l'informer de mon départ et lui dire : retrouvons-nous au quartier, sur la Piazza Nazionale, dans la Via Mezzocannone, où tu veux, mais au plus vite !

Je pris un taxi Ape et me fis conduire à Forio, chez Bruno. J'appelai mais personne ne se montra. J'errai à travers la petite ville dans un état de mal-être croissant, puis je me promenai le long de la plage. Et cette fois le sort me fut favorable, du moins en apparence. Je marchais depuis un bon moment déjà lorsque Nino apparut soudain devant moi : il était absolument ravi de me rencontrer, il débordait d'enthousiasme. Ses yeux brillaient, il gesticulait beaucoup et parlait fort.

« Je vous ai cherchées, hier et aujourd'hui ! Où est Lila ?

— Avec son mari. »

Il sortit une enveloppe de son pantalon et me la mit dans la main presque de force.

« Tu peux lui donner ça ? »

Cela m'énerva.

« Nino, c'est inutile.

— Allez, donne-lui !

— Ce soir on s'en va, on rentre à Naples. »

Il fit une moue de douleur et demanda d'une voix rauque :

« Et qui a pris cette décision ?

— C'est elle.

— Je n'y crois pas.

— C'est comme ça, elle me l'a dit hier soir. »

Il réfléchit un instant puis indiqua l'enveloppe :

« Je t'en prie, donne-lui quand même, le plus vite possible !

— D'accord.

— Jure-moi que tu vas le faire.

— Je te l'ai dit : d'accord. »

Il m'accompagna pour une longue promenade au cours de laquelle il me dit beaucoup de mal de sa mère et de ses frères et sœurs. Ils ont passé la journée à me tourmenter, se plaignit-il, heureusement qu'ils sont rentrés à Barano ! Je pris des nouvelles de Bruno. Il eut un geste d'agacement, répondit « il travaille » et commença à me dire du mal de lui aussi.

« Et toi, tu ne travailles pas ?

— J'y arrive pas. »

Il enfonça la tête dans les épaules et devint mélancolique. Il se mit à me raconter que, souvent, il arrive aux jeunes d'être aveuglés parce qu'un professeur, pour des raisons qui lui sont propres, leur fait croire qu'ils sont doués. Or, lui-même venait de réaliser que les sujets qu'il voulait étudier ne l'avaient jamais réellement intéressé.

« Mais qu'est-ce que tu racontes ? Ça t'a pris d'un coup ?

347

— Un rien peut suffire à changer la vie du tout au tout. »

Mais que lui arrivait-il? Il ne proférait que des banalités, je ne le reconnaissais plus. Je me promis de l'aider à redevenir lui-même.

«En ce moment tu es trop nerveux, tu ne sais pas ce que tu dis! lui lançai-je de mon ton le plus raisonnable. Mais dès que tu seras de retour à Naples, si tu veux on peut se voir et on discutera. »

Il fit oui de la tête, mais presque aussitôt après il s'exclama rageusement :

«Je vais laisser tomber la fac! Je veux chercher un travail. »

63

Il me raccompagna presque jusque chez moi, au point que je craignis de tomber sur Stefano et Lila. Je lui dis au revoir en toute hâte et gravis les marches de la ruelle.

«Demain matin à neuf heures! » cria-t-il.

Je m'arrêtai.

«Si nous partons, on se reverra au quartier, viens me trouver là-bas! »

Nino secoua la tête, sûr de lui :

«Vous ne partirez pas », affirma-t-il comme s'il adressait un défi menaçant au destin.

Je lui fis un dernier geste d'au revoir et puis montai l'escalier en courant, regrettant de ne pas avoir pu vérifier ce que contenait l'enveloppe.

À la maison, l'ambiance était mauvaise. Lila devait être dans le cabinet de toilette ou dans sa chambre, et Stefano et Nunzia complotaient entre eux. Quand j'entrai, ils me regardèrent tous deux avec hostilité. Stefano, sombre, me lança sans préambule :

« Tu m'expliques ce que vous fabriquez, toutes les deux ?

— Qu'est-ce que tu veux dire ?

— Elle prétend qu'elle en a marre d'Ischia et qu'elle veut aller à Amalfi.

— Je suis au courant de rien. »

Nunzia intervint, mais sans le ton maternel qu'elle employait d'ordinaire :

« Lenù, ne lui mets pas de mauvaises idées en tête ! On peut pas jeter l'argent par les fenêtres. Qu'est-ce que c'est que cette histoire d'Amalfi ? On a payé pour rester ici jusqu'à fin septembre. »

Je protestai en m'exclamant :

« Vous vous trompez ! Je fais ce que veut Lina, pas le contraire !

— Alors il faut qu'elle se calme, lâcha Stefano. La semaine prochaine je vais revenir, on passera l'Assomption tous ensemble, et tu verras qu'on prendra du bon temps. Mais maintenant, c'est fini les caprices ! Putain, tu crois vraiment que je vais vous emmener à Amalfi ? Et si Amalfi c'est pas bien, après ce sera où, Capri ? Et puis quoi encore ? Y en a marre, Lenù. »

Son ton m'intimida.

« Elle est où ? » demandai-je.

Nunzia m'indiqua la chambre. J'allai voir Lila, convaincue de trouver les valises déjà faites et mon amie prête à partir, quitte à se ramasser une bonne raclée. Mais non, elle était en combinaison et dormait sur le lit défait. Autour d'elle régnait le désordre habituel, mais les valises étaient entassées dans un coin et vides. Je la secouai :

« Lila ! »

Elle sursauta et me demanda aussitôt, les yeux embrumés de sommeil :

« Où tu étais ? T'as vu Nino ?

— Oui. Ça c'est pour toi. »

Je lui tendis l'enveloppe à contrecœur. Elle l'ouvrit et en sortit une feuille. Elle la lut et, en un éclair, devint rayonnante, comme si une injection de substances stimulantes avait balayé somnolence et découragement.

« Qu'est-ce qu'il te dit ? demandai-je prudemment.

— À moi, rien.

— C'est pour qui, alors ?

— C'est pour Nadia. Il la quitte. »

Elle remit la lettre dans l'enveloppe et me la donna en me recommandant de bien la cacher.

Je restai déconcertée, la lettre entre les mains. Nino quittait Nadia ? Et pourquoi ? Parce que Lila le lui avait demandé ? Pour lui donner satisfaction ? J'étais tellement déçue ! Il sacrifiait la fille de Mme Galiani au petit jeu qu'il jouait avec la femme de l'épicier. Je ne dis rien et regardai Lila s'habiller et se maquiller. Enfin je lui demandai :

« Pourquoi tu as raconté à Stefano ce truc absurde, que tu voulais aller à Amalfi ? Je te comprends pas. »

Elle sourit :

« Moi non plus ! »

Nous quittâmes la chambre. Lila donna de petits baisers à Stefano en se frottant joyeusement contre lui, et nous décidâmes de descendre tous ensemble au port, Nunzia et moi en Ape, Lila et lui en Lambretta. En attendant le bateau de Stefano, nous prîmes une glace. Lila fut charmante avec son mari, elle lui fit mille recommandations et lui promit de lui téléphoner tous les soirs. Avant d'emprunter la passerelle, il me passa un bras autour des épaules et me murmura à l'oreille :

« Excuse-moi, j'étais vraiment énervé. Sans toi, je sais pas comment ça se serait terminé, ce coup-ci... »

Il voulait être aimable, pourtant je perçus dans cette phrase une espèce d'ultimatum qui signifiait : s'il te plaît, dis à ta copine que si elle continue à tirer sur la corde, celle-ci va finir par casser.

64

Sur l'en-tête de la lettre, il y avait l'adresse de Nadia à Capri. Dès que le vaporetto s'éloigna du rivage, emportant Stefano, Lila nous entraîna joyeusement dans le bureau de tabac pour acheter un timbre et, tandis que je distrayais Nunzia, elle recopia l'adresse sur l'enveloppe et mit la lettre à la boîte.

Nous nous promenâmes dans Forio, mais j'étais très tendue et ne parlai qu'avec Nunzia. C'est seulement de retour chez nous que je poussai Lila dans ma chambre et lui parlai franchement. Elle m'écouta en silence mais d'un air distrait comme si, d'un côté, elle entendait que je lui disais des choses graves mais, de l'autre, elle s'abandonnait à des rêveries qui rendaient chacune de mes paroles insignifiante. Je lui déclarai : « Lila, je sais pas ce que tu as dans le crâne, mais d'après moi tu joues avec le feu. Aujourd'hui Stefano est parti satisfait, et si tu lui téléphones tous les soirs il sera encore plus satisfait. Mais attention : dans une semaine il va revenir, et il restera jusqu'au 20 août. Tu crois pouvoir continuer comme ça ? Tu crois pouvoir jouer avec la vie des gens ? Est-ce que tu sais que Nino ne veut plus faire d'études et qu'il veut chercher un travail ? Qu'est-ce que tu lui as mis en tête ? Et pourquoi tu l'as obligé à quitter sa fiancée ? Tu veux le détruire ? Tu veux vous détruire tous les deux ? »

À cette dernière question, elle sortit de sa rêverie et éclata de rire, mais d'un rire faux. Elle prit un ton apparemment amusé, mais que je ne jugeai guère convaincant. Elle s'exclama que je pouvais être fière d'elle, car elle m'avait permis de briller. Et pourquoi ? Parce qu'elle avait été jugée plus raffinée que la fille de ma prof, qui était pourtant le raffinement même. Parce que le garçon le plus doué de mon lycée, et peut-être même de Naples, voire d'Italie ou du monde – d'après ce que je racontais, bien sûr – venait de quitter cette demoiselle bien comme il faut juste pour lui faire plaisir à elle, la fille d'un cordonnier, épouse Carracci, qui n'avait pas dépassé l'école primaire. Son ton devint de plus en plus sarcastique, comme si elle me révélait enfin un cruel projet de revanche. Je dus faire une sale tête et elle s'en aperçut, mais pendant quelques minutes elle n'en continua pas moins sur sa lancée, semblant ne pouvoir s'arrêter. Parlait-elle sérieusement ? Me dévoilait-elle vraiment l'état de son âme, en ce moment ? Je m'exclamai :

« Mais pour qui tu fais cette scène ? Pour moi ?

Tu veux me faire croire que Nino est prêt à n'importe quelle folie pour te faire plaisir ? »

Le rire disparut de son regard, elle s'assombrit et changea brusquement de ton :

« Non, je raconte des histoires, c'est tout le contraire. C'est moi qui suis prête à n'importe quelle folie. Cela ne m'était jamais arrivé avant, et je suis contente que ça m'arrive maintenant. »

Et puis, accablée par son mal-être, elle alla se coucher, sans même me souhaiter bonne nuit.

Je sombrai dans un demi-sommeil épuisant et passai le temps à me convaincre que sa dernière réplique était plus sincère que le flot de paroles qui l'avait précédée.

J'en eus la preuve au cours de la semaine suivante. Avant tout, je compris dès le lundi que Bruno, après le départ de Pinuccia, était véritablement décidé à m'entreprendre, et il considérait que le moment était venu de se comporter avec moi comme Nino le faisait avec Lila. Tandis que nous nous baignions, il me tira maladroitement à lui pour m'embrasser, ce qui me fit boire copieusement la tasse et m'obligea à regagner aussitôt le rivage en toussant. Je le pris mal et il le comprit. Quand il vint s'allonger au soleil près de moi avec un air de chien battu, je lui adressai un petit discours courtois mais ferme, dont la teneur était : Bruno, tu es très sympathique, mais entre toi et moi il ne peut y avoir rien d'autre qu'un sentiment fraternel. Cela l'attrista mais il ne s'avoua pas vaincu. Le soir même, après le coup de téléphone à Stefano, nous allâmes nous promener tous les quatre sur la plage, nous nous assîmes sur le sable froid et puis nous allongeâmes pour regarder les étoiles. Lila était appuyée sur ses coudes, Nino avait posé la tête sur son ventre, moi j'avais la tête sur le ventre de Nino et Bruno avait la tête sur le mien. Nous observions les constellations et déployions toutes sortes d'expressions bien rodées pour chanter l'éloge de la prodigieuse architecture céleste. Pas tout le monde : Lila ne dit rien. Elle se tut, et c'est seulement lorsque nous eûmes épuisé le catalogue du saisissement et de l'admiration qu'elle intervint : elle dit que le spectacle de la nuit l'effrayait et qu'elle n'y voyait nulle architecture, mais plutôt un tas de bouts de verre dispersés dans un bitume noir. Cela nous fit taire. Cette habitude qu'elle avait prise de toujours parler en dernier m'énervait : cela lui donnait un long temps de réflexion et lui permettait de mettre en pièces en une demi-phrase tout ce que nous avions dit auparavant de manière plus ou moins spontanée.

« Mais non, ça n'a rien d'effrayant ! C'est magnifique ! » m'exclamai-je.

Bruno me soutint aussitôt. En revanche, Nino l'encouragea. D'un léger mouvement, il me demanda de soulever la tête, s'assit et se mit à discuter avec elle comme s'ils étaient seuls : le ciel, le firmament, l'ordre, le désordre. Pour finir, ils se levèrent et disparurent dans l'obscurité en bavardant.

Je restai allongée mais appuyée sur les coudes. Je n'avais plus le corps chaud de Nino comme coussin, et le poids de la tête de Bruno sur mon ventre m'agaçait. Je lui dis « excuse-moi » en lui effleurant les cheveux. Il se souleva, m'attrapa par la taille et pressa son visage contre ma poitrine. Je lui murmurai « non » mais il me renversa néanmoins sur le sable et chercha ma bouche, une

354

main lourdement appuyée contre ma poitrine. Alors je le repoussai avec force, lui criai d'arrêter et, cette fois, je fus désagréable et sifflai : « Tu me plais pas ! Comment je dois t'le dire ? » Il s'arrêta, très gêné, et s'assit. Il dit à voix basse : « Je te plais même pas un peu ? » J'essayai de lui expliquer que ce n'était pas quelque chose qui pouvait se mesurer et affirmai :

« Il ne s'agit pas d'être plus ou moins beau ou plus ou moins sympathique. Moi certaines personnes m'attirent et d'autres non, peu importe comment elles sont en réalité.

— Et moi je te plais pas ? »

Je soufflai, agacée :

« Non ! »

Mais à peine avais-je prononcé ce simple mot que j'éclatai en sanglots et, tandis que je pleurais, je ne fis que balbutier des choses comme :

« Tu vois ? Je pleure sans raison, je suis qu'une imbécile, c'est pas la peine de perdre ton temps avec moi... »

Il me fit une caresse sur la joue et tenta à nouveau de m'embrasser en murmurant : j'ai tellement envie de te couvrir de cadeaux, tu le mérites, tu es tellement belle ! Je m'écartai avec colère et criai en direction de l'obscurité, la voix altérée :

« Lila, reviens tout de suite, je veux rentrer ! »

Les deux garçons nous raccompagnèrent au pied de notre escalier, puis ils disparurent. Alors que nous remontions chez nous dans le noir, je m'exclamai, exaspérée :

« Tu vas où tu veux, tu fais c'que tu veux, mais moi je t'accompagne plus ! C'est la deuxième fois que Bruno pose les mains sur moi, je veux plus rester seule avec lui : c'est clair ? »

65

Parfois, nous nous servons d'expressions absurdes et affichons des poses ridicules afin de dissimuler des sentiments pourtant simples. Aujourd'hui je sais bien que dans d'autres circonstances, après quelque résistance, j'aurais cédé aux avances de Bruno. Certes il ne me plaisait pas, mais Antonio non plus ne m'avait jamais particulièrement plu. En réalité, on s'attache aux hommes peu à peu, sans se demander s'ils correspondent ou non à l'idéal que l'on se choisit dans les différentes étapes de sa vie. Or Bruno Soccavo, à cette époque, était courtois et généreux, et il aurait été facile d'éprouver un peu d'affection pour lui. Mais mes raisons pour le repousser n'avaient rien à voir avec le fait que je le trouvais réellement déplaisant. La vérité, c'est que je voulais retenir Lila. Je voulais être un obstacle pour elle. Il fallait qu'elle se rende compte de la situation dans laquelle elle se fourrait et me fourrait moi aussi. Il fallait qu'elle me dise : d'accord, tu as raison, j'ai fait une erreur, je ne m'éloignerai plus dans l'obscurité avec Nino en te laissant seule avec Bruno, et à partir de maintenant je me comporterai comme il convient à une femme mariée.

Naturellement, cela ne se produisit pas. Elle se contenta de répliquer : « Je vais en parler à Nino, Bruno ne t'embêtera plus, tu verras. » Ainsi, jour après jour, nous continuions à retrouver les deux garçons à neuf heures du matin et les quittions à minuit. Mais dès le mardi soir, après le coup de téléphone à Stefano, Nino lança :

« Vous n'êtes jamais venues voir la maison de Bruno. Vous voulez monter ? »

Je refusai aussitôt, inventant que j'avais mal au ventre et voulais rentrer à la maison. Nino et Lila se regardèrent, hésitants, et Bruno ne souffla mot. Je ressentis tout le poids de leur déception et ajoutai, gênée :

« Un autre soir, peut-être... »

Lila ne dit rien, mais quand nous nous retrouvâmes seules elle s'exclama : « Lenù, tu ne peux pas me gâcher la vie ! » Je rétorquai : « Si Stefano apprend que nous sommes allées seules dans la maison de ces deux-là, il s'en prendra non seulement à toi, mais à moi aussi ! » Et je ne m'arrêtai pas là. Rentrées chez nous, j'attisai le mécontentement de Nunzia et l'incitai à reprocher à sa fille tout le temps qu'elle passait au soleil et dans l'eau, ainsi que ses promenades jusqu'à minuit. J'en arrivai même à proposer, comme si je cherchais à réconcilier la mère et la fille : « Madame Nunzia, venez prendre une glace avec nous demain soir, vous verrez qu'on ne fait rien de mal ! » Lila, furieuse, s'exclama qu'elle se sacrifiait toute l'année, éternellement enfermée dans l'épicerie, et qu'elle avait bien droit à un peu de liberté. Nunzia aussi perdit son calme : « Mais Lina, qu'est-ce que tu racontes ? La liberté ? Quelle liberté ? Tu es mariée, tu dois rendre des comptes à ton mari ! Lenuccia peut vouloir un peu de liberté, toi non ! » Sa fille partit dans sa chambre en claquant la porte.

Mais le lendemain, Lila remporta la partie : sa mère resta à la maison quand nous sortîmes pour téléphoner à Stefano. « Vous devez être ici à onze heures précises », ronchonna Nunzia en s'adressant à moi, ce à quoi je répondis : « D'accord. » Elle fit peser sur moi un long regard interrogateur. Désormais elle était en état d'alerte : c'était notre surveillante mais elle ne nous surveillait pas ; elle craignait que nous nous attirions des ennuis mais pensait à sa jeunesse sacrifiée et n'avait pas le cœur de nous interdire quelques divertissements innocents. Je répétai pour la rassurer : « À onze heures. »

Le coup de téléphone à Stefano dura une minute tout au plus. Quand Lila sortit de la cabine, Nino nous demanda à nouveau :

« Tu te sens bien ce soir, Lenù ? Vous venez voir la maison ? »

Lila accepta, je ne dis mot. De l'extérieur, le bâtiment était vieux et mal entretenu, mais à l'intérieur tout avait été rénové : il y avait une cave blanche et bien éclairée remplie de vins et de saucissons, un escalier en marbre avec une rampe en fer forgé, des portes robustes où brillaient des poignées dorées, des fenêtres avec des croisées aux ornementations dorées également, de nombreuses pièces, des divans jaunes et un téléviseur, il y avait dans la cuisine des meubles couleur aigue-marine et dans les chambres des armoires grandes comme des églises gothiques. Je réalisai pour la première fois que Bruno était vraiment riche, plus riche que Stefano. Je me dis que si ma mère avait su que le fils du patron des mortadelles Soccavo, un étudiant, m'avait fait la cour, et qu'au lieu de remercier Dieu pour cette chance et de chercher à me faire épouser, je l'avais repoussé à deux reprises, elle m'aurait massacrée. En même temps, ce fut précisément parce que je songeai à ma mère et à sa jambe vexée que je me sentis soudain inférieure, même par rapport à Bruno. Dans cette maison, la timidité m'envahit. Pourquoi me trouvais-je ici, qu'y faisais-je ? Lila se comportait avec désinvolture et riait souvent, alors que j'avais l'impression d'avoir la fièvre et la bouche pleine d'un goût amer. Je me mis à dire oui à tout pour éviter la gêne de dire non. Tu veux boire quelque chose, tu veux que je mette ce disque, tu veux regarder la télévision, tu veux une glace... Je me rendis compte avec un certain retard que Nino et Lila avaient disparu, et ressentis aussitôt de l'inquiétude. Où étaient-ils passés ? Était-il possible qu'ils se soient enfermés dans la chambre de Nino ? Lila était-elle donc prête à franchir cette limite aussi ? Était-elle prête... – je ne voulus même pas y penser. Je bondis sur mes pieds et dis à Bruno :

« Il se fait tard. »

Il fut gentil, mais un brin mélancolique. Il murmura : « Reste encore un peu. » Il expliqua que le lendemain il devait partir de bonne heure pour se rendre à une fête de famille. Il m'annonça qu'il serait absent jusqu'à lundi et que ces jours sans moi seraient un tourment. Il me prit la main avec délicatesse, me dit qu'il était amoureux de moi et autres phrases de ce genre. Quand je retirai doucement ma main, il ne tenta aucun autre contact. En revanche, il parla longuement de ses sentiments pour moi, alors qu'en général il ne parlait pas beaucoup, et j'eus du mal à l'interrompre. Quand j'y parvins enfin, je m'exclamai : « Il faut vraiment que j'y aille » et appelai de plus en plus fort : « Lila, viens, s'il te plaît, il est dix heures et quart ! »

Au bout de quelques minutes, ils réapparurent

tous les deux. Nino et Bruno nous accompagnèrent à l'Ape. Bruno nous fit ses adieux : on aurait dit qu'il allait non pas à Naples jusqu'au lundi mais en Amérique pour le restant de ses jours. Pendant le trajet, Lila m'annonça avec enthousiasme, comme s'il s'agissait de je ne sais quelle nouvelle :

« Nino m'a dit qu'il t'estime beaucoup.

— Pas moi », rétorquai-je aussitôt d'un ton désagréable. Puis je sifflai :

« Et si tu tombes enceinte ? »

Elle me souffla à l'oreille :

« Il n'y a aucun danger. On ne fait que s'enlacer et s'embrasser.

— Ah bon...

— Et de toute façon, moi je ne tombe pas enceinte.

— Ça t'est déjà arrivé une fois.

— Je t'ai dit que je ne tomberais pas enceinte. Il sait comment faire.

— Qui, lui ?

— Nino. Il utilisera un préservatif.

— Qu'est-ce que c'est ?

— Je sais pas, il l'a appelé comme ça.

— Tu sais pas ce que c'est, et t'as confiance ?

— C'est un truc qu'on met dessus.

— Où ça, dessus ? »

Je voulais l'obliger à dire les choses. Je voulais qu'elle comprenne bien ce qu'elle était en train de me raconter. Au début elle m'assurait qu'ils ne faisaient que s'embrasser, et ensuite elle parlait de lui comme de quelqu'un qui savait comment ne pas la mettre enceinte. J'étais terriblement en colère et j'avais envie qu'elle ait honte d'elle-même. Mais non, elle avait l'air contente de tout ce qui lui arrivait et allait lui arriver. Tant et si bien qu'une fois à la maison, elle fut gentille avec Nunzia, souligna que nous étions rentrées très en avance et se prépara pour la nuit. Mais elle laissa la porte de sa chambre ouverte et, quand elle me vit prête à aller me coucher, elle m'appela en disant : « Viens discuter un moment, ferme la porte. »

Je m'assis sur son lit tout en m'efforçant de lui faire comprendre que j'en avais assez d'elle et de toute cette histoire.

« Qu'est-ce que tu as à me dire ? »

Elle murmura :

« Je veux aller dormir avec Nino. »

J'en restai bouche bée.

« Et Nunzia ?

— Écoute et ne t'énerve pas. Il nous reste peu de temps, Lenù : Stefano arrivera samedi, il passera dix jours avec nous et après on rentrera à Naples. Alors tout sera fini.

— Quoi, tout ?

— Tout ça, ces journées, ces soirées… »

Nous eûmes une longue discussion et elle m'eut l'air tout à fait lucide. Elle chuchota qu'il ne lui arriverait plus jamais un truc pareil. Elle me murmura qu'elle l'aimait et qu'elle le voulait. Elle utilisa ce verbe, *aimer*, que nous avions trouvé seulement dans les livres et au cinéma et qu'au quartier personne n'utilisait – moi je le disais tout au plus en me parlant à moi-même – car nous préférions tous : *être amoureux*. Mais elle non, elle aimait. Elle aimait Nino. Mais elle savait très bien que cet amour devait être réprimé, il fallait lui ôter toute possibilité d'exister. Et c'est ce qu'elle ferait, oui oui, dès samedi soir. Elle n'avait aucun doute, elle en serait capable, il fallait que je lui fasse confiance. Mais le peu de temps qui restait, elle désirait le consacrer à Nino.

« Je veux passer toute une nuit et toute une journée au lit avec lui, dit-elle. Je veux dormir dans ses bras et l'embrasser à volonté, le caresser quand j'en ai envie, même s'il est endormi. Et puis ce sera fini.

— C'est impossible !

— Il faut que tu m'aides.

— Mais comment ?

— Tu dois convaincre ma mère que Nella nous a invitées à passer deux jours à Barano et qu'on dormira là-bas. »

Je me tus un instant. Ainsi avait-elle déjà un projet, un plan. Elle l'avait certainement élaboré avec Nino, et peut-être celui-ci s'était-il débarrassé de Bruno exprès. Qui sait depuis combien de temps ils complotaient pour trouver comment et où se retrouver ! Finies les discussions sur néocapitalisme et néocolonialisme, sur l'Afrique et l'Amérique latine, sur Beckett ou Bertrand Russell. Finis les détours. Nino ne faisait plus de discours sur rien. Leurs brillantes intelligences ne se consacraient plus qu'à la manière de rouler Nunzia et Stefano, et ce en m'utilisant.

« Mais tu es folle ! lui criai-je, furieuse. Même si ta mère nous croit, ton mari ne marchera jamais.

— Tu t'occupes de convaincre ma mère de nous envoyer à Barano et moi je la convaincs de ne rien dire à Stefano.

— Non.

— On n'est plus amies ?

— Non.

— Tu n'es plus l'amie de Nino ?

— Non. »

Mais Lila savait comment m'entraîner dans ses histoires. Et moi j'étais incapable de résister : d'un côté je me disais « ça suffit », et de l'autre j'étais déprimée à l'idée de ne plus faire partie de sa vie telle qu'elle l'inventait en permanence. Cette intrigue n'était rien d'autre qu'une de ses aventures, toujours pleines de fantaisie et de danger ! Toutes deux ensemble, épaule contre épaule, en lutte contre tous : nous consacrerions la journée du lendemain à vaincre les résistances de Nunzia. Puis, le jour suivant, nous partirions de bonne heure, toutes deux en même temps. Nous nous séparerions à Forio. Elle se réfugierait dans la maison de Bruno avec Nino tandis que je prendrais la barque pour les Maronti. Elle passerait toute la journée et toute la nuit avec Nino, moi j'irais chez Nella et dormirais à Barano. Le lendemain j'arriverais à Forio pour l'heure du déjeuner, on se retrouverait chez Bruno et nous rentrerions ensemble à la maison. Parfait. Elle décrivait dans leurs moindres détails toutes les étapes qui assureraient le succès de sa supercherie, son imagination enflammant la mienne, et elle ne cessait de m'embrasser et de me supplier. Nous étions engagées dans une nouvelle aventure, *ensemble* ! Et *nous* prendrions ce que la vie ne voulait pas nous donner. Voilà ! Ou préférais-je qu'elle se prive de cette joie, que Nino souffre, et que tous deux en perdent la raison, finissant par oublier toute prudence et par se laisser emporter par leur désir, à leurs risques et périls ? Au cours de cette nuit et à force de suivre le fil de son raisonnement, il y eut un moment où j'en arrivai à penser que la soutenir dans cette entreprise serait non seulement un aboutissement de notre longue relation de sœurs, mais aussi un moyen de manifester mon amour – elle parlait d'amitié mais moi, désespérée, je me disais : amour, amour, amour ! – pour Nino. C'est alors que je finis par dire :

« D'accord, je vais t'aider. »

66

Le lendemain, je racontai à Nunzia des bobards dont j'eus honte moi-même, tant ils étaient ignobles. Au centre de ces mensonges je plaçai Mme Oliviero, qui en ce moment devait être dans un état terrible à Potenza – et c'est moi qui eus cette idée, pas Lila.

« Hier, expliquai-je à Nunzia, j'ai rencontré Nella Incardo et elle m'a dit que sa cousine était venue passer quelques jours de convalescence chez elle, afin de se remettre d'aplomb au bord de la mer. Demain soir, Nella organise une fête pour notre institutrice et elle nous a invitées Lila et moi, qui avons été ses meilleures élèves. Nous aimerions vraiment y aller mais cela finira tard, alors c'est impossible. Mais Nella nous a dit que nous pouvions dormir chez elle.

— À Barano ? demanda Nunzia, bougonne.

— Oui, la fête se déroule là-bas. »

Silence.

« Vas-y, Lenù, mais Lila ne peut pas, ça va fâcher son mari. »

Lila lança alors :

« On lui dira rien !

— Mais qu'est-ce que tu racontes ?

« — Maman, il est à Naples et moi je suis ici, il n'en saura jamais rien.

— D'une manière ou d'une autre, tout se sait.

— Mais non !

— Mais si ! Et maintenant ça suffit, Lina, je ne discute plus. Si Lenuccia veut y aller, très bien, mais toi tu restes ici ! »

Nous continuâmes ainsi pendant une bonne heure. Je soulignais que notre institutrice était très malade et que ce serait peut-être notre dernière occasion de lui montrer notre gratitude, et Lila pressait sa mère ainsi : « Et toi, combien de mensonges tu as racontés à papa pour avoir un moment à toi ou pour faire quelque chose de bien qu'il ne t'aurait jamais autorisée à faire ? Allez, avoue ! » Affirmant une chose et son contraire, Nunzia commença par assurer qu'elle n'avait jamais dit le moindre mensonge à Fernando, pas le plus petit, avant d'arriver à en avouer un, deux et bientôt tout un tas ; pour finir elle se mit à crier, à la fois avec colère et orgueil maternel : « Mais qu'est-ce qui s'est passé quand tu es venue au monde ? Un accident, un hoquet, une convulsion, ou bien la lumière s'est éteinte, une ampoule a éclaté, la bassine d'eau est tombée de la commode ? Il a bien dû se passer un truc pour que tu naisses comme ça, tellement insupportable et différente des autres ! » Là, elle fut frappée de tristesse et sembla s'adoucir. Mais bientôt elle recommença à s'emporter et s'écria qu'on ne racontait pas de mensonges à son mari simplement pour aller voir une maîtresse d'école. Alors Lila s'exclama : « Le peu que je sais, je le dois entièrement à Mme Oliviero ! J'ai fait toute ma scolarité avec elle. » Et pour finir, Nunzia céda. Mais elle nous donna un horaire précis : samedi à quatorze heures, nous devions être de retour à la maison. Pas une minute de plus. « Et si Stefano arrive en avance et ne te trouve pas ? Je t'en prie, Lina, ne me mets pas dans une situation difficile. C'est vu ?

— C'est vu. »

Nous descendîmes à la plage. Lila était rayonnante, elle me serra dans ses bras, m'embrassa et me dit qu'elle me serait reconnaissante jusqu'à la fin de ses jours. Mais moi je culpabilisais déjà de m'être servie de Mme Oliviero, que j'avais placée au centre d'une fête à Barano en l'imaginant telle qu'elle était lorsqu'elle nous faisait cours, pleine d'énergie, et en faisant abstraction de l'état où elle devait être en ce moment, pire encore que lorsqu'on l'avait emportée en ambulance ou quand je l'avais vue à l'hôpital. Ma satisfaction d'avoir inventé un mensonge efficace disparut, je perdis le plaisir de la complicité et redevins vindicative. Je me demandais pourquoi donc je soutenais Lila, pourquoi je la couvrais : en fait, elle voulait tromper son mari, violer le lien sacré du mariage, échapper à sa condition d'épouse et commettre un acte qui lui aurait valu de se faire arracher la tête si Stefano l'avait découvert ! Je me souvins soudain de ce que Lila avait fait à sa photo en robe de mariée et j'en eus mal au ventre. Je me dis qu'aujourd'hui elle se comportait à l'identique, mais pas avec sa photo, avec elle-même, en tant que Mme Carracci. Et elle m'entraîne à nouveau pour que je l'aide. Nino n'est qu'un instrument ! Oui, comme les ciseaux, la colle ou la peinture : elle se sert de lui pour se déformer. Vers quelle mauvaise action me pousse-t-elle ? Et pourquoi est-ce que je me laisse faire ?

Nous trouvâmes Nino sur la plage, il nous attendait. Il demanda, anxieux :

« Alors ? »

Elle répondit :

« Ça marche ! »

Ils coururent se baigner sans même m'inviter à les rejoindre, ce que du reste je n'aurais pas fait. J'avais des frissons tellement j'étais anxieuse, et puis pourquoi aller nager si c'était pour rester seule près du rivage, effrayée par les profondeurs ?

Il y avait du vent, quelques filaments de nuages, et la mer était un peu agitée. Lila poussa un long cri de joie et ils plongèrent sans hésiter. Ils étaient heureux, pleins de leur histoire, ils avaient l'énergie de ceux qui s'emparent de tout ce qu'ils désirent, coûte que coûte. Leurs mouvements de bras déterminés les conduisirent bientôt loin au milieu des flots.

Je me sentis enchaînée par un insupportable pacte d'amitié. Comme tout était tortueux ! C'était moi qui avais entraîné Lila à Ischia. C'était moi qui m'étais servie d'elle pour suivre Nino, sans d'ailleurs nourrir aucun espoir. J'avais renoncé à l'argent de la librairie de la Via Mezzocannone pour celui qu'elle me donnait. Je m'étais mise à son service et, maintenant, je jouais le rôle de la servante qui prête main-forte à sa maîtresse. Je couvrais son adultère. Je le préparais. Je l'aidais à avoir Nino, à l'avoir à ma place, à se faire tringler – oui, tringler –, à baiser avec lui toute une journée et toute une nuit, à lui tailler des pipes. Mes tempes commencèrent à battre, je repoussai le sable avec mon talon une, deux, trois fois, et j'éprouvai du plaisir à entendre résonner dans ma tête ces expressions entendues quand j'étais enfant, pleines d'images de sexe confuses. Le lycée disparut, ainsi que la belle sonorité des livres et des traductions grecques et latines. Je fixai la mer miroitante et la longue bande pâle qui, de l'horizon, montait vers le ciel bleu que la chaleur striait de blanc, et je les aperçus à peine : Nino et Lila, deux petits points noirs. Je ne pus discerner s'ils continuaient à nager vers les nuages à l'horizon ou s'ils revenaient vers le rivage. Je désirai qu'ils se noient et que la mort leur ôte à tous deux les joies du lendemain.

67

J'entendis qu'on m'appelait et me retournai d'un bond.

« Alors j'avais bien vu ! » s'exclama une voix masculine insolente.

« Je t'avais dit que c'était elle ! » ajouta une voix féminine.

Je les reconnus aussitôt et me levai. C'étaient Michele Solara et Gigliola, accompagnés du frère de celle-ci, un enfant de douze ans qui s'appelait Lello.

Je leur fis fête, toutefois sans jamais leur dire : installez-vous ! J'espérais qu'ils avaient quelque raison d'être pressés et qu'ils devraient s'en aller au plus vite, mais Gigliola étendit soigneusement sa serviette sur le sable, puis celle de Michele, avant de poser sac, cigarettes et briquet et de dire à son frère : allonge-toi sur le sable chaud, il y a du vent et ton maillot de bain est mouillé, tu vas attraper froid. Que pouvais-je faire ? Je m'efforçai de ne pas regarder en direction de la mer, comme si cela pouvait les dissuader de tourner eux aussi les yeux de ce côté, et je prêtai une attention enjouée à Michele qui, comme d'habitude, se mit à parler d'un ton détaché et désinvolte. Ils s'étaient offert une journée de repos car à Naples, il faisait vraiment trop chaud. Un coup de vaporetto le matin, un autre le soir, et voilà, ils prenaient un bon bol d'air ! Et puis dans le magasin de la Piazza dei Martiri il y avait Pinuccia et Alfonso, ou plutôt Alfonso et Pinuccia, puisque Pinuccia ne faisait pas grand-chose tandis qu'Alfonso se débrouillait bien. C'était justement sur les conseils de Pina qu'ils avaient décidé de venir à Forio. Vous verrez, avait-elle dit, vous les trouverez, il suffit de longer la plage. Et en effet, ils faisaient une promenade quand Gigliola s'était exclamée : mais c'est pas Lenuccia, là-bas ? Et les voilà. Je répétai à plusieurs reprises « comme ça me fait plaisir ! » ; Michele, par distraction, mit ses pieds pleins de sable sur la serviette de Gigliola, qui se fâcha – « fais attention enfin ! » – mais en vain. À présent qu'il avait achevé le récit de ce qui les avait amenés à Ischia, je savais que la véritable question allait arriver, et je la lus dans son regard avant même qu'il ne la formule :

« Et Lina, elle est où ?

— Elle se baigne.

— Mais la mer est agitée !

— Oh, elle n'est pas si mauvaise que ça. »

Alors, fatalement, Gigliola et lui se retournèrent pour regarder la mer, couverte de crêtes écumantes. Mais ils ne le firent que distraitement car ils étaient occupés à s'installer sur leurs serviettes.

Michele se disputa avec le petit frère qui voulait retourner se baigner : «Reste ici! lui dit-il. Tu veux te noyer?» et il lui fourra une bande dessinée dans la main, ajoutant à l'adresse de sa fiancée : «Celui-là, c'est la dernière fois qu'on l'emmène!»

Gigliola me fit un tas de compliments :

«Tu es toute bronzée, ça te va bien, et tes cheveux ont encore blondi!»

Je souris et me défendis de ses louanges, tout en n'ayant qu'une idée en tête : trouver le moyen de les éloigner.

«Venez donc vous reposer chez nous, proposai-je, il y a Nunzia, ça lui fera plaisir!»

Ils refusèrent : ils devaient reprendre le vaporetto dans deux heures, ils préféraient profiter encore un peu du soleil avant de se remettre en route.

«Alors allons prendre quelque chose au bar, offris-je.

— D'accord, mais attendons Lila.»

Comme toujours dans les situations de tension, je m'efforçai de gommer le temps à force de mots et me lançai dans des questions en rafales – tout ce qui me passait par la tête : comment allait Spagnuolo le pâtissier, comment allait Marcello, s'était-il trouvé une petite amie, que pensait Michele des nouveaux modèles de chaussures, qu'en pensaient son père, sa mère, son grand-père... À un moment donné je me levai, annonçai «J'appelle Lila» et m'avançai près de l'eau, d'où je criai : «Lina, reviens, Michele et Gigliola sont là!» mais cela ne servit à rien, elle ne m'entendit pas. Je revins sur mes pas et me remis à discuter pour les distraire. J'espérais que Lila et Nino, en regagnant le rivage, se rendraient compte du danger avant que Gigliola et Michele ne les aperçoivent, et éviteraient donc tout comportement intime. Mais alors que Gigliola m'écoutait, Michele n'eut pas même la politesse de faire semblant. Il était venu à Ischia exprès pour voir Lila et parler avec elle des nouvelles chaussures, ça j'en étais sûre, et il lançait de longs regards en direction de la mer de plus en plus agitée.

Enfin, il la vit. Il la vit alors qu'elle sortait de l'eau, main dans la main avec Nino : épaule contre épaule, ils s'échangeaient des sourires – un couple qui ne risquait pas de passer inaperçu tant ils étaient beaux tous les deux, élancés et d'une grande élégance naturelle. Ils étaient tellement dans leur bulle qu'ils ne réalisèrent pas tout de suite que j'avais de la compagnie. Quand Lila reconnut Michele et retira sa main, il était trop tard. Peut-être Gigliola ne s'aperçut-elle de rien, son frère était plongé dans sa bande dessinée, mais la situation n'échappa pas à Michele, qui se retourna vers moi comme pour lire sur mon visage la confirmation de ce qui venait de lui tomber sous les yeux : et il dut la trouver, sous forme de frayeur. Sérieux, avec la voix lente qu'il prenait quand il devait affronter une situation qui demandait une prise de décision rapide, il annonça :

« On reste dix minutes, le temps de dire bonjour, et puis on s'en va. »

En réalité, ils restèrent plus d'une heure. Michele, en entendant le nom de famille de Nino, que je présentai en soulignant lourdement qu'il s'agissait d'un camarade d'école primaire et que nous faisions le lycée ensemble, lui posa aussitôt la question qui fâche :

« Tu es le fils de celui qui écrit dans le *Roma* et le *Napoli notte* ? »

Nino eut un geste évasif et Michele le fixa longuement, comme s'il voulait trouver dans ses yeux la confirmation de cette parenté. Puis il ne lui adressa plus la parole et se lança dans une discussion intense et exclusive avec Lila.

Lila fut cordiale, ironique et parfois perfide. Michele lui fit remarquer :

« Ton fanfaron de frère jure qu'il a conçu les nouvelles chaussures tout seul !

— C'est la vérité.

— Alors c'est pour ça qu'elles sont aussi nulles !

— Tu verras que cette nullité se vendra encore mieux que celle d'avant.

— Ça se peut, mais seulement si tu t'occupes du magasin.

— Tu as déjà Gigliola, elle s'en sort très bien.

— Gigliola, j'ai besoin d'elle à la pâtisserie.

— C'est ton problème, moi je dois rester à l'épicerie.

— Tu verras qu'on va te transférer sur la Piazza dei Martiri, m'dame, et là tu auras carte blanche !

— Carte blanche, carte noire, tu peux t'enlever cette idée de la tête, je suis très bien où je suis ! »

Et ils continuèrent ainsi, on aurait dit qu'ils faisaient une partie de tambourin avec des mots. Gigliola et moi tentâmes de temps à autre de dire quelque chose, surtout elle, furieuse de voir son fiancé discuter de son avenir sans même la consulter. Quant à Nino, je m'aperçus qu'il était tout étourdi ou peut-être admiratif devant Lila qui, habile et intrépide, trouvait toujours quoi rétorquer à Michele, en dialecte.

Enfin, le cadet des Solara annonça qu'ils

devaient partir, leur parasol et toutes leurs affaires se trouvant assez loin de là. Il me dit au revoir et salua très chaleureusement Lila, lui réitérant qu'il l'attendait au magasin dès septembre. En revanche, il s'adressa sur un ton sérieux à Nino, le traitant comme un subalterne auquel on demande d'aller acheter un paquet de cigarettes :

« Dis à ton père qu'il n'aurait pas dû écrire que la décoration du magasin ne lui plaisait pas. Quand on accepte du fric, on doit écrire que tout est bien, autrement le fric, on n'en voit plus la couleur ! »

Nino, pétrifié par la stupeur et peut-être par l'humiliation, ne répondit rien. Gigliola lui tendit la main et il donna machinalement la sienne. Les deux fiancés s'en allèrent en traînant derrière eux le petit frère, qui continua à lire sa bande dessinée tout en marchant.

68

J'étais en colère, terrifiée et mécontente de tous mes gestes et de toutes mes paroles. Dès que Michele et Gigliola furent suffisamment loin, je lançai à Lila, faisant en sorte que Nino entende aussi :

« Il vous a vus ! »

Nino, mal à l'aise, demanda :

« Qui c'est ? »

— Un camorriste de merde qui a la grosse tête », répondit Lila avec mépris.

Je la corrigeai immédiatement, car Nino devait savoir :

« C'est un associé de son mari. Il dira tout à Stefano.

— Quoi, tout ? s'exclama Lila. Il n'y a rien à dire.

— Tu sais très bien qu'ils vont tout balancer.

— Ah oui ? Et qu'est-c'qu'on en a à foutre ?

— Moi, j'en ai quelque chose à foutre !

— Tant pis. De toute façon, si tu ne m'aides pas les choses se feront quand même comme elles le doivent. »

Et presque comme si je n'étais pas là, elle se mit d'accord avec Nino pour le lendemain. Mais alors que cette rencontre avec Michele Solara semblait avoir encore décuplé l'énergie de Lila, Nino eut soudain l'air d'un jouet dont le ressort se serait brisé. Il murmura :

« Tu es sûre que je ne vais pas te causer d'ennuis ? »

Lila lui fit une caresse sur la joue :

« Tu n'as plus envie ? »

La caresse sembla le réanimer :

« Je m'inquiète pour toi, c'est tout ! »

Nous quittâmes Nino de bonne heure et rentrâmes à la maison. En chemin, j'évoquai des scénarios catastrophes : « Ce soir Michele parlera à ton mari, Stefano se précipitera ici dès demain matin, il ne te trouvera pas à la maison, Nunzia l'enverra à Barano et il ne te trouvera pas à Barano non plus. Tu vas tout perdre, Lila, crois-moi ! Comme ça, non seulement tu te fous en l'air, mais tu me fous en l'air moi aussi, ma mère va me briser les os. » Mais elle se contenta de m'écouter avec distraction, de sourire et de répéter une seule et même idée sous différentes formes : Lenù, je t'aime et t'aimerai toujours, et c'est pour ça que je te souhaite d'éprouver

374

au moins une fois dans ta vie ce que j'éprouve en ce moment.

Alors je me dis : tant pis pour toi ! Le soir, nous restâmes à la maison. Lila fut gentille avec Nunzia, elle voulut faire la cuisine et servir, puis elle débarrassa, fit la vaisselle et en arriva à s'asseoir sur les genoux de sa mère, passant les bras autour de son cou et posant le front contre le sien, avec une soudaine mélancolie. Sa mère, guère habituée à ces gestes d'affection, dut en être gênée et, éclatant soudain en sanglots, elle glissa entre ses larmes une phrase que l'anxiété rendait tortueuse :

« Je t'en prie, Lina ! Une fille comme toi, aucune mère n'en a, ne me fais pas mourir de malheur ! »

Lila se moqua tendrement d'elle et l'accompagna au seuil de sa chambre. Le lendemain matin, mon amie dut me sortir du lit : une partie de moi souffrait tellement qu'elle refusait de se réveiller et d'accepter que le jour soit venu. Tandis que l'Ape nous emmenait à Forio, j'envisageai d'autres terribles scénarios qui laissèrent Lila totalement indifférente : « Nella est partie », « Nella a des invités et n'a pas de place pour moi », « Les Sarratore décident de venir ici à Forio et de rendre visite à leur fils ». Elle répondit à tout cela sur le ton de la plaisanterie : « Si Nella est partie, tu iras dormir avec la mère de Nino », « Si tu n'as pas de place, tu redescendras et tu dormiras avec nous », « Même si toute la famille Sarratore frappe à la porte de chez Bruno, nous ne leur ouvrirons pas ! » Et cela continua ainsi jusqu'à ce que, peu avant neuf heures, nous arrivions à destination. Nino attendait à sa fenêtre et courut nous ouvrir le portail. Il me salua de la main et tira Lila à l'intérieur.

Si jusqu'à cet instant tout aurait encore pu être

évité, le franchissement de ce portail enclencha un engrenage que plus rien ne pouvait arrêter. Aux frais de Lila, je repris le même Ape et me fis conduire à Barano. Le long du trajet, je me rendis compte que je ne parvenais pas à les détester réellement. J'éprouvais de la rancune à l'égard de Nino, je nourrissais certainement des sentiments hostiles envers Lila, et je pouvais même souhaiter leur mort à tous les deux, mais je le faisais comme si, par magie et paradoxalement, cela devait nous sauver tous les trois. Mais les détester, non. Je me détestais plutôt moi-même, je me méprisais. J'étais là dans l'île, assise dans l'Ape le vent me fouettait le visage, m'apportant d'intenses odeurs de végétation tandis que l'humidité de la nuit s'évaporait. Mais ma relation au monde, c'était d'être mortifiée, soumise aux raisons d'autrui. Je vivais à travers eux, en sourdine. Je n'arrivais déjà plus à chasser de ma tête des images d'étreintes et de baisers dans la maison vide. Leur passion m'envahissait et me troublait. Je les aimais tous les deux et, de ce fait, je n'arrivais pas à m'aimer moi-même, à me sentir moi-même et à m'agripper à un besoin de vie *à moi* qui aurait la même force que le leur, sourd et aveugle. Du moins, telle était mon impression.

69

Je fus accueillie par Nella et la famille Sarratore avec leur enthousiasme habituel. Derrière mon masque le plus doux, celui-là même que prenait mon père quand on lui donnait un pourboire, le masque inventé par mes ancêtres pour éviter le danger – mes ancêtres éternellement apeurés, subalternes, consentants et pleins de zèle –, je passai de mensonge en mensonge avec mes manières les plus affables. J'expliquai à Nella que si j'avais décidé de venir l'embêter, ce n'était pas par choix mais par nécessité. Les Carracci avaient des invités et je n'avais pas de place pour dormir cette nuit ; j'espérais ne pas abuser en arrivant ainsi à l'improviste et, si cela lui posait problème, je pouvais rentrer quelques jours à Naples.

Nella m'embrassa et me jura encore et encore qu'elle était absolument ravie de m'accueillir chez elle. Je refusai d'aller à la plage avec les Sarratore, malgré les protestations des enfants. Lidia insista pour que je les rejoigne au plus vite et Donato affirma qu'il m'attendrait pour que l'on se baigne ensemble. Je restai avec Nella, l'aidai à ranger la maison et à préparer le déjeuner. Pendant un temps, tout me parut moins pénible : les mensonges, l'image de l'adultère en train de s'accomplir, ma complicité, et une jalousie qui n'arrivait pas à se fixer, puisque je me sentais jalouse tantôt de Lila qui se donnait à Nino et tantôt de Nino qui se donnait à Lila. En discutant, j'eus l'impression que l'hostilité de Nella envers les Sarratore avait diminué. Elle m'expliqua que mari et femme avaient trouvé un équilibre et, comme cela allait bien entre eux, ils étaient moins désagréables avec elle. Elle me parla de Mme Oliviero : elle lui avait téléphoné exprès pour lui dire que j'étais venue la voir, et elle l'avait trouvée très fatiguée mais plus optimiste. Bref, nous passâmes un moment paisible à échanger des nouvelles. Mais quelques phrases suffirent, une digression inattendue, pour que je ressente à nouveau tout le poids de la situation dans laquelle je m'étais mise.

«Elle n'a pas tari d'éloges sur toi! s'exclama Nella en parlant d'Oliviero. Mais quand elle a su que tu étais venue me voir avec deux amies mariées, elle m'a posé un tas de questions, surtout sur Mme Lina.

— Et qu'est-ce qu'elle a dit?

— Elle a dit que durant toute sa carrière d'institutrice, c'est l'élève la plus douée qu'elle ait jamais eue!»

Ce rappel de la vieille supériorité de Lila me troubla.

«C'est vrai», admis-je.

Mais Nella fit une moue pour exprimer son désaccord le plus total, et ses yeux brillèrent.

«Ma cousine est une maîtresse exceptionnelle, poursuivit-elle, pourtant je dirais que cette fois, elle se trompe.

— Non, elle ne se trompe pas.

— Je peux te dire ce que je pense?

— Bien sûr!

— Ça ne te vexera pas?

— Non.

— Mme Lina ne m'a pas plu. Toi tu es beaucoup mieux, tu es plus belle et plus intelligente. J'en ai même parlé avec les Sarratore, et ils sont d'accord avec moi.

— Vous dites ça parce que vous m'aimez bien!

— Non non! Méfie-toi, Lenù. Je sais que vous êtes très amies, ma cousine me l'a dit. Et je ne veux pas me mêler de ce qui ne me regarde pas. Mais moi, un coup d'œil me suffit pour juger les gens. Mme Lina sait bien que tu vaux mieux qu'elle, et elle ne t'aime pas autant que toi tu l'aimes.»

Je souris, feignant le scepticisme :

« Elle me veut du mal ?

— Je ne sais pas. Mais le mal, elle sait le faire, ça se lit sur son visage ! Il suffit de regarder son front et ses yeux. »

Je secouai la tête en dissimulant ma satisfaction. Ah, si cela pouvait être aussi simple ! Mais je savais déjà – même si je le sais bien mieux aujourd'hui – qu'entre Lila et moi, tout était beaucoup plus complexe. Alors je plaisantai, ris et fis rire Nella. Je lui expliquai que Lila ne faisait jamais bonne impression la première fois. Déjà quand elle était petite, on aurait dit un diable, et de fait elle en était un, mais dans le bon sens du terme. Elle avait la tête bien faite et réussissait tout ce qu'elle décidait d'entreprendre : si elle avait pu étudier, elle serait devenue une femme de sciences comme Marie Curie, une immense romancière comme Grazia Deledda, voire quelqu'un comme Nilde Iotti, l'épouse de Togliatti. En entendant ces deux derniers noms, Nella s'exclama ironiquement « Jésus Marie » et se signa. Puis un petit ricanement lui échappa, un autre encore, et alors elle ne put se retenir et voulut me dire à l'oreille une chose très amusante que Sarratore lui avait confiée. D'après lui, la beauté de Lila était presque de la laideur, elle était de ces beautés qui ensorcèlent les hommes mais leur font peur.

« Comment ça, peur ? » demandai-je en chuchotant moi aussi. Et elle, baissant la voix encore davantage :

« La peur que leur machin ne fonctionne pas ou qu'il retombe, ou bien que la fille sorte un couteau et le leur coupe ! »

Elle pouffa, sa poitrine tressauta et ses yeux se

remplirent de larmes. Pendant un bon moment, son hilarité fut incontrôlable et je me sentis vite mal à l'aise, ce qui ne m'était jamais arrivé avec elle. Ce n'était pas l'éclat de rire de ma mère, le rire obscène de la femme qui sait. Chez Nella, il y avait quelque chose à la fois de chaste et de vulgaire : je me dis que c'était le rire d'une vieille vierge. Je me mis à glousser moi aussi, de manière forcée. Comment une brave femme comme elle, me demandai-je, peut trouver cela amusant ? Et soudain, en entendant ce rire à la fois candide et plein de malice résonner dans mon cœur, je me sentis plus vieille. Je me dis que moi aussi, je finirais par m'esclaffer comme elle.

70

Les Sarratore arrivèrent pour le déjeuner. Ils laissèrent une traînée de sable sur le sol, apportèrent une odeur de mer et de sueur, et me reprochèrent affectueusement de ne pas les avoir rejoints : les enfants m'avaient attendue en vain. Je mis la table, ensuite je débarrassai et fis la vaisselle avant de suivre Pino, Clelia et Ciro près d'une cannaie pour les aider à couper des roseaux et construire un cerf-volant, tandis que leurs parents se reposaient et que Nella somnolait dans une chaise longue, sur la terrasse. Avec les enfants je me sentis bien et le temps passa à vive allure : le cerf-volant m'absorba entièrement et je ne pensai presque jamais à Nino et Lila.

En fin d'après-midi nous descendîmes tous

au bord de la mer, y compris Nella, pour faire voler le cerf-volant. Je courus sur la plage en tous sens, suivie des trois enfants qui restaient muets, bouche bée, quand le cerf-volant semblait s'élever, et puis poussaient de grands cris quand ils le voyaient s'abattre sur le sable après une pirouette inattendue. En dépit de mes nombreuses tentatives et malgré les instructions que Donato me criait depuis le parasol, je ne parvins pas à le faire voler. Je finis par abandonner et, baignée de sueur, conseillai à Pino, Clelia et Ciro : « Demandez à papa ! » Tiré par ses enfants, Sarratore arriva. Il vérifia l'armature de roseau, le vélin et le fil, puis il étudia le sens du vent et se mit à courir à reculons, faisant de petits sauts énergiques malgré son corps épaissi. Ses enfants enthousiastes se tenaient à ses côtés et, après avoir repris des forces, je me remis à courir moi aussi : ils étaient tellement rayonnants que leur euphorie finit par me gagner. Notre cerf-volant montait de plus en plus haut vers le ciel, il volait, alors il n'y eut plus besoin de courir et il suffisait de tenir le fil. Sarratore était un bon père. Il montra qu'avec un peu d'aide, même Ciro pouvait tenir le fil tout seul, même Clelia, même Pino, et même moi. Il me le passa en effet, mais en restant derrière mon dos – il me soufflait dans le cou en disant : « Comme ça c'est bien, tire un peu, relâche ! » Et le soir arriva.

Nous dînâmes, puis la famille Sarratore sortit se promener au village, le mari, la femme et les trois enfants, tous brûlés par le soleil et vêtus de leurs habits du dimanche. Malgré leurs invitations pressantes, je restai avec Nella. Nous remîmes la maison en ordre, elle m'aida à préparer mon lit dans un coin de la cuisine, toujours le même, et nous nous installâmes sur la terrasse pour prendre le frais. On ne voyait pas la lune et on apercevait dans le ciel noir quelques nuages blancs tout gonflés. Nous bavardâmes, admirant la beauté et l'intelligence des enfants Sarratore, puis Nella s'assoupit. Alors soudain, tout le poids de cette journée et de cette nuit à peine commencée revint m'accabler. Je sortis de la maison sur la pointe des pieds et descendis vers les Maronti.

Qui sait si Michele Solara avait gardé pour lui ce qu'il avait vu ? Qui sait si tout avait bien marché ? Qui sait si Nunzia dormait déjà dans la maison sur la route de Cuotto, ou bien si elle tentait de calmer son gendre débarqué à l'improviste avec le dernier vaporetto et furieux de ne pas trouver sa femme ? Qui sait si Lila avait téléphoné à son mari et, assurée qu'il était loin, à Naples, dans l'appartement du nouveau quartier, était maintenant au lit avec Nino, sans nulle crainte – couple secret, couple occupé à jouir de cette nuit ? Dans le monde, tout était équilibre et tout était risque : celui qui n'acceptait pas de prendre des risques et n'avait aucune confiance dans la vie dépérissait dans un coin. Soudain, je compris pourquoi je n'avais pas eu Nino et pourquoi Lila, elle, l'avait eu. Je n'étais pas capable de m'abandonner à de véritables sentiments. Je ne savais pas me laisser entraîner au-delà des limites. Je ne possédais pas cette puissance émotionnelle qui avait poussé Lila à tout faire pour profiter de cette journée et de cette nuit. Je demeurais en retrait, en attente. Alors qu'elle, elle s'emparait des choses, elle les voulait vraiment, se passionnait, jouait le tout pour le tout sans crainte des railleries, du mépris, des crachats et des coups. Bref, elle avait mérité

Nino parce qu'elle considérait que l'aimer, cela voulait dire essayer de l'avoir, et non espérer qu'il la veuille.

Je fis toute la descente dans le noir. À présent la lune apparaissait entre les rares nuages aux contours clairs, la soirée était extraordinairement parfumée et on entendait le bruit hypnotique des vagues. Sur la plage, j'enlevai mes chaussures, le sable était froid et une lumière bleu-gris glissait jusqu'à la mer avant de se répandre sur sa surface frémissante. Je me dis : oui, Lila a raison, la beauté du monde n'est qu'un leurre et le ciel est le royaume de la peur. Je suis vivante, ici et maintenant, à dix pas de l'eau, il n'y a rien de beau là-dedans et c'est terrifiant. De même que cette plage, que la mer et le foisonnement de toutes les formes animales, j'appartiens à ce monde de l'effroi ; en ce moment, je suis la particule infime à travers laquelle toute chose prend conscience d'elle-même avec frayeur – oui, moi ! moi qui écoute le bruit de la mer, moi qui perçois l'humidité et le sable froid, moi qui imagine Ischia en son entier, les corps enlacés de Nino et Lila, Stefano qui dort seul dans l'appartement neuf de moins en moins neuf, et les folies qui accompagnent le bonheur d'aujourd'hui pour alimenter la violence de demain. Oui, c'est comme ça, j'ai trop peur, et c'est pourquoi je souhaite qu'on en finisse au plus vite et que les êtres peuplant mes cauchemars viennent dévorer mon âme. Je voudrais que, de cette obscurité, surgissent des meutes de chiens enragés, des vipères, des scorpions et d'énormes serpents marins ! Je voudrais que des assassins surgissent de la nuit, me surprennent assise au bord de la mer et me taillent en pièces ! Oui, oui, il faudrait que je sois punie pour mon ineptie, il faudrait que le pire m'arrive, quelque chose de dévastateur qui m'évite de devoir affronter cette nuit, demain, les heures et jours à venir, qui ne feront que m'apporter d'autres preuves, toujours plus accablantes, de mon inadaptation. Ce sont des idées de ce genre qui me venaient, des idées pleines des exagérations d'une jeune fille humiliée. Je ne sais combien de temps je m'y abandonnai. Puis quelqu'un s'exclama : «Lena!» en m'effleurant l'épaule de ses doigts froids. Je sursautai et mon cœur fut comme pris dans les glaces ; mais quand je me retournai d'un bond et reconnus Donato Sarratore, je me remis brusquement à respirer comme si j'avais bu une potion magique, de celles qui, dans les poèmes, redonnent force et goût à la vie.

71

Donato m'expliqua que Nella, en se réveillant, ne m'avait plus trouvée à la maison et s'était inquiétée. Lidia aussi s'était fait du souci et elle lui avait demandé de partir à ma recherche. Seul Donato avait trouvé normal que je ne sois pas là. Il avait rassuré les deux femmes en leur disant : «Allez vous coucher, elle est sûrement descendue à la plage pour admirer le clair de lune!» Néanmoins, pour leur faire plaisir et par prudence, il était venu vérifier. Et voilà, il m'avait découverte assise là, à l'écoute du souffle de la mer, contemplant la divine beauté du ciel.

C'est ainsi qu'il parla, à quelques mots près. Il

s'assit près de moi et murmura qu'il me connaissait comme il se connaissait lui-même. Nous avions la même sensibilité pour les belles choses et le même besoin d'en être entourés, nous partagions le même goût pour les mots justes permettant d'évoquer la douceur de la nuit, le charme envoûtant de la lune, le scintillement de la mer, ou encore la manière dont deux âmes savent se rencontrer et se reconnaître dans l'obscurité et dans l'air parfumé. Tandis qu'il parlait, je saisissais pleinement le ridicule de sa voix bien posée, la balourdise de sa poésie et la pauvreté du lyrisme derrière lequel il dissimulait son envie de poser les mains sur moi. Mais je me dis : peut-être est-ce vrai que nous sommes faits de la même étoffe ? peut-être sommes-nous véritablement condamnés à la même médiocrité, sans que la faute nous en revienne ? Ainsi posai-je la tête contre son épaule et murmurai-je : « J'ai un peu froid. » Il fut prompt à me passer un bras autour de la taille, puis il me tira plus près de lui et me demanda si cela allait mieux ainsi. Je répondis « Oui » dans un souffle, il me souleva le menton entre le pouce et l'index, posa légèrement ses lèvres sur les miennes et demanda : « Et comme ça, c'est bien ? » Puis il m'abreuva de petits baisers de moins en moins légers, en continuant à murmurer : « Et comme ça, et comme ça, tu as encore froid, ça va mieux, ça va mieux ? » Sa bouche était chaude et humide, je l'accueillis sur la mienne avec une gratitude croissante, tant et si bien que ses baisers se firent toujours plus pressants ; sa langue effleura la mienne, la heurta et s'enfonça dans ma bouche. Je me sentis mieux. Je me rendis compte que je reprenais pied, la glace cédait, fondait, la peur se dissipait. Les mains de Sarratore enlevaient cette froidure mais lentement, comme si elle était faite de couches extrêmement fines et comme s'il était capable de les ôter une à une avec soin et précision, sans les déchirer; sa bouche elle-même, ses dents et sa langue semblaient avoir ce talent; de fait, on aurait dit qu'il savait beaucoup plus de choses sur moi qu'Antonio n'avait jamais réussi à en apprendre, voire qu'il savait ce que j'ignorais moi-même. Je compris qu'il existait un moi caché et que ses doigts, sa bouche, ses dents et sa langue savaient le dénicher. Couche après couche, ce moi perdit chacune de ses cachettes et s'exposa avec impudence. En outre, Sarratore savait comment éviter qu'il fuie ou qu'il ait honte, et il le retenait comme s'il était le motif unique de ses mouvements affectueux, de ses pressions tantôt légères, tantôt frénétiques. Pendant tout ce temps, je ne regrettai pas une seule fois d'avoir accepté ce qui était en train de se produire. Je ne revins pas sur mon choix et me sentis fière, je voulais qu'il en soit ainsi et me l'imposai. Ce qui m'aida peut-être, ce fut que Sarratore oublia peu à peu son langage fleuri et qu'il n'exigea de moi aucune participation, contrairement à Antonio. Il ne me prit jamais la main pour que je le touche mais se contenta de me convaincre que tout en moi lui plaisait, et il s'occupa de mon corps avec l'attention, la dévotion et la fierté d'un homme qui se consacre entièrement à prouver qu'il connaît parfaitement les femmes. Je ne l'entendis même pas constater *tu es vierge* : il était tellement certain de mon état que c'est le contraire qui l'aurait sans doute surpris. Quand je fus saisie d'une envie de plaire tellement exigeante et égocentrique qu'elle effaça non seulement tout le monde sensible mais aussi son corps – qui à mes yeux était celui d'un vieux – et les étiquettes qui servaient à le classer – *père de Nino, cheminot-poète-journaliste, Donato Sarratore* –, il s'en aperçut et me pénétra. Je sentis qu'il le faisait d'abord avec douceur, puis avec un coup net et précis qui me causa une déchirure dans le ventre et une douleur qui fut aussitôt effacée par un mouvement de flux et de reflux qui glissait et cognait, me vidait et me remplissait au rythme de son désir fébrile. Jusqu'à ce que, tout à coup, Sarratore se retire : il roula sur le sable en émettant une espèce de rugissement étranglé.

Nous demeurâmes silencieux. La mer revint, le ciel angoissant aussi, et je sentis la tête me tourner. Cela incita Sarratore à retrouver son lyrisme de bas étage et il crut bon de me ramener à moi-même avec des paroles tendres. Mais je ne parvins pas à supporter plus de deux phrases. Je me levai brusquement, ôtai le sable de mes cheveux et de sur mon corps, me remis en ordre. Quand il se hasarda à demander : « Où est-ce que nous pouvons nous voir demain ? », je lui répondis en italien, d'une voix calme et sûre d'elle-même, qu'il se trompait et qu'il ne devait jamais chercher à me revoir, ni à Citara ni au quartier. Et comme il eut un petit sourire sceptique, je lui expliquai que ce que pouvait lui faire Antonio Cappuccio, le fils de Melina, ce n'était rien à côté de ce que lui ferait Michele Solara, une personne que je connaissais bien et à laquelle il me suffisait de dire un mot pour qu'il voie rouge. J'ajoutai que Michele n'attendait qu'une occasion pour lui casser la figure, parce que Donato avait accepté de l'argent pour écrire sur son magasin de la Piazza dei Martiri mais n'avait pas bien fait son travail.

Pendant tout le chemin du retour, je continuai à le menacer, d'abord parce qu'il revenait à la charge

avec ses petites phrases mielleuses et que je voulais qu'il comprenne clairement mes sentiments,
mais aussi parce que j'étais émerveillée de constater que le ton de la menace, que depuis l'enfance je
n'utilisais qu'en dialecte, me venait très bien aussi
en langue italienne.

72

Je craignais de trouver les deux femmes éveillées
mais elles dormaient toutes deux. Elles n'étaient
pas inquiètes au point d'en perdre le sommeil, elles
m'estimaient intelligente et avaient confiance en
moi. Je dormis profondément.

Le lendemain je me réveillai de bonne humeur,
et même lorsque Nino, Lila et les événements des
Maronti me revinrent à l'esprit par bribes, je continuai à me sentir bien. Je discutai longuement avec
Nella, pris le petit déjeuner avec les Sarratore,
et même la gentillesse faussement paternelle de
Donato ne me fut pas désagréable. Je ne pensai pas
une seconde qu'avoir eu des relations sexuelles avec
cet homme grassouillet, vaniteux et verbeux avait
été une erreur. Néanmoins, le voir attablé là, l'écouter et devoir admettre que c'était lui qui m'avait fait
perdre ma virginité me répugna. Je descendis à la
plage avec toute la petite famille, me baignai avec
les enfants et laissai derrière moi un sillage de sympathie. J'arrivai à Forio, parfaitement ponctuelle.

J'appelai Nino qui apparut aussitôt à la fenêtre.
Je refusai de monter, à la fois parce que nous
devions partir au plus vite et parce que je ne voulais

388

pas graver dans ma mémoire l'image de pièces où Nino et Lila avaient vécu seuls pendant presque deux jours. J'attendis, mais Lila n'arrivait pas. Tout à coup, l'anxiété me reprit : j'imaginai que Stefano avait réussi à quitter Naples dès le matin et qu'il débarquait avec quelques heures d'avance, voire qu'il était déjà en route vers chez nous. J'appelai encore, Nino sortit à nouveau la tête et me fit signe qu'elle n'en avait plus que pour une minute. Ils descendirent un quart d'heure plus tard, s'enlacèrent et s'embrassèrent longuement devant le portail. Lila courut vers moi, puis s'arrêta soudain comme si elle avait oublié quelque chose et retourna sur ses pas pour l'embrasser à nouveau. Gênée, je détournai les yeux, et l'idée que j'étais mal faite, incapable de m'impliquer vraiment, reprit force. Là devant moi, tous deux me semblèrent à nouveau magnifiques et le moindre de leurs mouvements parfait, à tel point que crier « Lina, dépêche-toi » fut comme interrompre brutalement un rêve. Lila parut arrachée par une force cruelle, sa main glissa lentement sur l'épaule de Nino, le long de son bras et jusqu'au bout de ses doigts, comme dans un geste de danse. Elle me rejoignit enfin.

Pendant le trajet en Ape, nous n'échangeâmes que quelques mots.

« Ça va ?

— Oui. Et toi ?

— Ça va. »

Je ne parlai pas de moi et elle ne parla pas d'elle. Mais nos raisons pour un tel laconisme étaient bien différentes. Je n'avais nulle intention de mettre des mots sur ce qui m'était arrivé : c'était un fait brut qui concernait mon corps et ses réactions physiologiques, et qu'une partie minuscule du corps d'un autre se soit introduite dans le mien pour la première fois me semblait insignifiant. L'image de Sarratore dans la nuit ne m'inspirait rien d'autre qu'une impression d'étrangeté, et j'étais soulagée qu'elle se soit dissipée comme un orage qui n'éclate pas. En revanche, il me fut évident que Lila se taisait parce qu'elle n'avait rien à dire. Je sentis qu'elle n'avait en elle ni pensées ni images comme si, en se détachant de Nino, elle avait oublié en lui toute chose d'elle, même la capacité à raconter ce qui lui était arrivé et lui arrivait encore. Cette différence entre nous me rendit mélancolique. Je tentai de fouiller dans mon expérience sur la plage pour trouver quelque chose d'équivalent à son sentiment de perte, à la fois douloureux et heureux. Je me rendis compte qu'aux Maronti, à Barano, je n'avais rien laissé, pas même ce nouveau moi qui m'avait été révélé. J'avais tout emporté et par conséquent ne ressentais pas le besoin – que je lisais au contraire dans les yeux de Lila, dans sa bouche entrouverte, dans ses poings serrés – de faire demi-tour pour rejoindre la personne quittée. Et si ma situation, a priori, pouvait apparaître plus solide et définie que la sienne, voilà au contraire que, comparée à Lila, je me sentais comme un marécage, une terre trop imbibée d'eau.

73

Heureusement, je n'ai lu ses cahiers que plus tard. Des pages entières y étaient consacrées à cette journée et à cette nuit avec Nino, et ce que ces pages racontaient, c'était précisément ce que moi, je ne pouvais raconter. Pas un mot n'évoquait les plaisirs sexuels et rien ne permettait de rapprocher son expérience de la mienne. En revanche Lila parlait d'amour, et elle le faisait de manière surprenante. Elle disait que, depuis le jour de son mariage et jusqu'à ces vacances à Ischia, elle avait été sur le point de mourir, sans même s'en apercevoir. Elle décrivait avec minutie son sentiment de mort imminente : baisse d'énergie, somnolence, une forte pression au milieu de la tête, comme si elle avait entre le cerveau et les os du crâne une bulle d'air en expansion perpétuelle, et la sensation que tout bougeait très vite comme pour fuir, que les gens et les choses se mouvaient rapidement et ne faisaient que la heurter, la blesser et lui causer des douleurs physiques au ventre et à l'intérieur des yeux. Elle expliquait que cela s'accompagnait d'un engourdissement des sens, comme si elle était enveloppée dans de la ouate et que ses blessures ne lui venaient pas du monde réel mais d'un interstice entre son corps et la masse de coton hydrophile dans laquelle elle se sentait emprisonnée. Par ailleurs, elle admettait que l'imminence de sa mort lui paraissait tellement certaine que cela lui ôtait tout respect pour les choses, et en premier lieu pour elle-même, comme si plus rien ne comptait et que tout pouvait être détruit. Parfois, elle était dominée par une frénésie de s'exprimer sans aucun frein : s'exprimer pour la dernière fois avant de devenir comme Melina, et avant de traverser le boulevard au moment même où un camion surgirait, la renverserait, la ferait disparaître. Or, Nino avait transformé cet état, il l'avait arrachée à la mort. Et il avait commencé lorsque, chez les Galiani, il l'avait invitée à danser et qu'elle avait refusé, effrayée par cette possibilité de salut. Puis à Ischia, jour après jour, il avait joué le rôle du sauveur. Il lui avait rendu sa capacité à sentir. Surtout, il avait ressuscité sa conscience d'elle-même. Oui, ressuscité. Des lignes entières étaient consacrées à cette idée de résurrection : c'était une élévation extatique, la fin de tout lien et pourtant aussi le plaisir indicible d'un nouveau lien, c'était une renaissance et aussi une insurrection – lui et elle, elle et lui, ensemble, qui réapprenaient la vie, en chassaient tout venin et la réinventaient comme pure joie de penser et de vivre.

En gros, c'était ça. Ses paroles étaient très belles, je ne fais ici que les résumer. Si elle me les avait confiées alors, dans l'Ape, j'aurais souffert encore davantage, parce que j'aurais reconnu dans cette plénitude accomplie le double inversé du vide qui était le mien. J'aurais compris qu'elle avait découvert quelque chose que je croyais connaître et avoir éprouvé pour Nino, et qu'au contraire je ne connaissais pas et ne connaîtrais peut-être jamais, si ce n'est sous une forme atténuée, affaiblie. J'aurais compris qu'elle n'était pas engagée dans un amusant jeu estival mais qu'un sentiment très violent montait en elle et allait bouleverser sa vie. Toutefois, tandis que nous revenions auprès de Nunzia après avoir violé tous ces interdits, je ne pus échapper à mon sentiment habituel et confus d'infériorité et à l'impression – récurrente dans notre histoire – que je passais à côté de quelque chose dont elle s'emparait. C'est pourquoi j'eus parfois envie de rivaliser avec elle en lui racontant comment j'avais perdu ma virginité entre ciel et mer, de nuit, sur la plage des Maronti. Je pourrais taire le nom du père de Nino, me dis-je, inventer un marin, un contrebandier de cigarettes américaines, afin de lui raconter ce qui m'est arrivé et lui dire que ça m'a beaucoup plu. Mais je compris que lui parler de moi et de mon plaisir m'importait peu : je voulais lui faire mon récit uniquement pour l'inciter à me faire le sien et pour connaître le plaisir qu'elle avait eu avec Nino, afin de le comparer au mien et de constater – espérais-je – que j'avais l'avantage. Heureusement pour moi, j'eus l'intuition qu'elle ne me raconterait rien et que j'aurais la bêtise d'être la seule à m'exposer. Je me tus et elle se tut aussi.

74

Une fois à la maison, Lila retrouva la parole et elle devint expansive et exubérante. Nunzia nous accueillit, profondément soulagée de notre retour mais aussi hostile. Elle expliqua qu'elle n'avait pas fermé l'œil de la nuit, qu'elle avait entendu des bruits inexplicables dans la maison et qu'elle avait eu peur des fantômes et des assassins. Lila la serra dans ses bras mais Nunzia la repoussa presque.

« Tu t'es amusée ? lui demanda-t-elle.

— Beaucoup ! Je veux tout changer !

— Qu'est-ce que tu veux changer ? »

Lila rit :

« Je réfléchis et puis je te dis !

— Dis-le surtout à ton mari », rétorqua Nunzia, soudain tranchante.

Sa fille la regarda surprise, c'était une surprise empreinte de complaisance voire d'une certaine émotion, comme si cette suggestion lui semblait pertinente et indispensable.

« Oui », dit-elle, puis elle partit dans sa chambre avant de s'enfermer dans le cabinet de toilette.

Elle en sortit longtemps après mais encore en sous-vêtements, et elle me fit signe de la suivre dans sa chambre. J'y allai à contrecœur. Elle fixa sur moi un regard fiévreux et elle me parla en toute hâte, le souffle court :

« Je veux étudier tout ce qu'il étudie !

— Il va à la fac, il apprend des trucs compliqués.

— Je veux lire les mêmes livres que lui, je veux comprendre exactement ce qu'il pense, je veux apprendre, pas pour la fac mais pour lui.

— Lila, ne fais pas la folle ! On avait dit que tu le voyais une fois, un point c'est tout. Qu'est-ce que t'as ? Calme-toi, Stefano va arriver.

— D'après toi, si je m'y mets à fond, je pourrai comprendre les choses qu'il étudie ? »

Je n'y tins plus. Ce que je savais déjà, et que j'avais essayé de me cacher, me devint à ce moment-là très clair : désormais, elle voyait comme moi en Nino la seule personne capable de la sauver. Elle s'était emparée de ma vieille certitude et l'avait faite sienne. Et, la connaissant bien, je ne nourrissais aucun doute : elle aurait abattu tous les obstacles et serait allée jusqu'au bout. Je lui répondis durement :

« Non. Ce sont des trucs difficiles et t'es en retard sur tout. Tu lis pas un journal, tu sais pas qui est au gouvernement, tu sais même pas qui dirige Naples.

— Et toi, tu sais tous ces trucs ?

— Non.

— Lui, il croit que tu les sais. Je te l'ai dit, il t'estime beaucoup. »

Je me sentis piquer un fard et murmurai :

«J'essaie d'apprendre, et quand je ne sais pas, je fais semblant.

— Même en faisant semblant, on apprend petit à petit. Tu peux m'aider ?

— Non, non et non ! Lila, arrête ! Laisse-le tranquille : à cause de toi, il dit qu'il veut arrêter ses études.

— Il fera des études, il est né pour ça. De toute façon, y a un tas de trucs qu'il ne sait pas non plus. Si j'étudie les choses qu'il ne sait pas, je les lui dirai quand il en aura besoin, et comme ça je lui serai utile. Je dois changer, Lenù, et tout de suite ! »

J'explosai à nouveau :

«T'es mariée, il faut que tu te le sortes de la tête ! Tu corresponds pas à ses exigences.

— Et qui y correspondrait ? »

Pour la blesser, je répondis :

«Nadia.

— Il l'a quittée pour moi.

— Alors tout va bien, c'est ça ? Je veux plus t'entendre, vous êtes fous tous les deux, faites ce que vous voulez ! »

Je me retirai dans ma petite chambre, rongée de dépit.

75

Stefano arriva à l'heure habituelle. Nous l'accueillîmes toutes trois avec une feinte allégresse ; lui fut cordial mais un peu tendu, comme si son visage bienveillant dissimulait quelque préoccupation. Ce jour marquant le début de ses vacances, je m'étonnai qu'il n'ait pas emporté de bagage. Lila ne sembla pas remarquer son malaise mais Nunzia si, au point qu'elle lui demanda : « Je vois que tu as la tête ailleurs, Stef', tu as des soucis ? Ta mère ne va pas bien ? Et Pinuccia ? Et avec les chaussures, comment ça se passe ? Les Solara, qu'est-ce qu'ils disent, ils sont contents ? » Il lui répondit que tout allait bien et nous dînâmes, mais la conversation fut poussive. Au début, Lila s'efforça d'avoir l'air de bonne humeur, mais Stefano ne répondant que par monosyllabes et sans démonstration d'affection, elle perdit patience et se tut. Seules Nunzia et moi cherchâmes à tout prix à éviter que le silence ne s'installe. Au dessert, c'est avec un petit sourire que Stefano lança à sa femme :

« Alors comme ça, tu te baignes avec le fils Sarratore ? »

J'en eus le souffle coupé. Lila lui répondit d'un ton agacé :

« Des fois. Pourquoi ?

— Combien de fois ? Une, deux, trois, cinq – combien ? Lenù, toi tu le sais ?

— Une fois, répondis-je. Il est passé il y a deux ou trois jours et on s'est baignés tous ensemble. »

Stefano, sans se départir de son petit sourire, s'adressa à sa femme :

« Et le fils Sarratore et toi, vous vous entendez tellement bien que, lorsque vous retournez sur la plage, vous vous tenez la main ? »

Lila planta son regard sur lui :

« Qui t'a raconté ça ?

— Ada.

— Et Ada, elle le tient de qui ?

« — De Gigliola.

— Et Gigliola ?

— Gigliola elle t'a vue, connasse ! Elle était avec Michele, ils sont venus vous voir ! Et c'est pas vrai que cette merde et toi, vous nagiez avec Lenuccia : vous étiez seuls et main dans la main ! »

Elle se leva et dit calmement :

« Je sors, je vais me promener.

— Toi tu vas nulle part ! Tu t'assois et tu réponds ! »

Lila resta debout. Elle répliqua soudain, en italien et avec une moue qui voulait exprimer la fatigue mais qui – je le compris – était pleine de mépris :

« Qu'est-c'que j'ai été bête de t'épouser ! Tu vaux vraiment pas un clou. Tu sais bien que Michele Solara veut que je travaille dans sa boutique, et tu sais bien qu'à cause de ça, si elle le pouvait Gigliola me tuerait. Et toi qu'est-c'que tu fais, tu la crois ? Je veux plus t'écouter, tu te laisses manipuler comme une marionnette. Lenù, tu m'accompagnes ? »

Elle fit un geste pour s'approcher de la porte et je m'apprêtai à me lever, mais Stefano bondit et lui saisit un bras en s'exclamant :

« Toi, tu vas nulle part ! Tu dois me dire si oui ou non tu t'es baignée seule avec le fils Sarratore, et si oui ou non vous vous êtes baladés main dans la main ! »

Lila tenta de se libérer mais sans y parvenir. Elle siffla :

« Lâche-moi, tu me dégoûtes. »

Alors Nunzia intervint. Elle adressa des reproches à sa fille, lui disant qu'elle n'avait pas le droit de parler comme ça à Stefano. Mais aussitôt après, avec une énergie surprenante, c'est presque en criant qu'elle ordonna à son gendre d'arrêter : Lila lui avait déjà répondu, c'était la jalousie qui avait poussé Gigliola à raconter ces histoires, la fille du pâtissier était perfide, elle avait peur de perdre son travail à la Piazza dei Martiri et elle voulait aussi en chasser Pinuccia pour rester la seule femme dans la boutique et en devenir la patronne, elle qui n'y connaissait rien en chaussures et elle qui ne savait même pas faire les gâteaux – alors que tout le mérite de l'affaire, mais vraiment tout, revenait à Lila, comme le succès de la nouvelle épicerie, et par conséquent sa fille ne méritait pas d'être traitée ainsi, non, elle ne le méritait pas !

Ce fut une véritable crise de fureur : son visage s'enflamma, elle écarquilla les yeux et, à un moment donné, à force d'ajouter une raison à une autre sans jamais reprendre son souffle, elle parut suffoquer. Mais de tout cela, Stefano n'écouta pas un mot. Sa belle-mère parlait encore quand il tira violemment Lila vers leur chambre en hurlant : « Toi maintenant tu me réponds, et tout de suite ! » Alors Lila l'insulta abondamment et s'accrocha à la porte d'un meuble pour lui résister ; Stefano la tira avec une telle force que la porte s'ouvrit en grand et que le meuble chancela dangereusement avec un bruit d'assiettes et de verres qui s'entrechoquaient ; Lila vola pour ainsi dire à travers la cuisine pour aller cogner contre le mur du couloir qui menait à leur chambre. Un instant après, son mari l'empoignait à nouveau et, la tenant par le bras comme on tient une tasse par l'anse, il la poussa dans leur chambre et claqua la porte derrière lui.

J'entendis la clef tourner dans la serrure et ce bruit me terrorisa. Au cours de ces longs instants, j'avais vu de mes yeux que Stefano était réellement habité par le fantôme de son père : c'était vraiment l'ombre de Don Achille qui gonflait les veines de son cou et celles, toutes bleues, sous la peau de son front. Malgré mon effroi, je me sentis incapable de rester immobile, assise à table, comme Nunzia. Je m'accrochai à la poignée et me mis à la secouer, je frappai du poing contre le bois de la porte et suppliai : « Stefano, s'il te plaît, tout ça c'est pas vrai, laisse-la ! Stefano, lui fais pas mal ! » Mais maintenant il était prisonnier de sa propre fureur, on l'entendait hurler qu'il voulait la vérité, et comme Lila ne répondait rien – on aurait dit qu'elle n'était même plus dans la pièce – j'eus l'impression pendant un certain temps qu'il parlait seul, tout en se donnant des coups et des gifles, et tout en cassant des objets.

« Je vais chercher la propriétaire », dis-je à Nunzia avant de descendre les escaliers en courant. Je voulais demander à la maîtresse de maison si elle avait une autre clef ou si son neveu était là : c'était un homme costaud qui aurait été capable de défoncer la porte. Mais je frappai en vain, la femme n'était pas là, ou si elle y était elle n'ouvrit pas. Les braillements de Stefano crevaient les murs, se répandant dans la rue, sur la cannaie et en direction de la mer, et pourtant ils ne rencontraient apparemment d'autres oreilles que les miennes : nul ne se montrait à la fenêtre, nul n'accourait. Seule Nunzia lui répondait mais en mode mineur, alternant supplications et menaces : si Stefano continuait à faire mal à sa fille, elle dirait tout à Fernando et Rino et, aussi vrai que Dieu existe, ils le tueraient !

Je remontai en courant, je ne savais que faire. Je me lançai de tout mon poids contre la porte, je criai que j'avais appelé la police et qu'elle arrivait. Puis, vu que Lila continuait à ne donner aucun signe de vie, je me mis à crier : « Lila, tu vas bien ? S'il te plaît, Lila, dis-moi comment tu vas ! » Ce n'est qu'à cet instant que nous entendîmes sa voix. Elle ne s'adressait pas à nous mais à son mari, d'un ton glacial :

« Tu veux la vérité ? Eh bien oui, le fils Sarratore et moi, nous allons nous baigner main dans la main. Oui, nous nageons vers le large et nous nous embrassons, nous nous touchons. Oui, il m'a baisée des centaines de fois, et c'est comme ça que j'ai découvert que tu es une merde, que tu ne vaux rien et que tout ce que tu sais faire, c'est exiger des trucs dégueulasses qui me font vomir. C'est bien, comme ça ? Tu es content ? »

Silence. Après ces mots, Stefano ne dit plus rien, je cessai de frapper contre la porte et Nunzia arrêta de pleurer. Dehors les bruits reprirent – les voitures qui passaient, quelques voix au loin, les battements d'ailes des poules.

Quelques minutes s'écoulèrent et puis ce fut Stefano qui recommença à parler, mais à voix tellement basse que nous n'entendions pas ce qu'il disait. Je pus toutefois saisir qu'il cherchait à se calmer, il bredouillait des phrases brèves et hachées comme : fais voir ce que tu t'es fait, sois gentille, arrête... L'aveu de Lila avait dû lui être tellement insupportable qu'il l'avait pris pour un mensonge. Il avait cru qu'elle s'était servie de ce moyen pour lui faire du mal, cette énormité était l'équivalent d'une gifle destinée à le ramener sur terre. En d'autres mots, elle avait voulu dire : si tu n'as pas encore compris que tes accusations sont sans fondement, alors tant pis pour toi, allez tiens, prends ça !

En revanche, pour moi les paroles de Lila furent aussi terribles que les coups de Stefano. Je réalisai que si la violence pure et dure qu'il comprimait sous ses manières douces et son visage paisible me terrorisait, je ne supportais pas non plus le courage de Lila, l'effronterie et la témérité qui lui permettaient de crier la vérité au visage de son mari comme s'il s'agissait d'un mensonge. Chacune des paroles adressées à Stefano avait aidé celui-ci à recouvrer la raison, puisqu'il avait cru que tout n'était qu'invention, mais moi qui connaissais la vérité, ces mots m'avaient douloureusement transpercée. Quand la voix de l'épicier nous parvint plus distinctement, Nunzia et moi comprîmes que le pire était passé : Don Achille se retirait de son fils et le laissait retrouver son côté plus doux et flexible. Stefano, ayant repris le caractère qui avait fait de lui un commerçant prospère, semblait désormais perdu, et il ne comprenait plus ce qui était arrivé à sa voix, à ses mains et ses bras. Même s'il avait encore certainement en tête l'image de Lila et Nino se tenant par la main, tout ce que Lila lui avait asséné dans sa rafale de mots ne pouvait être pour lui que des flashs irréels.

La porte ne s'ouvrit pas, la clef ne tourna pas dans la serrure avant qu'il ne fasse jour. Mais le ton de Stefano se fit triste, on aurait dit qu'il était déprimé et qu'il suppliait sa femme. Nunzia et moi attendîmes à l'extérieur pendant des heures, nous tenant compagnie, échangeant des paroles pleines de découragement et à peine perceptibles. Chuchotements dedans, chuchotements dehors. « Si je le raconte à Rino, marmonnait Nunzia, il le tuera, c'est sûr qu'il le tuera ! » Et moi de murmurer, comme si je la croyais : « S'il vous plaît, ne lui dites rien ! » Mais en même temps je pensais : depuis le mariage, Rino et Fernando n'ont jamais levé le petit doigt pour Lila, sans oublier que, depuis sa naissance, ils l'ont toujours battue autant qu'ils le voulaient. Puis je me disais : les hommes sont tous pareils, seul Nino est différent. Et je soupirais, tandis que ma rancœur grandissait : maintenant c'est évident, elle a beau être mariée, Lila va l'avoir, et tous deux vont se sortir de cette fange, alors que moi j'y suis pour toujours !

76

Aux premières lueurs de l'aube, Stefano sortit de leur chambre mais pas Lila. Il lança :

« Préparez les bagages, on part ! »

Nunzia ne put se retenir et lui indiqua avec hargne toutes les affaires de la propriétaire qu'il avait endommagées, disant qu'il allait falloir rembourser. Il rétorqua – comme si tout ce qu'elle lui avait crié des heures auparavant lui était resté en tête et qu'il éprouvait maintenant le besoin de mettre les points sur les i – qu'il avait toujours payé et qu'il continuerait à payer. « Cette maison, c'est moi qui l'ai payée, commença-t-il à énumérer d'une voix lasse. Ce séjour, c'est moi qui l'ai payé. Tout ce que vous avez, votre mari, votre fils et vous, c'est moi qui vous l'ai donné. Alors me cassez pas les couilles, faites les valises et on s'en va. »

Nunzia ne dit plus un mot. Peu après, Lila sortit de la chambre avec une robe jaune pâle à manches longues et de grandes lunettes noires comme celles des vedettes de cinéma. Elle ne nous adressa pas la parole. Elle ne parla ni au port, ni sur le vaporetto ni même lorsque nous arrivâmes au quartier. Elle rentra chez elle avec son mari sans nous dire au revoir.

Quant à moi, je décidai qu'à partir de ce jour je vivrais en m'occupant uniquement de mes affaires, et dès mon retour à Naples c'est ce que je fis : je m'imposai une attitude de détachement absolu. Je ne cherchai ni Lila ni Nino. Je supportai aussi sans répliquer la scène que me fit ma mère, qui m'accusa d'être allée faire la grande dame à Ischia sans réfléchir qu'à la maison, on avait besoin d'argent. Même mon père ne fut pas en reste, et malgré toutes ses louanges pour ma bonne mine et mes cheveux blond doré, quand ma mère m'attaqua en sa présence, il lui prêta aussitôt main-forte : « Tu es grande ! s'exclama-t-il. Fais ce que tu dois faire ! »

En effet, il était urgent de gagner de l'argent. J'aurais pu exiger de Lila ce qu'elle m'avait promis comme compensation pour mon séjour à Ischia, mais après ma décision de ne plus m'intéresser à elle, et surtout après les paroles brutales que Stefano avait adressées à Nunzia (et en quelque sorte à moi aussi), je n'en fis rien. Pour la même raison, j'exclus totalement d'accepter que Lila m'achète mes manuels scolaires, comme l'année précédente. Un jour où je vis Alfonso, je lui recommandai de dire à mon amie que je m'étais déjà débrouillée pour les livres, puis passai à un autre sujet.

En revanche, après l'Assomption je me présentai

à nouveau à la librairie de la Via Mezzocannone et, à la fois parce que j'avais été une employée efficace et parce que mon physique s'était beaucoup amélioré avec la mer et le soleil, le patron me rendit mon travail. Il exigea cependant que je ne parte pas dès la rentrée mais continue à travailler pendant toute la période de vente des manuels scolaires, quitte à ne venir que l'après-midi. J'acceptai et passai de longues journées à la librairie à accueillir des enseignants qui, munis de gros sacs, venaient vendre pour quelques lires les échantillons que leur envoyaient les maisons d'édition, ainsi que des jeunes gens qui, pour des sommes plus dérisoires encore, revendaient leurs livres en lambeaux.

Je vécus une semaine de pure angoisse parce que mes règles ne venaient pas. Je craignis que Sarratore ne m'ait mise enceinte et fus au désespoir – j'étais pleine de bonnes manières à l'extérieur et de noirceur à l'intérieur. Je passai des nuits blanches mais ne cherchai le conseil ni le réconfort de personne, gardant tout pour moi. Enfin, un après-midi où j'étais à la librairie, j'allai dans les toilettes immondes du magasin et découvris que je saignais. Ce fut un de mes rares moments de bien-être pendant cette période. J'eus l'impression que mes règles effaçaient, de manière symbolique et définitive, l'irruption de Sarratore dans mon corps.

Début septembre, je me dis que Nino devait être rentré d'Ischia et je commençai à craindre – tout en l'espérant – qu'il n'apparaisse, ne serait-ce que pour me dire bonjour. Mais il ne se montra ni Via Mezzocannone ni dans le quartier. Quant à Lila, je ne l'aperçus que deux ou trois fois, le dimanche, tandis qu'elle filait en voiture sur le boulevard au côté de son mari. Ces quelques secondes suffirent à m'énerver. Que s'était-il passé ? En quoi sa situation avait-elle changé ? Elle continuait à tout avoir, à tout garder : l'automobile, Stefano, l'appartement avec baignoire, téléphone et téléviseur, les beaux vêtements, l'aisance. En plus de cela, qui sait quels plans son esprit échafaudait-il en secret ? Je la connaissais par cœur et me disais qu'elle ne renoncerait pas à Nino, même si Nino renonçait à elle. Cependant, je chassai ces idées et m'obligeai à respecter le pacte que j'avais passé avec moi-même : organiser ma vie sans eux et apprendre à ne pas en souffrir. C'est pourquoi je m'entraînai à une discipline consistant à réagir le moins possible. J'appris à réduire mes émotions à leur minimum : si mon patron avait la main baladeuse, je le repoussais sans m'indigner ; si les clients étaient malpolis, je faisais contre mauvaise fortune bon cœur ; même avec ma mère, je parvins toujours à contenir mes réactions. Je me disais jour après jour : je suis comme ça, je ne peux rien faire d'autre que m'accepter ; je suis née ainsi, dans cette ville, avec ce dialecte et sans le sou ; je donnerai ce que je peux donner, prendrai ce que je peux prendre et supporterai ce qu'il me faut supporter.

77

Puis les cours reprirent. Ce n'est qu'en entrant en classe le premier octobre que je réalisai que c'était ma dernière année de lycée, que j'avais dix-huit ans et que le temps des études, déjà miraculeusement long dans mon cas, allait s'achever.

Tant mieux. Je parlais beaucoup avec Alfonso de ce que nous allions faire après le baccalauréat. Il n'en savait guère plus que moi. Nous passerons des concours, hasarda-t-il – sans que nous sachions précisément ce qu'était un concours. Nous disions *passer un concours*, *réussir un concours*, mais il s'agissait d'un concept bien vague : fallait-il se soumettre à une épreuve écrite, se présenter à une interrogation orale ? Et que gagnait-on, un salaire ?

Alfonso me confia qu'une fois réussi un concours quelconque, il songeait à se marier.

« Avec Marisa ?

— Bien sûr. »

Je lui posai parfois quelques questions prudentes sur Nino, mais il ne l'appréciait guère et tous deux ne se saluaient même pas. Il n'avait jamais compris ce que je pouvais bien lui trouver. Il est moche et tout tordu, disait-il, il n'a que la peau sur les os. Marisa, en revanche, lui paraissait belle. Mais il ajoutait aussitôt, attentif à ne pas me blesser : « Toi aussi, tu es belle ! » Il aimait la beauté et surtout les corps bien soignés. Lui-même prenait grand soin de sa personne, il sentait toujours bon, s'achetait des vêtements et allait soulever des haltères tous les jours. Il me raconta qu'il s'était beaucoup amusé dans le magasin de la Piazza dei Martiri. Ce n'était pas comme à l'épicerie ! Là tu pouvais être élégant, tu avais même obligation de l'être. Là tu pouvais parler italien, les clients étaient des gens comme il faut, qui avaient fait des études. Là, même quand tu t'agenouillais devant clients et clientes pour les aider à essayer des chaussures, tu le faisais avec de belles manières, tu avais l'impression d'être un chevalier dans un roman courtois! Malheureusement, il n'y avait pas moyen de rester à la boutique.

« Et pourquoi ?

— Bah ! »

Au début il demeura évasif et je n'insistai pas. Puis il me raconta que Pinuccia, dont le ventre ressemblait à un obus, était maintenant toujours à la maison car elle voulait éviter de se fatiguer ; en outre, il était évident qu'après la naissance elle n'aurait plus le temps de travailler. En principe, cela aurait dû laisser le champ libre à Alfonso : les Solara étaient contents de lui et il aurait pu travailler à la boutique après son baccalauréat. Mais non, c'était devenu totalement impossible : et voilà que le nom de Lila surgit soudain. Rien qu'à l'entendre, j'en eus des brûlures d'estomac :

« Et qu'est-ce qu'elle vient faire là-dedans ? »

J'appris qu'elle était rentrée de ses vacances comme folle. Elle continuait à ne pas tomber enceinte, les bains n'avaient servi à rien, et elle déraillait complètement. Un jour, elle avait cassé tous les pots de fleurs qui se trouvaient sur son balcon. Parfois elle disait qu'elle allait à l'épicerie mais ensuite laissait Carmen seule et partait se promener. La nuit, Stefano se réveillait et ne la trouvait pas dans le lit : elle faisait des va-et-vient dans l'appartement, lisait et écrivait. Puis tout à coup, elle s'était calmée. Ou plutôt, tout son talent pour détruire la vie de Stefano s'était concentré sur un seul et unique objectif : faire embaucher Gigliola dans la nouvelle épicerie et s'occuper elle-même de la Piazza dei Martiri.

Je fus stupéfiée.

« C'est Michele qui veut qu'elle travaille là-bas, dis-je, elle, elle ne veut pas y aller !

— Avant, c'était le cas. Mais maintenant elle a changé d'avis et elle fait des pieds et des mains pour s'y installer. Le seul obstacle c'est Stefano, qui est contre. Mais on sait bien que mon frère finit toujours par faire ce qu'elle veut. »

Je ne posai pas d'autres questions, je ne voulais à aucun prix être à nouveau absorbée par les histoires de Lila. Mais pendant un moment, je me surpris moi-même à me demander : que peut-elle bien avoir en tête ? pourquoi veut-elle brusquement travailler dans le centre ? Puis je laissai tomber, prise par d'autres problèmes : la librairie, le lycée, les interros, les manuels. J'achetai quelques livres et volai tous les autres au libraire, sans le moindre scrupule. Je me remis à étudier à fond, surtout la nuit. L'après-midi j'étais occupée à la librairie, jusqu'à ma démission lors des vacances de Noël. Aussitôt après, Mme Galiani en personne me trouva deux cours particuliers, dans lesquels je m'investis beaucoup. Entre le lycée, les devoirs et mes élèves, je n'avais de temps pour rien d'autre.

À la fin de chaque mois, quand je donnais à ma mère l'argent que je gagnais, elle l'empochait sans rien dire. Mais le lendemain matin, elle se levait de bonne heure pour me préparer mon petit déjeuner, me faisant même parfois un œuf battu : et elle y mettait un tel soin – encore assoupie dans mon lit, j'entendais le cloc-cloc-cloc de la cuillère contre la tasse – que l'œuf fondait dans ma bouche comme de la crème, sans que j'aie besoin d'y ajouter un grain de sucre. Quant à mes professeurs, ils semblaient avoir décidé d'emblée que j'étais une excellente élève, par une sorte d'inertie inhérente à l'ensemble de ce système scolaire poussiéreux. Je défendis sans difficulté mon rôle de première de la classe et, Nino étant parti, je me plaçai parmi les meilleurs élèves de tout le lycée. Mais je m'aperçus bien vite que Mme Galiani, malgré sa générosité constante à mon égard, m'attribuait je ne sais quelle faute qui l'empêchait d'être aussi cordiale que par le passé. Par exemple, quand je lui rendis ses livres, elle fut mécontente parce qu'ils étaient pleins de sable et elle les emporta sans promettre de m'en prêter d'autres. En outre, elle ne me passa plus ses journaux : pendant un temps, je m'obligeai alors à acheter *Il Mattino*, mais ensuite j'arrêtai car cela m'ennuyait, c'était de l'argent jeté par la fenêtre. Autre exemple, Mme Galiani ne m'invita plus jamais chez elle, alors que j'aurais aimé revoir son fils Armando. Toutefois, elle continua à me féliciter en public, à me mettre de bonnes notes et à me conseiller des conférences et même des films importants que l'on projetait dans un cinéma de curés à Port'Alba. Jusqu'à ce qu'un jour, avant les vacances de Noël, elle m'appelle à la sortie du lycée. Nous fîmes un bout de chemin ensemble et elle me demanda, sans préambule, si j'avais des nouvelles de Nino.

« Aucune, lui répondis-je.

— Dis-moi la vérité !

— C'est la vérité. »

Peu à peu, il apparut que Nino, l'été fini, n'avait plus donné aucun signe de vie, ni à sa fille ni à elle-même.

« Il a rompu avec Nadia comme un malpropre, dit-elle avec une colère toute maternelle. Il s'est contenté de lui envoyer quelques lignes d'Ischia et elle a beaucoup souffert. » Puis elle se ressaisit et ajouta, reprenant son rôle de professeure : « Mais enfin vous êtes jeunes, la douleur fait mûrir. »

J'acquiesçai et elle me demanda :

« Il t'a quittée aussi ? »

Je piquai un fard.

« Moi ?

— Vous ne vous êtes pas vus, à Ischia ?

— Si, mais il ne s'est rien passé entre nous.

— Tu es sûre ?

— Absolument !

— Nadia est persuadée qu'il l'a quittée pour toi. »

Je niai avec force et me déclarai prête à aller voir Nadia pour lui dire qu'entre Nino et moi il n'y avait jamais rien eu, et il n'y aurait jamais rien. Cela lui fit plaisir et elle m'assura qu'elle transmettrait. Naturellement je ne fis aucune allusion à Lila, non seulement parce que j'étais décidée à m'occuper de mes affaires, mais aussi parce que parler d'elle m'aurait déprimée. Je tentai de changer de sujet mais Mme Galiani revint à Nino. Elle m'apprit que diverses rumeurs circulaient à son sujet. On racontait qu'il ne s'était présenté à aucun examen à l'automne et qu'il avait même arrêté ses études ; on jurait l'avoir vu un après-midi dans la Via Arenaccia, seul et complètement ivre, marchant en zigzag et portant de temps à autre une bouteille à ses lèvres. Mais elle ajouta que Nino ne plaisait pas à tout le monde et que des gens aimaient peut-être faire circuler de sales bruits à son sujet. Mais si c'était vrai, alors c'était vraiment dommage.

« Ce sont certainement des mensonges, affirmai-je.

— Espérons-le. Mais il est difficile à suivre, ce garçon.

— Oui.

— Il est très doué.

— Oui.

— Si tu as quelque information sur ce qu'il fabrique, dis-le-moi ! »

Nous nous séparâmes et je courus donner mon cours de grec à une petite collégienne qui habitait dans le quartier de Parco Margherita. Mais ce fut dur. Chez elle, j'étais toujours accueillie avec respect dans la pénombre d'une grande pièce encombrée de meubles imposants, de tapis décorés de scènes de chasse, de vieilles photos représentant des militaires haut gradés, et de tas d'autres signes indiquant une tradition d'autorité et d'aisance : cette atmosphère m'insupportait et elle semblait inspirer une torpeur physique et intellectuelle à mon élève, une pâle adolescente de quatorze ans. Ce jour-là, je dus lutter encore plus que d'ordinaire pour maintenir ma vigilance sur les déclinaisons et les conjugaisons. La silhouette de Nino, telle que Mme Galiani l'avait évoquée, me revenait sans cesse à l'esprit : veste élimée, cravate au vent, longues jambes aux pas incertains et bouteille vide qui, après une dernière gorgée, allait se briser sur les pierres du quartier de l'Arenaccia. Que s'était-il passé entre Lila et lui, après Ischia ? Contrairement à mes prévisions, à l'évidence Lila avait changé d'avis, recouvré la raison, et pour elle tout était fini. Mais pas pour Nino : le jeune étudiant qui avait réponse à tout était devenu un déséquilibré ravagé par son amour malheureux pour la femme de l'épicier. Je me dis que je pourrais de nouveau demander à Alfonso s'il avait de ses nouvelles. Ou bien aller directement voir Marisa et l'interroger sur son frère. Mais je m'obligeai vite à m'ôter Nino de la tête. Ça lui passera, pensai-je.

M'a-t-il cherchée ? Non. Et Lila, m'a-t-elle cherchée ? Non. Alors pourquoi devrais-je m'inquiéter pour lui ou pour elle, quand eux ne se soucient nullement de moi ? Je continuai mon cours et persistai dans la voie que je m'étais fixée.

78

Après Noël, j'appris par Alfonso que Pinuccia avait accouché : elle avait donné naissance à un garçon qui avait reçu le prénom de Fernando. J'allai lui rendre visite, imaginant la trouver au lit, heureuse, bébé au sein. Or elle était déjà debout, mais en chemise de nuit et savates, et de mauvaise humeur. Elle chassa méchamment sa mère qui lui disait : « Va te coucher, ne te fatigue pas », et lorsqu'elle me conduisit au berceau, elle me dit, lugubre : « Moi je ne fais jamais rien de bien : regarde ce qu'il est moche ! J'ai du mal à le toucher, et même à le regarder ! » Et bien que Maria, immobile sur le seuil de la pièce, murmure comme si elle espérait l'apaiser avec une formule magique : « Mais qu'est-c'que tu dis, Pina ? Il est très beau ! », Pinuccia continua à répéter, hargneuse : « Il est moche, encore plus moche que Rino ! dans cette famille ils sont tous moches ! » Puis elle reprit son souffle avant de s'exclamer, désespérée, les larmes aux yeux : « C'est ma faute, j'ai mal choisi mon mari ! mais quand on est jeune on n'y pense pas, et maintenant regarde quel fils j'ai fait, il a le même nez épaté que Lina ! » Alors, sans transition, elle se mit à insulter abondamment sa belle-sœur.

Elle m'apprit que depuis quinze jours déjà Lila, cette putain, mettait sens dessus dessous le magasin de la Piazza dei Martiri en toute liberté. Gigliola avait dû céder et était retournée dans la pâtisserie des Solara ; Pinuccia elle-même avait dû s'incliner, enchaînée comme elle l'était à son enfant pour qui sait combien de temps ; bref, tout le monde avait dû céder, surtout Stefano, comme d'habitude. Et maintenant, Lila inventait tous les jours quelque chose : elle partait travailler habillée comme si elle faisait la potiche de Mike Bongiorno à la télé ; si son mari ne l'emmenait pas en voiture, elle n'avait aucun scrupule à se faire accompagner par Michele ; elle avait dépensé une fortune pour deux tableaux dont personne ne comprenait ce qu'ils représentaient, et elle les avait accrochés dans la boutique, on se demandait bien pourquoi ; elle avait acheté un tas de bouquins qu'elle avait mis sur une étagère à la place des chaussures ; elle avait aménagé une espèce de petit salon avec divans, fauteuils et poufs, et posé une coupe de cristal où elle mettait à disposition de tous ceux qui en voulaient, gratuitement, des petits chocolats de chez Gay Odin – comme si elle n'était pas là pour respirer la puanteur des pieds des clients mais pour faire la châtelaine !

« Et c'est pas tout, ajouta-t-elle, y a encore pire !

— Quoi donc ?

— Tu sais pas ce qu'il a fait, Marcello Solara ?

— Non.

— Tu te rappelles les chaussures que Stefano et Rino lui avaient données ?

— Celles fabriquées exactement comme Lina les avait dessinées ?

413

— Oui, ces chaussures pourries – Rino a toujours dit qu'elles prenaient l'eau !

— Eh bien, qu'est-ce qui s'est passé ? »

Pina m'entraîna alors dans une histoire longue et parfois confuse pleine d'argent, de perfidies, de duperies et de dettes. Ce qui s'était produit, c'était que Marcello, mécontent des nouveaux modèles créés par Rino et Fernando, avait fait fabriquer ces chaussures non pas par les Cerullo mais par d'autres artisans, à Afragola, certainement avec l'accord de Michele. Après quoi, il les avait mises en vente pour Noël sous la marque Solara dans différents magasins, en particulier dans celui de la Piazza dei Martiri.

« Et il avait le droit ?

— Bien sûr, ces chaussures sont à lui ! Mon frère et mon mari, ces deux connards, les lui ont offertes, alors il en fait ce qu'il veut !

— Et maintenant ?

— Eh bien maintenant, poursuivit-elle, à Naples il y a les chaussures Cerullo et les chaussures Solara. Et les Solara marchent très bien, mieux que les Cerullo ! Et tout le fric va aux Solara. Du coup, Rino est furieux : il s'attendait à toute sorte de concurrence, mais pas à celle des Solara, ses propres associés, en plus avec une chaussure fabriquée de ses mains et puis stupidement abandonnée ! »

Je revis Marcello, le jour où Lila l'avait menacé avec son tranchet. Il était moins vif que Michele et plus timide. À quoi ce mauvais tour pouvait-il bien lui servir ? Les Solara faisaient toutes sortes de trafics, certains à la lumière du jour, d'autres non, et leurs affaires marchaient de mieux en mieux. Depuis l'époque de leur grand-père, ils avaient des amis puissants, ils rendaient des services et on leur en rendait. Leur mère pratiquait l'usure et avait un livre qui faisait peur à la moitié du quartier, y compris peut-être, maintenant, aux Cerullo et aux Carracci. Par conséquent, pour Marcello et son frère, les chaussures et le magasin de la Piazza dei Martiri n'étaient qu'une des nombreuses sources auxquelles la famille s'abreuvait, et certainement pas l'une des plus importantes. Alors pourquoi ?

L'histoire de Pinuccia commença à m'agacer : derrière cette apparente question d'argent, je perçus quelque chose de plus avilissant. L'amour de Marcello pour Lila était fini, mais il lui en était resté une blessure qui s'était infectée. Maintenant qu'il n'avait plus aucune relation de dépendance, il se sentait libre de faire du mal à ceux qui, par le passé, l'avaient humilié. Pinuccia m'expliqua en effet : « Rino et Stefano sont allés protester, mais sans aucun résultat. » Les Solara les avaient traités avec arrogance, c'étaient des gens habitués à faire tout ce qu'ils voulaient et, du coup, cette rencontre n'avait guère été qu'un monologue. Pour conclure, Marcello avait vaguement expliqué que son frère et lui avaient en tête toute une ligne Solara qui offrirait des variantes de cette première chaussure, qui était comme un essai. Et puis il avait ajouté, sans établir de lien explicite : « Voyons comment marchent vos nouveaux produits et si ça vaut la peine de les garder sur le marché. » Pigé ? Pigé. Marcello voulait éliminer la marque Cerullo, la remplacer par les chaussures Solara, et ainsi causer des difficultés économiques majeures à Stefano. Il faut que je quitte le quartier et Naples, me dis-je, qu'est-ce que j'en ai à faire de leurs querelles ? Mais je ne pus m'empêcher de demander :

« Et Lina ? »

Les yeux de Pinuccia lancèrent un éclair féroce.

« Le problème, justement, c'est elle ! »

Lina avait pris cette histoire à la rigolade. Quand Rino et son mari se mettaient en colère, elle se payait leur tête : « C'est vous qui les lui avez offertes, ces chaussures, pas moi ! C'est vous qui avez traficoté avec les Solara, pas moi ! Qu'est-ce que je peux y faire, si vous êtes deux connards ? » Elle était énervante, on ne comprenait pas de quel côté elle était, avec sa famille ou avec les deux Solara. À tel point que lorsque Michele avait encore insisté pour qu'elle travaille à la Piazza dei Martiri, de but en blanc elle avait dit oui et avait commencé à tourmenter Stefano pour qu'il lui permette d'y aller.

« Et comment ça se fait que Stefano a cédé ? » demandai-je.

Pinuccia, écœurée, poussa un long soupir. Michele tenait énormément à Lila et Marcello avait toujours eu un faible pour elle : Stefano avait cédé parce qu'il espérait qu'elle parviendrait à arranger la situation. Mais Rino n'avait aucune confiance en sa sœur, il avait peur et n'en dormait pas de la nuit. Cette chaussure que Fernando et lui avaient écartée autrefois et que Marcello, en revanche, avait fait réaliser sous sa forme originale, plaisait et se vendait. Que se passerait-il si les Solara se mettaient à traiter directement avec Lila et si celle-ci, qui avait toujours été une sale rosse, après avoir refusé de dessiner de nouvelles chaussures pour sa famille, se mettait à créer des modèles pour eux ?

« Ça n'arrivera pas, dis-je à Pinuccia.

— C'est elle qui te l'a dit ?

— Non, je ne l'ai pas revue depuis cet été.

— Alors comment tu le sais ? »

— Je sais comment elle est. Quand Lina s'intéresse à un truc, elle s'y met à fond. Mais quand elle a atteint son but, elle perd toute envie et passe à autre chose.

— Tu es sûre ?

— Oui. »

Mes paroles firent plaisir à Maria et elle s'y accrocha pour calmer sa fille.

« Tu as entendu ? fit-elle. Tout va bien, Lenuccia sait ce qu'elle dit. »

De fait je ne savais rien du tout, et la part la moins raisonnable de moi était bien consciente du caractère imprévisible de Lila, c'est pourquoi j'étais impatiente de quitter cette maison. Qu'est-ce que j'ai à voir, me disais-je, avec ces histoires mesquines, avec la petite vengeance de Marcello Solara, avec toute cette agitation et cette anxiété pour l'argent, les voitures, les maisons, les meubles, les bibelots et les vacances ? Et comment, après Ischia, après Nino, Lila a-t-elle pu se remettre à ces joutes avec des camorristes ? Je passerai mon baccalauréat, me présenterai à un concours et le réussirai. Je quitterai cette fange et irai le plus loin possible. Puis, m'attendrissant devant le bébé que Maria tenait à présent dans ses bras, je m'exclamai :

« Qu'est-ce qu'il est beau ! »

79

Pourtant, ce fut plus fort que moi. Après avoir longtemps résisté, je finis par craquer et demandai à Alfonso s'il voulait se promener un dimanche avec Marisa et moi. Alfonso en fut heureux et nous allâmes manger une pizza dans la Via Foria. Je pris des nouvelles de Lidia et des enfants, surtout de Ciro, et puis demandai ce que Nino faisait de beau. Marisa me répondit du bout des lèvres, parler de son frère l'énervait. Elle expliqua qu'il avait perdu la tête pendant une longue période et que leur père – qu'elle adorait – en avait bavé, Nino et lui en étant venus aux mains. La cause de cette folie passagère, on ne l'avait jamais sue : il voulait arrêter ses études et quitter l'Italie. Et puis, tout à coup, ça lui était passé : il était redevenu comme avant et avait récemment recommencé à se présenter aux examens.

« Il va bien, donc ?

— Bof.

— Il est heureux ?

— Si un type comme lui peut l'être, oui.

— Et il passe tout son temps à étudier ?

— Tu veux savoir s'il a une petite amie ?

— Mais non ! Je veux dire : il sort, il s'amuse, il va danser ?

— Mais qu'est-ce que j'en sais, Lena ? Il est toujours en vadrouille ! En ce moment, il est obsédé par le cinéma, les romans, l'art, et les rares fois où il passe à la maison il se met tout de suite à discuter avec papa, juste pour le provoquer et se disputer avec lui. »

Je fus soulagée que Nino ait retrouvé ses esprits, mais je ressentis aussi de l'amertume. Le cinéma, les romans, l'art ? Comme les gens changent vite, et comme leurs centres d'intérêt et leurs sentiments sont éphémères ! Des discours bien construits sont remplacés par d'autres discours bien construits ; le temps charrie des flots de paroles qui ne sont cohérentes qu'en apparence, et plus on a de mots plus on continue à en amasser. Je me sentis stupide d'avoir négligé ce que j'aimais pour m'adapter à ce qu'aimait Nino. Oh oui, il vaut mieux se résigner à être ce que l'on est, et que chacun suive son chemin ! J'espérai juste que Marisa ne raconterait pas à son frère qu'elle m'avait vue et que j'avais pris de ses nouvelles. Après cette soirée, et même avec Alfonso, je ne fis plus allusion ni à Nino ni à Lila.

Je m'enfermai encore davantage dans mes obligations, les multipliant afin de remplir mes jours et mes nuits au maximum. Cette année-là, j'étudiai de manière obsessionnelle, maniaque, et j'acceptai un autre cours particulier en échange de pas mal d'argent. Je m'astreignis à une discipline de fer, beaucoup plus dure que celle que je m'étais imposée depuis l'enfance. Mon emploi du temps était implacable, mes journées une ligne droite qui allait de l'aube jusqu'à la nuit. Dans le passé il y avait eu Lila, qui m'avait toujours offert d'heureuses échappées vers des territoires inattendus. Désormais je voulais que tout ce que j'étais vienne de moi. J'avais presque dix-neuf ans, bientôt je ne dépendrais plus de personne et nul ne me serait indispensable.

Cette dernière année de lycée passa comme une seule journée. Je bataillai avec la géographie astronomique, la géométrie et la trigonométrie. Ce fut une espèce de course effrénée pour tout savoir, malgré ma certitude de souffrir d'une infériorité congénitale et par là même insurmontable. Néanmoins, j'aimais faire mon possible. Je n'avais pas le temps d'aller au cinéma ? J'apprenais par cœur des titres et des intrigues. Je n'étais jamais allée au Musée archéologique ? J'y passais une demi-journée au pas de course. Je n'avais jamais visité la pinacothèque de Capodimonte ? J'y faisais une escapade de deux petites heures. Bref, j'avais trop à faire. Que m'importaient les chaussures et le magasin de la Piazza dei Martiri ? Je n'y mis jamais les pieds.

Je croisais parfois une Pinuccia défaite qui peinait derrière la poussette de Fernando. Je m'arrêtais un moment et l'écoutais distraitement se plaindre de Rino, Stefano, Lila, Gigliola, bref, de tout le monde. Parfois je voyais Carmen, de plus en plus aigrie parce que, depuis que Lila était partie, l'abandonnant aux vexations de Maria et Pinuccia, cela se passait mal dans la nouvelle épicerie ; je la laissais s'épancher quelques minutes, me racontant combien Enzo Scanno lui manquait – elle comptait les jours en attendant qu'il finisse son service milliaire – et combien son frère Pasquale trimait entre son travail sur les chantiers et ses activités de militant communiste. Il m'arrivait de rencontrer Ada, qui s'était mise à détester Lila alors qu'elle était très contente de Stefano : elle parlait de lui avec affection non seulement parce qu'il l'avait à nouveau augmentée mais aussi parce que c'était un grand travailleur, disponible pour tout le monde, et qu'il ne méritait vraiment pas cette épouse qui le traitait comme un chien.

Ce fut Ada qui m'apprit qu'Antonio était rentré prématurément du service militaire à cause d'une sévère dépression nerveuse.

« Comment ça se fait ?

— Tu sais comment il est ! Déjà avec toi, il était mal. »

Cette méchanceté me blessa et je tentai de ne

pas y penser. Un dimanche d'hiver, je croisai par hasard Antonio et eus du mal à le reconnaître tant il avait maigri. Je lui souris, m'attendant à ce qu'il s'arrête, mais il n'eut pas l'air de m'apercevoir et continua son chemin. Je l'appelai et il se retourna avec un sourire hébété.

« Salut, Lenù !

— Salut ! Je suis tellement contente de te voir !

— Moi aussi.

— Qu'est-ce que tu fais ?

— Rien.

— Tu ne retournes pas travailler au garage ?

— Le poste est pris.

— Tu es doué, tu trouveras du boulot ailleurs.

— Non, si je ne guéris pas, je ne pourrai pas travailler.

— Qu'est-ce que tu as eu ?

— Peur. »

C'est exactement ce qu'il me répondit : peur. Une nuit à Cordenons, alors qu'il était de garde, il s'était rappelé un jeu que son défunt père faisait autrefois avec lui lorsqu'il était petit garçon : il dessinait avec un stylo des yeux et des bouches sur les cinq doigts de sa main gauche, et puis il les faisait bouger et parler comme si c'étaient des personnages. Ce jeu était tellement merveilleux qu'à son souvenir, Antonio avait eu les larmes aux yeux. Mais cette même nuit, alors qu'il était toujours en faction, il avait eu l'impression que la main de son père était entrée dans la sienne et que ses doigts étaient maintenant devenus de véritables personnages, tout petits mais bien complets, qui riaient et chantaient. Voilà pourquoi il avait eu peur. Il avait frappé sa main contre la guérite jusqu'à ce qu'elle saigne, mais ses doigts avaient continué à rire et à chanter, sans jamais s'arrêter. Il ne s'était senti mieux qu'à la relève, quand il était allé se coucher. Après un peu de repos, le lendemain matin il n'avait plus rien. Mais la terreur à l'idée que cette maladie de la main ne le reprenne avait persisté. En effet elle était revenue, et de plus en plus souvent : ses doigts s'étaient mis à rire et à chanter y compris pendant la journée. Jusqu'à ce qu'il perde complètement la tête et qu'on l'envoie chez le médecin.

« Maintenant c'est passé, me dit-il, mais ça peut toujours recommencer.

— Dis-moi comment je peux t'aider ! »

Il réfléchit un instant, comme s'il soupesait réellement un certain nombre de possibilités. Puis il murmura :

« Personne ne peut m'aider. »

Je compris tout de suite qu'il n'éprouvait plus rien pour moi et que j'étais définitivement sortie de sa tête. Du coup, après cette rencontre, je pris l'habitude tous les dimanches d'aller sous ses fenêtres et de l'appeler. Nous nous promenions dans la cour en parlant de tout et de rien, et quand il disait qu'il était fatigué nous nous disions au revoir. Parfois il descendait avec Melina, maquillée de façon voyante, et nous nous promenions sa mère, lui et moi. D'autres fois nous retrouvions Ada et Pasquale et faisions alors un tour plus long, mais nous étions en général trois à parler tandis qu'Antonio restait silencieux. Bref, cela devint une habitude paisible. C'est avec lui que je me rendis à l'enterrement de Nicola Scanno, le vendeur de fruits et légumes, qui mourut d'une pneumonie fulgurante : Enzo eut une permission mais n'arriva pas à temps pour le voir vivant. C'est aussi avec Antonio que j'allai consoler Pasquale, Carmen et leur mère Giuseppina lorsqu'on apprit que le père, l'ancien menuisier qui avait tué Don Achille, était mort d'un infarctus en prison. Et c'est à nouveau tous deux ensemble que nous assistâmes à l'enterrement de Don Carlo Resta, le vendeur de savon et autres produits ménagers, qui avait succombé à un passage à tabac dans son sous-sol. Nous discutâmes longuement de cette mort, le quartier entier en discuta, et toutes sortes d'histoires cruelles, vraies ou fantaisistes, circulèrent ; on racontait par exemple que les coups n'avaient pas suffi et qu'on lui avait enfilé une lime dans le nez. Le meurtre fut attribué à quelque paumé qui lui aurait volé ses gains de la journée. Mais plus tard, Pasquale nous révéla avoir entendu des rumeurs selon lui beaucoup plus fondées : Don Carlo devait de l'argent à la mère des Solara parce qu'il avait le démon des cartes et s'adressait à elle quand il avait des dettes de jeu.

« Et alors ? » lui demanda Ada, toujours sceptique quand son petit ami se lançait dans des hypothèses hasardeuses.

« Alors il n'a pas voulu donner à l'usurière ce qu'il lui devait et on l'a éliminé.

— N'importe quoi, tu dis que des bêtises ! »

Pasquale exagérait sans doute. Néanmoins, d'une part on ne sut jamais qui avait tué Don Carlo Resta, et d'autre part les Solara, justement, rachetèrent son fonds et toute sa marchandise pour une somme dérisoire, tout en laissant la femme et le fils aîné de Don Carlo s'occuper du magasin.

« Par générosité, souligna Ada.

— Parce que ce sont des types de merde », conclut Pasquale.

Je ne me rappelle pas si Antonio fit quelque

commentaire sur cette affaire. Il était écrasé par son mal-être, que les discours de Pasquale ne faisaient qu'accentuer. Il avait l'impression que le dysfonctionnement de son corps s'étendait au quartier tout entier et se manifestait à travers les sales histoires qui s'y déroulaient.

Mais l'événement pour nous le plus terrible se produisit lors d'un doux dimanche de printemps alors que Pasquale, Ada, Antonio et moi attendions dans la cour Carmela qui était remontée chez elle prendre un chandail. Cinq minutes s'écoulèrent, Carmen apparut à la fenêtre et cria à son frère :

« Pasqua', je trouve pas maman : la porte du cabinet de toilette est fermée de l'intérieur et elle ne répond pas ! »

Pasquale gravit les marches quatre à quatre et nous le suivîmes. Nous découvrîmes Carmela anxieuse devant la porte du cabinet ; Pasquale, gêné, frappa plusieurs fois discrètement à la porte, sans obtenir de réponse. Antonio dit alors à son ami, faisant allusion à la porte : t'en fais pas, après je te la répare, et il empoigna la poignée, qu'il arracha presque.

La porte s'ouvrit. Giuseppina Peluso avait été une femme radieuse, énergique, travailleuse et affable, capable de faire face à toutes les adversités. Elle n'avait jamais négligé son mari emprisonné, et je me rappelais qu'elle s'était opposée de toutes ses forces à son arrestation quand il avait été accusé d'avoir tué Don Achille Carracci. Elle avait accueilli avec un enthousiasme réfléchi l'invitation de Stefano à passer tous ensemble la nuit de la Saint-Sylvestre, quatre ans auparavant, et elle était venue à la fête avec ses enfants, contente de cette réconciliation entre les deux familles. Elle avait été heureuse quand, grâce à Lila, sa fille avait trouvé un travail dans l'épicerie du nouveau quartier. Mais maintenant son mari était mort, et à l'évidence ses forces l'avaient abandonnée : en peu de temps elle était devenue une femme menue, sans l'énergie d'autrefois, rien que la peau sur les os. Elle avait enlevé l'éclairage du cabinet de toilette, une lampe en métal suspendue à une chaîne, et avait attaché au crochet fixé au plafond le fil de fer servant à étendre le linge. Et là, elle s'était pendue.

Antonio la vit le premier et éclata en sanglots. Le calmer fut plus difficile que calmer les enfants de Giuseppina, Carmen et Pasquale. Il me répétait, horrifié : tu as vu qu'elle avait les pieds nus, les ongles longs, et que sur un pied elle avait du vernis rouge frais et pas sur l'autre ? Je n'y avais pas prêté attention, mais lui si. Il était revenu du service militaire encore plus convaincu qu'avant, malgré ses nerfs malades, que sa mission était d'être l'homme téméraire toujours prêt à braver le danger, résolvant tous les problèmes. Mais il était fragile. Après cet épisode, il vit Giuseppina dans tous les coins sombres de l'appartement pendant des semaines et il fut encore plus mal, au point que je mis de côté certaines de mes obligations pour l'aider à retrouver son calme. Ce fut la seule personne du quartier que je fréquentai plus ou moins régulièrement jusqu'à la période de mes examens. Lila, en revanche, je ne fis que l'apercevoir près de son mari lors de l'enterrement de Giuseppina, elle serrait dans ses bras Carmen qui sanglotait. Stefano et elle avaient envoyé une grande couronne de fleurs, sur le ruban violet de laquelle étaient exprimées les condoléances des époux Carracci.

80

Ce ne fut pas à cause de mes examens que je cessai de voir Antonio mais les deux choses finirent par coïncider, puisque c'est précisément à cette époque qu'il vint me trouver pour m'annoncer, avec un certain soulagement, qu'il avait accepté de travailler pour le compte des frères Solara. Cette nouvelle me déplut, je l'interprétai comme un signe supplémentaire de son mal-être. Il haïssait les Solara. Il s'était battu avec eux quand il était tout jeune pour défendre sa sœur. Pasquale, Enzo et lui avaient passé à tabac Marcello et Michele et avaient détruit leur Millecento. Mais surtout, il m'avait quittée parce que j'étais allée voir Marcello pour lui demander de l'aider à échapper au service militaire. Alors pourquoi Antonio s'était-il soumis ainsi ? Il me fournit des explications confuses. D'après lui, pendant son service il avait compris que quand on est simple soldat, on doit obéir à ceux qui sont gradés. Il affirma que l'ordre était préférable au désordre. Il dit qu'il avait appris à s'approcher d'un homme par-derrière et à le tuer sans même que celui-ci l'entende arriver. J'eus l'impression que son mal-être y était pour beaucoup mais que le véritable problème, c'était la misère. Il s'était présenté au bar pour chercher du travail. Marcello l'avait un peu malmené mais ensuite lui avait proposé une somme X par mois – il s'exprima ainsi – sans mission précise, seulement pour rester à disposition.

« À disposition ?

— C'est ça.

— À disposition pour quoi ?

— Je sais pas.

— Laisse tomber, Anto' ! »

Mais il ne laissa pas tomber. Et à cause de cette relation de dépendance, il finit par se brouiller avec Pasquale comme avec Enzo, qui était rentré du service militaire plus taciturne que jamais et plus intransigeant. Mal-être ou pas, aucun des deux ne put pardonner ce choix à Antonio. Surtout Pasquale, bien qu'il soit fiancé à Ada : il en arriva aux menaces en disant que, beau-frère ou non, il ne voulait plus le voir.

J'échappai rapidement à ces problèmes et me concentrai sur les épreuves du baccalauréat. Alors que j'étudiais jour et nuit, parfois sous une chaleur étouffante, je repensais à l'été précédent et en particulier aux journées de juillet, avant que Pinuccia ne s'en aille, quand Lila, Nino et moi formions un trio heureux – du moins c'est ce qu'il me semblait. Mais je repoussai toutes ces images et tous ces échos de conversations : je ne m'autorisai aucune distraction.

Cet examen fut un moment décisif de ma vie. En deux heures j'écrivis une dissertation sur le rôle de la Nature dans la poésie de Giacomo Leopardi en y glissant, en plus des vers que je connaissais par cœur, des passages élégamment tournés du manuel d'histoire de la littérature italienne ; mais surtout, je remis l'épreuve de latin et celle de grec alors que mes camarades, y compris Alfonso, commençaient à peine à composer. Cela attira sur moi l'attention des examinateurs, en particulier celle d'une enseignante âgée, très maigre, avec un tailleur rose et des cheveux aux reflets bleus, tout juste sortie de chez le coiffeur, qui m'adressa plein de sourires. Le véritable tournant, toutefois, ce fut l'oral. Tous les professeurs me félicitèrent, mais je soulevai surtout l'enthousiasme de l'examinatrice aux cheveux bleutés. Ce qui l'avait frappée dans ma dissertation, ce n'était pas seulement ce que je disais, mais la manière dont je le disais.

« Vous écrivez très bien, me dit-elle avec un accent pour moi indéchiffrable, mais à coup sûr très éloigné de celui de Naples.

— Merci.

— Vous pensez vraiment que rien n'est destiné à durer, pas même la poésie ?

— C'est ce que pense Leopardi.

— Vous en êtes sûre ?

— Oui.

— Et vous, qu'en pensez-vous ?

— Je pense que la beauté est un leurre.

— Comme le jardin leopardien ? »

Je ne savais rien des jardins leopardiens mais répondis :

« Oui. Comme la mer un jour de beau temps. Comme un coucher de soleil. Ou comme le ciel nocturne. Ce n'est qu'un peu de poudre de riz qui recouvre l'horreur. Si on l'enlève, on reste seul avec notre effroi. »

Les mots me vinrent facilement et je les dis d'un ton inspiré. Du reste je n'improvisais pas, mais adaptais à l'oral ce que j'avais écrit dans mon devoir.

« Quelle faculté allez-vous choisir ? »

Je ne savais pas grand-chose sur les facultés, l'emploi même du terme dans cette acception m'était pratiquement inconnu. J'esquivai :

« Je vais passer des concours.

— Vous n'irez pas à l'université ? »

Mes joues me brûlèrent, comme si je ne parvenais pas à dissimuler une faute.

« Non.

— Vous avez besoin de travailler ?

— Oui. »

Je fus congédiée et rejoignis Alfonso et les autres. Mais peu après, la professeure vint me voir dans le couloir et me parla longuement d'une espèce d'université à Pise où, si on réussissait un examen comme celui que j'avais déjà passé, on étudiait gratuitement.

« Si vous revenez dans deux jours, je vous donnerai toutes les indications nécessaires. »

Je l'écoutai, mais comme lorsque quelqu'un nous parle d'une chose qui ne pourra jamais vraiment nous concerner. Et quand, deux jours plus tard, je retournai au lycée uniquement par peur que l'enseignante ne se vexe et ne me mette une mauvaise note, je fus étonnée de l'extrême précision des renseignements qu'elle avait recopiés pour moi sur une feuille de papier d'examen. Je n'ai jamais revu cette dame, je ne sais même pas comment elle s'appelait, et pourtant je lui dois énormément. Sans jamais cesser de me vouvoyer, elle me dit au revoir en me prenant dans ses bras, avec naturel et respect.

Les examens se terminèrent et je réussis mon baccalauréat avec une moyenne de neuf sur dix. Alfonso aussi s'en sortit très bien, avec une moyenne de sept. Avant de quitter pour toujours et sans regret ce bâtiment gris et mal en point dont l'unique mérite était, à mes yeux, d'avoir été fréquenté aussi par Nino, j'aperçus Mme Galiani et allai lui dire au revoir. Elle me félicita pour mes excellents résultats mais sans enthousiasme. Elle ne me proposa pas de livres pour l'été ni ne me demanda ce que j'allais faire maintenant que j'avais le baccalauréat. Son ton distant me déplut : j'avais cru qu'entre nous les choses s'étaient arrangées. Quel était le problème ? Depuis que Nino avait quitté sa fille sans plus donner de nouvelles, m'avait-elle définitivement associée à lui ? Pensait-elle que nous étions faits de la même étoffe – des jeunes gens manquant de substance et de sérieux, peu fiables ? Habituée comme je l'étais à ce que tout le monde me trouve sympathique, et utilisant cette bienveillance comme une armure étincelante, son attitude me vexa, et je crois que son désintérêt eut un rôle important dans la décision que je pris ensuite. Sans en parler à personne (qui aurais-je pu consulter à part Mme Galiani ?) je déposai une demande d'admission à l'École normale de Pise. À partir de là, je fis tout mon possible pour gagner de l'argent. Étant donné que les bourgeois chez qui j'avais donné des cours particuliers toute l'année étaient contents de moi et que ma réputation d'enseignante compétente s'était diffusée, je remplis mes journées d'août avec un nombre considérable de nouveaux élèves qui devaient passer le rattrapage de septembre en latin, grec, histoire, philosophie et même en mathématiques. À la fin du mois, je découvris que j'étais riche : j'avais amassé soixante-dix mille lires. J'en donnai cinquante à ma mère, qui réagit par un geste violent : elle m'arracha tout cet argent des mains et le fourra dans son soutien-gorge, comme si nous n'étions pas dans la cuisine mais dans la rue et qu'elle craignait un vol. Je lui dissimulai avoir gardé vingt mille lires pour moi.

Ce n'est que la veille de mon départ que j'appris à ma mère que je devais aller passer des examens à Pise. « S'ils me prennent, annonçai-je, j'irai étudier là-bas sans avoir à dépenser une lire. » Je parlai avec une grande détermination, en italien, comme si ce n'était pas un sujet réductible au dialecte et comme si mon père, ma mère, mes frères et ma sœur ne devaient pas et ne pouvaient pas comprendre ce que je m'apprêtais à faire. De fait ils se contentèrent de m'écouter, mal à l'aise, et j'eus l'impression qu'à leurs yeux je n'étais plus moi-même mais une étrangère venue leur rendre visite à un moment inopportun. Pour finir, mon père déclara : « Fais ce que tu as à faire mais attention, nous on peut pas t'aider » et il alla se coucher. Ma petite sœur me demanda si elle pouvait venir avec moi. Ma mère en revanche ne souffla mot, mais avant de disparaître elle posa sur la table cinq mille lires. Je les fixai longuement sans les toucher. Puis, vainquant mes scrupules – j'avais l'impression de gaspiller l'argent en n'écoutant que mes caprices – je me dis « après tout cet argent est à moi » et je le pris.

Je quittai Naples et la Campanie pour la première fois. Je découvris que j'avais peur de tout : peur de rater le train, peur d'avoir envie de faire pipi et de ne savoir où aller, peur qu'il fasse noir et que je ne parvienne pas à m'orienter dans une ville inconnue, peur d'être dévalisée. Je mis tout mon argent dans mon soutien-gorge, comme le faisait ma mère, et vécus des heures de méfiance et d'anxiété qui rivalisaient avec un sentiment croissant de libération.

Tout se passa pour le mieux. À part l'examen, me sembla-t-il. L'enseignante aux cheveux bleus m'avait tu qu'il serait beaucoup plus difficile que le baccalauréat. L'épreuve de latin surtout me parut très compliquée, même si elle ne fut qu'un sommet encore plus élevé que les autres, chaque épreuve étant l'occasion d'une enquête extrêmement minutieuse sur mes connaissances. Je me lançai dans des discours longs et hasardeux, balbutiai et fis souvent mine d'avoir la réponse sur le bout de la langue. Le professeur d'italien me traita comme si le son même de ma voix l'irritait : *mais vous, mademoiselle, plutôt qu'écrire en argumentant, vous écrivez en papillonnant ! Je constate, mademoiselle, que vous vous jetez avec légèreté dans des questions sans avoir la moindre idée de l'état de la critique !* Cela me déprima et je perdis bientôt confiance en ce que je disais. Le professeur s'en aperçut et, me regardant avec ironie, me demanda de lui parler de quelque chose que j'avais lu récemment. J'imagine qu'il voulait dire quelque chose d'un auteur italien, mais sur le coup je ne compris pas et me saisis du premier point d'appui qui me sembla sûr, à savoir les discours que nous avions tenus l'été précédent à Ischia, sur la plage de Citara, à propos de Beckett et de Dan Rooney qui, bien qu'aveugle, voulait aussi devenir sourd et muet. L'expression ironique du professeur se transforma peu à peu en une moue perplexe. Il m'interrompit bientôt et me livra au professeur d'histoire. Celui-ci ne fut pas en reste. Il me soumit à une liste infinie et exténuante de questions formulées avec une extrême précision. Jusqu'à ce jour, je ne m'étais jamais sentie aussi ignorante, même lors de mes pires années scolaires, quand j'avais vraiment ramé pour m'en sortir. Pourtant je pus répondre un peu à tout, citer des dates et des faits, mais toujours de manière approximative : dès qu'il me pressait avec des questions plus pointues, je capitulais. Pour finir il me demanda, dégoûté :

« Vous avez déjà lu quoi que ce soit qui sorte du pur et simple manuel scolaire ? »

Je répondis :

« J'ai étudié l'idée de nation.

— Vous vous rappelez l'auteur du livre ?

— Frédéric Chabod.

— Voyons voir ce que vous avez compris. »

Il m'écouta avec attention pendant quelques minutes, puis me congédia brusquement en me laissant la certitude d'avoir dit des bêtises.

Je pleurai beaucoup, comme si j'avais perdu quelque part, par distraction, ce que j'avais eu de plus prometteur. Puis je me dis que j'étais stupide de désespérer, car je savais depuis toujours que je n'étais pas réellement douée. Lila oui, elle était douée, Nino oui, il était doué ! Moi je n'étais que présomptueuse, et j'avais été justement punie.

Or, j'appris que j'étais reçue à l'examen. J'allais avoir une chambre à moi, un lit que je ne devrais pas installer le soir et défaire le matin, un bureau et tous les livres dont j'aurais besoin. Moi Elena Greco, dix-neuf ans, la fille du portier de mairie, je m'apprêtais à sortir du quartier et à quitter Naples. Toute seule.

81

Une succession de journées frénétiques commença. Quelques hardes à emporter, très peu de livres. Les paroles bougonnes de ma mère : « Si tu gagnes de l'argent, envoie-le-moi par la poste! Et maintenant, qui c'est qui va aider tes frères et ta sœur avec leurs devoirs? S'ils marchent mal à l'école, ça sera ta faute! Mais allez, pars, qu'est-c'qu'on en a à foutre? Je l'ai toujours su, que tu t'croyais mieux que moi et que tout le monde!» Et les propos hypocondriaques de mon père: «J'ai mal là, qu'est-ce que ça peut être? Viens voir papa, Lenù! Je sais pas si, quand tu reviendras, je serai encore en vie...» Et aussi l'insistance de mes frères et sœur: «Si on vient te voir, on pourra dormir avec toi? on pourra manger avec toi?» Et puis il y eut Pasquale, qui me dit: «Attention où toutes ces études vont te mener, Lenù! Rappelle-toi qui tu es et de quel côté tu es!» Et puis Carmen qui, fragile, ne se remettait pas de la mort de sa mère: elle me fit un signe d'au revoir et se mit à pleurer. Et puis Alfonso, qui resta de marbre et murmura: «Je le savais, que tu continuerais tes études!» Et puis Antonio qui, au lieu de prêter attention à ce que je lui disais sur là où j'allais et ce que j'y ferais, me répéta à plusieurs reprises: «Maintenant je me sens vraiment bien, Lenù! Ça m'est complètement passé; c'était le service militaire qui me faisait du mal.» Et puis Enzo, qui se contenta de me tendre la main et de serrer la mienne tellement fort que j'en eus mal pendant des jours. Et enfin Ada, qui me demanda seulement «Et tu lui as dit, à Lina? Hein, tu lui as dit?» avant de ricaner et d'insister encore: «Allez, dis-le-lui, ça va la faire crever de jalousie!»

Je supposai que Lila avait déjà appris par Alfonso, par Carmen ou par son mari lui-même, à qui Ada l'avait certainement raconté, que je m'apprêtais à partir pour Pise. Si elle n'était pas venue me féliciter, pensai-je, c'était sans doute que cette nouvelle l'avait perturbée. Par ailleurs, si vraiment elle n'en savait rien, aller exprès lui annoncer la chose alors que, depuis plus d'un an, nous nous saluions à peine, me sembla complètement déplacé. Je ne voulais pas lui jeter au visage la chance qu'elle n'avait pas eue. Je mis la question de côté et me consacrai à mes dernières démarches avant le départ. J'écrivis à Nella pour lui raconter ce qui m'était arrivé et lui demander l'adresse de Mme Oliviero, à qui je voulais communiquer la nouvelle. Je rendis visite à un cousin de mon père qui m'avait promis une vieille valise. Je fis le tour de plusieurs maisons où j'avais donné des cours et où j'avais encore de l'argent à récupérer.

Je profitai de cette occasion pour faire mes adieux, en quelque sorte, à Naples. Je traversai la Via Garibaldi, suivis la Via dei Tribunali et pris un bus sur la Piazza Dante. Je grimpai au Vomero, d'abord jusqu'à la Via Scarlatti et puis du côté de la Villa Santarella. Ensuite j'empruntai le funiculaire pour descendre sur la Piazza Amedeo. Les mères de mes élèves m'accueillirent toujours avec regret et parfois avec beaucoup d'affection. En plus de me remettre mon argent, elles m'offrirent le café et presque toujours aussi un petit cadeau. Quand je finis ma tournée, je m'aperçus que je n'étais pas loin de la Piazza dei Martiri.

Je pris la Via Filangieri sans parvenir à me décider. Je me souvins soudain de l'inauguration du magasin de chaussures : Lila habillée comme une grande dame, et l'anxiété qui l'avait saisie à l'idée de ne pas avoir réellement changé et de ne pas être aussi raffinée que les jeunes femmes de ce quartier. Moi au contraire, j'ai vraiment changé. Je porte toujours sur moi les mêmes hardes, mais j'ai réussi mon baccalauréat et je vais faire mes études à Pise. J'ai changé non pas en apparence, mais en profondeur. Les apparences suivront bientôt, et ce ne seront pas que des apparences.

Cette idée, ou plutôt cette constatation, me remplit de satisfaction. Je m'arrêtai devant la vitrine d'un opticien et examinai les montures. Oui, il faudra que je change de lunettes, les miennes me mangent le visage, j'ai besoin d'une monture plus légère. J'en remarquai une avec des verres tout ronds, larges et fins. Et puis je devrai remonter mes cheveux. Apprendre à me maquiller. Je quittai la vitrine et rejoignis à pied la Piazza dei Martiri.

À cette heure-là, de nombreux magasins avaient baissé à moitié leur rideau de fer, et celui des Solara était baissé aux trois quarts. Je regardai autour de moi. Que savais-je des nouvelles habitudes de Lila? Rien. Quand elle travaillait à la nouvelle épicerie, elle ne rentrait pas chez elle à l'heure du déjeuner bien qu'elle habite à quelques pas de là. Elle restait au magasin pour manger quelque chose avec Carmen ou discuter avec moi quand je passais la voir après le lycée. À présent qu'elle travaillait sur la Piazza dei Martiri, il était encore plus improbable qu'elle rentre déjeuner à la maison, cela aurait représenté une fatigue inutile, et puis elle ne disposait pas d'assez de temps. Peut-être était-elle dans un bar, peut-être se promenait-elle en bord de mer avec la vendeuse qui l'aidait certainement. À moins qu'elle ne se repose à l'intérieur. Je frappai de ma main ouverte contre le rideau de fer. Aucune réponse. Je frappai à nouveau. Rien. J'appelai, entendis des pas à l'intérieur, et alors la voix de Lila demanda :

« Qui est-ce ?

— Elena.

— Lenù ! » l'entendis-je s'écrier.

Elle souleva le rideau de fer et surgit devant moi. Cela faisait longtemps que je ne l'avais pas vue, même de loin, et je la trouvai changée. Elle portait un chemisier blanc et une jupe droite bleu marine, et comme d'habitude elle était coiffée et maquillée avec soin. Mais son visage s'était comme élargi et aplati, et c'est son corps tout entier qui me sembla à la fois plus large et plus plat. Elle me tira dans le magasin et referma le rideau de fer. L'intérieur était éclairé de manière luxueuse, tout avait changé, et c'était vrai qu'on se croyait davantage dans un salon que dans un magasin de chaussures. Elle s'exclama avec un tel accent de vérité que je la crus : « Mais c'est fantastique ce qui t'arrive, Lenù ! Et je suis tellement contente que tu sois venue me dire au revoir ! » Naturellement, elle était au courant, pour Pise. Elle me serra très fort dans ses bras et fit claquer deux gros baisers sur mes joues, ses yeux se remplirent de larmes et elle répéta : « Je suis tellement contente ! » Puis elle cria, s'adressant à la porte des toilettes :

« Sors, Nino, tu peux venir ! C'est Lenuccia ! »

J'en eus le souffle coupé. La porte s'ouvrit et, en effet, Nino apparut dans sa pose habituelle, tête baissée et mains dans les poches. Mais son visage était creusé par la tension. « Salut ! » murmura-t-il. Je ne sus que dire et lui tendis la main. Il la serra sans énergie. Pendant ce temps, Lila se mit à me raconter des choses très importantes, en quelques phrases concises : cela faisait presque un an qu'ils se voyaient en cachette; Lila avait décidé, pour mon bien, de ne pas m'impliquer davantage dans un imbroglio qui, s'il était découvert, m'aurait causé des ennuis à moi aussi; elle était enceinte de deux mois, s'apprêtait à tout avouer à Stefano et voulait le quitter.

82

Lila parla sur un ton que je lui connaissais bien, le ton de la détermination, celui avec lequel elle s'efforçait de chasser toute émotion et se contentait de résumer en peu de mots une série de faits et de comportements, presque avec mépris, comme si elle craignait que, en se permettant le plus petit tremblement de la voix ou de la lèvre inférieure, toute chose perde ses contours et se répande en l'entraînant. Nino demeura assis sur le divan, tête baissée, esquissant tout au plus quelque signe d'assentiment. Ils se tenaient par la main.

Lila expliqua que le temps des rencontres dans le magasin, entre mille anxiétés, s'était achevé quand elle avait fait une analyse d'urine et avait découvert sa grossesse. Maintenant, Nino et elle avaient besoin d'un logement à eux, d'une vie à eux. Elle voulait partager avec lui amitiés, livres, conférences, cinéma, théâtre et musique. «Je ne supporte plus, dit-elle, que nous vivions séparés.» Elle avait caché un peu d'argent quelque part et était en discussion pour un petit appartement dans la zone des Champs Phlégréens, pour vingt mille lires par mois. Ils se terreraient là en attendant la naissance de l'enfant.

Mais comment ? Sans travail ? Avec Nino qui devait aller à l'université ? Je ne parvins pas à me maîtriser et m'exclamai :

« Mais pourquoi tu as besoin de quitter Stefano ? Tu es douée pour les mensonges, tu lui en as déjà dit plein, tu peux très bien continuer ! »

Elle me regarda, les yeux plissés. Je compris qu'elle avait clairement perçu le sarcasme, la rancœur et même le mépris que mes paroles contenaient derrière l'apparence d'un conseil amical. Elle avait aussi remarqué que Nino avait brusquement relevé la tête et que sa bouche s'était entrouverte, comme s'il voulait dire quelque chose mais se retenait pour éviter les discussions. Elle répliqua :

« Mentir m'a servi à ne pas me faire tuer. Mais aujourd'hui, je préfère me faire tuer plutôt que continuer comme ça. »

Quand je leur dis au revoir en leur adressant mes meilleurs vœux, je souhaitai pour *mon* propre bien ne plus les revoir.

83

Mes années à l'École normale furent importantes, mais pas dans l'histoire de notre amitié. J'arrivai dans cet établissement bourrée de timidité et de maladresse. Je me rendis compte que je parlais un italien livresque qui frôlait parfois le ridicule, et au beau milieu d'une phrase presque trop élaborée, quand un mot me manquait, je remplissais le vide en italianisant un terme de dialecte : j'entrepris de me corriger. Je ne connaissais guère les bonnes manières, parlais très fort et mâchais en faisant du bruit avec la bouche : je fus obligée de tenir compte de la gêne des autres et essayai de me maîtriser. Anxieuse d'avoir l'air sociable, j'interrompais des conversations, m'exprimais sur des faits qui ne me regardaient pas et me comportais avec trop de familiarité : je tentai désormais d'être aimable tout en gardant mes distances. Un jour, une fille de Rome, répondant à une question que j'avais posée je ne sais plus sur quoi, imita mon accent, ce qui fit rire tout le monde. Je fus vexée mais réagis en riant et en exagérant ma façon de parler, comme si je me moquais gaiement de moi-même.

Au cours des premières semaines, je dus lutter contre l'envie de rentrer chez moi et me camouflai, comme toujours, derrière des apparences de modestie et de douceur. Dans ce rôle, je commençai à être remarquée et, peu à peu, à plaire. Je plus à des étudiantes et des étudiants, à des surveillants et des professeurs, sans avoir l'air de faire le moindre effort. Mais en réalité, ce fut un véritable travail. J'appris à contrôler ma voix et mes gestes. J'assimilai une série de règles – écrites et non écrites – de comportement. Je réduisis autant que possible mon accent napolitain. Je réussis à prouver que j'étais douée et digne d'estime mais sans jamais avoir recours à un ton arrogant, en ironisant sur ma propre ignorance et en feignant d'être moi-même surprise de mes bons résultats. J'évitais surtout de me faire des ennemis. Quand une des filles se montrait hostile, je concentrais mon attention sur elle, j'étais à la fois cordiale et discrète, serviable sans perdre ma retenue, et je ne changeais pas même d'attitude lorsqu'elle s'adoucissait et me recherchait. Je faisais pareil avec les professeurs. Naturellement, avec eux je me comportais avec davantage de précaution, mais l'objectif demeurait le même : m'attirer considération, sympathie et affection. Je manifestais un vif intérêt pour les enseignants les plus distants et austères, arborant un sourire serein et un air absorbé.

Je me présentai assidûment aux examens et étudiai, selon mon habitude, avec une impitoyable discipline. J'étais terrorisée par l'échec et par l'idée de perdre tout ce qui, malgré mes difficultés, m'était immédiatement apparu comme le paradis sur terre : un espace à moi, un lit à moi, un bureau à moi, une chaise à moi, des livres, des livres et encore des livres, une ville aux antipodes du quartier et de Naples, et autour de moi rien que des gens qui faisaient des études et discutaient volontiers de ce qu'ils étudiaient. Je travaillai avec une telle constance qu'aucun professeur ne me mit jamais moins de trente sur trente. Au bout d'un an, je fus considérée comme l'une des étudiantes les plus prometteuses de l'École, et chacun répondait cordialement à mes saluts pleins de respect.

Il n'y eut que deux moments difficiles, et tous deux au cours des premiers mois. La fille de Rome qui s'était moquée de moi à cause de mon accent m'agressa un matin, me criant en présence d'autres étudiantes que de l'argent avait disparu de son sac, et que soit je le lui rendais immédiatement, soit elle me dénonçait à la directrice. Je compris qu'il ne s'agissait plus de réagir avec un sourire accommodant. Je lui assénai une claque extrêmement violente et l'accablai d'insultes en dialecte. Toutes les filles furent effrayées. J'étais cataloguée comme quelqu'un qui faisait toujours contre mauvaise fortune bon cœur et ma réaction les désorienta. La fille de Rome en resta bouche bée, elle tamponna son nez dégoulinant de sang, et une de ses amies l'accompagna aux toilettes. Quelques heures plus tard, toutes deux vinrent me voir, et celle qui m'avait accusée d'être une voleuse me demanda pardon car elle avait retrouvé son argent. Je l'embrassai et dis que ses excuses me semblaient sincères, ce que je pensais réellement. Moi, vu le monde dans lequel j'avais grandi, je ne me serais jamais excusée, même si j'avais fait une erreur.

Une autre difficulté majeure se présenta à la veille de la fête inaugurale qui allait avoir lieu avant les vacances de Noël. C'était un genre de bal des débutantes auquel on ne pouvait pratiquement pas échapper. Les filles ne parlaient que de cela : tous les garçons de la Piazza dei Cavalieri viendraient, c'était un grand moment de rencontre entre les sections féminine et masculine de l'École. Moi je n'avais rien à me mettre. Cet automne-là il fit froid, il neigea beaucoup et la neige m'enchanta. Mais ensuite je découvris combien le verglas dans les rues pouvait poser de problèmes, sans gants mes mains devenaient insensibles, et mes pieds souffraient d'engelures. Ma garde-robe était composée de deux robes d'hiver confectionnées par ma mère deux ans auparavant, d'un manteau élimé hérité d'une tante, d'une grande écharpe bleue que j'avais tricotée moi-même et d'une unique paire de chaussures à petits talons, ressemelées à plusieurs reprises. J'avais déjà assez de soucis comme ça, je ne savais pas quelle attitude adopter pour cette fête. Demander l'aide de mes camarades ? La plupart d'entre elles se faisaient faire une robe exprès pour l'occasion, et il était probable que parmi leurs robes ordinaires elles aient quelque chose qui me permettrait de faire bonne figure. Mais après mon expérience avec Lila, je ne supportais pas l'idée d'essayer les robes des autres et de découvrir qu'elles ne m'allaient pas. Faire semblant d'être malade, alors ? Je penchais vers cette solution, mais c'était déprimant : être en pleine santé, mourir d'envie d'avoir l'air d'une Natacha au bal avec le prince Andrei ou avec Kuragin, et rester seule à fixer le plafond, tandis que m'arriveraient l'écho de la musique, le brouhaha des voix et les rires ! Je finis par faire un choix certes humiliant, mais que j'étais certaine de ne pas regretter : je me lavai les cheveux, les remontai, me mis un peu de rouge à lèvres et passai l'une de mes deux robes, celle dont l'unique mérite était d'être bleu foncé.

Je me rendis à la fête où, au début, je me sentis mal à l'aise. Mais mon habillement avait l'avantage de ne pas susciter l'envie, voire de provoquer un sentiment de culpabilité propice à la solidarité. En effet, de nombreuses camarades bienveillantes me tinrent compagnie et les garçons me firent souvent danser. J'oubliai comment j'étais vêtue, et même l'état de mes chaussures. En outre, c'est précisément ce soir-là que je connus Franco Mari, un garçon plutôt laid mais très amusant, à l'intelligence vive, effronté et dépensier, qui avait un an de plus que moi. Il venait d'une famille très aisée de Reggio Emilia, il était militant communiste mais critiquait les tendances social-démocrates de son parti. Dès lors, l'essentiel de mon maigre temps libre, je le passai gaiement en sa compagnie. Il m'acheta de tout : vêtements, chaussures, un manteau neuf, des lunettes qui me rendirent mes yeux mais aussi tout mon visage, ainsi que des livres politiques, puisque c'était la culture à laquelle il tenait le plus. Il m'apprit des choses terribles sur le stalinisme et m'incita à lire les œuvres de Trotski, grâce auxquelles il s'était forgé une sensibilité antistalinienne et avait acquis la conviction qu'en URSS n'existaient ni le socialisme ni encore moins le communisme : la révolution s'était interrompue et il fallait la relancer.

Il finança également mon premier voyage à l'étranger. Nous nous rendîmes à Paris pour une rencontre de jeunes communistes venus de toute l'Europe. Mais je vis bien peu de la ville, puisque nous passâmes tout notre temps dans des lieux enfumés. Ce que je retins de Paris, ce fut l'impression de rues beaucoup plus colorées que celles de Naples et de Pise, le vacarme agaçant des sirènes de police, et la stupeur de découvrir qu'il y avait tant de Noirs, à la fois dans les rues et dans la salle où Franco fit une longue intervention en français, très applaudie. Quand je racontai à Pasquale cette expérience politique, il ne voulut pas croire que j'aie pu faire une chose pareille – *non, pas toi !* s'exclama-t-il. Puis il se tut, gêné, lorsque je fis montre de mes lectures et me déclarai désormais philotrotskiste.

J'empruntai à Franco plusieurs habitudes qui furent ensuite renforcées par les conseils et discours de certains de mes professeurs : employer le verbe « étudier » même quand je lisais des livres de science-fiction ; faire des fiches détaillées sur

444

chaque texte que j'étudiais ; m'enthousiasmer toutes les fois que je tombais sur des passages où étaient bien exposés les effets des inégalités sociales. Franco tenait beaucoup à ce qu'il appelait ma rééducation, et je me laissai rééduquer bien volontiers. Pourtant, à mon grand regret, je ne parvins pas à tomber amoureuse. Je l'aimais bien, j'aimais son corps nerveux, mais je ne sentis jamais qu'il m'était indispensable. Le peu de sentiment que j'éprouvais pour lui disparut rapidement lorsqu'il perdit sa place à l'École : il n'obtint que dix-neuf sur trente à un examen et fut renvoyé. Nous nous écrivîmes pendant quelques mois. Il tenta de réintégrer l'École, disant qu'il ne le faisait que pour être près de moi. Je l'encourageai à présenter un nouvel examen mais il échoua. Nous nous écrivîmes encore quelques fois puis, pendant un certain temps, je n'eus plus aucune nouvelle de lui.

84

Voilà en gros ce qui m'arriva à Pise, de la fin 1963 à la fin 1965. C'est si facile de parler de moi sans Lila ! Le temps s'apaise et les faits marquants glissent au fil des années, comme des valises sur le tapis roulant d'un aéroport : je les prends, je les mets sur la page, et c'est fini.

Raconter ce qui lui arriva pendant ces mêmes années est plus compliqué. Alors le tapis roulant tout à coup ralentit, puis accélère, prend un virage trop serré et sort des rails. Les valises tombent et s'ouvrent, leur contenu s'éparpille ici et là. Certaines de ses affaires finissent mêlées aux miennes, je suis obligée de les ramasser et puis de revenir sur la narration qui me concerne (alors qu'au départ elle m'était venue facilement) en développant des propos qui, maintenant, me semblent une synthèse trop brève. Par exemple, si Lila avait intégré l'École normale à ma place, aurait-elle jamais fait contre mauvaise fortune bon cœur ? Et le jour où j'ai giflé la fille de Rome, quelle a été l'influence de sa façon de se comporter à elle ? Comment a-t-elle fait pour balayer – même à distance – ma douceur artificielle, et dans quelle mesure est-ce elle qui m'a donné ma soudaine détermination, voire dicté mes insultes ? Et cette témérité, quand entre mille peurs et mille scrupules je me glissais dans la chambre de Franco, d'où me venait-elle, sinon de son exemple ? Et mon insatisfaction, quand je me rendais compte que je n'étais pas amoureuse de lui et constatais ma frigidité affective, d'où naissait-elle, sinon d'une comparaison avec la capacité d'aimer dont elle avait fait preuve, elle, et faisait preuve aujourd'hui encore ?

Oui, c'est Lila qui rend l'écriture difficile. Ma vie me pousse à imaginer ce qu'aurait été la sienne si mon sort lui était revenu, à me demander ce qu'elle aurait fait si elle avait eu ma chance. Et sa vie surgit constamment dans la mienne, dans les mots que j'ai prononcés et derrière lesquels il y a souvent un écho des siens, dans mon geste déterminé qui est la transposition d'un de ses gestes, dans mon habitude d'être *en deçà* qui correspond à sa manière d'être *au-delà*, dans mes tentatives d'aller *au-delà* qui exagèrent ses façons d'être *en deçà*. Sans même mentionner ce qu'elle ne m'a jamais dit mais m'a laissé deviner, et ce que je ne savais pas et que j'ai lu ensuite dans ses cahiers. Ainsi le récit des faits doit-il tenir compte de toutes sortes de filtres, retours en arrière, vérités partielles et demi-mensonges : et cela me conduit à la tâche exténuante de mesurer le temps passé en me fondant sur le mètre étalon bien incertain des mots.

Je dois avouer, par exemple, que les souffrances de Lila m'avaient totalement échappé. Puisqu'elle avait pris Nino, puisque grâce à ses arts secrets elle était tombée enceinte de lui et pas de Stefano, puisque par amour elle était sur le point d'accomplir un acte inconcevable dans le monde où nous avions grandi – abandonner son mari, jeter par la fenêtre l'aisance à peine acquise et risquer d'être tuée avec son amant et le bébé qu'elle portait dans le ventre –, je considérai qu'elle était heureuse, de ce bonheur tumultueux des romans, films et bandes dessinées, le seul bonheur qui m'intéressait vraiment à cette époque, et qui n'était pas le bonheur conjugal mais celui de la passion, ce mélange furieux du bien et du mal dans lequel elle vivait et pas moi.

Mais je me trompais. Il faut maintenant que je revienne en arrière, au jour où Stefano nous força à quitter Ischia. Je sais maintenant avec certitude qu'à partir du moment où le vaporetto quitta le rivage et où Lila se rendit compte qu'elle ne trouverait plus Nino le matin l'attendant à la plage, qu'elle n'allait plus discuter, bavarder avec lui, qu'ils ne se murmureraient plus rien à l'oreille, qu'ils ne nageraient plus ensemble, qu'ils ne pourraient plus s'embrasser, s'enlacer et s'aimer, elle fut sous le coup d'une douleur violente. En quelques jours, sa vie entière en tant que

Mme Carracci – avec ses équilibres et déséquilibres, ses stratégies, batailles, guerres et alliances, ses ennuis avec les fournisseurs et la clientèle, son art de tricher sur les poids et tous ses efforts pour faire entrer encore plus d'argent dans le tiroir-caisse – perdit toute réalité, toute vérité. La seule chose concrète et vraie, c'était Nino, et le désir qu'elle avait de lui : elle le voulait jour et nuit. Dans l'obscurité de sa chambre, elle s'agrippait à son mari pour oublier l'autre, ne serait-ce que quelques minutes. Autant de moments pénibles, puisque c'était justement là qu'elle ressentait plus fortement son besoin de l'avoir, d'une manière si nette et avec des détails tellement précis qu'elle finissait par repousser Stefano comme si c'était un inconnu, et elle se réfugiait dans un coin de son lit, pleurant et criant des insultes, ou bien se terrait dans la salle de bains en s'enfermant à clef.

85

Dans un premier temps, elle pensa s'échapper une nuit et retourner à Forio, mais elle comprit que son mari la retrouverait aussitôt. Alors elle songea à demander à Alfonso si Marisa savait quand son frère reviendrait d'Ischia, mais elle craignit que son beau-frère ne mentionne cette question à Stefano, et abandonna l'idée. Elle trouva dans le bottin le numéro des Sarratore et téléphona. Donato répondit. Elle annonça qu'elle était une amie de Nino, il coupa court d'un ton hostile et raccrocha. Désespérée, elle revint à l'idée

448

de prendre le bateau, et elle allait se décider à le faire quand, un après-midi de début septembre, Nino apparut sur le seuil de l'épicerie bondée : il portait une longue barbe et était complètement saoul.

Lila retint Carmen qui avait déjà bondi pour chasser ce jeune marginal, à ses yeux un quelconque inconnu qui n'avait pas toute sa tête. « Je m'en occupe ! » s'exclama Lila avant d'entraîner Nino plus loin. Gestes précis, voix froide, elle était certaine que Carmen Peluso n'avait pas reconnu le fils Sarratore, désormais très différent de l'enfant avec qui elle avait fréquenté l'école primaire.

Elle agit très vite. Extérieurement, elle semblait toujours la même, celle qui sait résoudre tous les problèmes. En réalité, elle ne savait plus où elle était. Les étagères garnies de marchandises s'étaient effacées, la rue avait perdu toute forme, les façades pâles des nouveaux immeubles s'étaient dissoutes, et surtout Lila faisait totalement abstraction du danger qu'elle courait. Nino Nino Nino : elle n'éprouvait rien d'autre que joie et désir. Enfin il était à nouveau auprès d'elle, et chacun de ses traits indiquait clairement qu'il avait souffert et souffrait, qu'il l'avait cherchée et la voulait, au point qu'il tentait de l'attraper et de l'embrasser dans la rue.

Elle l'entraîna chez elle, ce qui lui sembla l'endroit le plus sûr. Des passants ? Elle n'en vit pas. Des voisins ? Non plus. Dès qu'elle referma la porte de l'appartement derrière elle, ils se mirent à faire l'amour. Elle n'éprouvait aucun scrupule. Elle ne ressentait que l'exigence d'avoir Nino, tout de suite, de l'étreindre et de le garder. Ce besoin ne la quitta pas, même lorsqu'ils s'apaisèrent. Le quartier, le voisinage, l'épicerie, les rues, les bruits de la voie ferrée, Stefano et Carmen qui l'attendait peut-être avec anxiété : tout cela lui revint lentement, mais uniquement comme autant d'objets qu'elle devait ranger à la hâte pour éviter qu'ils ne soient des obstacles et aussi parce que, empilés pêle-mêle, ils risquaient la chute à tout moment.

Nino lui reprocha d'être partie sans même l'avertir, il la serra contre lui et la voulut encore. Il exigeait qu'ils s'en aillent aussitôt, ensemble, mais sans savoir dire où. Elle répondait oui oui oui et partageait toute sa folie bien que, contrairement à lui, elle ait eu conscience du temps, de la réalité des secondes et des minutes qui, en s'enfuyant, accroissaient terriblement le risque d'être surpris. Ainsi, abandonnée avec lui sur le sol, elle regardait juste au-dessus d'eux le lustre, suspendu au plafond comme une menace ; et si au départ elle ne s'était souciée que d'avoir Nino, advienne que pourra, à présent elle réfléchissait à la façon de le garder serré contre elle sans que le lustre ne se détache du plafond et sans que le sol ne se fende, pour l'engloutir d'un côté et elle de l'autre.

« Va-t'en !
— Non.
— Tu es fou !
— Oui.
— Je t'en prie, va-t'en, s'il te plaît ! »

Elle parvint à le convaincre. Puis elle attendit pour voir si Carmen lui disait quelque chose, si les voisins faisaient des commérages, ou si Stefano revenait de l'autre épicerie pour la frapper. Mais il ne se passa rien et elle fut soulagée. Alors elle augmenta la paye de Carmen, devint affectueuse avec son mari et inventa des excuses lui permettant de retrouver Nino en cachette.

86

Au départ, le principal problème ne vint pas d'un commérage possible qui aurait fait tout échouer mais de lui, le garçon aimé. Sa seule préoccupation, c'était d'étreindre Lila, l'embrasser, la mordre, la pénétrer. On aurait dit qu'il voulait, qu'il exigeait de vivre sa vie entière sa bouche contre la bouche de Lila et à l'intérieur de son corps. Et il n'acceptait pas les séparations : elles l'effrayaient car il craignait que Lila ne disparaisse à nouveau. Du coup il s'étourdissait par l'alcool, n'étudiait pas et fumait toute la journée. Pour lui, plus rien au monde n'existait en dehors d'eux-mêmes, et quand il s'exprimait, ce n'était que pour crier sa jalousie et répéter de manière obsessionnelle qu'il ne supportait pas qu'elle continue à vivre avec son mari.

« Moi j'ai tout quitté, murmurait-il épuisé, alors que toi, tu ne veux rien abandonner !

— Et qu'est-ce que tu proposes ? » lui demandait-elle alors.

Nino se taisait, désorienté par cette question, ou bien il s'emportait comme si cette situation était une offense qui lui était faite. Il s'exclamait, désespéré :

« Tu ne veux plus de moi ! »

Mais si, Lila le voulait, elle le voulait encore

451

et encore, mais elle voulait aussi autre chose, et tout de suite. Elle voulait qu'il reprenne ses études et continue à la stimuler avec toutes ses idées, comme cela s'était produit à l'époque d'Ischia. La prodigieuse petite fille de l'école primaire, celle qui avait fasciné Mme Oliviero et écrit « La Fée bleue », était réapparue, et elle agissait avec une ferveur et une énergie nouvelles. Nino l'avait retrouvée dans le marasme le plus profond et il l'en avait sortie. À présent, cette fillette le pressait pour qu'il redevienne le jeune étudiant qu'il avait été, et pour qu'il la fasse grandir jusqu'à lui donner la force de balayer Mme Carracci. Ce que, peu à peu, elle réussit à faire.

Je ne sais pas exactement ce qui se passa : Nino dut avoir l'intuition que, pour ne pas la perdre, il devait être quelque chose de plus qu'un amant plein de fureur. Ou bien non, peut-être comprit-il simplement que sa propre passion était en train de le laminer. Quoi qu'il en soit, il recommença à étudier. Au début, Lila fut contente : peu à peu il se reprit et redevint celui qu'elle avait connu à Ischia, ce qui le rendit encore plus indispensable à ses yeux. Elle eut à nouveau non seulement Nino mais aussi un peu de ses discours et de ses idées. Il lisait et critiquait Smith, alors elle tentait de le lire ; il lisait Joyce qu'il critiquait encore plus, alors elle essayait de le lire aussi. Elle acheta les livres dont il lui parlait les rares fois où ils parvenaient à se voir. Elle voulait en discuter mais ce n'était jamais possible.

Carmen, toujours plus désorientée, ne comprenait pas ce que Lila avait d'urgent à faire lorsque, sous un prétexte ou un autre, elle s'absentait quelques heures. Elle la fixait d'un air renfrogné quand elle lui laissait tous les clients sur les bras, même si l'épicerie était bondée, ne semblant ni voir ni entendre quoi que ce soit, plongée dans un livre ou occupée à écrire dans ses cahiers. Il fallait qu'elle lui lance : « Lina, s'il te plaît, tu m'aides ? » Alors seulement Lila levait les yeux, posait le bout des doigts sur ses lèvres et disait : « D'accord. »

Quant à Stefano, il balançait toujours entre nervosité et acceptation. Il se disputait constamment avec son beau-frère, son beau-père ou les Solara, et devenait amer parce que, malgré les bains de mer, les enfants ne venaient pas ; or voilà que sa femme ironisait sur le grand bordel des chaussures et s'enfermait jusque tard dans la nuit avec romans, revues et journaux : cette manie lui était revenue, comme si la vie réelle ne l'intéressait plus. Il l'observait sans comprendre, à moins qu'il n'ait ni le temps ni l'envie de comprendre. Depuis Ischia, son côté le plus agressif cherchait une nouvelle confrontation et un éclaircissement définitif devant l'attitude de Lila, faite tantôt de refus tantôt de distanciation paisible. Mais son autre côté, plus prudent et peut-être lâche, retenait le premier, faisait mine de rien et pensait : c'est déjà mieux que quand elle casse les couilles ! Et Lila, qui avait deviné cette idée, s'arrangeait pour qu'elle lui reste en tête. Le soir, quand tous deux rentraient à la maison après le travail, elle traitait son mari sans hostilité. Mais après le dîner et les discussions d'usage, elle se retirait prudemment dans la lecture, un espace mental inaccessible à son mari, habité uniquement par Nino et elle.

Que représenta pour elle le jeune étudiant, à cette époque ? C'était une obsession sexuelle qui la laissait dans un état permanent de rêverie érotique ; elle avait l'esprit en ébullition et voulait être à la hauteur du sien ; et surtout, elle nourrissait le projet abstrait de former avec lui un couple secret, enfermé dans une espèce de refuge qui devait être moitié cabane pour deux cœurs amoureux, moitié laboratoire d'idées sur la complexité du monde – lui pleinement présent et agissant, et elle une ombre sur ses talons, collaboratrice dévouée lui glissant de modestes suggestions. Les rares fois où ils parvenaient à rester ensemble non pas quelques minutes mais une heure, cette heure se transformait en un flux incessant d'échanges sexuels et verbaux, c'était un bien-être total qui, au moment de la séparation, rendait insupportable le retour à l'épicerie et au lit de Stefano.

« J'en peux plus !

— Moi non plus.

— Qu'est-ce qu'on fait ?

— Je sais pas.

— Je veux être toujours avec toi ! »

Ou du moins, ajoutait-elle, quelques heures tous les jours.

Mais comment organiser des rencontres régulières et en toute sécurité ? Voir Nino chez elle était très dangereux, le voir dehors davantage encore. Sans compter que Stefano téléphonait parfois à l'épicerie quand elle n'était pas là, et lui fournir des explications plausibles était ardu. Ainsi, tiraillée entre l'impatience de Nino et les remontrances de son mari, au lieu de retrouver le sens des réalités et de reconnaître avec lucidité qu'elle se trouvait dans une situation sans issue, Lila se mit à agir comme si le monde réel était un théâtre ou un échiquier : il lui suffisait de déplacer un décor peint ou bien de bouger quelques pions et voilà, le jeu, la seule chose qui compte vraiment, *son* jeu, *leur jeu à tous les deux*, pouvait continuer. Quant au futur, il se réduisit simplement au jour suivant, et puis à celui d'après et d'après encore. Ou bien il se transforma en de soudaines visions de massacre et de sang, très fréquentes dans ses cahiers. Elle n'écrivait jamais *je vais mourir assassinée* mais notait des faits divers, les réinventant parfois. C'étaient des meurtres de femmes, et elle insistait sur l'acharnement du tueur et sur la quantité de sang versé. Elle y mettait des détails que les journaux ne rapportaient pas : yeux arrachés des orbites, blessures de couteau à la gorge ou dans les organes internes, lame transperçant les seins, tétons tranchés, ventre ouvert du nombril vers le bas, lame fourrageant dans l'appareil génital. On aurait dit qu'elle essayait d'amoindrir ce risque – possible – de mort violente en le réduisant lui aussi à des mots et à un schéma maîtrisable.

87

Ce fut dans ce contexte d'un jeu dont l'issue pouvait être mortelle que Lila s'inséra dans le conflit entre son frère, son mari et les frères Solara. Elle tira profit de la certitude de Michele qu'elle était la meilleure pour gérer le commerce de la Piazza dei Martiri. Elle cessa brusquement de lui dire non et, après des tractations tumultueuses grâce auxquelles elle obtint une autonomie absolue et un confortable salaire hebdomadaire, presque comme si elle n'était pas Mme Carracci, elle accepta d'aller travailler dans le magasin de chaussures. Elle ne se soucia ni de son frère, qui se sentait menacé par la nouvelle marque Solara et voyait son geste comme une trahison, ni même de son mari : celui-ci commença par piquer une colère, puis la menaça et enfin lui fit jouer un rôle d'intermédiaire entre lui-même et les deux frères dans d'obscures histoires de dettes qu'il avait contractées auprès de leur mère, d'argent qu'il fallait récupérer et restituer. Elle ignora également les propos mielleux de Michele qui lui tournait autour afin de surveiller discrètement la réorganisation de la boutique, tout en insistant pour qu'elle conçoive directement de nouveaux modèles de chaussures, évinçant ainsi Rino et Stefano.

Lila avait deviné depuis longtemps que son frère et son père allaient être éliminés, que les Solara prendraient possession de tout et que Stefano ne se maintiendrait à flot qu'en devenant de plus en plus dépendant de leurs trafics. Mais si au début cette perspective l'avait indignée, à présent elle écrivait dans ses cahiers que cela la laissait totalement indifférente. Bien sûr, elle était triste pour Rino et se désolait que son rôle de petit patron décline déjà, d'autant plus qu'il était maintenant marié avec un enfant. Mais à ses yeux, tous les liens du passé étaient désormais bien ténus, sa capacité à aimer ne prenait plus qu'un seul chemin, et toutes ses pensées, tous ses sentiments étaient dirigés vers Nino. Si autrefois elle s'était escrimée pour que son frère s'enrichisse, dorénavant elle agissait uniquement pour le bonheur de son amant.

La première fois qu'elle se rendit au magasin

de la Piazza dei Martiri pour réfléchir à ce qu'elle pouvait en faire, elle remarqua avec stupeur qu'on voyait encore, à l'endroit où était autrefois exposé le panneau avec sa photo en robe de mariée, les traces noires et jaunes des flammes qui l'avaient détruit. Cette découverte l'irrita. Je n'aime rien, se dit-elle, de tout ce qui m'est arrivé et de tout ce que j'ai fait avant Nino. Et elle réalisa soudain que, pour des motifs obscurs, c'était dans cet espace au centre de la ville que les moments clefs de sa guerre s'étaient déroulés. C'était ici que, le soir des échauffourées avec les jeunes de la Via dei Mille, elle avait décidé de manière absolue qu'elle devait s'extirper de la misère. C'était ici qu'elle avait regretté cette décision et ravagé sa photo en robe de mariée, et par esprit de destruction elle avait voulu que cette insulte soit affichée dans le magasin en guise de décor. C'était ici qu'elle avait eu les signes que sa grossesse allait s'interrompre. C'était ici, en ce moment, que l'aventure des chaussures faisait naufrage, phagocytée par les Solara. Et voilà, c'était également ici que son mariage finirait, elle se débarrasserait de Stefano et de son nom, quelles qu'en soient les conséquences. Mais qu'est-ce que ça fait négligé ! lança-t-elle à Michele Solara en indiquant la tache de brûlé. Puis elle sortit sur le trottoir pour regarder les lions en pierre au milieu de la place, qui lui firent peur.

Elle fit tout repeindre. Les toilettes n'avaient pas de fenêtre mais une porte murée menant autrefois à une cour intérieure : elle la fit rouvrir et y ajouta une étroite vitre en verre dépoli qui laissait passer un peu de lumière. Elle acheta deux tableaux qu'elle avait vus dans une galerie de peinture de Chiatamone et qui lui avaient plu. Elle embaucha une vendeuse qui ne venait pas du quartier mais de Materdei, et qui avait fait des études de secrétariat d'entreprise. Elle obtint que la fermeture de l'après-midi, de treize à seize heures, soit pour la vendeuse et elle un moment de repos total, ce dont la jeune fille lui fut toujours très reconnaissante. Elle fit attention à Michele qui, tout en soutenant chacune de ses innovations les yeux fermés, exigeait néanmoins d'être minutieusement informé de ce qu'elle faisait et dépensait.

Pendant ce temps, au quartier, son choix d'aller travailler sur la Piazza dei Martiri accrut encore davantage son isolement. C'était une fille qui avait fait un bon mariage et qui, partie de rien, avait obtenu une vie aisée, une belle femme qui pouvait être patronne chez elle, dans les propriétés de son mari : pourquoi donc se levait-elle à l'aube et restait-elle loin de chez elle toute la journée, dans le centre, employée par d'autres, compliquant la vie de Stefano et celle de sa belle-mère, qui à cause d'elle devait retourner trimer dans la nouvelle épicerie? Pinuccia et Gigliola, surtout, chacune à sa façon, couvrirent Lila de toute la boue qu'elles purent jeter, ce qui était prévisible. Plus surprenant, Carmen, qui avait adoré Lila pour tous les bienfaits qu'elle avait reçus, lui ôta toute affection dès qu'elle quitta l'épicerie, comme on retire la main menacée par les crocs d'un animal. Elle n'appréciait guère d'être brusquement passée du statut d'amie et collaboratrice à celui de servante livrée aux griffes de la mère de Stefano. Elle se sentit trahie, abandonnée à son destin, et ne sut maîtriser son ressentiment. Elle commença même à se disputer avec Enzo, son fiancé, qui n'approuvait pas cette hostilité nouvelle. Il secouait la tête et, plutôt que de défendre Lila, il lui attribuait – laconique, en deux ou trois mots – quelque chose d'intouchable, le privilège de toujours avoir des raisons justes et indiscutables.

« Tout c'que je fais, c'est mal, et tout c'qu'elle fait, c'est bien ! sifflait Carmen avec rancœur.

— Et tu sors ça d'où ?

— C'est toi qui l'dis ! Lina pense ceci, Lina fait cela, Lina sait bien…. Et moi ? Moi elle m'a plantée là et elle est partie ! Mais naturellement, elle a bien fait de s'en aller et moi j'ai tort de me plaindre ! C'est ça ? C'est c'que tu penses ?

— Non. »

Mais malgré cette réponse simple et claire, Carmen n'était pas convaincue et souffrait. Elle sentait qu'Enzo était las de tout, y compris d'elle, ce qui ne faisait qu'accroître son exaspération. Depuis que son père était mort et depuis qu'il était rentré du service militaire, le jeune homme faisait ce qu'il devait faire et menait sa vie de toujours ; pourtant, lorsqu'il était sous les drapeaux, il s'était déjà mis à étudier pour obtenir on ne savait trop quel diplôme. À présent on aurait dit un fauve, la tête pleine de rugissements – il était rugissements à l'intérieur et silence à l'extérieur –, ce que Carmen n'arrivait pas à supporter. Et le pire, ce qu'elle ne pouvait accepter, c'était qu'il ne s'animait un peu que lorsqu'on parlait de cette connasse : alors elle le lui reprochait, elle se mettait à pleurer et hurlait : « Elle me dégoûte, Lina, elle se fout de tout le monde ! Mais toi c'est c'que t'aimes, je sais ! Pourtant, si c'était moi qui faisais ces trucs-là, tu me casserais la gueule ! »

De son côté, Ada avait pris depuis longtemps le parti de Stefano, son employeur, contre sa femme qui le tourmentait, et quand Lila partit faire la vendeuse de luxe dans le centre, elle se contenta d'être encore plus perfide. Elle disait du mal de Lila à chacun, sans se cacher ni mâcher ses mots, mais surtout elle s'en prenait à Antonio et Pasquale. «Elle a toujours su vous embrouiller, vous les hommes, disait-elle, elle sait s'y prendre, c'est une chienne!» Elle leur parlait comme ça, avec hargne, comme si Antonio et Pasquale représentaient toute la médiocrité du sexe masculin. Elle insultait son frère qui ne prenait pas position et criait : «Tu la fermes parce que toi aussi tu prends le fric des Solara, vous bossez tous les deux pour les mêmes patrons! Et je sais que tu te laisses commander par cette femme : tu l'aides à aménager le magasin, elle te dit de déplacer ça ou ça, et toi tu obéis!» Elle faisait pire encore avec son fiancé, avec qui elle s'entendait de moins en moins. Elle l'agressait en permanence et lui lançait : «T'es tout sale, tu pues!» Il s'excusait, expliquant qu'il sortait tout juste du travail, mais Ada ne perdait aucune occasion de le harceler, à tel point que Pasquale céda sur la question de Lila, juste pour avoir la paix et ne pas devoir rompre ses fiançailles. Néanmoins, il faut ajouter que ce ne fut pas là son unique raison : jusqu'alors, il s'était souvent emporté contre sa fiancée ou sa sœur, leur reprochant d'oublier tous les bénéfices qu'elles avaient tirés de l'ascension de Lila, mais lorsqu'un matin il aperçut notre amie dans la Fiat Giulietta de Michele Solara qui l'emmenait sur la Piazza dei Martiri habillée comme une pute de luxe et toute peinturlurée, il reconnut qu'il ne parvenait pas à comprendre comment, sans véritable nécessité économique, elle avait pu se vendre à un type pareil.

Lila, comme d'habitude, sans prêter aucune attention à l'hostilité qui croissait autour d'elle, se consacra pleinement à son nouveau travail. Et les ventes ne tardèrent pas à s'envoler. La boutique devint l'endroit où l'on allait certes pour acheter, mais aussi pour le plaisir de bavarder avec cette jeune femme vive, très belle et à la conversation brillante, qui exposait des livres – qu'elle lisait – au milieu des chaussures, qui discourait intelligemment tout en offrant des chocolats, et surtout qui n'avait pas l'air de vouloir vendre des chaussures Cerullo ou Solara mais seulement faire en sorte que tout un chacun – l'épouse ou les filles de l'avocat et de l'ingénieur, le journaliste du *Mattino*, le jeune homme ou le vieux dandy qui perdait son temps et son argent au Cercle – soit confortablement installé dans un fauteuil ou un divan pour discuter de tout et de rien.

Un seul obstacle : Michele. Il était souvent dans ses pattes pendant les heures d'ouverture et il lui dit un jour, de son ton habituel, ironique et plein de sous-entendus :

« Tu t'es trompée de mari, Lina ! J'avais vu juste : regarde comme tu te débrouilles bien avec les gens qui peuvent nous être utiles ! Toi et moi ensemble, en quelques années on prendra tout Naples, et nous en ferons ce que nous voudrons. »

Et à ce moment-là, il tenta de l'embrasser.

Elle le repoussa, ce qu'il ne prit pas mal. Il lança, amusé :

« C'est pas grave, je sais attendre !

— Attends où tu veux, mais pas ici ! répliqua-t-elle. Parce que si tu restes planté là, moi je rentre à l'épicerie dès demain ! »

Alors Michele espaça ses apparitions, et les

461

visites secrètes de Nino purent se faire plus fréquentes. Pendant plusieurs mois, Lila et lui eurent enfin, dans le magasin de la Piazza dei Martiri, une vie à eux, trois heures par jour – sauf le dimanche et les jours fériés, qui leur étaient insupportables. Le jeune homme entrait par la petite porte des toilettes à treize heures, dès que l'employée descendait aux trois quarts le rideau de fer et s'en allait, et il repartait par la même porte à seize heures précises, avant que la vendeuse ne revienne. Les rares fois où il y eut quelque problème – Michele vint à deux reprises avec Gigliola, et un jour particulièrement éprouvant ce fut Stefano en personne qui se présenta – Nino s'enferma dans les toilettes et s'enfuit par la porte donnant sur la cour.

Je crois que pour Lila ce fut comme une tumultueuse période d'essai, l'avant-goût d'une future existence heureuse. D'un côté, elle continuait à jouer avec application le rôle de la jeune femme qui donnait une touche excentrique au commerce de chaussures, et de l'autre elle lisait, étudiait et réfléchissait pour Nino. Et dans les personnes de quelque importance avec lesquelles il lui arrivait de sympathiser à la boutique, elle ne voyait que des relations susceptibles d'aider le jeune homme.

Ce fut durant cette période que Nino publia dans *Il Mattino* un article sur Naples qui lui procura une certaine réputation au sein du milieu universitaire. Je ne fus même pas au courant, et tant mieux : s'ils m'avaient mêlée à leur histoire comme à Ischia, cela m'aurait tellement bouleversée que je ne m'en serais jamais remise. Et puis, je n'aurais eu aucun mal à comprendre que de nombreux passages de ce texte – pas les plus denses en information, mais ces quelques intuitions qui, sans requérir de grandes compétences, reposaient sur un fulgurant rapprochement entre des éléments a priori très éloignés – étaient de Lila ; et surtout, le style était le sien. Nino n'avait jamais su écrire ainsi, et même par la suite, il n'en aurait jamais été capable. Seule Lila et moi savions écrire de cette manière.

88

Puis elle découvrit qu'elle était enceinte et décida de mettre fin à l'imbroglio de la Piazza dei Martiri. Un dimanche à la fin de l'automne 1963, elle refusa d'aller déjeuner chez sa belle-mère comme ils le faisaient d'habitude et se mit à cuisiner avec une grande application. Pendant que Stefano allait acheter des pâtisseries chez les Solara et puis en apportait quelques-unes à sa mère et sa sœur pour se faire pardonner leur désertion dominicale, Lila fourra un peu de lingerie, quelques robes et une paire de chaussures d'hiver dans une valise achetée pour son voyage de noces, qu'elle cacha derrière la porte du salon. Puis elle lava toutes les casseroles qu'elle avait salies, mit soigneusement la table dans la cuisine et sortit d'un tiroir le couteau à viande qu'elle posa sur l'évier, recouvert d'un torchon. Enfin, attendant que son mari revienne, elle ouvrit la fenêtre pour chasser les odeurs de cuisine et resta là à regarder les trains et les rails luisants. Le froid envahissait l'appartement tiède mais elle ne s'en souciait pas, au contraire cela lui donnait de l'énergie.

Stefano rentra et ils passèrent à table. De mauvaise humeur parce qu'il avait dû se priver des bons petits plats de sa mère, il n'eut pas un mot de compliment pour le déjeuner, mais il parla plus durement qu'à l'ordinaire de son beau-frère Rino et plus affectueusement que d'habitude de son neveu. Il l'appela à plusieurs reprises *le fils de ma sœur*, comme si la contribution de Rino ne comptait guère. Quand ils en furent aux pâtisseries, il en mangea trois et elle aucune. Stefano essuya avec soin sa bouche pleine de crème et dit :

« Allons dormir un peu ! »

Lila répondit :

« À partir de demain, je ne vais plus au magasin. »

Stefano comprit aussitôt que l'après-midi allait mal tourner.

« Et pourquoi ?

— Parce que je n'ai plus envie.

— Tu t'es disputée avec Michele et Marcello ?

— Non.

— Lina, fais pas de conneries, tu sais très bien que ton frère et moi, on est à deux doigts de s'étriper avec ces deux-là ! Ne complique pas les choses.

— Je ne complique rien. Mais je n'y vais plus. »

Stefano se tut, Lila comprit qu'il était alarmé mais préférait esquiver le problème sans l'approfondir. Son mari craignait qu'elle ne lui révèle quelque affront de la part des Solara, une offense impardonnable qui l'obligerait, aussitôt informé, à réagir, quitte à provoquer une rupture irrémédiable. Ce qu'il ne pouvait se permettre.

« D'accord, lui dit-il quand il se décida à parler, n'y va plus, reviens à l'épicerie. »

Elle répliqua :

« Je n'ai pas envie non plus d'aller à l'épicerie. »

Stefano la fixa perplexe :

« Tu veux rester à la maison ? Très bien ! C'est toi qui as voulu travailler, moi je ne t'ai rien demandé, pas vrai ?

— C'est exact.

— Alors reste à la maison, moi ça me fait plaisir.

— Je ne veux pas non plus rester à la maison. »

Il fut sur le point de perdre son calme, seul moyen qu'il connaissait pour chasser l'anxiété.

« Putain, si tu veux pas rester à la maison, qu'est-c'que tu veux, alors ? »

Lila répondit :

« Je veux m'en aller.

— Pour aller où ?

— Je ne veux plus vivre avec toi, je veux te quitter. »

Stefano ne put rien faire d'autre qu'éclater de rire. Cette nouvelle lui parut tellement énorme que, pendant quelques minutes, il eut l'air soulagé. Il lui donna une pichenette sur la joue, lui dit avec son demi-sourire habituel qu'ils étaient mari et femme et que maris et femmes ne se quittent pas, et promit aussi que le dimanche suivant il l'emmènerait sur la côte amalfitaine pour se détendre un peu. Mais elle lui répondit calmement qu'il n'y avait aucune raison de rester ensemble : elle s'était trompée dès le départ, même fiancés elle n'avait éprouvé qu'une légère sympathie à son égard, et maintenant elle avait la certitude qu'elle ne l'avait jamais aimé et qu'elle n'arrivait plus à supporter d'être entretenue par lui, de l'aider à gagner de l'argent et de dormir à son côté. C'est à la fin de ce discours qu'elle reçut une gifle qui la fit tomber de sa chaise. Elle se releva et, au moment où Stefano s'élançait pour l'empoigner, elle courut vers l'évier et saisit le couteau qu'elle avait posé sous le torchon. Elle se retourna vers lui alors qu'il s'apprêtait à la frapper à nouveau.

« Si tu me touches, je te tue comme on a tué ton père ! » lui lança-t-elle.

Stefano s'arrêta, frappé par ce rappel du destin de son père. Il bredouilla quelques paroles du genre : « C'est ça, tue-moi, fais c'que tu veux ! » Il eut un geste d'ennui et puis un bâillement long et irrépressible, bouche grande ouverte, qui le laissa les larmes aux yeux. Il lui tourna le dos et, tout en continuant à marmonner, irrité – « C'est ça, pars, j't'ai tout donné, j'ai tout accepté, et c'est comme ça que tu m'remercies, moi qui t'ai sortie de la misère, qui ai enrichi ton frère, ton père et toute ta famille de merde... » – il s'assit à table et mangea une autre pâtisserie. Puis il quitta la cuisine et se retira dans la chambre, d'où il cria tout à coup :

« Tu peux même pas imaginer combien je t'aime ! »

Lila reposa le couteau sur l'évier et se dit : il ne croit pas que je vais le quitter. Il ne croirait pas non plus que j'ai un autre homme, il n'y arrive pas. Néanmoins, elle rassembla ses forces et alla dans la chambre pour lui parler de Nino et lui annoncer qu'elle était enceinte. Mais son mari dormait, il s'était brusquement réfugié dans le sommeil comme enveloppé dans une cape magique. Alors elle enfila son manteau, prit la valise et quitta l'appartement.

89

Stefano dormit toute la journée. Quand il se réveilla, il réalisa que sa femme n'était pas là mais fit comme si de rien n'était. Il se comportait ainsi depuis l'enfance quand son père, par sa seule présence, le terrorisait : par réaction, il s'était entraîné à ce demi-sourire, à des mouvements lents et paisibles et à une distance compassée face à tout ce qui l'entourait, afin de maîtriser à la fois sa frayeur et son désir d'ouvrir grand et de ses propres mains la poitrine de son père pour lui arracher le cœur.

Le soir il sortit et fit quelque chose de risqué : il se rendit sous les fenêtres d'Ada, sa vendeuse, et tout en sachant qu'elle était certainement de sortie au cinéma ou ailleurs avec Pasquale, il l'appela à plusieurs reprises. Ada sortit la tête, à la fois inquiète et contente. Elle était restée chez elle parce que Melina délirait plus que d'habitude et parce que Antonio, depuis qu'il travaillait pour les Solara, était toujours en vadrouille, il n'avait pas d'horaires. Mais son fiancé était là pour lui tenir compagnie. Stefano monta néanmoins et, sans faire aucune allusion à Lila, passa la soirée chez les Cappuccio, parlant politique avec Pasquale et discutant de questions liées à l'épicerie avec Ada. Quand il rentra chez lui, il fit mine de croire que Lila était allée chez ses parents et, avant de se coucher, se fit soigneusement la barbe. Il dormit d'un sommeil profond toute la nuit.

Les ennuis commencèrent le lendemain. La vendeuse de la Piazza dei Martiri signala à Michele que Lila n'avait pas donné signe de vie. Michele téléphona à Stefano, qui lui répondit que sa femme était malade. Sa maladie dura plusieurs jours, au point que Nunzia se présenta pour voir si sa fille avait besoin d'elle. Personne ne lui ouvrit, alors elle revint le soir, après la fermeture des magasins. Stefano, tout juste rentré du travail, était devant le téléviseur allumé à plein volume. Il jura, alla ouvrir et invita Nunzia à s'asseoir. Dès qu'elle demanda : «Comment va Lila ?», il lui répondit qu'elle l'avait quitté et il éclata en sanglots.

Les deux familles accoururent : la mère de Stefano, Alfonso, Pinuccia avec son enfant, Rino, Fernando. Pour une raison ou une autre, ils étaient tous effrayés, mais seules Maria et Nunzia s'inquiétèrent franchement du sort de Lila et demandèrent où elle était passée. Les autres se disputèrent entre eux pour des motifs qui ne la concernaient pas vraiment. Rino et Fernando, qui en voulaient à Stefano parce qu'il ne faisait rien pour empêcher la fermeture de la fabrique, l'accusèrent de ne jamais avoir rien compris à Lila et d'avoir très mal agi en l'envoyant dans la boutique des Solara. Pinuccia s'énerva, cria à son mari et à son beau-père que Lila était depuis toujours complètement tarée et que ce n'était pas elle la victime de Stefano, mais le contraire. Quand Alfonso osa avancer qu'il fallait s'adresser à la police et contacter les hôpitaux, les esprits s'échauffèrent encore davantage et tous se retournèrent contre lui comme s'il les avait insultés : Rino, surtout, lui cria que la dernière chose dont ils avaient besoin, c'était de devenir la risée du quartier. C'est Maria qui suggéra à voix basse : «Peut-être qu'elle est allée passer un peu de temps avec Lenù ?» Cette hypothèse s'imposa. Ils continuèrent à se quereller mais en feignant tous de croire, à part Alfonso, que Lila, à cause de Stefano et des Solara, n'avait pas le moral et avait décidé de partir pour Pise. «Oui, dit Nunzia en se calmant, elle fait toujours comme ça : quand elle a un problème, elle va voir Lenù.» Là-dessus, ils condamnèrent à qui mieux mieux ce voyage hasardeux : seule, en train, si loin, et sans prévenir personne! Mais l'idée que Lila était chez moi parut à la fois tellement plausible et tellement rassurante qu'elle devint aussitôt une certitude. Seul Alfonso annonça «Demain je pars et je vais vérifier!», mais il fut immédiatement repris par Pinuccia «Mais tu vas où, toi? Tu dois aller travailler!», ainsi que par Fernando qui rouspétait : «Laissons-la tranquille, il faut qu'elle se calme.»

Dès le lendemain, c'est l'explication que Stefano fournit à quiconque lui demandait où était Lila : «Elle est allée voir Lenuccia à Pise, elle a besoin de se reposer.» Mais l'après-midi même, l'angoisse saisit à nouveau Nunzia : elle chercha Alfonso et lui demanda s'il avait mon adresse. Il ne l'avait pas, personne ne l'avait à part ma mère. Alors Nunzia lui envoya Alfonso mais ma mère, soit du fait de son caractère revêche, soit par souci d'éviter de me distraire de mes études, la lui donna incomplète – à moins qu'elle-même ne l'ait eue que sous cette forme, elle avait du mal à écrire et nous savions toutes deux que cette adresse ne servirait à personne. Quoi qu'il en soit, Nunzia et Alfonso m'écrivirent ensemble une lettre dans laquelle ils me demandaient, avec toutes sortes de circonvolutions, si Lila était avec moi. Ils l'adressèrent à l'université de Pise, rien d'autre, à part mon nom et mon prénom, et elle m'arriva avec grand retard.

Je la lus, fus encore plus en colère contre Lila et Nino, et ne répondis pas.

Pendant ce temps, et dès le lendemain du départ de Lila, en plus de son travail à la vieille épicerie, Ada, qui avait toute sa famille à charge et devait aussi répondre aux besoins de son fiancé, s'occupa de l'appartement de Stefano et se mit à lui faire la cuisine, ce qui déplut à Pasquale. Ils se querellèrent et il lui lança : « T'es pas payée pour être sa bonne ! », ce à quoi elle rétorqua : « J'aime mieux être sa bonne que perdre mon temps à discuter avec toi ! » En revanche, pour travailler sur la Piazza dei Martiri, afin de faire tenir les Solara tranquilles on dépêcha en toute hâte Alfonso, qui s'y trouva très bien : il sortait tôt le matin habillé comme pour aller à un mariage et rentrait le soir très satisfait, il aimait passer toute la journée dans le centre de la ville. Quant à Michele, qui avec la disparition de Mme Carracci était devenu intraitable, il appela Antonio et lui ordonna :

« Trouve-la. »

Antonio bougonna :

« C'est grand, Naples, Michè ! et Pise aussi, et l'Italie aussi ! Je commence par où ? »

Michele répondit :

« Par l'aîné des Sarratore. »

Puis il lui lança le regard qu'il réservait à tous ceux qui, à ses yeux, valaient moins que rien, et ajouta :

« Si jamais tu parles de ce boulot à quelqu'un, j'te fais enfermer direct dans l'asile d'Aversa et t'en sors plus. Tout c'que t'apprends, tout c'que tu vois, tu m'le dis à moi et à personne d'autre. Pigé ? »

Antonio fit oui de la tête.

90

Tout au long de sa vie, ce qui a le plus effrayé
Lila, c'est que les gens, encore plus que les choses,
pouvaient perdre leurs contours et se répandre
sans plus aucune forme. Voir son frère, la personne de sa famille qu'elle aimait le plus, privé de
ses limites, l'avait épouvantée, et quand Stefano
était passé de fiancé à mari, il s'était soudain désa-
grégé, ce qui avait terrorisé Lila. C'est seulement
en lisant ses cahiers que j'ai su combien sa nuit de
noces l'avait marquée, et combien elle craignait
les métamorphoses toujours possibles du corps
de son mari, ses déformations provoquées par
des poussées de désir et de rage ou, au contraire,
par quelque projet sournois et quelque lâcheté. La
nuit surtout, elle avait peur de se réveiller et de
le découvrir complètement informe dans leur lit,
réduit à des excroissances gonflées d'humeurs :
celles-ci finissaient par éclater, de la chair liqué-
fiée se mettait à couler partout et ce qui l'entourait
se décomposait aussi – les meubles, l'appartement
tout entier et même elle, sa femme, brisée et aspirée par ce flux répugnant de matière vivante.

Quand elle ferma la porte derrière elle et,
comme rendue invisible par une vapeur blanche,
traversa le quartier avec sa valise, prit le métro
et rejoignit les Champs Phlégréens, Lila eut l'impression d'avoir quitté un espace totalement mou
et habité par des formes sans contours pour aller
vers une structure enfin capable de la contenir
tout entière sans qu'elle se fissure ou que tout se

fissure autour d'elle. Elle parcourut des rues déso-
lées et arriva à destination. Elle traîna sa valise au
deuxième étage d'un immeuble modeste, jusqu'à
un deux-pièces sombre, mal entretenu, avec des
meubles de très mauvaise facture et un cabinet
où il n'y avait que les toilettes et le lavabo. C'est
elle qui avait tout fait : Nino devait préparer ses
examens, en outre il travaillait à un nouvel article
pour *Il Mattino* ainsi qu'à la transformation de
son précédent article en un essai qui, refusé par
les *Cronache meridionali*, allait être publié dans
une revue intitulée *Nord e Sud*. Elle avait visité
· l'appartement, l'avait pris et avait versé trois mois
de loyer d'avance. À peine entrée, une grande allégresse l'envahit. Elle fut surprise de découvrir
le plaisir d'avoir abandonné celui qui pourtant
semblait devoir être pour toujours une part d'elle-
même. Le plaisir, oui, c'est ce qu'elle écrivait. Les
commodités du quartier neuf ne lui manquèrent
nullement, elle ne remarqua pas l'odeur de moisi,
ne vit pas la tache d'humidité dans un coin de la
chambre, ne se rendit pas compte que la lumière
grise entrait à peine par la fenêtre et ne trouva rien
de déprimant à ce logement qui semblait pourtant
annoncer le retour imminent à la misère de son
enfance. Au contraire, elle eut l'impression que par
un miraculeux tour de magie, elle avait quitté un
lieu de souffrance pour réapparaître dans un autre
où le bonheur lui était promis. Je crois qu'elle fut
à nouveau fascinée par l'idée de pouvoir s'effacer
elle-même : elle en avait assez de tout ce qu'elle
avait été, assez du boulevard, des chaussures, des
épiceries, de son mari, des Solara et de la Piazza
dei Martiri ; et elle en avait assez d'elle-même,
épouse, femme échouée quelque part et perdue.

Tout ce qu'elle avait gardé, c'était d'être l'amante de Nino. Ce dernier arriva dans la soirée.

Il était visiblement très ému. Il la prit dans ses bras, l'embrassa et regarda autour de lui, désorienté. Il barricada portes et fenêtres comme s'il craignait quelque irruption imprévue. Ils firent l'amour – c'était la première fois qu'ils le faisaient dans un lit depuis la nuit à Forio. Puis il se leva, se mit à étudier et se plaignit souvent du manque de lumière. Elle quitta le lit à son tour et l'aida à réviser. Ils se couchèrent à trois heures du matin, après avoir revu ensemble le nouvel article pour *Il Mattino*, et dormirent enlacés. Lila se sentit en sécurité bien que la pluie tombe, que les fenêtres tremblent et que l'appartement lui soit étranger. Le corps de Nino était tellement nouveau, long, fin, et si différent de celui de Stefano ! Et son odeur si excitante ! Elle eut l'impression d'avoir quitté un univers peuplé d'ombres et d'être enfin arrivée là où la vie était vraie. Le matin, dès qu'elle posa le pied par terre, elle dut courir aux toilettes pour vomir. Elle ferma la porte pour que Nino n'entende pas.

91

Leur vie commune dura vingt-trois jours. D'heure en heure, le soulagement d'avoir tout abandonné grandit en Lila. Elle ne regretta rien du confort dont elle avait bénéficié après son mariage, ne s'attrista pas d'être séparée de ses parents, de ses frères et sœurs, de Rino et de son neveu. Elle ne se soucia jamais de l'argent qui allait s'épuiser. Pour elle, tout ce qui comptait c'était de se réveiller et de s'endormir auprès de Nino, d'être à son côté quand il étudiait ou écrivait, de se lancer dans des discussions animées où toutes les turbulences de son esprit pouvaient s'exprimer. Le soir ils sortaient ensemble, allaient au cinéma, assistaient à la présentation d'un livre ou à un débat politique, et souvent ils rentraient tard, à pied et bien serrés l'un contre l'autre pour se protéger du froid ou de la pluie, se chamaillant et plaisantant.

Un jour, ils allèrent écouter un écrivain qui faisait des livres mais aussi des films et s'appelait Pasolini. Un grand tumulte entourait toujours son travail ; Nino ne l'aimait pas, il faisait la moue et disait : «C'est un pédé, tout ce qu'il sait faire, c'est le bordel !» au point qu'il opposa quelque résistance à Lila : il préférait rester à la maison pour étudier. Mais Lila était curieuse et elle l'entraîna. La rencontre se déroulait dans le cercle même où un jour, à l'époque où j'obéissais à Mme Galiani, j'avais entraîné Lila. Elle en sortit enthousiasmée et poussa Nino vers l'écrivain, à qui elle désirait parler. Mais lui, nerveux, fit tout pour qu'ils s'éloignent, surtout lorsqu'il s'aperçut que, sur le trottoir d'en face, des jeunes criaient des insultes. «Allons-nous-en ! lança-t-il inquiet. Je ne l'aime pas et je n'aime pas non plus les fascistes.» Mais Lila avait grandi au milieu des coups et n'avait nulle intention de se sauver : quand il essayait de la tirer vers une ruelle, elle se débattait, riait et répondait aux insultes par d'autres insultes. Elle n'accepta de le suivre que lorsqu'elle reconnut soudain Antonio parmi les agresseurs, au moment même où la bagarre s'engageait vraiment. Les yeux et les dents d'Antonio brillaient comme du métal mais, contrairement aux autres, il ne hurlait pas. Elle eut l'impression qu'il était trop occupé à faire le coup de poing pour la remarquer, mais cela lui gâcha néanmoins la soirée. Sur le chemin du retour, il y eut quelque tension entre elle et Nino : ils n'étaient pas d'accord sur ce qu'avait raconté Pasolini, on aurait dit qu'ils étaient allés dans deux endroits différents pour écouter deux personnes différentes. Mais ce ne fut pas tout. Ce soir-là, il regretta l'époque longue et enivrante de leurs rendez-vous furtifs dans le magasin de la Piazza dei Martiri, et en même temps il sentit chez Lila quelque chose qui le gênait. Elle se rendit compte qu'il était distrait et agacé et, pour éviter des motifs de tension supplémentaires, elle lui cacha que, parmi les assaillants, elle avait reconnu un de ses amis du quartier, le fils de Melina.

Dès le lendemain, Nino se révéla moins disposé à sortir en sa compagnie. Au début, il lui dit qu'il devait étudier, ce qui était vrai, mais il laissa aussi échapper qu'en public, elle était souvent excessive.

« Qu'est-ce que tu veux dire ?

— Tu en fais trop.

— Comment ça ? »

Alors il se mit à énumérer ses griefs :

« Tu fais des commentaires à haute voix ; si on te dit de te taire, tu te fâches ; tu agaces les conférenciers en t'accrochant à leurs basques. Ça ne se fait pas ! »

Lila avait toujours su que cela ne se faisait pas, mais elle s'était convaincue que maintenant, avec lui, tout était possible, y compris combler d'un bond les distances, y compris parler d'égal à égal avec les gens qui comptent. N'avait-elle pas été capable de s'entretenir avec des personnages importants, dans le magasin des Solara ? N'était-ce pas grâce à l'un de ses clients que Nino avait publié son premier article dans *Il Mattino* ? Et alors ? « Tu es trop timide, lui dit-elle, tu n'as pas encore compris que tu vaux mieux qu'eux et que tu feras des trucs plus importants qu'eux. » Puis elle l'embrassa.

Mais les soirées suivantes, sous un prétexte ou un autre, Nino commença à sortir seul. Et si au contraire il restait à la maison pour étudier, il se plaignait de tous les bruits qu'on entendait dans l'immeuble. Ou bien il poussait de gros soupirs parce qu'il devait aller demander de l'argent à son père, qui allait le harceler avec des questions du genre : mais où tu dors, qu'est-ce que tu fabriques, où tu habites, est-ce que tu étudies ? Ou bien, devant la capacité de Lila à mettre en relation des choses très éloignées les unes des autres, au lieu de s'enthousiasmer comme d'habitude, il secouait la tête et s'énervait.

Bientôt, il fut tellement de mauvaise humeur et tellement en retard avec ses examens que, pour continuer à étudier, il cessa de se coucher avec elle. Lila disait : « Il est tard, allons dormir », et il répondait distraitement : « Vas-y, je te rejoins plus tard. » Il regardait la forme de son corps sous les couvertures et désirait sa tiédeur, mais il en avait également peur. Je ne suis pas encore diplômé, se disait-il, et je n'ai pas de travail ; si je ne veux pas gâcher ma vie, il faut que j'étudie au maximum ; or je suis là avec cette fille qui est mariée, enceinte, qui vomit tous les matins et qui m'empêche d'avoir une discipline quelconque. Quand il apprit que *Il Mattino* ne publierait pas son article, il en souffrit énormément. Lila le consola et lui conseilla de l'envoyer à d'autres journaux. Mais ensuite, elle ajouta :

« Demain, je vais passer un coup de fil. »

Elle voulait téléphoner au journaliste qu'elle avait rencontré dans le magasin des Solara pour comprendre ce qui n'allait pas dans l'article. Il éclata :

« N'appelle personne !

— Pourquoi ?

— Parce que c'est pas mon travail qui intéresse ce connard, mais toi !

— C'est pas vrai.

— Mais si c'est vrai, je suis pas un imbécile ! Tu me causes que des ennuis !

— Qu'est-c'que tu veux dire ?

— J'aurais pas dû t'écouter.

— Qu'est-c'que j'ai fait ?

— Tu m'as embrouillé les idées. T'es comme cette goutte d'eau qui tombe : ploc, ploc, ploc. Et tant qu'on fait pas ce que tu veux, t'arrêtes pas.

— L'article c'est ton idée, et c'est toi qui l'as écrit.

— Justement ! Alors pourquoi tu me l'as fait refaire quatre fois ?

— C'est *toi* qui as voulu le réécrire !

— Lina, soyons francs. Choisis quelque chose qui te plaît, un truc à toi, retourne vendre des chaussures ou du saucisson, mais arrête de vouloir être ce que tu n'es pas : tu veux ma perte ! »

Cela faisait vingt-trois jours qu'ils vivaient ensemble, ils avaient vécu sur un petit nuage où les dieux les avaient cachés pour qu'ils puissent jouir l'un de l'autre sans être dérangés. Ces mots la blessèrent profondément et elle lui dit :

« Va-t'en. »

Il enfila vivement sa veste par-dessus son pull et claqua la porte derrière lui.

Lila s'assit sur le lit et pensa : il sera de retour dans dix minutes ; il a laissé ses livres, ses notes, son savon à barbe et son rasoir. Puis elle éclata en sanglots : comment ai-je pu penser vivre avec lui, et imaginer pouvoir l'aider ? C'est de ma faute : afin de libérer mon propre esprit, je lui ai fait écrire des choses qui n'allaient pas.

Elle se coucha et attendit. Elle attendit toute la nuit, mais Nino ne revint ni le lendemain matin ni par la suite.

92

Ce que je vais raconter à présent, je l'ai su par différentes personnes et à différents moments. Je commence par Nino, qui quitta l'appartement des Champs Phlégréens pour se réfugier chez ses parents. Sa mère l'accueillit bien mieux encore que le fils prodigue. En revanche, en moins d'une heure il en vint aux mains avec son père et les insultes volèrent. Donato lui cria en dialecte que soit il partait de chez eux soit il restait, mais ce qu'il ne pouvait certainement pas faire, c'était disparaître pendant un mois sans prévenir personne et puis revenir uniquement pour foutre en l'air plus de fric, comme si c'était lui qui le gagnait.

Nino se retira dans sa chambre et réfléchit longuement dans la solitude. Bien qu'il ait déjà envie de courir auprès de Lina, de lui demander pardon et de lui crier qu'il l'aimait, il analysa la situation et se convainquit qu'il était tombé dans un piège, ce qui n'était ni sa faute ni celle de Lina, mais celle du désir. Par exemple, se dit-il, en ce moment je meurs d'impatience de retourner à son côté, de la couvrir de baisers et d'assumer mes responsabilités, mais une partie de moi sait très bien que mes paroles d'aujourd'hui, dites par dépit, sont vraies et justes : Lina n'est pas faite pour moi, elle est enceinte, et ce qu'elle a dans le ventre me fait peur ; c'est pourquoi il ne faut absolument pas que j'y retourne, par contre je dois courir chez Bruno, me faire prêter de l'argent et quitter Naples, comme Elena.

Il réfléchit toute la nuit et toute la journée du lendemain ; tantôt il était bouleversé par son besoin de Lila, tantôt il s'attachait à passer froidement en revue les impolitesses naïves de la jeune femme, son ignorance trop intelligente et la force avec laquelle elle l'entraînait dans des pensées qui semblaient on ne sait quelles intuitions mais n'étaient que hasards.

Le soir, il téléphona à Bruno et sortit dans un état second pour passer le voir. Il courut sous la pluie jusqu'à l'arrêt des bus et prit le bon au vol. Mais il changea brusquement d'avis et descendit à la Piazza Garibaldi. Il alla en métro jusqu'aux Champs Phlégréens : il mourait d'impatience d'enlacer Lila et de la prendre debout, tout de suite, dès qu'il entrerait dans l'appartement, contre le mur de l'entrée. À ce moment-là, cela lui semblait la chose la plus importante au monde ; il réfléchirait plus tard à ce qu'il ferait.

Il faisait noir, il marchait à grands pas sous la pluie. Il ne remarqua même pas la silhouette noire qui venait vers lui. Il fut poussé avec une violence telle qu'il tomba à terre. Un long passage à tabac commença alors, à coups de pieds et de poings. Celui qui le frappait ne cessait de répéter, mais sans colère :

« Laisse-la, arrête de la voir, ne la touche plus ! Allez, répète : j'la quitte ! Répète : j'arrête de la voir, j'la touche plus ! P'tit merdeux... T'aimes ça, hein, prendre les femmes des autres... Allez, répète : j'me suis trompé, j'la quitte ! »

Nino, obéissant, répétait, mais son agresseur continuait. Il s'évanouit, plus sous le coup de l'effroi que de la douleur.

93

C'est Antonio qui tabassa Nino ; cependant, il ne révéla presque rien de ce qu'il savait à son patron. Quand Michele lui demanda s'il avait trouvé le fils Sarratore, il répondit que oui. Quand il lui demanda, visiblement anxieux, si cette piste l'avait mené à Lila, il répondit que non. Quand il lui demanda s'il avait de ses nouvelles, il dit qu'elle demeurait introuvable mais que la seule chose que l'on pouvait définitivement exclure, c'était que le fils Sarratore ait un quelconque rapport avec la disparition de Mme Carracci.

Il mentait, naturellement. Il avait trouvé Nino et Lila assez facilement, par hasard, un soir où il avait dû aller se bastonner contre les communistes pour le boulot. Il avait cassé quelques gueules et puis avait quitté les échauffourées pour suivre Lila et Nino, qui s'étaient enfuis. Il avait découvert où ils habitaient et avait compris qu'ils vivaient ensemble, et les jours suivants il avait observé tout ce qu'ils faisaient et à quoi ressemblait leur existence. En les voyant, il avait éprouvé à la fois de l'admiration et de l'envie. De l'admiration pour Lila. Comment est-ce qu'elle a pu abandonner son foyer et son magnifique appartement, se disait-il, quitter son mari, les épiceries, les voitures, les chaussures et les Solara, pour un étudiant qui n'a pas une lire et la fait vivre dans un endroit presque pire que notre quartier ? Cette fille est vraiment incroyable : mais c'est du courage, de la folie ? Puis il s'était concentré sur sa jalousie envers Nino. Le plus pénible, c'était que ce connard maigre et laid qui m'avait plu plaisait aussi à Lila. Mais qu'est-ce qu'il avait donc, le fils Sarratore, qu'est-ce qu'il avait de plus ? Il y avait pensé nuit et jour. Cette idée fixe, devenue une véritable maladie, affectait son système nerveux, surtout les mains, qu'il tordait sans cesse ou serrait comme s'il priait. Pour finir, il avait décidé qu'il devait libérer Lila, même si pour le moment elle n'avait peut-être nul désir d'être libérée. Mais il s'était dit : les gens mettent du temps à comprendre ce qui est bien et mal, et les aider c'est justement faire pour eux ce qu'à un moment particulier de leur vie ils ne sont pas capables de faire. Michele Solara ne lui avait pas ordonné de casser la figure du fils Sarratore, ça non : Antonio lui avait tu l'essentiel, par conséquent il n'avait aucune raison d'en arriver là. C'est lui qui avait décidé de tabasser Nino, et ce dernier avait pris des coups à la fois parce qu'il voulait l'enlever à Lila pour qu'elle puisse retrouver tout ce qu'elle avait inexplicablement abandonné, et aussi un peu par plaisir : ce qui l'énervait, ce n'était pas vraiment Nino, agglomérat insignifiant et mou de peau efféminée et d'os trop longs et fragiles, mais plutôt ce que nous, les filles, nous lui avions attribué et lui attribuions encore.

Je dois avouer que lorsqu'il me raconta tout cela, longtemps après, j'eus l'impression de comprendre ses raisons. Il m'attendrit et je lui fis une caresse sur la joue pour le consoler d'avoir éprouvé des sentiments aussi féroces. Et lui rougit, se mit à bredouiller et puis ajouta, pour me montrer qu'il n'était pas qu'une brute : « Après, je l'ai aidé. » Il avait relevé le fils Sarratore, l'avait accompagné à moitié assommé jusqu'à une pharmacie et l'avait abandonné là devant l'entrée, avant de rentrer au quartier pour parler avec Pasquale et Enzo.

Ces derniers avaient accepté bien à contre-cœur de le rencontrer. Ils ne le considéraient plus comme un ami, surtout Pasquale, qui était pourtant le fiancé de sa sœur. Mais désormais, tout cela n'importait plus à Antonio, il faisait comme si de rien n'était et se comportait comme si leur hostilité parce qu'il s'était vendu aux Solara n'était qu'une bouderie ne remettant pas en cause leur amitié. Il n'avait pas mentionné Nino, il s'était limité au fait qu'il avait trouvé Lila et qu'elle avait besoin d'aide.

« De l'aide pour quoi ? avait demandé Pasquale d'un ton agressif.

— Pour rentrer chez elle : elle n'est pas allée voir Lenuccia, elle vit dans un endroit merdique aux Champs Phlégréens.

— Toute seule ?

— Oui.

« — Et pourquoi elle a fait ça ?

— Je sais pas, je lui ai pas parlé.

— Et pourquoi ?

— Je l'ai trouvée pour le compte de Michele Solara.

— T'es un fasciste de merde !

— Je suis rien du tout, c'est juste un boulot.

— Bravo, et maintenant qu'est-c'que tu veux ?

— J'ai pas dit à Michele que je l'ai trouvée.

— Et alors ?

— Je veux pas perdre mon travail, je dois penser au fric. Si Michele apprend que j'ai menti, il va me virer. Allez la chercher et ramenez-la chez elle. »

Pasquale l'avait à nouveau abondamment insulté, mais là aussi Antonio avait à peine réagi. Il s'était seulement énervé quand son futur beau-frère lui avait dit que Lila avait bien fait de quitter son mari et tout le reste : si elle avait laissé tomber le magasin des Solara et si elle s'était enfin rendu compte qu'elle s'était trompée en épousant Stefano, ce ne serait certainement pas lui qui la ramènerait chez elle !

« Tu veux la laisser aux Champs Phlégréens, toute seule ? avait demandé Antonio perplexe. Seule et sans une lire ?

— Pourquoi, on est riches, nous ? Lina est une grande fille, elle connaît la vie : si elle fait ce choix, elle a sûrement ses raisons, laissons-la tranquille.

— Pourtant, chaque fois qu'elle a pu, elle nous a aidés, elle ! »

À ce rappel de l'argent que Lila lui avait donné, Pasquale se sentit honteux. Il avait marmonné quelques généralités sur les riches et les pauvres, sur les conditions de vie des femmes dans le quartier et en dehors, et sur le fait que s'il s'agissait de lui donner un peu d'argent, il était d'accord. Mais Enzo, qui jusqu'alors n'avait pas dit un mot, l'avait interrompu d'un geste agacé et avait lancé à Antonio :

« Donne-moi l'adresse, je veux entendre ce qu'elle a l'intention de faire. »

94

Il s'y rendit vraiment, le lendemain. Il prit le métro, descendit aux Champs Phlégréens, chercha la rue et l'immeuble.

La seule chose que je savais d'Enzo, à cette époque-là, c'était qu'il ne supportait plus rien : ni les lamentations de sa mère, ni d'avoir ses frères et sœurs à charge, ni la camorra du marché aux fruits et légumes, ni les tournées avec sa charrette, de moins en moins rentables, ni les bavardages communistes de Pasquale ni même ses fiançailles avec Carmen. Mais comme il était d'un caractère renfermé, il était bien difficile de le connaître vraiment. Par Carmen, j'avais su qu'il étudiait en secret pour obtenir, en candidat libre, un diplôme de technicien industriel. Lors de la même conversation – à Noël ? – Carmen m'avait appris que, depuis qu'il était revenu du service militaire au printemps, il ne l'avait embrassée que quatre fois. Et elle avait ajouté, rancunière :

« Peut-être que c'est pas un homme ! »

Nous les filles, quand quelqu'un ne s'occupait guère de nous, nous disions souvent que ce n'était pas un homme. Enzo en était-il un ou non ? Je ne comprenais rien à certains côtés obscurs des hommes, d'ailleurs aucune de nous n'y comprenait rien, et alors, à la moindre action étrange de leur part, nous avions recours à cette formule. Certains, comme les Solara, Pasquale, Antonio, Donato Sarratore et aussi Franco Mari, mon fiancé de l'École normale, nous voulaient de différentes façons – agressive, soumise, distraite ou attentive – mais, sans nul doute, ils nous voulaient. D'autres, comme Alfonso, Enzo ou Nino, avaient – là aussi avec de grandes différences – une attitude posée et distante, comme si entre eux et nous il y avait un mur et comme si l'effort pour l'escalader devait nous revenir. Après son service, Enzo avait accentué cette attitude, et non seulement il ne faisait rien pour plaire aux femmes, mais en réalité c'était à l'univers entier qu'il ne cherchait pas à plaire. Son corps même, alors qu'il était déjà de petite stature, semblait avoir rapetissé comme par une espèce de compression, et il était devenu un bloc compact d'énergie. La peau de son visage s'était tendue comme la toile d'un store, et il avait réduit sa démarche au seul mouvement de compas de ses jambes, sans que rien d'autre ne bouge, ni les bras, ni le cou, ni la tête ni même les cheveux, un casque entre le blond et le roux. Quand il décida d'aller voir Lila, il l'annonça à Pasquale et Antonio non pas pour en débattre mais comme une brève conclusion visant à couper court à toute discussion. Et même arrivé aux Champs Phlégréens, il n'eut aucune hésitation. Il trouva la rue et l'immeuble, monta l'escalier et, déterminé, sonna à la bonne porte.

95

Comme Nino ne revint ni au bout de dix minutes, ni une heure après ni même le lendemain, Lila devint mauvaise. Elle ne se sentit pas abandonnée mais humiliée et si, en son for intérieur, elle avait admis ne pas être la femme qu'il lui fallait, elle trouva néanmoins insupportable qu'il le lui ait brusquement confirmé ainsi, disparaissant de sa vie après seulement vingt-trois jours. Rageuse, elle jeta tout ce qu'il avait laissé : livres, slips, chaussettes, un pull et même un bout de crayon. Après, elle regretta son geste et éclata en sanglots. Quand enfin les larmes se tarirent, elle se trouva laide, bouffie et stupide, et elle se dit que les sentiments hargneux que Nino éveillait en elle – ce Nino qu'elle aimait et dont elle se croyait aimée – la rendaient mesquine. Soudain, l'appartement se révéla tel qu'il était vraiment, un espace sordide que tous les bruits de la ville traversaient. Elle se rendit compte de la mauvaise odeur qui flottait, des cafards qui arrivaient par la porte donnant sur l'escalier et des taches d'humidité au plafond, et elle sentit pour la première fois que son enfance s'emparait à nouveau d'elle : et ce n'était pas l'enfance des rêveries mais celle des privations cruelles, des menaces et des coups. Elle découvrit même soudain qu'un rêve qui nous avait soutenues depuis que nous étions petites – devenir riches – était maintenant complètement sorti de sa tête. Bien que la misère des Champs Phlégréens lui semble plus noire que celle du quartier où nous avions joué, bien que sa situation se soit aggravée à cause de l'enfant qu'elle portait, bien qu'elle ait dépensé en quelques jours tout l'argent qu'elle avait emporté, elle réalisa que la richesse ne lui semblait plus une récompense ou un rachat, et ne l'intéressait plus du tout. À l'adolescence, les coffres débordant de pièces d'or et de pierres précieuses de notre enfance avaient été remplacés par le papier-monnaie qui, froissé et malodorant, s'entassait dans le tiroir-caisse quand elle travaillait à l'épicerie ou dans la boîte de métal coloré de la boutique Piazza dei Martiri : mais cela ne signifiait plus rien pour elle, toute étincelle s'était évanouie. Le rapport entre argent et objets possédés l'avait déçue. Elle ne voulait rien ni pour elle-même ni pour l'enfant qu'elle allait avoir. Être riche, pour elle cela voulait dire avoir Nino, et Nino étant parti, elle se sentit pauvre, d'une pauvreté que l'argent ne pourrait jamais effacer. Puisqu'il n'existait aucun remède à sa nouvelle condition – depuis l'enfance elle avait commis trop d'erreurs, toutes ayant abouti à cette dernière méprise : croire que le fils Sarratore ne pourrait se passer d'elle comme elle ne pouvait se passer de lui, croire que leur destin était unique, exceptionnel, et que la chance de s'aimer durerait toujours et affaiblirait toute autre nécessité – elle se sentit coupable et décida de ne plus sortir, de ne pas le chercher, de ne pas manger ni boire, mais d'attendre que sa vie et celle de l'enfant perdent toute forme, toute possible définition, jusqu'à ce qu'elle ne trouve plus rien dans sa tête, pas même une miette, de ce qui la rendait si mauvaise, à savoir la conscience d'avoir été abandonnée.

Puis on sonna à la porte.

Elle crut que c'était Nino et ouvrit : c'était Enzo. Elle ne fut pas déçue de le voir. Elle se dit qu'il était venu lui apporter quelques fruits, comme il l'avait fait de nombreuses années auparavant quand il était petit – elle l'avait battu dans la compétition scolaire organisée par le directeur et Mme Oliviero et il l'avait frappée avec une pierre – et elle éclata de rire. Enzo interpréta ce rire comme un signe de mal-être. Il entra mais laissa la porte ouverte derrière lui par respect, ne voulant pas que les voisins puissent penser qu'elle recevait des hommes comme une putain. Il regarda autour de lui, remarqua que Lila était très négligée, et bien qu'il ne puisse pas voir ce qui ne se voyait pas encore, c'est-à-dire sa grossesse, il conclut qu'elle avait en effet besoin d'aide. De sa façon sérieuse et totalement privée d'émotion, il lui dit avant même qu'elle ne parvienne à se calmer et cesse de rire :

« Maintenant, on s'en va.

— Où ?

— Chez ton mari.

— C'est lui qui t'envoie ?

— Non.

— Qui t'envoie, alors ?

— Personne ne m'envoie.

— Je viens pas.

— Alors je reste ici avec toi.

— Pour toujours ?

— Jusqu'à ce que tu te décides.

— Et ton travail ?

— J'en ai marre.

— Et Carmen ?

— Tu es beaucoup plus importante.

— Je lui dirai, comme ça elle te quittera ! »

— Je lui dirai moi-même, j'ai déjà pris ma décision. »

Après ça, il parla avec détachement, à voix basse. Elle lui répondit en ricanant, d'un air je-m'en-foutiste, comme si rien de ce qu'ils disaient tous deux n'avait de réalité et comme s'ils discutaient par jeu d'un monde, de gens et de sentiments qui n'existaient plus depuis longtemps. Enzo s'en rendit compte et resta un moment silencieux. Il fit le tour de l'appartement, trouva la valise de Lila et la remplit de ce qu'il y avait dans les tiroirs et l'armoire. Lila le laissa faire parce que ce n'était pas Enzo en chair et en os qu'elle voyait mais une silhouette colorée, comme au cinéma, et s'il parlait ce n'était qu'un effet sonore. La valise faite, Enzo revint se planter devant elle et lui tint un discours particulièrement surprenant. De sa manière à la fois dense et distante, il lui dit :

« Lina, je t'aime depuis que nous sommes petits. Je ne te l'ai jamais dit parce que tu es très belle et très intelligente, alors que moi je suis petit et moche et je ne vaux rien. Maintenant, tu vas rentrer chez ton mari. Je ne sais pas pourquoi tu l'as quitté et je ne veux pas le savoir. Je sais juste que tu ne peux pas rester ici, tu ne mérites pas de vivre dans une poubelle. Je t'accompagne jusqu'en bas de chez toi et j'attends : s'il te traite mal, je monte et je le tue. Mais il ne le fera pas, au contraire il se réjouira de ton retour. Mais nous, nous faisons un pacte : si jamais les choses ne s'arrangent pas avec ton mari, c'est moi qui t'ai ramenée à lui et c'est moi qui viendrai te rechercher. D'accord ? »

Lila cessa de rire, plissa les yeux et, pour la première fois, l'écouta avec attention. Les rapports entre Enzo et elle n'avaient été que très sporadiques avant cet épisode, mais le peu de fois où je les avais vus ensemble, j'avais toujours été surprise. Quelque chose d'indéfinissable passait entre eux qui, confusément, devait venir de l'enfance. Je crois qu'elle avait confiance en Enzo, elle sentait qu'elle pouvait compter sur lui. Quand le jeune homme prit sa valise et se dirigea vers la porte restée ouverte, elle hésita un instant et puis le suivit.

96

En effet, Enzo attendit sous les fenêtres de Lila et Stefano, le soir où il la ramena chez elle, et si Stefano l'avait battue, il serait sans doute monté le tuer. Mais Stefano ne la frappa pas, il l'accueillit au contraire avec joie, dans un appartement parfaitement propre et ordonné. Il se comporta comme si sa femme était véritablement venue me voir à Pise, bien qu'il n'y ait aucune preuve que les choses se soient passées ainsi. De son côté, Lila n'eut recours ni à cette excuse ni à une autre. Le lendemain au réveil, elle lui annonça à contrecœur : « Je suis enceinte », et il fut tellement heureux que lorsqu'elle ajouta : « l'enfant n'est pas de toi », il éclata de rire avec une gaieté sincère. Comme elle répéta cette nouvelle avec une colère croissante, une, deux, trois fois, tentant aussi de le frapper avec ses poings, il se mit à la câliner et l'embrasser en murmurant : « Ça suffit, Lina, maintenant ça va, ça va… Je suis tellement content ! Je sais que je ne t'ai pas bien traitée, mais maintenant c'est fini, et toi arrête de me dire des trucs comme ça ! », et ses yeux se remplirent de larmes de joie.

Lila savait depuis longtemps que les gens se racontent des histoires pour se défendre de la réalité, mais elle s'étonna de la capacité de son mari à se mentir avec autant de conviction et d'ardeur. Toutefois, elle ne se souciait plus désormais de Stefano ni d'elle-même, et après avoir encore répété un moment, sans y mettre aucune émotion : « Il n'est pas de toi », elle se retira dans la torpeur de sa grossesse. Il préfère retarder la douleur, pensa-t-elle, très bien, après tout il fait ce qu'il veut : s'il n'a pas envie de souffrir maintenant, il souffrira plus tard.

Elle se mit alors à lui faire la liste de tout ce qu'elle voulait et ne voulait pas : elle ne voulait plus travailler ni dans le magasin de la Piazza dei Martiri ni à l'épicerie ; elle ne voulait voir personne, ni amis ni parents ni surtout les Solara ; en revanche, elle voulait rester à la maison et remplir son rôle d'épouse et de mère. Il accepta, persuadé qu'elle changerait d'avis au bout de quelques jours. Or, Lila vécut véritablement en recluse dans son appartement, sans jamais manifester aucune curiosité, que ce soit pour les trafics de Stefano, de son frère et de son père, ou pour savoir ce que devenait sa famille à lui ou bien la sienne.

Pinuccia se présenta à deux reprises avec son fils Fernando, qu'on appelait Dino, mais Lila refusa de lui ouvrir.

Un jour, c'est un Rino très nerveux qui arriva. Lila le reçut et écouta tout ce qu'il avait à raconter sur les Solara, furieux qu'elle ait disparu de leur boutique, et sur les chaussures Cerullo, qui allaient très mal parce que Stefano ne pensait qu'à ses propres affaires et n'investissait plus rien. Quand il se tut enfin, elle déclara : « Rino, tu es l'aîné, tu es grand, tu as une femme et un fils, alors rends-moi un service : vis ta vie sans te tourner tout le temps vers moi. » Il fut très vexé et s'en alla après avoir pleurniché, déprimé, se lamentant que tout le monde s'enrichissait alors que lui risquait de perdre le peu qu'il avait acquis, à cause de sa sœur qui ne se souciait ni de la famille ni du sang des Cerullo mais se sentait uniquement une Carracci.

Michele Solara lui-même fit le déplacement et voulut lui rendre visite – au début, il vint même deux fois par jour ! – à des heures où il était certain de ne pas trouver Stefano. Mais elle ne lui ouvrit jamais et demeura silencieuse, assise dans la cuisine presque sans respirer ; à tel point qu'un jour, avant de s'en aller, il lui cria de la rue : « Mais bordel, tu te prends pour qui, espèce de salope ? T'avais un pacte avec moi et tu l'as pas respecté ! »

Lila n'accueillit volontiers chez elle que Nunzia et Maria, la mère de Stefano, qui suivirent sa grossesse avec sollicitude. Elle arrêta de vomir mais ne se débarrassa pas d'un teint grisâtre. Elle eut l'impression de devenir grosse et boursouflée, mais plus à l'intérieur qu'à l'extérieur, comme si dans l'enveloppe de son corps, chaque organe avait commencé à gonfler. Son ventre lui sembla une boule de chair qui prenait de l'ampleur à chaque souffle du bébé. Cette dilatation lui fit peur, elle redoutait que ne lui arrive ce qu'elle craignait depuis toujours : se briser et déborder. Puis tout à coup, elle sentit que cet être qu'elle avait là-dedans, cette incarnation absurde de la vie, ce nodule en expansion qui, à un moment donné, sortirait par son sexe comme une marionnette, eh bien elle l'aimait et, à travers lui, elle retrouva un certain sentiment d'elle-même. Effrayée par son ignorance et par les erreurs qu'elle pourrait faire, elle se mit à lire tout ce qu'elle put trouver sur la grossesse, sur ce qui se passe dans le ventre et comment faire face à l'accouchement. Elle sortit très peu, pendant ces mois-là. Elle cessa d'acheter des vêtements ou des objets pour la maison et prit l'habitude de se faire apporter au moins deux journaux par sa mère et des revues par Alfonso. C'étaient là ses uniques dépenses. Un jour, Carmen se présenta pour lui demander de l'argent : Lila lui répondit de s'adresser à Stefano car elle n'avait rien, et la jeune femme s'en alla abattue. Lila ne s'intéressait plus à rien ni personne en dehors de son enfant.

Ce refus blessa Carmen qui devint encore plus rancunière. Elle n'avait jamais pardonné à Lila d'avoir interrompu leur collaboration dans la nouvelle épicerie. Dorénavant, elle lui en voulut d'avoir fermé le porte-monnaie. Mais surtout, elle trouva inexcusable – comme elle commença à le répéter autour d'elle – que Lila en fasse toujours à sa guise : elle avait disparu, était revenue, et pourtant elle continuait à jouer le rôle de la femme comme il faut, à avoir un bel appartement, et elle aurait même bientôt un enfant. Plus on fait la pute, concluait-elle, et plus ça marche ! Alors qu'elle, qui trimait du matin au soir sans aucune satisfaction, il lui arrivait une catastrophe après l'autre. Son père mort en prison. Sa mère morte de cette façon – elle ne pouvait même pas y penser. Et maintenant Enzo ! Il l'avait attendue un soir devant l'épicerie pour lui annoncer qu'il n'avait plus envie d'être son fiancé. C'est tout, juste quelques mots comme d'habitude, sans lui donner la moindre raison. Elle avait couru chez son frère pour pleurer, et Pasquale avait été voir Enzo pour lui réclamer des explications. Mais Enzo ne les lui avait pas fournies, et du coup maintenant ils ne se parlaient plus.

Quand je revins de Pise pour les vacances de Pâques et rencontrai Carmen dans le jardin public, elle vida son sac avec moi : « Je suis qu'une crétine ! pleura-t-elle. Je l'ai attendu pendant tout son service ! Je suis la crétine qui bosse du soir au matin pour des clopinettes ! » Elle s'exclama qu'elle en avait marre de tout. Et, sans lien évident, elle se mit à accabler Lila d'insultes. Elle en arriva même à lui attribuer une relation avec Michele Solara, qu'on avait souvent vu rôder autour de l'immeuble des Carracci. « Du fric et des cornes ! siffla-t-elle. C'est comme ça qu'elle fait ! »

En revanche, pas un mot sur Nino. Par miracle, on ne sut rien de cette histoire dans le quartier. Ce fut Antonio, justement pendant ce séjour, qui me confia comment il l'avait tabassé et comment il avait envoyé Enzo récupérer Lila, mais il ne le raconta qu'à moi, et je suis certaine que, pendant toute sa vie, il n'en a jamais parlé à personne d'autre. Quant au reste, j'obtins quelques informations en interrogeant Alfonso de manière pressante : il m'apprit qu'il avait entendu Marisa dire que Nino était parti étudier à Milan. Grâce à eux, quand je rencontrai par hasard Lila sur le boulevard, le jour du samedi saint, j'éprouvai un plaisir subtil à l'idée que je savais plus de choses sur sa vie qu'elle-même, et aussi parce que j'en avais aisément déduit que m'avoir volé Nino ne lui avait rien rapporté.

Son ventre était déjà relativement rond, on aurait dit une excroissance de son corps très maigre. Son visage non plus ne resplendissait pas comme celui des femmes enceintes, au contraire il était enlaidi et verdâtre, et sa peau était tendue sur ses pommettes saillantes. Nous tentâmes toutes les deux de faire comme si de rien n'était.

« Comment ça va ?

— Bien.

— Je peux toucher ton ventre ?

— D'accord.

— Et cette histoire ?

— Laquelle ?

— Celle d'Ischia.

— C'est fini.

— Dommage !

— Et toi, qu'est-ce que tu deviens ?

— Je fais des études, j'ai une chambre à moi et tous les livres dont j'ai besoin. J'ai même un genre de petit ami.

— Un genre seulement ?

— Oui.

— Il s'appelle comment ?

— Franco Mari.

— Qu'est-ce qu'il fait ?

— Il est étudiant aussi.

— Elles te vont bien, ces lunettes !

— C'est Franco qui me les a offertes.

— Et cette robe ?

— C'est lui aussi.

— Il est riche ?

— Oui.

— Ça me fait plaisir. Et les études, ça marche ?

— Je bosse beaucoup, sinon ils me renvoient.

— Fais attention à toi !

— Je fais attention.

— Tu as de la chance !

— Bof ! »

Elle m'apprit qu'elle arriverait à terme en juillet. Elle était suivie par un médecin, le même qui l'avait envoyée prendre des bains de mer. Un médecin, et non la sage-femme du quartier. « J'ai peur pour le bébé, expliqua-t-elle, je ne veux pas accoucher à la maison. » Elle avait lu qu'il valait mieux donner naissance dans une clinique. Elle sourit et se toucha le ventre. Puis elle lança une phrase plutôt obscure :

« Si je suis encore là, c'est uniquement pour ça.

— C'est agréable, de sentir un bébé dans son ventre ?

— Non, ça me fait horreur, mais je le porte volontiers.

— Stefano s'est mis en colère ?

— Il croit ce qui l'arrange.

— C'est-à-dire ?

— Que pendant un moment j'ai été un peu folle et que je me suis enfuie pour aller te voir à Pise. »

Je fis mine de n'en rien savoir et feignis la stupéfaction :

« À Pise ? Toi et moi ?

— Oui.

— Et s'il me pose des questions, je dois dire que c'est ce qui s'est passé ?

— Fais ce que tu veux. »

Nous nous dîmes au revoir en promettant de nous écrire. Mais nous ne nous écrivîmes jamais, et je ne fis rien pour avoir des nouvelles de l'accouchement. Parfois, un sentiment surgissait en moi que je me hâtais de repousser pour empêcher qu'il ne devienne conscient : je voulais qu'il arrive quelque chose à Lila et que l'enfant ne naisse pas.

97

Pendant cette période, je rêvai souvent de Lila. Une fois elle était dans son lit, vêtue d'une chemise de nuit tout en dentelles de couleur verte, elle avait des tresses alors qu'en réalité elle n'en avait jamais porté, tenait dans ses bras une poupée habillée en rose et disait d'un ton affligé, sans jamais s'arrêter : « Prenez juste une photo de moi, pas de la petite ! » Une autre fois, elle m'accueillait gaiement et puis appelait sa fille, qui s'appelait comme moi. « Lenù, disait-elle, viens dire bonjour à tata ! » Mais c'est une géante qui apparaissait alors, grosse et beaucoup plus vieille que nous, et Lila m'ordonnait de la déshabiller, de la laver et de changer langes et couches. Au réveil, j'étais tentée de chercher un téléphone et d'essayer de joindre Alfonso pour savoir si l'enfant était né sans problème et si elle était contente. Mais soit il fallait que j'étudie, soit j'avais des examens à passer, et j'oubliais de le faire. Et quand, en août, je me libérai de toutes ces tâches, il se trouva que je ne rentrai pas chez moi. J'écrivis quelques mensonges à mes parents et accompagnai Franco en Versilia, dans un appartement appartenant à sa famille. Je mis un maillot deux pièces pour la première fois : il tenait dans la paume d'une main et je me sentis audacieuse.

Ce fut à Noël que j'appris par Carmen que l'accouchement de Lila avait été terrible.

« Elle a failli mourir, affirma-t-elle, même que pour finir le docteur a dû lui ouvrir le ventre, autrement le bébé ne serait pas né.

— C'est un garçon ?

— Oui.

— Il va bien ?

— Il est très beau.

— Et elle ?

— Elle s'est empâtée. »

J'appris aussi que Stefano aurait voulu donner à l'enfant le nom de son père, Achille, mais que Lila s'y était opposée : les hurlements du mari et de la femme, que l'on n'avait plus entendus depuis longtemps, avaient résonné dans toute la clinique, à tel point que les infirmières avaient dû intervenir. Pour finir, ils avaient appelé le petit Gennaro, c'est-à-dire Rino, comme le frère de Lila.

J'écoutai sans intervenir. Je me sentais contrariée, mais pour maîtriser ce sentiment je m'obligeais à une attitude distante. Carmen me le fit remarquer :

« Je parle, je parle, mais toi tu dis rien, j'ai l'impression d'être le journal télé ! T'en as plus rien à foutre de nous ?

— Mais si !

— T'es devenue toute belle, même ta voix a changé !

— Pourquoi, j'avais pas une belle voix ?

— T'avais la même voix que nous.

— Et maintenant ?

— Moins. »

Je restai dix jours au quartier, du 24 décembre 1964 au 3 janvier 1965, mais je ne rendis jamais visite à Lila. Je ne voulais pas voir son fils, j'avais peur de reconnaître dans sa bouche, son nez, la forme de ses yeux ou de ses oreilles, quelque chose de Nino.

Chez moi, j'étais désormais traitée comme quelqu'un d'important qui aurait daigné s'arrêter pour dire un rapide bonjour. Mon père m'observait avec complaisance. Je sentais son regard satisfait sur moi, mais quand je lui adressais la parole il était gêné. Il ne me demandait jamais ce que j'étudiais, à quoi cela servait ou quel travail je ferais ensuite : non que ça ne l'intéresse pas, mais il redoutait de ne pas comprendre mes réponses. En revanche, ma mère circulait dans l'appartement, l'air toujours revêche, et en entendant son pas que j'aurais reconnu entre tous, je me rappelais combien j'avais craint de devenir comme elle. Heureusement j'avais pris mes distances, mais elle le sentait et m'en voulait. Même à présent, lorsqu'elle me parlait, on aurait dit que j'étais coupable de quelque mauvaise action : quoi que je fasse, je percevais une nuance de désapprobation dans sa voix. Toutefois, à la différence d'autrefois, elle ne voulut jamais que je fasse la vaisselle, débarrasse ou lave le sol. Mes frères et sœur furent aussi un peu mal à l'aise. Ils se forçaient à me parler en italien, corrigeant souvent eux-mêmes leurs erreurs, tout honteux. Mais j'essayais de leur montrer que j'étais celle de toujours et, peu à peu, je parvins à les convaincre.

Le soir, je ne savais pas comment passer le temps, les amis d'autrefois ne sortant plus ensemble. Pasquale était en très mauvais termes avec Antonio et faisait tout pour l'éviter. Antonio ne voulait voir personne, à la fois parce qu'il n'avait pas le temps (il était constamment envoyé ici ou là par les Solara) et aussi parce qu'il ne savait quoi raconter : il ne pouvait pas parler de son travail et n'avait pas de vie privée. Quant à Ada, après l'épicerie, soit elle courait s'occuper de sa mère et de ses frères et sœurs, soit elle allait se coucher, fatiguée et déprimée, au point qu'elle ne voyait presque jamais Pasquale, ce qui le rendait très irritable. Désormais, Carmen haïssait tout et tout le monde, peut-être moi incluse : elle détestait son travail à la nouvelle épicerie, les Carracci, Enzo qui l'avait quittée et son frère qui s'était contenté de se disputer avec lui sans lui casser la figure. Enzo, donc. Lui, il était pratiquement introuvable : sa mère Assunta était gravement malade et, lorsqu'il ne s'échinait pas pour gagner sa vie, il s'occupait d'elle, y compris la nuit ; et pourtant, étonnamment, il avait eu son diplôme de technicien industriel. Réussir un examen en candidat libre était extrêmement difficile, et cela m'intrigua. Qui l'aurait cru ? me dis-je. Avant de retourner à Pise, à force d'insistance je parvins à le convaincre de faire une petite promenade avec moi. Je le félicitai chaleureusement pour ses résultats mais il se limita à une moue qui minimisait son succès. Il avait tellement réduit son vocabulaire que je fus la seule à parler, lui ne dit presque rien. La seule phrase dont je me souviens, c'est celle qu'il prononça juste avant que nous nous séparions. Je n'avais fait nulle allusion à Lila jusqu'à ce moment-là, pas un mot. Et pourtant, comme si je n'avais fait que parler d'elle, il affirma soudain :

« Lina est quand même la meilleure mère de tout le quartier. »

Ce *quand même* me mit de mauvaise humeur. Je n'avais jamais reconnu à Enzo une sensibilité particulière, mais ce jour-là je fus convaincue qu'en marchant à mon côté il avait *entendu* – oui, entendu, comme si j'avais déclamé à haute voix – la liste longue et silencieuse des fautes que j'attribuais à notre amie : peut-être mon corps les avait-il scandées avec rage sans que je m'en aperçoive.

98

Par amour pour le petit Gennaro, Lila recommença à sortir de chez elle. Elle mettait le bébé tout de bleu ou de blanc vêtu dans un grand landau fort incommode que son frère lui avait offert en dépensant une petite fortune, et se promenait seule dans le nouveau quartier. Dès que Rinuccio pleurait, elle rejoignait l'épicerie et l'allaitait entre l'émotion de sa belle-mère, les compliments attendris des clientes et l'agacement de Carmen, qui travaillait tête baissée et sans mot dire. Lila nourrissait l'enfant dès qu'il réclamait. Elle aimait le mettre au sein et sentir son lait couler vers lui, cela la vidait agréablement. C'était le seul lien qui lui donnait du bien-être et, dans ses cahiers, elle avouait redouter le moment où l'enfant serait sevré.

Aux premiers beaux jours, comme les rues n'étaient pas goudronnées dans le quartier neuf et qu'il n'y avait que de misérables arbustes ou buissons, elle commença à s'aventurer jusqu'au

501

jardinet de l'église. Tous les gens qui passaient par là s'arrêtaient pour regarder l'enfant et la féliciter, ce qui la rendait heureuse. S'il fallait le changer, elle allait à la vieille épicerie où, dès qu'elle entrait, les clientes faisaient grande fête à Gennaro. En revanche Ada, avec son tablier trop propre, ses lèvres fines peintes en rouge, son visage pâle, ses cheveux bien coiffés et ses manières impérieuses même envers Stefano, se comportait de plus en plus ouvertement comme une servante maîtresse et, occupée comme elle l'était, faisait tout pour lui faire comprendre que le landau, le bébé et elle-même étaient de trop. Mais Lila ne lui accordait guère d'attention. Elle était davantage troublée par le désintérêt maussade de son mari : en privé il était inattentif sans être hostile au bébé mais en public, devant les clientes attendries qui faisaient des papouilles à l'enfant, voulaient le tenir et le couvraient de baisers, non seulement il ne le regardait pas, mais il faisait l'indifférent avec ostentation. Lila passait dans l'arrière-boutique, nettoyait Gennaro, le rhabillait rapidement et retournait au jardin public. Là elle examinait tendrement son fils et cherchait sur son visage des traits de Nino, se demandant si Stefano avait saisi ce qu'elle ne parvenait pas à reconnaître.

Mais elle ne s'appesantissait pas. En général, ses journées passaient sans lui causer la moindre émotion. Elle s'occupait surtout de son fils, et lire un ouvrage lui prenait des semaines, deux ou trois pages par jour. Au jardin, quand le petit dormait, elle se laissait parfois distraire par les branches des arbres qui se couvraient de bourgeons ou écrivait quelques lignes dans son cahier malmené.

Un jour, elle s'aperçut que dans l'église à

quelques pas de là se déroulait un enterrement, alors elle s'approcha avec l'enfant et découvrit qu'il s'agissait de la mère d'Enzo. Elle entrevit ce dernier, rigide et très pâle, mais n'alla pas lui présenter ses condoléances. Un autre jour où elle était assise sur un banc, près du landau, penchée sur un gros volume à couverture verte, une vieille dame très maigre se planta devant elle, appuyée sur une canne, avec des joues qui semblaient avalées par sa bouche à chaque inspiration.

« Devine qui je suis ! »

Lila eut d'abord du mal à l'identifier, mais en un éclair elle reconnut dans les yeux de cette femme l'imposante Mme Oliviero. Émue, elle bondit et tenta de l'embrasser, mais l'autre l'évita d'un geste agacé. Alors Lila lui montra son enfant et annonça avec orgueil : « Il s'appelle Gennaro », et puisque tout le monde louait son fils, elle s'attendait à ce que l'enseignante en fasse autant. Mais Mme Oliviero ignora totalement le petit et ne sembla s'intéresser qu'au gros livre que son ancienne élève tenait en main, un doigt glissé dedans pour marquer la page.

« Qu'est-ce que c'est ? »

Lila devint nerveuse. L'institutrice avait beaucoup changé : son aspect, sa voix, elle ne reconnaissait rien d'elle, à part les yeux et le ton brusque qui étaient les mêmes que ceux d'autrefois, quand elle posait une question depuis l'estrade. Alors Lila aussi redevint celle d'avant et lui répondit avec un mélange d'indolence et d'agressivité :

« Ça s'intitule *Ulysse*.

— C'est un livre sur l'Odyssée ?

— Non, ça raconte que la vie d'aujourd'hui est totalement terre à terre.

— Et quoi d'autre ?

— C'est tout. Ça montre qu'on a la tête pleine d'idioties. Qu'on n'est rien d'autre que chair, sang et os. Qu'une personne en vaut une autre. Qu'on veut juste manger, boire et baiser. »

À ce dernier mot, l'institutrice la réprimanda comme à l'école, alors Lila se fit effrontée et rit, de sorte que la vieille femme prit un air encore plus sévère pour lui demander si le livre lui plaisait. Lila répondit que c'était un roman difficile et qu'on ne comprenait pas tout.

« Alors pourquoi le lis-tu ?

— Parce que quelqu'un que j'ai connu le lisait. Mais ça ne lui plaisait pas.

— Et toi ?

— Moi si, j'aime bien.

— Même si c'est difficile ?

— Oui.

— Ne lis pas les livres que tu ne peux pas comprendre, ça te fait du mal.

— Beaucoup de choses font du mal.

— Tu n'es pas heureuse ?

— Bof.

— Tu étais destinée à faire de grandes choses !

— C'est ce que j'ai fait : je me suis mariée et j'ai eu un fils.

— Ça, tout le monde en est capable.

— Eh bien, je suis comme tout le monde.

— Tu te trompes !

— Non, c'est vous qui vous trompez ! Vous vous êtes toujours trompée !

— Tu étais malpolie quand tu étais petite et tu l'es encore.

— On voit qu'avec moi, vous avez tout raté ! »

Mme Oliviero la fixa attentivement et Lila lut

sur son visage l'angoisse d'avoir fait une erreur. L'institutrice essayait de retrouver dans son regard l'intelligence qu'elle y avait vue lorsqu'elle était enfant, elle cherchait la confirmation qu'elle ne s'était pas trompée. Lila se dit : je dois immédiatement effacer de mon visage tout signe qui puisse lui donner raison, je ne veux pas qu'elle me fasse la morale en disant que j'ai tout gâché. Elle se sentit alors l'objet d'un énième examen dont, paradoxalement, elle craignit le résultat. Elle est en train de comprendre que je suis stupide, pensa-t-elle tandis que son cœur battait de plus en plus fort, elle réalise que toute ma famille est stupide, mes ancêtres le sont, mes descendants le seront et Gennaro le sera aussi ! Elle perdit patience, remit le livre dans son sac, saisit la poignée du landau et murmura nerveusement qu'elle devait y aller. Cette vieille folle croyait pouvoir encore lui donner des coups de baguette ! Elle planta la maîtresse dans le jardin, toute menue, crispée sur le pommeau de sa canne, dévorée par une maladie devant laquelle elle refusait de capituler.

99

Lila fut obsédée par l'idée de stimuler l'intelligence de son fils. Elle ne savait pas quels livres acheter et demanda à Alfonso de s'informer auprès des libraires. Il lui rapporta deux volumes qu'elle étudia avec zèle. Dans ses cahiers, j'ai trouvé des notes qui montrent comment elle abordait des textes complexes : elle avançait péniblement page après page, mais au bout d'un moment perdait un peu le sens général et laissait son esprit vagabonder; elle forçait néanmoins son œil à continuer à parcourir les lignes, ses doigts tournaient machinalement les pages et, à la fin, elle avait l'impression que, même sans avoir compris, les mots lui étaient néanmoins entrés dans la tête, lui fournissant des idées. À partir de là elle relisait le livre, corrigeant au fur et à mesure les premières idées qu'elle s'était faites ou les étoffant, jusqu'à ce que le texte ne lui serve plus; puis elle cherchait d'autres ouvrages.

Quand son mari rentrait le soir, il découvrait qu'il n'y avait rien à manger et qu'elle était occupée à faire jouer l'enfant avec des jeux qu'elle avait fabriqués elle-même. Il se mettait en colère mais elle ne réagissait d'aucune façon, comme cela était devenu son habitude. On aurait dit qu'elle n'entendait pas, presque comme si elle vivait seule avec son fils dans l'appartement, et quand elle se levait et se mettait à cuisiner, ce n'était pas parce que Stefano réclamait mais parce qu'elle-même commençait à avoir faim.

Ce fut pendant ces mois que leurs rapports, après une longue période de tolérance réciproque, se dégradèrent à nouveau. Un soir, Stefano lui cria qu'il en avait marre d'elle, de l'enfant et de tout. Une autre fois, il affirma qu'il s'était marié trop jeune sans comprendre ce qu'il faisait. Mais lorsqu'un autre jour elle rétorqua : « Moi non plus je sais pas ce que je fais ici ! je prends le petit et je m'en vais ! », au lieu de crier : « Eh bien va-t'en ! », il perdit son calme comme cela ne lui était pas arrivé depuis longtemps et la frappa devant son fils, qui la fixait depuis une couverture posée sur le sol, un peu étourdi par le vacarme. Le nez dégoulinant de sang, avec Stefano qui lui hurlait des insultes, Lila s'adressa à l'enfant en riant et lui lança en italien (depuis des mois elle ne lui parlait plus en dialecte) : « C'est un jeu de papa, on s'amuse ! »

Je ne sais pourquoi, mais à un moment donné elle se mit aussi à garder son neveu, Fernando, que l'on appelait Dino. Il est possible que tout ait commencé parce qu'elle sentait l'utilité de mettre Gennaro en contact avec d'autres enfants. Ou peut-être se fit-elle scrupule de consacrer tant de soins à son seul fils et lui parut-il juste de s'occuper aussi de son neveu. Pinuccia continuait à considérer Dino comme la preuve vivante du désastre de sa vie et lui braillait constamment dessus, le malmenant parfois : « Mais tu vas arrêter, tu vas la fermer ? Qu'est-c'que tu m'veux ? Tu m'rends folle ! », néanmoins elle s'opposa résolument à ce que Lila l'emmène chez elle et lui fasse faire des jeux mystérieux avec le petit Gennaro. Elle lui dit, hargneuse : « Occupe-toi d'élever ton fils, moi j'élève le mien ! Et au lieu de gâcher ton temps, soucie-toi donc de ton mari, sinon tu vas le perdre ! » Mais sur ce, Rino intervint.

Le frère de Lila traversait une très mauvaise passe. Il se disputait sans arrêt avec son père qui voulait fermer la fabrique de chaussures parce qu'il en avait marre de se fatiguer uniquement pour enrichir les Solara et, sans comprendre qu'il fallait à tout prix aller de l'avant, il regrettait son échoppe d'antan. Il se querellait constamment avec Marcello et Michele, même s'ils le traitaient comme un petit garçon insolent et s'adressaient directement à Stefano quand il y avait des problèmes d'argent. Rino se querellait surtout avec

ce dernier – leurs échanges n'étaient que hurlements et insultes – parce que son beau-frère ne lui
donnait plus un centime, et il le soupçonnait de
mener des négociations secrètes afin de faire passer toute l'affaire des chaussures entre les mains
des Solara. Il se disputait avec Pinuccia, qui l'accu-
sait de lui avoir fait croire qu'il était Dieu sait qui,
alors qu'il n'était qu'une marionnette que tout le
monde manipulait, son père, Stefano, Marcello et
Michele. Du coup, lorsqu'il comprit que Stefano
en voulait à Lila parce qu'elle ne s'intéressait qu'à
son rôle de mère et bien peu à celui d'épouse, et
que Pinuccia refusait de confier leur enfant à sa
belle-sœur ne serait-ce qu'une heure, il commença,
par provocation, à amener lui-même leur fils chez
sa sœur. Et comme il y avait de moins en moins
de travail à la fabrique, il prit parfois l'habitude
de rester pendant des heures dans l'appartement
du nouveau quartier, regardant ce que Lila faisait avec Gennaro et Dino. Il fut enchanté par la
patience maternelle de sa sœur et par la joie des
enfants : à la maison son fils ne faisait que pleurer, quand il ne restait pas engourdi dans son parc
comme un chiot mélancolique, alors qu'avec Lila
il s'éveillait, devenait vif et heureux.

« Mais qu'est-ce que tu leur fais donc ? deman-
dait-il admiratif.

— Je les fais jouer.

— Mais mon fils joue aussi, à la maison !

— Ici il joue et il apprend.

— Pourquoi tu perds tout ton temps comme ça ?

— Parce que j'ai lu que tout ce que nous
sommes se décide dans les premières années de
la vie.

— Et mon fils grandit bien, alors ?

« — Tu le vois !

— Oui, c'est vrai, il est plus doué que le tien.

— Le mien est plus petit.

— D'après toi, Dino est intelligent ?

— Tous les enfants le sont, il suffit de les stimuler.

— Alors stimule-le, Lina, et ne laisse pas tomber tout de suite comme d'habitude. Rends-le très intelligent ! »

Mais un soir, Stefano rentra plus tôt que d'ordinaire, particulièrement nerveux. Il trouva son beau-frère assis sur le sol de la cuisine et, au lieu de se contenter de prendre un air sombre à cause du désordre, de l'indifférence de sa femme et du fait que les enfants, et non lui-même, captivent l'attention, il lança à Rino qu'il était chez lui et n'aimait pas le voir là tous les jours en train de perdre son temps, et que si la fabrique de chaussures allait à vau-l'eau c'était justement parce qu'il n'était qu'un feignant, et enfin qu'on ne pouvait jamais faire confiance aux Cerullo. Puis il conclut : « Ou tu dégages tout de suite, ou je te vire à coups de pied au cul ! »

Cela déclencha tout un tumulte, Lila lui cria qu'il ne devait pas parler à son frère comme ça, et Rino lui envoya à la figure tout ce qu'il n'avait fait qu'insinuer jusqu'alors ou bien, prudent, avait gardé pour lui. De violentes insultes volèrent. Les deux enfants, abandonnés dans la confusion, se mirent à s'arracher les jouets des mains en braillant, surtout le plus petit, dominé par le plus grand. Rino, le cou gonflé et les veines comme des câbles électriques, hurla à Stefano que c'était facile de faire le patron avec les biens que Don Achille avait volés à la moitié du quartier, avant

509

de lâcher : « Toi t'es personne, t'es qu'une merde !
Ton père oui, il savait faire le voyou, mais toi t'en
es même pas capable ! »

Il y eut alors une scène terrible, à laquelle Lila
assista abasourdie. Tout à coup, Stefano attrapa
Rino par la taille avec ses deux mains, comme
un danseur classique saisit sa partenaire, et bien
qu'ils fassent la même taille et le même poids, et
bien que Rino se débatte, hurle et crache, il le souleva avec une force prodigieuse et le projeta contre
le mur. Aussitôt après, il le prit par un bras et le
traîna par terre jusqu'à la porte, qu'il ouvrit, là il le
remit debout et le poussa dans l'escalier, quoique
Rino essaie de réagir et quoique Lila, qui s'était
reprise, se soit accrochée à lui en le suppliant de
se calmer.

Et ce ne fut pas tout. Stefano revint vivement
sur ses pas et Lila comprit qu'il voulait faire à Dino
ce qu'il avait fait à son père : le lancer dans l'escalier comme un objet. Alors elle bondit sur son dos,
agrippa son visage et le griffa en criant : « C'est
juste un gosse, Stef', c'est juste un gosse ! » Il s'immobilisa et dit doucement : « Putain, j'en ai ma
claque de tout ça, j'en peux plus. »

100

Une période compliquée commença. Rino cessa
d'aller chez sa sœur mais Lila ne voulut pas renoncer à garder ensemble Rinuccio et Dino, aussi prit-
elle l'habitude de se rendre chez son frère, mais en
cachette de Stefano. Pinuccia, sombre, encaissait

la chose, et au début Lila tenta de lui expliquer ce qu'elle s'efforçait de faire, les activités d'éveil et les jeux d'adresse. Elle finit même par lui confier qu'elle aurait voulu impliquer tous les jeunes enfants du quartier. Mais Pinuccia rétorqua simplement : « T'es complètement cinglée, et moi j'en ai rien à foutre de tes conneries ! Tu veux prendre mon gamin ? Tu veux le tuer, le manger comme les sorcières ? Eh bien vas-y, moi j'en veux pas et j'en ai jamais voulu ! Ton frère a ruiné ma vie et toi t'as ruiné la vie de mon frère ! », et elle finit par crier : « Ce pauvre homme a bien raison de te faire cocue ! »

Lila ne réagit pas.

Elle ne demanda pas ce qu'elle voulait dire et n'eut qu'un geste machinal, comme lorsqu'on chasse une mouche. Elle prit Rinuccio et, bien qu'elle soit déçue de ne plus pouvoir s'occuper de son neveu, ne revint plus.

Mais dans la solitude de son appartement, elle découvrit sa propre peur. Il ne lui importait nullement que Stefano s'offre quelque putain, au contraire cela l'arrangeait, ainsi elle n'avait pas à le subir le soir quand il s'approchait d'elle. Mais après cette révélation de Pinuccia, elle commença à s'inquiéter pour son fils : si son mari s'était pris une autre femme, s'il la désirait tous les jours, à toute heure, il pouvait devenir fou et la chasser. Jusqu'alors, l'éventualité d'une faillite définitive de son mariage lui avait toujours paru une libération ; or maintenant, elle craignit de perdre la maison, l'argent, le temps, tout ce qui lui permettait de faire grandir son enfant dans les meilleures conditions possibles.

Elle ne dormit pratiquement plus. Ainsi les

crises de violence de Stefano n'étaient-elles peut-être pas le signe de son déséquilibre congénital et du sang mauvais qui faisait sauter le couvercle de ses comportements affables : il était possible qu'il soit vraiment amoureux d'une autre, comme cela lui était arrivé à elle avec Nino, et qu'il ne parvienne pas à rester dans la cage du mariage et de la paternité, ni même dans celle des épiceries et de ses autres trafics. Lila avait beau réfléchir, elle ne savait que faire. Elle sentait qu'elle devait se décider à aborder de front la situation si elle voulait pouvoir la maîtriser, cependant elle repoussait et renonçait à agir, dans l'espoir que Stefano profite de sa maîtresse et la laisse tranquille. En fin de compte, pensait-elle, il suffit de résister deux ans, le temps que le petit grandisse et forme sa personnalité.

Elle organisa ses journées de façon à ce que Stefano trouve toujours la maison rangée, le dîner prêt et la table dressée. Mais après cette scène avec Rino, Stefano ne retrouva plus son ancienne douceur, il était toujours râleur et soucieux.

« Qu'est-ce qui ne va pas ?

— L'argent.

— L'argent, rien d'autre ? »

Stefano s'arrêtait :

« Qu'est-ce que ça veut dire, *rien d'autre* ? »

Pour lui, dans la vie il n'y avait pas d'autres problèmes que l'argent. Après le dîner, il faisait les comptes et jurait sans arrêt : l'épicerie nouvelle n'était plus aussi rentable qu'auparavant ; les deux Solara, surtout Michele, agissaient avec les chaussures comme si tout était à eux et comme s'ils n'étaient pas censés partager les profits ; sans rien dire à Rino ni à Fernando ni à lui-même, ils confiaient la fabrication des anciens modèles Cerullo à des fabriques de banlieue pour quelques clopinettes et faisaient dessiner les nouveaux modèles Solara à des artisans qui, en réalité, se contentaient d'apporter de menues variations aux modèles de Lila; et c'est ainsi que la petite entreprise de son beau-père et de son beau-frère faisait effectivement naufrage, engloutissant du même coup l'argent qu'il y avait investi.

« Tu comprends ?

— Oui.

— Alors arrête de casser les couilles ! »

Mais Lila n'était pas convaincue. Elle avait l'impression que son mari exagérait délibérément des problèmes réels mais ne datant pas d'hier afin de dissimuler les nouvelles et véritables raisons de ses déséquilibres et de l'hostilité de plus en plus ouverte qu'il lui manifestait. Il lui attribuait des fautes en tout genre, en particulier celle d'avoir compliqué ses rapports avec les Solara. Un jour il lui cria :

« Mais qu'est-c'que tu lui as fait, à ce connard de Michele, on peut savoir ? »

Elle répondit :

« Rien. »

Et il reprit :

« Mais c'est pas possible, à tous les coups il parle de toi et se fout de ma gueule ! Allez, va lui parler et essaie de comprendre c'qu'il veut, sinon y va falloir que je vous casse la gueule à tous les deux ! »

Et Lila, spontanément :

« Et s'il veut m'baiser qu'est-c'que j'fais ? Je m'fais baiser ? »

Un instant plus tard, elle regretta de lui avoir

crié ça – parfois, son mépris l'emportait sur sa prudence –, mais c'était trop tard, et Stefano la gifla. Le coup n'eut guère d'importance, son mari n'utilisa même pas sa main grande ouverte comme d'habitude mais la frappa du bout des doigts. En revanche, ce qu'il lui dit aussitôt après, sur un ton dégoûté, eut beaucoup plus de poids :

« Tu lis, t'étudies, mais t'es vulgaire : je les supporte pas, les filles comme toi ! Tu m'répugnes. »

À partir de ce jour, il rentra de plus en plus tard. Le dimanche, au lieu de dormir jusqu'à midi comme d'ordinaire, il sortait de bonne heure et disparaissait toute la journée. Si elle faisait la moindre allusion à des problèmes concrets et quotidiens concernant leur famille, il se mettait en colère. Par exemple, aux premières chaleurs, elle s'inquiéta des vacances à la mer pour Rinuccio et demanda à son mari comment ils allaient s'organiser. Il lui répondit :

« Tu prendras l'autocar et t'iras à Torregaveta. »

Elle avança :

« Ce serait pas mieux de louer une maison ? »

Et lui :

« Pourquoi, pour que tu fasses la pute du matin au soir ? »

Il sortit et ne rentra pas de la nuit.

Quelques jours plus tard, tout devint clair. Lila se rendit dans le centre avec son fils, elle cherchait en vain un livre qu'elle avait trouvé cité dans un autre. Lasse de tourner, elle finit par aller jusqu'à la Piazza dei Martiri pour demander à Alfonso, qui continuait à gérer le magasin avec plaisir, s'il pouvait se charger de cette recherche. Là elle tomba sur un jeune homme magnifique et très bien habillé, un des plus beaux garçons qu'elle ait

514

jamais vus, qui s'appelait Fabrizio. Ce n'était pas un client mais un ami d'Alfonso. Lila s'attarda pour parler avec lui et découvrit qu'il savait une quantité de choses. Ils eurent une discussion intense sur la littérature, l'histoire de Naples et la façon d'enseigner aux enfants, sujet sur lequel Fabrizio était très informé puisqu'il y travaillait à l'université. Alfonso ne fit que les écouter, sans intervenir, et quand Rinuccio commença à pleurnicher, c'est lui qui se chargea de l'apaiser. Puis des clients arrivèrent et Alfonso s'occupa d'eux. Lila bavarda encore un peu avec Fabrizio : cela faisait tellement longtemps qu'elle n'éprouvait plus le plaisir d'une conversation qui enflamme l'imagination ! Quand le jeune homme dut s'en aller, il l'embrassa sur les joues avec un enthousiasme enfantin, avant de faire de même avec Alfonso – deux gros baisers sonores. Sur le seuil, il lança à Lila :

« J'ai adoré discuter avec toi !

— Moi aussi ! »

Lila devint mélancolique. Pendant qu'Alfonso continuait son travail auprès des clientes, elle se remémora les gens qu'elle avait connus ici et puis Nino – le rideau de fer baissé, la pénombre, les conversations agréables, Nino qui arrivait furtivement à une heure précise et disparaissait après l'amour, à quatre heures. Elle eut l'impression qu'il s'agissait d'une époque imaginaire, d'une extravagante fantaisie, et regarda autour d'elle mal à l'aise. Elle n'éprouva nulle nostalgie de cette période, nulle nostalgie de Nino. Elle sentit simplement que le temps avait passé, que ce qui avait été important ne l'était plus, mais que la confusion de son esprit durait et ne voulait pas se dissiper. Elle prit l'enfant et s'apprêtait à partir lorsque Michele Solara entra.

Il la salua avec empressement, joua avec Gennaro et s'exclama qu'il lui ressemblait beaucoup. Il l'invita au bar, lui offrit un café et décida de la raccompagner au quartier en voiture. Une fois en route, il lui dit :

« Quitte ton mari tout de suite, aujourd'hui même ! Je vous prends, toi et ton fils. J'ai acheté un appartement au Vomero, sur la Piazza degli Artisti. Si tu veux, je t'y emmène sur-le-champ et je te le montre : je l'ai choisi en pensant à toi. Là tu pourras faire ce que tu veux : lire, écrire, inventer des trucs, dormir, rire, parler et t'occuper de Rinuccio. Tout ce qui m'intéresse, c'est pouvoir te regarder et t'écouter. »

Pour la première fois de sa vie, Michele s'exprima sans avoir l'air de se moquer du monde. Pendant qu'il conduisait et parlait, il lança de petits regards anxieux vers Lila pour surveiller ses réactions. Elle ne cessa de fixer la route droit devant, tout en essayant d'enlever la tétine de la bouche de Gennaro, car elle trouvait qu'il en abusait. Mais le petit lui repoussa la main avec énergie. Quand Michele se tut – elle ne l'interrompit jamais – elle demanda :

« Tu as terminé ?

— Oui.

— Et Gigliola ?

— Quel est le rapport avec Gigliola ? Tu me dis oui ou non, le reste on verra.

— Non, Michele, la réponse est non. Je n'ai pas voulu de ton frère et je ne veux pas de toi non plus. D'abord, parce que ni toi ni lui ne me plaisez ; ensuite, parce que vous croyez pouvoir tout faire et tout prendre sans rien respecter. »

Michele ne réagit pas immédiatement, il ronchonna quelque chose à propos de la tétine, du genre : donne-lui, le laisse pas pleurer. Puis il ajouta, sombre :

« Réfléchis bien, Lina. Il se peut que dès demain tu le regrettes, et que ce soit toi qui viennes me supplier.

— Jamais !

— Ah oui ? Alors écoute-moi. »

Il lui révéla ce que tout le monde savait (« même ta mère, ton père et ton connard de frère, mais ils te disent rien pour avoir la paix ») : Stefano avait pris Ada comme maîtresse, et cela ne datait pas d'hier. Leur liaison avait commencé avant la villégiature à Ischia. « Quand tu étais en vacances, lui dit-il, elle allait tous les soirs chez toi. » Avec le retour de Lila, tous les deux avaient arrêté un moment. Mais ils n'avaient pas su résister : ils avaient recommencé, s'étaient quittés à nouveau et puis s'étaient remis ensemble quand elle avait disparu du quartier. Récemment, Stefano avait loué un appartement sur le Rettifilo, ils se voyaient là.

« Tu me crois ?

— Oui.

— Et alors ? »

Alors quoi ? Lila ne fut pas tant troublée par le fait que son mari ait une maîtresse et que cette maîtresse soit Ada que par l'absurdité de tous ses agissements et paroles lorsqu'il était venu la récupérer à Ischia. Elle se rappela les hurlements, les coups et le départ. Elle répondit à Michele :

« Vous me dégoûtez, toi, Stefano et tous les autres ! »

101

Soudain Lila se sentit du côté de la raison, ce qui l'apaisa. Le soir même, après avoir couché Gennaro, elle attendit le retour de Stefano. Il rentra peu après minuit et la trouva assise à la table de la cuisine. Elle leva les yeux de l'ouvrage qu'elle lisait et annonça qu'elle était au courant pour Ada, qu'elle savait depuis quand cela durait et que ça lui était totalement égal. « Ce que tu m'as fait, je te l'ai fait aussi », déclara-t-elle en souriant, avant de lui répéter – combien de fois le lui avait-elle dit par le passé ? deux, trois ? – que Gennaro n'était pas son fils. Elle conclut qu'il pouvait faire ce qu'il voulait, aller dormir là où il voulait avec qui il voulait. « Mais l'essentiel, cria-t-elle soudain, c'est que tu ne me touches plus ! »

J'ignore ce qu'elle avait en tête, peut-être voulait-elle simplement que la situation soit claire. Ou peut-être s'attendait-elle à tout. À ce qu'il avoue et ensuite la roue de coups, à ce qu'il la chasse de chez eux ou bien l'oblige, elle l'épouse, à devenir la bonne de sa maîtresse. Elle était préparée à n'importe quelle agression et à l'arrogance de celui qui se considère le patron et possède l'argent pour tout acheter. Or, il ne fut possible d'arriver à aucune discussion qui clarifie les choses et entérine l'échec de leur mariage : Stefano nia en bloc. Sombre mais calme, il répliqua qu'Ada n'était que la vendeuse de son épicerie, et que si des rumeurs circulaient à leur sujet, elles n'avaient aucun fondement. Puis il s'emporta et cria que si elle disait encore une fois ce truc dégueulasse sur son fils, aussi vrai que Dieu existe, il la tuerait :

Gennaro était son portrait craché, tout le monde le disait, et continuer à le provoquer sur ce point était totalement inutile. Enfin – et ce fut le plus surprenant – comme il l'avait déjà fait à plusieurs reprises par le passé, sans varier ses expressions, il lui déclara son amour. Il affirma qu'il l'aimerait toujours parce qu'elle était sa femme, ils s'étaient mariés devant le curé et rien ne pouvait les séparer. Quand il s'approcha d'elle pour l'embrasser et qu'elle le repoussa, il la saisit, la souleva de terre, l'emporta dans la chambre où se trouvait le berceau de l'enfant, lui arracha tous ses vêtements et la pénétra de force, tandis qu'elle le suppliait à voix basse, réprimant les sanglots : « Rinuccio va se réveiller, il peut nous voir et nous entendre ! S'il te plaît, allons à côté ! »

102

À partir de ce soir-là, Lila perdit nombre des petites libertés qui lui étaient restées. Stefano réagit de façon incongrue. Étant donné que sa femme était désormais au courant de sa liaison avec Ada, il perdit toute prudence : souvent il ne rentrait pas dormir à la maison ; un dimanche sur deux, il allait se promener en voiture avec sa maîtresse ; au mois d'août il partit même en vacances avec elle : ils arrivèrent jusqu'à Stockholm en Fiat Spider, bien qu'officiellement Ada soit à Turin pour rendre visite à une cousine qui travaillait chez Fiat. Mais en même temps, il fut pris d'une jalousie maladive : il ne voulait pas que sa femme quitte

la maison, il l'obligeait à faire les courses par téléphone, et si Lila sortait une petite heure pour que
son fils prenne l'air, il la questionnait pour savoir
qui elle avait rencontré et à qui elle avait parlé.
Plus que jamais, il jouait le rôle du mari et veillait.
C'était comme s'il craignait que le fait de tromper sa femme autorise celle-ci à le tromper. Ce
qu'il faisait lors de ses rendez-vous avec Ada dans
l'appartement du Rettifilo stimulait son imagination et suscitait en lui des visions très précises où
Lila en faisait davantage encore avec ses amants.
Il avait peur d'être ridiculisé par une éventuelle
infidélité alors qu'il se vantait de la sienne.

Il n'était pas jaloux de tous les hommes mais
avait une hiérarchie. Lila comprit vite que c'était
surtout Michele qui l'inquiétait : il sentait que ce
dernier l'arnaquait sur tout et le tenait constamment dans une condition de subalterne. Bien
qu'elle n'ait jamais raconté que Solara avait tenté
de l'embrasser et n'ait pas révélé qu'il lui avait
proposé de devenir sa maîtresse, Stefano devinait
que, pour Michele, lui faire l'affront de s'emparer
de Lila était une étape essentielle dans son projet de couler ses affaires. Mais d'un autre côté, la
logique même des affaires supposait que Lila soit
au moins un peu cordiale. Bref, quoi qu'elle fasse,
cela n'allait pas. Il la harcelait parfois de manière
obsessionnelle : « T'as vu Michele, tu lui as parlé ? Il
t'a demandé de dessiner de nouvelles chaussures ? »
Parfois il hurlait : « Tu dois même pas lui dire bonjour, à ce connard, t'as compris ? » Et il ouvrait ses
tiroirs, fouillait partout à la recherche de quelque
chose qui prouve qu'elle était bien une traînée.

Pasquale puis Rino vinrent aggraver encore la
situation.

Naturellement, Pasquale fut le dernier à apprendre, même après Lila, que sa fiancée était la maîtresse de Stefano. Personne ne le lui révéla, il les vit de ses yeux alors qu'en fin d'après-midi, un dimanche de septembre, ils sortaient d'un immeuble du Rettifilo, bras dessus bras dessous. Ada lui avait dit qu'elle était prise avec Melina et qu'ils ne pouvaient pas se voir. Du reste, lui-même était toujours en vadrouille, que ce soit pour le travail ou la politique, et ne remarquait pas vraiment que sa fiancée était fuyante et l'évitait. Les surprendre lui causa une douleur terrible, compliquée par le fait que, si son impulsion immédiate aurait été de les étrangler tous les deux, sa formation de militant communiste le lui interdisait. Dernièrement, Pasquale était devenu secrétaire général de la section du Parti dans notre quartier, et bien que par le passé, comme tous les garçons avec lesquels nous avions grandi, il ait pu nous cataloguer à l'occasion comme des traînées, à présent – parce qu'il était plus informé, lisait *L'Unità*, étudiait des opuscules et présidait des débats à la section – il n'avait plus envie de le faire et s'efforçait même de considérer que nous les femmes, en gros, n'étions pas inférieures aux hommes et avions nos sentiments, nos idées et nos libertés. Tiraillé entre fureur et largesse d'esprit, le lendemain soir après le travail, sans même se laver, il alla voir Ada et lui dit qu'il savait tout. Pour elle ce fut un soulagement et elle avoua toute l'histoire, pleura et implora son pardon. Quand il lui demanda si elle l'avait fait pour l'argent, elle répondit qu'elle aimait Stefano et qu'elle seule savait combien il était bon, généreux et affable. Pour toute réponse, Pasquale flanqua un grand coup de poing dans le mur de la cuisine des Cappuccio et rentra chez lui en pleurant, les articulations douloureuses. Là il parla toute la nuit avec Carmen, et frère et sœur souffrirent ensemble, l'un à cause d'Ada et l'autre à cause d'Enzo, qu'elle n'arrivait pas à oublier. La situation n'empira vraiment que lorsque Pasquale, qui avait pourtant été trompé, décida que son devoir était de défendre la dignité à la fois d'Ada et de Lila. Pour commencer, il voulut mettre cartes sur table et alla parler avec Stefano, auquel il tint un discours confus : en résumé, il lui disait qu'il devait quitter sa femme et commencer un concubinage officiel avec sa maîtresse. Ensuite il se rendit chez Lila à qui il reprocha de laisser Stefano piétiner ses droits et sentiments de femme. Un matin – il était six heures et demie – Stefano l'aborda au moment même où il partait travailler et lui offrit candidement de l'argent pour qu'il cesse de les importuner, sa femme, Ada et lui. Pasquale prit les billets, les compta et les jeta en l'air en s'exclamant : « Je travaille depuis que je suis gosse, j'ai pas besoin de toi ! » après quoi, comme pour s'excuser, il ajouta qu'il devait y aller, autrement il allait être en retard et se faire virer. Mais alors qu'il était déjà loin, il sembla changer d'avis, se retourna et cria à l'épicier qui ramassait l'argent éparpillé par terre : « T'es pire que ton père, ce cochon de fasciste ! » Alors ils se tabassèrent, un vrai massacre, et on dut les séparer pour qu'ils ne se tuent pas.

Rino aussi causa des ennuis à Lila. Il ne supporta pas que sa sœur cesse de s'occuper de Dino et d'en faire un enfant très intelligent. Il n'accepta pas que son beau-frère non seulement ne lui donne plus un centime mais se soit aussi permis de lever la main sur lui. Il ne supporta pas que la relation entre Stefano et Ada fasse désormais partie du domaine public, avec toutes les conséquences humiliantes que cela avait pour Lila. Et il réagit de façon inattendue. Puisque Stefano battait Lila, il se mit à battre Pinuccia. Puisque Stefano avait une maîtresse, il se trouva une maîtresse. Ainsi débuta une persécution de la sœur de Stefano, qui était le reflet de ce que Stefano faisait subir à la sœur de Rino.

Cela jeta Pinuccia dans le désespoir : elle n'était plus que pleurs et supplications et l'implorait d'arrêter. Mais rien. Dès que sa femme ouvrait la bouche, Rino perdait totalement la raison, effrayant également Nunzia, et il vociférait : « J'dois arrêter ? J'dois m'calmer ? Alors va voir ton frère, et dis-lui qu'il doit quitter Ada et respecter Lina, on doit être une famille unie ! Y faut qu'il me rende le fric que les Solara et lui m'ont piqué et qu'ils me piquent encore ! » Du coup, Pinuccia s'échappait souvent et volontiers de chez elle, courait voir son frère à l'épicerie et sanglotait, mal en point, devant Ada et les clientes. Stefano l'entraînait dans l'arrière-boutique et elle énumérait toutes les requêtes de son mari, avant de conclure : « Lui donne rien, à c'connard ! Viens tout de suite à la maison et tue-le ! »

103

La situation était plus ou moins celle-ci lorsque je rentrai au quartier pour les vacances de Pâques. Je vivais à Pise depuis deux ans et demi, excellente étudiante, et retourner à Naples pour les fêtes était devenu pour moi une corvée à laquelle je me soumettais pour éviter des discussions avec mes parents, en particulier avec ma mère. Je devenais nerveuse dès que le train entrait en gare. Je craignais qu'un incident quelconque m'empêche de retrouver l'École normale à la fin des vacances, qu'une maladie grave m'oblige à être hospitalisée dans le chaos d'un établissement napolitain ou qu'un événement terrible me contraigne à arrêter mes études parce que ma famille avait besoin de moi.

J'étais à la maison depuis quelques heures à peine. Ma mère venait de me faire un compte rendu malveillant de toutes les mésaventures de Lila, Stefano, Ada, Pasquale et Rino, elle m'avait appris que la fabrique de chaussures allait bientôt fermer, et elle faisait ses commentaires : de nos jours, une année tu as du fric, tu te prends pour Dieu seul sait qui et tu t'achètes une petite Spider, et l'année d'après tu dois tout vendre, tu finis dans le livre rouge de Mme Solara et tu arrêtes de te la jouer. Or voilà qu'elle interrompit soudain sa litanie pour me lancer : « Pour qui elle se prenait, ta copine, avec son mariage de princesse, sa grosse voiture et son appartement tout neuf ! Mais maintenant toi t'es beaucoup mieux qu'elle, et beaucoup plus belle ! » Alors elle fit une grimace pour dissimuler sa satisfaction et me remit un billet, qu'elle avait naturellement déjà lu bien qu'il me soit adressé. Lila voulait me voir et m'invitait à déjeuner le lendemain, le vendredi saint.

Ce ne fut pas l'unique requête que je reçus et ces journées furent intenses. Peu après, Pasquale m'appela depuis la cour et, comme si je descendais de l'Olympe et non de l'appartement obscur de mes parents, il voulut m'exposer ses idées sur la condition féminine, me raconter combien il souffrait et avoir mon opinion sur l'attitude qu'il adoptait. Le soir, Pinuccia fit de même : elle était furieuse à la fois contre Rino et Lila. Chose encore plus inattendue, le lendemain matin, Ada suivit leur exemple : elle brûlait et de haine et de culpabilité.

Je leur parlai à tous trois d'un ton détaché. Je recommandai à Pasquale de rester calme, à Pinuccia de s'occuper avant tout de son enfant et à Ada de se demander si ce qu'elle éprouvait était bien de l'amour. Mais, malgré la superficialité de mes propos, je dois dire que c'est surtout Ada qui m'intrigua. Pendant qu'elle parlait, je l'étudiai comme un livre. C'était la fille de Melina la folle et la sœur d'Antonio. Je reconnus en elle le visage de sa mère et de nombreux traits de son frère. Elle avait grandi sans père, exposée à tous les dangers et habituée à travailler dur. Elle avait lavé les escaliers de nos immeubles pendant des années avec Melina, dont le cerveau pouvait dérailler à tout moment. Les Solara l'avaient entraînée dans leur voiture lorsqu'elle était toute jeune fille et je pouvais imaginer ce qu'ils lui avaient fait. Il me parut donc normal qu'elle soit tombée amoureuse de Stefano, un patron courtois. Elle l'aimait, me dit-elle, ils s'aimaient. « Dis à Lina, murmura-t-elle les yeux brillants de passion, qu'on ne commande pas à son cœur et que si elle est l'épouse, moi je suis celle qui a tout donné et donne tout à Stefano, toutes les attentions et tous les sentiments qu'un homme peut vouloir, et bientôt aussi des enfants : alors il est à moi, il ne lui appartient plus ! »

Je compris qu'elle voulait prendre tout ce qu'il y avait à prendre : Stefano, les épiceries, l'argent, l'appartement, les voitures. Et je me dis que mener cette bataille était son droit – nous faisions tous cela, à un degré ou un autre. Je cherchai simplement à l'apaiser parce qu'elle était très pâle et avait les yeux en feu. Et je fus contente de l'entendre dire qu'elle m'était reconnaissante, j'éprouvai du plaisir à être consultée comme une voyante, à distribuer des conseils dans un bon italien qui troublait Ada comme Pasquale et Pinuccia. Voilà, pensai-je sarcastique, à quoi servent les examens d'histoire, la philologie classique, la linguistique et les milliers de fiches grâce auxquelles je m'entraîne à la rigueur : les calmer pour quelques heures. Ils me considéraient au-dessus des partis, dépourvue de mauvais sentiments et de passions, stérilisée par les études. Et j'acceptai le rôle qu'ils m'avaient assigné, sans faire allusion à mes angoisses, à mes audaces, aux jours où à Pise j'avais tout risqué en laissant Franco entrer dans ma chambre, ou en me faufilant moi dans la sienne, et aux vacances que nous avions passées seuls en Versilia, vivant ensemble comme mari et femme. J'étais contente de moi.

Mais l'heure du déjeuner approchant, le plaisir fit place au malaise et je me rendis sans enthousiasme chez Lila. Je redoutais qu'en un éclair elle ne trouve le moyen de rétablir l'ancienne hiérarchie, me faisant perdre confiance en mes choix. Je craignais qu'elle ne me montre dans le petit Gennaro les traits de Nino, me rappelant ainsi que le sort lui avait donné un jouet qui aurait dû être le mien. Mais, sur le moment, il n'en fut pas ainsi. Rinuccio – elle l'appelait de plus en plus souvent comme ça – m'émut tout de suite : c'était un magnifique enfant brun et Nino ne transparaissait pas encore dans son visage et son corps, ses traits évoquaient Lila et même Stefano, comme s'ils l'avaient engendré à trois. Quant à elle, je la sentis fragile comme elle l'avait rarement été. Rien qu'en me voyant, ses yeux s'embuèrent et tout son corps se mit à trembler, je dus la serrer fort pour la calmer.

Je m'aperçus que pour faire bonne figure elle s'était coiffée en toute hâte, avait mis un peu de rouge à lèvres et passé une robe en rayonne gris perle qui datait de ses fiançailles, et elle portait des chaussures à talons. Elle était encore belle, mais on aurait dit que les os de son visage étaient devenus plus gros et ses yeux plus petits, et que sous sa peau ne coulait plus du sang mais un liquide opaque. Je vis qu'elle était très maigre et sentis ses os quand je la pris dans mes bras, et sa robe moulante faisait ressortir son ventre gonflé.

Au début, elle fit mine que tout allait bien. Elle fut heureuse de mon enthousiasme pour l'enfant, apprécia que je joue avec lui et voulut me montrer tout ce que Rinuccio savait dire et faire. Elle commença, d'un ton anxieux que je ne lui connaissais pas, à me bombarder de la terminologie qu'elle avait trouvée dans toutes les lectures désordonnées qu'elle avait faites. Elle me cita des auteurs dont je n'avais jamais entendu parler et obligea son fils à s'exhiber dans des exercices qu'elle avait inventés pour lui. Je remarquai qu'elle avait développé un drôle de tic et de grimace : elle ouvrait soudain grand la bouche et puis resserrait les lèvres comme pour retenir l'émotion que lui provoquait ce qu'elle disait. En général, cette bouche béante s'accompagnait d'un rougissement des yeux, une lueur rosâtre qui semblait aspirée par sa tête quand ses lèvres se refermaient, comme mues par un ressort. À plusieurs reprises, elle me répéta que si l'on s'occupait assidûment de tous les jeunes enfants du quartier, en une génération tout changerait, il n'y aurait plus les doués et les incapables, les bons et les mauvais. Puis elle regarda son fils et éclata à nouveau en sanglots : « Il a détruit tous mes livres ! » dit-elle entre les larmes comme si elle parlait de Rinuccio, et elle me les montra, lacérés, déchirés en deux. J'eus du mal à comprendre que le coupable n'était pas son petit garçon mais son mari. « Il a pris l'habitude de fouiller dans mes affaires, murmura-t-elle, il ne veut pas que j'aie la moindre pensée à moi, et s'il découvre que j'ai caché quelque chose, même si c'est insignifiant, il me bat. » Elle monta sur une chaise et prit au-dessus de l'armoire de sa chambre une boîte en métal qu'elle me remit. « Là-dedans il y a toute l'histoire avec Nino, dit-elle, et plein de pensées qui me sont passées par la tête au fil des années, ainsi que des choses qui nous concernent toi et moi et qu'on ne s'est pas dites. Prends-la, j'ai peur qu'il la trouve et se mette à lire. Mais je ne veux pas, ce ne sont pas des trucs pour lui, d'ailleurs ce ne sont des trucs pour personne, même pas pour toi. »

104

Je pris la boîte à contrecœur en me disant : mais où est-ce que je vais la mettre ? qu'est-ce que je vais en faire ? Nous passâmes à table. Je fus étonnée de voir que Rino mangeait tout seul, avec de petits couverts en bois, et puis m'émerveillai de découvrir que, passé la timidité initiale, il me parlait en italien sans estropier les mots, répondant à chacune de mes questions de manière appropriée et précise avant de m'interroger à son tour. Lila me laissa discuter avec son fils, elle ne mangea presque rien et fixa son assiette, absorbée dans ses pensées. Enfin, alors que je m'apprêtais à partir, elle me dit :

« Je ne me souviens plus du tout de Nino, d'Ischia et du magasin de la Piazza dei Martiri. Et pourtant, il me semblait l'aimer plus que moi-même. Je n'ai même pas envie de savoir ce qui lui est arrivé ni où il est parti. »

Je me dis qu'elle était sincère et ne lui révélai rien de ce que je savais.

« C'est ce que les béguins ont de bon, hasardai-je, ils passent vite.

— Tu es heureuse ?

— Plutôt.

— Tu as de beaux cheveux !

— Bof.

— Il faut encore que tu me rendes un service.

— Dis-moi !

— Il faut que je quitte cette maison avant que Stefano, sans même s'en rendre compte, nous tue l'enfant et moi.

— Tu me fais peur !

— Tu as raison, excuse-moi.

— Dis-moi ce que je dois faire.

— Va voir Enzo. Tu lui dis que j'ai essayé mais que je n'y suis pas arrivée.

— Je ne comprends pas !

— Tu n'as pas besoin de comprendre. Tu dois

retourner à Pise, tu as ta vie à toi. Tu lui dis ça et c'est tout : *Lina a essayé mais n'y est pas arrivée.* »

Elle me raccompagna à la porte, l'enfant dans les bras. Elle dit à son fils :

« Rino, dis au revoir à tata Lenù ! »

Le petit garçon sourit et me fit au revoir de la main.

105

Avant de partir, j'allai voir Enzo. Lorsque je lui dis : *Lina m'a recommandé de te dire qu'elle a essayé mais n'y est pas arrivée*, pas l'ombre d'une émotion ne passa sur son visage, donc je pensai que le message l'avait laissé tout à fait indifférent. « Elle va très mal, ajoutai-je, mais je ne sais vraiment pas quoi faire. » Il serra les lèvres et prit un air grave. Nous nous dîmes au revoir.

Dans le train j'ouvris la boîte de métal, malgré mes promesses de ne pas le faire. Il y avait huit cahiers. Dès les premières lignes, je commençai à me sentir mal. Une fois à Pise, ce malaise grandit au fil des jours et des mois. Chaque mot de Lila me faisait rapetisser. Chacune de ses phrases, même celles écrites pendant l'enfance, vida les miennes de toute signification – pas seulement mes expressions d'alors, mais aussi celles d'aujourd'hui. Et en même temps, chaque page suscitait en moi des pensées, des idées et des écrits, comme si jusqu'à ce moment j'avais vécu dans une torpeur studieuse mais infructueuse. J'appris ces cahiers par cœur. À la fin, ils me donnèrent l'impression que le cadre de l'École normale, les amies et amis qui m'estimaient et le regard bienveillant des professeurs qui m'encourageaient à faire toujours mieux, m'enfermaient dans un univers trop protégé et par conséquent trop prévisible si je le comparais au monde tempétueux que Lila, dans les conditions de vie du quartier, avait été capable d'explorer dans ses lignes hâtives, dans ses pages froissées et tachées.

Tous mes efforts passés me semblèrent privés de sens. Je fus effrayée et, pendant des mois, j'eus du mal à travailler. J'étais seule, Franco Mari avait perdu sa place à l'École et je n'arrivais pas à me débarrasser de cette impression de petitesse qui m'avait bouleversée. Au bout d'un moment, il me devint évident que j'allais rater un examen et être renvoyée à la maison moi aussi. C'est pourquoi, un soir à la fin de l'automne, sans aucun projet précis, je sortis en emportant la boîte de métal. Je m'arrêtai sur le pont Solferino et la jetai dans l'Arno.

106

Ma dernière année à Pise changea totalement le regard que j'avais porté sur les trois premières. Je fus prise de désamour et d'ingratitude envers la ville, envers mes camarades garçons et filles, envers les professeurs, les examens, les journées glaciales, les soirées printanières de réunions politiques devant le Baptistère, les films du ciné-club et l'espace urbain tout entier, toujours le même : ma résidence universitaire du Timpano, le quai Pacinotti, la Via XXIV Maggio, la Via San Frediano, la Piazza dei Cavalieri, la Via Consoli del Mare, la Via San Lorenzo – des parcours toujours identiques et pourtant toujours étrangers, même si le boulanger me disait bonjour et si la marchande de journaux me parlait météo, étrangers par les voix bien que, dès le premier jour, je me sois efforcée de les imiter, étrangers par la couleur des pierres, des arbres, des enseignes, des nuages et du ciel.

J'ignore si cela fut causé par les cahiers de Lila. À l'évidence, aussitôt après les avoir lus, et long-temps avant de jeter la boîte qui les contenait, le désenchantement me gagna. Mon impression initiale d'être au cœur d'une bataille intrépide s'évanouit. Je n'eus plus le cœur battant à chaque examen ni la même joie à obtenir la note la plus élevée. Je perdis le plaisir de corriger ma voix, mes gestes et mes façons de m'habiller et de marcher, comme si j'étais en compétition pour le prix du meilleur déguisement et du meilleur masque – tel-lement réussi qu'on aurait *presque* dit un visage.

Tout à coup, je me rendis compte de ce *presque*. J'y étais parvenue ? Presque. Je m'étais arra-chée à Naples et au quartier ? Presque. J'avais des nouveaux amis garçons et filles qui venaient de familles cultivées, souvent bien plus que Mme Galiani et ses enfants ? Presque. D'examen en examen, j'étais devenue une étudiante accueillie avec bienveillance par les professeurs absorbés qui m'interrogeaient ? Presque. Derrière ce *presque*, j'eus l'impression de comprendre comment se passaient vraiment les choses. J'avais peur. J'avais peur comme au premier jour de mon arrivée à Pise. Je craignais ceux qui savaient être cultivés sans ce *presque*, avec désinvolture.

Or à l'École normale, c'était le cas de beaucoup. Il ne s'agissait pas uniquement d'étudiants qui réussissaient leurs examens avec brio, que ce soit en latin, en grec ou en histoire, mais de jeunes gens – presque tous des hommes, comme d'ailleurs les professeurs les plus prestigieux et les célébrités qui étaient passées par cette institution – qui excellaient parce qu'ils savaient tout naturellement à quoi servaient et serviraient les efforts investis dans leurs études. Ce savoir, ils le tiraient de leurs origines familiales, c'était comme un sens de l'orientation. Ils savaient comment on fabriquait un journal ou une revue, comment était organisée une maison d'édition, comment fonctionnait le comité de rédaction de la radio ou de la télévision, comment naissait un film, quelles étaient les hiérarchies universitaires, et ce qu'il y avait au-delà de nos villages et de nos villes, au-delà des Alpes et de la mer. Ils connaissaient les noms de ceux qui comptaient, les gens qu'il fallait louer ou mépriser. Moi en revanche je ne savais rien, pour moi quiconque avait son nom imprimé dans un journal ou un livre était un dieu. Si quelqu'un me disait avec admiration ou animosité : c'est un tel ou un tel, c'est le fils de machin ou la nièce de truc, je me taisais ou faisais semblant d'être au courant. Certes, je devinais qu'il s'agissait de noms *vraiment* importants, et pourtant je ne les avais jamais entendus, j'ignorais ce qu'ils avaient fait de significatif, je n'avais aucune idée de la cartographie du prestige. Par exemple, je me présentais très préparée aux examens, mais si le professeur m'avait soudain demandé : « Savez-vous quels sont les ouvrages qui fondent l'autorité me permettant d'enseigner dans cette université ? », je n'aurais pas su répondre. Les autres, au contraire, étaient au courant. C'est pourquoi j'évoluais parmi eux en craignant de dire ou de faire des sottises.

Quand Franco Mari était tombé amoureux de moi, cette peur s'était atténuée. Il avait fait mon éducation et je m'étais entraînée à me glisser dans son sillage. Franco était très gai, attentif aux autres, effronté et audacieux. Il était tellement persuadé d'avoir lu les bons livres, et donc d'être dans le vrai, qu'il parlait toujours avec autorité. J'avais appris à m'exprimer en privé, et plus rarement en public, en m'appuyant sur son prestige. Et j'étais douée, ou en tout cas je le devenais. Forte de ses certitudes, je réussissais parfois à être plus effrontée que lui, parfois plus efficace. Mais en dépit de tous mes progrès, l'inquiétude m'était restée ne pas être à la hauteur, de dire ce qu'il ne fallait pas et de révéler combien j'étais novice et ignorante, précisément dans les domaines les plus connus de tous. Et dès que Franco, malgré lui, était sorti de ma vie, la peur avait repris le dessus. J'avais eu la preuve de ce que, tout au fond de moi, je savais déjà. Son aisance, sa bonne éducation, son prestige de jeune militant de gauche très connu parmi les étudiants, son caractère sociable et aussi son courage quand il adressait des discours bien construits à des gens de pouvoir dans et hors de l'université, tout cela lui avait donné une aura dont j'avais automatiquement bénéficié, moi sa fiancée, petite amie ou camarade, presque comme si le simple fait de m'aimer était un certificat garantissant mes qualités. Mais à partir du moment où il avait perdu sa place à l'École, ses mérites s'étaient estompés et avaient cessé de m'éclairer de leurs rayons. Les étudiants de bonne famille ne m'invitaient plus à leurs sorties et fêtes dominicales. Certains avaient recommencé à se moquer de moi à cause de mon accent napolitain. Tous les vêtements qu'il m'avait offerts étaient passés de mode et avaient vieilli sur moi. J'avais vite compris que Franco et sa présence dans ma vie avaient occulté la réalité de ma condition sans la changer : je n'avais pas véritablement réussi à m'intégrer. Je faisais partie de ceux qui bûchaient jour et nuit, obtenaient d'excellents résultats, étaient même traités avec sympathie et estime, mais qui ne porteraient jamais inscrits sur eux toute la valeur, tout le prestige de nos études. J'aurais toujours peur : peur de dire ce qu'il ne fallait pas, d'employer un ton exagéré, d'être habillée de manière inadéquate, de révéler des sentiments mesquins et de ne pas avoir d'idées intéressantes.

107

Je dois dire que ce fut une période déprimante pour d'autres motifs également. À l'école de la Piazza dei Cavalieri, tout le monde savait que je me glissais de nuit dans la chambre de Franco et que j'étais allée seule avec lui à Paris et en Versilia, ce qui m'avait donné une réputation de fille facile. J'avais du mal à expliquer combien cela m'avait coûté de m'adapter à l'idée de liberté sexuelle défendue avec enthousiasme par Franco – je m'étais menti à moi-même afin qu'il me croie libre et sans préjugés. Je ne pouvais pas non plus répéter autour de moi les idées qu'il m'avait transmises comme un évangile, par exemple que celles qu'il appelait les demi-vierges étaient la pire espèce de femmes : des petites-bourgeoises qui préféraient offrir leur cul plutôt que de faire les choses comme il faut. Et je ne pouvais pas même raconter que j'avais une amie à Naples qui à seize ans était déjà mariée, à dix-huit avait pris un amant, était tombée enceinte de lui puis était retournée auprès de son mari, et qui avait fait mille autres choses encore – bref, je ne pouvais leur expliquer que coucher avec Franco me semblait bien peu de chose par rapport aux turbulences de Lila. J'avais dû accepter les réflexions perfides des filles, les plaisanteries grossières des garçons et leurs regards insistants sur ma poitrine opulente. J'avais dû repousser de manière cavalière les offres tout aussi cavalières de quelques garçons qui m'avaient proposé de remplacer mon petit ami. J'avais dû me résigner à ce que mes prétendants répondent à mes refus avec vulgarité. Je continuais les dents serrées et me disais : ça finira par passer.

Puis un après-midi, alors qu'avec deux camarades je m'apprêtais à quitter un café de la Via San Frediano, un de mes courtisans éconduits me lança, sérieux, devant un certain nombre d'étudiants : «Eh, Napoli, n'oublie pas de me rendre le pull bleu que j'ai oublié chez toi!» Éclats de rire, je sortis sans répliquer. Mais je m'aperçus bientôt que j'étais suivie par quelqu'un que j'avais déjà remarqué en cours à cause de son drôle d'aspect. Ce n'était ni un jeune intellectuel ténébreux comme Nino ni un garçon désinvolte comme Franco. Il portait des lunettes, était très timide et solitaire, avait un écheveau tout embrouillé de cheveux noirs, un corps assez lourd et des pieds de travers. Il me suivit jusqu'à ma résidence, avant de m'appeler enfin :

« Greco ! »

En tout cas, il connaissait mon nom. Par politesse, je m'arrêtai. Le jeune homme se présenta : Pietro Airota, et il m'adressa un discours gêné et très confus. Il expliqua qu'il avait honte de ses camarades mais se détestait aussi lui-même parce qu'il avait été lâche et n'était pas intervenu.

« Intervenir pour quoi ? » demandai-je ironique, mais aussi stupéfiée qu'un garçon comme lui, avec son dos voûté, ses lunettes épaisses, ses cheveux ridicules, et l'air et le langage de celui qui est toujours dans les livres, se sente en devoir de jouer le chevalier servant comme les jeunes de mon quartier.

« Pour défendre l'honneur de ton nom.

— Mon nom n'a pas d'honneur ! »

Il bougonna quelque chose qui me parut un mélange d'excuses et de salutations, et s'en alla.

Le lendemain, c'est moi qui recherchai sa compagnie et m'assis près de lui en cours, et nous prîmes l'habitude de faire de longues promenades ensemble. Il m'étonna : comme moi il avait déjà commencé à travailler sur son mémoire de fin d'études et s'occupait de littérature latine, mais contrairement à moi il ne disait pas « mémoire » mais « travail », et à une ou deux reprises le mot « livre » lui échappa, un livre qu'il terminait et publierait aussitôt après ses études. Travail, livre ? Quelle drôle de façon de parler ! Malgré ses vingt-deux ans il avait un ton grave, recourait sans cesse à des citations très recherchées et se comportait comme s'il avait déjà un poste à l'École ou dans quelque autre université.

« C'est vrai que tu vas publier ton mémoire ? »
lui demandai-je un jour, incrédule.

Il me regarda, tout aussi surpris :

« S'il est bon, oui.

— On publie tous les mémoires qui sont bons ?

— Et pourquoi pas ? »

Il étudiait les rites bachiques et moi le quatrième livre de l'*Énéide*. Je murmurai :

« Peut-être que Bacchus est plus intéressant que Didon.

— Tout est intéressant si on sait le traiter ! »

Contrairement à l'habitude que j'avais prise avec Franco, nous ne discutâmes jamais de l'actualité, pas même de l'éventualité que les États-Unis fournissent des armes nucléaires à l'Allemagne de l'Ouest, ni de savoir si Fellini était mieux qu'Antonioni, mais uniquement de littératures latine et grecque. Pietro avait une mémoire prodigieuse : il était capable de mettre en relation des textes très lointains entre eux, qu'il récitait comme s'il les avait sous les yeux, mais sans pédanterie ni présomption – on aurait dit qu'il n'y avait rien de plus naturel, étant donné nos centres d'intérêt à tous les deux. Plus je le fréquentai, plus je me rendis compte qu'il était vraiment doué, doué comme je ne le serais jamais : alors que j'étais prudente uniquement par peur de dire des énormités, lui faisait tranquillement preuve d'une pensée réfléchie qui ne laissait jamais rien au hasard.

Après m'être promenée deux ou trois fois avec lui sur le Corso Italia ou entre le Duomo et le Camposanto, je remarquai déjà qu'autour de moi tout changeait à nouveau. Une fille que je connaissais me dit un matin, avec une aigreur amicale :

« Mais qu'est-ce que tu leur fais, aux garçons ? Tu as même conquis le fils d'Airota ! »

J'ignorais qui était Airota père, mais à l'évidence un ton respectueux réapparut sur les lèvres de mes camarades de classe et je fus à nouveau invitée aux fêtes ou au restaurant – à vrai dire, je soupçonnai parfois qu'ils ne le fassent que pour attirer Pietro, puisque ce dernier, en général, ne se mêlait pas aux autres. Je commençai à poser des questions autour de moi, dans le but de comprendre quels mérites pouvait bien avoir le père de mon nouvel ami. Je découvris qu'il enseignait la littérature grecque à Gênes mais qu'il était aussi une personnalité importante du Parti socialiste. Cette nouvelle me rendit plus réservée, je craignis de tenir ou d'avoir déjà tenu en présence de Pietro des propos naïfs ou inopportuns. Alors qu'il continuait à me parler de son mémoire-livre, j'évoquais de moins en moins mon travail par peur de dire des bêtises.

Un dimanche, il arriva pantelant à ma résidence et voulut que je déjeune avec sa famille – son père, sa mère et sa sœur – venue lui rendre visite. Je fus saisie par l'anxiété et cherchai à me faire le plus belle possible. Je me dis : je vais faire des fautes de subjonctif, ils vont me trouver gauche, ce sont des sommités, ils ont sans doute une énorme voiture avec chauffeur, qu'est-ce que je vais pouvoir leur raconter, ils vont me prendre pour une andouille… Mais dès que je les vis, je me détendis. Le professeur Airota était de taille moyenne, vêtu d'un costume gris plutôt chiffonné, il avait de grandes lunettes, un visage large marqué par la fatigue, et quand il ôta son chapeau, je vis qu'il était complètement chauve. Sa femme Adele était maigre, et à défaut d'être belle elle était fine, élégante et simple. Leur voiture ressemblait à la Millecento des Solara avant qu'ils ne s'achètent la Giulietta, et je découvris que ce n'était pas un chauffeur qui avait conduit de Gênes à Pise mais Mariarosa, la sœur de Pietro : gracieuse, les yeux intelligents, elle me prit tout de suite dans ses bras et m'embrassa comme si nous étions de vieilles amies.

« C'est toi qui as conduit de Gênes jusqu'ici ? lui demandai-je.

— Oui, j'adore conduire.

— C'est dur, le permis ?

— Tu veux rire ! »

Elle avait vingt-quatre ans et travaillait dans le département d'histoire de l'art de l'université de Milan, où elle faisait des recherches sur Piero della Francesca. Elle savait tout de moi, c'est-à-dire tout ce que savait son frère, mes centres d'intérêt universitaires et rien d'autre. Le professeur Airota et sa femme Adele les connaissaient aussi.

Je passai une agréable matinée avec eux, ils me mirent à l'aise. Contrairement à Pietro, son père, sa mère et sa sœur avaient une conversation très variée. Par exemple, quand nous déjeunâmes dans le restaurant de l'hôtel où ils logeaient, le professeur Airota et sa fille se chamaillèrent affectueusement sur des thèmes politiques que j'avais entendu aborder par Pasquale, Nino et Franco, mais dont en réalité je ne savais pas grand-chose. Ils employaient des expressions comme : vous avez été pris au piège de la collaboration des classes ; tu appelles ça un piège, moi j'appelle ça un pont ; un pont dont sortent toujours vainqueurs les démocrates-chrétiens ; la politique de centre-gauche, c'est difficile ; puisque c'est si difficile, redevenez donc socialistes; l'État est en crise et il est urgent de le réformer; vous ne réformez rien de rien; à notre place, qu'est-ce que tu ferais; la révolution, la révolution et encore la révolution; la révolution, on la fait en sortant l'Italie du Moyen Âge : sans nous, les socialistes, au gouvernement, les étudiants qui parlent de sexe à la fac seraient en prison, comme ceux qui distribuent des tracts pacifistes; j'aimerais bien voir ce que vous allez faire du Pacte atlantique; on a toujours été contre la guerre et tous les impérialismes; vous gouvernez avec les démocrates-chrétiens, mais est-ce que vous restez anti-Américains?

Ce fut un échange de répliques rapides, un exercice polémique qui leur faisait visiblement plaisir à tous deux, peut-être une forme de convivialité qu'ils pratiquaient depuis longtemps. En les écoutant, père et fille, je compris ce que je n'avais jamais eu et qui, maintenant je le savais, me manquerait toujours. Quoi, en fait? J'étais incapable de le dire avec exactitude : peut-être l'habitude de faire profondément miennes les questions du monde, la capacité à sentir qu'elles étaient d'une importance capitale et non pas de simples moyens pour obtenir de bonnes notes aux examens, une forme d'esprit qui ne réduisait pas tout à une lutte personnelle et à un effort pour m'affirmer. Mariarosa était sympathique et son père aussi; tous deux parlaient de manière posée, sans l'ombre des emportements verbaux d'Armando, le fils de Mme Galiani, ou de Nino; et pourtant ils communiquaient de la chaleur à des formules politiques qui, en d'autres occasions, m'avaient paru froides, éloignées de moi et servant uniquement à ne pas faire mauvaise figure. S'entraînant l'un l'autre, ils

541

passèrent sans transition aux bombardements sur le Vietnam du Nord, aux révoltes estudiantines dans tel ou tel campus, aux milliers de foyers de lutte anti-impérialiste en Amérique latine et en Afrique. Et la fille, à présent, semblait mieux renseignée que le père. Mariarosa savait tellement de choses ! Elle parlait comme si elle avait des informations de première main, au point qu'Airota, à un moment donné, regarda sa femme avec ironie, et Adele dit à sa fille :

« Tu es la seule à ne pas avoir choisi ton dessert !

— Je prends le gâteau au chocolat », répondit-elle, s'interrompant avec une grimace gracieuse.

Je la regardai avec admiration. Elle conduisait, vivait à Milan, enseignait à l'université et tenait tête à son père sans agressivité. Et moi ? J'étais effrayée à l'idée d'ouvrir la bouche et en même temps humiliée par mon propre silence. Je ne pus me retenir et déclarai avec emphase :

« Les Américains, après Hiroshima et Nagasaki, auraient dû être poursuivis pour crimes contre l'humanité ! »

Silence. Tous les regards se braquèrent sur moi. Mariarosa s'exclama « bravo » et me tendit la main, que je serrai. Je me sentis encouragée et m'abandonnai aussitôt à un flot de paroles, un bouillonnement de vieilles expressions mémorisées à différentes occasions. Je parlai planification et rationalisation, évoquai le précipice social-démocrate, le néocapitalisme, ce qu'est une structure, la révolution, l'Afrique, l'Asie, l'école maternelle, Piaget, les connivences entre police et magistrature, la pourriture fasciste à tous les rouages de l'État... Mon discours était confus, mon souffle court. J'avais le cœur battant et oubliai qui j'étais et où je me trouvais. Néanmoins je sentis autour de moi une approbation croissante et fus heureuse de m'être exposée, j'eus le sentiment d'avoir fait bonne impression. J'appréciai aussi que nul dans cette jolie petite famille ne m'ait demandé d'où je venais ni ce que faisaient mon père et ma mère, comme cela arrivait souvent. J'étais moi, moi, moi !

Je restai bavarder avec eux l'après-midi aussi. Et le soir nous nous promenâmes tous ensemble avant d'aller dîner. Le professeur Airota rencontrait constamment des personnes qu'il connaissait : elles s'arrêtaient pour le saluer avec beaucoup de chaleur, y compris deux professeurs de l'université accompagnés de leurs épouses.

108

Mais dès le lendemain, je commençai à me sentir mal. Cette journée avec la famille de Pietro m'avait apporté une nouvelle preuve que tous mes efforts à l'École ne faisaient que me bercer d'illusions. Le mérite ne suffisait pas, il fallait autre chose, que moi je n'avais pas et ne savais pas apprendre. Quelle honte, mon flot de paroles confuses, sans rigueur logique ni calme ni ironie, contrairement à ce que savaient faire Mariarosa, Adele et Pietro ! J'avais intégré l'acharnement méthodique de la recherche universitaire qui soumet à vérification la moindre virgule, ça oui, et je le démontrais lors des examens ou dans le mémoire que je rédigeais. Mais de fait, je demeurais complètement démunie, acculturée à l'excès, privée de cette cuirasse qui leur permettait, eux, d'avancer d'un pas tranquille. Le professeur Airota était un dieu immortel qui avait donné à ses enfants des armes magiques bien avant la bataille. Mariarosa était invincible. Et Pietro parfait, avec sa courtoisie si cultivée. Et moi ? Moi je ne pouvais que rester près d'eux et profiter un peu de leur rayonnement.

L'anxiété de perdre Pietro m'envahit. Je le recherchai, m'attachai à lui et mon affection pour lui grandit. Mais j'attendis en vain qu'il me déclare son amour. Un soir, c'est moi qui l'embrassai sur la joue, et là il me baisa enfin la bouche. Nous commençâmes à nous voir dans des coins isolés, le soir, dans l'attente de l'obscurité. Je le touchais et il me touchait, mais il ne voulut jamais me pénétrer. J'eus l'impression d'être revenue à l'époque d'Antonio, et pourtant il y avait une énorme différence : l'émotion de passer la soirée avec le fils d'Airota et d'en tirer de la force. Parfois, j'avais envie d'appeler Lila depuis un téléphone public : je voulais lui dire que j'avais un nouveau petit ami et que nos mémoires seraient presque certainement publiés, ils deviendraient des livres exactement comme les vrais livres, avec une couverture, un titre et un nom. Je voulais lui dire qu'il n'était pas impossible que mon fiancé et moi enseignions à l'université, puisque sa sœur Mariarosa, à vingt-quatre ans, avait déjà un poste. Je voulais aussi lui dire : Lila, c'est toi qui as raison, si on t'apprend bien les choses dès l'enfance, quand tu es grande tu as beaucoup moins de mal et tu deviens une fille qui a l'air d'être née avec le savoir. Mais pour

finir, j'y renonçai. Lui téléphoner, et pourquoi ?
Pour écouter ses histoires en silence ? Ou bien, si
elle me laissait parler, pour lui dire quoi ? Je savais
bien qu'il ne m'arriverait jamais ce qui arriverait
sûrement à Pietro. Surtout, j'étais consciente que
celui-ci allait bientôt disparaître de ma vie, comme
Franco, et finalement c'était mieux ainsi : je ne
l'aimais pas, et si j'allais avec lui dans les ruelles
obscures ou les champs, c'était uniquement pour
conjurer ma peur.

109

À la veille des vacances de Noël de 1966, j'attra-
pai une très mauvaise grippe. Je téléphonai à une
voisine de mes parents – même dans mon quartier,
pas mal de gens avaient enfin le téléphone – et pré-
vins que je ne pourrais pas rentrer pour les fêtes.
Puis je sombrai dans des journées de désolation,
avec une fièvre très élevée et de la toux, tandis que
ma résidence se vidait et devenait de plus en plus
silencieuse. Je ne mangeais rien et avais même du
mal à boire. Un matin où, épuisée, je m'étais abandonnée à la somnolence, j'entendis qu'on parlait très
fort, dans mon dialecte, comme lorsque au quartier
les femmes se disputaient d'une fenêtre à l'autre.
Du fin fond de mon cerveau, le pas bien connu de
ma mère me parvint. Elle ne frappa pas mais ouvrit
grand la porte, elle croulait sous les sacs.

C'était inimaginable. Elle ne s'était que très
rarement éloignée du quartier, tout au plus pour
se rendre dans le centre de Naples. Autant que je

sache, elle ne s'était jamais aventurée en dehors. Et pourtant elle avait pris le train, avait voyagé toute la nuit et était venue déverser dans ma chambre des plats de Noël préparés à l'avance exprès pour moi, ainsi que des bavardages claironnés, virulents, et des ordres qui, comme par magie, devaient me remettre d'aplomb afin que je puisse repartir avec elle dans la soirée : elle devait rentrer aussitôt, il fallait bien qu'elle s'occupe de ses autres enfants et de mon père !

Elle m'assomma encore plus que la fièvre. J'eus peur que la directrice n'intervienne, tant ma mère vociférait et faisait de remue-ménage, rangeant avec brusquerie mes affaires. À un moment donné, je crus m'évanouir et fermai les yeux, espérant qu'elle ne me suivrait pas dans l'obscurité nauséeuse où je me sentais entraînée. Mais non, rien ne l'arrêta. Sans cesser de circuler dans ma chambre, serviable et agressive, elle me donna des nouvelles de mon père, de mes frères et sœur, des voisins, des amis et naturellement de Carmen, Ada, Gigliola et Lila.

Je tentais de ne pas l'écouter mais elle me harcelait avec des : *tu as compris ce qu'elle a fait ? tu as compris ce qui s'est passé ?* et elle me secouait en me serrant un bras ou un pied enfouis sous les couvertures. Je découvris que dans l'état de fragilité où me mettait la maladie, j'étais plus sensible que d'ordinaire à tout ce que je ne supportais pas en elle. Je me mis en colère – et le lui dis – contre son obsession de toujours vouloir prouver que toutes mes amies avaient vraiment mal tourné par rapport à moi. « Mais arrête… », murmurai-je. Mais non, elle ne faisait que répéter : *toi, par contre…*

Mais ce qui me blessa le plus, ce fut de sentir que derrière sa fierté de mère, il y avait la crainte qu'à tout moment les choses puissent changer et que je risque de reperdre des points, détruisant ainsi ses occasions de se vanter. Elle croyait peu en la stabilité des choses. C'est pourquoi elle me nourrit de force, essuya ma sueur et m'obligea à prendre ma température je ne sais combien de fois. Craignait-elle que je ne meure en la privant du trophée de mon existence ? Redoutait-elle que, perdant mes forces, je renonce à mes études ou sois de quelque manière rétrogradée et obligée de rentrer à la maison sans nulle gloire ? Elle me parla de manière obsessionnelle de Lila. Elle insista tellement que je réalisai soudain toute la considération dans laquelle elle l'avait tenue depuis l'enfance. Elle aussi, me dis-je, ma propre mère, a compris que Lila était plus douée que moi, et maintenant elle est surprise que je l'aie supplantée, elle y croit sans y croire et a peur de perdre le titre de *mère la plus chanceuse du quartier*. Mais quelle combativité, quand même ! Et quelle présomption dans le regard ! Je pris conscience de l'énergie qu'elle répandait autour d'elle et songeai que sa démarche claudicante avait dû lui demander plus de force qu'aux autres pour survivre, quitte à lui imposer cette férocité qu'elle déployait dans la vie familiale comme en dehors. Mon père, en revanche, qu'était-il ? Un petit homme faible, entraîné à être serviable et à tendre discrètement la main pour empocher de maigres pourboires : c'est sûr, lui n'aurait jamais réussi à franchir tous les obstacles et à pénétrer dans cet immeuble austère. Elle si, elle y était parvenue.

Quand elle partit et que le silence revint, d'un côté je me sentis soulagée, de l'autre, à cause de la fièvre, je fus émue. Je l'imaginai, seule, demandant à tous les passants si c'était bien le chemin pour aller à la gare, à pied avec sa jambe vexée, dans une ville inconnue. Elle n'aurait jamais dépensé quoi que ce soit pour un ticket de bus, toujours attentive à ne pas gâcher le moindre sou. Mais elle y arriverait malgré tout : elle achèterait le bon billet et prendrait les trains qu'il fallait, voyageant de nuit sur des sièges très inconfortables ou bien debout, jusqu'à Naples. Là, après une autre longue marche, elle rejoindrait notre quartier et se remettrait à nettoyer et cuisiner ; elle découperait les morceaux d'anguille de Noël et préparerait la salade de chou-fleur et les *struffoli*, sans se reposer une seconde, revêche, tout en répétant dans un coin de sa tête, pour se rassurer : « Lenuccia vaut mieux que Gigliola, Carmen, Ada, Lina et toutes les autres ! »

110

D'après ma mère, c'est à cause de Gigliola que la situation devint encore plus insupportable. Tout commença un dimanche d'avril, quand la fille de Spagnuolo le pâtissier invita Ada au cinéma de la paroisse. Dès le lendemain soir après la fermeture des magasins, Gigliola passa chez Ada et lui dit : « Mais qu'est-ce que tu fais toute seule ? Viens donc regarder la télé chez mes parents, et dis à Melina de venir aussi ! » Une chose en entraînant une autre, elle l'invita bientôt à se joindre à elle pour des sorties le soir avec Michele Solara, son fiancé. Ils se retrouvèrent souvent à cinq pour aller manger une pizza : Gigliola et son petit frère, Michele, Ada et Antonio. La pizzeria était située dans le centre, à Santa Lucia. Michele conduisait, Gigliola toute pimpante était assise à son côté et Lello, Antonio et Ada s'installaient à l'arrière.

Passer son temps libre avec son patron ne disait vraiment rien à Antonio, et au début il tenta de dire à Ada qu'il était pris. Mais lorsque Gigliola rapporta que ce refus avait beaucoup irrité Michele, il enfonça la tête dans les épaules et, à partir de ce jour-là, il obéit. C'étaient presque toujours les deux jeunes femmes qui parlaient, Antonio et Michele n'échangeaient pas un mot et ce dernier quittait même souvent la table pour aller tenir quelque conciliabule avec le patron de la pizzeria, avec qui il faisait différents trafics. Le frère de Gigliola mangeait sa pizza et s'ennuyait sans faire de bruit.

Le sujet préféré des deux filles était la relation entre Ada et Stefano. Elles discutaient des cadeaux qu'il lui avait faits et lui faisait, du fantastique voyage à Stockholm au mois d'août de l'année d'avant (ah, tous les bobards qu'elle avait dû raconter à ce pauvre Pasquale !) et Ada faisait remarquer qu'à l'épicerie, Stefano la traitait mieux que si elle était la patronne. Gagnée par l'émotion, elle se racontait encore et encore. Gigliola écoutait, lâchant de temps à autre quelque commentaire du genre :

« Quand elle veut, l'Église peut annuler un mariage. »

Alors Ada s'interrompait, rembrunie :

« Je sais, mais c'est difficile.

— Difficile, mais pas impossible ! Il faut s'adresser à la rote romaine.

— Qu'est-ce que c'est ?

— Je sais pas exactement, mais cette rote romaine a tous les pouvoirs.

— T'es sûre ?

— Je l'ai lu. »

Ada fut ravie de cette amitié inespérée. Jusqu'alors, elle avait vécu son histoire dans le silence, muette, entre mille peurs et mille remords. À présent, elle découvrait qu'en parler lui faisait du bien, l'aidait à se trouver des justifications et effaçait son sentiment de culpabilité. Seule l'hostilité de son frère venait gâcher son soulagement : en effet, sur le chemin du retour ils ne faisaient que se disputer. Une fois, Antonio fut à deux doigts de la gifler et s'écria :

« Bordel, mais qu'est-c'que t'as à raconter ta vie à tout le monde ? Tu t'rends comptes que tu passes pour une traînée et moi pour un maquereau ? »

Elle répondit du ton le plus désagréable dont elle était capable :

« Tu sais pourquoi Michele Solara vient manger avec nous ?

— Parc'que c'est mon patron ?

— Tu rigoles !

— Alors pourquoi ?

— Parce que je suis avec Stefano, et c'est quelqu'un qui compte. Si je t'avais attendu, je ne serais jamais devenue autre chose que la fille de Melina. »

Là Antonio ne se maîtrisa plus et s'exclama :

« Mais t'es pas *avec* Stefano, t'es la *pute* de Stefano ! »

Ada éclata en sanglots.

« C'est pas vrai ! Stefano n'aime que moi ! »

Un soir, les choses tournèrent plus mal encore. Ils étaient chez eux, ils avaient fini de dîner. Ada faisait la vaisselle, Antonio avait les yeux dans le vide et leur mère chantonnait un air ancien tout en balayant le sol avec une énergie démesurée. À un moment donné, Melina passa par mégarde le balai sur les pieds de sa fille : ce fut terrible. Il y avait une croyance – j'ignore si elle existe encore – que si l'on passait le balai sur les pieds d'une jeune fille, elle ne se marierait jamais. En un éclair, Ada vit son avenir. Elle fit un bond en arrière comme si elle avait touché un cafard, et l'assiette qu'elle avait en main s'écrasa par terre.

« Tu m'as balayé les pieds ! » cria-t-elle, laissant sa mère bouche bée.

« Elle a pas fait exprès, intervint Antonio.

— Mais si, qu'elle a fait exprès ! Vous voulez pas que j'me marie ! Ça vous arrange trop que je trime pour vous, vous voulez que j'reste coincée là toute ma vie ! »

Melina tenta de prendre sa fille dans ses bras en disant « mais non non non », mais Ada la repoussa avec brusquerie, à tel point que sa mère recula, se cogna contre une chaise et tomba par terre, au milieu des fragments de l'assiette brisée.

Antonio se précipita pour aider sa mère mais Melina hurlait de peur – peur de son fils, de sa fille et de tout ce qui l'entourait. Et Ada, en retour, hurlait encore plus fort et lançait :

« Vous allez voir que j'vais me marier, et vite ! Car si Lina dégage pas toute seule, c'est moi qui vais la faire dégager, et de la surface de la terre ! »

À ce moment-là, Antonio sortit en claquant

la porte. Les jours suivants, plus désespéré que d'ordinaire, il essaya de s'extraire de ce nouveau drame qui le frappait : il s'efforça d'être sourd et muet, évita de passer devant l'ancienne épicerie, et quand par hasard il croisait Stefano Carracci, il détournait la tête avant que son envie de le tabasser ne le submerge. Il avait comme un mal de tête et ne comprenait plus ce qui était juste ou non. Avait-il bien fait de ne pas livrer Lila à Michele ? Et de dire à Enzo de la ramener chez elle ? Si Lila n'était pas rentrée auprès de son mari, la situation de sa sœur aurait-elle été différente ? Tout cela arrive par hasard, raisonnait-il, le bien et le mal n'ont rien à voir là-dedans. Mais alors son cerveau s'enrayait et, à la moindre occasion, comme pour se libérer des mauvais rêves, il se querellait à nouveau avec Ada. Il lui criait : « Mais c'est un homme marié et il a un gosse ! Connasse, t'es pire que maman, t'as aucun sens des réalités ! » Alors Ada courait chez Gigliola et lui confiait : « Mon frère est fou, il veut me tuer ! »

Ce fut ainsi qu'un après-midi, Michele convoqua Antonio et l'envoya en Allemagne pour une longue mission. Antonio ne discuta pas et obéit volontiers, partant sans saluer ni sa sœur ni même Melina. Pour lui, il était évident que sur une terre étrangère, parmi des gens qui parlaient comme les nazis au cinéma du curé, il ne tarderait pas à recevoir un coup de couteau ou une balle, et c'était tant mieux. Continuer à avoir devant les yeux les souffrances de sa mère et d'Ada sans rien pouvoir faire, c'était encore pire que d'être assassiné.

La seule personne qu'il voulut voir avant de prendre le train, ce fut Enzo. Il le trouva très affairé, car à ce moment-là il cherchait à tout vendre, l'âne, la charrette, l'échoppe de sa mère et un potager près de la voie ferrée. Il avait l'intention de donner une partie de la somme à une tante célibataire qui avait proposé de s'occuper de ses frères et sœurs.

« Et toi ? lui demanda Antonio.

— Je cherche un travail.

— Tu veux changer de vie ?

— Oui.

— T'as raison.

— C'est une nécessité.

— Moi par contre, je suis comme je suis.

— C'est des conneries !

— Peut-être, mais c'est bien comme ça. Maintenant il faut que je parte et je sais pas quand je reviendrai. S'il te plaît, tu pourrais jeter un œil de temps en temps sur ma mère, ma sœur et les petits ?

— Si je reste dans le quartier, d'accord.

— On s'est trompés, Enzù, on aurait pas dû ramener Lina chez elle.

— C'est possible.

— C'est un vrai bordel, on sait jamais ce qu'il faut faire.

— C'est juste.

— Salut.

— Salut. »

Ils ne se donnèrent pas même une poignée de main. Antonio rejoignit la Piazza Garibaldi et prit le train. Le voyage fut interminable, insupportable, de nuit et de jour, et les échos de voix pleines de rage résonnaient dans ses veines. Au bout de quelques heures, il était déjà épuisé et avait des fourmis dans les jambes, il n'avait pas voyagé depuis son service militaire. De temps à autre il descendait boire un peu d'eau à la fontaine de la gare mais redoutait que le train ne redémarre. Plus tard, il me raconta qu'à Florence il s'était senti tellement déprimé qu'il s'était dit : je descends là et je vais voir Lenuccia.

111

Après le départ d'Antonio, les liens entre Gigliola et Ada devinrent encore plus étroits. Gigliola souffla à son amie une idée que la fille de Melina avait déjà en tête depuis longtemps, à savoir qu'elle ne devait plus attendre et qu'il fallait forcer la situation matrimoniale de Stefano. « Lina doit sortir de cette maison, lui dit-elle, et toi tu dois y entrer ! Si tu attends trop, la magie va se dissiper et toi tu vas tout perdre, y compris le travail à l'épicerie, parce que si elle regagne du terrain, Lina obligera Stefano à te mettre dehors. » Gigliola finit même par lui confier qu'elle parlait d'expérience, puisqu'elle avait exactement le même problème avec Michele. « Si j'attends qu'il se décide à m'épouser, chuchota-t-elle, je finirai vieille fille ! Du coup je le harcèle : ou on se marie avant le printemps 1968, ou je le quitte et il peut aller se faire foutre ! »

C'est ainsi qu'Ada se mit à ligoter Stefano dans la toile d'un désir réel et collant ; elle faisait en sorte qu'il se sente un homme unique tout en murmurant entre ses baisers : « Il faut que tu t'décides, Stef', c'est elle ou moi ! Je dis pas que tu dois la jeter dans la rue avec le gamin, c'est ton fils et t'as des devoirs. Mais pense à ce que font tous ces acteurs et ces gens importants : tu lui files un peu de fric et ça s'arrange. Maintenant, dans le quartier tout le monde sait que je suis ta vraie femme, alors je veux être avec toi pour toujours, pour toujours ! »

Stefano répondait oui et la serrait fort dans ses bras, allongés dans le petit lit inconfortable du Rettifilo, mais ensuite il ne faisait pas grand-chose à part rentrer chez lui auprès de Lila et vociférer, que ce soit parce qu'il n'avait pas de chaussettes propres ou parce qu'il l'avait vue discuter avec Pasquale ou un autre.

À ce stade, Ada commença à désespérer. Un dimanche matin, elle croisa Carmen qui, véhémente, se plaignit des conditions de travail dans les deux épiceries. Une chose en entraînant une autre, elles se mirent à cracher leur venin sur Lila qu'elles considéraient toutes deux, pour différents motifs, comme l'origine de tous leurs maux. Pour finir, Ada ne put résister et évoqua sa situation sentimentale, perdant de vue que Carmen était la sœur de son ancien petit ami. Quant à Carmen, qui languissait d'entrer à son tour dans le réseau des commérages, elle lui prêta une oreille attentive, intervenant souvent pour attiser le feu et cherchant par ses conseils à faire le plus de mal possible à Ada qui avait trahi Pasquale et à Lila qui l'avait trahie, elle. Mais je dois dire que, rancœurs mises à part, elle éprouvait aussi le plaisir d'être mêlée à l'histoire d'une jeune femme, une amie d'enfance, qui se retrouvait à jouer le rôle de l'amante d'un homme marié – rien de moins ! Et bien que, nous les filles du quartier, nous voulions depuis notre enfance devenir des épouses,

de fait en grandissant nous avions presque toujours eu de la sympathie pour les maîtresses, qui
nous semblaient des personnages plus passionnés,
plus combatifs et surtout plus modernes. Et puis,
nous espérions que l'épouse légitime (en général
une femme très perfide, ou en tout cas infidèle
depuis longtemps) tomberait malade et mourrait,
permettant à la maîtresse de quitter ce statut et
de couronner son rêve d'amour en devenant une
épouse. Bref, nous étions du côté de la faute mais
seulement pour que celle-ci confirme la valeur de
la règle. Du coup, malgré ses mauvaises intentions
initiales, Carmen finit par participer avec chaleur à
l'histoire d'Ada, éprouvant de véritables émotions,
et elle lui dit un jour en toute sincérité : « Ça peut
pas continuer comme ça, il faut que tu chasses
cette connasse, que t'épouses Stefano et que tu
lui donnes des enfants ! Demande aux Solara s'ils
connaissent quelqu'un à la rote romaine. »

Les conseils de Carmen renforçant ceux de
Gigliola, un soir à la pizzeria Ada s'adressa directement à Michele :

« Et toi, t'as des contacts, dans cette rote
romaine ? »

Il lui répondit, ironique :

« Ça je sais pas mais je peux demander, des
copains ça se trouve toujours ! En attendant, toi
prends ce qui t'appartient, c'est ce qu'il y a de plus
urgent. Et t'en fais pas : si quelqu'un te casse les
pieds, tu me l'envoies. »

Ces paroles de Michele furent capitales : Ada se
sentit soutenue, elle n'avait jamais connu une telle
approbation autour d'elle. Pourtant, ni l'insistance
de Gigliola, ni les suggestions de Carmen, ni cette
promesse inespérée de protection de la part d'une

autorité masculine de poids, ni même son dépit parce qu'en août Stefano n'avait pas voulu faire un voyage à l'étranger comme l'année précédente et qu'ils s'étaient contentés de quelques visites au Sea Garden, ne suffirent à la pousser à l'action. Elle eut besoin d'une nouveauté bien concrète et matérielle : elle découvrit qu'elle était enceinte.

La grossesse combla Ada d'un bonheur féroce mais elle garda l'information pour elle, sans même en parler à Stefano. Un après-midi, elle ôta son tablier et sortit de l'épicerie comme pour aller prendre un peu l'air, mais elle fonça chez Lila.

« Qu'est-ce qui se passe ? » demanda Mme Carracci, perplexe, en ouvrant la porte.

Ada répondit :

« Rien que tu ne saches déjà. »

Elle entra et lui en dit des vertes et des pas mûres, devant l'enfant. Elle commença calmement, évoqua des acteurs et aussi des cyclistes, se compara à la Dame blanche de Fausto Coppi mais en plus moderne et puis fit allusion à la rote romaine pour prouver que même l'Église et Dieu, dans certains cas où l'amour est vraiment fort, dissolvent des mariages. Comme Lila l'écouta sans jamais l'interrompre, ce à quoi Ada ne s'attendait certes pas – elle espérait au contraire qu'elle dirait ne serait-ce qu'un demi-mot de travers afin d'avoir un prétexte pour lui faire cracher tout son sang à force de torgnoles – elle commença à s'énerver et à tourner dans l'appartement, d'abord pour lui rappeler qu'elle était souvent venue chez elle et en connaissait tous les recoins, et ensuite pour lui lancer : « Mais c'est dégueulasse ! La vaisselle sale, la poussière, les chaussettes et les slips par terre ! Ce pauvre homme ne peut pas vivre comme ça ! »

Enfin, saisie d'une frénésie incontrôlable, elle se mit à ramasser les vêtements sales qui traînaient dans la chambre et s'écria : «À partir de demain, c'est moi qui viens tout ranger ! Tu sais même pas faire le lit, regarde ce travail ! Stefano déteste quand le drap est plié comme ça, il m'a dit qu'il te l'a expliqué mille fois mais que t'es pas capable !» Là elle s'interrompit soudain, un peu perdue, et ajouta à voix basse :

«Il faut que tu partes, Lina, parce si tu t'en vas pas, ton gamin je le tue !»

Lina ne parvint qu'à rétorquer :

«Ada, tu agis comme ta mère.»

Voilà ce que dit Lila. J'imagine aujourd'hui sa voix : elle n'a jamais su parler avec émotion et eut certainement recours, comme d'habitude, à sa méchanceté glaciale ou bien à l'indifférence. Et pourtant, des années plus tard, elle me raconta qu'en voyant Ada chez elle dans cet état elle s'était souvenue des hurlements de Melina, la maîtresse abandonnée, quand la famille Sarratore avait quitté notre quartier, et elle avait revu le fer à repasser voler par la fenêtre et manquer de tuer Nino. Cette longue flamme de la souffrance, qui alors avait tellement impressionné Lila, jaillissait de nouveau en Ada : sauf que maintenant, ce n'était pas la femme de Sarratore qui l'alimentait mais elle. Un méchant jeu de miroirs qui, à l'époque, nous avait échappé à toutes. Mais pas à Lila : par conséquent, il est probable qu'elle n'ait pas été mue par un sentiment de rancune ni par son habituelle détermination à faire du mal, mais par l'amertume et la pitié. Quoi qu'il en soit, elle tenta de lui prendre la main et dit :

«Assieds-toi, je vais te faire une camomille.»

Mais Ada ne vit qu'insultes dans les paroles de Lila, de la première à la dernière, et surtout dans ce geste. Elle recula brusquement, roula les yeux de manière impressionnante, les faisant devenir presque blancs, et quand ses pupilles réapparurent elle hurla :

« Tu veux dire que je suis folle ? Folle comme ma mère ? Eh ben t'as intérêt à faire gaffe, Lina ! Me touche pas, pousse-toi de là et fais-toi donc ta camomille ! Moi je m'occupe de cet appartement dégueulasse. »

Elle balaya, lava le sol et refit le lit, sans plus prononcer le moindre mot.

Lila la suivit du regard, craignant qu'elle ne se brise soudain, comme un corps artificiel soumis à une accélération trop forte. Puis elle prit l'enfant et sortit, erra longuement dans le nouveau quartier en parlant à Rinuccio, lui montrant des choses, lui disant comment elles s'appelaient et inventant des histoires. Mais elle le fit plus pour contrôler sa propre angoisse que pour amuser l'enfant. Elle ne rentra chez elle que lorsqu'elle vit de loin Ada franchir le seuil de l'immeuble et courir comme si elle était en retard.

112

Quand Ada regagna l'épicerie, haletante et très agitée, Stefano lui demanda, sombre mais calme : « Mais où tu étais ? » Elle répondit, devant les clientes qui attendaient d'être servies : « Je faisais le ménage chez toi, c'était dégueulasse. » Et s'adressant au public de l'autre côté de l'étal : « Sur la commode il y avait tellement de poussière qu'on pouvait écrire dessus ! »

Stefano ne souffla mot, à la grande déception des clientes. Quand le magasin se vida et que ce fut l'heure de la fermeture, Ada nettoya et balaya tout en surveillant son amant du coin de l'œil. Mais rien, il faisait les comptes assis à la caisse, fumant des cigarettes américaines à l'odeur intense. Une fois le dernier mégot éteint, il prit la perche pour descendre le rideau de fer, mais il le tira de l'intérieur.

« Qu'est-ce que tu fais ? » demanda Ada alarmée.

« On sortira par la porte de la cour. »

Après quoi il la frappa au visage à tellement de reprises, d'abord de la paume puis avec le dos de la main, qu'elle dut s'appuyer contre l'étal pour ne pas s'évanouir. « Comment t'as pu te permettre d'aller chez moi ? » lui dit-il la voix étranglée par la volonté de ne pas hurler. « Comment t'as pu te permettre d'aller emmerder ma femme et mon fils ? » Puis il eut l'impression que son cœur allait éclater et tenta de se calmer. C'était la première fois qu'il la battait. Tremblant, il murmura « Fais plus jamais ça » et s'en alla en la laissant dans le magasin, couverte de sang.

Le lendemain, Ada n'alla pas travailler. Mal en point comme elle l'était, elle se présenta chez Lila : lorsque celle-ci vit les bleus qu'elle avait sur le visage, elle la fit aussitôt entrer.

« Fais-moi donc une camomille », dit la fille de Melina.

Lila s'exécuta.

« Il est très beau, cet enfant.

— Oui.

— On dirait Stefano.

— Pas du tout.

— Il a les mêmes yeux et la même bouche.

— Non.

— Si tu veux lire tes bouquins vas-y, moi je m'occupe de l'appartement et de Rinuccio. »

Cette fois Lila la fixa presque amusée avant de rétorquer :

« Tu fais ce que tu veux, mais tu t'approches pas du petit.

— T'en fais pas, je lui ferai rien. »

Ada se mit au travail : elle rangea, lava le linge puis l'étendit au soleil, prépara le déjeuner et le dîner. À un moment donné elle s'arrêta, enchantée de la façon dont Lila jouait avec Rinuccio.

« Il a quel âge ?

— Deux ans et quatre mois.

— Il est petit, tu le forces trop.

— Non, il fait ce qu'il peut.

— Je suis enceinte.

— Hein ?

— Tu as compris.

— De Stefano ?

— Ben oui.

— Il est au courant ?

— Non. »

À cet instant, Lila comprit que son mariage touchait vraiment à sa fin. Mais, comme cela lui arrivait toujours aux moments où elle pressentait un bouleversement imminent, elle n'éprouva ni regret ni angoisse ni inquiétude. Quand Stefano rentra, il trouva sa femme en train de lire dans le séjour, Ada qui jouait dans la cuisine avec l'enfant, l'appartement qui sentait bon le propre et resplendissait comme une grosse chose précieuse. Il se rendit compte que les coups n'avaient servi à rien et pâlit, le souffle vint à lui manquer.

« Va-t'en, dit-il à voix basse à Ada.

— Non.

— Mais qu'est-c'que t'as en tête ?

— De rester ici.

— Tu veux me rendre fou ?

— Oui, comme ça on sera deux. »

Lila referma son livre, prit l'enfant sans mot dire et se retira dans la chambre où, longtemps auparavant, je venais étudier, et où Rinuccio dormait à présent. Stefano murmura à sa maîtresse :

« Mais tu veux m'achever ! C'est pas vrai que tu m'aimes, Ada : tu vas me faire perdre tous mes clients et tu vas me ruiner, tu sais bien que la situation n'est déjà pas brillante ! S'il te plaît, dis-moi ce que tu veux et je te le donne.

— Je veux vivre pour toujours avec toi.

— Oui, mais pas ici.

— Si, ici.

— Ici c'est ma maison, il y a Lina, il y a Rinuccio.

— À partir d'aujourd'hui il y a moi aussi : je suis enceinte. »

Stefano s'assit. Il fixa en silence le ventre d'Ada debout devant lui, comme si son regard traversait sa robe, sa culotte et sa peau, et comme s'il voyait le bébé déjà formé, un être vivant fini et prêt à lui sauter dessus. C'est alors qu'on frappa à la porte.

C'était un serveur du bar Solara, un garçon de seize ans récemment embauché. Il informa Stefano que Michele et Marcello voulaient le voir sur-le-champ. Stefano se ressaisit et sur le moment cette requête sembla le sauver, vu la tempête qui se déchaînait chez lui. Il lança à Ada : « Ne bouge pas d'ici ! » Elle sourit et acquiesça. Il sortit et fila

en voiture chez les deux Solara. Dans quel merdier je me suis fourré! pensa-t-il. Qu'est-ce que je
vais faire? Si mon père était vivant, il me briserait
les jambes avec une barre de fer. Les femmes, les
dettes, le livre rouge de Mme Solara... Quelque
chose n'avait pas fonctionné. Lina. C'était elle qui
l'avait détruit. Putain, qu'est-ce qu'ils veulent, Marcello et Michele, à une heure pareille et avec une
telle urgence?

Il découvrit que ce qu'ils voulaient, c'était la
vieille épicerie. Ils ne le dirent pas directement mais
le laissèrent entendre. Marcello se contenta de parler d'un autre prêt qu'ils étaient disposés à lui faire.
Toutefois, les chaussures Cerullo doivent définitivement nous revenir, ajouta-t-il, on en a marre de ton
feignant de beau-frère, on peut jamais compter sur
lui. Et bien sûr il nous faut une garantie, une activité, un bien immobilier : fais le nécessaire. Puis
Marcello se retira, il avait à faire. À partir de là, Stefano se retrouva seul avec Michele. Ils discutèrent
longuement pour voir si la petite fabrique de Rino
et Fernando pouvait être sauvée et s'il était possible
d'éviter ce que Marcello avait appelé la garantie.
Mais Michele secoua la tête et dit :

«On a besoin de garanties. Les scandales, c'est
pas bon pour le commerce.

— Je te comprends pas.

— Moi si, je me comprends. Tu aimes qui, Lina
ou Ada?

— C'est pas tes affaires.

— Eh si, Stef', quand il s'agit de fric, tes affaires
ce sont aussi mes affaires.

— Qu'est-ce que tu veux, on est des hommes,
tu sais comment c'est... Lina c'est ma femme, Ada
c'est autre chose.

« — Donc c'est Ada que tu aimes le plus ?

— Oui.

— Alors tu arranges tes histoires, et puis on discute. »

Des jours et des jours s'écoulèrent, terribles, avant que Stefano ne trouve le moyen de se sortir de cette impasse. Disputes avec Ada, disputes avec Lila, impossible de travailler, la vieille épicerie souvent fermée, et le quartier qui regardait, se souvenait et se souvient encore. Le splendide couple de fiancés. La décapotable. C'est Soraya qui passe avec le chah de Perse ! Voilà John et Jacqueline ! Pour finir, Stefano se résigna et annonça à Lila :

« Je t'ai trouvé un appartement très joli, Rinuccio et toi y serez bien.

— Quelle générosité !

— Je viendrai deux fois par semaine voir le petit.

— Pour moi, ça sert à rien que tu viennes le voir, de toute façon c'est pas ton fils.

— Connasse, tu veux m'obliger à te casser la gueule !

— Casse-moi la gueule autant que tu veux, j'ai l'habitude. Mais occupe-toi de ton enfant et je m'occupe du mien. »

Il souffla, s'énerva et tenta en effet de la frapper. Mais finalement il dit :

« L'appartement est au Vomero.

— Où ça ?

— Demain je t'emmène et je te le montre. C'est sur la Piazza degli Artisti. »

En un éclair, Lila se rappela la proposition que Michele lui avait faite longtemps avant : *J'ai acheté un appartement au Vomero, sur la Piazza degli*

*Artisti. Si tu veux, je t'y emmène tout de suite et je te
le montre : je l'ai choisi en pensant à toi. Là tu pourras faire ce que tu veux : lire, écrire, inventer des
trucs, dormir, rire, parler et t'occuper de Rinuccio.
Tout ce qui m'intéresse, c'est de pourvoir te regarder
et t'écouter.* Elle secoua la tête incrédule et lança
à son mari :

« Putain, t'es vraiment qu'une grosse merde ! »

113

À présent Lila est barricadée dans la chambre
de Rinuccio et elle réfléchit à ce qu'elle va faire.
Elle ne retournera jamais chez son père et sa
mère : le poids de sa vie lui appartient, elle ne
veut pas redevenir leur fille. Elle ne peut pas
compter sur son frère : Rino est hors de lui, il s'en
prend à Pinuccia pour se venger de Stefano et
s'est même mis à se disputer avec sa belle-mère,
Maria, parce qu'il est désespéré, criblé de dettes
et n'a plus le sou. Elle compte uniquement sur
Enzo : elle a toujours eu confiance en lui et cela
continue, bien qu'il ne se soit jamais manifesté
et qu'il semble même avoir disparu du quartier.
Elle se dit : il a promis de me sortir d'ici. Mais
d'autres fois elle espère qu'il ne tiendra pas sa
promesse car elle craint de lui causer des ennuis.
Elle ne se soucie pas d'un éventuel conflit avec
Stefano, son mari a désormais renoncé à elle
et puis il est lâche, bien qu'il ait la force d'une
bête féroce. En revanche, elle craint Michele
Solara : ni aujourd'hui ni demain, mais quand je

n'y penserai même plus, Michele surgira devant moi et, si je ne me plie pas, il me le fera payer très cher et le fera payer à quiconque m'a aidée. Il vaut donc mieux que je m'en aille sans impliquer personne. Il faut que je trouve un travail, n'importe lequel, afin de gagner de quoi nourrir le petit et lui donner un toit.

Penser à son fils suffit à lui ôter toute force : qu'a-t-il retenu jusqu'aujourd'hui, quelles images et quels mots a-t-il dans la tête ? Elle s'inquiète des voix qu'il a pu entendre sans qu'elle puisse les contrôler. Est-ce qu'il a perçu la mienne, lorsque je le portais dans mon ventre ? Et comment s'est-elle imprimée dans son système nerveux ? S'est-il senti aimé, repoussé, a-t-il perçu ma nervosité ? Comment protège-t-on un enfant ? En s'occupant de lui. En l'aimant. En lui apprenant des choses. En lui servant de filtre contre toutes les impressions qui pourraient le mutiler pour toujours. J'ai perdu son vrai père, qui ne sait rien de lui et ne l'aimera jamais. Stefano, qui sans être son père l'a pourtant aimé un peu, nous a vendus par amour pour une autre femme et pour un enfant plus à lui. Qu'arrivera-t-il à mon petit ? Maintenant Rinuccio sait que lorsque je vais dans une autre pièce il ne me perd pas, et que je continue à exister. Il joue avec des objets et sait faire semblant, il comprend le dedans et le dehors. Il sait manger tout seul avec une cuillère et une fourchette. Il manipule les choses, il les forme et les transforme. Du mot il est passé à la phrase. En italien. Il ne dit plus *il*, il dit *je*. Il reconnaît les lettres de l'alphabet. Il les met en ordre pour écrire son nom. Il aime les couleurs. Il est joyeux. Mais toute cette violence autour de lui ! Il m'a vue insultée et frappée. Il m'a vue briser des objets et lancer des insultes. En dialecte. Je ne peux plus rester ici.

114

Lila ne sortait prudemment de la chambre que lorsque ni Stefano ni Ada n'étaient là. Elle préparait à manger à Rinuccio et grignotait elle-même quelque chose. Elle savait que les rumeurs circulaient et qu'on disait du mal d'eux dans tout le quartier. Un jour de novembre, en fin d'après-midi, le téléphone sonna.

« J'arrive dans dix minutes. »

Elle reconnut la voix et, sans surprise particulière, fit :

« D'accord. »

Puis elle ajouta :

« Enzo !

— Oui ?

— Tu n'es pas obligé.

— Je sais.

— Derrière, il y a les Solara.

— Je m'en fous, des Solara. »

Il arriva exactement dix minutes plus tard. Il monta, elle avait mis ses affaires et celles de l'enfant dans deux valises et avait laissé sur la table de chevet tous ses bijoux, y compris sa bague de fiançailles et son alliance.

« C'est la deuxième fois que je m'en vais, lui dit-elle, mais cette fois je ne reviendrai pas. »

Enzo observa l'appartement, il n'y était jamais entré. Elle le tira par un bras :

« Stefano pourrait revenir à l'improviste, il le fait parfois !

— Et alors, c'est un problème ? » répliqua-t-il.

Il toucha certains objets qui lui paraissaient coûteux, un vase, un cendrier, l'argenterie étincelante. Il feuilleta un carnet dans lequel Lila marquait ce qu'elle devait acheter pour l'enfant et pour la maison. Puis il lui adressa un regard interrogateur et demanda si elle était sûre de son choix. Il expliqua qu'il avait trouvé un travail dans une usine à San Giovanni a Teduccio et avait loué un trois-pièces avec une cuisine un peu sombre. « Mais tout ce que tu avais avec Stefano, ajouta-t-il, tu ne l'auras plus : moi je ne peux pas te le donner. » Enfin, il lui fit remarquer :

« Peut-être que tu as peur parce que tu n'es pas sûre de toi.

— Si, je suis sûre de moi, dit-elle en prenant dans ses bras Rinuccio avec un geste d'impatience, et je n'ai peur de rien. Allons-nous-en. »

Il s'attarda encore. Il détacha une feuille du carnet des courses et écrivit quelque chose : il laissa un message sur la table.

« Qu'est-ce que t'as écrit ?

— L'adresse à San Giovanni.

— Pourquoi ?

— On joue pas à cache-cache. »

Il prit enfin les valises et commença à descendre l'escalier. Lila verrouilla la porte et laissa la clef dans la serrure.

115

Je ne savais rien de San Giovanni a Teduccio.
Quand j'appris que Lila était allée vivre là-bas avec
Enzo, la seule chose qui me vint à l'esprit ce fut
l'entreprise de Bruno Soccavo, l'ami de Nino, une
usine de charcuterie qui se trouvait précisément
dans cette zone. Ce souvenir me déplut. Cela faisait longtemps que je n'avais pas pensé à cet été à
Ischia : ce fut à cette occasion que je réalisai que
tous les bons côtés de ces vacances s'étaient estompés dans ma mémoire, alors que les moments
pénibles s'étaient renforcés. Je découvris que l'ensemble des sons et parfums de ce séjour me répugnait mais, étrangement, ce qui me parut soudain
le plus insupportable ce fut la soirée aux Maronti
avec Donato Sarratore, au point que j'en eus de
longues crises de larmes. Seule la souffrance causée par ce qui se passait entre Lila et Nino pouvait
m'avoir poussée à la trouver agréable. Après tout
ce temps, je me rendis compte que cette première
expérience de pénétration, dans le noir et sur le
sable froid, avec cet homme banal qui était le père
du garçon que j'aimais, avait été dégradante. J'en
eus honte et cette honte s'ajouta aux autres, de
natures différentes, que j'éprouvais.

Je travaillais jour et nuit à mes recherches, je
harcelais Pietro en lui lisant à haute voix ce que
j'avais écrit. Il était gentil, secouait la tête et pio-
chait sans effort dans sa mémoire pour y retrouver des passages de Virgile ou d'autres auteurs
qui pourraient m'être utiles. Je notais scrupuleu-
sement chacune de ses paroles et y réfléchissais,
mais avec irritation. J'étais tiraillée entre des

sentiments contraires. Je voulais l'aide de Pietro mais cela m'humiliait de le solliciter, j'étais à la fois reconnaissante et contrariée, et surtout je détestais qu'il fasse tout pour que sa générosité ne me pèse pas. Ce qui m'angoissait le plus, c'étaient les moments où nous devions soumettre notre travail au chercheur qui nous dirigeait tous les deux et que nous nous retrouvions face à lui en même temps, ou bien quand je passais juste avant ou juste après Pietro. Notre enseignant avait une quarantaine d'années, c'était un homme sérieux, attentif et parfois même affable. Or je voyais bien qu'il traitait Pietro comme si celui-ci avait déjà une chaire et moi comme une étudiante certes excellente, mais tout à fait normale ; souvent je renonçais à lui parler par colère, par orgueil et par crainte de devoir admettre mon infériorité congénitale. Il faut que je fasse mieux que Pietro, me disais-je, il connaît énormément plus de choses que moi mais il est gris et n'a aucune fantaisie ! Sa façon de travailler, cette méthode qu'il tentait avec gentillesse de m'inculquer, était trop précautionneuse. Ainsi je chamboulais tout, recommençais et poursuivais une idée qui me semblait inédite. Quand je retournais voir mon directeur de recherches, certes il m'écoutait et me félicitait, mais sans s'appesantir, comme si tous mes efforts n'étaient qu'un jeu auquel je jouais bien. Je compris vite que Pietro Airota avait un avenir et pas moi.

Un jour, ma propre ingénuité contribua à m'humilier. Mon enseignant me dit d'un ton amical :

« Vous êtes une étudiante d'une très grande sensibilité. Vous pensez enseigner, quand vous serez diplômée ? »

Je crus qu'il voulait dire enseigner à l'université et je bondis de joie, piquant un fard. Je répondis que j'aimais autant l'enseignement que la recherche et expliquai que j'aurais voulu poursuivre mon travail sur le quatrième livre de l'*Énéide*. Il se rendit immédiatement compte du malentendu et se sentit très gêné. Il accumula alors un tas de banalités sur le plaisir d'étudier toute sa vie, avant de me conseiller un concours qui allait se dérouler à l'automne : il y avait quelques postes de formateurs des maîtres d'école à pourvoir. Avec animation, il m'encouragea : « Nous avons besoin d'excellents professeurs pour former d'excellents maîtres ! »

Et ce fut tout. Mais j'eus tellement honte ! Comment une présomption aussi folle avait-elle pu s'emparer de moi, comment avais-je pu nourrir l'ambition d'être comme Pietro ? La seule chose que j'avais en commun avec lui, c'étaient nos petits échanges sexuels à la nuit tombée. Il haletait, se frottait contre moi et ne demandait rien en dehors de ce que je lui donnais spontanément.

Cet incident me paralysa. Je ne parvins plus à travailler à mon mémoire, je fixais les pages des livres sans discerner aucune ligne. Je restais allongée sur mon lit à regarder le plafond, me demandant ce que j'allais faire. Capituler juste avant la fin et rentrer au quartier ? Achever mes études et enseigner au collège ? Professeure ? Oui. Mieux que Mme Oliviero. À égalité avec Mme Galiani. Ou bien non, un peu moins bien. Mme la professeure Greco. Dans le quartier, on me considérerait comme quelqu'un d'important, la fille du portier qui, depuis toute petite, savait tout. En vérité, il n'y aurait que moi – moi qui avais connu Pise, les professeurs célèbres, Pietro, Mariarosa et leur père – pour savoir que je n'étais pas allée bien loin. De gros efforts, beaucoup d'espoirs, de bons moments. Je regretterais toute ma vie la période Franco Mari. Que de beaux mois, que de belles années j'avais passés avec lui ! Sur le coup, je n'en avais pas saisi l'importance, or voilà que j'y pensais avec mélancolie. La pluie, le froid, la neige, les parfums printaniers le long de l'Arno et dans les ruelles fleuries de la ville, toute la chaleur que nous nous transmettions ! Choisir une robe, des lunettes. Le plaisir qu'il avait à me transformer. Et Paris, ce voyage enivrant en terre étrangère, les cafés, la politique, la littérature, la révolution qui allait bientôt avoir lieu malgré la récupération de la classe ouvrière. Et lui. Sa chambre, la nuit. Son corps. Tout était fini, et je me retournais encore et encore dans mon petit lit, sans réussir à dormir. Je me mens à moi-même, me disais-je. Est-ce que c'était vraiment si bien que ça ? Je savais que, même en ce temps-là, j'avais connu la honte. Et les malaises, les humiliations, le dégoût : accepter, subir, se forcer. Était-il donc possible que même les moments de plaisir épanoui ne résistent pas à un examen rigoureux ? Peut-être. La noirceur des Maronti s'étendit jusqu'au corps de Franco et puis jusqu'à celui de Pietro. Je m'efforçai alors d'échapper à mes souvenirs.

Au bout d'un moment, je me mis à voir Pietro de moins en moins souvent, sous prétexte que j'étais en retard et risquais de ne pas finir mon mémoire à temps. Un matin, j'achetai un cahier à petits carreaux et commençai à raconter à la troisième personne ce qui m'était arrivé ce soir-là sur la plage près de Barano. Puis, toujours à la troisième personne, j'écrivis mes aventures à Ischia. Ensuite je parlai un peu de Naples et du quartier. Après je changeai les noms, les lieux et les situations. Enfin, j'imaginai une force mystérieuse tapie dans la vie de la protagoniste, une entité capable de souder ensemble les parties du monde qui l'entourait dans le jet lumineux de la flamme oxhydrique : c'était un faisceau bleu-violet d'où jaillissaient des étincelles et dans lequel tout allait pour le mieux pour mon personnage, avant que tout se disloque et qu'il ne reste plus que des fragments gris privés de sens. Je mis vingt jours à rédiger cette histoire, une période pendant laquelle je ne vis personne, ne sortant que pour aller manger. Pour finir je relus quelques pages, elles me déçurent et je laissai tomber. Néanmoins je me sentis plus sereine, comme si la honte m'avait quittée pour passer dans mon cahier. Je recommençai à sortir, finis rapidement mon mémoire et fréquentai à nouveau Pietro.

Sa gentillesse et sa sollicitude m'émurent. Quand il passa sa soutenance, sa famille au grand complet vint y assister ainsi que de nombreux amis pisans de ses parents. Je fus surprise de ne plus éprouver d'amertume vis-à-vis de ce qui l'attendait, de la voie que prenait sa vie, et je fus même heureuse du magnifique destin qu'il avait devant lui. J'éprouvai aussi de la reconnaissance pour toute sa famille, car je fus invitée à la fête qui suivit. Mariarosa, en particulier, s'occupa beaucoup de moi. Nous discutâmes avec ardeur du coup d'État fasciste en Grèce.

Je passai ma soutenance lors de la session suivante. J'évitai d'avertir mes parents par peur que ma mère ne se sente obligée de venir me féliciter.

Je me présentai devant mes professeurs avec l'une des robes que Franco m'avait offertes, celle qui me semblait encore acceptable. Ce fut la première fois depuis longtemps que je me sentis vraiment contente de moi. Peu avant mes vingt-trois ans, j'avais fini mes études de lettres, et j'avais obtenu mon diplôme avec les félicitations du jury à l'unanimité. Mon père n'avait pas dépassé le primaire, ma mère s'était arrêtée au bout de deux ans d'école, et aucun de mes ancêtres, pour autant que je sache, n'avait jamais su ni lire ni écrire couramment. J'avais vraiment accompli un exploit prodigieux !

Quelques camarades de classe vinrent me féliciter, ainsi que Pietro. Je me rappelle qu'il faisait très chaud. Après les habituels rites estudiantins, je remontai dans ma chambre pour me rafraîchir un peu et pour poser l'exemplaire de mon mémoire. Pietro m'attendit en bas, il voulait m'emmener dîner. Je me vis dans le miroir et eus l'impression d'être belle. Je pris le cahier avec l'histoire que j'avais écrite et le mis dans mon sac.

C'était la première fois que Pietro m'invitait au restaurant. Franco l'avait fait souvent et m'avait tout appris de la disposition des couverts et des verres. Pietro me demanda :

« On est fiancés ? »

Je souris et répondis :

« Je ne sais pas. »

Il sortit de sa poche un petit paquet, qu'il me donna. Il murmura :

« Toute cette année, j'ai cru que oui. Mais si tu vois les choses autrement, considère ça comme un cadeau pour ton diplôme. »

Je défis le papier cadeau et une petite boîte de

couleur verte apparut. À l'intérieur, il y avait une bague avec de petits brillants.

« Elle est magnifique ! » m'exclamai-je.

Je l'essayai, c'était la bonne taille. Je pensai aux bagues que Stefano avait offertes à Lila, bien plus voyantes que celle-ci. Toutefois c'était le premier bijou que je recevais, Franco m'avait fait de nombreux cadeaux mais jamais de bijoux, tout ce que j'avais c'était le bracelet d'argent de ma mère.

« Nous sommes fiancés ! » lui dis-je, et je me penchai au-dessus de la table, lui donnant un baiser sur les lèvres. Il devint tout rouge et murmura :

« J'ai un autre cadeau. »

Il me passa une enveloppe, c'étaient les épreuves de son mémoire-livre. Quelle rapidité ! pensai-je avec tendresse et aussi un peu d'amusement.

« Moi aussi j'ai un petit cadeau pour toi.

— Qu'est-ce que c'est ?

— Une bêtise, mais je ne saurais pas quoi te donner d'autre qui soit vraiment de moi. »

Je sortis le cahier de mon sac et le lui passai.

« C'est un roman, dis-je, un *unicum* : un unique exemplaire pour une tentative et une tentation qui resteront uniques ! Je n'en écrirai jamais plus. » J'ajoutai en riant : « Il y a même quelques pages un peu audacieuses. »

Il eut l'air perplexe. Il me remercia et posa le cahier sur la table. Je regrettai aussitôt de le lui avoir donné. Je me dis : c'est un étudiant sérieux, héritier d'une grande tradition, et il s'apprête à publier un essai sur les rites bachiques qui va lancer sa carrière ; c'est ma faute, je n'aurais pas dû le mettre dans une situation embarrassante avec une historiette pas même tapée à la machine. Et pourtant, même en cette circonstance je ne me sentis pas mal à l'aise : il était lui et j'étais moi. Je lui expliquai que je m'étais inscrite au concours de formation des maîtres et retournerais à Naples, avant d'ajouter en riant que nos vies de fiancés seraient bien mouvementées, moi dans une ville du Sud et lui du Nord. Mais Pietro resta grave, dans son esprit tout était clair et il m'exposa son projet : deux ans pour s'établir à l'université et puis il m'épouserait. Il fixa même la date : septembre 1969. Quand nous partîmes, il oublia mon cahier sur la table. Je le lui fis remarquer, amusée : « Et mon cadeau ? » Tout confus, il courut le reprendre.

Nous fîmes une longue promenade. Nous nous embrassâmes, nous enlaçâmes sur les quais de l'Arno, et je lui demandai, ne plaisantant qu'à moitié, s'il voulait se faufiler dans ma chambre. Il secoua la tête et recommença à m'embrasser avec passion. Il y avait un monde de livres entre Antonio et lui, pourtant ils se ressemblaient.

116

Je vécus mon retour à Naples comme si un coup de vent avait brusquement refermé sur ma tête un parapluie défectueux. J'arrivai dans mon quartier au beau milieu de l'été. J'aurais voulu chercher tout de suite un travail, mais vu ma condition de diplômée, il était impossible que je parte en quête d'un petit boulot comme ceux d'autrefois. En même temps, je n'avais pas d'argent et il était humiliant d'en demander à mon père et à ma mère, qui s'étaient déjà assez sacrifiés pour moi. Je ne tardai pas à devenir nerveuse. Tout m'agaçait, les rues, les vilaines façades des immeubles, le boulevard et le jardin public, alors qu'à mon arrivée chaque pierre et chaque odeur m'avaient émue. Et si Pietro se trouve quelqu'un d'autre, me disais-je, qu'est-ce que je ferai ? Je ne peux pas rester pour toujours prisonnière de cet endroit et de ces gens !

Mes parents, mes frères et ma sœur étaient très fiers de moi, mais je me rendais compte qu'ils ne savaient pas bien pourquoi : à quoi servais-je, pourquoi étais-je rentrée et comment pouvaient-ils prouver aux voisins que j'étais l'orgueil de la famille ? À bien y regarder, je ne faisais que leur compliquer la vie, prenant de la place dans leur petit appartement déjà plein comme un œuf, rendant encore plus compliquée l'installation des lits pour la nuit et dérangeant un train-train qui désormais ne me prévoyait plus. De plus, je passais la journée la tête dans les livres, debout, assise dans un coin ou un autre, tel un inutile monument aux études, personnage pensif et hautain que tous se faisaient un devoir de ne pas déranger tout en se demandant : mais qu'est-ce qu'elle a l'intention de faire ?

Ma mère résista un peu avant de m'interroger sur mon fiancé, dont elle avait déduit l'existence plus de la bague que je portais au doigt que de mes confidences. Elle voulait savoir ce qu'il faisait, combien il gagnait, quand il se présenterait chez nous avec ses parents et où j'irais vivre une fois mariée. Au début, je lui fournis quelques informations : il travaillait à l'université, pour le moment il ne gagnait rien, il était en train de publier un livre que les autres professeurs considéraient comme très important, nous nous marierions dans deux ans, sa famille était de Gênes et j'irais sans doute vivre dans cette ville ou, en tout cas, là où il enseignerait. Mais à sa façon de me regarder fixement et de m'adresser toujours les mêmes questions, j'avais l'impression qu'elle ne m'écoutait pas vraiment, trop conditionnée par ses préjugés. J'étais donc fiancée avec quelqu'un qui n'était pas venu et ne venait pas demander ma main, vivait très loin, enseignait sans être payé et publiait un livre sans être connu ? Comme d'habitude, cela ne tarda pas à l'irriter, bien que maintenant elle ne me fasse plus de scènes. Elle tentait de contenir sa désapprobation et peut-être ne se sentait-elle plus capable de me la communiquer. De fait, la langue même signalait que j'étais devenue une étrangère. Je m'exprimais d'une manière trop compliquée pour elle, bien que je m'efforce de parler en dialecte, et quand je m'en rendais compte et simplifiais mes phrases, cette simplification les rendait peu naturelles et encore plus obscures. De surcroît, si les efforts que j'avais faits pour gommer mon accent napolitain n'avaient pas convaincu les Pisans, en revanche ils convainquaient ma mère, mon père, mes frères, ma sœur et tout le quartier. Dans la rue, dans les magasins ou sur le palier, les gens me traitaient avec un mélange de respect et de moquerie. Derrière mon dos, on commença à m'appeler la Pisane.

Pendant cette période, j'écrivis de longues lettres à Pietro, qui me répondit avec des lettres encore plus longues. Au début je m'attendais à ce qu'il fasse ne serait-ce qu'une allusion à mon cahier, et puis je n'y pensai plus. Nous ne nous disions rien de concret : je conserve encore ces lettres, qui ne contiennent pas le moindre détail utile pour reconstituer la vie quotidienne de cette époque, le prix du pain ou d'un ticket de cinéma, combien gagnait un portier ou un enseignant. Nous nous intéressions, je ne sais plus, à un livre qu'il avait lu, à un article concernant nos recherches, à quelque élucubration de sa part ou de la mienne, à certaines turbulences dans les facs, ou bien aux thématiques des nouvelles avant-gardes dont je ne savais rien mais dont lui, étonnamment, était très informé, et qui l'amusaient à tel point qu'il écrivait, par exemple : « Je ferais volontiers un petit livre avec des boules de papier, celles qu'on fait quand on commence une phrase qui ne donne rien et puis qu'on jette. J'en garde quelques-unes et j'aimerais bien les faire imprimer telles quelles, toutes froissés, le hasard des pliures entremêlant des phrases ébauchées, interrompues, et créant toute une ramification entre elles. Peut-être que c'est la seule littérature possible, aujourd'hui. » Cette dernière remarque me frappa. Je me rappelle avoir alors eu le soupçon que c'était sa façon de me dire qu'il avait lu mon cahier et que le cadeau littéraire que je lui avais fait lui avait paru un genre de production complètement dépassé.

Pendant ces semaines d'une chaleur exténuante, la fatigue des dernières années m'empoisonna le corps et je me sentis vidée de toute énergie. Je pris çà et là quelques nouvelles de l'état de santé de Mme Oliviero ; j'espérai qu'elle allait mieux et que je pourrais aller la voir pour tirer un peu de force de sa satisfaction devant la réussite de mes études. J'appris que sa sœur était venue la chercher et l'avait emmenée à Potenza. Je me sentis très seule. J'en arrivai à regretter Lila et notre turbulente rivalité. J'eus envie d'aller la voir et de mesurer la distance qu'il y avait désormais entre nous. Mais je n'en fis rien. Désœuvrée, je me contentai de mener une enquête minutieuse pour savoir ce que l'on pensait d'elle au quartier, quelles rumeurs circulaient.

Je cherchai d'abord Antonio. Mais il n'était pas là, on racontait qu'il était resté en Allemagne, certains affirmaient qu'il avait épousé une magnifique Allemande aux yeux bleus, blonde platine et bien en chair, et qu'il était père de deux jumeaux.

Alors je discutai avec Alfonso, que j'allai souvent voir à la boutique de la Piazza dei Martiri. Il était devenu vraiment raffiné, tel un bel hidalgo, et s'exprimait dans un italien très soigné, émaillé de quelques expressions dialectales habilement choisies. Grâce à lui, le magasin des Solara avait le vent en poupe. Son salaire était convenable, il avait pris un appartement à Ponte di Tappia et ne regrettait pas le quartier ni ses frères et sœurs, ni l'odeur graisseuse des épiceries. « L'année prochaine, je me marie », m'annonça-t-il sans grand enthousiasme. Sa relation avec Marisa avait duré, s'était consolidée, et ils n'avaient plus que le dernier pas à franchir. Je sortis de temps à autre avec eux, ils allaient bien ensemble ; Marisa avait perdu sa vivacité volubile d'autrefois, et à présent elle semblait avant tout attentive à ne rien dire qui puisse le contrarier. Je ne pris aucune nouvelle de son père, de sa mère ni de ses frères et sœurs. Je ne lui demandai même pas comment allait Nino et elle ne m'en parla pas non plus, comme s'il était définitivement sorti de sa vie.

Je vis aussi Pasquale et sa sœur Carmen : il faisait toujours des chantiers çà et là à travers Naples et la région, elle continuait à travailler dans la nouvelle épicerie. Mais ce qu'ils tinrent immédiatement à me faire savoir, c'est que tous deux avaient de nouveaux amours : Pasquale voyait secrètement l'aînée des filles de la mercière, encore toute jeune, et Carmen s'était fiancée avec le pompiste du boulevard, un brave homme d'une quarantaine d'années très amoureux d'elle.

J'allai aussi voir Pinuccia, presque méconnaissable : négligée, nerveuse, très maigre et résignée à son sort, elle portait les marques des coups que Rino continuait à lui administrer pour se venger de Stefano et les traces, plus visibles encore, d'une souffrance qui ne pouvait s'exprimer, entièrement contenue dans ses yeux et dans des plis profonds autour de la bouche.

Enfin, je pris mon courage à deux mains et allai trouver Ada. J'imaginais la découvrir encore plus défaite que Pina, humiliée par son rôle de concubine. Or elle vivait dans l'appartement qui avait été celui de Lila, était splendide et sereine, et avait récemment donné le jour à une petite fille appelée Maria. Même pendant la grossesse, je n'ai jamais arrêté de travailler ! me dit-elle fièrement. Et je vis de mes yeux que c'était elle la véritable patronne des deux épiceries, elle courait de l'une à l'autre et s'occupait de tout.

Chacun de mes amis d'enfance me dit quelque chose sur Lila, mais Ada me parut la mieux informée. Surtout, elle fut celle qui m'en parla avec le plus de compréhension, presque avec sympathie. Ada était heureuse, heureuse de sa fille, de son aisance financière, de son travail et de Stefano, et j'eus l'impression qu'elle était sincèrement reconnaissante à Lila pour tout ce bonheur. Elle s'exclama, admirative :

« Moi j'ai fait des trucs fous, je reconnais, mais Lina et Enzo se sont comportés de manière encore plus folle ! Ils ne se sont occupés de rien, même pas d'eux-mêmes, au point qu'on s'est tous inquiétés pour eux – moi, Stefano et même ce gros con de Michele Solara. Tu sais qu'elle a rien emporté ? qu'elle m'a laissé tous ses bijoux ? Et tu sais qu'ils ont écrit sur un bout de papier où ils allaient, avec l'adresse exacte, le numéro et tout, comme pour dire : venez donc nous chercher, faites ce que vous voulez, on en a rien à foutre ? »

Je lui demandai l'adresse et la recopiai. Pendant que j'écrivais, elle me dit :

« Si tu la vois, dis-lui que c'est pas moi qui empêche Stefano de venir voir le petit : il a trop de travail, et même si ça lui fait de la peine, il n'a pas le choix. Dis-lui aussi que les Solara n'oublient rien, surtout Michele. Dis-lui qu'elle ne doit faire confiance à personne ! »

117

Enzo et Lila déménagèrent à San Giovanni a Teduccio dans une Fiat Seicento d'occasion qu'il avait récemment achetée. Pendant tout le parcours, ils ne se dirent rien mais combattirent le silence en parlant tous deux avec l'enfant. Lila s'adressait à lui comme à un adulte, Enzo avec des monosyllabes du genre « ben, eh, oui ». Elle connaissait très peu San Giovanni. Elle y était allée une fois avec Stefano, ils s'étaient arrêtés dans le centre pour prendre un café et elle avait eu une bonne impression. Mais Pasquale, qui y venait souvent pour des travaux de maçonnerie et pour ses activités de militant communiste, lui en avait parlé un jour de manière très critique : critique du point de vue du travailleur comme du militant. « C'est une vraie décharge, s'exclama-t-il, un tas d'ordures ! Plus on produit de richesses, plus la misère grandit ! On changera jamais rien, même si on est forts… » Toutefois, Pasquale disait toujours du mal de tout, par conséquent il n'était pas très fiable. Alors que la Seicento avançait dans des rues défoncées, longeant bâtiments mal en point et gros immeubles de construction récente, Lila préféra se persuader qu'elle emmenait son fils dans un joli petit village près de la mer, tout en réfléchissant au discours que, par clarté et honnêteté, elle voulait tenir immédiatement à Enzo.

Mais à force d'y penser, elle ne fit rien. « Plus tard », se dit-elle. Ils arrivèrent ainsi à l'appartement qu'Enzo avait loué, au deuxième étage d'un immeuble neuf et pourtant déjà misérable. Les pièces étaient à moitié vides, il lui expliqua qu'il avait acheté l'indispensable mais que, dès le lendemain, il se procurerait tout ce qu'il fallait. Lila le rassura : il avait déjà tant fait ! C'est seulement quand elle se retrouva devant le lit double qu'elle se décida à parler. Elle lui dit d'un ton affectueux :

« Enzo, depuis que nous sommes petits, j'ai beaucoup d'estime pour toi. Tu as fait quelque chose de vraiment admirable : tu as étudié tout seul, tu as eu ton diplôme, et je sais bien la constance qu'il faut pour ça – moi j'en ai toujours manqué. Tu es la personne la plus généreuse que je connaisse, et ce que tu fais pour Rinuccio et moi, personne ne l'aurait fait. Mais je ne peux pas dormir avec toi. Ce n'est pas parce qu'on s'est vus seuls deux ou trois fois seulement, ni parce que tu ne me plais pas. C'est parce que je n'ai plus de sensibilité, je suis comme ce mur ou cette table. Alors si tu arrives à vivre avec moi sans me toucher, très bien ; mais si tu n'y arrives pas, ce n'est pas un problème et dès demain matin, je me cherche un autre logement. Et rappelle-toi que je te serai toujours reconnaissante pour ce que tu as fait pour moi. »

Enzo l'écouta sans jamais l'interrompre. À la fin, indiquant le grand lit, il dit :

« Installe-toi là, moi je prends le lit d'appoint.

— Je préfère le lit d'appoint.

— Et Rinuccio ?

— J'ai vu qu'il y a un autre petit lit.

— Il dort seul ?

— Oui.

— Tu peux rester aussi longtemps que tu veux.

— Tu es sûr ?

— Absolument.

— Je ne veux pas que de sales trucs détruisent notre relation.

— Ne t'en fais pas.

— Excuse-moi.

— C'est bien comme ça. Si jamais tu retrouves la sensibilité, tu sais où me trouver. »

118

Elle ne retrouva pas la sensibilité, au contraire une impression d'être étrangère à tout grandit en elle. L'atmosphère toujours lourde des pièces. Le linge sale. La porte du cabinet de toilette qui ne fermait pas bien. J'imagine que San Giovanni dut lui paraître un gouffre proche de notre quartier : elle avait couru se mettre à l'abri, n'avait pas fait attention où elle mettait les pieds, et elle était tombée dans un trou profond.

Elle fut tout de suite inquiète pour Rinuccio. L'enfant, d'ordinaire serein, se mit à faire des caprices pendant la journée, réclamant Stefano, et il se réveillait la nuit en pleurant. Les soins de sa mère et les jeux qu'elle faisait avec lui le calmaient, certes, mais ils ne le fascinaient plus et commencèrent même à l'agacer. Lila inventait de nouvelles activités, le regard du petit brillait, il l'embrassait, voulait lui mettre les mains sur la poitrine et poussait des cris de joie. Mais ensuite il la repoussait, jouait seul ou bien somnolait sur une couverture étendue au sol. Dans la rue, après dix pas il était fatigué et demandait à être porté, et si elle refusait il se roulait par terre en braillant.

Au début Lila résista, puis peu à peu elle commença à céder. Comme la nuit il ne se calmait que si elle le laissait venir dans son lit, elle lui permit de dormir avec elle. Quand ils sortaient faire les courses, elle le prenait dans ses bras bien qu'il soit bien nourri et costaud : elle portait d'un côté les sacs et de l'autre le gamin. Elle rentrait exténuée.

Elle redécouvrit bientôt ce qu'était la vie sans argent. Pas de livres, de revues ou de journaux. Rinuccio grandissait à vue d'œil et tout ce qu'elle avait apporté pour lui ne lui allait déjà plus. Elle-même avait très peu d'effets à se mettre. Pourtant elle faisait mine de rien. Enzo travaillait toute la journée et lui donnait les sommes dont elle avait besoin, mais il gagnait peu et devait en outre aider financièrement les membres de sa famille qui s'occupaient de ses frères et sœurs. Ainsi ils arrivaient tout juste à payer le loyer, l'électricité et le gaz. Mais Lila ne semblait pas inquiète. Dans son imaginaire, l'argent qu'elle avait possédé et jeté par la fenêtre ne faisait qu'un avec la misère de son enfance : qu'elle en ait ou pas, l'argent n'avait aucune substance. En revanche, ce qui semblait l'inquiéter beaucoup plus, c'était que son fils perde ce qu'elle lui avait appris, et elle s'efforçait de lui rendre l'énergie, la vivacité et la disponibilité qui avaient été siennes encore tout récemment. Mais Rinuccio, à présent, n'avait l'air épanoui que lorsqu'elle le laissait sur le palier à jouer avec le gamin de la voisine. Là il se disputait, se salissait, riait, mangeait des cochonneries et semblait heureux. Lila l'observait depuis la cuisine, d'où elle le surveillait lui et son petit copain, arrêtés par la porte de l'escalier. Il est intelligent, se disait-elle, plus intelligent que l'autre, qui pourtant est un peu plus âgé que lui : il faut peut-être que j'accepte l'idée qu'il est impossible de le garder sous une cloche de verre, il est probable que je lui aie donné le nécessaire et qu'à présent il doive se débrouiller seul, qu'il ait besoin de se bagarrer, de piquer les affaires des autres et de se salir.

Un jour, Stefano apparut sur le palier. Il s'était absenté de l'épicerie, décidé à venir voir son fils. Rinuccio l'accueillit joyeusement et Stefano joua un moment avec lui. Mais Lila s'aperçut que son mari s'ennuyait et avait hâte de repartir. Par le passé, il avait donné l'impression de ne pas pouvoir vivre sans elle ni l'enfant ; or voilà qu'il regardait sa montre et bâillait, et c'était certainement sa mère, voire Ada, qui l'avait envoyé. Quant à l'amour et à la jalousie, ils lui étaient complètement passés, ça ne le travaillait plus du tout.

« Je vais faire une balade avec le petit.

— Attention, il veut tout le temps qu'on le porte !

— Eh bien je le porterai.

— Non, il faut qu'il marche !

— Je fais c'que j'veux. »

Ils sortirent et Stefano revint une demi-heure plus tard en disant qu'il devait se dépêcher de retourner à l'épicerie. Il jura que Rinuccio n'avait pas du tout protesté et n'avait jamais demandé à être porté. Avant de partir, il lui dit :

« J'ai vu qu'ici on te connaît comme Mme Cerullo.

— C'est ce que je suis.

— Je t'ai pas tuée et je te tue pas uniquement parce que t'es la mère de mon fils. Mais toi et ton connard d'ami, vous risquez lourd. »

Lila rit et le provoqua en lançant :

« Tu sais faire le gros dur seulement avec les gens qui peuvent pas te casser la gueule, merdeux ! »

Mais soudain elle comprit que son mari faisait allusion à Solara et cria depuis le palier, tandis qu'il descendait l'escalier :

« Et dis à Michele que s'il se pointe dans le coin, je lui crache à la figure ! »

Stefano ne répondit rien et disparut dans la rue. Je crois qu'il ne revint pas plus de quatre ou cinq fois. Le dernier jour où il rencontra sa femme, il lui cria furieux :

« T'es la honte de toute ta famille ! Même ta mère veut plus te voir !

« — On voit qu'ils ont jamais compris la vie que j'avais avec toi.

— J't'ai traitée comme une reine !

— Mieux vaut être une pauvresse, alors !

— Si tu fais un autre gamin, il faut que t'avortes parce que tu portes mon nom, et je veux pas qu'il passe pour mon gosse.

— J'aurai pas d'autre enfant.

— Pourquoi ? T'as décidé de plus baiser ?

— Va t'faire foutre.

— J't'aurai prévenue !

— De toute façon, Rinuccio non plus c'est pas ton fils, et pourtant il porte ton nom.

— Sale pute ! Si t'arrêtes pas de m'le dire, c'est que ça doit être vrai. Je veux plus vous voir, ni toi ni lui ! »

En réalité, il ne la crut jamais. Mais il fit semblant, par commodité. Il préféra que la vie tranquille l'emporte sur le chaos émotionnel qu'elle provoquait en lui.

119

Lila raconta à Enzo les visites de son mari dans leurs moindres détails. Il l'écouta attentivement et presque sans faire de commentaire. Il demeurait toujours aussi impénétrable. Il ne lui expliqua même pas ce qu'il faisait à l'usine et à aucun moment ne lui dit si son travail lui plaisait ou non. Il partait à six heures du matin et rentrait à sept heures du soir. Il dînait, jouait un peu avec l'enfant et écoutait ce que Lila avait à lui raconter.

Dès qu'elle mentionnait des achats urgents pour Rinuccio, il revenait le lendemain avec l'argent nécessaire. Il ne lui dit jamais de demander à Stefano de contribuer à la subsistance de son fils, ni de chercher un travail elle-même. Il se contentait de la regarder, comme s'il vivait seulement pour arriver ainsi le soir, s'asseoir avec elle dans la cuisine et l'écouter parler. Au bout d'un moment il se levait, disait bonne nuit et s'enfermait dans la chambre.

Puis voilà que Lila fit une rencontre qui eut d'importantes conséquences. Un après-midi où elle était sortie seule, laissant Rinuccio à sa voisine de palier, elle entendit des coups de klaxon insistants derrière elle. C'était une voiture de luxe et quelqu'un agitait la main par la vitre dans sa direction.

« Lina ! »

Elle regarda avec attention. Elle reconnut le visage et les dents de loup de Bruno Soccavo, l'ami de Nino.

« Qu'est-ce que tu fais ici ? lui demanda-t-il.

– C'est là que j'habite. »

Au début elle ne parla pas vraiment d'elle – à l'époque, c'étaient des trucs difficiles à expliquer. Elle ne fit aucune allusion à Nino et lui non plus. En revanche, elle lui demanda s'il avait fini ses études et il répondit qu'il avait décidé d'arrêter la fac.

« Tu es marié ?

— Tu plaisantes !

— Fiancé ?

— Parfois oui, parfois non…

— Qu'est-ce que tu fais ?

— Rien, d'autres bossent pour moi. »

Lila eut soudain l'idée de lui demander, presque par jeu :

« Tu me donnerais un boulot ?

— À toi ? Et pour quoi faire ?

— Pour travailler.

— Tu veux faire des saucissons et des mortadelles ?

— Pourquoi pas ?

— Et ton mari ?

— Je n'ai plus de mari. Mais j'ai un fils. »

Bruno la fixa attentivement pour comprendre si elle plaisantait. Il eut l'air désorienté et changea de sujet. « Ce n'est pas un travail agréable », prévint-il. Ensuite il se mit à disserter sur les problèmes de couple en général, parla de sa mère qui se disputait sans arrêt avec son père, et puis de l'amour très violent qu'il avait récemment éprouvé lui-même pour une femme mariée qui l'avait quitté. Il fit un long monologue, ce qui ne lui ressemblait pas, à la suite duquel il invita Lila au café tout en continuant à parler de lui. Pour finir, quand elle lui annonça qu'elle devait partir, il lui demanda :

« C'est vrai que tu as quitté ton mari ? Et que tu as un enfant ?

— Oui. »

Il se rembrunit et inscrivit quelque chose sur une serviette en papier.

« Va voir ce monsieur, tu le trouveras le matin à partir de huit heures. Et montre-lui ce papier. »

Lila sourit, gênée :

« La serviette en papier ?

— Oui.

— Et c'est tout ? »

Il acquiesça, tout à coup intimidé par le ton moqueur de Lila. Il murmura :

« J'ai adoré cet été-là... »
Elle fit :
« Moi aussi. »

120

Tout cela, je ne l'ai su que plus tard. J'aurais voulu utiliser immédiatement l'adresse à San Giovanni qu'Ada m'avait donnée, mais à moi aussi, quelque chose de décisif arriva. Un matin, je lisais sans entrain une longue lettre de Pietro quand, à la fin de la dernière page, je découvris quelques lignes où il m'informait qu'il avait fait lire mon texte (il l'appelait ainsi) à sa mère. Adele l'avait trouvé tellement bon qu'elle l'avait fait taper à la machine et l'avait passé à la maison d'édition milanaise pour laquelle elle faisait des traductions depuis des années. Là, ils l'avaient aimé et voulaient le publier.

C'était une fin de matinée d'automne, je me rappelle une lumière grisâtre. J'étais assise à la table de la cuisine, la même dont se servait ma mère pour repasser le linge. Elle passait énergiquement le vieux fer sur le tissu et le bois vibrait sous mes coudes. Je fixai longuement ces lignes. Je dis lentement en italien, juste pour me convaincre que tout était vrai : « Maman, il paraît qu'on va publier un roman que j'ai écrit. » Ma mère s'interrompit, éloigna le fer de l'étoffe et le posa à la verticale.

« Tu as écrit un roman ? demanda-t-elle en dialecte.

— Je crois.

« — Tu l'as écrit ou pas ?

— Oui.

— On va te payer ?

— Je ne sais pas. »

Je sortis pour courir au bar Solara, d'où l'on pouvait faire des appels interurbains avec une certaine tranquillité. Après plusieurs tentatives – Gigliola me criait derrière le comptoir : « Vas-y, parle ! » – Pietro me répondit, mais il me prévint qu'il avait du travail et devait faire vite. Il expliqua qu'il ne savait rien de cette affaire en dehors de ce qu'il m'avait déjà écrit.

« Mais tu l'as lu ? lui demandai-je nerveuse.

— Oui.

— Pourtant tu ne m'en as jamais parlé ! »

Il marmonna quelque chose sur le manque de temps, le travail et ses nombreux engagements.

« Et comment tu l'as trouvé ?

— Bien.

— Bien et c'est tout ?

— Bien. Parles-en à ma mère : moi je m'occupe de philologie, pas de littérature. »

Il me donna le numéro de ses parents.

« Je n'ai pas envie d'appeler, ça me gêne… »

Je perçus alors un peu d'agacement, ce qui était très rare chez lui, toujours courtois. Il rétorqua :

« Tu as écrit un roman, prends-en la responsabilité ! »

Je ne connaissais pratiquement pas Adele Airota, j'avais dû la voir quatre fois et nous n'avions échangé que quelques formules convenues. Jusqu'alors, je l'avais toujours prise pour une mère de famille aisée et cultivée – les Airota ne parlaient jamais d'eux et se comportaient comme si leurs activités dans la société avaient très peu d'intérêt, tout en tenant pour acquis que nul ne les ignorait –, et c'est seulement ce jour-là que je commençai à réaliser qu'elle avait un métier et était en mesure d'exercer un pouvoir. Je téléphonai chez eux, anxieuse, leur domestique me répondit et me la passa. Elle me salua avec cordialité, elle me vouvoya et je la vouvoyai aussi. Elle m'apprit que dans sa maison d'édition, tout le monde était convaincu de la qualité de mon livre, et elle croyait savoir qu'ils m'avaient déjà envoyé une proposition de contrat.

« Un contrat ?

— Bien sûr. Vous avez pris des engagements auprès d'autres éditeurs ?

— Non. Mais je n'ai même pas relu ce que j'avais écrit !

— C'est la première version de votre livre et vous l'avez écrite d'un seul jet ? me demanda-t-elle vaguement ironique.

— Oui.

— Je vous assure qu'il est prêt pour la publication.

— Il faut encore que j'y travaille !

— Ayez confiance : ne changez pas une virgule, dans votre écriture il y a la sincérité, le naturel et le mystère qu'on ne trouve que dans les vrais romans. »

Elle me félicita à nouveau, tout en accentuant son ironie. Elle me fit remarquer que, comme je n'étais pas sans le savoir, l'*Énéide* non plus n'était pas achevée ! Elle supposa que j'écrivais depuis longtemps, me demanda si j'avais d'autres textes dans mes tiroirs et sembla stupéfaite quand je lui avouai que c'était ma première tentative. « Du talent et de la chance ! » s'exclama-t-elle. Elle me confia qu'un trou était apparu récemment dans leur calendrier éditorial : non seulement mon roman avait été jugé excellent, mais il venait à point nommé. Ils prévoyaient de le faire sortir au printemps.

« Déjà ?

— Vous n'êtes pas d'accord ? »

Je me hâtai de dire que c'était très bien.

Quand j'eus fini, Gigliola, qui depuis le comptoir avait entendu ma conversation, me demanda intriguée :

« Qu'est-ce qui se passe ?

— Je ne sais pas », répondis-je avant de sortir précipitamment.

J'errai dans le quartier en proie à un bonheur incrédule, le cœur battant dans mes tempes. Ma réponse à Gigliola n'était pas une façon désagréable de me débarrasser d'elle : c'était vrai que je ne savais pas. À quoi tenait cette incroyable nouvelle ? à quelques lignes de Pietro et à un coup de fil interurbain. Peut-être que tout cela était faux ? Et c'était quoi, un contrat ? Est-ce que cela prévoyait de l'argent, des droits et des devoirs, et est-ce que je risquais de m'attirer des ennuis ? Dans quelques jours, me disais-je, je découvrirai qu'ils ont changé d'avis et que le livre ne sera pas publié. Ceux qui ont aimé mon histoire la reliront et la trouveront futile, ceux qui ne l'ont pas encore lue se disputeront avec ceux qui désiraient la publier, et tous s'en prendront à Adele Airota ; Adele Airota elle-même changera d'avis, se sentira humiliée, m'attribuera la responsabilité de sa disgrâce et convaincra son fils de me quitter. Je passai devant notre vieille bibliothèque de quartier : je n'y avais pas mis les pieds depuis si longtemps ! J'entrai, la salle était vide, ça sentait la poussière et l'ennui. Je longeai distraitement les rayonnages, touchai quelques livres en loques sans regarder le titre ni l'auteur, ne faisant que les effleurer du bout des doigts. Le vieux papier, les fils de coton tortillés, les lettres de l'alphabet, l'encre. Des volumes – ce mot qui donnait le vertige. Je cherchai *Les Quatre Filles du docteur March*, que je trouvai. Est-ce que ça allait donc devenir réalité ? Est-ce qu'il allait vraiment m'arriver ce que Lila et moi avions imaginé de faire ensemble ? Dans quelques mois, il existerait du papier imprimé, cousu et collé, rempli de mes mots et avec mon nom sur la couverture – Elena Greco, moi, le point de rupture d'une longue chaîne d'analphabètes ou de semi-analphabètes, un nom obscur qui brillerait maintenant pour l'éternité. Et dans quelques années – trois, cinq, dix ou vingt – mon livre finirait sur ces rayons, dans la bibliothèque du quartier où j'étais née, il serait au catalogue et les gens l'emprunteraient pour savoir ce qu'avait écrit la fille du portier. J'entendis la chasse d'eau et me dis que M. Ferraro allait apparaître tel qu'il était autrefois, avec son visage maigre devenu peut-être plus rugueux, et ses cheveux en brosse très blancs mais toujours épais sur son front bas. Lui serait en mesure d'apprécier ce qui m'arrivait, il comprendrait pourquoi j'avais la tête en feu et le cœur qui battait férocement dans mes tempes. Mais c'est un inconnu qui sortit des toilettes, un petit homme rond d'une quarantaine d'années.

« Vous voulez des livres ? me demanda-t-il. Dépêchez-vous, on ferme !

— Je cherchais M. Ferraro.

— Il est à la retraite. »

Se dépêcher, ils allaient fermer.

Je partis. Alors que j'allais devenir écrivain, il n'y avait pas une personne dans tout le quartier qui puisse me dire : c'est extraordinaire, ce que tu as réussi à faire !

121

Je n'imaginais pas que j'allais gagner de l'argent. Or je reçus la proposition de contrat et découvris que la maison d'édition, certainement grâce au soutien d'Adele, m'accordait une avance de deux cent mille lires : cent mille à la signature et cent mille à la remise du manuscrit. Ma mère en eut le souffle coupé, elle n'arrivait pas à y croire. Mon père s'exclama : « Moi il me faut des mois pour gagner tout ça ! » Ils commencèrent tous deux à se vanter dans le quartier et en dehors : notre fille est devenue riche, elle est écrivain et va se marier avec un professeur d'université ! Je me sentis renaître et cessai de préparer le concours de recrutement. Dès que je touchai l'argent, je m'achetai une robe et du maquillage, allai pour la première fois de ma vie chez le coiffeur puis partis pour Milan, une ville qui m'était inconnue.

À la gare, j'eus du mal à m'orienter. Je finis quand même par trouver le bon métro et arrivai anxieuse devant l'immeuble de la maison d'édition. Je fournis des tas d'explications au concierge bien qu'il ne m'ait rien demandé et qu'il poursuive la lecture de son journal tandis que je parlais. Je pris l'ascenseur, frappai et entrai. Je fus foudroyée par l'aspect immaculé des lieux. Tout se bousculait dans ma tête : ce que j'avais étudié et ce que j'avais envie de dire pour démontrer que, même si j'étais une femme et même si on devinait immédiatement mes origines, j'avais conquis le droit de publier ce livre, et maintenant que j'avais vingt-trois ans, absolument plus rien de moi ne pouvait être remis en question.

Je fus accueillie avec amabilité et conduite de bureau en bureau. Je m'entretins avec l'éditeur qui s'occupait de mon manuscrit, un homme âgé et chauve mais au visage très agréable. Nous discutâmes ensemble pendant deux heures, il me félicita chaleureusement, cita souvent avec grand respect Adele Airota, m'indiqua les modifications qu'il me conseillait et me remit un exemplaire du texte dactylographié et de ses notes. En me disant au revoir, il me salua gravement : « C'est une belle histoire, une histoire d'aujourd'hui très bien menée et pleine de surprises. Mais ce n'est pas le principal : j'ai lu trois fois votre livre, et à chaque page il y a quelque chose de puissant que je n'arrive pas à saisir. » Je piquai un fard et remerciai. Ah, de quoi avais-je été capable, et comme tout cela était allé vite ! Je plaisais, me faisais aimer, savais parler de mes études, du lieu où je les avais faites et de mon mémoire sur le quatrième livre de l'*Énéide* ! Je répliquais avec une précision courtoise à des observations tout aussi courtoises, copiant à la perfection les manières de Mme Galiani, de ses enfants et de Mariarosa. Une employée gracieuse et affable appelée Gina me demanda si j'avais besoin d'un hôtel et, comme j'acquiesçai, elle m'en trouva un sur la Via Garibaldi. À ma grande stupeur, je découvris que tout était pris en charge par la maison d'édition, ce que j'avais dépensé pour mes repas et même les billets de train. Gina me dit de présenter une note de frais pour être remboursée et me pria de saluer Adele de sa part. « Elle m'a téléphoné, précisa-t-elle, elle tient beaucoup à vous. »

Le lendemain, je partis pour Pise : je voulais embrasser Pietro. Dans le train, j'examinai une à une les remarques de l'éditeur et, satisfaite, vis mon livre avec les yeux de ceux qui l'admiraient et travaillaient à le rendre meilleur encore. J'arrivai à destination très contente de moi. Mon fiancé s'arrangea pour que je dorme chez une chercheuse en littérature grecque d'un certain âge, que je connaissais moi aussi. Dans la soirée, il m'emmena dîner et me fit la surprise de sortir soudain mon manuscrit dactylographié. Lui aussi en avait un exemplaire et avait pris des notes, que nous examinâmes ensemble une à une. Elles étaient empreintes de son habituelle rigueur et concernaient surtout le vocabulaire.

« J'y réfléchirai », dis-je en le remerciant.

Après dîner, nous partîmes dans un champ isolé. À l'issue d'un flirt épuisant dans le froid, empêtrés dans nos manteaux et nos pulls en laine, il me demanda de peaufiner les pages où la protagoniste perdait sa virginité sur la plage. Je remarquai, perplexe :

« C'est un passage important.

— Tu as dit toi-même que ce sont des pages un peu osées.

— À la maison d'édition, on ne m'a pas fait d'objection.

— Ils t'en parleront plus tard. »

Ce commentaire m'irrita, je dis que je réfléchirais à ça aussi et repartis le lendemain pour

Naples de mauvaise humeur. Si ce passage avait impressionné Pietro, un jeune homme très cultivé qui avait écrit un ouvrage sur les rites bachiques, qu'allaient dire mon père et ma mère, mes frères et sœur, tout le quartier, s'ils le lisaient ? Dans le train, je m'acharnai sur mon texte en tenant compte des observations de l'éditeur et de Pietro, et enlevai ce qui pouvait être enlevé. Je voulais que le livre soit bon et ne déplaise à personne. Je me disais que je n'en écrirais sans doute plus jamais d'autre.

122

À peine arrivée chez moi, une mauvaise nouvelle m'attendait. Ma mère, toujours persuadée qu'elle avait le droit de regarder mon courrier quand je n'étais pas là, avait ouvert un colis postal en provenance de Potenza. Elle avait trouvé empaquetés un certain nombre de mes cahiers d'écolière, accompagnés d'un message de la sœur de Mme Oliviero. Mon institutrice, lisait-on dans ce billet, était morte sereinement vingt jours auparavant. Ces derniers temps, elle avait souvent pensé à moi et avait demandé que l'on me rende quelques cahiers qu'elle avait gardés en souvenir. Je fus encore plus émue que ma sœur Elisa qui, inconsolable, pleurait depuis des heures. Cela énerva ma mère, qui commença par crier contre sa cadette avant de commenter à haute voix afin que moi, son aînée, l'entende bien : « Cette crétine a toujours pensé qu'elle était plus mère que moi ! »

Pendant toute la journée, je songeai à Mme Oliviero, me disant combien elle aurait été fière de mon diplôme universitaire obtenu avec les félicitations du jury et du livre que je m'apprêtais à publier. Quand tout le monde alla se coucher, je m'enfermai dans la cuisine silencieuse et feuilletai un à un mes cahiers. Comme elles étaient bien faites, les leçons de mon institutrice, et quelle belle écriture elle m'avait apprise ! Dommage que ma main d'adulte l'ait rapetissée et que la rapidité ait simplifié les lettres. Je souris des fautes d'orthographe soulignées par des traits furibonds, des *bien* et *excellent* qu'elle écrivait méticuleusement dans la marge lorsqu'elle trouvait une jolie formule ou la solution d'un problème compliqué, et des bonnes notes qu'elle me mettait toujours. Avait-elle vraiment été plus mère que ma mère ? Depuis quelque temps, je n'en étais plus sûre. Mais elle avait réussi à imaginer pour moi un chemin que ma mère était incapable d'imaginer, et elle m'avait obligée à le suivre. Et de cela, je lui étais reconnaissante.

J'étais en train de mettre le colis de côté avant d'aller me coucher lorsque j'aperçus au milieu d'un des cahiers un mince opuscule, une dizaine de feuilles à petits carreaux attachées avec une épingle et pliées. J'en eus un brusque coup à la poitrine : je reconnus « La Fée bleue », le récit que Lila avait écrit de nombreuses années auparavant (combien ? treize, quatorze ?). Qu'est-ce que j'avais aimé cette couverture coloriée aux pastels et ces lettres bien dessinées du titre ! À l'époque, je l'avais considéré comme un véritable livre et en avais été envieuse. J'ouvris l'opuscule au milieu. L'épingle avait rouillé, laissant une trace marron sur le papier. Je découvris avec stupéfaction que mon institutrice avait écrit à côté d'une phrase : *très bien*. Alors elle l'avait lu ? Et elle avait aimé ? Je tournai les pages une à une : elles étaient remplies de ses *bravo*, *bien* et *très bien*. Je fus prise de colère. Vieille sorcière ! me dis-je, pourquoi n'as-tu pas dit que ça t'avait plu, pourquoi as-tu refusé cette satisfaction à Lila ? Qu'est-ce qui t'a poussée à te battre pour mon éducation et pas pour la sienne ? Le refus du cordonnier de présenter sa fille à l'examen d'admission au collège suffit-il à te justifier ? De quelles frustrations souffrais-tu pour lui en faire porter le poids ? Je me mis à lire « La Fée bleue » depuis le début, parcourant la graphie à l'encre pâle tellement semblable à la mienne alors. Mais dès la première page j'eus mal au ventre, et je fus bientôt baignée de sueur. Ce n'est pourtant qu'après avoir fini que je m'avouai ce que j'avais compris au bout de quelques lignes. Les petites pages enfantines de Lila étaient le cœur secret de mon livre. Si on avait voulu comprendre d'où provenait la chaleur de mon texte et d'où partait le fil robuste mais invisible qui faisait tenir ensemble mes phrases, il aurait fallu consulter cet ouvrage d'enfant, ces dix feuilles de cahier avec une épingle rouillée, une couverture décorée de couleurs vives, un titre et pas même de signature.

123

Je ne dormis pas de la nuit et attendis que le jour se lève. Ma longue hostilité envers Lila se dissipa, et tout ce que je lui avais pris m'apparut soudain beaucoup plus important que ce qu'elle avait pu me prendre. Je décidai d'aller immédiatement à San Giovanni a Teduccio. Je voulais lui rendre «La Fée bleue», lui montrer mes cahiers et les feuilleter avec elle, prenant plaisir à la lecture des commentaires de notre institutrice. Mais surtout, j'avais besoin de la faire asseoir près de moi et de lui dire : «regarde comme nous sommes bien assorties, nous sommes une et deux à la fois!» et je voulais lui prouver, avec la rigueur que je croyais avoir apprise à l'École normale et l'acharnement philologique que Pietro m'avait communiqué, que son livre d'enfant avait mis de profondes racines dans ma tête, racines qui au fil des ans s'étaient développées et avaient fait naître un autre livre, différent, adulte et bien à moi, qui pourtant n'aurait pu exister sans le sien et sans les rêves que nous avions faits ensemble dans la cour où nous jouions – elle et moi, cellule formée, déformée et reformée. Je désirais la serrer dans mes bras, l'embrasser et lui dire : Lila, à partir de maintenant, quoi qu'il nous arrive à toutes les deux, nous ne devons plus nous perdre.

Mais la matinée fut rude et j'eus l'impression que la ville faisait son possible pour se mettre entre elle et moi. Je pris un bus plein à craquer en direction de la Marina et voyageai insupportablement compressée entre des corps misérables. Puis je montai dans un bus encore plus bondé et me trompai de direction. Je descendis les cheveux en désordre, défaite, et corrigeai mon erreur après une longue attente et beaucoup d'énervement. Ce modeste déplacement à travers Naples m'épuisa. À quoi pouvaient bien servir mes années de collège, de lycée et d'École normale, dans cette ville? Pour arriver à San Giovanni, je fus forcée de régresser, presque comme si Lila n'était pas allée vivre dans une rue ou sur une place mais dans une rigole du temps passé, avant que nous allions à l'école, une époque obscure où n'existaient ni norme ni respect. J'eus recours au dialecte le plus violent de mon quartier, insultai, fus insultée, lançai des menaces, on se paya ma tête et je fis de même, avec un art de la raillerie mauvaise auquel j'étais entraînée. Naples m'avait beaucoup servi à Pise mais Pise ne servait à rien à Naples, ce n'était qu'une entrave. Mes bonnes manières, mon verbe et mon apparence soignés, les connaissances livresques qui se bousculaient dans ma tête et sur ma langue étaient autant de signes de faiblesse qui faisaient immédiatement de moi une proie facile, de celles qui ne s'échappent pas. Dans les bus et les rues menant à San Giovanni, je finis par associer ma capacité première à abandonner si nécessaire une douceur apparente avec l'arrogance de mon nouveau statut : j'avais obtenu mon diplôme avec les félicitations du jury à l'unanimité, j'avais déjeuné avec le professeur Airota, j'étais fiancée à son fils, j'avais mis un peu d'argent de côté à la poste, et à Milan j'avais été traitée avec respect par des personnes de qualité : comment tous ces gens de merde pouvaient se permettre ? Je sentis en moi une force qui ne voulait plus se soumettre au *faire mine de rien*, grâce à quoi en général on pouvait survivre dans mon quartier et à l'extérieur. Quand, dans la cohue des voyageurs, je sentis à plusieurs reprises des mains masculines sur mon corps, je m'attribuai le droit sacro-saint à la fureur et réagis avec des cris de mépris, lançant des injures ignobles comme savaient le faire ma mère et surtout Lila. J'exagérai tellement que lorsque je descendis du bus, je fus certaine que quelqu'un allait me suivre et me tuer.

Ce ne fut pas le cas, mais je m'éloignai néanmoins pleine de rage et de frayeur. J'étais sortie de chez moi presque trop bien mise, je me sentais maintenant une loque, à l'intérieur comme à l'extérieur.

J'essayai de me ressaisir et me dis : du calme, tu es presque arrivée! Je m'informai auprès de quelques passants. Je pris le Corso San Giovanni a Teduccio avec un vent glacial en plein visage, on aurait dit un canal jaunâtre avec des murs décrépis ponctués d'ouvertures noires, tout était sale. J'errai, étourdie par des renseignements aimables mais tellement abondants qu'ils en devenaient inutiles. Je finis par trouver la rue et l'immeuble. Je gravis l'escalier crasseux plein d'une forte odeur d'ail et de voix d'enfants. Une très grosse femme vêtue d'un pull vert apparut à une porte déjà ouverte, et en me voyant elle s'écria : « Vous cherchez qui ? » « Carracci », répondis-je. Voyant sa perplexité, je me corrigeai aussitôt : « Scanno », le nom de famille d'Enzo. Et puis encore, aussitôt après : « Cerullo. » Alors elle répéta *Cerullo* et, levant son bras épais, dit : « Plus haut ! » Je remerciai et la dépassai, tandis qu'elle s'appuyait contre la rampe et criait en regardant vers les étages supérieurs : « Titì, y a quelqu'un qui cherche Lina, elle monte ! »

Lina – ici, dans la bouche d'étrangères, dans cet endroit ! Je réalisai alors que j'avais à l'esprit Lila telle que je l'avais vue la dernière fois dans son appartement du quartier neuf, un cadre ordonné qui, bien que chargé d'angoisse, semblait désormais constituer la toile de fond de sa vie, avec les meubles, le réfrigérateur, le téléviseur, son enfant si soigné et elle-même, certes éprouvée, mais qui avait toujours l'air d'une jeune femme aisée. À ce moment-là, je ne savais rien de la façon dont elle vivait ni de ce qu'elle faisait. Les commérages s'étaient arrêtés à l'abandon de son mari, au fait incroyable qu'elle avait quitté sa belle maison et son argent et était partie avec Enzo Scanno. J'ignorais sa rencontre avec Soccavo. Du coup, j'étais partie de mon quartier certaine de la trouver dans son nouveau logis au milieu des livres ouverts et des jeux éducatifs pour son fils, ou tout au plus sortie brièvement faire les courses. Et par paresse et pour ne pas être mal à l'aise, j'avais simplement déplacé ces images à l'intérieur d'un toponyme, San Giovanni a Teduccio, situé après les Granili, au bout de la Marina. Voilà donc à quoi je m'attendais en montant l'escalier. Je me dis : ça y est, j'ai enfin atteint ma destination ! C'est ainsi que j'arrivai chez Titina : la jeune femme tenait une petite fille dans ses bras, celle-ci pleurait doucement, secouée de légers sanglots, deux filets de morve coulant de son nez rougi par le froid jusqu'à sa lèvre supérieure, et elle avait deux autres enfants accrochés à ses jupes, un de chaque côté.

Titina indiqua du regard la porte d'en face, fermée.

« Lina n'est pas là, dit-elle hostile.

— Enzo non plus ?

— Non.

— Elle est allée se promener avec le petit ?

— Vous êtes qui ?

— Je suis Elena Greco, une amie.

— Et vous ne reconnaissez pas Rinuccio ? Rinù, tu as déjà vu cette dame ? »

Elle donna une calotte à l'un des gamins à côté d'elle, et ce n'est qu'alors que je le reconnus. Le petit garçon me sourit et s'exclama en italien :

« Salut, tata Lenù ! Maman rentre ce soir à huit heures ! »

Je le pris dans mes bras, l'embrassai et le complimentai, disant qu'il était beau et parlait bien.

« Il est très intelligent, reconnut Titina, un vrai petit professeur ! »

À partir de là, elle abandonna toute hostilité à mon égard et voulut que j'entre chez elle. Dans le couloir sombre, je butai contre quelque chose qui appartenait certainement aux enfants. La cuisine était en désordre et tout était plongé dans une lumière grisâtre. Il y avait encore du tissu sous l'aiguille de la machine à coudre, et des étoffes de différentes couleurs jonchaient la table et le sol. Soudain gênée, Titina tenta de ranger un peu, puis renonça et me fit un café, tout en continuant à tenir sa fille dans ses bras. Je mis Rinuccio sur mes genoux et lui posai des questions stupides auxquelles il répondit avec résignation et vivacité. Pendant ce temps, la femme me donna des renseignements sur Lila et Enzo.

« Elle fait des saucisses chez Soccavo », m'apprit-elle.

Cela me surprit, et c'est alors seulement que je me souvins de Bruno.

« Soccavo, celui de la charcuterie ?

— C'est ça, Soccavo.

— Je connais.

— De sales types.

— Je connais le fils.

— Le grand-père, le père et le fils : tous la même merde ! Ils se sont enrichis et ils ont oublié l'époque où ils étaient des culs-terreux. »

Je demandai des nouvelles d'Enzo. J'appris qu'il travaillait aux locomotives, c'est l'expression qu'elle utilisa. Je compris vite qu'elle croyait que Lila et lui étaient mariés, et elle appela Enzo avec une sympathie respectueuse « M. Cerullo ».

« Quand est-ce que Lina rentre ?
— Ce soir.
— Et le petit ?
— Il reste avec moi, il mange, il joue, il fait tout ici. »

Mon voyage n'était donc pas terminé : je m'approchais et Lila s'éloignait. Je demandai :

« Il faut combien de temps pour aller à pied à l'usine ?
— Vingt minutes. »

Titina me donna des instructions que je notai sur une feuille. Alors Rinuccio me demanda poliment : « Tata, je peux aller jouer ? »

Il attendit que je dise oui puis courut dans le couloir vers l'autre enfant, auquel il lança aussitôt une vilaine insulte en dialecte. La jeune femme me jeta un coup d'œil gêné et cria de la cuisine, en italien :

« Rino, on dit pas de gros mots ! Gare à toi, sinon je viens te faire pan pan sur les mimines ! »

Je lui souris et repensai à mon trajet en bus. Pan pan sur les mimines à moi aussi, me dis-je, je suis dans la même situation que Rinuccio. Comme la dispute dans le couloir ne cessait pas, nous dûmes accourir. Les deux enfants se bagarraient dans un vacarme d'objets lancés et de hurlements féroces.

124

J'arrivai dans la zone de l'usine Soccavo par un sentier de terre battue jonché de déchets en tout genre, un filet de fumée noire traversait le ciel glacial. Même avant de voir le mur d'enceinte, je perçus une odeur de graisse animale et de bois brûlé qui me révulsa. Railleur, le gardien me répondit qu'on ne venait pas voir les copines pendant les heures de travail. Je demandai à parler à Bruno Soccavo. Il changea de ton et bougonna que Bruno ne venait presque jamais à l'usine. Téléphonez chez lui ! lançai-je. Gêné, il répliqua qu'il ne pouvait le déranger sans raison. « Si vous ne le faites pas, je cherche un téléphone public et c'est moi qui l'appelle ! » Il me regarda de travers, ne sachant que faire. Quelqu'un passa à vélo, freina et lui dit en dialecte quelque chose d'obscène. En le voyant, le gardien eut l'air soulagé. Il se mit à bavarder avec lui comme si je n'existais plus.

On avait allumé un feu au milieu de la cour. Au moment où je passai à côté, je sentis la flamme fendre l'air froid pendant quelques secondes. J'atteignis une construction basse de couleur jaune, poussai une lourde porte et entrai. L'odeur de graisse, déjà terrible à l'extérieur, commença à me donner la nausée. Je croisai une jeune femme visiblement furieuse qui se recoiffait avec des gestes nerveux. Je m'exclamai « s'il vous plaît ! », elle me dépassa sans lever la tête, fit trois ou quatre pas puis s'arrêta.

« Qu'est-ce qu'y a ? demanda-t-elle rudement.

— Je cherche une femme qui s'appelle Cerullo.

— Lina ?

— Oui.

— Va voir à la mise en boyaux ! »

Je lui demandai où c'était, elle partit sans répondre. Je poussai une autre porte. Là-dedans, la chaleur rendait l'odeur de graisse encore plus insupportable. C'était une grande salle, il y avait des cuves remplies d'un liquide laiteux dans lequel flottaient des trucs sombres que des silhouettes voûtées, des ouvriers qui avaient de l'eau jusqu'à la taille, remuaient lentement au milieu des vapeurs. Je ne vis pas Lila. J'interrogeai un type occupé à réparer un tuyau, allongé par terre, sur le carrelage répugnant.

« Vous savez où est Lina ?

— Cerullo ?

— Oui, Cerullo.

— Au mélangeage.

— On m'a dit à la mise en boyaux !

— Alors pourquoi vous demandez, si vous savez déjà ?

— C'est où, le mélangeage ?

— Droit devant vous.

— Et la mise en boyaux ?

— À droite. Si vous ne la trouvez pas, regardez au désossage. Ou aux chambres froides. Ils la changent tout le temps de poste.

— Pourquoi ? »

Il eut un petit sourire en coin.

« C'est votre amie ?

— Oui.

— Alors rien, laissez tomber…

— Non, dites-moi !

609

— Ça ne va pas vous vexer ?

— Non.

— C'est une casse-couilles. »

Je suivis ses indications et personne ne m'arrêta. Travailleurs et travailleuses semblaient enfermés dans une indifférence menaçante, et même lorsqu'ils riaient ou se criaient des insultes, on aurait dit qu'ils se tenaient à distance de leurs propres rires, de leurs voix, des ordures qu'ils manipulaient et de la puanteur. J'atterris au milieu d'ouvrières en bleu de travail qui transformaient la viande, filet à cheveux sur la tête : leurs machines faisaient un bruit de ferraille et on entendait les gros plouf de la matière hachée, pâteuse et molle. Mais Lila n'était pas là. Et je ne la vis pas non plus à l'endroit où on poussait dans des boyaux un mélange rosâtre mêlé à des morceaux de gras ni là où, munis de couteaux aiguisés, les ouvriers désossaient, dénervaient et coupaient, maniant leurs lames avec une frénésie périlleuse. Je la découvris aux chambres froides. Elle sortit d'un congélateur, nimbée d'une espèce de brume blanche. Avec un collègue de petite taille, elle portait sur les épaules un bloc rougeâtre de viande congelée. Ils le déposèrent sur un chariot et elle s'apprêta à retourner dans le froid. Je remarquai tout de suite qu'elle avait une main bandée.

« Lila ! »

Elle se retourna lentement et me fixa, hésitante. « Qu'est-c'que tu fais ici ? » demanda-t-elle. Elle avait les yeux fiévreux, ses joues étaient plus creusées qu'avant, et pourtant elle donnait l'impression d'être grande et grosse. Elle aussi portait une veste de travail bleue, mais enfilée par-dessus un genre de grand manteau, et elle avait aux pieds d'épaisses chaussures militaires. Je voulais l'embrasser mais n'osai pas : sans savoir pourquoi, je craignais qu'elle ne s'effrite dans mes bras. Or c'est elle qui me serra longuement. Je fus agressée par l'odeur émanant de ses vêtements humides, encore plus ignoble que celle qui flottait dans l'air. « Viens, lança-t-elle, sortons d'ici ! » et elle cria à celui qui travaillait avec elle : « J'en ai pour deux minutes ! » en m'entraînant dans un coin.

« Comment tu m'as trouvée ?

— Je suis entrée.

— Ils t'ont laissé passer ?

— J'ai dit que je te cherchais et que j'étais une amie de Bruno.

— Super, comme ça ils croiront que je taille des pipes au fils du patron et ils me ficheront un peu la paix.

— Qu'est-ce que tu racontes ?

— Ici, ça marche comme ça.

— Dans cette usine ?

— Partout. Tu es diplômée ?

— Oui. Mais il m'est arrivé quelque chose d'encore plus fantastique, Lila ! J'ai écrit un roman et il va être publié en avril. »

Elle avait un teint grisâtre, on aurait dit qu'elle n'avait plus de sang, et pourtant son visage s'embrasa. Je vis le rouge lui monter au cou, aux joues et jusqu'au bord des yeux, au point qu'elle les plissa comme si elle craignait que cette ardeur ne brûle ses pupilles. Puis elle me prit la main qu'elle baisa d'abord sur le dos, puis sur la paume.

« Je suis heureuse pour toi », murmura-t-elle.

Mais sur le coup, je prêtai peu d'attention à cette marque d'affection, tant je fus frappée par ses mains gonflées et par ses blessures, des coupures anciennes et récentes dont une de fraîche date sur le pouce gauche, enflammée sur les bords, et j'imaginai que sa main bandée cachait des entailles encore plus graves.

« Qu'est-ce que tu t'es fait ? »

Elle recula aussitôt et mit les mains dans ses poches.

« Rien. Quand tu désosses la viande, tu te bousilles les doigts.

— Tu désosses la viande ?

— Ils me mettent là où ils veulent.

— Parles-en à Bruno !

— Bruno, c'est encore plus une merde que les autres. Il vient ici seulement pour décider qui il va baiser dans le séchoir.

— Lila !

— C'est la vérité.

— Tu es malade ?

— Je vais très bien. Ici aux frigos, ils me donnent même dix lires de plus par heure, une indemnité à cause du froid. »

Son collègue appela :

« Cerù, ça fait plus de deux minutes !

— J'arrive ! » dit-elle.

Je murmurai :

« Mme Oliviero est morte. »

Elle haussa les épaules et répliqua :

« Elle allait très mal, ça devait arriver. »

J'ajoutai à la hâte, car l'homme près du chariot s'impatientait :

« Elle m'a fait parvenir "La Fée bleue".

— C'est quoi, "La Fée bleue" ? »

Je la dévisageai pour comprendre si elle avait vraiment oublié et elle m'eut l'air sincère.

612

« Le livre que *toi* tu as écrit, quand tu avais dix ans !

— Un livre ?

— C'est comme ça qu'on l'appelait. »

Lila serra les lèvres et secoua la tête. Elle était préoccupée car elle redoutait d'avoir des ennuis avec son travail, mais elle jouait en ma présence le rôle de celle qui n'en fait qu'à sa tête. Il faut que je m'en aille, pensai-je. Elle fit :

« Beaucoup de temps est passé, depuis ! et elle frissonna.

— Tu as de la fièvre ?

— Mais non ! »

Je cherchai les feuillets dans mon sac et les lui tendis. Elle les prit, les reconnut mais ne manifesta aucune émotion :

« J'étais une petite fille présomptueuse », maugréa-t-elle.

Je me dépêchai de la contredire :

« Aujourd'hui encore, ton récit est magnifique ! m'exclamai-je. Je l'ai relu et j'ai réalisé que, sans m'en rendre compte, je l'avais toujours eu en tête. C'est de là que vient mon livre.

— De cette ânerie ? » Nerveuse, elle rit fort. « Alors ceux qui vont te publier sont vraiment des fous ! »

L'homme lui cria :

« Cerù, je t'attends !

— Tu m'casses les couilles ! » répliqua-t-elle.

Elle mit les feuilles dans sa poche et passa son bras sous le mien. Nous nous dirigeâmes vers la sortie. Je pensai au soin que j'avais mis dans ma toilette et à tous mes efforts pour arriver jusque-là. J'avais imaginé toutes sortes de pleurs, confidences et discussions, une belle matinée de confessions et réconciliation. Or nous voilà en train de déambuler bras dessus dessous, elle emmitouflée, sale et éprouvée, et moi déguisée en jeune fille de bonne famille. Je lui dis que Rinuccio était splendide et très intelligent. Je fis l'éloge de sa voisine de palier et pris des nouvelles d'Enzo. Elle fut heureuse que son fils m'ait fait bonne impression et loua à son tour la voisine. Mais c'est au nom d'Enzo qu'elle s'enthousiasma, son visage s'éclaira et elle devint bavarde :

« Il est bon et généreux, dit-elle, il n'a peur de rien, il est très intelligent et étudie toute la nuit, il sait un tas de choses ! »

Je ne l'avais jamais entendue parler ainsi de quiconque. Je lui demandai :

« Qu'est-ce qu'il étudie ?

— Les mathématiques.

— Enzo ?

— Oui. Un jour il a lu un truc ou vu une publicité sur les ordinateurs, je ne sais pas, et il s'est passionné pour le sujet. Il dit qu'un ordinateur, ce n'est pas ce qu'on voit au cinéma, ces machines pleines d'ampoules colorées qui s'allument et s'éteignent en faisant bip bip. Il dit que c'est une question de langages.

— De langages ? »

Elle eut ce regard perçant que je connaissais bien.

« Pas comme un langage pour écrire un roman ! » précisa-t-elle – je fus piquée par la connotation péjorative qu'elle donna au mot « roman » et par le ricanement dont elle le fit suivre. « Il s'agit de langages de programmation. Le soir, quand le petit est couché, Enzo se met à étudier. » Je compris que, malgré son emploi de la troisième personne du singulier, Enzo n'était pas le seul à se passionner pour ces machins-là.

«Et toi, qu'est-ce que tu fais?

— Je lui tiens compagnie : il est fatigué, tout seul il s'endormirait. À deux c'est encore plus fascinant, on se motive l'un l'autre… Tu sais ce que c'est, un diagramme de définition de bloc?»

Je secouai la tête. Ses yeux devinrent alors tout petits, elle me lâcha le bras et se lança dans tout un discours afin de m'entraîner dans sa nouvelle passion. Dans la cour, entre l'odeur du feu et la puanteur où se mêlaient graisses animales, viande et nerfs, cette Lila emmitouflée mais aussi serrée dans une veste de travail, décoiffée, très pâle, sans un soupçon de maquillage et les mains tailladées, reprit vie et énergie. Elle m'expliqua que toute chose pouvait être réduite à une alternative vrai/faux, évoqua l'algèbre de Boole et tant d'autres choses dont je ne savais rien. Et pourtant, comme d'habitude ses mots réussirent à m'impressionner. Pendant qu'elle parlait, j'imaginai leur misérable appartement de nuit, avec le petit qui dormait dans l'autre pièce; je vis Enzo sur le lit, épuisé par son travail aux locomotives dans je ne sais quelle usine; je la vis elle aussi assise sur les couvertures, après une journée aux cuves de cuisson, au désossage ou dans les chambres froides à moins vingt degrés. Je les vis clairement tous deux dans le sacrifice terrible de leur sommeil, et j'entendis leur voix : ils faisaient des exercices avec les diagrammes de définition de bloc, s'entraînaient à nettoyer le monde du superflu et schématisaient les actions de tous les jours en suivant les deux seules valeurs de la vérité, zéro et un. Des mots obscurs dans leur pauvre pièce, chuchotés pour

615

ne pas réveiller Rinuccio. Je me rendis compte que j'étais arrivée ici pleine d'arrogance et réalisai que j'avais fait ce long trajet – en toute bonne foi, certes, et avec affection – surtout pour lui montrer ce qu'elle avait perdu et ce que j'avais gagné. Mais elle l'avait compris dès que j'avais surgi devant elle et à présent, risquant des ennuis avec ses collègues et des amendes, elle réagissait en m'expliquant qu'en réalité je n'avais rien gagné, que dans ce monde il n'y avait d'ailleurs rien à gagner, que sa vie était aussi débordante d'aventures surprenantes que la mienne, et que le temps ne faisait que passer, sans aucun sens : il était simplement agréable de se voir de temps en temps pour entendre la musique folle du cerveau de l'une faire écho à la musique folle du cerveau de l'autre.

« Tu aimes vivre avec lui ? demandai-je.

— Oui.

— Vous voulez des enfants ? »

Elle fit une grimace faussement amusée.

« Nous ne sommes pas ensemble.

— Ah bon ?

— Non, je n'ai pas envie.

— Et lui ?

— Il attend.

— Peut-être que tu le considères plus comme un frère ?

— Non, il me plaît.

— Et alors ?

— Je ne sais pas. »

Nous nous arrêtâmes près du feu et elle fit allusion au gardien :

« Fais gaffe à ce mec, dit-elle, à la sortie il est capable de t'accuser d'avoir piqué une mortadelle juste pour pouvoir te perquisitionner et te tripoter ! »

Nous nous prîmes dans les bras l'une de l'autre et nous embrassâmes. Je lui dis que je retournerais la voir, que je ne voulais pas la perdre, et j'étais sincère. Elle sourit et murmura : « Moi non plus je ne veux pas te perdre. » Et je sentis qu'elle était sincère aussi.

Je m'éloignai, très troublée. C'était difficile de la quitter, j'avais toujours cette vieille conviction que, sans elle, rien de vraiment important ne pourrait jamais m'arriver, et pourtant j'avais besoin de m'échapper pour ne plus avoir le nez dans la puanteur de graisse qu'elle portait sur elle. Après quelques pas pressés, je ne pus résister et me retournai pour lui dire encore au revoir. Je la vis à côté du feu, avec ses vêtements qui cachaient totalement ses formes féminines : elle feuilletait « La Fée bleue ». Elle jeta brusquement l'opuscule dans les flammes.

125

Je ne lui avais pas dit de quoi parlait mon livre ni quand il arriverait en librairie. Je n'avais pas même évoqué Pietro et notre projet de nous marier dans deux ans. Sa vie m'avait écrasée et j'eus besoin de plusieurs jours pour rendre à la mienne des contours nets et de l'épaisseur. Ce qui me rendit vraiment à moi-même – mais de quel moi s'agissait-il ? – ce fut de recevoir les épreuves de mon livre : cent trente-neuf pages, du papier épais et les mots de mon cahier qui, autrefois fixés par mon écriture, m'étaient devenus agréablement étrangers grâce aux caractères d'imprimerie.

Je passai des heures heureuses à lire, relire et corriger. Dehors il faisait froid et un vent violent s'engouffrait partout dans notre immeuble décrépit. Je m'asseyais à la table de la cuisine avec Gianni et Elisa qui faisaient leurs devoirs. Ma mère s'affairait autour de nous mais avec une discrétion surprenante, pour ne pas nous déranger.

Je repartis bientôt pour Milan. Lors de ce séjour, je m'offris pour la première fois de ma vie un trajet en taxi. À la fin d'une journée de travail entièrement consacrée à soupeser les dernières corrections, l'éditeur chauve m'avait demandé : « Je vous fais appeler un taxi ? » et je n'avais su refuser. Du coup, lorsque après Milan j'arrivai à la gare de Pise, je me dis en regardant autour de moi : et pourquoi pas, je peux bien faire ma bourgeoise encore une fois ! La tentation me reprit quand je me retrouvai à Naples, dans le chaos de la Piazza Garibaldi. J'aurais aimé arriver au quartier en taxi, confortablement installée sur le siège arrière, avec un chauffeur à mon service qui m'aurait ouvert la portière devant la grille de la cour. Mais non, je n'eus pas le cran et rentrai à la maison en bus. Cependant, quelque chose en moi devait quand même me donner un air différent parce que, lorsque je saluai Ada qui se promenait avec sa petite fille, elle me regarda distraitement et passa son chemin. Ensuite elle s'arrêta, revint sur ses pas et me dit : « Qu'est-ce que tu as l'air en forme, je t'avais pas reconnue, tu sembles une autre ! »

Sur le coup cela me fit plaisir, mais bientôt je changeai de sentiment. Qu'est-ce que cela pourrait bien me rapporter de devenir une autre ? Je voulais rester moi-même, liée à Lila, à notre cour d'immeuble, à nos poupées perdues, à Don Achille et à tout le reste ! C'était indispensable pour que je puisse ressentir intensément ce qui m'arrivait. En même temps, il est difficile de résister aux changements, et malgré moi je me transformai plus pendant cette période que lors de mes années à Pise. Au printemps le livre sortit, ce qui me donna une nouvelle identité bien plus que mon diplôme ne l'avait fait. Quand je montrai un exemplaire à ma mère, mon père, mes frères et ma sœur, ils se le passèrent en silence mais sans l'ouvrir. Ils fixaient la couverture avec des sourires hésitants, on aurait dit des agents de police devant de faux papiers. Mon père fit remarquer : « C'est mon nom de famille », mais sans avoir l'air satisfait, comme si tout à coup, au lieu d'être fier de moi, il avait découvert que j'avais pris de l'argent dans ses poches.

Puis les jours passèrent et les premières critiques parurent dans les journaux. Je les découvris pleine d'anxiété et blessée par le moindre commentaire un tant soit peu négatif. Je lus à haute voix les articles les plus élogieux à ma famille, et là le visage de mon père s'éclaira. Elisa dit pour se moquer de moi : « T'aurais dû signer Lenuccia, Elena c'est moche ! »

Lors de ces journées mouvementées, ma mère acheta un album photo où elle commença à coller tout ce qu'on disait de bien sur moi. Un matin, elle me demanda :

« Comme s'appelle ton fiancé ? »

Elle le savait très bien mais avait quelque chose en tête et, pour me le dire, voulait partir de là.

«Pietro Airota.

— Alors tu vas t'appeler Airota?

— Oui.

— Et si tu fais un autre livre, il y aura écrit Airota sur la couverture?

— Non.

— Pourquoi?

— Parce que j'aime bien Elena Greco.

— Moi aussi», dit-elle.

Pourtant elle ne me lut jamais. Mon père, Peppe, Gianni et Elisa ne me lurent pas non plus, et au début personne au quartier ne le fit. Un matin un photographe arriva et passa deux heures à me prendre en photo, d'abord dans le jardin public puis sur le boulevard et à l'entrée du tunnel. Un cliché fut bientôt publié dans *Il Mattino* : je m'attendis à ce que des gens m'arrêtent dans la rue ou me lisent par curiosité. Mais non. Personne ne s'exclama jamais en me rencontrant : j'ai beaucoup aimé ton bouquin ou, au contraire, ton bouquin est nul – pas même Alfonso, Ada, Gianni, Gigliola ou Michele Solara, qui n'était pas entièrement réfractaire à l'alphabet comme son frère Marcello. Ils se contentaient de me saluer chaleureusement et poursuivaient leur route.

J'eus pour la première fois un contact avec mes lecteurs dans une librairie de Milan. Cette rencontre, découvris-je bientôt, avait été ardemment désirée par Adele Airota, qui suivait à distance le parcours de mon livre et vint exprès de Gênes pour l'occasion. Elle passa me voir à l'hôtel, me tint compagnie tout l'après-midi et tenta avec tact de me calmer. Mes mains n'arrêtaient pas de trembler, j'avais du mal à trouver mes mots et sentais comme un goût amer dans la bouche. Surtout, j'étais en colère contre Pietro parce qu'il était resté à Pise, où il avait à faire. En revanche Mariarosa, qui vivait à Milan, vint me saluer joyeusement avant la rencontre, à laquelle elle ne pouvait assister.

J'arrivai à la librairie, tétanisée. Je trouvai la petite salle pleine et entrai en regardant mes pieds. J'étais tellement émue que je me sentais défaillir. Adele salua plusieurs personnes, amis ou connaissances. Elle s'assit au premier rang, me lança des regards encourageants et se tourna de temps à autre pour bavarder avec une dame de son âge assise derrière elle. Jusqu'à ce jour, je n'avais parlé que deux fois en public, poussée par Franco, devant un parterre composé de six ou sept de ses camarades qui souriaient, compréhensifs. Maintenant la situation était différente. J'avais devant moi une quarantaine d'étrangers à l'air raffiné et cultivé qui me fixaient en silence avec un regard exempt de toute sympathie, largement obligés d'être là par le prestige des Airota. J'avais envie de me lever et de m'enfuir.

Mais le rituel commença. Un homme âgé, critique littéraire et professeur d'université très estimé à l'époque, dit tout le bien possible de mon livre. Je ne compris rien à son discours et ne pensai qu'à ce que je devrais dire. Je me tortillais sur ma chaise et avais mal au ventre. L'univers s'était retiré et éparpillé, je n'arrivais pas à trouver en moi la force de le rappeler et de le remettre en ordre. Je feignis néanmoins la désinvolture. Quand mon tour vint, je discourus sans trop savoir ce que je disais, parlant pour ne pas rester muette, je gesticulai à outrance, fis exagérément montre de mes compétences littéraires et exhibai inutilement ma culture classique. Puis le silence tomba.

Que pouvaient bien penser toutes ces personnes, là devant moi ? Et comment le professeur et critique assis à mon côté jugeait-il mon intervention ? Et Adele, derrière son air bienveillant, regrettait-elle de m'avoir soutenue ? Je la fixai mais sentis aussitôt que je l'implorais du regard, à la recherche d'un signe d'approbation qui me réconforte, ce dont j'eus honte. Le professeur près de moi me toucha le bras comme pour me calmer, tout en sollicitant les questions du public. Beaucoup fixèrent leurs genoux ou le sol, gênés. Le premier à parler fut un homme mûr aux lunettes épaisses, que visiblement tout le monde connaissait sauf moi. Rien qu'en entendant sa voix, Adele eut une moue agacée. L'homme parla longuement de la décadence de l'édition, qui désormais recherchait plus le profit que la qualité littéraire ; puis il passa à la connivence mercantile entre les critiques et les pages culturelles des quotidiens ; enfin il en vint à mon livre, dont il parla d'abord avec ironie, avant de citer les pages un peu osées d'un ton carrément hostile. Je piquai un fard et, au lieu de répondre, bredouillai quelques généralités hors de propos. Jusqu'à ce que je m'interrompe et fixe la table. Le professeur et critique m'encouragea du sourire et du regard, croyant que je voulais poursuivre. Quand il comprit que je n'en avais pas l'intention, il lança sèchement :

« D'autres questions ? »

Dans le fond, une main se leva.

« Je vous en prie. »

Un jeune homme élancé, longs cheveux ébouriffés et grande barbe épaisse, commenta de façon polémique et méprisante l'intervention précédente, s'en prenant également par instants à l'introduction du brave monsieur assis à mon côté. Il s'exclama que l'on vivait dans un pays terriblement provincial, où l'on se plaignait de tout et de n'importe quoi, et où personne ne se retroussait jamais les manches pour réorganiser les choses et faire en sorte que ça marche. Puis il se mit à louer la force modernisatrice de mon roman. Je le reconnus surtout à sa voix : c'était Nino Sarratore.

DU MÊME AUTEUR

Aux Éditions Gallimard

L'AMOUR HARCELANT, 1995.
LES JOURS DE MON ABANDON, 2004 (Folio n° 6165).
POUPÉE VOLÉE, 2009 (Folio n° 6165).
L'AMIE PRODIGIEUSE, 2014 (Folio n° 6052).
LE NOUVEAU NOM, 2016 (Folio n° 6232).
CELLE QUI FUIT ET CELLE QUI RESTE, 2017.

COLLECTION FOLIO

Composition Dominique Guillaumin
Impression Maury Imprimeur
45330 Malesherbes
le 10 avril 2017.
Dépôt légal : avril 2017.
1ᵉʳ dépôt légal dans la collection : novembre 2016.
Numéro d'imprimeur : 217446.

ISBN 978-2-07-269314-4. / Imprimé en France.